DRÁCULA

BRAM STOKER

www.editorapedaletra.com.br
(11) 3733-0404 / 3687-7198

Projeto gráfico: Quatria Comunicação
Tradução: Lívia Bono
Revisão: Marcos Reis

Equipe Editorial
Gustavo Mendes - Direção de Arte
Felipe Fiuza - Capa e Diagramação

Dados Internacionais de Catalogação na Publicação (CIP)
(eDOC BRASIL, Belo Horizonte/MG)

S874d Stoker, Bram, 1847-1912.
Drácula / Bram Stoker; traduzido por Lívia Bono. – São Paulo, SP: Pé da Letra, 2019.
432 p.

Título original: Dracula
ISBN 978-65-5888-855-0

1. Ficção irlandesa. 2. Literatura irlandesa – Romance. I. Bono, Lívia. II. Título.

CDD Ir823

Elaborado por Maurício Amormino Júnior – CRB6/2422

DRÁCULA

BRAM STOKER

PÉ da letra

Para meu
caro amigo
Hommy-Beg

CAPÍTULO I

Diário de Jonathan Harker
(escrito em estenografia)

3 de maio. Bistritz. Parti de Munique às 08:35, no dia 1º de maio, chegando em Viena no início da manhã seguinte; deveria ter chegado às 06:46, mas o trem estava uma hora atrasado. Budapeste parece ser um lugar maravilhoso, pela rápida olhada que pude dar do trem e pelo pouco que caminhei pelas ruas. Temi me afastar demais da estação, pois havíamos chegado tarde e partiríamos tão perto do horário correto quanto fosse possível. A impressão que tive era de estarmos saindo do Ocidente e entrando no Oriente; a mais ocidental das esplêndidas pontes sobre o Danúbio, que tem, aqui, nobres largura e profundidade, nos levava às tradições do domínio turco.

Partimos em um horário bastante bom, e chegamos em Klausenburgh após o anoitecer. Ali, passei a noite no Hotel Royale. Meu, jantar, ou, na verdade, minha ceia, foi um frango preparado de algum jeito com pimenta vermelha, que estava muito bom, porém me deixou sedento (N.: pegar receita para Mina). Perguntei ao garçom, e ele me informou que se chamava "*paprika hendl*", e que, por ser um prato nacional, eu deveria consegui-lo em qualquer lugar dos Cárpatos. Achei meu alemão rudimentar de grande valia, aqui; na verdade, não sei como me viraria sem ele.

Tendo algum tempo livre quando estive em Londres, havia visitado o Museu Britânico, e procurado entre os livros e mapas da biblioteca algo sobre a Transilvânia; ocorreu-me que algum conhecimento prévio do país não podia deixar de ter alguma importância para lidar com um nobre daquele país. Descobri que o distrito que ele mencionara fica no extremo leste do país, na divisa entre três estados, Transilvânia, Moldávia e Bukovina, no meio das montanhas dos Cárpatos, uma das partes mais selvagens e menos conhecidas da Europa. Não pude encontrar qualquer mapa ou obra que desse a localização exata do Castelo Drácula, pois não há mapas daquela região, ainda, que possam ser comparados com nossos mapas do Departamento de Cartografia e Topografia. Porém, descobri que Bistritz, a cidade do código postal que Conde Drácula me informara, é um lugar razoavelmente conhecido. Incluirei, aqui, algumas de minhas anotações, pois podem refrescar minha memória quando conversar sobre minhas viagens com Mina.

A população da Transilvânia é formada por quatro nacionalidades distintas: os saxões ao sul, misturados com os valáquios, que são descendentes dos dácios; os magiares ao oeste, e os sículos ao leste e ao norte. Estou indo dentre estes últimos, que alegam ser descendentes de Atila e dos Hunos. Pode até ser, pois quando os magiares conquistaram o país, no século XI, encontraram os Hunos lá estabelecidos. Li que todas as superstições conhecidas no mundo se encontram reunida na ferradura dos Cárpatos, como se fosse o centro de algum redemoinho imaginativo; se for verdade, minha estadia pode ser bastante interessante (N.: preciso perguntar ao Conde sobre elas).

Não dormi bem, apesar de minha cama ser confortável o suficiente, pois tive todo tipo de sonho estranho. Um cachorro uivou a noite toda debaixo de minha janela, o que pode ter tido algo a ver com isso; ou pode ter sido a páprica, pois tive que beber toda a água de meu jarro, e continuei sedento. Perto do alvorecer, dormi e fui acordado por batidas contínuas à minha porta, então imagino que devia estar dormindo pesado, naquele momento. Comi mais páprica no café da manhã, e um tipo de mingau feito de farinha de milho, que me disseram se chamar "*mamaliga*", e berinjela recheada, um prato excelente, que chamam de "*impletata*" (N.: pegar a receita deste, também). Tive que me apressar para comer, pois o trem partia um pouco antes das oito, ou, na verdade, deveria ter partido, pois após correr até a estação, às 07:30, tive que me sentar no vagão por mais de uma hora antes de começarmos a nos mover. Me parece que quanto mais se vai para o leste, mais impontuais são os trens. Como será que são na China?

Parecemos enrolar o dia todo através de campos cheios de belezas de todo tipo. Às vezes víamos cidadezinhas, ou castelos no topo de colinas íngremes, como se vê em antigos missais; às vezes passávamos por rios e riachos, que pareciam, pela larga margem rochosa de cada lado, ser sujeitos a grandes enchentes. É preciso muita água, e uma corrente forte, para varrer as beiradas de um rio. A cada estação, havia grupos de pessoas, às vezes multidões, usando todo tipo de vestimenta. Algumas eram exatamente como os camponeses ingleses, ou os que avistei ao passar pela França e pela Alemanha, com casacos curtos e chapéus redondos, e calças feitas à mão; mas outras eram bastante pitorescas. As mulheres pareciam ser bonitas, a não ser que se chegasse perto delas, pois eram bem desengonçadas ao redor da cintura. Todas usavam mangas largas e brancas, de uma forma ou de outra, e a maioria tinha grandes cintos, de onde pendiam muitas faixas de algum tecido, como os vestidos do balé, mas é claro que havia anáguas por baixo. As figuras mais estranhas que vimos eram os eslovacos, mais bárbaros do que o resto, com seus grandes chapéus de vaqueiro, calças brancas sujas e largas, todas cheias de pregos de latão. Usavam botas compridas, com as calças enfiadas por dentro, e tinham cabelos pretos e longos, e bigodes pretos e fartos. São muito pitorescos, mas não têm aparência cativante. Em um palco, seriam imediatamente considerados um bando de bandidos orientais. Contudo, me foi dito que são inofensivos e sem autoconfiança natural.

O pôr do sol já estava quase no fim quando chegamos em Bistritz, que é um local antigo e muito interessante. Estando praticamente na divisa – pois o Passo Borgo vai de lá até Bukovina -, teve uma existência bem tempestuosa, e certamente carrega suas marcas. Há cinquenta anos, ocorreu uma série de grandes incêndios, que causaram estragos terríveis em cinco ocasiões diferentes. Logo no início do século XVII, passou por um cerco de três semanas, e perdeu 13.000 pessoas, com as mortes pela guerra sendo aumentadas pela fome e pelas doenças.

O Conde Drácula me havia instruído a ir para o Hotel Coroa de Ouro, que descobri, para meu imenso deleite, ser absolutamente antiquado, pois é claro que queria ver tudo o que pudesse dos costumes antiquados do país. Era evidente que me esperavam, pois, quando me aproximei da porta, deparei-me com uma senhora idosa, de aparência alegre, usando as vestimentas costumeiras dos camponeses – saia de baixo branca, com um longo avental de dois lados, na frente e atrás, de tecido colorido, quase que justo demais para ser modesto. Quando cheguei perto, ela fez uma reverência e disse:

– O Herr inglês?

– Sim, – respondi, – Jonathan Harker.

Ela sorriu e deu uma mensagem a um homem idoso, de camisa branca, que a seguira até a porta. Ele saiu, mas imediatamente voltou com uma carta:

"Meu amigo,

Bem-vindo aos Cárpatos. O estou aguardando ansiosamente. Durma bem esta noite. Amanhã, às três, a diligência partirá para Bukovina; um lugar lhe foi reservado nela. No Passo Borgo, minha carruagem o aguardará e trará até mim. Espero que sua viagem desde Londres tenha sido feliz, e que aprecie sua estadia em minha bela terra.

Seu amigo,

Drácula."

4 de maio. Descobri que meu senhorio recebera uma carta do Conde, que o instruía a obter o melhor lugar na diligência para mim; porém, ao fazer perguntas sobre os detalhes, ele pareceu um pouco um tanto quanto reticente, e fingiu não entender meu alemão. Isso não podia ser verdade, porque até então o entendera perfeitamente; pelo menos, respondeu minhas perguntas exatamente como se compreendesse. Ele e sua esposa, a velha senhora que me recebera, olharam um para o outro de forma assustada. Ele murmurou que o dinheiro havia sido enviado em uma carta, e que era só o que sabia. Quando perguntei se ele conhecia o Conde Drácula, e se podia me contar alguma coisa sobre seu castelo, ele e sua esposa fizeram o sinal da cruz e, dizendo que não sabiam de absolutamente nada, simplesmente recusaram-se a falar mais. Estava tão perto do horário da partida, que não tive tempo de perguntar mais nada, pois tudo era muito misterioso, e de forma alguma reconfortante.

Logo antes de sair, a velha senhora foi até meu aposento e disse, de forma histérica:

– Precisa mesmo ir! Ah, jovem Herr, precisa ir?

Estava em um estado de tamanha agitação, que parecia ter perdido o pouco do alemão que sabia, e misturava tudo com uma outra língua, que eu não conhecia nem um pouco. Só consegui acompanhá-la fazendo muitas perguntas. Quando disse a ela que precisava partir imediatamente, e que estava tratando de negócios importantes, ela perguntou novamente:

– O senhor sabe que dia é hoje?

Respondi que era quatro de maio. Ela sacudiu a cabeça enquanto dizia, novamente:

– Sim! Sei disso! Sei disso, mas o senhor sabe que dia é hoje?

Quando disse que não compreendia, ela continuou:

– É véspera do dia de São Jorge. O senhor não sabe que, hoje à noite, quando o relógio bater meia-noite, todas as coisas malignas do mundo andarão livres? Sabe para onde está indo, e o que irá fazer?

A senhora estava em uma agonia tão evidente, que tentei acalmá-la, mas sem sucesso. Finalmente, ela ficou de joelhos e implorou que eu não fosse; pelo menos, que esperasse um dia ou dois antes de partir. Era tudo muito ridículo, mas não me senti confortável. Entretanto, havia negócios a serem feitos, e eu não podia permitir que nada interferisse com isso. Portanto, tentei levantá-la e disse, tão gravemente quanto pude, que agradecia, mas que meu dever era imperativo e precisava ir. Então, ela levantou-se, enxugou as lágrimas e, tirando um crucifixo do pescoço, ofereceu-o a mim. Eu não sabia o que fazer, pois, como anglicano, fui ensinado a considerar essas coisas como idólatras, até certo ponto; ainda assim, pareceu-me tão rude recusar uma velha senhora tão bem-intencionada e naquele estado de espírito. Suponho que ela tenha visto a dúvida em meu semblante, pois colocou o rosário ao redor de meu pescoço, e disse: "Pelo bem de sua mãe", e saiu do quarto. Estou escrevendo esta parte do diário enquanto espero a carruagem, que está, é claro, atrasada; e o crucifixo continua ao redor de meu pescoço. Seja o medo da velha senhora, ou as muitas tradições fantasmagóricas deste lugar, ou o próprio crucifixo, não sei, mas não estou me sentindo nem um pouco tão tranquilo quanto de costume. Se este diário chegar até Mina antes de mim, que leve a ela meu adeus. Aí está a carruagem!

* * * *

5 de maio. No Castelo. O cinza da manhã já passou, e o sol está alto no horizonte distante, que parece todo irregular, por causa de árvores, ou colinas, não sei, pois está tão longínquo que as coisas grandes e as pequenas se misturam. Não estou sonolento e, já que não devo ser acordado até que desperte, é claro que estou escrevendo até o sono chegar. Há muitas coisas estranhas a registrar, e, para que quem as ler não pense que comi bem demais antes de sair de Bistritz, deixe-me anotar exatamente o meu jantar. Comi o que chamam de "filé do ladrão" – pedaços de bacon, cebola e carne, temperados com pimenta vermelha, amarrados em palitos e assados no fogo, ao estilo simples das banquinhas de rua de Londres! O vinho era dourado, da cidade de Medias, que produz uma ardência estranha na língua, mas que não, é, contudo, desagradável. Só tomei algumas taças disso, e nada mais.

Quando entrei na carruagem, o condutor não estava em seu assento, e o vi conversando com a senhoria. Era óbvio que falavam de mim, pois de vez em quando olhavam para mim, e algumas das pessoas sentadas no banco ao lado da porta – ao qual se referem com uma palavra que significa "portador de palavras" – vieram escutar, e então olharam para mim, a maioria com pena. Pude ouvir muitas palavras repetidas, palavras estranhas, pois havia muitas nacionalidades naquele grupo; então saquei meu dicionário poliglota discretamente de minha mala, e as procurei. Devo dizer que não me animaram muito, pois incluíam "*Ordog*" – satanás, "*pokol*" – inferno, "*stregoica*" – bruxa, "*vrolok*" e "*vlkoslak*" – ambas significando a mesma coisa, uma eslovaca e a outra sérvia referindo-se a lobisomem ou vampiro (N.: preciso perguntar ao Conde sobre estas superstições).

Ao partirmos, a multidão parada em frente à porta do hotel, que tinha, àquela altura, chegado a um tamanho considerável, fez o sinal da cruz e apontou dois dedos em minha direção. Com alguma dificuldade, fiz com que um companheiro de viagem me dissesse qual era o significado daquilo; ele não quis responder, de início, mas ao descobrir que eu era inglês, explicou que era um encanto ou proteção contra o mal olhado. Não foi muito agradável para mim, logo quando partia para um lugar desconhecido, para me encontrar com um estranho; mas todos pareciam tão amáveis, tão pesarosos e tão empáticos, que não pude deixar de me comover. Nunca esquecerei a última visão que tive do pátio do hotel e sua multidão de figuras pitorescas, todas se benzendo, de pé ao redor do grande arco, com seu fundo de rica folhagem de oleandros e laranjeiras em toneis verdes, agrupados no centro do pátio. Então, nosso condutor, cujas calças ocupavam a parte da frente inteira do assento – "*gotza*", eles as chamam -, estalou o chicote sobre seus quatro cavalos pequenos, que correram ao lado um do outro, e partimos em nossa jornada.

Logo perdi de vista e da memória os medos fantasmagóricos, na beleza da paisagem, enquanto viajávamos, apesar de que, se soubesse o idioma, na verdade, idiomas, que meus companheiros de viagem falavam, talvez não tivesse conseguido me livrar deles tão facilmente. À nossa frente havia uma terra verdejante e ondulante, cheia de florestas e bosques, com colinas íngremes aqui e acolá, coroadas por grupos de árvores ou casas de fazenda, com os beirais voltados para a estrada. Por toda parte havia uma massa estonteante de árvores frutíferas em flor – maçãs, ameixas, peras, cerejas; e, conforme passávamos, pude ver a grama verde sob as árvores decorada com as pétalas caídas. Serpeando por entre aquelas colinas verdejantes, daquele lugar que chamavam de "terras centrais", estava a estrada, perdendo-se enquanto tomava as curvas gramadas, ou escondida pelas extremidades rebeldes das plantações de pinheiros, que desciam colina abaixo aqui e acolá, como línguas de fogo. A estrada era acidentada, mas mesmo assim parecíamos voar por ela, com uma pressa febril. Não consegui entender, naquele momento, qual era o motivo da pressa, mas o condutor estava evidentemente decidido a não perder tempo para chegar em *Passo Borgo*. Me disseram que aquela estrada é excelente no verão, mas que não havia sido arrumada, ainda, depois das nevascas do inverno. Naquele sentido, ela era diferente das estradas costumeiras dos Cárpatos, pois é uma antiga tradição não mantê-las em condições boas demais. Antigamente, os Hospodares[1] não as consertavam, para que os turcos não pensassem que estavam se preparando para a chegada de tropas estrangeiras e, assim, antecipassem a guerra que estava sempre a ponto de acontecer.

1 N. da T.: Palavra eslavônia que significa "senhores".

Para além das altas colinas verdejantes da região central, erguiam-se imponentes encostas de florestas, que iam até as faces inclinadas dos próprios Cárpatos. Assomavam-se à esquerda e à direita, com o sol da tarde batendo direto nelas e realçando todas as gloriosas cores daquela linda cordilheira, azul escuro e roxo nas sombras dos picos, verde e marrom onde a grama e a rocha se misturavam, e uma interminável perspectiva de rochas irregulares e escarpas pontiagudas, até que estes, também, se perdessem na distância, onde os picos nevados erguiam-se grandiosamente. Aqui e ali parecia haver enormes fendas nas montanhas, através das quais, conforme o sol começava a se pôr, víamos ocasionalmente o brilho branco de água caindo. Um de meus companheiros encostou em meu braço enquanto contornávamos a base de uma colina e o pico alto e coberto de neve de uma montanha se descortinava, que parecia, conforme seguíamos nossa trajetória serpenteante, estar logo à nossa frente:

– Olhe! *Isten szek*! "O assento de Deus! – e se benzeu reverentemente.

Enquanto fazíamos as curvas de nosso interminável caminho, e o sol descia cada vez mais atrás de nós, as sombras da noite começaram a nos envolver lentamente. Isso era enfatizado pelo fato de que os topos nevados das montanhas ainda estavam banhados pelo pôr do sol, e pareciam brilhar com um rosa frio e delicado. Aqui e ali, passávamos por tchecos e eslovacos, todos em suas pitorescas vestimentas, mas reparei que o bócio era dolorosamente prevalente. Ao lado da estrada, havia muitas cruzes, e conforme passávamos, todos os meus companheiros faziam o sinal da cruz. Ocasionalmente, víamos um camponês ou uma camponesa ajoelhados na frente de um altar, que nem mesmo se viravam quando nos aproximávamos, parecendo não ter olhos nem ouvidos para o mundo externo, perdidos em sua devoção. Muitas coisas eram novas para mim: por exemplo, pilhas de feno nas árvores, e em certos pontos, lindas massas de bétulas brancas, com seus caules claros brilhando como prata, através do verde delicado das folhas. De vez em quando passávamos por uma carroça de carga – a carroça comum dos camponeses –, com suas vértebras longas e compridas, calculadas para se acomodar às desigualdades da estrada. Em tais carroças, era certo estarem sentados um grande grupo de camponeses rumando para casa, os tchecos com suas peles de ovelha brancas, e os eslovacos com suas coloridas, estes últimos carregando seus bastões como se fossem lanças, com uma cabeça de machado na ponta. Conforme a noite caía, começou a fazer muito frio, e o ocaso crescente parecia se misturar, em um enevoado escuro, com a escuridão das árvores, carvalho, faia e pinheiro, apesar de, nos vales profundos entre os pés das colinas, enquanto subíamos pelo Passo, os abetos se sobressaíam aqui e acolá, contra o fundo de neve tardia. Às vezes, quando a estrada cortava os bosques de pinheiros que pareciam, na escuridão, se assomar sobre nós, grandes massas cinzentas, que as árvores espalhavam aqui e ali, produziam um efeito peculiarmente estranho e solene, que continuava de onde haviam parado os pensamentos e fantasias sombrios causados mais cedo, quando o pôr do sol fizera com que as nuvens fantasmagóricas, que, nos Cárpatos, parecem serpear interminavelmente pelos vales, ficassem em um estranho alto-relevo. De vez em quando, as colinas eram tão inclinadas que, apesar da pressa de nosso condutor, os cavalos só podiam ir devagar. Quis descer e ir até eles, como fazemos em casa, mas o condutor não quis saber.

– Não, não, – disse ele, – o senhor não deve andar aqui; os cachorros são ferozes demais – E então acrescentou, com o que evidentemente pretendia que fosse um gracejo sombrio, pois olhou para trás para ver os sorrisos de aprovação do resto: – E o senhor pode passar por uma quantidade suficiente de situações como esta, antes de ir dormir. – A única parada que fez foi uma pausa de um momento para acender as lamparinas.

Quando escureceu, uma inquietação pareceu se espalhar entre os passageiros, e começaram a conversar com ele, um após o outro, como se insistissem para que aumentasse a velocidade. Ele bateu nos cavalos impiedosamente com seu longo chicote e, com gritos selvagens de encorajamento, os impeliu a maiores esforços. Então, através da escuridão, consegui discernir um tipo de luz acinzentada à nossa frente, como se houvesse uma fenda nas colinas. A agitação dos passageiros aumentou; a carruagem louca balançava sobre suas enormes molas de couro, e se sacudia como um barco no mar tempestuoso. Tive que me segurar. A estrada ficou mais nivelada, e parecíamos voar por ela. Então, as montanhas pareceram se aproximar de nós, de ambos os lados, e nos olhar de cima com desaprovação; estávamos entrando no Passo Borgo. Um a um, diversos passageiros ofereceram-me presentes, que insistiram para que eu aceitasse com uma seriedade que não admitiria recusa; estes eram certamente de um tipo estranho e variado, mas cada um deles me fora dado em simples boa-fé, com uma palavra gentil, uma bênção e aquela estranha mistura de movimentos amedrontados que eu vira fora do hotel em Bistritz – o sinal da cruz e o gesto de proteção contra o mau-olhado. Então, enquanto voávamos pela estrada, o condutor inclinou-se para a frente e, de cada lado, os passageiros, debruçados sobre as beiradas da carruagem, olhavam ansiosamente para a escuridão. Era evidente que algo muito emocionante estava acontecendo ou era esperado, mas apesar de ter perguntado a todos os passageiros, ninguém me deu a menor explicação. Aquele estado de excitação durou por algum tempo; finalmente vimos, à nossa frente, o Passo se abrindo ao leste. Havia nuvens escuras se movendo acima, e uma sensação opressiva e pesada de trovoada no ar. Parecia que a cordilheira separara duas atmosferas, e que havíamos entrado na trovejante. Àquela altura, eu mesmo estava procurando a carruagem que me levaria até o Conde. A cada momento, esperava ver o brilho de lamparinas cortando a escuridão, mas tudo continuava negro. A única luz eram os raios trêmulos de nossas próprias lamparinas, nos quais o vapor de nossos cavalos exaustos formava uma nuvem branca. Podíamos ver a estrada arenosa e branca à nossa frente, mas nela não havia nem sinal de um veículo. Os passageiros colocaram as cabeças de volta para dentro, com um suspiro de alívio, que parecia debochar de minha própria decepção. Já estava pensando no que deveria fazer, quando o condutor, olhando para o relógio, disse para os outros algo que mal consegui ouvir, pois fora dito em voz tão baixa e em tom tão grave; pensei que fosse: "Uma hora antes do tempo". Então, virando-se para mim, disse, em um alemão pior até mesmo que o meu:

– Não há carruagem aqui. O Herr não está sendo esperado, afinal de contas. Agora, virá conosco para Bukovina, e voltará amanhã, ou depois; melhor se for depois.

Enquanto falava, os cavalos começaram a relinchar, bufar e se debater violentamente, de modo que o condutor teve que segurá-los. Então, entre um coro de gritos dos camponeses e um benzimento geral de si mesmos, uma carruagem puxada por quatro cavalos apareceu atrás de nós, nos ultrapassou e parou ao lado de nossa diligência. Pude ver, pelo brilho das lamparinas, enquanto os raios caíam sobre eles, que os cavalos eram negros como o carvão, e animais esplêndidos. Eram conduzidos por um homem alto, com uma longa barba castanha e um enorme chapéu preto, que parecia esconder seu rosto de nós. Só pude ver o fulgor de um par de olhos muito brilhantes, que pareciam vermelhos à luz da lamparina, enquanto se voltava para nós. Ele disse para o condutor:

– Está adiantado hoje, meu amigo.

O homem gaguejou em resposta:

– O Herr inglês estava com pressa.

Ao que o estranho respondeu:

– É por isso, suponho, que queria que ele seguisse viagem até Bukovina. Não pode me enganar, meu amigo; sei de coisas demais, e meus cavalos são velozes.

Enquanto falava, sorriu, e a luz da lamparina caiu sobre uma boca de aparência dura, com lábios muito vermelhos e dentes pontiagudos, brancos como o mármore. Um de meus companheiros sussurrou para outro a linha do poema "Lenore", de Burger:

– "Pois os mortos viajam depressa".

O estranho condutor evidentemente ouviu as palavras, pois olhou para cima com um sorriso cintilante. O passageiro virou o rosto, ao mesmo tempo em que apontava dois dedos e se benzia.

– Dê-me a bagagem do Herr – disse o condutor; e, com extrema alacridade, minhas malas foram passadas e colocadas na carruagem. Então, desci pelo lado da diligência, pois a carruagem estava logo ao lado, e o condutor me ajudou com uma mão que pegou meu braço em um aperto de aço; sua força devia ser prodigiosa. Sem uma palavra, sacudiu as rédeas, os cavalos se viraram e mergulhamos na escuridão do Passo. Quando olhei para trás, vi o vapor dos cavalos da diligência à luz das lamparinas, e, projetadas contra ele, as figuras de meus antigos companheiros, se benzendo. Então, o condutor estalou o chicote e falou com seus cavalos, que apressaram-se em direção a Bukovina. Enquanto se afundavam na escuridão, senti um estranho frio, e uma sensação de solidão se abateu sobre mim; mas uma capa foi jogada sobre meus ombros, e uma manta sobre meus joelhos, e o condutor disse, em um alemão excelente:

– A noite está gelada, *mein Herr*, e meu mestre, o Conde, ordenou que cuidasse bem de você. Há um frasco de *slivovitz* (o conhaque de ameixa da região) debaixo do banco, caso precise.

Não tomei, mas era reconfortante saber que estava lá, de qualquer forma. Me sentia um pouco estranho, e nem um pouco assustado. Acho que, se houvesse alguma alternativa, a teria escolhido, ao invés de persistir naquela jornada noturna desconhecida. A carruagem avançou em um ritmo acelerado, sempre em frente, até que fizemos uma curva fechada e pegamos outra estrada reta. Parecia-me que estávamos apenas percorrendo o mesmo trecho, de novo e de novo; então, reparei em algum ponto notável, e percebi que estava certo. Gostaria de ter perguntado ao condutor o que isso significava, mas fiquei verdadeiramente temeroso de fazê-lo, pois pensei que, em minha posição, qualquer protesto não surtiria efeito, caso houvesse a intenção de nos atrasarmos. Contudo, por estar curioso para saber quanto tempo já se passara, acendi um fósforo e, com sua chama, olhei para meu relógio; faltavam alguns minutos para a meia-noite. Isso me chocou um pouco, pois imagino que a superstição geral sobre a meia-noite fora intensificada por minhas experiências recentes. Aguardei, com uma sensação preocupante de suspense.

Naquele momento, um cachorro começou a uivar, em alguma parte de uma casa de fazenda na estrada à frente – um lamento longo e agonizado, como que de medo. O som foi continuado por outro cachorro, e depois outro, e mais outro, até que, carregado pelo vento, que sussurrava suavemente pelo Passo, um uivo selvagem começou, que parecia vir de todas as partes da região, até onde a imaginação podia compreendê-lo na escuridão da noite. Ao primeiro uivo, os cavalos começaram a se debater e empinar, mas o condutor falou com eles em voz suave e se acalmaram, mas tremiam e suavam como se acabassem de escapar de um susto repentino. Então, à distância, das montanhas de ambos os lados, começou um uivo mais alto e agudo – de lobos –, que afetou os cavalos e a mim mesmo da mesma forma, pois estava pronto para pular da carruagem e correr, enquanto eles empinavam e desciam loucamente, de forma que o condutor tinha que usar toda a sua força para impedir que saíssem em disparada. Dentro de alguns minutos, contudo, meus ouvidos se acostumaram com o som, e os cavalos ficaram tão quietos que o condutor conseguiu descer e se postar à frente deles. Os acariciou e acalmou, sussurrando algo em seus ouvidos, como sabia que domadores de cavalos costumam fazer, e obteve um efeito extraordinário, pois, sob suas carícias, eles se tornaram controláveis novamente, apesar de ainda tremerem. O condutor voltou para seu assento e, sacudindo as rédeas, partiu em grande velocidade. Desta vez, após chegar à outra extremidade do Passo, virou de repente e desceu por um caminho estreito que fazia uma curva brusca para a direita.

Logo estávamos espremidos entre árvores, que, em certos lugares, se arqueavam sobre a estrada, até que passamos por um túnel; e, novamente, enormes rochas intimidantes nos vigiavam, audaciosamente, dos dois lados. Apesar de estarmos abrigados, podíamos escutar o vento que se formava, pois gemia e assoviava por entre as rochas, e os galhos das árvores batiam uns nos outros enquanto passávamos. Ficava cada vez mais frio, e uma neve fina como pó começava a cair, de modo que, logo, nós e tudo ao nosso redor estávamos cobertos por uma camada branca. O vento forte ainda carregava os uivos dos cães, apesar de ficar cada vez mais baixo, conforme prosseguíamos. O ladrar dos lobos soava cada vez mais próximo, como se estivessem fechando o cerco ao nosso redor, por todos os lados. Comecei a ficar terrivelmente assustado, e os cavalos compartilhavam de meu medo. Entretanto, o condutor não estava nem um pouco perturbado; continuava olhando para a esquerda e para a direita, mas eu não conseguia enxergar nada na escuridão.

Repentinamente, ao longe, à nossa esquerda, vi uma chama azul que bruxuleava ligeiramente. O condutor a viu ao mesmo tempo; verificou imediatamente os cavalos e, pulando para o chão, desapareceu na escuridão. Eu não sabia o que fazer, menos ainda pelo uivo dos lobos estar se aproximando;

mas, enquanto pensava, o condutor reapareceu de repente e, sem uma palavra, ocupou seu lugar e retomamos nossa viagem. Acho que devo ter adormecido e sonhado aquele incidente, pois parece ter se repetido interminavelmente, e agora, relembrando-o, me parece um tipo de pesadelo horrível. Uma vez, a chama apareceu tão perto da estrada, que, até mesmo na escuridão ao nosso redor, pude observar os movimentos do condutor. Dirigiu-se rapidamente aonde a chama azul aparecera – deveria estar bastante fraca, pois não parecia iluminar o lugar nem um pouco –, juntou algumas pedras e formou algum instrumento com elas. Em um certo momento, um estranho efeito óptico aconteceu: quando ele se postou entre mim e a chama, não a obstruiu, pois eu conseguia ver seu brilho fantasmagórico do mesmo jeito. Isso me assustou, mas, visto que o efeito foi apenas momentâneo, imaginei que meus olhos me enganavam, tentando enxergar na escuridão. E então, por algum tempo não houve nenhuma chama azul, e seguimos rapidamente em frente, através da penumbra, com os uivos dos lobos ao nosso redor, como se nos estivessem seguindo em um círculo em movimento.

Finalmente, chegou um momento em que o condutor andou mais para longe do que fora até então, e, durante sua ausência, os cavalos começaram a tremer mais do que nunca, e bufar e gritar de medo. Não conseguia discernir o motivo para tanto, pois os uivos dos lobos haviam cessado completamente; porém, logo naquele momento, a lua, passando por trás das nuvens escuras, apareceu atrás do pico irregular de uma rocha saliente a coberta por pinheiros, e vi, à sua luz, um círculo de lobos ao nosso redor, com presas brancas e línguas vermelhas para fora, longos membros musculosos e pelos desgrenhados. Eram cem vezes mais terríveis no silêncio sombrio que os circundava, do que quando estavam uivando. Quanto a mim, senti-me como que paralisado de medo. É só quando um homem sente que está cara a cara com tais horrores que consegue compreender sua verdadeira dimensão.

Todos ao mesmo tempo, os lobos começaram a uivar, como se a luz da lua tivesse um efeito peculiar sobre eles. Os cavalos saltavam e empinavam, e olhavam indefesos ao redor, com os olhos virando de forma dolorosa de se ver; mas o círculo vivo de terror os cercava por todos os lados, e eram forçados a permanecer dentro dele. Chamei o condutor para que viesse, pois me parecia que nossa única chance seria tentar passar pelo círculo e ajudá-lo a se aproximar. Gritei e bati no lado da carruagem, esperando que o barulho assustasse os lobos daquele lado, para dar ao homem uma chance de chegar até a escadinha. Como ele chegou lá, não sei, mas ouvi sua voz erguida em um tom de comando imperioso, e, olhando em direção ao som, o vi parado de pé na estrada. Conforme balançava seus longos braços, como se empurrasse algum obstáculo intangível para longe, os lobos se retraíram, se afastando cada vez mais. Naquele instante, uma grande nuvem passou pela frente da lua, e ficamos novamente no escuro.

Quando consegui enxergar novamente, o condutor estava subindo na carruagem, e os lobos haviam desaparecido. Tudo aquilo era tão estranho e sinistro, que fui tomado por um terrível medo, e não conseguia falar ou me mover. O tempo parecia interminável, conforme seguíamos viagem, agora numa escuridão quase que total, pois as nuvens obscureciam a lua. Continuamos ascendendo, com períodos ocasionais de curtas descidas, mas, no todo, sempre subindo. Repentinamente, tomei consciência do fato de que o condutor estava fazendo com que os cavalos parassem no pátio de um enorme castelo em ruínas, de cujas altas janelas escuras não vinha um único raio de luz, e cujas ameias quebradas formavam uma linha irregular na frente do céu iluminado pela lua.

CAPÍTULO II

Diário de Jonathan Harker

(Continuação)

5 de maio. Devia estar dormindo, pois certamente, se estivesse completamente acordado, deveria ter reparado na aproximação de um local tão extraordinário. Na escuridão, o pátio parecia ser de tamanho considerável, e, como diversas trilhas escuras saíam dele, por debaixo de grandes arcos, talvez parecesse maior do que era de verdade. Ainda não o consegui ver à luz do dia.

Quando a carruagem parou, o condutor pulou para fora e estendeu a mão para me ajudar a desembarcar. Não pude deixar de observar, novamente, sua força prodigiosa. Sua mão parecia, na verdade, feita de aço, como se pudesse ter esmagado a minha, se ele quisesse. Então, pegou meus baús e os colocou no chão ao meu lado, enquanto eu me postava perto de uma enorme porta, antiga e cheia de grandes pregos de ferro, encaixada em um arco saliente, feito de pedras gigantescas. Podia ver, mesmo naquela luz fraca, que as pedras haviam sido esculpidas em tamanho enorme, mas que os entalhes tinham sido bastante gastos pelo tempo e o clima. Enquanto ficava ali parado, o condutor pulou de volta para seu assento e sacudiu as rédeas; os cavalos puseram-se em movimento, e desapareceram, com todo o resto, por uma das aberturas escuras.

Fiquei em silêncio onde estava, pois não sabia o que fazer. Não havia sinal de qualquer campainha ou aldrava; não era provável que minha voz penetraria naquelas paredes carrancudas e janelas escuras. O tempo que esperei parecia interminável, e dúvidas e medos me assolavam. Para que espécie de lugar eu havia vindo, e entre que tipo de pessoas? Em que aventura sombria havia embarcado? Seria este um incidente costumeiro na vida de um escriturário de advogado, enviado para explicar a compra de uma propriedade em Londres para um estrangeiro? Escriturário de advogado! Mina não gostaria disso. Advogado – pois logo antes de partir de Londres, fiquei sabendo que havia passado no exame, e agora era um advogado completo! Comecei a esfregar os olhos e me beliscar, para ver se estava acordado. Tudo me parecia um terrível pesadelo, e esperava acordar de repente, e descobrir que estava em casa, com a luz do dia entrando pelas janelas, da forma como já me sentira, de vez em quando, nas manhãs após um dia de trabalho excessivo. Mas minha carne respondeu ao teste do beliscão, e meus olhos não estavam enganados. Eu estava, realmente, acordado e entre os Cárpatos. Tudo o que podia fazer, naquele momento, era ser paciente e esperar a chegada da manhã.

Logo quando cheguei àquela conclusão, ouvi passos pesados se aproximando por trás da grande porta, e vi, através das frestas, o brilho de uma luz que se acercava. Então, houve o som de correntes chacoalhando e o ressoar de enormes trincas sendo puxadas. Uma chave foi girada, com o barulho alto de longa falta de uso, e a enorme porta foi aberta.

Lá dentro estava um velho alto, barbeado, exceto um longo bigode branco, e vestido de preto da cabeça aos pés, sem um único detalhe em cor em nenhuma parte de si. Segurava uma lamparina de prata antiga, na qual a chama queimava sem proteção de vidro de tipo algum, produzindo longas sombras tremeluzentes, conforme vacilava com a corrente de ar que entrava pela porta. O velho fez sinal para que entrasse, com a mão direita, em um gesto cavalheiresco, dizendo em um inglês excelente, mas com uma entonação estranha:

– Bem-vindo ao meu lar! Entre livremente e por vontade própria.

Não fez nenhum movimento para se aproximar de mim, e sim ficou parado como uma estátua, como se seu gesto de boas-vindas o houvesse transformado em pedra. Contudo, no instante em que pisei na soleira, ele andou impulsivamente para a frente e, estendendo a mão, agarrou a minha com uma força que me fez estremecer, efeito este que não foi atenuado pelo fato de que sua mão parecia fria como gelo – mais como a mão de um morto do que a de um vivo. Novamente, disse:

– Bem-vindo ao meu lar. Entre livremente. Parta em segurança; e deixe um pouco da felicidade que traz!

A força do aperto de mão era tão parecida com a que eu observara no condutor, cujo rosto eu não vira, que, por um momento, cogitei estar falando com a mesma pessoa. Então, para certificar-me, disse, interrogativamente:

– Conde Drácula?

Ele fez uma reverência elegante, enquanto respondia:

– Sou Drácula; e dou-lhe as boas-vindas, Sr. Harker, ao meu lar. Entre; o ar noturno está gelado, e você precisa se alimentar e descansar.

Enquanto falava, colocou a lamparina em um suporte na parede e, saindo, pegou minha bagagem; a carregara para dentro antes que eu pudesse impedi-lo. Protestei, mas ele insistiu:

– Não, senhor, você é meu hóspede. Está tarde, e meus criados não estão disponíveis. Deixe que eu mesmo cuide de seu conforto.

Ele insistiu em carregar minhas coisas pelo corredor, depois por uma grande escadaria em caracol, e por outro corredor largo, sobre o piso de pedra do qual nossos passos ecoavam. Ao final do mesmo, ele abriu uma porta pesada, e fiquei exultante em ver um cômodo bem iluminado, no qual uma mesa havia sido posta com uma ceia, e em cuja enorme lareira ardia um grande fogo com lenha fresca.

O Conde parou, colocando minhas malas no chão, fechou a porta e, atravessando a sala, abriu outra porta, que dava para um pequeno cômodo octogonal, iluminado por uma única lamparina, aparentemente sem qualquer janela. Passando por tal cômodo, abriu outra porta, e fez um gesto para que eu entrasse. Era uma visão muito bem-vinda, pois lá estava um grande quarto, bastante iluminado e aquecido por outra lareira – também alimentada há pouco, pois a lenha de cima estava fresca –, que soltava um rugido oco chaminé acima. O próprio Conde deixou minha bagagem lá dentro e se retirou, dizendo, antes de fechar a porta:

– O senhor precisará, depois de sua jornada, se arrumar, fazendo sua toalete. Tenho certeza de que encontrará tudo o que deseja. Quando estiver pronto, venha para o outro cômodo, onde encontrará sua ceia preparada.

A luz e o calor, e a recepção cortês do Conde, pareciam ter dissipado todas as minhas dúvidas e medos. Tendo, então, voltado a meu estado normal, descobri que estava morto de fome; então, arrumando-me apressadamente, fui para o outro cômodo.

Encontrei a ceia já posta. Meu anfitrião, que estava de pé em um lado da enorme lareira, encostado nas pedras, fez um gesto gracioso com a mão, apontando para a mesa, e disse:

– Rogo-lhe que se sente e coma como quiser. Confio que o senhor me perdoará por não acompanhá-lo; mas já jantei, e não ceio.

Entreguei a ele a carta selada que o Sr. Hawkins me confiara. Ele a abriu e leu com semblante sério; então, com um sorriso encantador, passou-a para mim, para que lesse. Um trecho dela, pelo menos, me deu um arroubo de prazer.

"Infelizmente, um ataque de gota, doença da qual sofro constantemente, me impede de fazer absolutamente qualquer viagem no futuro próximo; mas tenho o prazer de dizer que posso enviar um substituto eficiente, em quem confio plenamente. É um homem jovem e cheio

de energia e talento, de sua própria maneira, e de personalidade muito leal. É discreto e quieto, e se tornou adulto enquanto estava a meu serviço. Ele estará pronto para atendê-lo quando o senhor quiser, durante sua estadia, e obedecerá suas instruções em todas as questões".

O próprio Conde aproximou-se e destampou um prato, e eu imediatamente ataquei um excelente frango assado. Este, com um pouco de queijo, uma salada e uma garrafa de Tokay antigo, do qual tomei duas taças, formaram minha ceia. Enquanto comia, o Conde fez muitas perguntas sobre minha jornada, e contei a ele, gradualmente, tudo pelo que passara.

Àquela altura, eu terminara de cear e, instado por meu anfitrião, puxara uma cadeira para perto do fogo e começara a fumar um charuto que ele me oferecera, ao mesmo tempo em que me explicava que não fumava. Tive, então, a oportunidade de observá-lo, e percebi que tinha uma fisionomia bastante marcante.

Seu rosto era fortemente – muito fortemente – aquilino, com a ponte do nariz alta e fina, e narinas peculiarmente arqueadas; sua testa era alta e arredondada, e cabelo crescia escassamente nas têmporas, mas de forma profusa em outras partes. Suas sobrancelhas eram enormes, quase que se encontrando sobre o nariz, e com pelos cheios que pareciam se encaracolar, tamanha sua profusão. A boca, até onde eu podia ver sob o grande bigode, era reta e de aparência um tanto quanto cruel, com dentes brancos e estranhamente afiados; estes projetavam-se para cima dos lábios, cuja notável vermelhidão demonstrava uma surpreendente vitalidade, para um homem de sua idade. Quanto ao resto, suas orelhas eram pálidas, com as partes superiores extremamente pontudas; o queixo era largo e forte, e as bochechas firmes, apesar de magras. O efeito geral era de extraordinária palidez.

Eu já notara as costas de suas mãos, que repousavam sobre seus joelhos, à luz do fogo, e pareciam um tanto quanto brancas e delicadas; mas, ao vê-las perto de mim, não pude deixar de reparar que eram bastante grosseiras – largas, com dedos curtos. Estranhamente, havia pelos no centro das palmas. As unhas eram longas e finas, cortadas de modo a formar pontas afiadas. Conforme o Conde se debruçava sobre mim, e suas mãos me tocavam, não pude impedir um estremecimento. Pode ter sido porque seu hálito era fétido, mas uma sensação horrível de náusea tomou conta de mim, a qual, por mais que quisesse, não consegui esconder. O Conde, evidentemente reparando, afastou-se; e, com um sorriso amargo, que mostrava mais do que nunca seus dentes protuberantes, sentou-se novamente em seu próprio lado da lareira. Ficamos em silêncio por um tempo; quando olhei para a janela, vi os primeiros raios tênues da aurora vindoura. Uma estranha imobilidade parecia ter se abatido sobre tudo, mas, enquanto escutava, ouvi os uivos de muitos lobos vindos do fundo do vale. Os olhos do Conde brilharam, e disse:

– Ouça-as; as crianças da noite. Que música fazem!

Vendo, suponho, alguma expressão em meu rosto que lhe era estranha, ele acrescentou:

– Ah, senhor, vocês, pessoas da cidade, não conseguem compartilhar dos sentimentos do caçador. – Então, levantou-se e disse: – Mas o senhor deve estar cansado. Seu quarto já está pronto, e amanhã dormirá até quando quiser. Estarei fora até a tarde, então durma bem e bons sonhos!

Com uma reverência educada, ele mesmo abriu para mim a porta da sala octogonal, e entrou em meu quarto...

Estou mergulhado em indagações. Tenho dúvidas; tenho medos; penso coisas estranhas, que não ouso confessar à minha própria alma. Que Deus me proteja, ainda que seja apenas pelo bem dos meus entes queridos!

*****

7 de maio. É de manhã cedo, novamente, mas descansei e aproveitei as últimas vinte e quatro horas. Dormi até tarde, e acordei naturalmente. Após me vestir, fui até o cômodo onde havíamos ceado, e encontrei um desjejum posto, com café mantido aquecido pelo fato de o bule ter sido colocado sobre a lareira. Havia um bilhete sobre a mesa, que dizia:

"*Preciso me ausentar por um tempo. Não espere por mim. D.*"

Sentei-me e fiz uma refeição farta. Ao terminar, procurei um sino, para poder avisar os criados que havia acabado, mas não encontrei nenhum. Claramente, há estranhas deficiências na casa, considerando as extraordinárias evidências de riqueza que me cercam. Os utensílios são de ouro, e tão lindamente decorados que devem ser imensamente valiosos. As cortinas e os estofados das cadeiras e sofás, e as tapeçarias ao redor de minha cama, são dos panos mais caros e belos, e devem ter sido de um preço fabuloso, quando feitas, pois têm centenas de anos, apesar de estarem em excelente estado. Vi algo parecido com eles em Hampton Court[2], mas estavam desgastados, rasgados e comidos por traças. Ainda assim, não há nenhum espelho, em qualquer um dos cômodos. Não há nem mesmo um espelhinho de mão sobre minha penteadeira, e tive que pegar meu espelho de barbear em minha mala, antes de poder fazer a barba ou pentear meu cabelo. Ainda não vi nenhum criado em lugar algum, tampouco ouvi algum som perto do castelo, exceto os uivos dos lobos. Algum tempo depois de ter terminado minha refeição – não sei se a chamo de café da manhã ou jantar, pois a fiz entre as cinco e seis da tarde –, procurei algo para ler, pois não queria passear pelo castelo até ter pedido a permissão do Conde. Não havia absolutamente nada no quarto, nenhum livro jornal, nem mesmo materiais de escrita; então, abri outra porta no quarto e encontrei um tipo de biblioteca. Tentei a porta que ficava do outro lado da minha, mas descobri-a trancada.

Na biblioteca, encontrei, para meu deleite, uma enorme quantidade de livros em inglês, prateleiras inteiras cheias deles, e volumes encadernados de revistas e jornais. Uma mesa no centro estava coberta por revistas e jornais ingleses, apesar de nenhum deles ser muito recente. Os livros eram dos mais variados tipos – história, geografia, política, economia política, botânica, geologia, direito – tudo relacionado à Inglaterra e à vida, aos costumes e aos modos ingleses. Havia até mesmo livros de referência, como o Diretório de Londres, os livros "Vermelho" e "Azul"[3], o Almanaque Whitaker, as Listas do Exército e da Marinha, e – por algum motivo, isso me fez ficar bastante feliz – a Lista do Direito.

---

2 N. da T.: Palácio inglês do séc. XVI.

3 N. da T.: Livros de referência publicados desde a época vitoriana, sobre economia e finanças.

Enquanto examinava os livros, a porta se abriu e o Conde entrou. Me cumprimentou efusivamente, e disse que esperava que eu houvesse tido uma noite repousante. Então, prosseguiu:

– Fico feliz por ter chegado até aqui, pois tenho certeza de que há muito que lhe irá interessar. Estes companheiros – colocou a mão sobre alguns dos livros – me têm sido bons amigos, e, já há alguns anos, desde que tive a ideia de ir para Londres, têm me dado muitas e muitas horas de prazer. Através deles conheci sua grande Inglaterra; e conhecê-la é amá-la. Anseio por caminhadas através das ruas cheias de sua poderosa Londres, estar no meio do turbilhão e da correria da humanidade, compartilhar de sua vivacidade, suas mudanças, suas mortes, e tudo o que a faz ser o que é. Mas ai de mim! Até agora, só conheço seu idioma através dos livros. De você, meu amigo, espero aprender a falar.

– Mas Conde, – eu disse, – o senhor conhece e fala o inglês perfeitamente!

Ele fez uma reverência, com expressão séria.

– Agradeço-o, meu amigo, por sua estimativa lisonjeira, mas ainda temo estar no começo da estrada que pretendo percorrer. É verdade que conheço a gramática e as palavras, mas ainda não sei como falá-las.

– Asseguro-lhe, – eu disse, – que o senhor fala de forma excelente.

– Não é assim – ele respondeu. – Bem, sei que se passear e conversar em Londres, todos perceberão que sou um forasteiro. Não é o suficiente para mim. Aqui, sou um nobre; sou um *boyar*. As pessoas comuns me conhecem, e sou um senhor. Mas um estranho em uma terra estranha não é ninguém; os homens não o conhecem, e não conhecer significa não se importar. Ficarei satisfeito se me tornar como o resto, de modo que ninguém pare ao me ver, ou faça uma pausa ao me ouvir falar, dizendo "Ha, ha! Um estrangeiro!". Sou um senhor há tanto tempo, que gostaria de continuar sendo, ou, pelo menos, que ninguém mais seja senhor de mim. Você veio até mim não só como representante de meu amigo Peter Hawkins, de Exeter, para me contar tudo sobre minha nova propriedade em Londres. Você ficará, espero, aqui comigo por um tempo, de modo que, com nossas conversas, eu consiga aprender a entonação inglesa; e gostaria que me dissesse quando eu cometer um erro, até mesmo dos menores, em minha fala. Desculpe-me por ter ficado fora por tanto tempo, hoje; mas sei que irá perdoar uma pessoa que tem tantos assuntos importantes a tratar.

É claro que eu disse tudo o que podia sobre minha disposição, e perguntei se podia entrar naquele cômodo sempre que quisesse. Ele respondeu:

– Sim, certamente – e acrescentou: – Pode ir aonde quiser, no castelo, exceto onde as portas estiverem trancadas, onde, é claro, você nem desejará ir. Há um motivo para que todas as coisas estejam do modo que estão, e se você enxergasse com meus olhos, e tivesse meus conhecimentos, talvez compreendesse melhor.

Eu disse que estava certo que sim, e ele continuou:

– Estamos na Transilvânia, e a Transilvânia não é a Inglaterra. Nossos modos não são os seus modos, e haverá muitas coisas que lhe serão estranhas. Não, pelo que já me contou de suas experiências, conhece um pouco das coisas estranhas que pode haver.

Isso levou a muita conversa; e estava claro que ele queria falar, ainda que fosse só por falar, de modo que fiz-lhe muitas perguntas sobre coisas que já haviam acontecido comigo, ou nas quais reparara. Às vezes, ele mudou de assunto, ou conduziu a conversa, fingindo não entender; mas, no geral, respondeu todas as minhas perguntas, com a maior franqueza. Então, conforme o tempo passava, e fui ficando mais ousado, perguntei a ele sobre algumas das coisas estranhas da noite anterior, como por que o condutor fora até os lugares onde vira as chamas azuis. Ele, então, me explicou que era uma crença comum que, em uma determinada noite do ano – a noite passada, na verdade, quando todos os espíritos malignos supostamente têm passe livre –, uma chama azul é vista sobre qualquer lugar onde há um tesouro escondido.

– Aquele tesouro está escondido – prosseguiu – na região pela qual chegou ontem à noite, disso há poucas dúvidas; pois é a terra disputada há séculos pelos valáquios, os saxônicos e os turcos. Na verdade, mal há um único metro de terra, em toda essa região, que não foi enriquecido pelo sangue de homens, patriotas ou invasores. Nos tempos antigos, houve épocas de perturbações, quando os austríacos e os húngaros vinham em hordas, e os patriotas marchavam para encontrá-los – homens e mulheres, velhos e crianças também –, e esperavam sua chegada nas rochas sobre os vales, para poder destruí-los com avalanches artificiais. Quando o invasor triunfava, encontrava pouca coisa, pois o que havia já fora escondido no prestativo solo.

– Mas como – disse eu – pode ter ficado tanto tempo sem ter sido descoberto, quando há uma indicação tão clara, se os homens ao menos se derem ao trabalho de procurar?

O Conde sorriu e, quando seus lábios descortinaram suas gengivas, os caninos longos e afiados apareceram, estranhos; ele respondeu:

– Porque o camponês é, no fundo, um covarde e um tolo! Aquelas chamas só aparecem em uma noite; e, naquela noite, nenhum homem desta terra sairá, se puder evitar. E, meu caro senhor, ainda que saísse, não saberia o que fazer. Até mesmo o camponês sobre o qual me contou, que marcou o local da chama, não saberia onde procurar, à luz do dia, pelo fruto de seu próprio trabalho. Até mesmo o senhor, ouso dizer, não conseguiria encontrar aqueles lugares novamente.

– Quanto a isso, está certo – disse. – Sei procurar por eles tanto quanto os mortos.

Então, passamos a outros assuntos.

– Vamos, – disse ele, finalmente, – conte-me sobre Londres e a casa que encontrou para mim.

Desculpando-me por meu descuido, fui até meu quarto pegar os papéis em minha mala. Enquanto os colocava em ordem, ouvi barulhos de porcelana e prataria no cômodo ao lado e, enquanto passava, reparei que a mesa havia sido tirada e a lamparina acesa, pois àquela altura, já estava escuro. As lamparinas também haviam sido acesas no escritório ou na biblioteca, e encontrei o Conde deitado no sofá, lendo, dentre todas as coisas do mundo, um Guia Bradshaw[4]. Quando entrei, ele retirou os livros e papéis da mesa, e então analisei, junto com ele, plantas, escrituras e números de todos os tipos. Ele estava interessado em tudo, e fez-me inúmeras perguntas sobre o lugar e suas cercanias. Claramente, havia estudado de antemão tudo o que consegui-

4 N. da T.: Guia de horários de trens.

ra sobre a vizinhança, pois estava evidente que sabia muito mais do que eu. Quando fiz tal observação, ele respondeu:

– Bem, meu amigo, mas não era necessário que assim o fizesse? Quando for para lá, estarei sozinho, e meu amigo Harker Jonathan – não, perdoe-me, usei o costume de meu país, de usar seu patronímico primeiro –, meu amigo Jonathan Harker não estará ao meu lado para corrigir-me e auxiliar-me. Estará em Exeter, a quilômetros de distância, provavelmente trabalhando com documentos jurídicos, junto com meu outro amigo, Peter Hawkins. Então!

Mergulhamos no assunto da compra da propriedade em Purfleet. Após narrar todos os fatos e obter sua assinatura nos papéis necessários, assim como escrever uma carta para acompanhá-los, pronta para ser enviada para o Sr. Hawkins, ele começou a perguntar-me como eu encontrara um local tão adequado. Li para ele as anotações que fizera na época, e que incluo aqui:

"Em Purfleet, em uma rua secundária, encontrei um lugar que me parece ser exatamente como solicitado, e onde estava exibida uma placa dilapidada, que dizia que o lugar estava à venda. Está cercado por um muro alto, de estrutura antiga, feito de pedras pesadas, e que não é consertado há muitos anos. Os portões fechados são feitos de carvalho antigo e ferro, corroído pela ferrugem.

A propriedade se chama Carfax, sem dúvida uma corruptela do antigo nome "Quatre Face", pois a casa tem quatro faces, alinhadas com os pontos cardeais. Contém, no total, cerca de vinte acres, totalmente cercados pelo muro de pedras sólido, acima mencionado. Há muitas árvores, o que faz com que partes da propriedade sejam sombrias, e contém uma lagoa ou pequeno lago profundo e escuro, evidentemente alimentado por alguma nascente, pois a água é límpida e flui para um córrego de bom tamanho. A casa é bem grande e diria que data do período medieval, pois uma parte é feita de pedras imensamente grossas, só com algumas janelas altas e protegidas por barras de ferro. Parece ser parte de uma fortaleza, e fica perto de uma velha capela ou igreja. Não consegui entrar, pois não tinha a chave da porta que levava da casa até lá, mas tirei, com minha Kodak, imagens dela, de diversos pontos. A casa foi aumentada, mas de forma bastante dispersa, e só posso estimar a metragem que tem, que deve ser bastante grande. Há poucas casas próximas, uma das quais é uma grande que foi construída recentemente, e transformada em um hospício particular. Não é, contudo, visível do terreno".

Ao terminar, ele disse:

– Fico contente que seja velha e grande. Eu mesmo venho de uma família antiga, e morar em uma casa nova me mataria. Uma casa não se torna habitável em um dia; e, afinal de contas, um século é formado por tão poucos dias. Também me alegra o fato de que há uma capela de tempos antigos. Nós, nobres transilvânios, não gostamos de pensar que nossos ossos podem jazer em meio aos mortos comuns. Não busco diversão, nem alegria, nem a voluptuosidade clara de muita luz do sol e águas límpidas que agradam os jovens e folgazões. Não sou mais jovem; e meu coração, ao longo de muitos anos de luto pelos mortos, não está sintonizado com a alegria. Ademais, as paredes de meu castelo estão quebradas; as sombras são muitas, e o vento sopra frio através das ameias e dos caixilhos quebrados. Amo a sombra e a escuridão, e gosto de ficar a sós com meus pensamentos, quando posso.

De alguma forma, suas palavras e a expressão em seu rosto não pareciam concordar, ou poderia ser porque suas feições faziam seu rosto parecer maligno e saturnino.

Após isso, com uma desculpa, me deixou, pedindo que eu juntasse todos os meus papéis. Ficou longe por um tempo, e comecei a olhar para os livros ao meu redor. Um era um atlas, que vi estar aberto, naturalmente, na página da Inglaterra, como se aquele mapa específico tivesse sido usado frequentemente. Ao olhar para ele, descobri, em certos lugares, pequenos círculos desenhados, e, ao examiná-los, reparei que um deles estava perto de Londres, do lado leste, claramente onde sua nova propriedade estava situada; os outros dois estavam sobre Exeter e Whitby, no litoral de Yorkshire.

Passara-se quase uma hora, quando o Conde voltou.

– Aha! – disse. – Ainda com seus livros? Que bom! Mas não pode trabalhar o tempo todo. Venha, me informaram que seu jantar está pronto.

Pegou-me pelo braço e passamos para o cômodo ao lado, onde encontrei um excelente jantar pronto na mesa. O Conde se desculpou novamente, pois já havia comido enquanto estivera fora. Mas sentou-se, como na noite anterior, e conversou enquanto eu comia. Após o jantar, fumei, como na noite passada, e o Conde ficou comigo, papeando e fazendo perguntas sobre todos os assuntos possíveis, hora após hora. Senti que estava ficando muito tarde mesmo, mas não disse nada, pois sentia-me na obrigação de atender aos desejos de meu anfitrião, de todas as maneiras. Não estava com sono, pois o longo período em que passara dormindo, no dia anterior, me fortificara; mas não pude deixar de sentir aquele calafrio que se abate sobre as pessoas à chegada da aurora, que é, de sua própria maneira, como a virada da maré. Dizem que as pessoas prestes a morrer costumam partir ao raiar do dia, ou na mudança da maré; qualquer um que, cansado e preso ao seu posto, passou por esta mudança da atmosfera, consegue acreditar. Ao mesmo tempo, ouvimos o cantar de um galo atravessar o límpido ar matinal com sua estridência; o Conde Drácula, pondo-se de pé com um pulo, disse:

– Ora, o dia raiou novamente! Como fui relapso em deixá-lo ficar acordado por tanto tempo. O senhor precisa fazer com que suas conversas sobre meu novo e querido país, a Inglaterra, sejam menos interessantes, para que eu não me esqueça de como o tempo voa. – Então, com uma reverência elegante, partiu rapidamente.

Fui para meu quarto e abri as cortinas, mas havia pouco para se ver; minha janela dava para o pátio, e tudo o que podia ver era o cinza cálido do céu que se iluminava. Deste modo, fechei as cortinas novamente e sentei-me para escrever sobre este dia.

*****

8 de maio. Comecei a temer, enquanto escrevia neste diário, estar ficando difuso demais; mas agora fico contente por ter me apegado a detalhes logo de início, pois há algo tão estranho neste lugar, e em tudo dentro dele, que não posso deixar de me sentir inquieto. Gostaria de estar seguro longe dele, ou de nunca ter vindo. Pode ser que esta estranha existência noturna esteja começando a me afetar; mas quem dera fosse só isso! Se houvesse alguém

com quem falar, eu poderia suportar, mas não há ninguém. Tenho só o Conde com quem conversar, e ele! – Temo ser a única alma viva neste lugar. Deixe-me ser prosaico quanto as fatos; me ajudará a aguentar, e a imaginação não pode tomar conta de mim. Se tomar, estou perdido. Deixe-me dizer imediatamente qual é minha situação – ou qual parece ser.

Dormi apenas algumas horas, quando fui para a cama, e, sentindo que não podia dormir mais, levantei-me. Pendurara meu espelho de barbear perto da janela, e acabara de começar a fazer a barba. Repentinamente, senti uma mão sobre meu ombro, e ouvi a voz do Conde me dizendo: "Bom dia". Sobressaltei-me, pois fiquei surpreso com o fato de não tê-lo visto, já que o reflexo do espelho cobria todo o quarto atrás de mim. Ao me assustar, cortei-me de leve, mas não reparara de pronto. Após responder o cumprimento do Conde, virei-me para o espelho novamente, para entender como me enganara. Daquela vez, não podia haver erro, pois o homem estava perto de mim, e conseguia vê-lo sobre meu ombro. Mas não havia nenhum reflexo dele no espelho! Todo o quarto atrás de mim estava à mostra, mas não havia sinal de um homem nele, além de mim mesmo. Era surpreendente, e, por acontecer em conjunto com tantas outras coisas estranhas, começava a aumentar aquela vaga sensação de inquietude que sempre tenho quando o Conde está por perto; porém, naquele instante, vi que o corte estava sangrando ligeiramente, e o sangue escorria por meu queixo. Coloquei a lâmina de lado, virando-me, enquanto o fazia, para procurar um curativo. Quando o Conde viu meu rosto, seus olhos lampejaram com um tipo de fúria demoníaca, e estendeu as mãos, repentinamente, em direção ao meu pescoço. Afastei-me e sua mão encostou nas contas que seguravam o crucifixo. Isso causou uma mudança instantânea nele, pois a fúria passou tão rapidamente que eu mal podia acreditar que acontecera.

– Cuidado, – disse ele, – cuidado para não se cortar. É mais perigoso do que você pensa, nesta região. – Então, pegando o espelho, prosseguiu: – E foi esta maldita coisa que causou todo o rebuliço. É uma horrenda bugiganga da vaidade do ser humano. Para longe! – E, abrindo a pesada janela com um puxão de sua mão terrível, jogou para fora o espelho, que se estilhaçou em mil pedaços sobre as pedras do pátio lá embaixo. Então, retirou-se sem mais uma palavra. É muito irritante, pois não sei como farei para me barbear, a não ser que use a parte de trás do meu relógio de bolso ou o fundo da minha tigela de barbear, que é, felizmente, feita de metal.

Quando fui para a sala de jantar, o café estava preparado, mas não pude encontrar o Conde em lugar nenhum. Então, tomei o café sozinho. É estranho não ter visto ainda o Conde comer ou beber. Ele deve ser um homem bastante peculiar! Após o desjejum, explorei um pouco o castelo. Fui até a escadaria e encontrei um cômodo que dava para o sul. A vista era magnífica e, de onde estava, tive toda a oportunidade de vê-la. O castelo fica bem na beirada de um terrível precipício. Uma pedra que caísse da janela, cairia trezentos metros sem encostar em nada! Até onde a vista alcança, é um mar de copas de árvores verdes, com uma profunda fenda ocasional, contendo um abismo. Aqui e acolá, há linhas prateadas, onde os rios serpenteiam em profundos desfiladeiros, através das florestas.

Mas não estou com disposição para descrever belezas, pois após admirar a vista, continuei explorando; portas, portas, portas por todos os cantos, e todas trancadas e aferrolhadas. Em lugar nenhum, exceto as janelas nas paredes do castelo, há uma saída disponível.

O castelo é uma verdadeira prisão, e eu sou um prisioneiro!

CAPÍTULO III

Diário de Jonathan Harker (Continuação)

Quando descobri ser um prisioneiro, um tipo de sensação selvagem tomou conta de mim. Corri acima e abaixo pelas escadarias, tentando todas as portas e olhando por todas as janelas que consegui encontrar; mas, após algum tempo, a certeza de que estava indefeso sobrepujou todos os meus outros sentimentos. Quando penso no que aconteceu, algumas horas depois, acho que devo ter ficado louco, pois comportei-me exatamente como um rato em uma ratoeira. Entretanto, quando convenci-me de que estava indefeso, sentei-me em silêncio – em tanto silêncio quanto fizera qualquer coisa na vida –, e comecei a pensar no melhor a se fazer. Ainda estou pensando, mas não cheguei a nenhuma conclusão definitiva. Só estou certo de uma coisa: não adiantará nada informar o Conde sobre minhas ideias. Ele sabe muito bem que estou preso; e, como foi ele mesmo que o fez, e sem dúvida tem seus motivos para isso, só tentaria me enganar, se confiasse a ele todos os fatos. Até onde posso ver, meu único plano será manter minhas informações e meus medos para mim mesmo, e meus olhos abertos. Sei que estou sendo enganado, como um bebê, pelos meus próprios medos, ou estou em uma situação desesperadora; e, se for a última alternativa, preciso e precisarei de toda a minha inteligência para me safar.

Mal chegara a esta conclusão quando ouvi a enorme porta se fechar no andar de baixo, e soube que o Conde voltara. Não veio imediatamente até a biblioteca, então fui cuidadosamente para meu quarto e encontrei-o arrumando a cama. Foi estranho, mas só confirmou o que eu suspeitara logo de cara: não havia criados na casa. Quando o vi, mais tarde, pela fresta das dobradiças da porta, arrumando a mesa da sala de jantar, tive certeza; pois, se ele mesmo cumpria todas aquelas tarefas servis, certamente era prova de que não havia mais ninguém para fazê-las. Isso me assustou, pois se não havia mais ninguém no castelo, deveria ter sido o próprio Conde o condutor da carruagem que me trouxera até lá. Era um pensamento terrível, pois, se fosse este o caso, o que significava o fato de ele conseguir controlar os lobos, como fizera, só levantando a mão para pedir silêncio? Como era possível que todas as pessoas em Bistritz e da diligência temiam por mim? O que significava terem me dado o crucifixo, o alho, a rosa selvagem e o freixo? Abençoada seja aquela mulher maravilhosa que pendurou o crucifixo no meu pescoço! Pois é um conforto e me dá forças, sempre que o toco. É esquisito o fato de que uma coisa que fui ensinado a encarar com desfavor e como idólatra seja útil, em um momento de solidão e dificuldades. Será por que há algo na própria essência do objeto ou por ser um meio, um auxílio tangível, na transmissão de lembranças de empatia e conforto? Em algum momento, se possível, preciso examinar esta questão e tentar me decidir sobre ela. Enquanto isso, preciso descobrir tudo o que puder sobre o Conde Drácula, pois pode me ajudar a compreender. Hoje à noite, ele poderá falar sobre si mesmo, se eu conduzir a conversa para tanto. Preciso tomar muito cuidado, porém, para não despertar suas suspeitas.

*****

Meia-noite. Tive uma longa conversa com o Conde. Fiz-lhe algumas perguntas sobre a história da Transilvânia, e ele gostou imensamente do assunto. Ao falar de coisas e pessoas, especialmente de batalhas, falava como se tivesse estado presente em todas. Isso ele explicou, posteriormente, dizendo que, para um *boyar*, o orgulho de sua casa e de seu nome é seu próprio orgulho, que a glória deles é sua própria glória, que o destino deles é seu próprio destino. Sempre que falava de sua casa, sempre usava o termo "nós", e falava quase que no plural, como faria um rei. Gostaria de poder escrever tudo o que ele disse, exatamente como disse, pois, para mim, foi extremamente fascinante. Seu discurso parecia conter toda a história da região. Ficou animado enquanto falava, e andava pela sala puxando seu bigode branco e agarrando tudo em que punha as mãos, como se fosse esmagar com força bruta. Uma coisa ele disse, que escreverei com tanta exatidão quanto puder, pois conta, de sua maneira, a história de sua raça:

"Nós, os *Szekelys*, temos o direito de sermos orgulhosos, pois em nossas veias corre o sangue de muitas raças corajosas, que lutaram como lutam os leões, por dominância. Aqui, no turbilhão das raças europeias, a tribo úgrica trouxe aqui para baixo, da Islândia, o espírito de luta que Thor e Odin lhes deram, que seus *berserkers*[5] demonstravam com tamanho propósito nos litorais da Europa, sim, e da Ásia e da África também, até que os povos pensavam que fossem lobisomens que haviam chegado. Aqui, também, quando vieram, encontraram os Hunos, cuja fúria bélica varrera a terra como uma chama viva, até que os povos moribundos pensaram que em suas veias corria

5 N. da T.: Guerreiros nórdicos que lutavam sob um estado de frenesi e fúria.

o sangue dos velhos feiticeiros, que, expulsos da Cítia, haviam se acasalado com os demônios do deserto. Tolos, tolos! Que demônio ou feiticeiro foi tão grande como Atila, cujo sangue está dentro destas veias? – Ele levantou os braços. – É de se surpreender, sermos uma raça conquistadora? Sermos orgulhosos? Que os magiares, os lombardos, os ábares, os búlgaros ou os turcos chegaram aos milhares em nossas fronteiras, os expulsamos? É estranho o fato de que, quando Arpades e suas legiões destruíram as terras húngaras, nos encontraram aqui, quando chegaram na fronteira? Que a conquista húngara da bacia dos Cárpatos terminou aqui? E que quando a enchente húngara moveu-se para o leste, os Szekelys foram considerados parentes pelos vitoriosos magiares, e nos confiaram, por séculos, a guarda da fronteira da Turquia? Sim, e mais do que isso, o dever interminável da guarda da fronteira, pois, como dizem os turcos, "a água dorme, o inimigo não". Quem recebeu, de mais grado do que nós, em todas as Quatro Nações, a "espada sangrenta", ou, ao chamado de guerra, correu mais depressa para juntar-se ao Rei? Quando foi redimida a grande vergonha de minha nação, a vergonha de Cassova, quando as bandeiras dos valáquios e dos magiares caíram sob o Crescente? Quem foi, senão um homem de minha própria raça, que, como Voivode, cruzou o Danúbio e derrotou os turcos em sua própria terra? Foi um Drácula, com certeza! A tragédia foi que seu próprio irmão indigno, quando ele caíra, vendeu seu povo para os turcos e deixou que a vergonha da escravidão se abatesse sobre ele! Não foi aquele mesmo Drácula, que inspirou outros de sua raça, em épocas posteriores, de novo e de novo, a trazer suas forças para o outro lado do grande rio, até as terras turcas; que, quando foi rechaçado, voltou muitas outras vezes, apesar de ter que vir sozinho, desde os campos ensanguentados, onde suas tropas estavam sendo massacradas, pois sabia que só ele poderia triunfar, no final! Disseram que ele só pensava em si próprio. Bah! De que servem camponeses sem um líder? Onde termina a guerra, sem um cérebro e um coração para conduzi-la? Novamente, quando, após a batalha de Mohács, nos libertamos do jugo dos húngaros, nós, do sangue Drácula, estávamos entre seus líderes, pois nosso espírito não permitiria não sermos livres. Ah, jovem senhor, os Szekelys –

com os Drácula como o sangue de seu coração, seu cérebro e sua espada – podem se gabar de um histórico que fungos como os Habsburgos e os Romanovs nunca alcançarão. Os dias de guerra terminaram. O sangue é algo precioso demais, nos dias de hoje, de paz desonrosa; e as glórias das grandes raças são apenas histórias para se contar".

Àquela altura, já era quase de manhã, e fomos para a cama (Obs.: este diário está muito parecido com o começo das "Noites da Arábia", pois tudo tem que ser interrompido ao cantar do galo – ou com o fantasma do pai de Hamlet).

*****

12 de maio. Deixe-me começar com os fatos – simples e diretos, confirmados por livros e números, dos quais não se pode ter dúvida. Não devo confundi-los com experiências que terão que se baseiam em minha própria observação, ou minhas lembranças das mesmas. Na noite passada, quando o Conde veio de seu quarto, começou a fazer-me perguntas sobre questões jurídicas e sobre a condução de certos tipos de negócios. Eu havia passado o dia cansado, examinando livros, e, apenas para manter minha mente ocupada, repassei alguns assuntos que haviam caído no meu exame da ordem, em Lincoln's Inn[6]. Havia um certo método nas indagações do Conde, então tentarei escrevê-las em sequência; essa informação poderá, de alguma forma, ou em algum momento, me ser útil.

Primeiro, ele perguntou se um homem poderia, na Inglaterra, ter dois advogados ou mais. Disse-lhe que poderia ter uma dúzia, se desejasse, mas que não seria sábio ter mais do que um advogado trabalhando na mesma operação, visto que somente um poderia atuar por vez, e que mudar certamente seria contra seus próprios interesses. Ele pareceu compreender perfeitamente, e então perguntou se haveria alguma dificuldade prática em se ter um homem para cuidar de, digamos, assuntos bancários, e outro de despachos, caso

6 N. da T.: Uma das quatro associações profissionais de advogados no Reino Unido.

auxílio local fosse necessário em um lugar longe do lar do advogado para assuntos bancários. Pedi que me explicasse melhor, para que não o aconselhasse mal, de modo que ele disse:

– Darei um exemplo. Nosso amigo em comum, o Sr. Peter Hawkins, debaixo da sombra de sua bela catedral em Exeter, que fica longe de Londres, compra para mim, através da gentil assistência do senhor, minha casa em Londres. Que bom! Agora, deixe-me dizer com franqueza, a menos que o senhor ache estranho eu ter buscado os serviços de alguém tão longe de Londres, ao invés de um residente daquela cidade, que meu motivo foi impedir que qualquer interesse local fosse atendido, exceto o meu; e, visto que algum residente de Londres pudesse, talvez, ter algum interesse próprio ou de um amigo para atender, busquei mais longe meu representante, cujo trabalho seria somente atender meus interesses. Agora, suponhamos que eu, que tenho muitos negócios, deseje despachar mercadorias, por exemplo, para Newcastle, ou Durham, ou Harwich, ou Dover, isso não poderia ser feito com mais facilidade atribuindo-se tal dever a uma pessoa localizada nesses portos?

Respondi que certamente que seria mais fácil, mas que nós, advogados, temos um sistema de representação entre nós, de modo que trabalhos locais podem ser feitos localmente, sob instruções de qualquer advogado, de forma que o cliente, colocando seus assuntos sob os cuidados de uma única pessoa, pode ter seus desejos cumpridos pela mesma, sem mais preocupações.

– Mas – disse ele – eu poderia tomar a liberdade de decidir por mim mesmo. Não é?

– É claro, – respondi, – isso é feito com frequência por homens de negócios, que não gostam que todos os seus assuntos sejam de conhecimento de uma pessoa específica.

– Que bom! – disse ele, e então passou a perguntar sobre os meios de se fazer consignações, e os formulários que se deve preencher, e todos os tipos de dificuldades que podem surgir, mas que, com previsão, se poderia evitar. Expliquei todas essas coisas para ele, o melhor que pude, e ele certamente me deixou com a impressão de que seria um ótimo advogado, pois não houve nada em que não pensara, ou que não previra. Para um homem que nunca estivera na Inglaterra, e que evidentemente não conduzia muitos negócios, seus conhecimentos e sua argúcia eram maravilhosos. Após se satisfazer quanto a esses pontos, sobre os quais falara, e eu confirmara tudo, o melhor que podia, com os livros disponíveis, ele levantou-se repentinamente, e disse:

– Já escreveu alguma carta, desde a primeira que enviou para nosso amigo, o Sr. Peter Hawkins, ou para outra pessoa?

Foi com o coração pesado que respondi que não escrevera, que ainda não tivera oportunidade de enviar cartas para ninguém.

– Então escreva agora, meu jovem amigo, – disse ele, colocando uma mão pesada sobre meu ombro, – escreva para nosso amigo, e para qualquer outra pessoa; e diga, se lhe agradar, que ficará comigo por mais um mês.

– O senhor deseja que eu fique por tanto tempo? – perguntei, pois meu coração ficou gelado ao cogitar.

– Desejo muito; não, não aceitarei recusas. Quando seu mestre, empregador, como quer que o chame, concordou que alguém viria em nome dele, fico entendido que somente minhas necessidades seriam consultadas. Não tenho limites. Não é assim?

O que eu poderia fazer, a não ser aceitar com uma reverência? O negócio era do Sr. Hawkins, não meu, e eu tinha que pensar nele, e não em mim mesmo; além disso, enquanto o Conde Drácula falava, havia algo em seus olhos e seu porte que me fez lembrar que eu era um prisioneiro, e que, ainda que quisesse, não tinha escolha. O Conde viu sua vitória em minha reverência, e seu domínio na expressão perturbada em meu rosto, pois começou imediatamente a usá-los, mas em seu próprio jeito suave e irresistível:

– Rogo-lhe, meu caro amigo, que não fale de coisas que não sejam seus negócios, em suas cartas. Sem dúvida seus amigos ficarão felizes em saber que está bem e ansioso para voltar para a companhia deles. Não é verdade?

Enquanto falava, passou-me três folhas de papel de carta e três envelopes. Eram todos feitos do mais fino papel estrangeiro, e, olhando para eles, e depois para ele, reparando em seu sorriso silencioso, com os caninos afiados sobre o lábio inferior avermelhado, compreendi tão bem quanto se ele houvesse falado, que eu deveria ter cuidado com o que escrevia, pois ele conseguiria ler. Então, decidi escrever só cartas formais, por ora, mas escrever tudo para o Sr. Hawkins em segredo, e também para Mina, pois para ela eu poderia escrever em taquigrafia, o que confundiria o Conde, se ele lesse. Após escrever minhas duas cartas, sentei em silêncio, lendo um livro, enquanto o Conde escrevia diversas cartas, consultando, enquanto o fazia, alguns livros sobre sua mesa. Então, pegou as minhas duas e colocou--as com as suas próprias, guardando seus materiais de escrita, após o que, no instante em que a porta se fechou atrás dele, debrucei-me e olhei para as cartas, que estavam viradas para baixo sobre a mesa. Não senti nenhum escrúpulo em fazê-lo, pois, sob as circunstâncias, senti que deveria me proteger da forma que pudesse.

Uma das cartas estava endereçada para Samuel F. Billington, nº 7, The Crescent, Whitby, outra para Herr Lautner, Varna; a terceira era para Coutts & Co., Londres, e a quarta para Herren Klopstock & Billreuth, banqueiros, Budapeste. A segunda e a quarta não estavam seladas. Eu estava prestes a lê--las, quando vi a maçaneta se mexer. Afundei novamente em minha poltrona, tendo só tempo de colocar as cartas onde estavam e retomar meu lugar antes de o Conde, segurando mais uma carta em sua mão, entrar na sala. Pegou as cartas sobre a mesa e colocou selos em todas cuidadosamente; então, virando-se para mim, disse:

– Espero que me perdoe, mas tenho muito trabalho a fazer privadamente, esta noite. O senhor encontrará, espero, todas as coisas conforme deseja. – Ao chegar à porta, voltou-se e disse, após uma pausa de um momento: – Permita-me aconselhá-lo, meu caro jovem amigo... não, deixe-me avisá-lo, com toda seriedade, que caso saia destes cômodos, não durma, de jeito nenhum, em outra parte do castelo. Ele é velho e tem muitas memórias, e pesadelos vêm para aqueles que dormem em lugares desaconselháveis. Esteja avisado! Caso seja acometido pelo sono, agora ou em outro momento, ou caso seja provável que isso aconteça, apresse-se em direção a seu próprio quarto, ou para estes cômodos, pois seu descanso será, então, seguro. Mas, se não for cuidadoso neste sentido, então... – Terminou seu discurso desta terrível forma, pois fez um gesto com as mãos, como se as estivesse lavando. Entendi muito bem; minha única dúvida era se algum sonho poderia ser mais horrível do que a rede antinatural e horrorosa de escuridão e mistério, que parecia se fechar ao meu redor.

*****

Mais tarde. Confirmo as últimas palavras que escrevi, mas, desta vez, não há possibilidade de dúvida. Não temerei dormir em qualquer lugar onde ele não esteja. Coloquei o crucifixo sobre a cabeceira da minha cama – imagino que meu descanso seja, assim, mais livre de sonhos; e lá ficará.

Após sua partida, fui para meu quarto. Um tempo depois, sem ouvir nenhum som, saí e subi a escadaria de pedras, até onde conseguia olhar para o sul. O vasto espaço dava uma sensação de liberdade, apesar de me ser inacessível, em comparação com a escuridão estreita do pátio. Ao olhar para aquilo, senti que estava mesmo em uma prisão, e parecia querer respirar um pouco de ar fresco, ainda que fosse ar da noite. Estou começando a sentir esta existência noturna me afetar. Está deixando meus nervos em frangalhos. Me assusto com minha própria sombra, e estou cheio de todos os tipos de imaginações horríveis. Só Deus sabe como há motivos para meu terrível medo, neste lugar amaldiçoado! Olhei para a belíssima vastidão, banhada pelo suave luar amarelado, até que estivesse quase que tão clara quanto o dia. À luz suave, as colinas distantes se misturavam, e as sombras nos vales e desfiladeiros adquiriam um negrume aveludado. A mera beleza parecia me alegrar; havia paz e conforto em cada respiração minha. Enquanto me debruçava para fora da janela, meu olhar foi atraído por algo que se movia um andar abaixo de mim, um pouco para a minha esquerda, onde imaginei, pela ordem dos cômodos, que as janelas do quarto do próprio Conde dariam. A janela onde eu estava era alta e profunda, com montantes de pedra, e, apesar de castigada pelo tempo, continuava completa; mas evidentemente, fazia muito tempo desde que tivera um parapeito. Recuei para trás das pedras e olhei para fora com cuidado.

O que vi foi a cabeça do Conde saindo pela janela. Não vi o rosto, mas reconheci-o pelo pescoço e pelos movimentos de suas costas e seus braços. De qualquer forma, não podia confundir as mãos, que tivera tantas oportunidades de examinar. Primeiro, fiquei interessado, e um tanto quanto divertido, pois é incrível como algo pequeno interessa e diverte alguém que é prisioneiro. Mas meus sentimentos se transformaram em repulsa e terror, quando vi seu corpo inteiro emergir lentamente da janela, e começar a descer a parede do castelo rastejando, em direção àquele terrível abismo, de cabeça para baixo, com sua capa se espalhando ao seu redor, como grandes asas. De primeira, não pude acreditar em meus olhos. Pensei que era algum truque da luz da lua, algum estranho efeito das sombras; mas continuei a olhar, e não podia ser nenhuma ilusão. Vi seus dedos das mãos e dos pés agarrarem os cantos das pedras, com o cimento gasto pela pressão de anos, usando, assim, todas as projeções e desníveis para descer com considerável velocidade, como um lagarto se move por uma parede.

Que tipo de homem é este, ou que tipo de criatura com aparência humana? Sinto o terror deste lugar horrível me dominar; tenho medo – um medo terrível – e não tenho como escapar; estou cercado por terrores sobre os quais não ouso pensar...

*****

15 de maio. Mais uma vez, vi o Conde sair, daquele seu modo semelhante a um lagarto. Desceu movendo-se de lado, por cerca de trinta metros, bem para a esquerda. Desapareceu em algum buraco ou janela. Quando sua cabeça havia desaparecido, inclinei-me para tentar ver mais, mas sem sucesso – a distância era grande demais para permitir um ângulo de visão adequado. Sabia que ele saíra do castelo, e pensei em usar a oportunidade para explorar mais do que ousara fazer até então. Voltei para o quarto e, pegando uma lamparina, tentei abrir todas as portas. Todas estavam trancadas, como esperara, e as fechaduras eram comparativamente novas; porém, desci a escadaria de pedra em direção ao saguão pelo qual entrara originalmente. Descobri que

conseguia puxar os ferrolhos com facilidade o suficiente, e soltar as enormes correntes; mas a porta estava trancada, e não havia chave! Aquela chave deveria estar no quarto do Conde; eu precisava ver se sua porta estava destrancada, para poder pegá-la e fugir. Prossegui, examinando minuciosamente as diversas escadas e passagens, e tentando abrir as portas que saíam delas. Um ou dois cômodos pequenos, próximos do saguão, estavam abertos, mas não havia nada para se ver dentro deles, exceto móveis antigos, empoeirados devido ao tempo e comidos por traças. Finalmente, contudo, encontrei uma porta, no topo de uma escadaria, que, apesar de parecer trancada, cedeu um pouco, sob pressão. Tentei com mais força, e descobri que não estava trancada, na verdade, e sim que a resistência era devido ao fato de as dobradiças terem caído um pouco, e a pesada porta estar repousando sobre o chão. Esta era uma oportunidade que eu não teria novamente, então me esforcei, empurrando-a para trás com muito empenho para que pudesse entrar. Eu estava, então, em uma ala do castelo mais para a direita do que os cômodos que conhecia, e um andar abaixo. Pelas janelas, pude ver que o conjunto de cômodos estava localizado no sul do castelo, com as janelas do quarto mais distante dando para o oeste e o sul. Neste último lado, assim como no primeiro, havia um grande precipício. O castelo havia sido construído no canto de uma enorme rocha, de modo que, de três lados, era completamente inexpugnável, e grandes janelas haviam sido colocadas ali, onde nem catapultas, nem arcos, nem colubrinas conseguiriam alcançar, e, consequentemente, luz e conforto eram impossíveis de se obter, em uma posição que precisava ser protegida. Ao oeste, havia um grande vale, e depois dele, erguendo-se ao longe, havia enormes montanhas irregulares, com pico acima de pico, as faces das rochas marcadas por tramazeiras e acácias, cujas raízes agarravam-se nas rachaduras e fendas das pedras. Esta era evidentemente a parte do castelo ocupada pelas damas, nos tempos antigos, pois a mobília tinha uma aparência de conforto maior do que o que eu vira até então. As janelas não tinham cortinas, e a luz da lua amarelada, entrando pelos vidros em formato de diamante, permitiam que se enxergasse até mesmo cores, enquanto suavizava a grande quantidade de poeira que cobria tudo, e disfarçava, até certo ponto, os efeitos do tempo e das traças. Minha lamparina parecia fazer pouco efeito na brilhante luz do luar, mas fiquei feliz por tê-la comigo, pois havia uma solidão horrorosa naquele lugar, que apertava meu coração e fazia meus nervos tremer. Ainda assim, era melhor do que viver sozinho nos cômodos que eu passara a odiar, devido à presença do Conde, e, após tentar controlar um pouco meu nervosismo, senti uma suave quietude tomar conta de mim. Aqui estou, sentado em uma mesinha de carvalho, onde, nos tempos antigos, uma bela dama possivelmente sentou-se para escrever, com muita ponderação e muitos rubores, suas cartas de amor mal escritas, anotando em meu diário, em taquigrafia, tudo o que acontecera desde a última vez que o fechara. É uma atualização absoluta para o século XIX. Ainda assim, a não ser que meus sentidos me enganem, os séculos passados tinham, e ainda têm, seus próprios poderes, que a mera "modernidade" não consegue extinguir.

*****

Mais tarde: manhã do dia 16 de maio. Que Deus preserve minha sanidade, pois estou reduzido a isso. Segurança e a garantia de segurança são coisas do passado. Enquanto vivo aqui, só posso esperar uma coisa, que não enlouqueça, se é que já não estou louco. Se estiver são, certamente é enlouquecedor pensar que, de todas as coisas horrendas que se escondem neste odioso lugar, o Conde me é a menos terrível; que só posso recorrer a ele por segurança, apesar de isso só valer enquanto eu sirva ao seu propósito. Senhor Deus! Deus misericordioso! Me acalme, pois nesta direção fica a loucura, com certeza. Começo a compreender certas coisas que me confundiam. Até agora, nunca entendera muito bem o que Shakespeare quis dizer, quando fez Hamlet falar:

"*Meus comprimidos! Rápido, meus comprimidos!*
Devo tomar nota[7]", etc.

---

7 N. da T.: A citação de Jonathan está errada, o que foi feito propositalmente por Stoker, já que o personagem está tentando tirar a frase de cabeça. No original, Hamlet

Por ora, sentindo como se meu próprio cérebro estivesse descompensado, ou como se já acontecera o choque que finalmente acabaria comigo, recorro ao meu diário por consolo. O hábito de fazer anotações precisa deve ajudar a me acalmar.

O aviso misterioso do Conde me assustou, naquele momento; agora, me assusta ainda mais, quando penso nele, pois, no futuro, ele terá um controle temível sobre mim. Temerei duvidar do que ele possa dizer!

Após escrever em meu diário e, felizmente, recolocar o livro e a caneta em meu bolso, senti-me sonolento. O aviso do Conde me veio à mente, mas senti prazer em desobedecê-lo. O sono se abatia sobre mim e, com ele, a obstinação que ele traz junto consigo. A suave luz do luar me acalmava, e a vastidão lá fora trazia uma refrescante sensação de liberdade. Decidi não voltar, naquela noite, para os cômodos assombrados pela escuridão, e sim dormir ali, onde as damas antigamente se sentavam, cantavam e viviam vidas doces, enquanto nutriam, em seus peitos tenros, tristeza pela ausência de seus homens, envolvidos em guerras sem remorso. Puxei um grande sofá de sua posição perto do canto, para que pudesse ver, deitado, a linda vista ao leste e ao sul, e, sem pensar nem me importar com a poeira, ajeitei-me para dormir. Suponho que devo ter pego no sono; espero que sim, mas tenho medo, pois tudo o que se seguiu foi surpreendentemente real – tão real que agora, aqui sentado à intensa luz do sol da manhã, não consigo acreditar nem um pouco que foi tudo um sonho.

Não estava sozinho. O cômodo continuava o mesmo, sem nenhuma mudança desde que eu entrara; conseguia ver, no piso, o luar brilhante, com meus passos marcados onde perturbara a longa acumulação de poeira. À luz da lua, do lado oposto do quarto, estavam três jovens mulheres, damas, julgando-se por suas vestimentas e seus modos. Pensei, naquele momento, que devia estar sonhando quando as vi, pois, apesar de a luz do luar estar atrás delas, não lançavam sombras sobre o chão. Se aproximaram de mim, me observando por um tempo, e então sussurraram umas para as outras. Duas

---

refere-se a "tables", comumente traduzido para o português como "canhenhos", ou cadernos onde se fazia anotações.

eram morenas, e tinham longos narizes aquilinos, como o Conde, e grandes olhos escuros e penetrantes, que pareciam quase vermelhos, em contraste com o luar pálido amarelo. A outra era clara, tão clara quanto alguém pode ser, com grandes massas ondulantes de cabelo loiro e olhos como safiras pálidas. Parecia, de algum modo, que eu conhecia seu rosto, em relação a algum medo que encontrara em um sonho, mas não conseguia me lembrar, naquele momento, como ou onde. As três tinham dentes brancos brilhantes, que reluziam como pérolas contra o rubi de seus lábios voluptuosos. Havia algo nelas que me deixava inquieto, algum anseio e, ao mesmo tempo, um medo mortal. Senti, em meu coração, um desejo maléfico e incontrolável de que me beijassem com aqueles lábios vermelhos. Não é bom escrever isso, caso algum dia acabe na frente dos olhos de Mina e cause-lhe dor; mas é a verdade. Elas sussurravam juntas, e então as três riram – uma risada tilintante e musical, mas tão dura que parecia que aquele som nunca poderia ter saído da maciez de lábios humanos. Era como a doçura intolerável e irritante de copos d'água, quando mãos habilidosas tiram música deles. A jovem loira sacudiu a cabeça de forma faceira, e as outras duas a encorajaram. Uma delas disse:

– Vá! Você vai primeiro, e nós a seguiremos; o direito de começar é seu.

A outra acrescentou:

– Ele é jovem e forte; haverá beijos para todas.

Fiquei deitado em silêncio, olhando-as por baixo dos cílios em uma agonia de antecipação deliciosa. A jovem loira avançou e debruçou-se sobre mim, até que pude sentir o movimento de sua respiração em meu rosto. Era doce, de certa forma, doce como o mel, e causou o mesmo formigamento em meus nervos que sua voz causara antes, mas com um amargor subjacente à doçura, uma ofensividade amarga, como se sente no sangue.

Tive medo de levantar as pálpebras, mas olhava e enxergava perfeitamente sob os cílios. A garota pôs-se de joelhos e debruçou-se sobre mim, simplesmente exultante. Havia uma voluptuosidade deliberada, que era, ao mesmo tempo, eletrizante e repulsiva, e, enquanto arqueava o pescoço, chegou ao ponto de lamber os lábios como um animal, até que eu pude ver, à luz da lua, a umidade brilhando sobre seus lábios rubros e sobre sua língua vermelha, que passava pelos lábios brancos e afiados. Sua cabeça se abaixou cada vez mais, enquanto os lábios chegavam abaixo de minha boca e meu queixo, e pareciam prestes a grudar em minha garganta. Então, ela pausou, e pude ouvir sua língua se agitando, enquanto lambia seus dentes e lábios, e senti seu hálito quente em meu pescoço. Então, a pele da minha garganta começou a formigar, como quando uma mão se aproxima, prestes a fazer-lhe cócegas. Pude sentir o toque macio e estremecedor de seus lábios sobre a pele hipersensível de minha garganta, e as pontas duras de dois dentes afiados, só encostando e parando ali. Fechei meus olhos, em um êxtase langoroso, e esperei – esperei com o coração disparado.

Porém, naquele instante, outra sensação percorreu meu corpo, rápida como um raio. Estava consciente da presença do Conde, e de que parecia estar envolto em uma tempestade de fúria. Conforme meus olhos se abriam involuntariamente, vi sua mão forte agarrar o pescoço fino da jovem loira e, com um poder gigantesco, puxá-lo para trás, os olhos azuis transformados pela fúria, os dentes brancos rangendo de raiva e as faces rubras queimando de paixão. Mas o Conde! Nunca podia ter imaginado tamanha cólera e fúria, nem mesmo nos demônios do inferno. Seus olhos estavam nitidamente flamejando. O brilho vermelho neles era aterrador, como se as chamas do fogo do inferno queimassem por detrás deles. Seu rosto estava com uma palidez mortal, e as rugas pareciam duras como fios esticados; as sobrancelhas grossas, que se juntavam sobre o nariz, agora pareciam uma barra de metal incandescente. Com um movimento feroz do braço, jogou a mulher para longe e fez um gesto para as outras, como se as estivesse expulsando; era o mesmo gesto imperioso que o vira usar com os lobos. Em uma voz que, apesar de baixa e quase sussurrante, parecia cingir o ar e ressoar pelo quarto inteiro, ele disse:

– Como ousam tocá-lo, qualquer uma de vocês? Como ousam repousar o olhar sobre ele, quando eu as proibi? Para trás, ordeno-as todas! Este homem me pertence! Cuidado com o que fazem com ele, ou terão que lidar comigo.

A jovem loira, com uma risada de coqueteria irreverente, virou-se para respondê-lo:

– Você mesmo nunca amou; você nunca ama!

Ao dizer isso, as outras mulheres se juntaram a ela, e uma risada sem alegria, dura e sem alma ecoou pelo quarto, quase me fazendo ficar zonzo ao ouvi-la; parecia o prazer de espíritos malignos. Então, o Conde se virou, após olhar meu rosto com atenção, e disse, em um sussurro suave:

– Sim, eu também posso amar; vocês mesmas sabem, pelo passado. Não é verdade? Bem, prometo que quando houver terminado com ele, poderão beijá-lo o quanto quiserem, Agora, vão! Vão! Preciso acordá-lo, pois há trabalho a ser feito.

– Não teremos nada, esta noite? – disse uma delas, com uma risada baixa, apontando para a bolsa que ele jogara no chão, e que se mexia, como se houvesse alguma coisa viva dentro dela. Em resposta, ele assentiu com a cabeça. Uma das mulheres deu um pulo para a frente e abriu-a. Se meus ouvidos não me enganaram, houve uma arfada e um choro baixo, como de uma criança quase sufocada. As mulheres se aproximaram ao redor, enquanto eu ficava aterrado; mas, enquanto as observava, elas desapareceram, levando consigo a terrível bolsa. Não havia uma porta perto delas, e elas não podiam ter passado por mim sem que eu as notasse. Simplesmente pareceram desaparecer nos raios do luar, e passar pela janela afora, pois pude ver, lá fora, suas formas difusas e umbrosas, por um momento, antes de esvanecerem por completo.

Então, o horror tomou conta de mim, e perdi os sentidos.

CAPÍTULO IV
Diário de Jonathan Harker
(Continuação)

Acordei em minha própria cama. Se não houvesse sonhado, o Conde devia ter me carregado até lá. Tentei satisfazer-me quanto a esse assunto, mas não consegui chegar a nenhuma conclusão inquestionável. Certamente que havia determinadas evidências pequenas, como as minhas roupas estarem dobradas e colocadas de canto, de uma forma que não era meu hábito. Meu relógio não havia recebido corda, e estou rigorosamente acostumado a dar corda nele como a última coisa que faço antes de ir para a cama, e muitos outros detalhes. Mas essas coisas não são provas, pois podem ser indicações de que minha mente não estava como de costume e, por algum motivo ou outro, eu certamente estivera bastante perturbado. Preciso procurar provas. Fico feliz com uma coisa: se foi mesmo o Conde que me carregou até aqui e me despiu, ele deve ter feito tudo com pressa, pois meus bolsos estão intactos. Estou certo de que este diário seria um mistério para ele, que ele não suportaria. Ele o teria pego ou destruído. Conforme olho ao redor do quarto, apesar de ter sido a causa de muito medo, agora tornou-se um tipo de santuário, pois nada pode ser mais terrível do que aquelas mulheres horrendas, que estavam – que estão – esperando para sugar meu sangue.

* * * * *

18 de maio. Desci para olhar aquele cômodo novamente à luz do dia, pois *preciso* saber a verdade. Quando cheguei no vão da porta, no topo da escadaria, descobri que estava fechada. Havia sido empurrada contra o batente com tanta força, que uma parte da madeira havia se partido. Pude ver que o ferrolho não estava passado, mas que a porta estava trancada por dentro. Temo não ter sido nenhum sonho, e preciso agir com base neste pressuposto.

* * * * *

19 de maio. Estou certamente em uma enrascada. Na noite passada, o Conde pediu-me, no mais suave dos tons, que escrevesse três cartas, uma dizendo que meu trabalho aqui estava quase terminado, e que partiria para casa dentro de alguns dias, outra dizendo que sairia na manhã seguinte à data da carta, e a terceira que deixara o castelo e chegara em Bistritz. Gostaria de ter me rebelado, mas senti que, no atual estado das coisas, seria loucura brigar abertamente com o Conde, enquanto estou tão absolutamente em seu poder; e recusar significaria despertar suas suspeitas e acender sua raiva. Ele sabe que sei demais, e que não posso viver, sob o risco de ser perigoso para ele; minha única chance é prolongar minhas oportunidades. Algo pode acontecer, que me dê uma chance

de escapar. Vi em seus olhos um pouco daquela fúria crescente que se manifestara quando arremessou a jovem loira para longe. Explicou-me que há poucos correios, e que minhas cartas garantiriam a paz de espírito de meus entes queridos; e assegurou-me, com tanta veemência, que destruiria as últimas cartas, mantendo-as em Bistritz até a hora devida, caso algo ocorresse para prolongar minha estadia, que me opor a ele significaria criar novas suspeitas. Portanto, fingi concordar com suas ideias, e perguntei a ele que datas deveria colocar nas cartas. Ele calculou por um minuto, e então disse:

– A primeira deve ser 12 de junho, a segunda 19 de junho, e a terceira 29 de junho.

Agora sei qual é minha expectativa de vida. Deus que me ajude!

*****

28 de maio. Há uma chance de escapar, ou, pelo menos, de poder mandar um aviso para casa. Um grupo de Szgany veio até o castelo, e está acampado no pátio. Estes Szgany são ciganos; fiz anotações sobre eles em meu livro. São exclusivos desta parte do mundo, apesar de aliados aos ciganos comuns do mundo inteiro. Há milhares deles na Hungria e na Transilvânia, quase todos fora da lei. Geralmente se unem a algum nobre ou *boyar* importante, e se chamam pelo nome dele. São destemidos e sem religião, exceto superstições, e falam só suas próprias variedades do idioma Romany.

Escreverei algumas cartas para casa, e tentarei fazer com que eles as enviem. Já falei com eles, através de minha janela, para iniciar um relacionamento. Tiraram os chapéus, fizeram mesuras e muitos sinais, os quais, contudo, consegui compreender tanto quanto sua língua falada...

*****

Escrevi as cartas. A para Mina está em taquigrafia, e só peço ao Sr. Hawkins que se comunique com ela. A ela, expliquei minha situação, mas sem os horrores dos quais só desconfio. A chocaria e assustaria mortalmente, se fosse expor meu coração a ela. Caso as cartas não cheguem, o Conde não saberá de meu segredo, ou da extensão de meus conhecimentos...

*****

Dei as cartas; joguei-as através das barras de minha janela, com uma moeda de ouro, e fiz os sinais que pude para pedir que fossem postadas. O homem que as pegou levou-as de encontro ao coração e fez uma reverência, colocando-as debaixo de seu chapéu. Não havia mais nada que eu pudesse fazer. Voltei para o escritório e comecei a ler. Já que o Conde não entrou, escrevi aqui...

*****

O Conde chegou. Sentou-se ao meu lado e disse, em sua voz mais suave, enquanto abria duas cartas:

– Os Szgany me deram estas cartas, das quais, apesar de não saber de onde vieram, tomarei conta, é claro. Veja! – Ele deve tê-las lido. – Uma é sua, e para o meu amigo Peter Hawkins; a outra... – Naquele momento, reparou nos estranhos símbolos, quando abriu o envelope, e aquela expressão sombria tomou conta de seu rosto, seus olhos brilhando malevolentemente. – A outra é algo asqueroso, um ultraje à amizade e à hospitalidade! Não está assinada. Bem! Não deve nos importar.

Segurou a carta e o envelope na chama da lamparina, até que foram consumidos. Então, continuou:

– A carta para Hawkins... esta irei, é claro, enviar, já que é sua. Suas cartas são sagradas para mim. Peço perdão, meu amigo, por ter inadvertidamente quebrado o selo. Não quer cobri-la novamente?

Segurou a carta em minha direção e, com uma reverência cortês, passou-me um envelope novo. Tudo o que pude fazer foi colocar o endereço novamente e devolvê-la para ele, em silêncio. Quando saiu da sala, pude ouvir o giro delicado da chave. Um minuto depois, fui até lá e tentei a maçaneta, e a porta estava fechada.

Quando, uma ou duas horas depois, o Conde entrou na sala em silêncio, sua chegada me acordou, pois fora dormir no sofá. Estava bastante cortês e com modos bastante alegres, e, ao ver que eu estivera dormindo, disse:

– Então, meu amigo, está cansado? Vá para a cama. Lá terá a certeza de descansar melhor. Não terei o prazer de conversar com você esta noite, pois tenho muitos trabalhos a fazer; mas você dormirá, espero.

Fui até meu quarto e deitei-me, e, estranho dizer, dormi sem sonhar. O desespero traz sua própria calma.

*****

31 de maio. Esta manhã, quando acordei, pensei em me munir de papel e envelopes de minha mala, e mantê-los em meu bolso, para poder escrever, se tivesse uma oportunidade; contudo, tive outra surpresa, outro choque!

Todos os pedaços de papel haviam sumido, e, com eles, todas as minhas anotações, meus memorandos, relativos a ferrovias e viagens, minha carta de crédito, na verdade, tudo o que me poderia ser útil quando estivesse fora do castelo. Sentei-me e ponderei por um tempo, e então ocorreu-me uma ideia; vasculhei meu baú e o guarda-roupas onde colocara minhas vestimentas.

O terno que usara na viagem havia sumido, e também meu sobretudo e minha manta; não encontrei vestígios deles em lugar algum. Me parecia um novo esquema de vilania...

*****

17 de junho. Esta manhã, enquanto me sentava na beirada da cama, esforçando-me para pensar em algo, ouvi lá fora um estalo de chicote e as batidas e raspadas de patas de cavalos subindo o caminho rochoso, que ficava do outro lado do pátio. Exultante, corri até a janela e vi entrar no pátio duas grandes carroças, cada uma delas sendo puxada por oito fortes cavalos, e, na frente de cada par, um eslovaco, com seu chapéu de aba larga, cinto com espetos, casaco de pele de ovelha suja e botas de cano alto. Também carre-

gavam seus longos cajados. Corri até a porta, pretendendo descer e tentar juntar-me a eles pelo saguão principal, pois pensei que aquela entrada estivesse aberta para eles. Novamente, um choque: minha porta estava trancada por fora.

Então, corri até a janela e gritei para eles. Olharam para mim, mudos, e apontaram, mas logo então, o "*hetman*[8]" dos Szgany saiu e, vendo-os apontar para minha janela, disse algo que os fez rir. Dali em diante, nenhum esforço de minha parte, nenhum grito comovente ou pedido desesperado os fazia nem mesmo olhar para mim. Viravam-se resolutamente para o outro lado. Os vagões continham grandes caixas quadradas, com puxadores feitos de cordas grossas; estavam evidentemente vazias, julgando-se pela facilidade com que os eslovacos as movimentavam e pelo ressoar que faziam quando eram movidas bruscamente. Após estarem todas descarregadas e colocadas em uma grande pilha, em um canto do pátio, os eslovacos receberam algum dinheiro dos Szgany e, cuspindo nele para dar sorte, foram para seus respectivos cavalos. Logo depois, ouvi o estalar de seus chicotes desaparecer à distância.

* * * * *

24 de junho, antes do raiar do dia. Na noite passada, o Conde partiu cedo, e trancou-se em seu próprio quarto. Assim que ousei, subi a escadaria em caracol correndo e olhei para fora da janela que dava para o sul. Pensei em tentar ver o Conde, pois algo estava acontecendo. Os Szgany estão acomodados em algum lugar do castelo, fazendo um certo tipo de trabalho. Sei disso, pois de vez em quando ouço um som abafado e longínquo, como que de picaretas e pás, e, o que quer que seja, deve ser o final de alguma vilania impiedosa.

Fazia menos de meia hora que estava à janela, quando vi algo sair da janela do Conde. Fui um pouco para trás e observei cuidadosamente, e vi o homem inteiro emergir. Foi um novo choque para mim, ver que ele estava vestido com o terno que eu usara quando viajara até lá, e sobre seu ombro estava a terrível sacola que eu vira as mulheres levarem. Não podia haver dúvidas

8 N. da T.: Líder.

sobre sua missão, e usando minhas roupas, ainda por cima! Este, então, é seu novo esquema maléfico: permitir que os outros pensem que estão me vendo, para que ele possa deixar provas de que fui visto nas cidades ou vilarejos, postando minhas próprias cartas, e que qualquer ato maligno que ele possa cometer com as pessoas locais seja atribuído a mim.

Me deixa enfurecido pensar que isso pode continuar, enquanto estou encarcerado aqui, um verdadeiro prisioneiro, mas sem a proteção da lei que é o direito e o consolo até mesmo dos criminosos.

Pensei em ver o Conde voltar e, por um longo tempo, fiquei sentado, atento, à janela. Então, comecei a reparar que havia umas estranhas partículas flutuando nos raios do luar. Eram como minúsculos grãos de poeira, e rodopiavam e se juntavam, de uma forma nebulosa. As observei com uma sensação de alívio, e um tipo de calma tomou conta de mim. Encostei-me na canhoneira de forma mais confortável, para poder aproveitar melhor as cambalhotas no ar.

Algo me sobressaltou, um uivo baixo e comovente de cachorros, em algum lugar no vale abaixo, escondido de mim. Parecia ecoar mais alto em meus ouvidos, e as partículas de poeira flutuando pareciam tomar novas formas, conforme o som, enquanto dançavam à luz da lua. Senti-me lutar para acordar algum chamado de meus instintos; não, minha própria alma estava lutando, e minhas sensibilidades, quase esquecidas, estavam esforçando-se para responder ao chamado. Estava sendo hipnotizado! A poeira dançava cada vez mais rápido; os raios do luar pareciam tremer conforme passavam por mim, em direção à massa escura que se encontrava além. Se juntavam cada vez mais, até que pareciam tomar formas fantasmagóricas. Então tive um sobressalto, completamente desperto e de plena posse de meus sentidos, e saí correndo daquele lugar. As formas irreais, que se materializavam gradualmente nos raios do luar, eram as das três mulheres fantasmagóricas às quais eu estava condenado. Fugi, e senti-me um pouco mais seguro em meu próprio quarto, onde não havia luz da lua, e onde a lamparina brilhava.

Após se passarem algumas horas, ouvi algo se movendo no quarto do Conde, parecido com um grito agudo, rapidamente suprimido; e então, houve silêncio, um silêncio profundo e terrível, que me congelou. Com o coração acelerado, tentei abrir a porta; mas estava trancado em minha prisão, e não podia fazer nada. Sentei-me e simplesmente chorei.

Enquanto estava ali sentado, ouvi um som vindo do pátio lá fora – o grito agonizado de uma mulher. Corri até a janela e, empurrando-a para cima, olhei por entre as barras. Havia, mesmo, uma mulher descabelada, com as mãos sobre o coração, como se estivesse cansada de tanto correr. Estava apoiada em um canto do portão. Ao ver meu rosto na janela, jogou-se para a frente e gritou, em uma voz cheia de ameaça:

– Monstro, dê-me meu filho!

Caiu de joelhos e, levantando as mãos, exclamou as mesmas palavras, em um tom que me partiu o coração. Então, puxou os cabelos e bateu no peito, deixando-se levar por toda a violência de emoções extravagantes. Finalmente, correu para a frente e, apesar de não poder vê-la, pude ouvir as batidas de suas mãos descobertas contra a porta.

Em algum lugar acima, provavelmente na torre, ouvi a voz do Conde dizendo coisas em seu sussurro áspero e metálico. Seu chamado parece ter sido respondido por todos os cantos pelo uivo dos lobos. Antes de que muitos minutos houvessem passado, uma matilha derramou-se, como as águas de um dique que se rompia, através do larga entrada do pátio.

Não houve nenhum grito da mulher, e o uivo dos lobos foi curto. Logo partiram em fila única, lambendo os lábios.

Não consegui sentir pena dela, pois sabia que fim levara seu filho, e ela estava melhor morta.

O que devo fazer? O que posso fazer? Como posso escapar desta terrível situação de noite, escuridão e medo?

*****

25 de junho, manhã. Ninguém pode saber, até que tenha sofrido com a noite, quão doce e preciosa para o coração e os olhos a manhã pode ser. Quando o sol havia subido o suficiente, esta manhã, a ponto de atingir o

topo do grande portão que ficava do lado oposto de minha janela, o ponto que fora tocado por ele parecia como se a pomba da arca houvesse lá pousado. Meus medos se dissiparam, como se fossem uma vestimenta vaporosa dissolvida no calor. Preciso tomar alguma atitude, enquanto a coragem do dia está comigo. Na noite passada, uma das minhas cartas pós-datadas foi postada, a primeira daquela série fatal que apagará todos os traços de minha existência deste mundo.

Não pensarei mais nisso. Ação!

É sempre a noite que sou molestado ou ameaçado, ou que me encontro, de alguma forma, em perigo ou com medo. Ainda não vi o Conde à luz do dia. Será que dorme quando os outros acordam, e está desperto enquanto dormem? Se ao menos pudesse entrar em seu quarto! Mas não há meios possíveis. A porta está sempre trancada, não tenho como passar.

Sim, há um meio, se alguém ousar. Onde o corpo dele foi, por que outro não poderia ir? Eu mesmo já o vi rastejar para fora de sua janela. Por que não poderia imitá-lo, e entrar pela janela? As chances são desesperadoras, mas minha necessidade o é ainda mais. Arriscarei. O pior que pode acontecer é a morte; e a morte de um homem não é a morte de um bezerro, e o temido além ainda pode estar aberto para mim. Que Deus me ajude em minha empreitada! Adeus, Mina, se falhar; adeus, meu fiel amigo e segundo pai; adeus a todos, principalmente a Mina!

*****

Mesmo dia, mais tarde. Fiz o esforço e, com a ajuda de Deus, voltei em segurança para este quarto. Devo anotar cada detalhe em ordem. Fui, enquanto ainda tinha coragem, direto para a janela da face sul, e imediatamente saí para a estreita borda de pedra que contorna a construção deste lado. As pedras são grandes e irregulares, e o cimento entre elas foi erodido pelo tempo. Tirei as botas, e aventurei-me pelo caminho desesperado. Olhei para baixo uma vez, para certificar-me de que um vislumbre repentino da temível profundidade não me subjugaria, mas, depois disso, mantive meu olhar em outra direção.

Sabia bem a direção e a distância da janela do Conde, e dirigi-me para lá o melhor que pude, prestando atenção nas oportunidades disponíveis. Não senti-me zonzo – suponho que estava excitado demais –, e o tempo pareceu ridiculamente curto, até que me encontrei de pé no peitoril, tentando levantar a vidraça. Estava tomado por agitação, contudo, quando abaixei-me e deslizei, as pernas primeiro, pela janela. Então, olhei ao redor em busca do Conde, mas, com surpresa e felicidade, fiz uma descoberta. O quarto estava vazio! Mal estava mobiliado, com coisas descasadas, que pareciam nunca ter sido usadas; os móveis eram mais ou menos do mesmo estilo que os dos cômodos ao sul, e cobertos de poeira. Procurei a chave, mas não estava na fechadura, e não consegui encontrá-la em lugar algum. A única coisa que encontrei foi uma grande pilha de ouro em um canto – ouro de todos os tipos, dinheiro romano, britânico, austríaco, húngaro, grego e turco, coberto por uma camada de poeira, como se estivesse no chão há tempos. Nenhuma moeda, que eu tenha percebido, tinha menos de cem anos. Também havia correntes e ornamentos, alguns dos quais continham joias, mas todos antigos e manchados.

Num dos cantos do quarto havia uma porta pesada. Tentei abri-la, pois, já que não conseguia encontrar a chave do quarto ou da porta externa, que era o principal objeto de minha busca, precisava procurar mais, senão todos os meus esforços seriam em vão. Estava aberta, e dava, através de um corredor de pedra, para uma escadaria circular, que descia íngreme. Desci, tomando cuidado com onde pisava, pois as escadas eram escuras, iluminadas só por buracos na alvenaria pesada. No fundo havia uma passagem escura, parecida com um túnel, pela qual saía um odor de morte e doença, o odor de terra antiga recém-revirada. Conforme andava pelo corredor, o cheiro ficava cada vez mais próximo e pesado. Finalmente, abri uma pesada porta, que estava entreaberta, e descobri-me em uma capela velha e em ruínas, que evidentemente era usada de cemitério. O telhado estava quebrado e, em dois locais, havia degraus que levavam até criptas, mas o chão havia sido recentemente escavado, e a terra colocada em enormes caixas de madeira, obviamente aquelas que haviam sido trazidas pelos eslovacos. Não havia ninguém ali, e procurei alguma outra saída, mas não tinha nenhuma. Então, examinei cada centímetro do chão, para não perder a chance. Até mesmo entrei nas criptas, onde a luz fraca quase não chegava, apesar de que fazê-lo causava terror à minha alma. Entrei em duas delas, mas não vi nada além de fragmentos de caixões antigos e montes de terra; na terceira, contudo, fiz uma descoberta.

Ali, em uma das grandes caixas, das quais havia cinquenta, sobre um monte de terra recentemente cavada, deitava o Conde! Estava morto ou dormindo, não sabia dizer – pois seus olhos estavam abertos e imóveis, mas sem a opacidade da morte –, e suas bochechas tinham o calor da vida, apesar de toda a sua palidez; seus lábios estavam vermelhos como sempre. Mas não havia sinal de movimento, nenhuma pulsação, respiração, nenhum batimento cardíaco. Debrucei-me sobre ele, e tentei encontrar algum sinal de vida, mas foi em vão. Ele não podia estar ali deitado há muito tempo, pois o cheiro da terra deveria passar dentro de algumas horas. Ao lado da caixa estava sua tampa, furada em alguns pontos. Pensei que as chaves estivessem com ele em algum lugar, mas, quando fui procurar, vi os olhos mortos e, neles, mortos que estavam, um olhar de tanto ódio, apesar de não ter consciência de mim ou de minha presença, que fugi daquele lugar e, saindo do quarto do Conde pela janela, escalei a parede do castelo novamente. Ao chegar ao meu quarto, joguei-me sobre a cama, ofegando, e tentei pensar...

*****

29 de junho. Hoje é a data de minha última carta, e o Conde tomou providências para provar que é genuína, pois o vi novamente sair do castelo pela mesma janela, de novo usando minhas roupas. Enquanto descia pela parede, como um lagarto, desejei ter uma pistola ou alguma arma letal, para poder destrui-lo; mas temo que nenhuma arma criada pela mão do homem teria algum efeito sobre ele. Não ousei esperar sua volta, pois temia ver aquelas estranhas irmãs. Voltei para a biblioteca, e lá li até dormir.

Fui acordado pelo Conde, que estava com uma aparência tão sombria quanto era possível, e disse:

– Amanhã, meu amigo, teremos que nos despedir. Você retorna para sua bela Inglaterra, e eu para um trabalho que pode ter um fim que nos impedirá de nos reencontrarmos. Sua carta para casa já foi postada; amanhã não estarei aqui, mas tudo estará pronto para sua jornada. Pela manhã, virão os *Szgany*, que têm suas próprias tarefas a fazer aqui, e também alguns eslovacos. Ao partirem, minha carruagem virá buscá-lo, e o levará até o Passo Borgo, para encontrar-se com a diligência de Bukovina a Bistritz. Mas espero vê-lo novamente no Castelo Drácula.

Suspeitei dele, e decidi testar sua sinceridade. Sinceridade! Parece uma profanação da palavra, escrevê-la em conexão com tamanho monstro, então perguntei-o, sem hesitar:

– Por que não posso ir hoje à noite?

– Porque, meu caro cavalheiro, meu condutor e meus cavalos estão fora, em uma missão.

– Mas eu posso andar com muito prazer. Quero partir imediatamente.

Ele sorriu, um sorriso suave, delicado e diabólico que me disse que havia algum truque por trás de sua suavidade. Disse:

– E sua bagagem?

– Não me importo com ela. Posso mandar buscá-la depois.

O Conde levantou-se e disse, com uma cortesia doce que me fez esfregar os olhos, de tão real que parecia:

– Vocês, ingleses, têm um ditado do qual gosto muito, pois seu espírito é aquele que rege os *boyars*: "Receba bem os que chegam; apresse os convidados que partem". Venha comigo, meu caro e jovem amigo. Não passará uma hora em minha casa contra sua própria vontade, apesar de estar triste com sua partida, e com o fato de desejá-la tão repentinamente. Venha!

Com uma gravidade majestosa, ele, com uma lamparina, desceu as escadas à minha frente e atravessou o saguão. De repente, parou.

– Ouça!

De algum lugar perto, vinham os uivos de muitos lobos. Era quase como se o som houvesse começado quando ele levantou a mão, como a música de uma orquestra parece saltar sob a batuta do maestro. Após uma pausa de um momento, ele dirigiu-se, de sua forma imponente, até a porta, afastou os enormes ferrolhos, desenganchou as pesadas correntes e começou a abri-la.

Para minha enorme surpresa, vi que estava destrancada. Desconfiado, olhei ao meu redor, mas não pude encontrar nenhuma chave.

Conforme a porta começava a se abrir, o uivo dos lobos lá fora ficou mais alto e raivoso; suas mandíbulas vermelhas, com dentes impacientes, e suas patas de garras afiadas enquanto saltavam, entraram pela porta que se abria. Soube, então, que resistir ao Conde, naquele momento, seria inútil. Com tais aliados sob seu comando, eu não poderia fazer nada. Ainda assim, a porta continuou a se abrir lentamente, e só o corpo do Conde estava no vão. Repentinamente, ocorreu-me que aquele podia ser o momento e a forma de minha perdição; eu seria jogado aos lobos, e sob minha própria instigação. Havia uma maldade diabólica naquela ideia que parecia combinar com o Conde e, na última oportunidade, exclamei:

– Feche a porta! Esperarei até de manhã – e cobri meu rosto com as mãos, para esconder minhas lágrimas de amarga decepção. Com um gesto de seu poderoso braço, o Conde fechou a porta com força, e as grandes trancas ressoaram e ecoaram pelo saguão, enquanto voltavam para seus lugares.

Em silêncio, voltamos para a biblioteca e, depois de um minuto ou dois, fui para meu próprio quarto. A última vez que vi o Conde Drácula, ele estava se despedindo de mim; com um brilho avermelhado de triunfo nos olhos, e um sorriso de que Judas, no inferno, se orgulharia.

Quando estava em meu quarto, prestes a me deitar, pensei ter ouvido um sussurro à minha porta. Fui até ela, em silêncio, e escutei. A não ser que meus ouvidos me enganassem, ouvi a voz do Conde:

– Voltem, voltem para seus lugares! Sua hora ainda não chegou. Esperem! Tenham paciência. Hoje, é a minha vez. Amanhã será a de vocês!

Risadas baixas e doces ecoaram pelo ar e, em fúria, abri a porta de supetão. Vi, do lado de fora, as três terríveis mulheres lambendo os lábios. Quando apareci, todas elas começaram a rir juntas, de forma terrível, e saíram correndo.

Voltei para meu quarto e joguei-me de joelhos. O fim está, então, tão próximo? Amanhã! Amanhã! Senhor, ajude a mim e a todos que me querem bem!

*****

30 de junho, manhã. Estas podem ser as últimas palavras que escreverei neste diário. Dormi até um pouco antes do raiar do dia e, quando acordei, caí de joelhos, determinado que, se a Morte chegasse, me encontraria pronto.

Finalmente, senti aquela mudança sutil no ar, e soube que a manhã chegara. Então, ouvi o bem-vindo cantar do galo, e senti que estava seguro. Com o coração exultante, abri minha porta e corri até o saguão. Vira que a porta estava destrancada, de modo que a fuga estava à minha frente. Com as mãos tremendo de ansiedade, soltei as correntes e puxei os enormes ferrolhos.

Mas a porta não mexia. Fui tomado pelo desespero. Puxei e puxei a porta, e a sacudi até que, apesar de sua enormidade, ela chacoalhava em seu caixilho. Pude ver o ferrolho passado. Havia sido trancada após despedir-me do Conde.

Então, fui tomado por um desejo selvagem de obter aquela chave a qualquer risco, e decidi, ali mesmo, escalar a parede novamente e entrar no quarto do Conde. Ele poderia me matar, mas a morte, agora, me parecia o menor dos males. Sem pausar, corri até a janela que dava para o leste, e desci a parede, como antes, até o quarto do Conde. Estava vazio, mas isso eu já esperava. Não pude ver a chave em lugar algum, mas a pilha de ouro continuava lá. Passei pela porta que ficava no canto e desci a escada em espiral, através do corredor que dava para a velha capela. Sabia muito bem onde encontrar o monstro que buscava.

A grande caixa estava no mesmo lugar, bem perto da parede, mas a tampa estava fechada, não presa, mas com os pregos prontos em seus lugares para serem martelados. Sabia que precisava chegar até o corpo para pegar a chave, então levantei a tampa e encostei-a contra a parede; então, vi algo que encheu minha alma de horror. Ali estava o Conde, mas parecendo que sua juventude havia sido renovada pela metade, pois os cabelos e bigodes brancos haviam se transformado em um cinza escuro; as bochechas estavam mais cheias, e a pele branca parecia vermelho-rubi por baixo; a boca estava mais vermelha do que nunca, pois gotas de sangue fresco jaziam sobre os lábios, escorrendo dos cantos da boca por sobre o queixo e o pescoço. Até mesmo os olhos profundos e cintilantes pareciam contrastar com a carne avolumada, pois as pálpebras e a região abaixo dos olhos estavam inchadas. Parecia que toda a horrorosa criatura estava simplesmente cheia de sangue. Jazia ali como uma asquerosa sanguessuga, exausta de saciedade. Estremeci enquanto me debruçava para tocá-lo, e todos os meus sentidos se enojavam com o contato; mas tinha que procurar, senão estava perdido. O cair da noite poderia testemunhar meu corpo sendo feito de banquete, de forma semelhante, para aquelas três horrendas. Apalpei seu corpo todo, mas não consegui encontrar sinal da chave. Então, parei e olhei para o Conde. Havia um sorriso zombeteiro em seu rosto inchado, que parecia me deixar louco. Era aquela criatura que eu estava ajudando a transferir para Londres, onde, talvez, pelos próximos séculos, ele poderia, entre seus milhões de habitantes, saciar sua fome de sangue e criar um novo círculo, cada vez maior, de semi-demônios para se deleitar com os indefesos. Só de pensar, isso me enlouquecia. Um terrível desejo tomou conta de mim, de livrar o mundo daquele monstro. Não tinha nenhuma arma letal à mão, mas agarrei uma pá que os trabalhadores usavam para encher as caixas e, erguendo-a bem alto, bati na odiosa face, com a borda virada para baixo. Mas enquanto o fazia, a cabeça girou, e os olhos pousaram diretamente sobre mim, com todo o seu fogo de basilisco. Aquela visão pareceu me paralisar, e a pá girou em minha mão e se desviou do rosto, fazendo apenas um corte profundo em sua testa. A pá caiu da minha mão sobre a caixa e, enquanto a puxava de volta, a beirada da lâmina ficou presa em uma ponta da tampa, que caiu novamente e escondeu a coisa horrorosa de minhas vistas. A última visão que tive foi do rosto inchado, manchado de sangue e com um sorriso malicioso nos lábios, que estaria em casa no mais profundo nível do inferno.

Pensei muito sobre qual deveria ser meu próximo passo, mas meu cérebro parecia estar em chamas, de modo que esperei, com uma sensação de desespero crescente. Enquanto aguardava, ouvia à distância uma canção cigana, cantada por muitas vozes que se aproximavam, e, por baixo da música, o som de rodas pesadas e estalidos de chicotes; os Szgany e os eslovacos, dos quais o Conde falara, estavam chegando. Com um último olhar ao meu redor e para a caixa que continha o corpo vil, saí correndo daquele lugar e voltei para o quarto do Conde, determinado a sair no momento em que a porta se abrisse. Ouvindo atentamente, escutei, no andar de baixo, o barulho da chave na enorme fechadura e a porta pesada se abrindo. Deveria haver outro meio de entrar, ou alguém tinha uma chave das portas fechadas. Então veio o som de muitos passos, que se perdiam em alguma passagem e criavam um eco barulhento. Virei-me para correr de novo em direção à cripta, onde poderia encontrar a nova entrada; mas, naquele momento, uma rajada violenta de vento pareceu surgir, e a porta que dava para a escada em espiral se fechou com um baque que fez a poeira no batente voar. Quando corri para abri-la, descobri que estava irremediavelmente fechada. Era, de novo, um prisioneiro, e a rede da perdição se fechava ao meu redor cada vez mais.

Enquanto escrevo, um som vem da passagem lá embaixo, de muitos pés e de pesos sendo baixados com força, sem dúvida as caixas, com sua carga de terra. Há um som de martelo; são as caixas sendo tampadas. Agora, consigo ouvir os passos pesados passando pelo saguão, novamente, com muitos outros pés ociosos os seguindo.

A porta é trancada, e as correntes são balançadas; ouço o barulho da chave sendo virada na fechadura, e então sendo retirada. Depois, outra porta é aberta e fechada; consigo ouvir o rangido da fechadura e da corrente.

Ouço, no pátio e no caminho de pedras, rodas pesadas rolando, chicotes estalando e o coro dos Szgany, enquanto se distanciam.

Estou sozinho no castelo, com aquelas terríveis mulheres. Que asco! Mina é mulher, e não tem nada em comum com elas. São demônios do inferno!

Não ficarei aqui sozinho com elas; tentarei escalar a parede do castelo, para mais longe do que ousei até agora. Levarei um pouco do ouro comigo, caso precise dele depois. Posso encontrar um jeito de sair deste lugar tenebroso.

E então tomarei o caminho de casa! Irei no trem mais rápido e mais próximo! Para longe deste local amaldiçoado, desta terra amaldiçoada, onde o demônio e seus filhos ainda andam com pés terrenos!

Pelo menos a misericórdia de Deus é melhor do que a destes monstros, e o precipício é inclinado e profundo. Ao pé dele, um homem pode descansar – enquanto homem. Adeus a todos! Mina!

CAPÍTULO V

Carta da Srta. Mina Murray para a Srta. Lucy Westenra

"9 de maio.

Minha caríssima Lucy,

Perdoe minha demora em escrever, mas estive simplesmente abarrotada de trabalho. A vida de uma assistente de professora é desafiadora, às vezes. Anseio por estar com você, e perto do mar, onde poderemos caminhar juntas e livremente, e darmos rédeas à nossa imaginação. Tenho trabalhado muito, ultimamente, porque quero acompanhar os estudos de Jonathan, e tenho praticado taquigrafia assiduamente. Quando estivermos casados, poderei ser útil a Jonathan, e se for boa o suficiente em estenografia, poderei anotar o que ele quiser dizer desta forma, e escrever para ele na máquina, o que também estou praticando bastante. Às vezes trocamos cartas em taquigrafia, e ele está mantendo um diário estenográfico de suas viagens ao exterior. Quando estiver com você, escreverei um diário da mesma forma. Não me refiro a um daqueles de duas páginas por semana, com o domingo espremido em um cantinho, e sim o tipo de diário no qual possa escrever sempre que sentir vontade. Suponho que não seja muito interessante para outras pessoas; mas não é para os olhos dos outros. Talvez o mostre a Jonathan, um dia, se houver nele alguma coisa que valha a pena compartilhar, mas será, na verdade, um livro de exercícios. Tentarei fazer o que vejo as jornalistas fazerem: entrevistar e escrever descrições, e tentar lembrar de conversas. Ouvi dizer que, com um pouco de prática, pode-se lembrar tudo o que acontece ou o que se escuta durante o dia. Contudo, ainda veremos. Contarei a você sobre meus pequenos planos quando nos encontrarmos. Acabei de receber umas poucas linhas apressadas do Jonathan, da Transilvânia. Ele está bem, e volta dentro de uma semana, aproximadamente. Estou ansiosa para ouvir todas as novidades dele. Deve ser tão agradável, visitar países estrangeiros. Imagino se nós – quero dizer, Jonathan e eu – um dia os veremos juntos. O sinal das dez horas está tocando. Adeus.

Com amor,

Mina.

Conte-me todas as suas novidades, quando escrever. Não me conta nada há tempos. Ouço rumores, especialmente sobre um homem alto, bonito, e de cabelos encaracolados???"

Carta de Lucy Westenra para Mina Murray.

"Chatham Street, nº 17.

Quarta-feira.

Minha caríssima Mina,

Devo dizer que me acusa muito injustamente de ser uma má correspondente. Lhe escrevi duas vezes, desde que nos despedimos, e sua última carta foi só a segunda. Além disso, não tenho nada para contar. Não há mesmo nada que possa interessar. A cidade está bastante agradável, no momento, e vamos sempre a galerias de arte, saímos para caminhar e para cavalgar no parque. Quanto ao homem alto e de cabelos encaracolados, suponho que seja aquele que esteve comigo no último concerto popular. Alguém tem claramente contado mentiras. Era o Sr. Holmwood. Ele vem sempre nos visitar, e se dá muito bem com mamãe; têm tantas coisas em comum para conversar. Conhecemos, há algum tempo, um homem que seria perfeito para você, se já não fosse noiva de Jonathan. É um excelente partido, pois é bonito, endinheirado e de boas origens. É médico e muito inteligente. Imagine só! Tem só vinte e nove anos, e é dono de um imenso hospício, do qual se encarrega sozinho. O Sr. Holmwood o apresentou a mim, e ele veio nos visitar aqui em casa, e agora vem sempre. Acho que é um dos homens mais decididos que já conheci e, ainda assim, o mais calmo. Parece ser absolutamente imperturbável. Imagino que poder incrível ele deve exercer sobre seus pacientes. Tem o hábito curioso de olhar as pessoas direto nos olhos, como se tentasse ler seus pensamentos. Faz muito isso comigo, mas gosto de pensar que sou uma presa difícil. Sei dizer pelo meu espelho. Já tentou ler seu próprio rosto? Eu já, e posso lhe dizer que não é um estudo ruim de se fazer, e dá mais trabalho do que se imagina, se nunca tentou. Ele diz que sou um estudo psicológico curioso para ele, e penso, modestamente, que sou, mesmo. Como você sabe, não me interesso o suficiente por moda, para poder descrever as novidades. Roupas são uma chatice. Usei uma gíria, de novo, mas deixemos para lá; Arthur diz isso todos os dias. Pronto, isso é tudo. Mina, contamos todos os nossos segredos uma para a outra desde crianças; dormimos juntas, comemos juntas, rimos e choramos juntas. E agora, apesar de eu já ter falado, gostaria de falar mais. Oh, Mina, não conseguiu adivinhar? Eu o amo. Estou corando enquanto escrevo, pois, apesar de pensar que ele me ama, ele não me disse isso com palavras. Mas, ah, Mina, eu o amo; o amo, o amo! Pronto, isso me fez bem. Gostaria de estar com você, querida, sentada perto da lareira, me despindo, como costumávamos fazer; e tentaria contar o que sinto. Não sei como estou escrevendo tudo isso, nem mesmo para você. Estou com medo de parar, caso acabe rasgando a carta, e não quero parar, pois quero muito contar tudo a você. Me responda imediatamente, me dizendo o que acha de tudo isso. Mina, preciso parar. Boa noite. Me abençoe em suas orações; e Mina, reze por minha felicidade.

Lucy.

P.S.: Não preciso nem dizer que é segredo. Boa noite, novamente.

L."

Carta de Lucy Westenra para Mina Murray.

"*24 de maio.*

Minha querida Mina,

Muito, muito, muito obrigada por sua doce carta. Foi tão bom poder contar tudo para você, e ter sua simpatia.

Minha cara, aqui chove a cântaros. Como os velhos ditados são verdadeiros. Aqui estou eu, que farei vinte anos de idade em setembro, sem nunca ter recebido um pedido de casamento até hoje, não um pedido verdadeiro, e hoje recebi três. Imagine só! TRÊS pedidos em um dia! Não é horrível? Sinto muito, muitíssimo mesmo, por dois dos pobres camaradas. Ah, Mina, estou tão feliz que não sei o que fazer comigo mesma. E três pedidos de casamento! Mas pelo amor de Deus, não conte para nenhuma das garotas, senão elas terão todo tipo de ideia extravagante, e ficarão ofendidas e ultrajadas se, em seu primeiro dia de volta ao lar, não receberem seis, pelo menos. Algumas garotas são tão vaidosas! Você e eu, querida Mina, que estamos noivas e logo nos tornaremos velhas casadas, podemos desprezar a vaidade. Bom, preciso contar-lhe tudo sobre os três, mas você precisa manter em segredo, de todos, exceto, é claro, do Jonathan. Contará a ele, porque eu contaria a Arthur, se estivesse no seu lugar. A mulher deve contar tudo a seu marido – não acha, querida? E devo ser justa. Os homens gostam que as mulheres, certamente suas esposas, sejam tão justas quanto eles; e as mulheres, temo dizer, não são sempre tão justas quanto deveriam. Bem, minha querida, o número Um veio aqui logo antes do almoço. Contei a você sobre ele, o Dr. John Seward, o homem do hospício, o da mandíbula forte e da testa bonita. Estava muito composto, por fora, mas nervoso, mesmo assim. Evidentemente estivera decorando todo tipo de detalhe, e lembrou-se deles; mas quase se sentou em seu chapéu de seda, o que os homens não costumam fazer quando estão calmos, e depois, quando quis dar a aparência de estar à vontade, ficou brincando com uma lanceta de um jeito que quase me fez gritar. Falou comigo, Mina, de forma bastante direta. Me disse como me estimava, apesar de me conhecer há tão pouco tempo, e como seria sua vida comigo para ajudá-lo e alegrá-lo. Estava prestes a me dizer como ficaria infeliz se eu não gostasse dele, mas, quando me viu chorar, disse que era um bruto, e que não acrescentaria problemas aos que eu já tinha. Interrompeu-se, então, e perguntou se eu poderia amá-lo com o tempo; e, quando fiz que não com a cabeça, suas mãos tremeram, e perguntou, com um tanto de hesitação, se eu já gostava de outra pessoa. O fez de forma bastante gentil, dizendo que não queria me forçar a fazer confidências, mas só saber, porque se o coração de uma mulher estiver livre, o homem pode ter esperanças. E então, Mina, senti-me na obrigação de dizer a ele que havia alguém. Só contei isso, e então levantou-se e, parecendo muito forte e muito sério, pegou minhas mãos nas suas e disse que esperava que eu fosse feliz, e que se algum dia precisasse de um amigo, deveria considerá-lo um dos melhores. Ah, querida Mina, não posso evitar de chorar; e você deve perdoar-me por ter manchado toda a carta. Receber um pedido de casamento é muito bom, e tudo o mais, mas não é nada agradável ter que ver um pobre camarada, que você sabe que te ama sinceramente, ir embora de coração partido, e saber que, não importa o que ele diga naquele momento, você está saindo da vida dele. Minha querida, preciso parar por aqui, sinto-me tão triste, apesar de estar tão feliz.

Noite.

Arthur acabou de sair, e sinto que meu humor está melhor do que quando interrompi a escrita, de modo que posso continuar contando a você sobre o meu dia. Bem, minha cara, o número Dois veio depois do almoço. Ele é um sujeito tão agradável, um americano do Texas, e tem uma aparência tão jovem e fresca que parece quase impossível ter visitado tantos lugares, e tido tantas aventuras. Simpatizo com a pobre Desdêmona, em cujos ouvidos despejaram uma torrente tão perigosa, ainda que tenha sido por um homem negro. Suponho que nós, mulheres, sejamos tão covardes que pensamos que um homem nos salvará de nossos medos, e nos casaremos com ele. Agora sei o que faria se fosse homem e quisesse fazer uma garota me amar. Não, não sei, pois o Sr. Morris já esteve aqui nos contando suas histórias, e Arthur nunca contou nenhuma, e ainda assim... Minha cara, estou me antecipando. O Sr. Quincey P. Morris me encontrou sozinha. Parece que um homem sempre encontra a garota sozinha. Não, não encontra, pois Arthur tentou duas vezes criar uma oportunidade, e eu o ajudei no que pude; não tenho mais vergonha de admitir. Preciso contar-lhe, antes disso, que o Sr. Morris nem sempre fala em gírias – quer dizer, nunca o faz com ou na frente de estranhos, pois é muito bem educado e tem modos maravilhosos – mas descobriu que me divertia ouvi-lo usar gírias americanas e, sempre que eu estava presente, e não havia mais ninguém para ser chocado, dizia coisas tão engraçadas. Temo dizer, minha cara, que ele tem que inventar tudo, pois se encaixa perfeitamente com o que quer que ele esteja dizendo. Mas é assim que as gírias são. Eu mesma não sei se usarei gírias; não sei se Arthur gosta disso, pois nunca o ouvi usar nenhuma. Bem, o Sr. Morris sentou-se ao meu lado, aparentando estar tão feliz e contente quanto era possível, mas ainda assim pude ver que estava bastante nervoso. Pegou minha mão na sua e disse, docemente:

- Srta. Lucy, sei que não sou bom o suficiente para regular os fechos dos seus sapatinhos, mas acho que se esperar para encontrar um homem que seja, irá se juntar às sete mulheres com as lamparinas[9], quando desistir. Não quer atrelar seu cavalo ao meu, e percorreremos a grande estrada juntos, com arreios duplos?

Bem, ele parecia tão bem-humorado e alegre, que não foi nem um pouco tão difícil recusá-lo, quanto havia sido recusar o pobre Dr. Seward; então, disse, tão delicadamente

9 N. da T.: Referência à Parábola das Dez Virgens, de Jesus. Stoker faz o Sr. Morris se enganar quanto ao número de propósito, para demonstrar seu nervosismo.

quanto pude, que não entendia nada de atrelar cavalos, e que não estava disposta a deixar que me colocassem arreios, ainda. Então, ele disse que falara de forma leviana, e que esperava que, se houvesse cometido um erro ao fazê-lo em um momento tão sério e tão formidável para ele, eu o perdoaria. Parecia, mesmo, estar sério quando o disse, e não pude deixar de me sentir um pouco séria, também – sei, Mina, que pensará que sou uma paqueradora incorrigível -, apesar de não poder suprimir um tipo de exultação, por ele ser o segundo em um único dia. E então, minha cara, antes que eu pudesse dizer uma só palavra, ele começou a despejar uma perfeita torrente de declarações de amor, colocando seu coração e sua alma aos meus pés. Parecia tão sincero durante tudo isso, que nunca mais pensarei que um homem deve ser brincalhão o tempo todo, e nunca sincero, só porque ele é alegre às vezes. Ele deve ter visto algo em meu semblante que o fez se deter, pois parou repentinamente e disse, com um tipo de fervor masculino que me teria feito amá-lo, se eu estivesse livre:

- Lucy, você é uma garota de coração honesto, eu sei. Não estaria aqui, falando com você como estou agora, se não acreditasse que você é transparente, até as profundezas de sua alma. Diga-me, de uma boa pessoa para outra, gosta de outra pessoa? Se sim, nunca mais te perturbarei, nem por um instante, mas serei, se me permitir, um amigo fiel.

Minha cara Mina, por que os homens são tão nobres, quando nós, mulheres, somos tão indignas deles? Lá estava eu, quase fazendo troça daquele cavalheiro verdadeiro e de bom coração. Irrompi em lágrimas – temo, minha cara, que vá pensar que esta carta é desleixada em mais de um sentido da palavra -, e senti-me muito mal, de verdade. Por que não permitem que uma garota se case com três homens, ou com tantos quanto a quiserem, e nos poupam de todo esse trabalho? Mas isso é heresia, e não devia dizer isso. Fico feliz em dizer que, apesar de estar chorando, consegui olhar nos olhos valentes do Sr. Morris e disse a ele, sem rodeios:

- Sim, há alguém que amo, apesar de ele ainda não ter me dito que me ama.

Fiz certo em falar tão francamente com ele, pois seu rosto se iluminou e pegou minhas mãos na dele – acho que eu coloquei minhas mãos na dele – e disse, de forma calorosa:

- Essa é minha garota corajosa. É melhor estar atrasado para conquistar você, do que chegar na hora para conquistar qualquer outra garota do mundo. Não chore, minha querida. Se for por mim, sou osso duro de roer, e aguento tudo de pé. Se esse outro sujeito não sabe o que é bom para ele, bem, ele deveria aprender logo, ou terá que lidar

comigo. Garotinha, sua honestidade e coragem me transformaram em um amigo, e isso é mais raro do que um amante; é mais altruísta, de qualquer forma. Minha querida, terei um caminho solitário a percorrer, entre este reino e o dos céus. Não pode me dar um beijo? Será algo para manter a escuridão longe, de vez em quando. Você pode, sabe, se quiser, pois aquele outro bom camarada – ele deve ser bom, minha cara, e um sujeito correto, senão você não poderia amá-lo – ainda não pediu sua mão.

Isso me convenceu, Mina, pois foi muito valente e doce da parte dele, e também nobre, em relação a um rival – não foi? – e ele estava tão triste; então, inclinei-me para a frente e o beijei. Ele levantou-se com minhas mãos nas dele e, enquanto olhava-me nos olhos – ouso dizer que eu estava bastante ruborizada -, disse:

- Garotinha, estou segurando sua mão, e você me beijou, e se essas as não nos tornam amigos, nada mais tornará. Obrigado por sua doce honestidade comigo, e adeus.

Apertou minha mão e, pegando seu chapéu, saiu direto da sala, sem olhar para trás, sem uma única lágrima, estremecimento ou pausa; e estou chorando como um bebê. Ah, por que um homem daqueles deve ficar infeliz, quando há muitas outras garotas no mundo que beijariam o chão que ele pisa? Sei que eu o faria, se estivesse livre – só que não quero estar livre. Minha querida, isso me deixou bastante chateada, e sinto que não consigo escrever sobre coisas felizes ao mesmo tempo, logo depois de tê-la contado sobre isso. Não quero contar sobre o número Três, até que tudo possa ser sobre felicidade.

Sempre com amor,

Lucy.

P.S.: Ah, sobre o número Três – não preciso contar-lhe sobre o número Três, preciso? Além disso, foi tudo tão confuso – parece que se passou só um momento, entre sua entrada na sala e seus braços estarem ao meu redor, enquanto me beijava. Estou muito, muito feliz, e não sei o que fiz para merecer isso. Só devo tentar, no futuro, demonstrar que não sou ingrata a Deus por toda a Sua bondade em ter me mandado um amante, um marido e um amigo como ele.

Adeus."

Diário do Dr. Seward

(Registrado no fonógrafo)

25 de maio. Declínio do apetite, hoje. Não consigo comer, nem descansar, então escrevo no diário. Desde minha rejeição de ontem, tenho uma sensação vazia; nada no mundo parece importante o suficiente para valer a pena ser feito... como sabia que a única cura para aquele tipo de coisa era o trabalho, desci para junto dos pacientes. Escolhi um, que me serve de objeto de um estudo muito interessante. É tão pitoresco que estou determinado a compreendê-lo o melhor que puder. Hoje, parece que cheguei mais perto do que nunca do cerne de seu mistério.

O questionei mais do que fizera antes, com vistas a dominar os fatos de sua alucinação. Meu modo de fazê-lo teve, agora percebo, um quê de crueldade. Parece que tentei mantê-lo preso ao assunto de sua loucura – o que evito fazer com os pacientes, como evito a boca do inferno.

(Nota: sob que circunstâncias eu *não* evitaria as profundezas do inferno?) *Omnia Romae venalia sunt*[10]. O inferno tem seu preço! *Verb. sap*[11]. Se há algo por trás deste instinto, será valioso descobrir depois, de forma precisa, de modo que é melhor começar a fazer agora, então:

R. M. Renfield, 59 anos. Temperamento otimista; grande força física; morbidamente excitável; períodos de melancolia, que terminam com alguma ideia fixa, que não consigo discernir. Presumo que o temperamento otimista e a influência perturbadora dão origem a um acabamento mentalmente habilidoso; homem possivelmente perigoso, provavelmente perigoso, se altruísta. Em homens egoístas, o cuidado é uma armadura tão segura para seus inimigos, quanto para eles mesmos. Minha opinião sobre este assunto é que, quando a própria pessoa é o ponto fixo, a força centrípeta é equilibrada pela centrífuga; quando um dever, uma causa, etc., é o ponto fixo, esta última força é soberana, e só um acidente, ou uma série deles, pode equilibrá-la.

---

10 N. da T.: "Tudo em Roma estava à venda".

11 N. da T.: Abreviação do latim: "Verbum sapienti sat est", algo como "para o bom entendedor, meia palavra basta".

Carta de Quincey P. Morris para o Honorável Arthur Holmwood

"25 de maio.

Meu caro Art,

Contamos histórias em volta da fogueira, nas pradarias; e fizemos curativos nas feridas um do outro, após tentar pousar nas Ilhas Marquesas; e brindamos nossa saúde na beirada do Titicaca. Há mais histórias a serem contadas, e outras feridas a serem curadas, e outros brindes a serem feitos. Não podemos fazer isso em volta do meu fogo, amanhã à noite? Não hesito em pedir, pois sei que uma certa dama estará em um certo jantar, e que você estará livre. Só haverá uma outra pessoa, nosso velho amigo na Coreia, Jack Seward. Ele também vem, e nós dois queremos nos lamentar juntos sobre as taças de vinho, e brindarmos, do fundo dos nossos corações, ao homem mais feliz de todo esse mundo, que conquistou o coração mais nobre que Deus criou, e o mais digno de ser conquistado. Prometemos a você calorosas boas-vindas, e um brinde tão sincero quanto a sua própria mão direita. Juramos que te deixaremos em casa, se beber demais pensando em um certo par de olhos. Venha!

Seu amigo, hoje e para sempre,

Quincey P. Morris"

Telegrama de Arthur Holmwood para Quincey P. Morris

"26 de maio.

Conte comigo toda vez. Levarei mensagens que farão suas duas orelhas formigar.

Art."

CAPÍTULO VI
Diário de Mina Murray

24 de julho. Whitby. Lucy me encontrou na estação, parecendo mais doce e adorável do que nunca, e fomos de carruagem até a casa na rua Crescent, onde sua família alugou acomodação. É um lugar adorável. O riozinho, que se chama Esk, corre por um vale profundo, que se alarga conforme se aproxima do porto. Um grande viaduto o cruza, com píeres altos, dos quais a vista parece, de alguma forma, mais longínqua do que realmente é. O vale é lindamente verde, e tão íngreme que, quando se está na parte alta, de qualquer lado, se pode ver do outro, a não ser que esteja perto o suficiente para olhar para baixo. As casas da parte antiga da cidade – que fica do lado oposto ao nosso – têm todas telhados vermelhos, e parecem estar empilhadas umas sobre as outras, de alguma maneira, como nos quadros que vemos de Nuremberg. Logo acima da cidade estão as ruínas da Abadia de Whitby, saqueada pelos dinamarqueses, e que é o pano de fundo de uma parte de "Marmion", onde a garota foi emparedada. São ruínas magníficas, de tamanho imenso e cheias de partes belas e românticas; há uma lenda que diz que uma dama de branco é vista em uma das janelas. Entre elas e a cidade, há outra igreja, a da paróquia, ao redor da qual há um grande cemitério, cheio de lápides. É, na minha opinião, o lugar mais agradável de Whitby, pois fica logo acima da cidade e tem uma vista completa do porto e até da baía, onde o promontório chamado Kettleness se estende para o mar. Se inclina de forma tão íngreme por sobre o porto que parte da encosta desabou, algumas das lápides caíram, e alguns dos túmulos foram destruídos. Em um lugar, parte das pedras dos túmulos se estende por sobre o caminho arenoso lá embaixo. Há trilhas, com bancos ao lado, que passam pelo cemitério; e as pessoas vão se sentar lá, o dia todo, olhando para a bela vista e aproveitando a brisa. Eu mesma virei sentar aqui com frequência, para trabalhar. Na verdade, estou escrevendo agora mesmo, com meu diário sobre os joelhos, ouvindo a conversa de três velhos sentados ao meu lado. Eles parecem não fazer nada o dia todo, além de se sentar aqui e conversar.

O porto está abaixo de mim, do lado oposto, um longo muro de granito que se estende até o mar, sua extremidade curvada para fora e um farol no meio. Um enorme quebra-mar corre ao longo dele, do lado de fora. Do lado de cá, o quebra-mar forma um cotovelo dobrado inversamente, e sua extremidade também tem um farol. Entre os dois píeres, há uma abertura estreita que dá para o porto, e que se alarga repentinamente.

É agradável, na maré cheia; mas quando está baixa, tudo se esvai até desaparecer, deixando somente a corrente do rio Esk, passando entre as margens arenosas, com pedras aqui e acolá. Fora do porto, deste lado, uma grande barreira de corais se ergue por cerca de oitocentos metros, cuja extremidade pontiaguda se projeta de trás do farol do sul. Ao final dela, há uma boia com um sino, que balança quando o tempo está bravo, e manda um som lúgubre para o vento. Há uma lenda, aqui, que diz que quando um navio se perde, sinos são ouvidos no mar. Preciso perguntar ao velho sobre isso; ele está vindo em minha direção...

Ele é um senhor engraçado. Deve ser extremamente velho, pois seu rosto é todo sulcado e retorcido, como a casca de uma árvore. Me contou que tem quase cem anos, e que foi um marinheiro na frota de pesca da Groenlândia, na época da batalha de Waterloo. Sinto dizer que ele é uma pessoa bastante cética, pois quando perguntei-lhe sobre os sinos ao mar e a Dama de Branco da abadia, respondeu bruscamente:

– Não perderia tempo com isso, senhorita. Essas coisas "são tudo" do passado. "Num" digo que nunca existiram, mas não existiram na minha época. É tudo muito bom para visitantes e turistas, e coisa do tipo, mas não para uma jovem simpática como a senhorita. O povo ordinário de York e Leeds, que fica comendo arenque defumado e tomando chá, e querendo comprar azeviche, acredita em qualquer coisa. Fico pensando quem teve a ideia de contar mentiras para eles – até os jornais, cheios de besteira[12].

Pensei que ele seria uma boa pessoa de quem aprender coisas interessantes, de modo que perguntei se ele não se importaria em me contar algo sobre a caça às baleias, dos tempos antigos. Estava se preparando

12 N. da T.: O original era uma tentativa de reproduzir o modo de falar peculiar de Yorkshire.

para começar, quando o relógio bateu às seis, o que o fez se esforçar para levantar e dizer:

– Preciso ir para casa agora, senhorita. Minha neta não gosta de esperar quando a janta está pronta, pois eu levo um tempão para conseguir descer as escadas, já que são muitas, senhorita, e sempre passa da minha hora de comer.

Ele saiu mancando, e pude vê-lo se apressar, o melhor que podia, para descer os degraus. Estes degraus são uma bela característica do lugar. Levam da cidade para a igreja, e há centenas deles – não sei quantos –, e serpenteiam em uma curva delicada; a inclinação é tão suave, que um cavalo poderia subir e descer dela. Penso que, originalmente, tinham alguma conexão com a abadia. Também irei para casa. Lucy saiu para fazer visitas com a mãe e, já que eram apenas visitas de cortesia, não fui junto. Já devem estar em casa.

*****

1º de agosto. Subi aqui há uma hora com Lucy, e tivemos uma conversa das mais interessantes com meu velho amigo e os outros dois que sempre vêm se juntar a ele. Ele evidentemente era o Oráculo entre eles, e imagino que tenha sido, em sua época, uma pessoa das mais ditatoriais. Não admite nada, e derrota a todos. Se não consegue vencer por argumentos, usa de grosseria, e interpreta o silêncio dos outros como concordância com suas opiniões. Lucy estava docemente bonita, com seu vestido branco de dia; adquiriu uma linda cor, desde que chegou aqui. Reparei que os velhos não perderam tempo em vir e sentar perto dela, quando chegamos. Ela é tão doce com os idosos; acho que todos eles se apaixonaram por ela imediatamente. Até o meu velhinho sucumbiu e não a contradisse, mas me deu uma parcela dupla, ao invés disso. Fiz com que falasse sobre as lendas, e ele lançou-se a um sermão na mesma hora. Preciso tentar lembrar-me e anotar:

– É tudo besteira, do começo ao fim; é isso que é, e nada mais. Essas maldições, fantasmas e duendes, e tudo mais, só servem para assustar crianças e mulheres medrosas. Não são nada além de lorotas. Eles, e todos os portentos, sinais e avisos, são todos inventados por pastores e eruditos e vendedores ambulantes para assustar os tontos, e para fazer com que as pessoas façam as coisas que não querem eles mesmos fazer. Me deixa irado pensar nisso. Ora, são eles que, não contentes com imprimir mentiras nos jornais e pregar caraminholas nos púlpitos, gravam tudo isso nas lápides. Olhem aqui, ao redor de vocês, o quanto quiserem; todas essas lápides, tentando ficar retas de orgulho, inclinadas para um lado com o peso das mentiras escritas nelas, "aqui jaz", ou "sagrado na memória", escrito em todas elas, só que quase metade delas não tem nenhum corpo; e metade das memórias não são nem guardadas, muito menos sagradas. Mentiras, todas elas, nada além de mentiras de um tipo ou de outro! Nossa, vai ser uma baita confusão, no Juízo Final, quando essas pessoas se levantarem em suas mortalhas, todas embaralhadas e tentando arrastar as suas lápides para provar como foram boas; algumas delas tremelicando, com as mãos todas enrugadas e escorregadias de tanto ficar sob o mar, que não vão nem conseguir agarrar as lápides.

Pude perceber, pelo ar enfatuado do velho e pelo modo como olhava ao redor, buscando a aprovação de seus capangas, que estava "se exibindo", então disse algumas coisas para fazer com que continuasse:

– Ah, Sr. Swales, não pode estar falando sério. Estas lápides não podem estar totalmente erradas?

– É possível! Pode haver uma ou outra que não está errada, exceto quando descrevem as pessoas como boas demais; pois tem gente que acha que um penico é o mar, se pertencer a si mesmo. A coisa toda é só mentira. Agora, escute aqui; você chega aqui, uma forasteira, e vê este campo-santo. – Assenti, pois pensei que seria melhor fazê-lo, apesar de não entender direito seu dialeto. Sabia que tinha alguma coisa a ver com a igreja. Ele prosseguiu: – E imagina que todas essas lápides são de pessoas enterradas aqui, bonitas e compactas? – Assenti novamente. – É aí que entra a mentira. Oras, há vários desses túmulos que são tão vazios quanto a caixa de tabaco do velho Dun na sexta-feira à noite. – Ele cutucou um de seus companheiros, e todos riram. – E meu Deus! Como não poderiam estar? Olhe só para aquele, o que está mais para o fim do caminho. Leia!

Fui até lá, e li:

– Edward Spencelagh, mestre marinheiro, assassinado por piratas no mar de Andres, em abril de 1854, aos 30 anos de idade.

Quando voltei, o Sr. Swales continuou:

– Quem o trouxe para casa, para enterrar aqui? Assassinado no mar de Andres! E você imaginava que seu corpo estava ali embaixo! Ora, posso mencionar uma dúzia de pessoas cujos ossos estão sob os mares da Groenlândia, lá em cima, – apontou para o norte – ou onde quer que as correntes os tenham levado. Têm lápides por todos os cantos. Você pode, com seus olhos jovens, ler as letrinhas das mentiras daqui. Este tal de Braithwaite Lowrey, eu conhecia seu pai, morreu no navio Lively, na Groenlândia, em 1820; ou Andrew Woodhouse, afogado no mesmo mar em 1777; ou John Paxton, afogado no Cabo Farewell um ano depois; ou o velho John Rawlings, cujo avô navegou comigo, afogado no Golfo da Finlândia em 1850. Acha que todos esses homens vão correr para Whitby quando as trombetas soarem? Tenho minhas dúvidas! Te digo que quando chegassem aqui, estariam sacudindo e empurrando uns aos outros, que seria como uma briga no gelo, nos tempos antigos, quando enfrentávamos uns aos outros o dia inteiro, tentando amarrar nossos pescados à luz da aurora boreal.

Era, evidentemente, um passatempo local, pois o velho riu ao mencioná-lo, e seus companheiros se juntaram a ele com gosto.

– Mas – disse eu – certamente que o senhor não está de todo correto, pois começa presumindo que todos os pobres, ou seus espíritos, terão que levar suas lápides com eles, no Juízo Final. O senhor acha que isso seria mesmo necessário?

– Bom, para que mais servem as lápides? Responda isso, senhorita!

– Para agradar seus parentes, suponho.

– Para agradar seus parentes, você supõe! – Isso ele disse com intenso escárnio. – Como irá agradar os parentes deles, saber que mentiras estão escritas sobre eles, e que todo mundo daqui sabe que são mentiras? – Apontou para uma lápide aos nossos pés, que fora deitada como uma laje, sobre a qual o banco repousava, perto da beirada do penhasco. – Leia as mentiras deste túmulo – disse. As letras estavam de cabeça para baixo, em relação a onde eu estava sentada, mas Lucy estava melhor posicionada, de modo que se inclinou e leu:

– "Em memória sagrada de George Canon, que morreu, na esperança de uma gloriosa ressurreição, em 29 de julho de 1873, ao cair das rochas de Kettleness. Este túmulo foi erigido por sua mãe pesarosa, para seu amado filho. Ele era filho único, e ela, viúva". Realmente, Sr. Swales, não vejo nada de muito engraçado nisso! – Ela fez tal comentário em tom sério e um tanto quanto severo.

– Não vê nada de engraçado! Ha ha! Mas é porque não sabe que a mãe pesarosa era uma bruxa que o odiava por ser torto, ele era um verdadeiro deformado, e ele a odiava tanto que cometeu suicídio, para que ela não recebesse o dinheiro do seguro que tinha feito sobre a vida dele. Estourou os miolos com um mosquete velho que eles tinham para assustar os corvos. Dessa vez, não foi para os corvos, foi para trazer as formigas e os corvos até ele. Foi por isso que ele caiu das rochas. E, quanto à esperança de uma gloriosa ressurreição, eu mesmo o ouvi dizer, várias vezes, que esperava ir para o inferno, porque a mãe dele era tão devota que certamente iria para o céu, e ele não queria estar onde ela estava. Agora, essa lápide – bateu nela com a bengala enquanto falava – não é um monte de mentiras? E não fará o anjo Gabriel dar risada quando o pequeno George chegar ofegante, equilibrando a lápide na corcunda, e pedir que ela seja aceita como prova?

Eu não sabia o que dizer, mas Lucy mudou o assunto ao dizer, enquanto se levantava:

– Ah, por que foi nos contar tudo isso? Este é meu banco preferido, e não posso deixá-lo; agora descubro que preciso continuar sentando-me sobre o túmulo de um suicida.

– Não lhe fará mal, belezinha; e pode fazer o pobre George ficar feliz, tendo uma rapariga tão bonita sentada no colo dele. Não lhe fará mal. Oras, me sento aqui de vez em quando, há mais de vinte anos, e não me fez mal nenhum. Não se preocupe com os que estão abaixo de você, ou os que não estão! Será hora de se assustar quando vir as lápides sumirem, e o lugar vazio como um campo. O relógio acaba de bater, preciso ir. Meus cumprimentos, senhoritas! – E saiu mancando.

Lucy e eu ficamos sentadas por mais um tempo, e tudo à nossa frente era tão belo, que demos as mãos enquanto ali ficávamos; e ela me contou tudo de novo, sobre Arthur e suas núpcias iminentes. Isso me deixou um pouquinho pesarosa, pois não tenho notícias de Jonathan há um mês.

*****

No mesmo dia. Subi aqui sozinha, pois estou muito triste. Não havia carta me esperando. Espero que não tenha acontecido nada com Jonathan. O relógio acaba de bater às nove. Vejo as luzes espalhadas por toda a cidade, às vezes em fileiras, onde as ruas estão, e às vezes sozinhas; vão até o rio Esk e terminam na curva do vale. À minha esquerda, a vista é interrompida por uma linha negra, do telhado da casa velha que fica ao lado da abadia. As ovelhas e os cordeiros balem nos campos, atrás de mim, e ouço as batidas dos cascos de um burro na estrada pavimentada abaixo. A banda no píer está tocando uma valsa rigorosa, com um ritmo bom, e mais para a frente do porto está acontecendo uma reunião do Exército da Salvação, em uma rua lateral. Nenhum dos grupos ouve o outro, mas, aqui, ouço e vejo ambos. Imagino onde Jonathan pode estar, e se está pensando em mim! Gostaria que estivesse aqui.

Diário do Dr. Seward

5 de junho. O caso de Renfield fica mais interessante, quanto mais compreendo o homem. Ele tem certas qualidades bastante desenvolvidas; egoísmo, reserva e propósito. Queria poder chegar ao objeto deste último. Parece ter algum esquema próprio, bem estabelecido, mas ainda não sei o que é. A qualidade que o redime é o amor pelos animais, apesar de que passa por mudanças tão curiosas quanto a isso, que às vezes imagino que ele só seja anormalmente cruel. Seus animais de estimação são de tipos esquisitos. Neste momento, seu passatempo é capturar moscas. Atualmente, tem tamanha quantidade que fui forçado a protestar. Para

minha surpresa, não lançou-se a um estado de fúria, como eu esperara, mas levou o assunto a sério. Pensou por um momento, e então disse:

– Pode dar-me três dias? Me desfarei delas.

É claro que concordei. Preciso mantê-lo sob vigilância.

*****

18 de junho. Voltou sua mente para as aranhas, e pôs várias delas, grandes, em uma caixa. As alimenta com suas moscas, e a quantidade destas últimas está diminuindo perceptivelmente, apesar de ele ter usado metade de sua própria comida para atrair mais moscas de fora do quarto.

*****

1º de julho. Suas aranhas agora estão se tornando um estorvo tão grande quanto suas moscas, e hoje lhe disse que precisará se livrar delas. Pareceu ficar bastante triste ao ouvir isso, de modo que disse que precisará se livrar de algumas delas, de todo modo. Aquiesceu alegremente a isso, e dei a ele o mesmo prazo que antes, para a redução. Me deixou bastante enojado, enquanto estive com ele, pois quando uma horrenda mosca varejeira, inchada por ter comido carne putrefata, voou zumbindo para dentro do quarto, ele a capturou, segurou-a com exultação por alguns momentos, entre o indicador e o polegar, e, antes que eu pudesse perceber o que ia fazer, colocou-a na boca e comeu. O repreendi por isso, mas ele argumentou, em voz baixa, que estava muito boa e que era bastante saudável; que era vida, vida forte, e que dava vida a ele. Isso me deu uma ideia, ou o início de uma. Preciso ver como ele se livra das aranhas. Evidentemente, tem algum problema profundo em sua mente, pois mantém um caderninho no qual constantemente faz anotações. Páginas inteiras estão preenchidas com uma quantidade enorme de números, geralmente números únicos somados em grupos, e os totais somados em grupos adicionais, como se ele estivesse "conciliando" uma conta, como os auditores diriam.

*****

8 de julho. Há método em sua loucura, e os rudimentos da ideia que tive crescem em minha mente. Se tornará uma ideia completa logo, e então, ah, celebração inconsciente! Você terá que abrir espaço para sua irmã consciente. Mantive-me longe de meu amigo por alguns dias, para poder reparar em alguma mudança. As coisas continuam como estavam, exceto pelo fato de ele ter se despedido de alguns de seus bichos, e pego um novo. Conseguiu capturar um pardal, e já o domesticou parcialmente. Seu método de domesticação é simples, pois o número de aranhas já diminuiu. As que permanecem, contudo, são bem alimentadas, pois ele ainda atrai as moscas, tentando-as com sua comida.

*****

19 de julho. Estamos progredindo. Meu amigo agora tem uma colônia inteira de pardais, e suas moscas e aranhas já foram quase dizimadas. Quando entrei, ele correu ao meu encontro e disse que queria pedir-me um grande favor – um favor muito grande, mesmo, e enquanto falava, me agradava como um cachorro. Perguntei-lhe o que era, e ele disse, com uma espécie de enlevo na voz e no porte:

– Um gatinho, um lindo filhotinho brincalhão e elegante, com o qual eu possa brincar, e ensinar e alimentar – e alimentar – e alimentar!

Este pedido não me pegou desprevenido, pois já reparara que seus bichos aumentavam de tamanho e vivacidade, mas não gostei da ideia de que sua bela família de pardais domesticados fosse liquidada do mesmo modo que as moscas e aranhas; então, disse que pensaria no assunto, e perguntei se ele não preferiria um gato adulto. Sua ansiedade o traiu, enquanto respondia:

– Ah, sim, eu gostaria de um gato! Só pedi um filhote caso o senhor me recusasse um adulto. Ninguém poderia me recusar um filhotinho, poderia?

Sacudi a cabeça e disse que, naquele momento, não seria possível, mas que veria o que poderia fazer. Sua expressão mudou, e pude ver um aviso de perigo nela, pois surgiu um olhar feroz e enviesado, que significava morte. O homem é um maníaco homicida não-desenvolvido. Testarei seus anseios atuais para ver o que acontece; então, saberei mais.

*****

22:00. O visitei novamente e encontrei-o sentado em um canto, amuado. Quando entrei, se pôs de joelhos à minha frente e implorou que o deixasse ter um gato; que sua salvação dependia disso. Entretanto, fiquei firme e disse que não poderia ter um, ao que ele se virou, sem dizer uma palavra, e sentou-se, roendo os dedos, no canto onde eu o encontrara. O visitarei pela manhã, logo cedo.

*****

20 de julho. Visitei Renfield bem cedo, antes do enfermeiro fazer a ronda. O encontrei acordado e cantarolando. Estava espalhando seu açúcar, que guardara, na janela, obviamente recomeçando sua captura de moscas, e fazendo-o alegre e graciosamente. Procurei seus pássaros e, não os encontrando, perguntei-lhe onde estavam. Ele respondeu, sem se virar, que todos tinham fugido. Havia algumas penas ao redor do quarto e, sobre seu travesseiro, uma gota de sangue. Não disse nada, mas pedi ao guarda que me avisasse se algo estranho acontecesse com ele durante o dia.

*****

11:00. O enfermeiro acabou de vir me dizer que Renfield passou muito mal, e vomitou muitas penas.

– Acredito, doutor, – disse ele, – que comeu os pássaros, e que simplesmente os pegou e comeu crus!

*****

23:00. Deu a Renfield um opiáceo forte, hoje à noite, suficiente para fazer com que até mesmo ele durma, e peguei seu caderno para examinar. O pensamento que me ocupou a mente, nestes últimos dias, está concluído, e minha teoria foi comprovada. Meu maníaco homicida é de um tipo peculiar. Terei que inventar uma nova classificação para ele, e chamá-lo de maníaco zoófago (comedor de vidas); o que ele deseja é absorver tantas vidas quanto puder, e está tentando fazê-lo de forma cumulativa. Deu muitas moscas para uma aranha, e muitas aranhas para um pássaro, e depois queria um gato para comer os muitos pássaros. Quais seriam seus próximos passos? Quase que valeria a pena completar o experimento. Poderia ser feito, se ao menos houvesse uma causa suficiente. Os homens zombavam da vivissecção, mas vejam seus resultados, hoje em dia! Por que não fazer com que a ciência progrida, em seu aspecto mais difícil e vital – conhecimentos sobre o cérebro? Se eu obtivesse o segredo de uma mente como a dele – se eu tivesse a chave da mente de ao menos um louco –, poderia fazer com que meu ramo da ciência avançasse a um nível que faria com que a fisiologia de Burdon-Sanderson, ou os conhecimentos do cérebro de Ferrier parecessem insignificantes. Se ao menos houvesse uma causa suficiente! Não devo pensar muito sobre isso, ou ficarei tentado; uma boa causa poderia fazer com que a balança virasse, em relação a mim mesmo, pois também não posso ter um cérebro excepcional, congenitamente?

Como o homem raciocinava bem; os loucos sempre raciocinam, dentro de seu próprio escopo. Imagino quantas vidas ele acredita que um homem vale, ou só uma. Fechou as contas com bastante precisão, e hoje começou um registro novo. Quantos de nós começamos um novo registro com cada dia de nossas vidas?

Me parece que só ontem minha vida inteira acabou, com minha nova esperança, e que verdadeiramente comecei um registro novo. E assim será, até que o Grande Contador me analisar e fechar as minhas contas, com um saldo positivo ou negativo. Ah, Lucy, Lucy, não consigo ficar aborrecido com você, tampouco com meu amigo, cuja felicidade é a mesma que a sua; só posso esperar, desiludido, e trabalhar. Trabalho, trabalho!

Se ao menos eu tivesse uma causa tão forte quanto a do meu pobre amigo louco – uma causa boa e altruísta, que me fizesse trabalhar – isso, sim, seria felicidade.

Diário de Mina Murray

26 de julho. Estou ansiosa, e expressar-me aqui me acalma; é como sussurrar para si mesma e ouvir, ao mesmo tempo. E os símbolos taquigráficos também têm algo que os fazem ser diferentes da escrita. Estou infeliz por causa de Lucy e de Jonathan. Não tivera notícias de Jonathan há algum tempo, e estava muito preocupada; mas ontem, o querido Sr. Hawkins, que é sempre tão gentil, enviou-me uma carta dele. Eu havia escrito para ele, perguntando se tivera notícias, e ele disse que a carta que encaminhava havia acabado de ser recebida. É só uma linha escrita por ele, do Castelo Drácula, que diz que acabou de começar a viagem de volta. Isso não é típico de Jonathan; não compreendo, e me faz ficar inquieta. Além disso, Lucy, apesar de estar tão bem, ultimamente retomou seu velho hábito de andar enquanto dorme. Sua mãe conversou comigo sobre isso, e decidimos que trancarei a porta de nosso quarto todas as noites. A Sra. Westenra tem uma ideia de que sonâmbulos sempre sobem nos telhados e andam nas beiradas de precipícios, e então acordam repentinamente e caem, com um grito desesperado que ecoa por todos os cantos. Pobre senhora, está naturalmente preocupada com Lucy, e me contou que seu marido, o pai de Lucy, tinha o mesmo hábito; acordava durante a noite, se vestia e saía, se ninguém o impedisse. Lucy se casará no outono, e já está planejando seus vestidos e como sua casa será arrumada. Simpatizo com ela, pois faço o mesmo, só que Jonathan e eu começaremos nossas vidas de forma bem simples, e terei que fazer o melhor que puder com nosso dinheiro. O Sr. Holmwood – ele é o Honorável Arthur Holmwood, filho único do Lord Godalming – virá para cá muito em breve, assim que puder sair de Londres, pois seu pai não está muito bem, e acho que minha querida Lucy está contando os segundos até a chegada dele. Ela quer levá-lo ao banco que fica na encosta do cemitério, e mostrar a ele as belezas de Whitby. Ouso dizer que é a espera que a perturba; ficará bem quando ele chegar.

*****

27 de julho. Sem notícias de Jonathan. Começo a ficar bem inquieta em relação a ele, apesar de não saber por que; mas gostaria muito que ele escrevesse, ainda que fosse uma única linha. Lucy está perambulando durante a noite mais do que nunca, e todas as noites acordo com seus movimentos pelo quarto. Felizmente, o tempo está tão quente que ela não pode pegar um resfriado; ainda assim, a ansiedade e o acordar constantemente estão começando a me afetar, de modo que fico nervosa e predisposta a acordar sozinha. Graças a Deus, a saúde de Lucy continua boa. O Sr. Holmwood foi chamado, repentinamente, para ir ao encontro do pai, que foi tomado por um mal sério. Lucy se aborreceu com o adiamento de seu encontro, mas isso não afetou sua beleza; ela está um pouco mais forte, e sua face tem um adorável tom de rosa claro. Perdeu aquela aparência anêmica que tinha. Rezo para que isso tudo dure.

*****

3 de agosto. Mais uma semana se passou, e não houve notícias de Jonathan, nem mesmo para o Sr. Hawkins, de quem recebi uma carta. Espero que ele não esteja doente. Certamente que teria escrito. Olho para aquela última carta dele, mas, por algum motivo, não me satisfaz. Não me parece algo que ele teria escrito, mas, ainda assim, é a letra dele. Não há como negar. Lucy não andou muito durante a noite, na semana passada, mas ela tem um ar de concentração que não entendo; mesmo quando dorme, parece estar me observando. Tenta abrir a porta e, ao descobrir que está fechada, anda pelo quarto procurando a chave.

6 de agosto. Mais três dias, e nenhuma notícia. Este suspense está ficando insuportável. Se ao menos eu soubesse para onde escrever, ou ir, me sentiria mais calma; mas ninguém recebeu uma palavra de Jonathan desde aquela última carta. Só posso pedir a Deus que me dê paciência. Lucy está mais irrequieta do que nunca, mas fora isso, encontra-se bem.

A noite passada foi bastante ameaçadora, e os pescadores dizem que há uma tempestade chegando. Tentarei observá-la e aprender os sinais do tempo. Hoje o dia está cinzento, e o sol, enquanto escrevo, está escondido entre grossas nuvens que sobrevoam Kettleness. Tudo está cinza – exceto a grama verde, que parece esmeralda entre o resto; as rochas estão cinzentas, as nuvens estão cinzentas, matizadas nas bordas pela luz do sol, sobrevoando o mar cinzento, sobre o qual os pontos de areia se estendem como dedos acinzentados. O mar quebra sobre as partes superficiais e os trechos arenosos com um rugido, abafado entre a névoa que flutua em direção à terra firme. O horizonte se perde em uma névoa cinza. Tudo é vastidão; as nuvens estão empilhadas como rochas gigantescas, e há um rugido baixo vindo do mar, que soa como algum presságio de infortúnio. Figuras escuras estão na praia, aqui e acolá, às vezes meio envoltas pela névoa, e parecem "homens como árvores caminhando[13]". Os barcos de pesca estão correndo de volta para casa, e são jogados para cima e para baixo pelas ondas, enquanto chegam ao porto, inclinados até a água bater na beirada do convés. Aí vem o velho Sr. Swales. Está se dirigindo direto para mim, e posso ver, pelo modo como ergue o chapéu, que quer conversar...

Fiquei bastante comovida com a mudança que se operou no pobre senhor. Após se sentar ao meu lado, disse, de uma forma bastante gentil:

– Quero dizer-lhe algo, senhorita – Pude perceber que não estava à vontade, então peguei sua mão enrugada na minha e pedi que falasse livremente; então ele disse, deixando sua mão entre as minhas:

– Temo, minha queridinha, que a tenha chocado com todas as coisas maldosas que disse sobre os mortos, e coisa e tal, nessas últimas semanas; mas não falei sério, e quero que lembre-se disso quando eu me for. Nós, velhos, que somos tontos e estamos com um pé na cova, não gostamos muito de pensar nisso, e não queremos ficar com medo disso; é por isso que tento fazer troça desse assunto, para alegrar meu coração um pouquinho. Mas juro por Deus, senhorita, não tenho medo de morrer, nem um

13 N. da T.: Referência a uma passagem da Bíblia, Marcos 8:24.

pouco; só não quero morrer, se puder evitar. Minha hora já deve estar chegando, pois sou velho, e cem anos é demais para qualquer homem esperar atingir. E estou tão perto dos cem que o Ceifador já está afiando a foice. Sabe, não consigo me livrar do hábito de me importar com isso de uma vez só; as más línguas falarão, como sempre fazem. Algum dia, muito em breve, o Anjo da Morte tocará a trombeta para mim. Mas não fique triste, queridinha! – Viu que eu estava chorando. – Se ele chegar hoje mesmo, não me recusarei a ir com ele. Pois a vida, afinal de contas, é só esperar por algo que não seja o que estamos fazendo naquele momento; e a morte é a única coisa sobre a qual se pode ter certeza. Mas estou contente, pois está chegando a minha vez, querida, e vai chegar logo. Pode chegar enquanto estamos olhando e imaginando. Talvez venha junto com aquele vento soprando do mar, que está trazendo consigo morte e destruição, muita tristeza, e corações pesados. Veja! Veja! – Exclamou de repente. – Tem algo nesse vento, e para além dele, que tem o som, a aparência, o gosto e o cheiro da morte. Está no ar; estou sentindo chegar. Senhor, faça com que eu responda sua chamada com alegria!

Levantou os braços devotamente, e ergueu o chapéu. Seus lábios se mexiam como se estivesse orando. Após um silêncio de alguns minutos, levantou-se, apertou minha mão, me abençoou, dizendo adeus, e saiu mancando. Tudo isso me tocou e entristeceu profundamente.

Fiquei feliz quando um guarda costeiro apareceu, com sua luneta debaixo do braço. Parou para falar comigo, como sempre fazia, mas, ao mesmo tempo, ficava olhando para um estranho navio.

– Não consigo discernir – disse. – É russo, pela aparência; mas está balançando de uma forma muito estranha. Não sabe o que quer fazer; parece ver que a tempestade está chegando, mas não consegue decidir se vai para o norte, em direção ao mar aberto, ou se aporta aqui. Olhe lá, de novo! Está se movendo de um jeito extremamente esquisito, pois não obedece o timão; muda de direção a cada sopro do vento. Teremos mais notícias dele em menos de vinte e quatro horas.

CAPÍTULO VII

RECORTE DO JORNAL "THE DAILYGRAPH", 8 DE AGOSTO

(Colado no diário de Mina Murray)

De um correspondente.

Whitby.

Uma das maiores e mais repentinas tempestades já registrada acabou de atingir a região, com resultados que são, ao mesmo tempo, estranhos e únicos. O tempo estivera um tanto quanto opressivo, mas não de forma incomum para o mês de agosto. A noite de sábado esteve tão límpida quanto possível, e o grande número de turistas saiu, ontem para visitar o Bosque de Mulgrave, a Baía de Robin Hood, o Moinho Rig, Runswick, Saiths, e fazer todo tipo de passeio nos arredores de Whitby. As embarcações a vapor Emma e Scarborough navegaram costa acima e abaixo, e houve uma quantidade incomum de viagens de um dia saindo e chegando de Whitby. O dia esteve incomumente bonito, até a tarde, quando alguns dos fofoqueiros que frequentam o cemitério de East Cliff e, daquele ponto alto, observam a grande parte do mar visível ao norte e ao leste, chamaram a atenção de todos para a repentina aparição de nuvens cirros, bem altas no céu, na direção noroeste. O vento estava, na ocasião, soprando do sudoeste, ao grau ameno chamado, no linguajar barométrico, de "nº 2 – brisa suave". A guarda costeira de prontidão fez seu relato imediatamente, e um velho pescador, que, por mais de meio século, tem observado os sinais do tempo de East Cliff, previu, de maneira enfática, a chegada de uma tempestade repentina. A aproximação do pôr do sol estava tão bela, tão magnífica em suas massas de nuvens de cores esplêndidas, que houve uma verdadeira assembleia reunida na trilha do penhasco, perto do velho cemitério, para apreciar sua beleza. Antes de o sol mergulhar para baixo da massa preta de Kettleness, que se erguia, impávida, à frente do céu do oeste, seu caminho descendente foi marcado por uma miríade de nuvens de todas as cores típicas do ocaso, roxa, rosa, verde, violeta, e todas as nuances do ouro; aqui e acolá, havia massas pequenas, porém de uma pretura aparentemente absoluta, de todos os formatos, tão bem delineadas quanto silhuetas colossais. Os pintores não deixaram passar a experiência, e, sem dúvida, alguns dos retratos do "Prelúdio à Grande Tempestade" agraciarão as paredes da Academia Real e do Instituto Real de Artes no próximo mês de maio. Mais de um capitão se decidiu, naquele exato momento, que sua "catraia" ou seu "caíque", como chamam as diferentes classes de embarcações, ficaria no porto até a tempestade passar. O vento parou de soprar totalmente, durante a noite, e, à meia-noite, havia uma calmaria absoluta, um calor opressivo, e uma intensidade generalizada que, durante a aproximação dos trovões, afeta as pessoas de natureza sensível. Havia apenas algumas luzes no mar, pois até mesmo as embarcações costeiras a vapor, que geralmente navegam "pegadas" à costa, permaneceram mar adentro, e havia somente uns poucos barcos de pesca à vista. A única vela perceptível era de uma escuna estrangeira, com todas as velas posicionadas, que parecia ir em direção ao oeste. A imprudência ou ignorância de seus oficiais foi um tema prolífico de comentários, enquanto ela permaneceu à vista, e esforços foram feitos para sinalizar a ela que reduzisse a quantidade de velas na face do perigo. Antes da noite cair, ela foi vista com as velas balançando ociosamente, enquanto rolava gentilmente sobre as ondulações do mar, "tão ociosa quanto uma embarcação pintada, em um oceano pintado".

Logo antes das dez horas, o ar parado se tornou bastante opressivo, e o silêncio era tamanho que o balir de uma ovelha à distância, ou o latido de um cachorro na cidade, eram ouvidos perfeitamente, e a banda no cais, com sua animada ária francesa, era como uma nota dissonante na grande harmonia do silêncio da natureza. Um pouco depois da meia-noite, um estranho som veio do mar, e o ar começou a carregar um rugido estranho, baixo e oco.

Então, sem aviso, a tempestade irrompeu. Com uma rapidez que, naquele momento, parecia incrível, e mesmo depois, é impossível de imaginar, a natureza toda se convulsionou, de uma vez só. As ondas se ergueram com uma fúria crescente, cada uma maior do que a anterior, até que, em poucos minutos, o mar, que antes parecia um espelho, se transformara em um monstro que rugia e devorava tudo. Ondas de cristas brancas quebravam loucamente sobre as areias planas, e subiam nas encostas íngremes; outras batiam nas docas e, com sua espuma, carregavam as lanternas dos faróis que se erguiam das extremidades de cada molhe do Porto de Whitby. O vento rugia como trovão, e soprava com tamanha força que era difícil, até mesmo para homens fortes, se manter de pé, ou se agarrar com firmeza aos pilares de ferro. Foi considerado necessário evacuar o grupo de observadores de todos os molhes, senão as fatalidades daquela noite teriam sido inúmeras vezes maiores. Além das dificuldades e dos perigos daquele momento, uma massa de névoa chegou do mar sobre a terra – nuvens brancas e úmidas, que passavam flutuando de forma fantasmagórica, tão úmidas, aquosas e frias que não era preciso muita imaginação para pensar que os espíritos dos que perderam a vida no mar estavam encostando em seus familiares vivos com as mãos pegajosas da morte, e muitos estremeceram com a passagem das grinaldas de névoa. Em alguns momentos, a névoa se dissipava, e o mar podia ser visto à distância, iluminado por raios, que caíam com força e rapidez, seguidos por tamanhos estrondos de trovões repentinos que todo o céu parecia tremer sob o choque dos passos da tempestade.

Algumas das cenas assim contadas eram de uma grandiosidade imensurável e interesse extremo – o mar, levantando-se à altura de montanhas, jogava para o céu poderosas massas de espuma branca, com cada onda, as quais pareciam ser agarradas pela tempestade e arremessadas para longe; aqui e ali, um barco de pesca, com a vela em frangalhos, corria loucamente em busca de abrigo antes da explosão; ocasionalmente, via-se as asas brancas de um pássaro lançado pela tempestade. No topo da Colina Leste, o novo holofote estava pronto para ser experimentado, mas ainda não havia sido testado. Os oficiais responsáveis o arrumaram e, durante as pausas da névoa, varriam com ele a superfície do mar. Uma ou duas vezes, ele foi de grande serventia, como quando um barco de pesca, com sua amurada debaixo d'água, conseguiu entrar no porto sendo guiado pela luz, evitando o perigo de se chocar contra os molhes. Quando cada barco alcançava a segurança do porto, gritos de alegria vinham da massa de pessoas em terra, que pareciam, por um momento, cortar a tormenta, até serem carregados por seu ímpeto.

O holofote logo descobriu, a certa distância, uma escuna com todas as velas abertas, aparentemente a mesma embarcação que fora avistada mais cedo. O vento havia, àquela altura, se virado para o leste, e um arrepio perpassou os observadores na colina, quando perceberam o terrível perigo em que ela estava. Entre ela e o porto estava o enorme recife plano, com o qual tantos navios bons sofriam vez ou outra, e, com o vento soprando da direção em que estava, seria praticamente impossível para a embarcação chegar até a entrada do porto. Àquela altura, já era quase hora da maré alta, mas as ondas estavam tão grandes que, quando se retraíam, a parte rasa do litoral ficava quase visível, e a escuna, com todas as velas abertas, corria em tamanha velocidade que, nas palavras de um velho marinheiro, "vai acabar chegando em algum lugar, ainda que seja no inferno". E então, a névoa avançou novamente, mais do que antes – uma massa de cerração úmida, que parecia envolver todas as coisas como uma mortalha cinzenta, e só permitia às pessoas que usassem a audição, pois o rugido da tormenta, o estrondo dos trovões e o ressoar do poderoso vento atravessavam o isolamento úmido ainda mais altos do que antes. Os raios do holofote eram mantidos fixos na boca do porto, cruzando o píer leste, onde a colisão era esperada, e as pessoas aguardavam prendendo a respiração. O vento mudou repentinamente para o nordeste, e os restos da névoa se dissiparam com a rajada; e então, *mirabile dictu*, entre os molhes, saltando de onda para onda, enquanto avançava em velocidade total, a estranha escuna chegou antes da tormenta, com todas as velas abertas, e alcançou a segurança do porto. O holofote a seguiu, e um estremecimento correu por todos os que a viram, pois, preso ao leme, estava um cadáver, de cabeça caída, balançando horrivelmente de um lado para o outro, conforme os movimentos do navio. Não se podia ver nenhuma outra silhueta no convés. Todos tiveram um grande choque ao perceber que o navio, como se por milagre, encontrara o porto sem direção, exceto pela mão de um morto!

Entretanto, tudo aconteceu mais rapidamente do que o tempo que leva para escrever estas palavras. A escuna não pausou, e sim, atravessando o porto com rapidez, lançou-se sobre o acúmulo de areia e cascalho criado por muitas marés e muitas tempestades, no canto sudeste do molhe, que se projeta abaixo da Colina Leste, conhecido localmente como o Molhe da Colina Tate.

Houve, é claro, uma colisão considerável quando a embarcação subiu no monte de areia. Todos os mastros, cordas e amarras foram deslocados, e uma parte do encordoamento desabou. Porém, o mais estranho foi que, no instante em que a embarcação encostou no litoral, um cão imenso saiu para o convés, como se expelido pela batida, e, correndo para a frente, pulou da proa para a areia. Dirigindo-se em linha reta para a colina íngreme, onde o cemitério se projeta sobre a estrada que leva para o molhe leste, de forma tão inclinada que uma parte dos túmulos – "*thruff-steans*" ou "*through-stones*", como são chamadas no vernáculo de Whitby – pendem sobre o ponto onde a colina que os sustenta desabara, desaparecendo na escuridão, que parecia se intensificar logo além do alcance do holofote.

Aconteceu de não haver ninguém no Píer da Colina Tate, naquele momento, já que todos cujas casas são próximas de lá estavam na cama ou na parte mais alta da colina. Assim, o guarda-costeiro de prontidão do lado leste do porto, que imediatamente correu para o pequeno píer, foi o primeiro a subir a bordo. Os homens que manejavam o holofote, após vasculharem a entrada do porto, sem ver nada, viraram a luz sobre os destroços e a mantiveram ali. O guarda correu para a popa e, quando chegou ao leme, debruçou-se sobre ele para examiná-lo, e recuou imediatamente, como se estivesse sob o jugo de uma emoção repentina. Isso pareceu despertar a curiosidade geral, e uma quantidade bastante grande de pessoas começou a correr. É um caminho longo, contornar a colina oeste, pela ponte pênsil, até chegar ao Píer da Colina Tate, mas seu correspondente é bastante bom em corrida, e chegou bem antes da multidão. Quando cheguei, contudo, encontrei uma multidão já reunida no píer, que a guarda-costeira e a polícia impediam de subir a bordo. Pela cortesia do chefe dos barqueiros, consegui, na qualidade de correspondente, permissão para subir no convés, e fiz parte de um pequeno grupo que viu o marinheiro morto enquanto ainda estava amarrado no leme.

Não era de se admirar o fato de o guarda ter ficado surpreso, ou até mesmo impressionado, pois não é sempre que se pode ver tal coisa. O homem estava simplesmente amarrado pelas mãos, uma sobre a outra, a um dos eixos do leme. Entre a mão que estava por baixo e a madeira, havia um crucifixo, com as contas ao redor de seu pulso e do leme, tudo preso por cordas. Pode ser que o pobre homem estivesse sentado, antes, mas o balanço e as batidas das velas haviam passado pelo timão e o arrastado de um lado para o outro, de modo que as cordas que o amarravam cortaram sua carne até os ossos. O exato estado das coisas foi registrado, e um médico – o Dr. J. M. Caffyn, de East Elliot Place, nº 33 –, que chegou logo depois de mim, declarou, após exame, que o homem devia estar morto há, pelo menos, dois dias. Em seu bolso havia uma garrafa, cuidadosamente tampada, vazia senão por um pequeno rolo de papel, que mostrou-se um adendo ao diário de bordo. O guarda-costeiro disse que o homem deve ter amarrado as próprias mãos, fazendo os nós com os dentes. O fato de o guarda-costeiro ter sido o primeiro a bordo pode resolver algumas complicações futuras com o Tribunal do Almirantado, pois guardas-costeiros não podem reivindicar os destroços, que são de direito do primeiro civil que entra em uma embarcação abandonada. Entretanto, as línguas do mundo jurídico já estão em movimento, e um jovem estudante de direito está declarando, em voz alta, que os direitos do proprietário já foram completamente sacrificado, com sua propriedade sendo detida em violação aos estatutos de transferência de posse, visto que o leme, como emblema, senão prova, da posse delegada, está nas mãos de um morto. Desnecessário dizer que o capitão morto foi reverentemente retirado do lugar onde ficou de guarda, de forma honrada, até a morte – uma firmeza tão nobre quanto a do jovem Casabianca – e colocado no necrotério para aguardar a investigação.

A tempestade repentina já está passando, e sua ferocidade diminuindo; as multidões estão se espalhando rumo às suas casas, e o céu começa a se avermelhar sobre os campos de Yorkshire. Enviarei, a tempo da próxima edição, mais detalhes sobre os destroços do navio que encontrou o caminho, tão milagrosamente, até o porto em meio à tempestade.

Whitby.

9 de agosto. A continuação da estranha chegada da embarcação abandonada durante a tempestade, ontem à noite, é quase que mais surpreendente do que a própria. Descobriu-se que a escuna é russa, de Varna, e se chama "Deméter". Seu lastro é quase todo composto por areia, com apenas uma pequena quantidade de carga – várias caixas de madeira enormes, cheias de mofo. Esta carga foi consignada a um advogado de Whitby, o Sr. S. F. Billington, de The Crescent, nº 7, que subiu a bordo hoje de manhã e tomou posse formal dos produtos a ele consignados. O cônsul da Rússia, também, atuando em nome do fretador, tomou posse formal do navio, e pagou todos os impostos portuários, e etc. Aqui só se fala dessa estranha coincidência; os oficiais da Junta Comercial certificaram-se de que todos os regulamentos em existência fossem cumpridos fielmente. Como o interesse pelo assunto se esgotará rapidamente, estão evidentemente determinados a não deixar motivos para reclamações futuras. Houve muito interesse na região pelo cão que aterrissou quando o navio bateu, e diversos membros da Sociedade Protetora dos Animais, que é muito forte em Whitby, tentaram se aproximar do animal. Para decepção de todos, contudo, ele não foi encontrado; parece ter desaparecido da cidade por completo. Pode ser que estava assustado e foi para os charcos, onde ainda está se escondendo por medo. Alguns encaram tal possibilidade com temor, caso ele se torne um perigo, mais para a frente, pois é evidentemente uma criatura feroz. Hoje cedo, um grande cão, um mastim mestiço que pertence a um mercador de carvão que mora perto do Píer da Colina Tate, foi encontrado morto na rua em frente ao pátio de seu dono. Estivera brigando, e claramente tivera um oponente selvagem, pois sua garganta fora arrancada, e sua barriga cortada por algo como uma garra selvagem.

*****

Mais tarde. Graças à gentileza do inspetor da Junta Comercial, obtive permissão para examinar o diário de bordo do Deméter, que estava em ordem até três dias atrás, mas não continha nada de especial interesse, exceto relatos de homens desaparecidos. O mais interessante, contudo, diz respeito ao papel encontrado na garrafa, que hoje foi apresentado no inquérito; e nunca tive a sorte de me deparar com uma narrativa mais estranha do que a que se desenrola entre eles dois. Visto que não há motivo para esconder, foi-me permitido usá-los, e assim envio um rescrito, omitindo apenas detalhes técnicos de navegação e excesso de carga. Quase parece que o capitão foi acometido por algum tipo de obsessão, antes de chegar ao mar aberto, e que isso tenha se desenvolvido persistentemente durante a viagem. É claro que minha declaração deve ser encarada com ressalvas, já que estou escrevendo com base no ditado de um assistente do cônsul russo, que fez a gentileza de traduzir para mim, por falta de tempo.

Diário de Bordo do "Deméter"

De Varna para Whitby.

Escrito em 18 de julho. Coisas tão estranhas acontecem, que manterei registros precisos, de agora até atracarmos.

No dia 6 de julho, terminamos de trazer a carga a bordo, areia branca e caixas de terra. Partimos ao meio-dia. Vento leste, fresco. Tripulação, cinco homens... dois imediatos, um cozinheiro e eu mesmo (capitão).

* * *

Ao raiar do dia 11 de julho, entramos no Bósforo. Oficiais de alfândega turcos vieram a bordo. *Backsheesh*[14]. Tudo correto. A caminho às 16:00.

* * *

No dia 12 de julho, passamos pelos Dardanelos. Mais oficiais de alfândega e um barco do esquadrão de guarda. *Backsheesh* de novo. O trabalho dos ofi-

14 N. da T.: forma de gorjeta ou propina costumeira em certas partes do Oriente.

ciais foi minucioso, porém rápido. Querem que partamos logo. Ao escurecer, passamos para o Arquipélago.

* * *

No dia 13 de julho, passamos pelo Cabo Matapan. A tripulação está insatisfeita com alguma coisa. Parecem assustados, mas não falam.

* * *

No dia 14 de julho, fiquei um pouco ansioso com a tripulação. Os homens são todos confiáveis, que já navegaram comigo antes. O imediato não sabe dizer o que está errado; só disseram para ele que há "alguma coisa", e fizeram o sinal da cruz. O imediato perdeu a paciência com um deles, aquele dia, e o estapeou. Esperava uma briga séria, mas tudo ficou quieto.

* * *

No dia 16 de julho, o imediato relatou, pela manhã, que um membro da tripulação, Petrofsky, estava desaparecido. Não sabia explicar. Pegou o turno de bombordo às oito horas, ontem à noite, e fui substituído por Abramoff, mas não foi para a cama. Os homens estão mais desanimados do que nunca. Todos dizem que esperavam algo desse tipo, mas não falaram nada além de haver "alguma coisa" a bordo. O imediato está ficando bastante impaciente com eles; teme que surja algum problema.

* * *

No dia 17 de julho, ontem, um dos homens, Olgaren, veio até a minha cabine e, de forma estupefata, me confessou que achava que havia um homem estranho a bordo. Disse que, durante sua ronda, estava se abrigando atrás da cabine do convés, pois havia uma tempestade, quando viu um homem alto e magro, que não se parecia com ninguém da tripulação, subir pelas escadas do nível inferior, andar pelo convés e desaparecer. Ele o seguiu cuidadosamente, mas, ao chegar à proa, não viu ninguém, e as escotilhas estavam todas fechadas. Ficou em pânico, causado por um medo supersticioso, e temo que isso se alastre. Para acalmá-los, hoje farei uma busca no navio inteiro, com cuidado, da proa à popa.

* * *

Mais tarde, juntei toda a tripulação e disse a eles que, já que achavam que havia alguém no navio, faríamos uma busca da proa à popa. O primeiro imediato ficou aborrecido; disse que era besteira e que ceder a tais ideias tolas seria ruim para o moral; disse que se comprometeria a mantê-los longe de encrencas com um pé-de-cabra. Deixei que ele assumisse o leme, enquanto o resto começava uma busca minuciosa, um do lado do outro, com lamparinas; não deixamos de procurar em nenhum canto. Como tínhamos só as grandes caixas de madeira, não havia nenhum canto estranho onde um homem pudesse se esconder. Os homens ficaram bastante aliviados quando terminamos a busca, e voltamos ao trabalho alegremente. O primeiro imediato fez cara feia, mas não disse nada.

* * *

22 de julho. Tempo ruim nos últimos três dias, todos os homens ocupados com as velas – sem tempo de se assustarem. Parecem ter esquecido o medo. O imediato está alegre, novamente, e todos estão em bons termos. Elogiei os homens pelo trabalho no tempo ruim. Passamos Gibraltar e saímos pelo Estreito. Tudo está bem.

* * *

24 de julho. Parece haver alguma maldição sobre este navio. Já com um homem a menos, entrando na Baía de Biscaia com um tempo horrível pela

frente, e, ainda por cima, perdemos outro homem, ontem à noite – desapareceu. Como o primeiro, terminou seu turno e não foi mais visto. Os homens estão todos em pânico; enviaram um representante para pedir que fizessem as rondas em duplas, pois temem ficar sozinhos. O imediato está zangado. Receio alguma confusão, pois ou ele, ou os homens cometerão alguma violência.

* * *

28 de julho. Quatro dias no inferno, sendo sacudidos por um tipo de rodamoinho, e o vento está tempestuoso. Ninguém consegue dormir. Os homens todos exaustos. Não sei como estabelecer os turnos de guarda, pois ninguém está em condições. O segundo imediato se voluntariou para ficar de guarda e deixar os homens dormirem um pouco. O vento está diminuindo; os mares continuam horríveis, mas os sentimos menos, pois o navio está mais firme.

* * *

29 de julho. Outra tragédia. As rondas não foram em duplas, hoje, pois a tripulação está cansada demais. Quando chegou a hora do turno da manhã, fui até o convés e não encontrei ninguém além do timoneiro. Dei o alarme e todos vieram para o convés. Fizemos uma busca meticulosa, mas não encontramos ninguém. Agora estamos sem o segundo imediato, e a tripulação está em pânico. O imediato e eu concordamos em andarmos armados, de hoje em diante, e esperar algum sinal da causa.

* * *

30 de julho. Noite passada. Nos alegramos, pois estamos chegando na Inglaterra. O tempo está bom, todas as velas estão abertas. Fui para a cama exausto; dormi profundamente; fui acordado pelo imediato me dizendo que o homem que estava de guarda e o timoneiro estão desaparecidos. Só sobramos eu mesmo, o imediato e dois homens para lidar com o navio.

***

1º de agosto. Dois dias de neblina, e não avistamos nenhuma vela. Esperara que, quando estivéssemos no Canal da Mancha, conseguíssemos mandar um sinal de socorro, ou aportar em algum lugar. Sem mão de obra para manejar as velas, temos que correr antes do vento. Não ousamos abaixá-las, pois não conseguiríamos levantá-las de novo. Parecemos estar à deriva, em direção a alguma terrível perdição. O imediato agora está mais desmoralizado do que os outros homens. Sua natureza mais forte parece ter trabalhado para dentro, contra ele próprio. Os homens já passaram do estado de medo, trabalhando impassível e pacientemente, convencidos do pior. Eles são russos, e ele romeno.

***

2 de agosto, meia-noite. Acordei de alguns minutos de sono ao ouvir um grito, aparentemente fora da minha escotilha. Não consegui ver nada, na névoa. Corri para o convés e trombei com o imediato. Me disse que ouviu um grito e correu, mas não havia sinal do homem que estava de guarda. Mais um que se foi. Senhor, nos ajude! O imediato diz que já devemos ter passado do Estreito de Dover, pois em um momento que a névoa se dissipou, ele viu North Foreland[15], logo quando ouviu o homem gritar. Se for verdade, agora estamos no Mar do Norte, e só Deus pode nos guiar em meio à cerração, que parece se mover junto conosco; e Deus parece ter nos desertado.

***

3 de agosto. À meia-noite, fui substituir o homem que estava ao leme, e, quando lá cheguei, não vi ninguém. O vento estava estável, e, já que corríamos à sua frente, não havia desvios. Não ousei abandonar o leme, de modo que gritei para chamar o imediato. Após alguns segundos, ele apareceu correndo

15 N. da T.: promontório no condado de Kent, sul da Inglaterra.

no convés, de pijama. Parecia tresloucado e exausto, e tive muito receio de que perdera a cabeça. Aproximou-se de mim e sussurrou, com voz rouca, sua boca perto de minha orelha, como se temesse que o próprio ar pudesse ouvir:

– Está aqui; agora sei. Durante a ronda, ontem à noite, vi a criatura, como um homem, alta e magra, e pálida como a morte. Estava na proa, olhando para fora. Aproximei-me sorrateiro por trás da criatura e a esfaqueei, mas minha faca passou direto por ela, como se só houvesse o vazio.

Enquanto falava, pegou sua faca e a brandiu com selvageria no ar. Então, prosseguiu:

– Mas a criatura está aqui, e a encontrarei. Está no compartimento de carga, talvez em uma daquelas caixas. As desatarraxarei uma por uma para ver. Você cuida do leme.

E, com um olhar de aviso e o dedo nos lábios, desceu. Um vento cortante estava aumentando, e eu não podia abandonar o leme. O vi sair para o convés novamente, com uma caixa de ferramentas e uma lamparina, e descer pela escadaria da frente. Está louco, absoluta e completamente doido, e não adiantará nada tentar impedi-lo. Não poderá fazer mal àquelas caixas grandes; foram faturadas como "argila", e abri-las seria a coisa mais inofensiva que ele pode fazer. Deste modo, aqui permaneço, cuidando do leme e escrevendo estas anotações. Só posso crer em Deus e esperar a névoa passar. Então, se não conseguir me dirigir a nenhum porto com o vento como está, cortarei as velas e esperarei, sinalizando por ajuda...

* * *

Está quase tudo terminado. Justo quando estava começando a esperar que o imediato voltaria mais calmo – pois o ouvi batendo em alguma coisa no compartimento de carga, e trabalho faria bem a ele –, um grito de surpresa repentino subiu pela escadaria, que fez meu sangue gelar, e ele subiu para o convés como um tiro – um louco delirante, com os olhos girando e a face contorcida pelo medo.

– Salve-me, salve-me! – gritou, e então olhou ao redor, para a manta criada pela cerração. Seu horror se transformou em desespero e, com uma voz estável, disse: – É melhor vir também, capitão, antes que seja tarde demais. *Ele* está lá. Agora conheço o segredo. O mar me salvará Dele, e é só isso que nos resta!

Antes que eu pudesse dizer uma palavra, ou me mexer para agarrá-lo, ele pulou sobre a amurada e se jogou deliberadamente no mar. Suponho que agora eu também conheça o segredo. Foi este louco que se livrou dos homens, um por um, e agora os seguiu. Que Deus me ajude! Como vou explicar todos esses horrores, quando chegar ao porto? Quando chegar ao porto! Será que isso acontecerá?

* * *

4 de agosto. Continua a neblina, que a luz do sol não penetra. Sei que o sol nasceu, pois sou marinheiro, mas só por isso. Não ousei descer, não ousei abandonar o timão; então, aqui fiquei a noite inteira, e, na obscuridade da noite, vi a criatura – Ele! Que Deus me perdoe, mas o imediato fez a coisa certa, ao pular do navio. Foi melhor morrer como homem; ninguém pode fazer objeção a morrer como um marinheiro nas águas azuis. Mas sou o capitão, e não devo abandonar meu navio. Porém, enganarei este demônio, ou monstro, pois amarrarei minhas mãos ao leme, quando minhas forças começarem a se esvair, e, junto com elas, amarrarei aquilo que Ele – a criatura! – não ousa tocar; e então, aconteça o que acontecer, salvarei minha alma e minha honra de capitão. Estou ficando mais fraco, e a noite está chegando. Se Ele conseguir olhar nos meus olhos novamente, posso não ter tempo de agir... se afundarmos, talvez esta garrafa seja encontrada, e os que a acharem compreenderão; senão... bem, todos os homens saberão que mantive-me firme em minhas obrigações. Que Deus, a Virgem Maria e os santos ajudem uma pobre alma ignorante, tentando cumprir seu dever...

* * *

É claro que o veredito ficou em aberto. Não há provas para serem produzidas; e se o próprio homem cometeu os assassinatos ou não, ninguém sabe dizer. O povo daqui é quase unânime em pensar que o capitão é simplesmente um herói, e receberá um enterro público. Já foi acordado que seu corpo será levado por uma procissão de barcos rio Esk acima, por um trecho, e depois trazido de volta para o Píer da Colina Tate, subindo a escadaria da abadia, pois será enterrado no cemitério do morro. Os proprietários de mais de cem barcos já deram seus nomes para a lista dos que querem segui-lo até o túmulo.

Nenhum rastro do enorme cão foi encontrado, o que causou muita tristeza, pois com a opinião pública do jeito que está, creio que ele seria adotado pela cidade. Amanhã será o enterro; e assim terminará mais este "mistério do mar".

Diário de Mina Murray

8 de agosto. Lucy esteve bastante irrequieta a noite toda, e eu tampouco consegui dormir. A tempestade foi medonha, e, enquanto ressoava entre as chaminés, me fez estremecer. Quando chegava uma rajada de vento, parecia uma arma sendo disparada ao longe. Estranhamente, Lucy não acordou; mas levantou duas vezes e se vestiu. Felizmente, acordei a tempo em ambas as ocasiões e consegui despi-la sem acordá-la, levando-a de volta para a cama. É algo muito estranho, este sonambulismo, pois assim que a vontade dela é contrariada, de alguma forma física, sua intenção, se é que há alguma, desaparece, e ela se submete quase que exatamente à rotina de sua vida.

De manhã cedo, levantamos e descemos até o porto, para ver se alguma coisa havia ocorrido durante a noite. Havia poucas pessoas por lá e, apesar de o sol estar brilhando, e o ar límpido e fresco, as grandes ondas assustadoras, que pareciam escuras por conta da espuma que as encimava como neve, forçavam passagem através da estreita entrada do porto – como um valentão passando por uma multidão. De algum modo, fiquei contente por Jonathan não ter estado no mar, na noite passada, e sim em terra. Mas, ah, ele está no mar ou em terra? Onde está ele, e como está? Estou ficando tremendamente ansiosa em relação a ele. Se ao menos soubesse o que fazer, e pudesse fazer algo!

*****

10 de agosto. O enterro do pobre capitão, hoje, foi bastante comovente. Parecia que todos os barcos do porto estavam lá, e o caixão foi carregado por capitães o caminho todo, desde o Píer da Colina Hill até o cemitério. Lucy veio comigo, e chegamos cedo ao nosso velho banco, enquanto o cortejo de barcos subia o rio em direção ao Viaduto, e descia novamente. Tínhamos uma ótima vista, e enxergamos a procissão quase que o caminho todo. O pobre homem foi enterrado bem perto de nosso banco, de modo que ficamos de pé sobre ele, quando chegou a hora, e assistimos tudo. A pobre Lucy parecia estar bastante abalada. Ficou irrequieta e nervosa o tempo todo, e não pude deixar de pensar que seus sonhos durante a noite a estão afetando. Em um aspecto, ela está bem estranha: não admite para mim que há motivos para sua inquietude; ou, se há, ela mesma não os compreende. Há um motivo extra, pois o pobre Sr. Swales foi encontrado morto esta manhã, sobre nosso banco, com o pescoço quebrado. Evidentemente, como o médico disse, ele caiu sobre o banco devido a algum susto, pois havia uma expressão de medo e horror em seu semblante que os homens disseram que os fez estremecer. Pobre velho querido! Talvez ele tenha visto a Morte com seus olhos moribundos! Lucy é tão doce e sensível que sente as influências mais agudamente do que as outras pessoas. Agora mesmo ela estava aborrecida por uma coisa insignificante, à qual não prestei atenção, apesar de gostar muito de animais. Um dos homens que costuma subir até aqui, para procurar os barcos, foi seguido por seu cachorro. O cachorro está sempre com ele. Os dois são bem quietos, e nunca vi o homem zangado, nem o cachorro latir. Durante o enterro, o cachorro se recusava a ir até seu dono, que estava no banco conosco, mantendo-se a alguns metros de distância, latindo e uivando. Seu dono lhe falava gentilmente, e depois rispidamente, e então com raiva; porém, ele não

vinha, nem parava de fazer barulho. Estava tomado por alguma fúria, com os olhos selvagens, e todos os seus pelos eriçados como a cauda de um gato pronto para briga. Finalmente, o homem ficou irritado, levantou-se e chutou o cachorro, pegando-o pela nuca, arrastando-o e jogando-o sobre o túmulo onde fica o banco. No momento em que encostou na pedra, o pobrezinho ficou em silêncio e pôs-se a tremer. Não tentou fugir, e sim abaixou-se, estremecendo encolhido, e estava em um estado de terror tão deplorável que tentei, ainda que sem sucesso, confortá-lo. Lucy também ficou com muita pena, mas não tentou encostar no cão, só olhando para ele de uma forma meio que agonizada. Tenho medo de que sua natureza seja sensível demais para passar pela vida sem problemas. Sonhará com isso hoje à noite, tenho certeza. Todo o conjunto das coisas – o navio aportado por um morto; sua atitude, amarrado ao leme com um rosário; o enterro comovente; o cachorro, ora furioso, ora aterrorizado – tudo isso servirá de material para seus sonhos.

Acho que será melhor para ela que vá dormir cansada fisicamente, então a levarei para uma longa caminhada nos penhascos, até a Baía de Robin Hood, ida e volta. Não acho que se sentirá muito inclinada a perambular enquanto dorme, depois disso.

CAPÍTULO VIII
Diário de Mina Murray

Mesmo dia, 23:00. Nossa, como estou cansada! Se não houvesse me comprometido a manter meu diário, não o abriria esta noite. Fizemos uma agradável caminhada. Lucy, depois de um tempo, estava de muito bom humor, devido, creio, a umas vacas encantadoras que vieram nos inspecionar, em um campo perto do farol, e nos assustaram intensamente. Acredito que tenhamos esquecido de tudo, exceto, é claro, de nosso medo, o que parece ter limpado nossas mentes e nos permitido começar do zero. Tomamos um ótimo chá formal na Baía de Robin Hood, em uma adorável estalagem antiquada, com uma janela arqueada com vista para as rochas cobertas por algas na estrada principal. Imagino que tenhamos chocado as “mulheres modernas" com nossos apetites. Os homens são mais tolerantes, que Deus os abençoe! Então, caminhamos de volta para casa com algumas, na verdade, muitas, paradas para descansar, e com nossos corações cheios de um medo constante de touros selvagens. Lucy estava muito cansada, e pretendíamos ir discretamente para a cama, assim que pudéssemos. Contudo, o jovem pároco apareceu, e a Sra. Westenra pediu que ficasse para jantar. Lucy e eu lutamos bravamente contra o sono; sei que foi uma luta dura, de minha parte, e sou bastante heroica. Acho que, ocasionalmente, os bispos se reúnem para combinar de criar uma nova classe de párocos, que não jantam, por mais que se insista, e que percebem quando garotas estão cansadas. Lucy está dormindo, e respira suavemente. Suas faces estão com mais cor do que de costume, e sua aparência está tão doce. Se o Sr. Holmwood se apaixonou por ela só de vê-la na sala de estar, imagino o que ele diria se a visse agora. Algumas das escritoras "modernas" começarão, algum dia, uma ideia de que os homens e as mulheres deverão ter permissão para verem uns aos outros enquanto dormem, antes de fazerem ou aceitarem o pedido de casamento. Mas suponho que as mulheres modernas não se contentarão, no futuro, em aceitar; elas mesmas farão os pedidos. E se sairão muito bem, também! Isso serve de consolo. Estou tão feliz, hoje, porque minha querida Lucy parece estar melhor. Acredito, mesmo, que tenha virado a página, e que já tenhamos superado seus problemas com os sonhos. Ficarei totalmente feliz se ao menos souber se Jonathan... que Deus o abençoe e guarde.

*****

11 de agosto, 03:00. Diário novamente. Agora, não consigo dormir, então posso muito bem escrever. Estou agitada demais para pegar no sono. Tivemos tamanha aventura, uma experiência tão atemorizante. Adormeci assim que fechei meu diário... de repente, despertei completamente e sentei-me, com uma horrível sensação de medo se abatendo sobre mim, e sentindo um vazio ao meu redor. O quarto estava escuro, de modo que não conseguia ver a cama de Lucy; andei sorrateiramente até o outro lado do quarto, e tateei à

sua procura. A cama estava vazia. Acendi um fósforo e descobri que ela não estava no quarto. A porta estava fechada, mas não trancada, como eu a deixara. Temi acordar sua mãe, que tem estado mais abatida do que de costume, ultimamente, então vesti umas roupas e me aprontei para procurar por ela. Enquanto saía do quarto, ocorreu-me que as roupas que ela estivesse vestindo poderiam dar alguma pista sobre suas intenções enquanto sonhava. O robe significaria ficar em casa; um vestido, sair. O robe e os vestidos estavam em seus devidos lugares.

– Graças a Deus, – disse, para mim mesma, – ela não pode estar longe, pois está só de camisola.

Corri escada abaixo e procurei na sala de estar. Não estava lá! Então, olhei em todos os outros cômodos abertos da casa, com um medo crescente gelando meu coração. Finalmente, cheguei até a porta do saguão e a descobri aberta. Não estava escancarada, mas o trinco não estava passado. As pessoas da casa têm o cuidado de trancar a porta toda noite, então temi que Lucy deveria ter saído vestida como estava. Não havia tempo de pensar sobre o que poderia acontecer; um medo vago e sobrepujante obscurecia todos os detalhes. Peguei um xale grande e pesado e corri para fora. O relógio batia a uma quando cheguei até a rua Crescent, onde não havia vivalma. Corri ao longo da North Terrace, mas não pude ver nem sinal da figura de branco que esperava. Na beirada do Penhasco Oeste, acima do píer, olhei para o outro lado do porto, para o Penhasco Leste, com a esperança ou o medo – não sei qual – de ver Lucy em nosso banco preferido. Havia uma lua cheia brilhante, com nuvens pretas e pesadas que transformavam a cena toda em um diorama fugaz de luz e sombra, conforme passavam acima. Por um momento ou dois, não consegui enxergar nada, pois a sombra de uma nuvem obscurecia a Igreja de St. Mary e tudo ao seu redor. Então, a nuvem passou e pude ver as ruínas da abadia entrando em foco; e, conforme a beirada de um raio estreito de luz, afiado como o gume de uma espada, se movia, a igreja e o cemitério ficaram gradativamente visíveis. Qualquer que fosse minha expectativa, não fiquei decepcionada, pois ali, em nosso banco preferido, a luz prateada da lua caía sobre uma figura meio inclinada, branca como a neve. A passagem da nuvem foi rápida demais para que eu pudesse enxergar muita coisa, pois a sombra se seguiu à luz quase que imediatamente; mas parecia-me que algo escuro estava parado de pé atrás do banco onde brilhava a figura branca, e se inclinava sobre ela. O que era, homem ou animal, eu não podia dizer; não esperei para conseguir enxergar de novo, mas voei degraus abaixo, até o píer, passando pelo mercado de peixes, até chegar na ponte, que era o único jeito de se chegar ao Penhasco Leste. A cidade parecia morta, pois não vi uma única pessoa; regozijei-me com o fato, pois não queria testemunhas da condição da pobre Lucy. O tempo e a distância pareciam intermináveis, e meus joelhos tremiam e minha respiração estava ofegante, enquanto subia, com esforço, os degraus intermináveis até a abadia. Devo ter ido rápido, mas, ainda assim, pareceu-me que meus pés estavam amarrados em pesos de chumbo, e como se todas as juntas de meu corpo estivessem enferrujadas. Quando estava quase chegando ao topo, pude ver o banco e a figura branca, pois já estava perto o suficiente para distingui-la, até mesmo através dos períodos de sombra. Havia algo ali, sem dúvida, algo comprido e preto, inclinado sobre a figura branca meio reclinada. Gritei, com medo, "Lucy! Lucy!", e algo levantou a cabeça; de onde estava, pude ver uma face branca e olhos vermelhos brilhantes. Lucy não respondeu, e corri até a entrada do cemitério. Enquanto entrava, a igreja estava entre mim e o banco e, por um minuto, perdi Lucy de vista. Quando consegui enxergá-la novamente, a nuvem havia passado, e o luar a iluminava tanto que pude vê-la, meio reclinada, com a cabeça apoiada no encosto do banco. Ela estava absolutamente sozinha, e não havia nem sinal de qualquer ser vivo ao redor.

Quando me debrucei sobre ela, pude ver que ainda estava dormindo. Seus lábios estavam entreabertos, e ela respirava – não suavemente, como de costume, mas em arfadas longas e pesadas, como se tentasse encher os pulmões a cada vez. Ao me aproximar, ela levantou a mão, dormindo, e puxou a gola da camisola para perto da garganta. Ao fazê-lo, seu corpo foi perpassado por um pequeno arrepio, como se estivesse sentindo frio. Joguei o xale pesado sobre ela, e puxei as pontas ao redor de seu pescoço, pois temia que pegasse alguma gripe fatal com o ar noturno, desagasalhada como estava. Fiquei com medo de acordá-la repentinamente, então, para ficar com as mãos livres e poder ajudá-la, prendi o xale ao redor de seu pescoço com um grande alfinete; mas devo ter sido desastrada, devido a minha ansiedade, e beliscado ou furado sua pele com ele, pois quando sua respiração se acalmou, ela levou a mão à garganta de novo e gemeu. Após tê-la cuidadosamente agasalhada, calcei-a com meus sapatos e comecei a acordá-la, bem delicadamente. De primeira, ela não reagiu; porém, ficou gradativamente mais agitada, em seu sono, gemendo e suspirando ocasionalmente. Por fim, visto que o tempo passava rápido, e por muitos outros motivos, quis levá-la para casa imediatamente, de modo que a sacudi com mais força, até que finalmente abriu os olhos e acordou. Não parecia surpresa em me ver, já que, é claro, não percebeu logo de início onde estava. Lucy sempre acorda delicadamente e, mesmo naquela ocasião, quando seu corpo devia estar gelado e sua mente um tanto quanto confusa por acordar, desagasalhada, em um cemitério no meio da noite, não perdeu sua graça. Tremeu um pouco, e agarrou-se a mim; quando disse a ela para vir comigo imediatamente, levantou-se sem uma palavra, com a obediência de uma criança. Enquanto andávamos, o cascalho machucava meus pés, e Lucy reparou em minhas caretas. Parou e insistiu que eu pegasse os sapatos, mas recusei-me. Contudo, quando chegamos ao caminho fora do cemitério, onde havia uma poça d'água, que sobrara da tempestade, cobri meus pés com lama, usando um pé para passar no outro, de modo que, enquanto andávamos de volta para casa, ninguém, se encontrássemos alguém, repararia em meus pés descalços.

A sorte nos favoreceu, e chegamos em casa sem encontrar vivalma. Em uma ocasião, vimos um homem, que parecia não estar exatamente sóbrio, passando por uma rua à nossa frente; mas nos escondemos em uma porta até ele desaparecer em uma abertura dessas comuns por aqui, ruelas pequenas e inclinadas, ou "*wynds*", como chamam na Escócia. Meu coração bateu tão alto o tempo todo que às vezes pensei que ia desmaiar. Estava cheia de ansiedade por Lucy, não só por sua saúde, caso sofresse com a exposição ao frio, como também por sua reputação, caso a história se espalhasse. Após entrarmos em casa, lavarmos nossos pés e fazermos uma oração de gratidão juntas, coloquei-a na cama. Antes de pegar no sono, pediu – implorou – que eu não dissesse uma palavra a ninguém, nem mesmo à sua mãe, sobre sua aventura sonâmbula. De início, hesitei em prometer; mas, ao pensar sobre o estado de saúde de sua mãe, e como saber de tal coisa a preocuparia, pensando, também, em como essa história poderia ser distorcida – não, como infalivelmente seria –, caso vazasse, considerei ser melhor fazê-lo. Espero ter feito a coisa certa. Tranquei a porta, e a chave está amarrada a meu pulso, então talvez eu não seja perturbada novamente. Lucy está dormindo pesado; os reflexos da aurora se estendem altos por sobre o mar...

*****

Mesmo dia, meio-dia. Tudo corre bem. Lucy dormiu até que a acordei, e parece nem mesmo ter mudado de lado. A aventura noturna não parece tê-la prejudicado; pelo contrário, a beneficiou, pois parece melhor esta manhã do que nas últimas semanas. Fiquei triste em perceber que minha falta de jeito com o alfinete a machucou. Realmente, poderia ter sido sério, pois a pele de sua garganta foi furada. Devo ter beliscado um pedaço de pele solta e o atravessado, pois há dois pontinhos vermelhos, como alfinetadas, e em sua camisola havia uma gota de sangue. Quando pedi desculpas e preocupei-me com o assunto, ela riu e me fez um carinho, dizendo que nem sentira. Felizmente, não deixará uma cicatriz, já que é tão pequeno.

*****

Mesmo dia, noite. Tivemos um dia feliz. O ar estava límpido e o sol brilhante, e havia uma brisa fresquinha. Levamos nosso almoço até o bosque Mulgrave, a Sra. Westenra indo de carruagem pela estrada e Lucy e eu andando no caminho do penhasco e nos encontrando com ela no portão. Senti-me um pouco triste, pois não pude deixar de pensar quão absolutamente feliz estaria, se Jonathan estivesse comigo. Mas, chega! Só preciso ser paciente. À noite, caminhamos por Casino Terrace, ouvimos uma boa música de Spohr e Mackenzie, e fomos para a cama cedo. Lucy parece mais descansada do que esteve ultimamente, e adormeceu imediatamente. Trancarei a porta e guardarei a chave, como fiz antes, apesar de não esperar problemas, hoje à noite.

*****

12 de agosto. Minha expectativa estava errada, pois por duas vezes, durante a noite, fui acordada por Lucy tentando sair. Ela parecia, até mesmo adormecida, estar um tanto quanto impaciente por descobrir que a porta estava trancada, e voltou para a cama protestando um pouco. Acordei com o raiar do dia, e ouvi os pássaros cantando do outro lado da janela. Lucy também acordou e, alegrei-me em ver, estava ainda melhor do que na noite anterior. Todo o seu jeito alegre de ser parecia ter voltado, então deitou-se ao meu lado e contou-me tudo sobre Arthur. Disse a ela como estava ansiosa em relação a Jonathan, e ela tentou confortar-me. Bom, conseguiu, um pouco, pois apesar de a empatia não poder alterar os fatos, pode torná-los mais fáceis de aguentar.

*****

13 de agosto. Outro dia tranquilo, e para cama com a chave ao redor do pulso, como antes. Novamente, acordei durante a noite e encontrei Lucy sentada na cama, ainda adormecida, apontando para a janela. Levantei-me em silêncio e, abrindo as cortinas, olhei para fora. O luar estava brilhante, e os efeitos suaves da luz sobre o mar e o céu – misturados em um grande e silencioso mistério – eram lindos demais para palavras. Entre mim e o luar voava um grande morcego, de um lado para o outro, rodopiando em grandes círculos. Vez ou outra chegou bem perto, mas ficou, suponho, assustado ao me ver, e voou para o outro lado do porto, em direção à abadia. Quando voltei da janela, Lucy se deitara novamente, e dormia em paz.

Não se mexeu de novo a noite inteira.

*****

14 de agosto. No Penhasco Leste, lendo e escrevendo o dia todo. Lucy parece ter se apaixonado pelo lugar tanto quanto eu, e é difícil arrastá-la de lá quando chega a hora de irmos para casa almoçar, tomar chá ou jantar. Esta tarde, ela fez uma observação engraçada. Estávamos voltando para casa, para o jantar, e chegáramos ao topo dos degraus que saem do Píer Oeste; paramos para admirar a vista, como de costume. O sol se pondo, baixo no céu, estava se escondendo atrás de Kettleness; a luz vermelha se derramava sobre o Penhasco Leste e a velha abadia, e parecia banhar tudo em um lindo brilho rosado. Ficamos em silêncio por um tempo, até que Lucy murmurou repentinamente, como se para si mesma:

– Os olhos vermelhos dele, de novo! Continuam os mesmos.

Foi uma expressão tão estranha, surgindo do nada, que me surpreendeu bastante. Virei-me um pouco, para ver Lucy bem, sem parecer estar encarando-a, e vi que estava em um estado de semi-devaneio, com uma expressão estranha no rosto, que não consegui compreender direito; então, não disse nada, mas segui seu olhar. Parecia estar olhando para nosso banco, onde uma figura escura sentava-se sozinha. Eu mesma me assustei um pouco, pois pareceu, por um instante, que aquele estranho tinha olhos grandes que ardiam como chamas; mas um segundo olhar desfez a ilusão. A luz vermelha do sol batia nas janelas da Igreja de St. Mary, atrás de nosso banco, e conforme o sol se punha ali, havia mudanças o suficiente na refração e nos reflexos para fazer parecer com que a luz se movia. Chamei a atenção de Lucy para o efeito peculiar, e ela voltou a si com um sobressalto, mas parecia triste, ainda assim; talvez estivesse pensando naquela noite terrível que passamos lá. Nunca nos referimos a ela; então, não disse nada, e fomos para casa jantar. Lucy teve uma dor de cabeça e foi para a cama cedo. Vi que estava dormindo, então saí para dar um passeio; andei ao longo dos penhascos, em direção ao oeste, cheia de uma doce tristeza, pois estava pensando em Jonathan. Ao chegar em casa – o luar já estava brilhante, àquela altura, tão brilhante que, apesar de a frente da nossa parte da rua estar nas sombras, tudo podia ser muito bem visto –, lancei um olhar para nossa janela, e vi a cabeça de Lucy inclinada para fora. Pensei que estivesse procurando por mim, então abri meu lenço e o sacudi. Ela não reparou, tampouco fez qualquer outro movimento. Logo então, o luar bateu em um ângulo da casa, e a luz caiu sobre a janela. Lá estava Lucy, claramente, com a cabeça encostada na lateral do peitoril e os olhos fechados. Estava dormindo profundamente e, ao seu lado, sentado no peitoril, estava algo que parecia um pássaro de tamanho considerável. Fiquei com medo que se resfriasse, então corri para cima, mas, quando cheguei no quarto, ela estava andando de volta para a cama, ainda adormecida e respirando pesado; levava a mão à garganta, como se para protegê-la do frio.

Não a acordei, e sim a cobri melhor; tomei o cuidado de trancar a porta e fechar bem a janela.

Ela tem uma aparência tão adorável, enquanto dorme; mas está mais pálida do que deveria, e há algo de encovado e abatido ao redor de seus olhos que não me agrada. Temo que ela esteja preocupada com algo. Gostaria de descobrir o que é.

15 de agosto. Nos levantamos mais tarde do que de costume. Lucy estava lânguida e cansada, e continuou dormindo depois de termos sido chamadas. Tivemos uma surpresa agradável, no café da manhã. O pai de Arthur está melhor, e quer que o casamento aconteça logo. Lucy está cheia de alegria silenciosa, e sua mãe está feliz e triste ao mesmo tempo. Mais tarde, contou-me o motivo. Está deprimida por Lucy deixar de ser só sua, mas contente porque ela logo terá alguém para protegê-la. Pobre e doce senhora! Me confidenciou que foi declarada terminal. Não contou a Lucy, e me fez prometer segredo; seu médico disse que morrerá dentro de alguns meses, pois seu coração está se enfraquecendo. A qualquer momento, até mesmo agora, um choque repentino quase que certamente a mataria. Ah, fizemos bem em esconder dela o que aconteceu naquela noite terrível de sonambulismo de Lucy.

*****

17 de agosto. Sem diário por dois dias inteiros. Não tive ânimo para escrever. Algum tipo de mortalha sombria parece se abater sobre nossa felicidade. Nenhuma notícia de Jonathan, e Lucy parece estar ficando cada vez mais fraca, enquanto o tempo de sua mãe chega ao fim. Não entendo o desgaste de Lucy. Ela come e dorme bem, e aproveita o ar fresco; porém, o rubor de suas faces constantemente se esvai, e ela fica cada dia mais fraca e lânguida; à noite, ouço-a arfar, como se em busca de ar. Mantenho a chave de nossa porta sempre presa ao meu pulso, durante a noite, mas ela levanta e anda pelo quarto, e se senta à janela aberta. Noite passada, encontrei-a debruçada para fora, quando acordei, e quando tentei despertá-la, não consegui; ela estava desmaiada. Quando consegui revivê-la, estava fraca como a água, e chorou em silêncio, entre longos e dolorosos arquejos. Quando perguntei como fora parar na janela, ela sacudiu a cabeça e virou-se para o outro lado. Espero que seu mal-estar não seja devido àquela infeliz picada com o alfinete. Olhei para sua garganta agora mesmo, enquanto ela dormia, e os machucados minúsculos parecem não ter sarado. Continuam abertos e, se é que é possível, maiores do que antes, com as bordas ligeiramente brancas. São como pequenos pontinhos brancos, com os centros vermelhos. Se não sararem dentro de um ou dois dias, insistirei para que o médico os examine.

Carta de Samuel F. Billington & Son Advogados, Whitby, para os Srs. Carter, Paterson & Co., Londres.

"*17 de agosto.*

Prezados Senhores,

Receba, pela presente, a fatura das mercadorias enviadas pela Great Northern Railway. Acredita-se que as mesmas tenham sido entregues em Carfax, perto de Purfleet, imediatamente mediante o recebimento na estação de carga de King's Cross. A casa encontra-se vazia, mas seguem as chaves, todas etiquetadas.

Pedimos que coloquem as caixas que compõem a carga, das quais há cinquenta, na edificação parcialmente em ruínas, que faz parte da casa, e que está marcada com um 'A' no diagrama esboçado, em anexo. Seu representante reconhecerá o local facilmente, visto que é a antiga capela da mansão. As mercadorias partem de trem às 21:00 de hoje, e devem chegar em King's Cross às 16:30 de amanhã. Devido ao fato de que nosso cliente deseja que a entrega seja feita o mais rápido possível, agradeceremos se os senhores tiverem equipes prontas em King's Cross no referido horário, para transportar as mercadorias até seu destino. Para prevenir quaisquer atrasos possíveis, advindos de qualquer exigência rotineira referente a pagamento, em seus departamentos, anexamos um cheque de dez libras (£10), cujo recebimento pedimos que confirmem. Caso os encargos sejam menos do que este valor, podem devolver o que sobrar; caso sejam maiores, enviaremos imediatamente um cheque da diferença, ao sermos notificados por V. Sas. Devem deixar as chaves, ao saírem, no saguão principal da casa, onde o proprietário poderá pegá-las ao entrar na casa com sua cópia da chave.

Pedimos que não pensem que estamos ultrapassando os limites da cortesia comercial ao pedir que tomem tais medidas o mais rápido possível.

Atenciosamente,

Samuel F. Billington & Son".

Carta dos Srs. Carter, Paterson & Co., Londres, para os Srs. Billington & Son, Whitby.

"21 de agosto.

Prezados Senhores,

Confirmamos o recebimento das £10 e devolvemos um cheque de £1.17.9[16]*, o excedente, conforme declarado no recibo anexo. As mercadorias foram entregues em estrita conformidade com as instruções, e as chaves deixadas em um pacote no saguão principal, conforme instruído.*

---

16 N. da T.: A quantia está escrita em libras, xelins e pence, sistema monetário pré-decimal usado no Reino Unido na época.

Atenciosamente,

Carter, Paterson & Co."

Diário de Mina Murray

18 de agosto. Hoje estou feliz, e escrevo sentada no banco do cemitério. Lucy está muito melhor. Ontem, dormiu bem a noite inteira, e não me perturbou nenhuma vez. O rubor já parece voltar às suas faces, apesar de ainda estar bastante pálida e abatida. Se estivesse anêmica, por qualquer motivo, eu poderia compreender, mas não está. Está de bom humor e cheia de vida e animação. Toda a reticência mórbida parece tê-la deixado, e acabou de lembrar, como se precisasse, daquela noite e de que havia sido aqui, neste mesmo banco, que eu a encontrei dormindo. Enquanto falava, bateu jocosamente o salto da bota sobre a lápide de pedra e disse:

– Meus pobres pezinhos não fizeram muito barulho, na hora! Ouso dizer que o pobre Sr. Swales teria dito que foi porque eu não quis acordar o Geordie.

Já que estava com um humor tão comunicativo, perguntei se havia tido algum sonho, naquela noite. Antes de responder, sua testa se enrugou daquela forma adorável que Arthur – o chamo de Arthur por força do hábito dela – diz que ama; e, realmente, não me admira que ame. Então, ela continuou de uma forma meio que sonhadora, como se estivesse tentando se lembrar:

– Não sonhei, exatamente; mas tudo parecia ser real. Eu só queria estar aqui, neste lugar; não sei por que, pois estava com medo de alguma coisa... não sei o que era. Lembro-me, apesar de que imagino que estava dormindo, de passar pelas ruas e cruzar a ponte. Um peixe pulou enquanto eu passava, e debrucei-me para olhar para ele, e então ouvi muitos cachorros uivando; parecia que a cidade inteira estava cheia de cachorros uivando de uma vez só, enquanto subia os degraus. Depois disso, tenho uma vaga lembrança de algo comprido e escuro, com olhos vermelhos, como vimos no pôr do sol, e algo muito doce, e muito amargo, ao mesmo tempo, ao meu redor; e então, parecia que estava afundando em águas profundas e verdes, e meus ouvidos zumbiam, como ouvi dizer que acontece com os que se afogam. E depois, tudo pareceu se esvair de mim; minha alma pareceu sair de meu corpo e flutuar no ar. Acho que me lembro de ver o Farol Oeste embaixo de mim, e então tive uma sensação agonizante, como se estivesse em um terremoto, então voltei e vi você sacudindo meu corpo. Eu a vi fazendo isso, antes de tê-la sentido.

Naquele momento, ela começou a rir. Tudo me pareceu um pouco estranho, e a escutei com a respiração suspensa. Não gostei muito, e achei melhor não manter sua mente naquele assunto, de modo que passamos para outros, e Lucy voltou a seu jeito normal. Quando chegamos em casa, a brisa fresca a fortalecera, e suas faces pálidas estavam, mesmo, mais rosadas. Sua mãe ficou exultante ao vê-la, e todas nós passamos uma noite muito feliz, juntas.

*****

19 de agosto. Alegria, alegria, alegria! Apesar que não é só alegria. Finalmente, notícias de Jonathan. Meu querido esteve doente, foi por isso que não escreveu. Não tenho medo de pensar ou dizer, agora que sei. O Sr. Hawkins me encaminhou a carta, e escreveu uma, ele mesmo, com muita gentileza. Partirei pela manhã e irei de encontro a Jonathan, para ajudar a cuidar dele, se necessário, e trazê-lo para casa. O Sr. Hawkins disse que não seria ruim se nos casássemos por lá. Verti lágrimas em cima da carta da bondosa freira, até senti-la molhada de encontro ao meu peito, onde está. Veio de Jonathan, e deve estar perto de meu coração, pois ele está dentro dele. Meu itinerário já foi todo mapeado, e minha bagagem está pronta. Só levarei uma muda de roupa; Lucy trará meu baú para Londres, e o guardará até que eu mande buscá-lo, pois pode ser que... não devo escrever mais; devo guardar para contar a Jonathan, meu marido. A carta que ele viu e tocou me confortará até que nos encontremos.

Carta da Irmã Agatha, Hospital de São José e Santa Maria, Budapeste, para a Srta. Wilhelmina Murray.

"12 de agosto.

Prezada senhora,

Escrevo a pedido do Sr. Jonathan Harker, que não está forte o suficiente para escrever, apesar de progredir bem, graças a Deus, a São José e à Santa Maria. Esteve sob nossos cuidados por quase seis semanas, sofrendo de uma violenta febre cerebral. Pede que eu transmita seu amor e que diga, por esta carta que escrevo para o Sr. Peter Hawkins, de Exeter, que diga, com seus cumprimentos, que sente muito por seu atraso e que todo o seu trabalho foi concluído. Necessitará de um descanso de algumas semanas em nosso sanatório nas colinas, mas depois retornará. Pede que eu diga que não tem dinheiro o suficiente com ele, e que gostaria de pagar por sua estadia aqui, de modo que outros que precisarem não fiquem sem auxílio.

Creia em mim,

Atenciosamente, com simpatia e bênçãos,

Irmã Agatha.

P.S.: Já que meu paciente está dormindo, abri esta carta para falar-lhe sobre outra coisa. Ele me contou tudo sobre a senhorita, e que em breve se tornará sua esposa. Que Deus abençoe vocês dois! Ele teve algum choque horrendo – é o que diz nosso médico – e, em seu desvario, seus delírios foram terríveis; sobre lobos, veneno e sangue, fantasmas e demônios, e temo falar sobre o resto. Tome cuidado para que nunca haja nada deste tipo que o excite, por muito tempo, ainda; os traços de uma doença deste tipo não desaparecem rapidamente. Devíamos ter-lhe escrito há muito tempo, mas não sabíamos nada sobre suas relações, e ele não carregava nada que alguém pudesse compreender. Chegou de trem, de Klausenburg, e o guarda foi avisado pelo chefe da estação que ele entrara correndo, pedindo aos gritos uma passagem para casa. Percebendo, por seu comportamento violento, que era inglês, deram-lhe um bilhete para a estação mais longe no caminho para casa, até onde o trem chegava.

Esteja certa de que está sendo bem cuidado. Conquistou os corações de todos com sua doçura e gentileza. Está melhorando bastante, e não tenho dúvidas de que, dentro de algumas semanas, já terá voltado ao normal. Mas tenha cuidado com ele, por segurança. Ainda há, rezo a Deus, a São José e a Santa Maria, muitos e muitos anos de felicidades no futuro de vocês dois".

Diário do Dr. Seward

19 de agosto. Mudança estranha e repentina em Renfield, ontem à noite. Lá pelas oito horas, começou a ficar estimulado e cheirar o ar ao seu redor, como um cachorro. O enfermeiro ficou surpreso com seu comportamento e, sabendo de meu interesse nele, encorajou-o a falar. Ele costuma ser respeitoso com o enfermeiro e, às vezes, servil; mas, esta noite, o homem me contou que foi bastante arrogante. Não se rebaixou a falar nem um pouco com ele. Tudo o que dizia era:

– Não quero falar com você; você não importa mais. O Mestre está próximo.

O enfermeiro acha que é alguma forma repentina de mania religiosa que o acometeu. Se for, precisamos tomar cuidado com arroubos, pois um homem forte, com manias homicidas e religiosas ao mesmo tempo, pode ser perigoso. Esta é uma combinação terrível. Às nove horas, eu mesmo o visitei. Sua atitude para comigo foi a mesma que para com o enfermeiro; em sua altivez sublime, a diferença entre mim e o enfermeiro não lhe parecia ser nada. Parece um caso de mania religiosa, e ele logo pensará que é Deus. Estas distinções minúsculas entre um homem e outro são insignificantes demais para um ser onipotente. Como esses loucos se entregam! O verdadeiro Deus se importa se um mero pardal cai; mas o Deus criado pela vaidade humana não vê diferença entre uma águia e um pardal. Ah, se ao menos os homens soubessem!

Ao longo de meia hora ou mais, Renfield foi ficando cada vez mais perturbado. Fingi não estar prestando atenção, mas mantive-o sob observação estrita, mesmo assim. Repentinamente, aquele olhar astuto apareceu em seu semblante, que sempre vemos quando um louco tem uma ideia, e, com ele, o movimento ardiloso da cabeça e das costas, que os enfermeiros do hospício acabam conhecendo tão bem. Ficou bem quieto, se sentou na beirada da cama, em resignação, e encarou o nada com olhos sem brilho. Pensei que conseguiria descobrir se sua apatia era verdadeira ou fingida, e tentei fazê-lo falar sobre seus animais de estimação, um assunto que nunca deixara de despertar sua atenção. Primeiro, ele não respondeu, mas finalmente disse, irritado:

– Que vão todos para o inferno! Não me importo nem um pouco com eles.

– O que? – disse eu. – Não está me dizendo que não se importa com as aranhas?

As aranhas são, atualmente, seu hobby e seu caderno está cheio de colunas preenchidas com números. A isso, ele respondeu, enigmaticamente:

– As madrinhas se regozijam com os olhos que esperam a chegada da noiva; mas quando a noiva está para chegar, as madrinhas não brilham para os outros que estão cheios.

Não quis se explicar, e permaneceu obstinadamente sentado na cama, durante todo o tempo que passei com ele.

Hoje estou cansado e desanimado. Não consigo deixar de pensar em Lucy, e em quão diferentes as coisas poderiam ter sido. Se não adormecer logo, tomarei cloral, o Morfeu moderno – $C_{2}HCl_{3}.H_{2}O$! Preciso ser cuidadoso para que não se torne um hábito. Não, não tomarei nada esta noite! Pensei em Lucy, e não a desonrarei misturando os dois. Passarei a noite em claro, se precisar.

*****

Mais tarde. Estou feliz por ter tomado aquela decisão, e mais feliz ainda por ter me mantido firme. Estava me revirando na cama, e ouvira o relógio bater as duas, quando o vigia noturno veio até mim, enviado da enfermaria, para dizer que Renfield escapara. Vesti-me rapidamente e corri para lá; meu paciente é perigoso demais para ficar perambulando. Aquelas ideias dele podem ter resultados perigosos com estranhos. O enfermeiro me esperava. Disse que o vira não fazia dez minutos, aparentemente dormindo em sua cama, quando olhara pela fenda de observação da porta. Sua atenção fora atraída pelo som da janela sendo arrancada. Correu até lá e viu seus pés desaparecendo pela janela, e mandara me buscar imediatamente. Estava vestido para dormir, e não pode ter ido longe. O enfermeiro achou que seria mais útil observar para onde ele ia do que segui-lo, pois poderia perdê-lo de vista enquanto saía do prédio pela porta. É um homem corpulento, e não conseguiria passar pela janela. Eu sou magro e, com sua ajuda, saí, mas com os pés primeiro e, já que estávamos a apenas alguns metros do chão, pousei incólume. O enfermeiro me disse que o paciente fora para a esquerda, em linha reta, então corri o mais rápido que pude. Enquanto passava pela faixa de árvores, vi uma figura branca escalar o muro alto que separa nosso terreno do que pertence à casa deserta.

Corri de volta imediatamente, disse para o vigia reunir três ou quatro homens prontamente e me seguir para dentro do terreno de Carfax, caso nosso amigo fosse perigoso. Eu mesmo peguei uma escada e, passando pelo muro, caí do outro lado. Podia ver a figura de Renfield desaparecendo por trás do ângulo da casa, então corri atrás dele. Do outro lado da casa, o encontrei espremido contra a porta de carvalho, com armação de ferro, da capela. Ele falava, aparentemente com alguém, mas temi aproximar-me o suficiente para ouvir o que dizia, para não assustá-lo e fazer com que fugisse. Perseguir um enxame errante de abelhas não é nada, comparado a seguir um lunático nu, tomado pelo desejo de fugir! Após alguns minutos, contudo, pude ver que ele não reparava em nada ao seu redor, de modo que ousei me aproximar um pouco – ainda mais porque meus homens já haviam passado pelo muro e o estavam cercando. O ouvi dizer:

– Estou aqui para obedecer suas ordens, Mestre. Sou seu escravo, e o senhor me recompensará, pois serei fiel. Há tanto tempo que o idolatro de longe. Agora que estás perto, aguardo seus comandos, e o senhor não me esquecerá, certo, meu querido Mestre, por ocasião de sua distribuição de benesses?

Ele é um safado egoísta, de qualquer forma. Pensa no pão e no peixe, até mesmo quando acredita estar na presença de algo verdadeiro. Suas manias formam uma combinação surpreendente. Quando o cercamos, ele lutou feito um tigre. É imensamente forte, pois era mais uma fera selvagem do que um homem, Nunca vi um louco em tamanho paroxismo de raiva, antes; e espero nunca mais ver. Ainda bem que descobrimos sua força e sua periculosidade a tempo. Com tamanhas força e determinação, poderia ter feito algum estrago antes de ser preso. Pelo menos, agora está seguro. O próprio Jack Sheppard não conseguiria se livrar da camisa de força que o mantém preso, e também está acorrentado à parede da cela acolchoada. Seus gritos são, às vezes, terríveis, mas os silêncios que se seguem são ainda mais mortais, pois suas intenções assassinas estão claras em cada movimento.

Logo agora, ele proferiu palavras coerentes pela primeira vez:

– Serei paciente, Mestre. Está chegando... chegando... chegando!

Então, entendi a indireta, e também cheguei. Estava acalorado demais para dormir, mas escrever no diário me acalmou, e sinto que conseguirei ter algumas horas de sono, esta noite.

CAPÍTULO IX

Carta de Mina Harker para Lucy Westenra

"*Budapeste, 24 de agosto.*

Minha querida Lucy,

Sei que estará ansiosa por ouvir tudo o que aconteceu, desde nossa despedida na estação de Whitby. Bem, minha cara, cheguei bem até Hull, e peguei o barco até Hamburgo, e depois o trem até aqui. Sinto que mal posso recordar-me de alguma coisa da viagem, exceto que sabia que estava indo de encontro a Jonathan e que, já que teria que cuidar dele, seria melhor dormir o máximo que pudesse. Encontrei meu querido, tão magro, pálido e com aparência fraca. Todo o brilho se esvaiu de seus lindos olhos, e a dignidade silenciosa que costumava dizer que seu rosto estampava desapareceu. Tornou-se uma ruína de si mesmo, e não se lembra de nada que lhe aconteceu por um longo tempo. Pelo menos é o que quer que eu acredite, e nunca perguntarei. Teve algum choque tremendo, e temo que seja perigoso demais para seu pobre cérebro tentar recordar-se. A irmã Agatha, que é uma criatura bondosa e enfermeira nata, me disse que disse coisas horríveis em seus desvarios, enquanto delirava. Quis que ela me contasse sobre o que falava, mas ela só se benzeu e disse que jamais contaria; que os devaneios dos doentes são segredos de Deus, e que se uma enfermeira, devido à sua vocação, acabasse os ouvindo, deveria respeitar sua confiança. Ela é uma alma doce e boa e, no dia seguinte, quando viu que eu estava perturbada, mencionou o assunto novamente; após dizer que nunca poderia mencionar o que meu querido disse em seus devaneios, acrescentou:

- Posso lhe contar isso, minha cara: não era nada de errado que ele mesmo tenha feito; e você, como sua futura esposa, não tem motivo para se preocupar. Ele não se esqueceu de você, ou do que deve a você. Seu medo era de coisas enormes e terríveis, com as quais nenhum mortal sabe lidar.

Acredito que a boa mulher pensou que eu pudesse ficar enciumada, pensando que meu pobre querido houvesse se apaixonado por outra. A mera ideia de eu estar com ciúmes de Jonathan! Ainda assim, minha querida, devo confessar que senti um arroubo de alegria quando soube com certeza que nenhuma outra mulher fora a causa do problema. Agora estou sentada ao lado da cama dele, de onde posso ver seu rosto enquanto dorme. Ele está acordando!

Quando acordou, pediu seu casaco, pois queria pegar algo no bolso; chamei a irmã Agatha, e ela trouxe todos os seus pertences. Vi que, entre eles, havia seu caderno, e ia pedir que me deixasse lê-lo – pois sabia que poderia encontrar alguma pista sobre seus problemas -, mas suponho que ele tenha visto o desejo em meus olhos, pois me mandou ir até a janela, dizendo que queria ficar sozinho por um instante. Então, chamou-me de volta e, quando fui, sua mão repousava sobre o caderno e ele me disse, de forma bastante solene:

- Wilhelmina, - soube, então, que estava falando seriíssimo, pois não me chamou por este nome nenhuma vez desde que me pediu em casamento, - você sabe, querida, o que penso sobre a confiança entre marido e mulher; não deve haver segredos ou coisas escondidas. Passei por um grande choque e, quando tento pensar sobre isso, sinto minha cabeça girar, e não sei se foi tudo real ou apenas o sonho de um louco. Sabe que tive uma febre cerebral, e isso é ser louco. O segredo está aqui, e não quero saber. Quero retomar minha vida aqui,

com nosso casamento. – Pois, minha cara, decidimos nos casar assim que as formalidades estejam concluídas. – Está disposta, Wilhelmina, a compartilhar de minha ignorância? Aqui está o livro. Pegue-o e guarde-o, leia-o, se quiser, mas nunca me conte; a não ser, é claro, que algum dever solene me seja imposto, de relembrar o tempo amargo, acordado ou dormindo, são ou louco, aqui registrado.

Encostou-se novamente, exausto, coloquei o livro debaixo de seu travesseiro e o beijei. Pedi à irmã Agatha que implore à Madre Superiora que permita que nosso casamento aconteça esta tarde, e estou aguardando sua resposta.

*****

Ela veio e me disse que o capelão da igreja dos missionários ingleses foi chamado. Nos casaremos em uma hora, ou assim que Jonathan acordar.

*****

Lucy, a hora chegou e passou. Me sinto bastante solene, mas muito, muito feliz. Jonathan acordou pouco mais de uma hora depois, tudo estava pronto, e ele sentou-se na cama, apoiado nos travesseiros. Respondeu o 'aceito' com voz firme e forte. Eu mal pude falar; meu coração estava tão repleto que até mesmo aquela palavra parecia me engasgar. As queridas freiras foram tão gentis. Se Deus quiser, nunca, nunca as esquecerei, tampouco as responsabilidades sérias e doces que assumi. Devo contar-lhe sobre meu presente de casamento. Quando o capelão e as irmãs me deixaram sozinha com meu marido – ah, Lucy, é a primeira vez que escrevo as palavras 'meu marido -, tirei o livro debaixo de seu travesseiro, embrulhei-o em papel branco, amarrei-o com um laço de azul claro que estava ao redor do meu pescoço, e lacrei-o com cera, usando minha aliança como selo. E então, beijei-o e mostrei-o para meu marido, dizendo a ele que o manteria assim, e que seria um sinal externo e visível, por todas as nossas vidas, de que confiamos um no outro; que eu jamais o abriria, a menos que fosse para o próprio bem dele, ou por conta de algum dever austero. Então, ele tomou minhas mãos nas dele e, ah, Lucy, foi a primeira vez que segurou as mãos de sua esposa, e disse que era a melhor coisa do mundo, e que ele aguentaria passado novamente para chegar àquele momento, se necessário. O pobrezinho quis dizer uma parte do passado, mas ainda não consegue pensar em tempo, e não ficarei surpresa se, de início, ele se confundir não só com os meses, como também com os anos.

Bem, minha cara, o que eu poderia falar? Só pude dizer a ele que era a mulher mais feliz do mundo, e que não tinha nada a lhe dar, exceto a mim mesma, minha vida e minha confiança, e que isso viria acompanhado de meu amor e minha devoção pelo resto da minha vida. E, minha querida, quando ele me beijou, e me puxou para si com suas mãos fracas, foi como uma promessa solene entre nós...

Lucy, querida, sabe por que te conto tudo isso? Não é só porque me é tudo tão caro, mas porque você foi e é muito querida para mim. Foi meu privilégio ser sua amiga e guia, quando saiu da escola para se preparar para o mundo. Quero que veja agora, com os olhos de uma esposa muito feliz, até onde o dever me trouxe, para que você, em sua própria vida de casada, também seja tão feliz quanto estou. Minha cara, se Deus quiser, sua vida será tudo o que promete: um longo dia de sol, sem ventos fortes, sem se esquecer de seus deveres, sem desconfiança. Não posso desejar que não tenha dor, pois isso não acontecerá; mas espero que você seja sempre tão feliz quanto estou agora. Adeus, minha cara. Postarei esta carta imediatamente e, talvez, escreverei de novo muito em breve. Preciso parar, pois Jonathan está acordando – preciso cuidar de meu marido!

Com amor,

Mina Harker"

Carta de Lucy Westenra para Mina Harker.

"Whitby, 30 de agosto.

Minha querida Mina,

Te envio oceanos de amor e milhões de beijos, e desejo que você possa estar logo em sua própria casa, com seu marido. Gostaria que pudessem voltar para casa cedo o suficiente para ficarem conosco aqui. O ar forte logo faria Jonathan se recuperar; fez com que eu me recuperasse completamente. Tenho o apetite de um corvo-marinho, estou cheia de vida e durmo bem. Ficará feliz em saber que parei totalmente de andar enquanto durmo. Acho que faz uma semana que não saio da cama depois que me deito. Arthur diz que estou ficando gorda. Aliás, esqueci de contar que Arthur está aqui. Caminhamos, e andamos de carruagem, a cavalo, remamos, jogamos tênis e pescamos juntos; e eu o amo mais do que nunca. Ele diz que me ama mais, mas duvido, pois primeiro me disse que não podia me amar mais do que já amava antes. Mas isso é besteira. Aqui está ele, me chamando. Então, no momento é só, de sua amorosa,

Lucy.

P.S.: Mamãe manda lembranças. Ela parece estar melhor, pobrezinha.

P.P.S.: Nos casaremos no dia 28 de setembro."

Diário do Dr. Seward

20 de agosto. O caso de Renfield fica cada vez mais interessante. Até agora, só se acalmou o suficiente para que haja intervalos entre seus arroubos. Durante a primeira semana após seu ataque, ficou constantemente violento. Então, uma noite, logo quando a lua surgiu, ficou em silêncio e murmurou para si mesmo:

– Agora posso esperar; agora posso esperar.

O enfermeiro veio me contar, então corri até lá imediatamente para dar uma olhada nele. Continuava na camisa de força e na cela acolchoada, mas o olhar apático sumira e seus olhos continham um vestígio de sua antiga suavidade suplicante – ouso dizer, quase que servil. Fiquei satisfeito com sua condição atual, e ordenei que fosse libertado. Os enfermeiros hesitaram, mas finalmente cumpriram meus desejos sem protestar. Foi estranho o paciente ter humor o suficiente para perceber a desconfiança deles, pois, ao chegar perto de mim, disse em um sussurro, enquanto olhava furtivamente na direção deles:

– Pensam que eu poderia machucá-lo! Imagine só, *eu* machucar o *senhor*! Que tolos!

De certa forma, foi tranquilizante saber que, até mesmo na mente daquele pobre louco, eu era desassociado dos outros; mas, ainda assim, não concordei com seu pensamento. Devo entender que tenho algo em comum com ele, de modo que estamos, por assim dizer, juntos; ou ele pensa que obterá de mim alguma benesse tão estupenda que meu bem-estar lhe é necessário? Devo descobrir mais tarde. Hoje à noite, ele não quer mais falar. Nem mesmo a oferta de um gatinho, ou de um gato adulto, não o tenta. Se limita a dizer:

– Não me importo com gatos. Tenho mais em que pensar, agora, e consigo esperar; consigo esperar.

Após um tempo, deixei-o. O enfermeiro me diz que ficou quieto até logo antes da aurora, e que, então, começou a ficar irrequieto, e finalmente violento, até que finalmente entrou em um paroxismo que o exauriu tanto que desmaiou, em algum tipo de coma.

*****

... Nas três últimas noites, a mesma coisa aconteceu – violento o dia todo, e então quieto, do raiar da lua ao raiar do sol. Gostaria de ter alguma pista sobre o motivo. Chega a parecer que há alguma influência que vem e vai. Que pensamento feliz! Hoje à noite, teremos um embate entre mente sã e mente louca. Ele já escapou antes, sem nossa ajuda; hoje, escapará com ela. Daremos uma chance a ele, e colocaremos os homens a postos para segui-lo, caso necessário...

*****

23 de agosto. "O inesperado sempre acontece". Como Disraeli sabia das coisas. Nosso pássaro, quando descobriu a gaiola aberta, não quis voar, então todos os nossos arranjos sutis foram em vão. De qualquer maneira, provamos uma coisa: os intervalos de quietude duram um tempo razoável. No futuro, poderemos soltar suas amarras por algumas horas a cada dia. Dei ordens para o enfermeiro da noite para que apenas o tranque na cela acolchoada, desde o momento em que fique em silêncio, até uma hora antes do raiar do dia. Seu pobre corpo gostará do alívio, ainda que sua mente não consiga apreciar. Oras! O inesperado, novamente. Estão me chamando; o paciente escapou novamente.

*****

Mais tarde. Outra aventura noturna. Renfield esperou, ardilosamente, até que o enfermeiro estivesse entrando em sua cela para inspecioná-la. Então, passou correndo por ele e fugiu corredor abaixo. Mandei que os enfermeiros o seguissem. Novamente, ele foi para o terreno da casa deserta, e o encontramos no mesmo lugar, espremido contra a porta da velha capela. Quando me viu, ficou furioso, e se os enfermeiros não o tivessem agarrado a tempo, teria tentado me matar. Enquanto o segurávamos, algo estranho aconteceu. De repente, redobrou seus esforços, e então, tão repentinamente quanto antes, se acalmou. Olhei ao redor, instintivamente, mas não consegui ver nada. Então, vi para onde o paciente olhava e segui seu olhar, mas não discerni nada, pois não havia nada no céu iluminado pela lua, exceto um grande morcego, que batia as asas, silenciosa e fantasmagoricamente, em direção ao oeste. Os morcegos costumam voar em círculos e erraticamente, mas este parecia estar em linha reta, como se soubesse para onde ia, ou se tivesse alguma intenção própria. O paciente ficou cada vez mais calmo, até que disse:

– Não precisam me amarrar; irei em silêncio!

Voltamos para a casa sem problemas. Sinto que há algo de agourento em sua calma, e não me esquecerei desta noite...

Diário de Lucy Westenra

Hillingham, 24 de agosto. Preciso imitar Mina, e anotar as coisas. Então, podemos ter longas conversas, quando nos encontrarmos. Imagino quando será. Queria que ela estivesse comigo novamente, pois me sinto tão infeliz. Na noite passada, eu parecia estar sonhando de novo, como fazia quando estava em Whitby. Talvez seja a mudança de ares, ou o fato de estar em casa novamente. É tudo sombrio e horrendo, para mim, pois não me lembro de nada; mas sou tomada por um medo vago, e me sinto fraca e abatida. Quando Arthur veio almoçar, ficou aflito ao me ver, e não tive forças para tentar aparentar alegria. Será que não posso dormir no quarto de mamãe, esta noite? Inventarei uma desculpa para tentar.

*****

25 de agosto. Outra noite ruim. Mamãe não pareceu gostar de minha proposta. Ela mesma não parece estar muito bem, e indubitavelmente tem medo de me preocupar. Tentei ficar acordada, e consegui, por um tempo; porém, quando o relógio bateu a meia-noite, acordou-me de uma soneca, então devo ter pego no sono. Havia um som como de arranhão ou batida de asas na janela, mas não me importei e, já que não me lembro de mais nada, suponho que devo ter adormecido. Mais pesadelos. Gostaria de me lembrar deles. Esta manhã, estou terrivelmente fraca. Meu rosto está lívido, e minha garganta dói. Deve haver algo de errado com meus pulmões, pois parece que nunca respiro ar suficiente. Tentarei me animar quando Arthur vier, senão sei que ele ficará infeliz ao me ver assim.

Carta de Arthur Holmwood para o Dr. Seward.

"*Albemarle Hotel, 22 de agosto.*

Meu caro Jack,

Quero que me faça um favor. Lucy está doente; quero dizer, não tem nenhuma doença em especial, mas está com uma aparência terrível, e piora a cada dia. Perguntei a ela se há algum motivo; não ouso perguntar à sua mãe, pois perturbar a pobre senhora em relação à filha, em seu estado de saúde atual, seria fatal. A Sra. Westenra me confessou que foi desenganada – doença do coração –, mas a pobre Lucy ainda não sabe. Tenho certeza de que há algo afetando a mente de minha querida garota. Fico preocupado, quando penso nela; olhar para ela me dói. Disse a ela que pediria a você que viesse vê-la e, apesar de ter objetado, de início – sei por que, velho amigo -, finalmente consentiu. Será uma tarefa dolorosa para você, eu sei, meu velho amigo, mas é pelo bem dela, e não devo hesitar em pedir, nem você de agir. Deve vir almoçar em Hillingham amanhã, às duas horas, para não despertar suspeitas na Sra.

Westenra, e, após o almoço, Lucy aproveitará a oportunidade de ficar sozinha com você. Virei para o chá, e podemos ir embora juntos. Estou tremendamente ansioso, e quero consultá-lo sozinho assim que puder, após tê-la visto. Não falhe!

Arthur"

Telegrama de Arthur Holmwood para o Dr. Seward.

"1º de setembro.

Fui chamado para ver meu pai, que piorou. Escreverei. Mande-me uma carta pelo correio noturno. Envie um telegrama, se precisar".

Carta do Dr. Seward para Arthur Holmwood.

"2 de setembro.

Meu caro amigo,

Em relação à saúde da Srta. Westenra, apresso-me em dizer imediatamente que, em minha opinião, não há qualquer perturbação funcional ou moléstia que eu conheça. Ao mesmo tempo, não estou satisfeito com sua aparência, de forma alguma; está lamentavelmente diferente de como estava da última vez que a vi. É claro que você deve manter em mente que não tive uma oportunidade ampla de examiná-la, da forma como gostaria; nossa amizade impõe uma pequena dificuldade, que nem mesmo as ciências médicas ou os costumes podem superar. É melhor contar exatamente o que aconteceu, deixando que você tire, até certo ponto, suas próprias conclusões. Direi, então, o que fiz e o que proponho fazer.

Encontrei a Srta. Westenra de aparente bom-humor. Sua mãe estava presente e, dentro de alguns segundos, percebi que ela estava tentando de tudo para enganar a mãe e impedir que ficasse preocupada. Não tenho dúvidas de que ela adivinha, se é que já não sabe, a necessidade que existe de se tomar cuidado. Almoçamos sozinhos e, já que todos nós nos esforçamos para agirmos de forma alegre, conseguimos, em recompensa por nossos esforços, um pouco de verdadeira alegria entre nós. Então, a Sra. Westenra foi se deitar, e Lucy ficou comigo. Fomos até seu boudoir e, até chegarmos lá, sua alegria continuou, pois os criados estavam passando de um lado para o outro. Assim que a porta se fechou, contudo, a máscara caiu, ela afundou em uma poltrona com um grande suspiro e escondeu os olhos com a mão. Quando vi que seu bom-humor havia falhado, aproveite-me imediatamente de sua reação para fazer um diagnóstico. Ela me disse, muito docemente:

- Nem consigo expressar o quanto odeio falar sobre mim mesma.

Lembrei-a de que o sigilo médico é sagrado, mas que você estava extremamente ansioso a respeito dela. Ela entendeu o que quis dizer imediatamente, e decidiu a questão com uma frase.

- Conte a Arthur tudo o que quiser. Não me importo comigo mesma, e sim com ele!

Então, estou livre.

Pude facilmente perceber que ela está um tanto quanto sem sangue, mas não pude encontrar os sinais costumeiros de anemia e, por sorte, pude testar a qualidade de seu sangue, pois ao abrir uma janela emperrada, uma corda cedeu, e ela cortou a mão ligeiramente no vidro quebrado. Foi algo insignificante, mas me deu uma chance evidente, de modo que obtive algumas gotas do sangue e as analisei. A análise qualitativa revela uma condição bastante normal, e mostra, pelo que infiro, um estado de saúde vigoroso. Quanto a outras questões físicas, fiquei bastante satisfeito de que não há motivos para preocupação; mas deve haver uma causa em algum lugar, e cheguei à conclusão de que deve ser algo mental. Ela reclama de dificuldade para respirar satisfatoriamente em alguns momentos, e de um sono pesado e letárgico, com sonhos que a assustam, mas dos quais não consegue se lembrar de nada. Diz que, quando criança, costumava andar durante o sono, e que, em Whitby, o hábito voltou, e que uma vez saiu andando pela noite e foi até a Colina Leste, onde a Srta. Murray a encontrou; mas me assegura de que, ultimamente, o hábito não voltou. Estou com dúvidas, então fiz o melhor que consegui pensar; escrevi para meu velho amigo e mestre, o Professor Van Helsing, de Amsterdã, que sabe mais sobre doenças obscuras do que qualquer outra pessoa. Pedi que viesse e, já que você me disse que tudo seria por sua conta, mencionei a ele quem você é e seu relacionamento com a Srta. Westenra. Isso, meu amigo, diz em obediência aos seus desejos, pois faço com orgulho e felicidade tudo o que puder por ela. Sei que Van Helsing faria tudo por mim, por motivos pessoais, então não importa sob que fundamentos ele venha, precisamos aceitar os desejos dele. Ele parece ser um homem arbitrário, mas isso é porque sabe do que está falando melhor do que qualquer um. É filósofo e metafísico, e um dos cientistas mais avançados de sua época. Também tem, creio eu, uma mente absolutamente aberta. Isso, combinado com nervos de ferro, um temperamento de gelo, uma resolução indômita, autocontrole e tolerância exaltada de virtudes a bênçãos, e o coração mais gentil e fiel dentre todos os que batem, formam seus equipamentos para o nobre trabalho que faz pela humanidade – em teoria e na prática, pois suas opiniões são tão amplas quanto sua larga simpatia. Narro tais fatos para que saiba por que tenho tanta confiança nele. Pedi que venha imediatamente. Verei a Srta. Westenra novamente amanhã. Me encontrará no centro, para que a repetição tão rápida de minha visita não preocupe sua mãe.

Sinceramente,

John Seward".

Carta de Abraham Van Helsing, Dr., Ph.D., etc., etc., para o Dr. Seward.

"*2 de setembro.*

Meu bom amigo,

Ao receber sua carta, já estou indo ao seu encontro. Por sorte, posso partir imediatamente, sem causar danos a qualquer um que tenha confiado em mim. Se fosse diferente, seria ruim para aqueles que confiaram, pois vou até meu amigo quando ele me chama para ajudar seus entes queridos. Diga ao seu amigo que, aquela vez que você sugou tão rapidamente do meu ferimento o veneno da gangrena daquela faca que nosso outro amigo, nervoso demais, derrubou, você fez mais por ele, que precisa de minha ajuda, do que toda a sorte do mundo poderia ter feito. Mas é um prazer adicional, fazer isso por ele, que é seu amigo; é por você que estou indo. Tenha aposentos preparados para mim no Great Eastern Hotel, para que eu possa estar próximo, e combine, por favor, para que possamos ver a jovem não muito tarde, pois é provável que eu possa ter que voltar para cá naquela noite. Mas, se necessário, voltarei novamente dentro de três dias, e ficarei mais tempo, se precisar. Até então, adeus, meu amigo John.

Van Helsing[17]".

17 N. da T.: No original, o modo de escrever do Dr. Van Helsing é ligeiramente trunca-

Carta do Dr. Seward para o Honorável Arthur Holmwood.

"3 de setembro.

Meu caro Art,

Van Helsing já veio e já se foi. Foi comigo até Hillingham e descobriu que, devido à discrição de Lucy, sua mãe estava almoçando fora, de modo que ficamos sozinhos com ela. Van Helsing conduziu um exame muito cuidadoso da paciente. Relatará suas descobertas para mim, e avisarei você, pois é claro que não estive presente o tempo todo. Temo que ele esteja bastante preocupado, mas diz que precisa pensar. Quando contei a ele sobre nossa amizade, e como confiou em mim em relação a esta questão, ele disse:

- Deve contar a ele tudo o que acha. Conte a ele o que acha, se conseguir adivinhar, se quiser. Não, não estou brincando. Isso não é brincadeira, e sim vida e morte, talvez mais.

Perguntei o que ele quis dizer com isso, pois estava bastante sério. Isso foi quando já havíamos voltado para a cidade, e ele estava tomando uma xícara de chá antes de voltar para Amsterdã. Não me deu mais nenhuma pista. Não deve ficar bravo comigo, Art, porque a reticência dele significa que seu cérebro está trabalhando a todo vapor pelo bem dela. Ele falará de forma clara quando chegar a hora, tenho certeza. Assim, disse a ele que simplesmente escreveria um relato de nossa visita, como se estivesse fazendo um artigo descritivo especial para o jornal 'The Daily Telegraph'. Ele pareceu não reparar, mas observou que a fuligem de Londres não está tão ruim quanto costumava ser, quando ele estudou aqui. Receberei seu relatório amanhã, se ele conseguir enviar. De qualquer forma, receberei uma carta.

Bem, quanto à visita. Lucy estava mais alegre do que no dia em que primeiro a vi, e certamente parecia melhor. Havia perdido um pouco da aparência abatida que tanto o aborreceu, e sua respiração estava normal. Foi bastante amável com o professor (como sempre é), e tentou fazê-lo se sentir à vontade; ainda assim, pude ver que a pobre garota estava tendo que se esforçar muito. Acredito que Van Helsing também reparou, pois vi a expressão fugaz em seus olhos, sob suas sobrancelhas espessas, que já conheço há tempos. Então, ele começou a conversar sobre todos os assuntos, exceto sobre nós mesmos e doen-

do, para demonstrar que o inglês não é sua primeira língua.

ças, e com uma genialidade tão inesgotável, de modo que vi a animação fingida de Lucy se transformar em realidade. E então, sem qualquer mudança aparente, ele conduziu a conversa gentilmente à sua visita e disse, suavemente:

- Minha querida jovem, tenho tanto prazer em ver que você é muito amada. Há muitas coisas, minha cara, que não vejo. Me disseram que você estava desanimada e extremamente pálida. A eles, eu digo: "Oras!" – E estalou os dedos para mim, prosseguindo: - Mas eu e você mostraremos a eles como estão errados. Como ele – disse, apontando para mim com a mesma expressão e o mesmo gesto que usava na sala de aula, em uma ocasião específica, ou, na verdade, depois dela, da qual ele não se cansa de me lembrar – pode saber alguma coisa sobre jovens senhoritas? Ele tem suas madames para brincar, restaurar à felicidade e devolver aos seus entes queridos. É bastante trabalho, e é claro que há recompensas, sermos capazes de conferir tamanha felicidade. Mas as jovens! Ele não tem esposa, nem filha, e os jovens não fazem confissões a outros jovens, e sim aos velhos, como eu, que já conheceram tantas tristezas e suas causas. Então, minha querida, vamos mandá-lo fumar um cigarro no jardim, enquanto eu e você conversamos um pouquinho a sós.

Entendi a indireta e fui passear, até que o professor veio até a janela e me chamou para entrar. Estava com uma expressão séria, mas disse:

- Fiz um exame cuidadoso, mas não há qualquer causa funcional. Concordo com você, que muito sangue foi perdido; foi, mas já não é mais. Mas as condições dela não são anêmicas, de forma alguma. Pedi a ela que mandasse a criada vir me ver, para que eu possa fazer uma ou duas perguntas, e não deixar passar nada. Sei bem o que ela dirá. Ainda assim, há uma causa; sempre há uma causa para tudo. Preciso voltar para casa e pensar. Você precisa me enviar um telegrama todo dia; e, se houver motivo, voltarei. A doença – pois não estar totalmente bem é uma doença – me interessa, e a doce jovem, também. Ela me encanta, e por ela, senão por você, ou pela doença, virei.

Como contei, ele não quis dizer mais uma palavra, nem mesmo quando estávamos sozinhos. Então, agora, Art, você sabe tudo o que sei. Ficarei vigilante. Espero que seu pobre pai esteja se recuperando. Deve ser algo terrível para você, meu caro camarada, estar em tal posição, entre duas pessoas que lhe são tão caras. Conheço sua lealdade a seu pai, e está certo em cumprir suas obrigações; mas, se necessário, lhe chamarei para que venha imediatamente ver Lucy, de modo que não deve ficar ansioso demais, a não ser que tenha notícias minhas".

Diário do Dr. Seward

4 de setembro. O paciente zoófago continua nos interessando. Só teve um ataque, e isso foi ontem, em um horário incomum. Logo antes do meio-dia, começou a ficar irrequieto. O enfermeiro conhecia os sintomas, e chamou ajuda imediatamente. Felizmente, os homens vieram correndo e chegaram bem a tempo, pois, ao bater do meio-dia, ele ficou tão violento, que toda sua força foi necessária para contê-lo. Dentro de cinco minutos, contudo, ele começou a ficar cada vez mais quieto, até que finalmente mergulhou em um tipo de melancolia, em qual estado continua até agora. O enfermeiro me diz que seus gritos, durante o paroxismo, foram aterradores; estive ocupado, quando entrei, cuidando de alguns outros pacientes que se assustaram com ele. Na verdade, posso compreender bem o efeito, pois os sons perturbaram até mesmo a mim, apesar de eu estar a uma certa distância. Neste momento, já passou o horário do jantar do sanatório, e meu paciente continua sentado em um canto, carrancudo, com uma expressão embotada, sombria e tristonha, que parece indicar algo, ao invés de mostrar diretamente. Não consigo compreender bem.

* * * * *

Mais tarde. Outra mudança em meu paciente. Às cinco horas, dei uma olhada nele e o descobri aparentemente tão feliz e contente quanto costumava ser. Estava capturando moscas e comendo-as, anotando suas capturas com marcas de unha no batente da porta, entre as bordas almofadadas. Ao me ver, veio ao meu encontro e desculpou-se por seu mau comportamento, e pediu-me, de forma muito humilde e contrita, que fosse levado de volta a seu quarto e que lhe devolvessem seu caderno. Pensei que seria bom agradá-lo, de modo que ele está de volta em seu quarto, com a janela aberta. Espalhou o açúcar de seu chá no peitoril da janela, e está fazendo uma bela colheita de moscas. Não as está comendo, e sim colocando-as em uma caixa, como antigamente, e já examina os cantos de seu quarto para encontrar uma aranha. Tentei fazer com que falasse sobre os últimos dias, pois alguma pista sobre seus pensamentos me seria de grande valia; mas ele não mordeu a isca. Por alguns momentos, aparentou estar bastante triste, e disse, em um tom de voz um tanto quanto longínquo, como se estivesse falando consigo mesmo, ao invés de mim:

– Tudo acabado! Tudo acabado. Ele me abandonou. Agora não tenho mais esperanças, a não ser que eu mesmo o faça. – Então, virando-se repentinamente em minha direção, de forma resoluta, disse: – Doutor, não poderia me fazer a gentileza de permitir que me tragam um pouco mais de açúcar? Acho que seria muito bom para mim.

– E as moscas? – perguntei.

– Sim! As moscas também gostam, e eu gosto das moscas; portanto, gosto do açúcar.

E há pessoas que sabem tão pouco, que pensam que os loucos não discutem. Obtive um suprimento duplo para ele, e o deixei tão feliz quanto, imagino, qualquer outra pessoa. Gostaria de desvendar sua mente.

*****

Meia noite. Outra mudança nele. Eu visitara a Srta. Westenra, que encontrei muito melhor, e acabara de voltar. Estava parado perto de nosso portão, olhando o pôr do sol, quando o ouvi gritar mais uma vez. Já que seu quarto fica deste lado da casa, consegui ouvi-lo melhor do que de manhã. Foi um choque, para mim, dar as costas para a beleza esfumaçada de um pôr do sol sobre Londres, com suas luzes lúgubres e sombras escuras, e todos os tons maravilhosos trazidos pelas nuvens sujas, assim como pelas águas sujas, e perceber toda a severidade sombria de minha própria edificação fria de pedra, com sua abundância de infelicidade viva, e ter que enfrentar tudo isso com meu próprio coração desolado. Cheguei até ele logo quando o sol se punha e, de sua janela, pude ver o círculo vermelho afundando. Conforme o sol se punha, Renfield ficava cada vez menos agitado; e, quando finalmente se foi, ele escorregou das mãos que o seguravam e caiu, como uma massa inerte, no chão. É incrível, entretanto, o poder intelectual de recuperação que os lunáticos têm, pois, dentro de alguns minutos, ele levantou-se com bastante calma, e olhou ao redor. Gesticulei para que os enfermeiros não o segurassem, pois queria ver o que ele faria. Foi direto para a janela e espanou o açúcar; então, pegou a caixa das moscas, a esvaziou e jogou-a fora. Depois, fechou a janela e, atravessando o quarto, sentou-se na cama. Tudo isso surpreendeu-me, então perguntei:

– Não vai mais criar moscas?

– Não, – disse ele, – estou cansado de toda aquela besteira!

Ele é, decerto, um estudo extremamente interessante. Gostaria de ter alguma ideia sobre como sua mente funciona, ou a causa de seu entusiasmo repentino. Espere; pode haver uma pista, afinal de contas, se pudermos descobrir o porquê de seus paroxismos de hoje terem acontecido no ápice do meio-dia e ao cair da noite. Pode haver alguma influência maligna do sol, em períodos que afetam certas naturezas – como a lua às vezes afeta outras? Veremos.

Telegrama de Seward, Londres, para Van Helsing, Amsterdã.

"4 de setembro. Paciente está melhor ainda hoje".

Telegrama de Seward, Londres, para Van Helsing, Amsterdã.

"5 de setembro. Paciente melhorou muito. Bom apetite; fome naturalmente; bom humor; rubor está voltando".

Telegrama de Seward, Londres, para Van Helsing, Amsterdã.

"6 de setembro. Terrível mudança para pior. Venha imediatamente; não espere nem uma hora. Esperarei para enviar um telegrama para Holmwood até ter visto você".

CAPÍTULO X

Carta do Dr. Seward para o Hon. Arthur Holmwood.

"6 de setembro.

Meu caro Art,

Minhas notícias de hoje não são tão boas. Esta manhã, Lucy regrediu um pouco. Contudo, algo de bom saiu disso; a Sra. Westenra ficou, naturalmente, preocupada com Lucy e consultou-me profissionalmente sobre ela. Aproveitei a oportunidade e contei a ela que meu antigo professor, Van Helsing, o grande especialista, estava vindo se hospedar comigo, e que eu a colocaria sob os cuidados dele, junto comigo; então, agora podemos entrar e sair sem alarmá-la indevidamente, pois um choque significaria, para ela, uma morte repentina, e isso, na condição frágil de Lucy, poderia ser desastroso. Estamos cercados de dificuldades, todos nós, meu pobre amigo; mas, se Deus quiser, as superaremos. Se necessário, lhe escreverei, de modo que, se não tiver notícias minhas, saiba que estou apenas esperando novidades. Preciso ir.

Com meu afeto,

John Seward."

Diário do Dr. Seward

7 de setembro. A primeira coisa que Van Helsing me disse, quando nos encontramos em Liverpool Street, foi:

– Contou algo para seu amigo, o noivo dela?

– Não, – respondi, – esperei até ver você, como disse em meu telegrama. Escrevi a ele uma carta, dizendo só que você estava vindo, já que a Srta. Westenra não está tão bem, e que eu o avisaria, se necessário.

– Certo, meu amigo, – disse ele, – fez muito bem! É melhor que ele não saiba ainda; talvez nunca venha a saber. Espero que sim; mas, se necessário, ele ficará sabendo de tudo. E, meu bom amigo John, deixe-me avisá-lo. Você lida com os loucos. Todos os homens são loucos, de um jeito ou de outro; e, assim como lida discretamente com seus loucos, lide também com os loucos de Deus, ou seja, o resto do mundo. Você não conta para seus loucos o que faz, ou por que o faz; você não os conta o que pensa. Assim, mantenha seus conhecimentos em seu lugar, onde podem repousar, onde podem se juntar e se reproduzir. Eu e você manteremos o que sabemos aqui e aqui. – Ele encostou em meu coração e na minha testa, e depois em si mesmo, nos mesmos lugares. – Tenho comigo pensamentos, neste momento. Mais tarde os revelarei a você.

– Por que não agora? – perguntei. – Pode fazer algum bem; podemos chegar a alguma decisão.

Ele parou, olhou para mim e disse:

– Meu amigo John, quando o milho está crescido, mesmo antes de estar maduro; quando o leite da mãe terra ainda está nele, e o brilho do sol ainda não começou a pintá-lo de dourado, o agricultor puxa a espiga e a espreme com suas mãos calosas, sopra o joio verde para longe e diz para você: "Veja! É um milho bom; será uma boa colheita, quando o momento chegar".

Não entendi a relação, e disse isso a ele. Em resposta, ele esticou o braço, pegou minha orelha e a puxou de brincadeira, como costumava fazer, há muito tempo, na sala de aula, dizendo:

– O bom agricultor te diz isso porque sabe, mas não antes disso. Mas você não vê o bom agricultor desenterrar o milho plantado, para ver se vai crescer; isso fazem as crianças que brincam de plantar, e não aqueles que a encaram como o trabalho de suas vidas. Entendeu agora, amigo John? Plantei meu milho, e a Natureza tem que cuidar de sua parte, fazendo com que brote; se brotar, há alguma esperança, então esperarei até que as espigas comecem a crescer.

Interrompeu-se, pois evidentemente percebeu que eu compreendera. Então, prosseguiu, com tom muito sério:

– Você sempre foi um aluno cuidadoso, e seu livro de anotações sobre os casos era sempre mais cheio do que o dos outros. Você era só um aluno, na época; agora é um mestre, e confio que este bom hábito não falhará. Lembre-se, meu amigo, que conhecimento é mais forte do que a memória, e não devemos confiar no mais fraco. Ainda que você não tenha continuado com esta boa prática, deixe-me dizer que este caso, de nossa querida senhorita, é um que pode – repare que digo "pode" – ser de tamanho interesse, para nós e outros, que pode ser que nenhum outro o supere, como seu povo costuma dizer. Então, observe tudo com muito cuidado. Nada é pequeno demais. Aconselho que registre tudo, mesmo suas dúvidas e suposições. Depois, poderá ser interessante para você, ver o que adivinhou certo. Aprendemos com as falhas, e não com os sucessos!

Quando descrevi os sintomas de Lucy – os mesmos de antes, mas infinitamente mais proeminentes –, ele pareceu bastante sério, mas não disse nada. Trouxe consigo uma maleta, que continha muitos instrumentos e remédios, "a terrível parafernália de nosso ofício benéfico", como ele chamou uma vez, em uma de suas aulas, os equipamentos de um professor das artes da cura. Quando fomos conduzidos para dentro, a Sra. Westenra nos recebeu. Estava alarmada, mas nem de longe tanto quanto eu esperava. A natureza, em um de seus humores caridosos, estabeleceu que até mesmo a morte tenha algum antídoto para seus próprios terrores. Aqui, em um caso onde qualquer choque pode ser fatal, as coisas estão ordenadas de forma que, por algum motivo ou outro, aquilo que não seja pessoal – até mesmo a terrível mudança em sua filha, a quem é tão apegada – não parece atingi-la. É como se a Mãe Natureza embrulhasse um corpo estranho em um tecido insensível, que protege do mal aquilo que, de outra forma, seria prejudicado pelo contato. Se este for um arranjo egoísta, devemos fazer uma pausa antes de condenarmos qualquer pessoa pelo defeito do egoísmo, pois suas causas podem ter uma origem mais profunda do que conhecemos.

Usei meus conhecimentos daquela fase de patologia espiritual, e estabeleci a regra de que ela não deveria estar na presença de Lucy, ou pensar sobre sua doença mais do que o absolutamente necessário. Ela consentiu prontamente, tão prontamente que vi, novamente, a mão da Natureza lutando pela vida. Van Helsing e eu fomos conduzidos ao quarto de Lucy. Ficara chocado quando a vira no dia anterior, mas horrorizado quando a vi hoje. Estava assustadoramente pálida, como um fantasma; o rubor parecia ter sumido até mesmo de seus lábios e gengivas, e os ossos de sua face se projetavam; era doloroso ver ou ouvir sua respiração. A expressão de Van Helsing se endureceu como mármore, e suas sobrancelhas se juntaram ao ponto de quase se encostarem sobre seu nariz. Lucy estava deitada, imóvel, e não parecia ter forças para falar, então ficamos todos em silêncio, por um tempo. Então, Van Helsing gesticulou para mim, e saímos em silêncio. No instante em que fecháramos a porta, ele andou rapidamente pelo corredor, até a porta ao lado, que estava aberta. Puxou-me rapidamente para dentro, junto com ele, e fechou-a.

– Meu Deus! – disse. – Isto é terrível. Não temos tempo a perder. Ela morrerá por pura falta de sangue para manter o coração batendo como deveria. Devemos fazer uma transfusão imediatamente. Serei eu ou você?

– Sou mais jovem e mais forte, Professor. Deve ser eu.

– Então apronte-se imediatamente. Trarei minha mala para cima. Estou preparado.

Desci as escadas com ele e, enquanto andávamos, houve uma batida na porta do saguão. Ao chegarmos lá, a criada acabara de abrir a porta, e Arthur entrava apressadamente. Correu até mim, dizendo em um sussurro nervoso:

– Jack, estava tão ansioso. Li nas entrelinhas de sua carta e estive agoniado. Meu pai está melhor, de modo que corri para cá, para ver com meus próprios olhos. Este cavalheiro não é o Dr. Van Helsing? Estou tão grato ao senhor por ter vindo.

Quando o Professor primeiro olhara para Arthur, ficara irritado com a interrupção naquele momento; mas então, ao perceber suas proporções parrudas e reconhecer a masculinidade forte e jovem que parecia emanar dele, seus olhos brilharam. Sem hesitar, disse para ele, em tom sério, ao estender a mão:

– O senhor chegou bem a tempo. É o amor de nossa querida senhorita. Ela está mal, muito, muito mal. Não, minha criança, não fique assim – acrescentou, pois Arthur empalidecera repentinamente e sentara-se em uma cadeira, quase desmaiando. – Você precisa ajudá-la. Pode fazer mais do que qualquer outra pessoa, e sua coragem é sua melhor ajuda.

– O que posso fazer? – perguntou Arthur, com voz rouca. – Diga-me, e o farei. Minha vida é dela, e daria a última gota do sangue em meu corpo por ela.

O Professor tem uma forte veia cômica, e pude detectar, por experiência, um traço dela em sua resposta:

– Meu jovem senhor, não peço tudo isso... não a última!

– O que devo fazer?

Havia uma chama em seu olhar, e suas narinas dilatadas tremiam de resolução. Van Helsing bateu em seu ombro.

– Venha! – disse. – Você é um homem, e é de um homem que precisamos. Você é melhor do que eu, melhor do que meu amigo John. – Arthur parecia confuso, de modo que o Professor continuou explicando, de forma gentil: – A jovem senhorita está mal, muito mal. Quer sangue, e sangue deverá ter, senão morrerá. Meu amigo John e eu nos consultamos, e estamos prestes a fazer o que chamamos de transfusão de sangue: transferi-lo das veias cheias de um para as veias vazias que anseiam por ele. John daria o dele, pois é mais jovem e forte do que eu, – neste ponto, Arthur pegou minha mão e apertou-a com força, em silêncio, – agora o senhor está aqui, e é melhor do que nós, velho ou jovem, que trabalhamos muito no mundo dos pensamentos. Nossos nervos não são tão calmos, e nosso sangue não é tão brilhante quanto o seu!

Arthur voltou-se para ele e disse:

– Se ao menos o senhor soubesse com que alegria eu morreria por ela, o senhor compreenderia...

Interrompeu-se, com a voz embargada.

– Bom garoto! – disse Van Helsing. – Num futuro próximo, ficará feliz por ter feito tudo o que podia pela mulher que ama. Venha agora, e fique em silêncio. Pode beijá-la uma vez, antes de terminarmos, mas então deve ir embora; e deve ir quando eu der o sinal. Não diga nem uma palavra para a madame; sabe como estão as coisas com ela! Não pode haver nenhum choque, e ficar sabendo disso seria um. Venham!

Todos subimos para o quarto de Lucy. Arthur foi instruído a permanecer do lado de fora. Lucy virou a cabeça e olhou para nós, mas não disse nada. Não estava dormindo, mas estava simplesmente fraca demais para aquele esforço. Seus olhos se comunicavam conosco; era só. Van Helsing pegou algumas coisas em sua maleta e as colocou sobre uma mesinha, fora de vista. Então, misturou um narcótico e, aproximando-se da cama, disse alegremente:

– Agora, senhorita, aqui está seu remédio. Beba tudo, como uma criança obediente. Veja, a levanto para que consiga engolir facilmente. Isso. – ela conseguira.

Fiquei perplexo ao ver como a droga demorou para agir. Isso, na verdade, demonstrava o tamanho de sua fraqueza. O tempo parecia interminável, até que suas pálpebras começaram a se fechar. Finalmente, entretanto, o narcótico começou a manifestar sua potência, e ela pegou em um sono profundo. Quando o Professor estava satisfeito, chamou Arthur para o quarto, e fez com que tirasse o casaco. Então, acrescentou:

– Pode dar aquele beijinho, enquanto trago a mesa até aqui. Amigo John, me ajude! – disse, para que nenhum de nós olhasse enquanto ele se debruçava sobre ela.

Van Helsing, virando-se para mim, disse:

– Ele é tão jovem e forte, e com o sangue tão puro, que não precisaremos desfibriná-lo.

Então, com rapidez, mas com absoluto método, Van Helsing conduziu a operação. Conforme a transfusão progredia, um pouco de vida parecia voltar à face da pobre Lucy e, através da palidez crescente de Arthur, a alegria parecia brilhar em seu rosto. Após um tempo, comecei a ficar ansioso, pois Arthur começava a aparentar a perda de sangue, mesmo sendo forte como era. Me deu uma ideia da terrível pressão sob a qual o corpo de Lucy devia ter estado, para que o que enfraqueceu Arthur só tê-la feito se recuperar parcialmente. Mas o Professor tinha uma expressão determinada no rosto, e ali ficou, com o relógio na mão e o olhar fixo, ora na paciente, ora em Arthur. Eu podia ouvir meu próprio coração bater. Depois disso, ele disse, em tom suave:

– Não se mexa por um instante. Já é o suficiente. Você cuida dele, eu me ocuparei dela.

Quando acabamos, pude ver como Arthur ficara enfraquecido. Fiz um curativo em sua ferida e peguei-o pelo braço, para conduzi-lo para fora, quando Van Helsing falou, sem virar as costas (o homem parece ter olhos na nuca):

– Creio que o corajoso amante merece outro beijo, que poderá dar em um instante.

E, visto que já havia terminado sua operação, ajustou o travesseiro sob a cabeça da paciente. Ao fazê-lo, a fina faixa de veludo preto que ela parece sempre usar ao redor da garganta, presa com uma fivela de diamantes antiga, com a qual seu amor lhe presenteara, foi puxada ligeiramente para cima, mostrando uma marca vermelha em sua garganta. Arthur não reparou, mas consegui ouvir o sibilo típico de quando Van Helsing demonstra alguma emoção. Não falou nada naquele momento, mas virou-se para mim, dizendo:

– Agora leve nosso corajoso amante lá para baixo, dê-lhe um pouco de vinho do Porto e faça com que se deite por uns instantes. Então, ele deve ir para casa descansar, dormir e comer bastante, para que possa recuperar o que doou para seu amor. Não deve ficar aqui. Esperem um momento! Imagino, senhor, que esteja ansioso para saber o resultado. Então, leve consigo a informação de que a operação foi bem-sucedida, sob todos os aspectos. O senhor salvou a vida dela, desta vez, e pode ir para casa e descansar com a consciência tranquila, sabendo que tudo o que podia ser feito, foi. Contarei tudo a ela, quando estiver melhor; ela não o amará menos por tudo o que o senhor fez. Adeus.

Após a partida de Arthur, voltei para o quarto. Lucy dormia tranquilamente, mas sua respiração estava mais forte; pude ver a coberta se movendo, conforme seu peito arfava. Van Helsing estava sentado ao lado da cama, observando-a atentamente. A faixa de veludo cobria a marca vermelha novamente. Perguntei ao Professor, em um sussurro:

– O que o senhor pensa da marca na garganta dela?

– O que você pensa?

– Ainda não a examinei – respondi e, naquele exato instante, comecei a desamarrar a faixa. Bem em cima da jugular, havia duas perfurações, não grandes, mas que não aparentavam ser benéficas, tampouco. Não havia sinal de doença, mas as bordas eram brancas e com aparência gasta, como se devido a alguma trituração. Imediatamente me ocorreu que aquela ferida, ou o que quer que fosse, poderia ser o meio da manifesta perda de sangue; mas abandonei a ideia logo que surgiu, pois tal coisa não poderia acontecer. A cama inteira teria ficado ensopada e manchada com o sangue que a garota deveria ter perdido, para causar a palidez que exibia antes da transfusão.

– Bem? – disse Van Helsing.

– Bom, – respondi, – não consigo tirar nenhuma conclusão.

O Professor levantou-se.

– Preciso voltar para Amsterdã esta noite – disse ele. – Lá há livros e coisas que quero. Você deve permanecer aqui a noite toda, e não deve tirar os olhos dela.

– Terei um enfermeiro? – perguntei.

– Nós somos os melhores enfermeiros, eu e você. Fique de guarda a noite inteira; certifique-se de que ela seja bem alimentada e que nada a perturbe. Você não pode dormir, em nenhum momento. Poderemos dormir depois, eu e você. Voltarei assim que possível. E então podemos começar.

– Podemos começar? – perguntei. – O que quer dizer com isso?

– Veremos! – respondeu, enquanto partia apressado. Voltou um momento mais tarde, pôs a cabeça para dentro do quarto e disse, com um dedo em riste:

– Lembre-se, ela está sob sua responsabilidade. Se a abandonar, e algo acontecer com ela, você nunca mais dormirá sossegado!

Diário do Dr. Seward, continuação.

8 de setembro. Passei a noite acordado, ao lado de Lucy. O opiáceo perdeu o efeito quando o dia raiava, e ela acordou naturalmente; parecia uma criatura diferente do que fora antes da operação. Estava até de bom humor, e cheia de uma feliz vivacidade, mas pude ver evidências da absoluta prostração pela

qual passara. Quando contei à Sra. Westenra que o Dr. Van Helsing me instruíra a passar a noite com Lucy, ela quase esnobou a ideia, mencionando a força renovada e o excelente humor de sua filha. Contudo, permaneci firme e preparei-me para minha longa vigília. Após sua criada tê-la preparado para dormir, entrei, já tendo jantado, e sentei-me ao lado de sua cama. Ela não fez qualquer objeção, e sim olhava para mim com gratidão, sempre que nossos olhares se cruzavam. Após um longo tempo, ela parecia prestes a pegar no sono, mas, com esforço, se recompunha e despertava. Isso repetiu-se diversas vezes, cada vez com mais esforço e pausas mais curtas, conforme o tempo passava. Estava aparente que ela não queria dormir, de modo que abordei o assunto imediatamente:

– Não quer dormir?

– Não; estou com medo.

– Medo de dormir! Por que? É a recompensa pela qual todos ansiamos.

– Ah, não se você for como eu... se o sono fosse, para você, um presságio de horror!

– Um presságio de horror! O que, em nome de Deus, quer dizer com isso?

– Não sei; ah, eu não sei! E é isso que torna tudo tão horrível. Toda essa fraqueza vem a mim enquanto durmo, ao ponto de me fazer temer até mesmo a ideia.

– Mas, minha cara, pode dormir, hoje. Estou aqui protegendo-a, e posso prometer que nada acontecerá.

– Ah, posso confiar em você!

Aproveitei a oportunidade, e disse:

– Prometo que se vir alguma evidência de pesadelos, lhe acordarei imediatamente.

– Acordará? Ah, fará mesmo isso? Como você é bom para mim. Então, dormirei!

E, quase ao mesmo tempo em que proferia a última palavra, deu um profundo suspiro de alívio e recostou-se, adormecida.

A noite toda, fiquei de vigília. Ela não se mexeu em momento algum, e sim dormiu ininterruptamente, um sono profundo, tranquilo, revitalizante e restaurador. Seus lábios estavam ligeiramente abertos, e seu peito subia e descia, com a regularidade de um pêndulo. Havia um sorriso em seu semblante, e estava evidente que nenhum pesadelo perturbara sua paz de espírito.

De manhã cedo, sua criada chegou, de modo que deixei-a sob seus cuidados e voltei para casa, pois estava ansioso com muitas coisas. Enviei um curto telegrama a Van Helsing e a Arthur, contando a eles sobre os excelentes resultados da operação. Meu próprio trabalho, atrasado em diversos aspectos, me ocupou o dia inteiro; estava escuro, quando consegui perguntar sobre meu paciente zoófago. O relatório foi positivo; ele ficara bastante quieto, durante os últimos dia e noite. Um telegrama de Van Helsing chegou de Amsterdã, enquanto eu jantava, sugerindo que eu fosse a Hillingham aquela noite, pois poderia ser bom estar presente, e dizendo que ele partiria no trem noturno e me encontraria cedo na manhã seguinte.

* * * * *

9 de setembro. Eu estava bem cansado e abatido, quando cheguei a Hillingham. Mal dormira nas últimas duas noites, e meu cérebro estava começando a sentir aquele torpor típico da exaustão cerebral. Lucy estava acordada e de bom humor. Ao apertar minha mão, olhou diretamente em meus olhos e disse:

– Sem passar a noite em claro. Você está exausto. Estou bastante bem, novamente; estou mesmo. E, se é que alguém vai passar a noite em claro, serei eu, para cuidar de você.

Não quis argumentar, então fui e jantei. Lucy foi comigo e, animado por sua presença encantadora, fiz uma excelente refeição, tomando algumas taças do vinho do Porto, que estava mais do que excelente. Então, Lucy levou-me para o andar de cima e conduziu-me a um quarto ao lado do seu, onde um aconchegante fogo ardia.

Agora, – disse ela, – deve ficar aqui. Deixarei esta porta aberta, e a minha também. Pode dormir no sofá, pois sei que nada faria com que um médico fosse para cama, quando há um paciente em jogo. Se precisar de alguma coisa, o chamarei, e você poderá vir até mim imediatamente.

Não pude deixar de concordar, pois estava morto de cansaço, e não conseguiria passar a noite em claro, nem que tentasse. Assim, após Lucy repetir sua promessa de me chamar se precisasse de algo, deitei-me no sofá, e esqueci-me de tudo.

Diário de Lucy Westenra.

9 de setembro. Sinto-me tão feliz, esta noite. Tenho estado tão miseravelmente fraca, que conseguir pensar e me locomover é como sentir a luz do sol depois de um longo período de ventania e céus escuros. Por algum motivo, sinto Arthur muito, muito perto de mim. Pareço sentir sua cálida presença ao meu redor. Imagino que seja porque doença e fraqueza sejam coisas egoístas, que fazem com que nos concentremos e preocupemos conosco, enquanto a saúde e a força dão rédea solta ao amor, que vai para onde quiser, em pensamento e emoção. Sei para onde meus pensamentos estão dirigidos. Se ao menos Arthur soubesse! Meu querido, meu querido, suas orelhas devem estar queimando enquanto dorme, como fazem as minhas quando estou acordada. Ah, o delicioso descanso da noite passada! Como dormi, com aquele querido e bondoso Dr. Seward me vigiando. E, hoje à noite, não ficarei com medo de dormir, pois ele está por perto, a uma distância de onde poderei chamá-lo. Sou grata a todos, por serem tão bons comigo! Graças a Deus! Boa noite, Arthur.

Diário do Dr. Seward.

10 de setembro. Tomei consciência da mão do Professor sobre minha cabeça, e acordei com um sobressalto em um segundo. É uma das coisas que aprendemos em um hospício, pelo menos.

– E como está nossa paciente?

– Bem, quando me despedi dela, ou, na verdade, quando ela se despediu de mim – respondi.

– Venha, vamos ver – disse ele. Juntos, entramos no quarto.

A persiana estava abaixada e me dirigi até lá, para levantá-la ligeiramente, enquanto Van Helsing caminhava, com seu passo macio e felino, até a cama.

Quando levantei a persiana, e o sol da manhã inundou o quarto, ouvi o sibilo de inspiração do Professor e, consciente de sua raridade, um medo mortal perpassou meu coração. Ao me aproximar, ele se afastou, e sua exclamação de terror, "*Gott in Himmel!*", não precisou do reforço de sua expressão agonizada. Levantou a mão e apontou para a cama, com seu rosto de ferro contorcido e pálido. Senti meus joelhos começarem a tremer.

Sobre a cama, aparentemente desmaiada, estava a pobre Lucy, mais horrivelmente branca e macilenta do que nunca. Até mesmo seus lábios estavam brancos, e as gengivas pareciam ter se afastado dos dentes, como às vezes se vê em um cadáver, após uma doença prolongada. Van Helsing levantou o pé para batê-lo de raiva, mas o instinto de sua vida, e de todos os longos anos de hábito, o controlou, e ele o abaixou de volta, com suavidade.

– Rápido! – disse ele. – Traga o conhaque.

Corri até a sala de jantar e voltei com o decantador. Ele umedeceu os pobres lábios pálidos com ele e, juntos, massageamos suas palmas, seus pulsos e seu coração. Ele escutou seu coração e, após alguns momentos de suspense agonizante, disse:

– Não é tarde demais. Seu coração bate, apesar de fracamente. Todo nosso trabalho foi arruinado; precisamos começar de novo. O jovem Arthur não está aqui; preciso pedir sua ajuda desta vez, meu amigo John.

Enquanto falava, remexia em sua maleta e tirava os instrumentos para a transfusão; eu tirara meu casaco e subira as mangas da camisa. Não havia possibilidade de administrar um opiáceo, naquele momento, tampouco qualquer necessidade; assim, sem demorar um minuto, começamos a operação. Após algum tempo – não pareceu ser pouco, pois a retirada do sangue de uma pessoa, por mais voluntariamente que seja dado, é uma sensação terrível –, Van Helsing balançou um dedo em aviso.

– Não se mexa, – disse, – mas temo que, com a volta de suas energias, ela possa acordar; e isso seria perigoso, muito perigoso. Mas tomarei precauções. Darei uma injeção hipodérmica de morfina.

Começou, então, rápida e habilidosamente, a fazer o que pretendia. O efeito sobre Lucy não foi ruim, pois o desmaio parecia se misturar sutilmente com o sono narcótico. Foi com uma sensação de orgulho pessoal que observei uma ligeira cor reaparecer em suas face e boca pálidas. Ninguém sabe, até passar por isso, como é sentir seu próprio sangue sendo retirado e inserido nas veias da mulher amada.

O Professor me observava criticamente.

– Já é o suficiente – disse.

– Já? – protestei. – O senhor tirou muito mais do Art.

Em resposta, ele deu um sorriso um tanto quanto triste e disse:

– Ele é o amado, o noivo da senhorita. Você tem trabalho, muito trabalho, a fazer, por ela e por outros; esta quantidade será suficiente.

Após pararmos a operação, ele cuidou de Lucy enquanto eu aplicava pressão com os dedos sobre a minha própria incisão. Deitei-me enquanto esperava ele ter tempo para cuidar de mim, pois sentia-me zonzo e um pouco enjoado. Eventualmente, ele fez um curativo em minha ferida e mandou-me descer para buscar uma taça de vinho para mim mesmo. Enquanto saía do quarto, ele veio atrás de mim e meio que sussurrou:

– Nenhum comentário deve ser feito sobre isso, certo? Se nosso jovem amante aparecer inesperadamente, como antes, não diga uma palavra. O deixaria assustado e enciumado, ao mesmo tempo. Nenhum comentário. Está bem!

Quando voltei, ele me observou cuidadosamente e disse:

– Você não está muito mal. Vá para o quarto e deite em seu sofá, descanse um pouco; depois, tome um belo café e venha até mim.

Obedeci suas ordens, pois sabia como eram acertadas e sábias. Eu fizera minha parte, e agora meu próximo dever era manter minhas forças. Sentia-me bastante fraco e, devido à fraqueza, perdera um pouco do assombro com o que havia acontecido. Peguei no sono sobre o sofá, contudo, imaginando repetidamente como Lucy sofrera tamanha piora, e como poderia ter sido drenada de tanto sangue, sem qualquer sinal, em lugar nenhum, do que acontecera. Acho que devo ter continuado minhas ponderações enquanto dormia, pois, dormindo ou acordado, meus pensamentos sempre se voltavam para as pequenas perfurações em sua garganta e a aparência desgastada e abatida de suas bordas, por mais minúsculas que fossem.

Lucy dormiu a maior parte do dia e, quando acordou, estava razoavelmente bem e forte, ainda que nem de longe como no dia anterior. Após examiná-la, Van Helsing saiu para caminhar, deixando-me encarregado, com ordens severas para que não a deixasse sozinha nem por um momento. Pude ouvir sua voz no saguão, perguntando o caminho para o telégrafo mais próximo.

Lucy papeou comigo normalmente, e parecia absolutamente inconsciente de que algo havia ocorrido. Tentei mantê-la entretida e interessada. Quando sua mãe subiu para vê-la, não pareceu reparar em qualquer mudança, e me disse, agradecida:

– Devemos tanto ao senhor, Dr. Seward, por tudo o que fez, mas agora deve mesmo tomar cuidado para não se esgotar. Sua própria aparência está pálida. O senhor precisa de uma esposa, para cuidar um pouco de você; precisa, mesmo!

Enquanto ela falava, Lucy enrubesceu tremendamente, apesar de durar apenas uns instantes, pois suas pobres veias cansadas não aguentavam por muito tempo tamanha vazão para a cabeça. A reação a isso foi uma palidez excessiva, enquanto lançava um olhar suplicante em minha direção. Sorri e assenti com a cabeça, enquanto levava o indicador aos lábios; com um suspiro, ela afundou nos travesseiros novamente.

Van Helsing voltou algumas horas depois, e me disse:

– Agora, vá para casa, coma e beba bastante. Recupere suas forças. Ficarei aqui esta noite, e passarei eu mesmo a noite em claro, ao lado da senhorita. Eu e você precisamos cuidar deste caso, e não deixar que ninguém mais saiba. Tenho motivos sérios. Não, não pergunte quais são; pense o que quiser. Não fique com medo de pensar até mesmo nas hipóteses mais improváveis. Boa noite.

No saguão, duas das criadas vieram até mim, e perguntaram se uma ou ambas não poderiam passar a noite com a Srta. Lucy. Imploraram que eu permitisse, e o que respondi foi que o Dr. Van Helsing desejava que fosse ele ou eu. ao que pediram, comoventemente, que eu intercedesse com o "cavalheiro estrangeiro". Fiquei bastante tocado por sua gentileza. Talvez fosse porque eu estava tão fraco, ou por causa de Lucy, que a devoção delas se manifestou, pois já vi, inúmeras vezes, casos semelhantes de gentileza feminina. Voltei a tempo para um jantar tardio; fiz minha ronda (tudo estava bem), e agora escrevo isto enquanto espero o sono chegar. Está quase vindo.

*****

14 de setembro. Esta tarde, fui até Hillingham. Encontrei Van Helsing de excelente humor, e Lucy muito melhor. Logo após chegar, um grande pacote chegou do exterior para o Professor. Ele o abriu de forma bastante impressionante – presumida, é claro – e mostrou um grande ramo de flores brancas.

– São para você, Srta. Lucy – disse.

– Para mim! Ah, Dr. Van Helsing.

– Sim, minha cara, mas não para brincar. São remédios. – Naquele ponto, Lucy torceu o nariz. – Não, mas não são para serem tomados em forma de xarope, ou de algum jeito que cause náusea, de modo que não precisa retorcer este nariz tão charmoso, ou contarei ao meu amigo Arthur o que ele poderá ter que aguentar, ao ver a beleza que ele tanto ama sendo distorcida. Ah, minha linda senhorita faz com que seu nariz tão belo volte ao normal. Estas são medicinais, mas você ainda não sabe como. As colocarei em sua janela, farei com elas um lindo arranjo, e colocarei ao redor de seu pescoço, para que você durma bem. Ah, sim! Elas, como a flor de lótus, fazem com que seus problemas desapareçam. Têm o cheiro das águas do rio Lete, e daquela fonte da juventude que os conquistadores buscavam nas Floridas, e encontraram tarde demais.

Enquanto falava, Lucy examinava as flores e as cheirava. Então, jogou-as no chão, dizendo, em um tom dividido entre humor e nojo:

– Oh, Professor, acho que está me pregando uma peça. Oras, estas flores são só o alho comum.

Para minha surpresa, Van Helsing levantou-se e disse, com toda a sua seriedade, sua mandíbula de ferro retesada e suas sobrancelhas fartas se juntando:

– Sem gracejos, comigo! Eu nunca brinco! Há um propósito austero em tudo o que faço, e a aviso de que não deve me atrapalhar. Tome cuidado, pelo bem dos outros, senão pelo seu próprio. – Então, ao ver que a pobre Lucy estava assustada, como era de se esperar, ele prosseguiu mais gentilmente: – Ah, senhorita, minha querida, não fique com medo de mim. Faço tudo pelo seu bem; mas estas flores tão comuns lhe farão muito bem. Veja, eu mesmo as estou colocando em seu quarto. Me transformo no arranjo de flores que você deve usar. Mas psiu! Não conte aos outros que façam perguntas inquisitivas. Devemos obedecer, e o silêncio faz parte da obediência; e a obediência a fará ficar forte e a devolverá para os braços amorosos que a esperam. Agora, fique parada um momento. Venha comigo, amigo John, e me ajude a decorar o quarto com alho, que veio lá de Haarlem, onde meu amigo Vanderpool a cultiva em estufas o ano todo. Tive que mandar um telegrama para ele ontem, ou o alho não estaria aqui hoje.

Fomos para o quarto, levando as flores conosco. A conduta do Professor era certamente estranha, e não podia ser encontrada em qualquer farmacopeia de que eu já tivesse ouvido falar. Primeiro, amarrou-as nas janelas e prendeu-as bem; depois, pegando um punhado das flores, esfregou-as nas cortinas, como se para garantir que cada sopro de vento que entrasse no quarto carregaria consigo o cheiro do alho. E então, passou o tufo sobre o batente da porta, acima, abaixo e dos dois lado, e ao redor da lareira, do mesmo jeito. Tudo me parecia grotesco, de modo que disse:

– Bem, Professor, sei que o senhor sempre tem um motivo para o que faz, mas isso certamente me intriga. Ainda bem que não temos nenhum cético, aqui, ou ele diria que o senhor está fazendo algum feitiço para manter longe algum espírito maligno.

– Talvez esteja! – respondeu ele, em voz baixa, enquanto começava a fazer o arranjo circular que Lucy teria que usar ao redor do pescoço.

Esperamos, então, que Lucy terminasse de se arrumar para dormir e, quando já estava na cama, ele entrou e pôs o colar de alho ao redor de seu pescoço. As últimas palavras que dirigiu a ela foram:

– Tome cuidado para não desarrumá-lo; e, ainda que o quarto lhe pareça abafado, não abra a janela ou a porta, hoje à noite.

– Prometo – disse Lucy – e agradeço imensamente a vocês dois, por toda sua bondade para comigo! Oh, o que fiz para ser abençoada com amigos como vocês?

Enquanto partíamos em minha carruagem, que aguardava, Van Helsing disse:

– Hoje poderei dormir em paz, e dormir é o que quero. Duas noites de viagem, muita leitura no dia entre elas, muita ansiedade no dia que se seguiu e uma noite em claro, sem um minuto de sono. Amanhã de manhã, me acorde bem cedo, e viremos juntos visitar sua bela senhorita, que estará muito mais forte por conta de meu "feitiço". Ha há!

Parecia tão confiante que eu, lembrando-me de minha própria confiança, duas noites antes, e do resultado funesto da mesma, senti-me assombrado e vagamente aterrorizado. Deve ter sido minha fraqueza que me fez hesitar em contar a meu amigo sobre isso, mas me fez senti-lo ainda mais, como lágrimas contidas.

CAPÍTULO XI

Diário de Lucy Westenra

12 de setembro. Como todos são bons para mim. Adoro aquele querido Dr. Van Helsing. Imagino por que ele estava tão ansioso a respeito dessas flores. Me assustou de verdade com sua firmeza. Apesar disso, deveria estar certo, pois já me sinto reconfortada por elas. De alguma forma, não estou com medo de ficar sozinha esta noite, e poderei ir dormir sem medo. Não me importarei com qualquer bater de asas do lado de fora da janela. Oh, que luta terrível contra o sono andei travando, nos últimos tempos; o sofrimento de ficar sem dormir, ou o medo de pegar no sono, com os horrores desconhecidos que reserva para mim! Como certas pessoas são abençoadas, com suas vidas sem medo, sem terror, para as quais o sono é uma bênção que chega todas as noites, trazendo apenas sonhos doces. Bem, aqui estou, esta

noite, esperando dormir, deitada como Ofélia na peça, com "coroas de flores virginais e oferendas castas[18]". Nunca gostei de alho, mas, hoje à noite, me deleito! Seu cheiro me traz paz; já sinto o sono chegando. Boa noite a todos.

Diário do Dr. Seward

13 de setembro. Fui até o hotel Berkeley e encontrei Van Helsing, como de costume, pontual. A carruagem do hotel que chamáramos nos aguardava. O Professor pegou sua maleta, que agora traz consigo o tempo todo.

Deixe-me escrever tudo exatamente como ocorreu. Van Helsing e eu chegamos em Hillingham às oito horas. A manhã estava linda; o sol brilhando e a sensação de frescor do início de outono pareciam a conclusão do trabalho anual da natureza. As folhas adquiriam diversos tipos de cores maravilhosas, mas ainda não começaram a cair das árvores. Ao entrarmos, fomos recebidos pela Sra. Westenra, que saía da saleta matinal. Ela sempre foi madrugadora. Nos cumprimentou calorosamente, e disse:

– Ficarão contentes em saber que Lucy está melhor. A querida criança ainda está dormindo. Dei uma olhada para dentro do quarto e a vi, mas não entrei, para não perturbá-la.

O Professor sorriu, e parecia exultante. Esfregou as mãos e disse:

– Aha! Pensei mesmo que havia diagnosticado o caso. Meu tratamento está funcionando. – Ao que ela respondeu:

– Não pode assumir todo o crédito, doutor. O estado de Lucy esta manhã é devido, em parte, a mim.

– O que quer dizer, senhora? – perguntou o Professor.

– Bom, fiquei preocupada com ela durante a noite, e fui até seu quarto. Ela estava dormindo profundamente – tão profundamente que nem mesmo minha entrada a acordou. Mas o quarto estava terrivelmente abafado. Havia montes daquelas flores horríveis e de cheiro forte, em todos os lugares, e ela

---

18 N. da T.: Lucy faz referência ao trecho de "Hamlet" que descreve o enterro de Ofélia; guirlandas em formato de coroas eram comumente utilizadas na Inglaterra em procissões fúnebres de jovens virgens.

tinha até mesmo um ramo delas ao redor do pescoço. Fiquei com medo de que o odor fosse demais para minha querida, em seu estado fragilizado, então tirei-as todas e abri a janela um pouco, para deixar entrar ar fresco. Ficará contente com o estado dela, tenho certeza.

Ela saiu para seu quarto de vestir, onde costumava tomar café cedo. Enquanto falava, eu observava o rosto do Professor, e o vi ficar cinza. Ele conseguira controlar-se enquanto a pobre senhora estava presente, pois sabia de seu estado e dos males que um choque causaria; até mesmo sorrira para ela, enquanto segurava a porta para que ela passasse para o quarto. Mas, no instante em que ela desapareceu, me puxou, repentinamente e com força, para a sala de jantar e fechou a porta.

E então, pela primeira vez na vida, vi Van Helsing se descontrolar. Levantou as mãos sobre a cabeça, em um tipo de desespero emudecido, e bateu palmas para expressar sua impotência; finalmente, sentou-se em uma cadeira e, levando as mãos à face, começou a chorar, com arfadas altas e secas, que pareciam vir do fundo do coração. Depois, levantou os braços novamente, como se fizesse um apelo ao universo inteiro.

– Deus! Deus! Deus! – dizia. – O que fizemos, o que aquela pobre criatura fez, para sermos tão atormentados? O destino ainda está entre nós, enviado do antigo mundo pagão, para que as coisas precisem ser desse jeito? Esta pobre mãe, inconsciente, e fazendo o que achava melhor, acabou perdendo a filha, de corpo e alma; e não podemos contar a ela, não podemos nem mesmo avisá-la, senão morrerá, e então as duas morrerão. Oh, como somos afligidos! Como todos os poderes dos demônios estão contra nós! – De repente, pôs-se de pé. – Venha, – disse, – venha, precisamos ver e agir. Com ou sem demônios, ou com todos os demônios de uma vez, não interessa; lutaremos contra eles do mesmo jeito.

Foi até a porta de entrada buscar sua maleta e, juntos, subimos para o quarto de Lucy.

Novamente, subi a persiana, enquanto Van Helsing ia até a cama. Desta vez, não teve um sobressalto ao olhar para seu pobre rosto, com a mesma palidez terrível de antes. A expressão dele era de tristeza severa e enorme pena.

– Como esperava – murmurou, com aquela inspiração sibilante típica, carregada de tanto significado. Sem mais uma palavra, foi até a porta e trancou-a, e então começou a dispor sobre a mesinha os instrumentos para mais uma transfusão de sangue. Eu já reconhecera a necessidade para tanto, e começara a tirar meu casaco, mas ele me impediu com um gesto de aviso.

– Não! – disse. – Hoje, você deve fazer a operação. Eu fornecerei. Você já está enfraquecido.

Enquanto falava, tirou o casaco e arregaçou a manga.

Novamente, a operação; novamente, o narcótico; e, novamente, o retorno da cor na face acinzentada, e a respiração regular do sono saudável. Desta vez, fiquei de vigília, enquanto Van Helsing se recuperava e descansava.

Subsequentemente, ele aproveitou a oportunidade para dizer à Sra. Westenra que não devia remover nada do quarto de Lucy sem consultá-lo; que as flores tinham valor medicinal, e que respirar seu odor fazia parte do sistema de cura. Então, assumiu os cuidados com o caso, dizendo que a observaria naquela noite e na próxima, e me avisaria quando fosse para vir.

Uma hora depois, Lucy acordou, descansada e vivaz, parecendo não ter sido muito afetada por sua terrível provação.

O que tudo isso significa? Estou começando a imaginar se os longos anos que passei em meio aos insanos não estão começando a afetar meu cérebro.

Diário de Lucy Westenra.

17 de setembro. Quatro dias e noites de paz. Estou ficando tão forte novamente, que mal me reconheço. É como se houvesse passado por um longo pesadelo, e tivesse acabado de acordar para ver a linda luz do sol e sentir o ar fresco da manhã ao meu redor. Tenho uma vaga recordação de um longo período de ansiedade, esperando e temendo; uma escuridão onde não havia nem a dor da esperança para fazer com que a aflição se tornasse mais comovente: e, então, longos intervalos de esquecimento, e a volta à vida, como um mergulhador que se ergue em meio a uma enorme massa de água. Contudo, desde que o Dr. Van Helsing veio até mim, todos esses pesadelos parecem ter acabado; os barulhos

que costumavam me deixar louca de medo – as batidas de asas contra a janela, as vozes distantes que pareciam tão perto, os sons hostis que vinham não sei de onde e me mandavam fazer não sei o que – cessaram todos. Agora, vou para a cama sem ter medo de dormir. Nem tento mais ficar acordada. Me afeiçoei bastante ao alho, e uma caixa cheia chega para mim todos os dias, de Haarlem. Hoje à noite, o Dr. Van Helsing vai embora, pois tem que passar um dia em Amsterdã. Mas não preciso que me vigiem; estou bem o suficiente para ser deixada sozinha. Graças a Deus, pelo bem de mamãe e do querido Arthur, e de todos os nossos amigos, que têm sido tão gentis! Nem repararei na mudança, pois na última noite, o Dr. Van Helsing dormiu na cadeira a maior parte do tempo. Vi que estava dormindo as duas vezes em que acordei, mas não fiquei com medo de voltar a dormir, apesar de os galhos, ou morcegos, ou alguma coisa, estarem batendo quase que raivosamente contra o vidro da janela.

"A Gazeta de Pall Mall", 18 de setembro.

O LOBO FUGIDO

AVENTURA ARRISCADA DE NOSSO REPÓRTER

Entrevista com o Guarda do Jardim Zoológico

Após muitas indagações, e quase a mesma quantidade de recusas, e o uso constante das palavras "Gazeta de Pall Mall" como um tipo de talismã, consegui encontrar o guarda da seção do Jardim Zoológico que engloba o departamento dos lobos. Thomas Bilder mora em um dos chalés no recinto atrás da área dos elefantes, e acabara de se sentar para tomar chá quando o encontrei. Thomas e sua esposa são pessoas hospitaleiras, idosas e sem filhos, e se a amostra que tive de sua hospitalidade representar a média, suas vidas devem ser bastante confortáveis. O guarda não quis falar sobre o que ele chamou de "negócios" até terminarmos de jantar, e ficamos todos satisfeitos. Então, quando a mesa havia sido tirada e ele acendera seu cachimbo, disse:

– Agora, senhor, pode perguntar o que quiser. Desculpe me recusar a falar de assuntos profissionais antes da refeição. Eu dou aos lobos, aos chacais e as hienas da nossa seção a comida deles antes de começar a fazer perguntas.

– Como assim, fazer perguntas? – indaguei, querendo colocá-lo em um estado de espírito conversador.

– Bater na cabeça deles com uma vara é um jeito; coçar as orelhas deles é outro, quando os cavalheiros cheios da grana querem se exibir para suas damas. Não me importo muito em bater neles com uma vara antes de jogar a comida para eles; mas espero até terem terminado de comer a sobremesa e tomar o café, por assim dizer, antes de tentar coçar as orelhas. Perceba, – acrescentou, filosoficamente, – há muito da mesma natureza em nós e nos animais. Aqui está você, que veio me fazer perguntas sobre meus negócios, e eu, irritado, e se não fosse pelos cinquenta centavos que me deu, teria te batido na cabeça antes de responder. Nem quando você me perguntou, todo sarcástico, se eu gostaria que você pedisse permissão do Superintendente para me fazer perguntas. Sem ofensas, te mandei ir para o inferno?

– Mandou.

– E quando você disse que faria uma reclamação por eu ter usado linguajar obsceno, foi o equivalente a bater na minha cabeça; mas os cinquenta centavos fizeram ficar tudo bem. Eu não ia brigar, então esperei a comida, e fiz a mesma coisa que os lobos, leões e tigres fazem. Mas, graças a Deus, agora que a minha velha botou uma fatia do bolo dela dentro da minha barriga, e me enxaguou com o velho bule de chá, e eu acendi meu cachimbo, pode coçar minhas orelhas o quanto quiser, e não darei nem um rosnado. Pode seguir com suas perguntas. Sei por que veio, por causa daquele lobo fugido.

– Exatamente. Quero que me dê sua opinião sobre isso. Só me conte como aconteceu; e, quando eu souber dos fatos, farei com que diga o que considera ser a causa de tudo, e como acha que a história terminará.

– Certo, patrão. Esta é mais ou menos a história toda. O lobo, que chamamos de Bersicker, era um dos três grandes lobos acinzentados, que vieram da Noruega para o Jamrach, e que compramos dele há quatro anos. Era um lobo bonzinho e comportado, que nunca deu trabalho. Fiquei mais surpreso com ele querer fugir, do que qualquer outro animal. Mas é isso, não se pode confiar mais nos lobos, nem nas mulheres.

– Não acredite nele, senhor! – interrompeu a esposa do Tom, com uma risada alegre. – Ele cuida dos animais há tanto tempo, que acabou parecendo com um! Mas ele não faz mal a ninguém.

– Bem, senhor, já haviam passado duas horas desde a hora da comida, ontem, quando ouvi a comoção. Eu estava fazendo um leito, na jaula dos macacos, para uma onça jovem que está doente; mas, quando ouvi os gritos e os uivos, fui direto para lá. Lá estava Bersicker, atacando as barras loucamente, como se quisesse sair. Não tinha muita gente ontem, e por perto só estava um homem, um camarada alto e magro, de nariz adunco e barba pontuda, com alguns pelos brancos no meio dela. Tinha uma expressão dura e fria, e olhos vermelhos, e ele me desagradou imediatamente, pois parecia que era com ele que os lobos estavam irritados. Usava luvas de pelica branca, e apontou para os animais e para mim, dizendo: "Guarda, esses lobos parecem aborrecidos com alguma coisa". "Talvez seja você", eu disse, pois não gostei da arrogância dele. Ele não ficou bravo, como eu esperei que ficasse, e sim deu um sorriso insolente, com a boca cheia de dentes brancos pontiagudos. "Ah, não, eles não gostariam de mim", ele disse. "Ah, gostariam, sim", eu disse, imitando o jeito dele. "Eles sempre gostam de uns ossinhos para limpar os dentes na hora do chá, e você tem vários". Foi muito estranho, mas quando os animais nos viram conversando, se deitaram, e quando eu fui até Bersicker, ele me deixou coçar as orelhas dele, como sempre. Aquele homem veio até nós, e imagine minha surpresa quando ele enfiou a mão na jaula e acariciou as orelhas do lobo, também! "Tome cuidado", eu disse, "Bersicker é rápido". "Não tem problema", ele disse, "estou acostumado com eles". "Também trabalha no ramo?" perguntei, tirando o chapéu, pois um homem que trabalha com lobos, e coisas do tipo, é um amigo dos guardas. "Não", respondeu ele, "não exatamente no ramo, mas já tive vários como bichos de estimação". Com isso, ele levantou o chapéu, educado como um lorde, e foi embora. O velho Bersicker ficou olhando para ele até perder de vista, e depois foi deitar em um canto, e não saiu a noite toda. Bom, na noite de ontem, logo que a lua apareceu, os lobos todos começaram a uivar. Não tinha nada para eles uivarem. Não tinha ninguém por perto, exceto alguém que estava claramente chamando algum cachorro nos jardins da rua ao lado. Uma ou duas vezes, fui até lá para ver se estava tudo bem, mas quando cheguei na jaula do velho Bersicker, vi as barras quebradas e torcidas, e a jaula vazia. E é só isso que sei com certeza.

– Alguém mais viu alguma coisa?

– Um dos nossos jardineiros estava voltando para casa de uma festa naquela hora, quando viu um cachorro cinza grande passando pela cerca-viva do jardim. Pelo menos é o que ele diz, mas não acredito muito nisso, pois se viu mesmo, não disse nada para a patroa quando chegou em casa, e foi só depois que a fuga do lobo foi divulgada, e nós passamos a noite inteira procurando Bersicker no parque, que ele lembrou ter visto alguma coisa. Minha opinião é que a festa afetara sua cabeça.

– Agora, Sr. Bilder, tem alguma explicação para a fuga do lobo?

– Bom, senhor, – disse ele, com uma modéstia um tanto quanto suspeita, – acho que sim; mas não sei se o senhor ficaria satisfeito com minha teoria.

– Certamente que ficarei. Se um homem como o senhor, que conhece os animais por experiência, não conseguir achar uma boa explicação, quem ousaria tentar?

– Então está bem, senhor, minha explicação é a seguinte: me parece que o lobo escapou... simplesmente porque queria sair.

Pelo jeito como Thomas e sua esposa riram da piada, percebi que já fora um sucesso anteriormente, e que toda a explicação era simplesmente um truque elaborado. Não podia me envolver em discussões com o bom Thomas, mas achei que conhecia um caminho mais curto até seu coração, então disse:

– Agora, Sr. Bilder, vamos considerar que já fez por merecer a primeira metade de uma libra, e esta irmã dela está esperando para ser conquistada, quando o senhor me contar o que acha que vai acontecer.

– Certamente, senhor – disse ele, apressadamente. – Me desculpe, sabe, por fazer troça, mas a velha aqui piscou para mim, e foi como se me dissesse para seguir em frente.

– Mas que absurdo! – disse a velha senhora.

– Minha opinião é a seguinte: o lobo está escondido em algum lugar. O jardineiro esquecido disse que ele estava galopando em direção ao norte, mais rápido do que um cavalo; mas não acredito nele, pois sabe, senhor, lobos não galopam, assim como os cachorros, pois não têm a constituição para isso. Lobos são bonitos nas histórias, e imagino que quando se juntam em matilhas e atacam alguma coisa que meta mais medo do que eles, conseguem fazer um barulho infernal e acabam com a coisa, o que quer que seja. Mas juro por Deus, na vida real, um lobo é uma criatura insignificante, nem de longe tão esperta ou ousada quanto um bom cachorro; e não é um lutador tão bom, tampouco. Este lobo não estava acostumado a brigar, nem mesmo a se sustentar sozinho, e provavelmente está em algum lugar do parque, se escondendo e tremendo, e, se é que pensa em alguma coisa, imaginando de onde virá seu café da manhã. Ou talvez desceu para algum lugar e está em um porão de guardar carvão. Puxa vida, alguma cozinheira vai levar um baita susto quando vir os olhos verdes dele brilhando na direção dela, no escuro! Se não conseguir arranjar comida, vai ter que procurar, e pode ter a sorte de encontrar algum açougue na hora certa. Se não achar, e alguma babá sair para passear com algum soldado, e deixar a criança no carrinho... bom, não ficarei surpreso se o censo contar um bebê a menos. Isso é tudo.

Estava dando a ele os cinquenta centavos, quando alguma coisa se espremeu contra a janela, e o rosto do Sr. Bilder dobrou de comprimento com a surpresa.

– Meu Deus do céu! – disse. – Não é que o velho Bersicker voltou sozinho!

Foi até a porta e abriu-a; um ato dos mais desnecessários, me pareceu. Sempre pensei que um animal selvagem nunca fica tão bonito quanto com um obstáculo de significativa durabilidade entre nós; minha experiência pessoal intensificou tal ideia, ao invés de diminuí-la.

No final das contas, contudo, não há nada como o costume, pois nem Bilder, nem sua esposa, encararam o lobo com tanta naturalidade quanto eu encararia um cão. O próprio animal estava tão pacífico e comportado quanto o melhor exemplo de uma ilustração de livro – o antigo amigo da Chapeuzinho Vermelho, enquanto conquistava sua confiança sob o disfarce.

A cena inteira era uma incrível mistura de comédia e *pathos*. O lobo mal, que paralisara Londres por metade de um dia, e fizera as crianças da cidade tremerem de medo, estava ali, com um humor um tanto quanto penitente, e foi recebido e acariciado como um filho pródigo espertalhão. O velho Bilder o examinou da cabeça aos pés, com a mais afetuosa solicitude, e, quando terminara de lidar com seu penitente, disse:

– Viu, sabia que o pobre camarada entraria em alguma enrascada; não foi o que eu disse o tempo inteiro? Veja só a cabeça dele toda cortada e cheia de vidro quebrado. Ele pulou sobre algum muro. É uma pena que as pessoas tenham permissão para colocar cacos de vidro nos muros. É esse o resultado. Venha, Bersicker.

Pegou o lobo e trancou-o em uma jaula, com um pedaço de carne que satisfazia, no que tange à quantidade, pelo menos, as condições elementares do bezerro cevado[19], e foi relatar aos superiores.

Também me retirei, para escrever o relato da única informação exclusiva publicada hoje, sobre a estranha fuga do zoológico.

Diário do Dr. Seward.

17 de setembro. Estava ocupado após o jantar, em meu escritório, atualizando meus registros, os quais, devido à pressão de outros trabalhos e as muitas visitas a Lucy, haviam sido tristemente negligenciados. De repente, a porta foi aberta de supetão, e para dentro correu meu paciente, com o rosto torcido de emoção. Fiquei admirado, pois um paciente entrar, por vontade própria, no escritório do Superintendente é algo quase inédito. Sem pausar sequer um instante, dirigiu-se direto a mim. Tinha uma faca de mesa na mão e, como vi que ele estava perigoso, tentei manter a escrivaninha entre nós. Contudo, ele foi rápido e forte demais para mim, pois antes de conseguir me equilibrar, ele me atacou e cortou meu pulso esquerdo com certa severidade. Antes de conseguir me atingir novamente, entretanto, dei-lhe um soco de direita que o fez se esborrachar de costas no chão. Meu pulso sangrava

19 N. da T.: parte da parábola bíblica do Filho Pródigo.

profusamente, e uma bela poça se formava no tapete. Vi que meu amigo não pretendia fazer novos esforços, e ocupei-me com um curativo em meu pulso, mantendo o olhar desconfiado sobre a figura prostrada o tempo inteiro. Quando os enfermeiros entraram correndo, e voltamos nossa atenção para ele, o que fazia me deixou absolutamente enojado. Estava deitado de bruços, no chão, lambendo como um cão o sangue que saíra de meu pulso cortado. Foi contido facilmente e, para minha surpresa, acompanhou calmamente os enfermeiros, simplesmente repetindo, de novo e de novo:

– Sangue é vida! Sangue é vida!

Não posso me dar ao luxo de perder sangue, neste momento; já perdi demais, ultimamente, para meu próprio bem, e a contínua pressão da doença de Lucy e suas fases horríveis estão me afetando. Ando estimulado demais e exausto, e preciso de descanso, descanso, descanso. Felizmente, Van Helsing ainda não me convocou, de modo que não preciso abrir mão de minhas noites de sono; hoje não poderia passar sem.

Telegrama de Van Helsing, Antuérpia, para Seward, Carfax.

(Enviado para Carfax, Sussex, pois o condado não foi especificado; entregue com vinte e quatro horas de atraso)

"*17 de setembro. Não deixe de estar em Hillingham esta noite. Se não estiver de vigília o tempo todo, frequentemente, faça uma visita e verifique se as flores foram colocadas; muito importante, não falhe. Estarei com você assim que possível após minha chegada*".

Diário do Dr. Seward.

18 de setembro. Acabei de embarcar no trem para Londres. A chegada do telegrama de Van Helsing me encheu de desânimo. Uma noite inteira perdida e sei, por triste experiência, o que pode acontecer em uma noite. É claro que é possível que tudo esteja bem, mas o que *pode* ter acontecido? Decerto há uma horrível maldição sobre nós, para que todos os acidente possíveis

frustrem tudo o que tentamos fazer. Levarei este cilindro comigo, para poder concluir meus registros no fonógrafo de Lucy.

Memorando deixado por Lucy Westenra.

17 de setembro. Noite. Escrevo o presente e deixo-o para que seja visto, de modo que ninguém possa, por acaso, se envolver em algum problema por minha causa. É um registro exato do que aconteceu esta noite. Sinto que estou morrendo de fraqueza, e mal tenho forças para escrever, mas deve ser feito, ainda que eu morra enquanto tente.

Fui para cama como de costume, atentando para que as flores fossem colocadas conforme instruído pelo Dr. Van Helsing, e logo peguei no sono.

Fui acordada pelo bater de asas na janela, que começou depois daquele episódio de sonambulismo no penhasco em Whitby, quando Mina me salvou, e que agora conheço tão bem. Não fiquei com medo, mas desejei que o Dr. Seward estivesse no quarto ao lado – como o Dr. Van Helsing dissera que estaria –, para poder tê-lo chamado. Tentei dormir, mas não consegui. Então, o velho medo de dormir se abateu sobre mim novamente, e decidi ficar acordada. Perversamente, o sono chegou naquele momento, justo quando não o queria; então, como fiquei com medo de estar sozinha, abri minha porta e exclamei: "Há alguém aí?" Não houve resposta. Não quis acordar minha mãe, então fechei a porta novamente. Então, lá fora, nos arbustos, ouvi um uivo como de um cão, mas mais feroz e profundo. Fui até a janela e olhei para fora, mas não consegui ver nada, exceto um grande morcego, que evidentemente estivera açoitando a janela com as asas. Assim, voltei para a cama, ainda decidida a não pegar no sono. Depois disso, a porta se abriu e minha mãe colocou a cabeça para dentro; vendo, por meus movimentos, que não estava dormindo, ela entrou e sentou-se ao meu lado. Me disse, com mais doçura e suavidade do que de costume:

– Fiquei preocupada com você, querida, e vim ver se estava tudo bem.

Temi que pegasse um resfriado, sentada ali, e pedi que viesse dormir comigo. Ela veio e deitou-se ao meu lado; não tirou seu robe, pois disse que só ficaria um pouquinho e depois voltaria para sua própria cama. Enquanto estava ali deitada em meus braços, e eu nos dela, o barulho das asas e das batidas na janela voltou. Ela ficou surpresa e um pouco assustada, e exclamou:

– O que é isso?

Tentei apaziguá-la, finalmente conseguindo, e ela deitou-se em silêncio; mas ainda podia ouvir seu pobre coraçãozinho batendo acelerado. Depois de um tempo, o uivo baixo nos arbustos voltou e, logo após isso, houve um choque na janela e um monte de vidro quebrado foi arremessado sobre o chão. A persiana foi soprada pelo vento que entrou e, na abertura dos vidros quebrados, apareceu a cabeça de um enorme e esquelético lobo cinzento. Mamãe gritou de medo, tentando se sentar e agarrando cegamente qualquer coisa que a ajudasse. Entre outras coisas, agarrou a coroa de flores que o Dr. Van Helsing insistiu que eu usasse ao redor do pescoço, e tirou-a de mim. Por um ou dois segundos, ela se sentou ereta, apontando para o lobo, e então um gorgolejo estranho e horrível saiu de sua garganta. Em seguida, ela desabou – como se atingida por um raio, e bateu a cabeça em minha testa, me fazendo ficar zonza por alguns instantes. O quarto e tudo ao meu redor pareciam girar. Mantive os olhos fixos na janela, mas o lobo afastou a cabeça, e uma miríade de partículas pequenas parecia flutuar para dentro, pela janela quebrada, girando e rodando como o pilar de areia que os viajantes descrevem quando há uma ventania no deserto. Tentei me mexer, mas havia algum feitiço sobre mim, e o corpo de minha pobre mãe – que já parecia estar frio -, pois seu coração parara de bater, pesava sobre mim; e não me lembro de mais nada por algum tempo.

O tempo não pareceu ser longo, e sim muito, muito horrível, até que recuperei os sentidos. Em algum lugar próximo, um sino batia; os cachorros de toda a vizinhança uivavam; e, em nossos arbustos, aparentemente logo ali fora, um rouxinol cantava. Estava aturdida e incapacitada pela dor, pelo terror e pela fraqueza, mas o som do rouxinol parecia a voz de minha mãe morta me reconfortando. Parece que os sons acordaram as criadas, também, pois ouvi seus pés descalços correndo do lado de fora de minha porta. Chamei-as e elas entraram; quando viram o que acontecera, e o que jazia sobre mim na cama, gritaram. O vento entrava com força através da janela quebrada, e a porta bateu. Elas levantaram o corpo de minha querida mãe e a deitaram, coberta por um lençol, na cama após eu me levantar. Estavam todas tão assustadas e nervosas que as mandei irem até a sala de jantar tomar uma taça de vinho. A porta abriu de supetão, por um instante, e depois bateu novamente. As criadas gritaram e depois correram todas juntas para a sala de jantar; e eu coloquei as flores que tinha sobre o peito de minha querida mãe. Ao fazê-lo, lembrei-me do que o Dr. Van Helsing me dissera, mas não quis removê-las. Além disso, eu teria alguns dos serviçais para me fazer companhia, agora. Fiquei surpresa com o fato de as criadas não voltarem. As chamei, mas não obtive resposta, de modo que desci até a sala de jantar para procurá-las.

Meu coração ficou apertado quando vi o que acontecera. As quatro jaziam inertes no chão, respirando profundamente. A garrafa de xerez estava pela metade, sobre a mesa, mas havia um cheiro estranho e acre no ar. Fiquei desconfiada e examinei a garrafa. Tinha cheiro de láudano e, ao procurar no aparador, descobri que a garrafa que o médico de minha mãe usa com ela – oh! usava – estava vazia. O que devo fazer? Estou de volta ao meu quarto, com mamãe. Não posso deixá-la, e estou sozinha, exceto pelos criados adormecidos, que alguém drogou. Sozinha com os mortos! Não ouso sair, pois consigo ouvir o uivo do lobo através da janela quebrada.

O ar parece cheio de partículas, flutuando e rodando na corrente de vento, e as luzes ardem azuis e fracas. O que devo fazer? Que Deus me proteja do mal durante esta noite! Esconderei este papel em meu peito, onde encontrarão quando vierem me enterrar. Minha querida mãe se foi! Agora é minha hora de ir, também. Adeus, querido Arthur, se não sobreviver a esta noite. Que Deus o guarde, meu querido, e que Deus me guarde, também!

CAPÍTULO XII

Diário do Dr. Seward

18 de setembro. Dirigi até Hillingham imediatamente, e cheguei cedo. Pedindo que a carruagem permanecesse no portão, subi pelo caminho sozinho. Bati gentilmente e toquei o sino o mais baixo possível, pois temia perturbar

Lucy ou sua mãe, e esperei atrair só um criado à porta. Após um tempo, não obtendo resposta, bati e toquei o sino novamente; ainda sem resposta. Praguejei contra a preguiça dos criados, dormindo àquela hora – pois já eram dez horas –, e então toquei o sino e bati na porta novamente, desta vez com mais impaciência, mas ainda sem resposta. Até aquele momento, eu culpara somente os criados, mas então um terrível medo se abateu sobre mim. Seria aquela desolação mais um elo na corrente de maldições que parecia se apertar ao nosso redor? Viera eu para uma casa da morte, tarde demais? Sabia que minutos, até mesmo segundos, de atraso poderiam significar horas de perigo para Lucy, se tivera novamente mais um daqueles tenebrosos relapsos, então contornei a casa para ver se conseguia encontrar outra entrada.

Não pude encontrar nenhum meio de entrar. Todas as janelas e portas estavam trancadas e com travas, então voltei, perplexo, para o pórtico da frente. Enquanto o fazia, ouvi as batidas rápidas das patas de um cavalo sendo conduzido com pressa. Pararam em frente ao portão e, alguns segundos depois, encontrei-me com Van Helsing correndo pelo caminho acima. Ao me ver, exclamou:

– Então era você, e acabou de chegar. Como ela está? Chegamos tarde demais? Não recebeu meu telegrama?

Respondi com o máximo de rapidez e coerência que pude que só recebera seu telegrama naquela manhã cedo, e que não desperdiçara um minuto antes de ir até lá, e que não conseguia fazer com que ninguém na casa me ouvisse. Ele parou, levantou seu chapéu e disse solenemente:

– Então temo que tenhamos vindo tarde demais. Que seja o que Deus quiser! – Com sua energia recuperativa de costume, prosseguiu: – Venha. Se não há entrada, precisamos criar uma. Tempo agora é tudo, para nós.

Fomos para a parte de trás da casa, onde havia uma janela que dava para a cozinha. O Professor tirou da maleta uma pequena serra cirúrgica e, passando-a para mim, apontou para as barras de ferro que guardavam a janela. As ataquei imediatamente e logo cortada três delas. Então, com uma faca longa e fina, empurramos o trinco da janela e a abrimos. Ajudei o Professor a entrar e o segui. Não havia ninguém na cozinha ou nos quartos dos criados, que ficavam perto. Tentamos abrir todos os quartos enquanto andávamos e, na sala de jantar, iluminada fracamente pelos raios do sul que passavam pelas persianas, encontramos quatro criadas caídas no chão. Não pensamos que estavam mortas, pois sua respiração ruidosa e o cheiro acre de láudano na sala não deixavam dúvidas sobre sua condição. Van Helsing e eu nos entreolhamos e, enquanto nos afastávamos, ele disse:

– Podemos cuidar delas depois.

Então, subimos para o quarto de Lucy. Por alguns instantes, pausamos à porta para escutar, mas não havia nenhum som que pudéssemos ouvir. Com os rostos pálidos e as mãos tremendo, abrimos a porta gentilmente e entramos no quarto.

Como posso descrever o que vimos? Na cama, jaziam duas mulheres, Lucy e sua mãe. Esta última estava mais para o meio, coberta com um lençol branco, cuja ponta havia sido empurrada pela corrente de vento que entrava pela janela quebrada, descortinando o rosto contorcido e branco, fixo em uma expressão de terror. Ao seu lado estava Lucy, com o rosto branco e ainda mais contorcido. As flores que estavam em seu pescoço se encontravam sobre o peito de sua mãe, e sua garganta estava descoberta, mostrando as duas pequenas feridas nas quais reparáramos antes, mas com uma aparência terrivelmente branca e mutilada. Sem dizer uma palavra, o Professor debruçou-se sobre a cama, sua cabeça quase encostando no peito da pobre Lucy; então, virou a cabeça rapidamente, como quem escuta, e, pondo-se de pé com um pulo, gritou para mim:

– Ainda não é tarde demais! Rápido! Rápido! Traga o conhaque!

Desci voando as escadas e voltei com a bebida, tomando o cuidado de cheirá-la e prová-la, para o caso de também ter sido drogada, como a garrafa de xerez que encontrei sobre a mesa. As criadas ainda estavam respirando, mas com mais inquietude, e imaginei que efeito do narcótico estivesse passando. Não gastei tempo me certificando, e sim voltei para Van Helsing. Ele esfregou o conhaque, como já fizera antes, sobre os lábios e gengivas de Lucy, assim como em seus pulsos e nas palmas de suas mãos. Disse para mim:

– Consigo fazer isso, tudo o que pode ser feito neste momento. Vá acordar aquelas criadas. Bata em seus rostos com uma toalha molhada, e bata com força. Faça com que elas aprontem a lareira e um banho quente. Esta pobre alma está quase tão gelada quanto aquela ao seu lado. Precisará se aquecer antes que possamos fazer algo além.

Fui imediatamente, e não encontrei dificuldades para acordar três das mulheres. A quarta era apenas uma jovenzinha, e a droga evidentemente a afetara mais do que as outras, de modo que a coloquei sobre o sofá e a deixei dormir. As outras estavam atordoadas, de início, mas conforme foram se lembrando do que acontecera, choraram e soluçaram histericamente. Entretanto, fui firme com elas e não deixei que falassem. Lhes disse que era ruim o suficiente a perda de uma vida e que, se demorassem, sacrificariam a Srta. Lucy. Então, chorando e soluçando, puseram-se a caminho, nos trajes em que se encontravam, e prepararam o fogo e a água quente. Felizmente, as lareiras da cozinha e da caldeira ainda estavam acesas, e não havia falta de água quente. Preparamos a banheira e carregamos Lucy, do jeito em que estava, colocando-a nela. Enquanto estávamos ocupados massageando seus membros, houve uma batida na porta da frente. Uma das criadas correu, colocou algumas roupas por cima e abriu a porta. Ao voltar, nos contou, em um sussurro, que era um cavalheiro que viera com uma mensagem do Sr. Holmwood. Ordenei-lhe que apenas dissesse a ele que teria que esperar, pois não podíamos receber ninguém, naquele momento. Ela retirou-se com a resposta e, concentrados no que fazíamos, esqueci-me completamente dele.

Jamais vira, em todos aqueles anos, o Professor trabalhar com tanto empenho. Eu sabia – assim como ele – que era uma luta árdua contra a morte e, durante uma pausa, disse isso a ele. Ele respondeu-me de uma maneira que não compreendi, mas com a expressão mais severa que seu rosto podia estampar:

– Se fosse só isso, eu pararia o que estamos fazendo agora mesmo, e deixaria que ela partisse em paz, pois não vejo qualquer luz em seu horizonte.

Continuou seus esforços, se é que era possível, com um vigor renovado e mais frenético.

Subsequentemente, nós dois percebemos que o calor estava começando a surtir algum efeito. As batidas do coração de Lucy estavam ligeiramente mais audíveis ao estetoscópio, e seus pulmões tinham movimentos perceptíveis. Van Helsing estava quase sorrindo e, conforme a tirávamos da banheira e embrulhávamos em um lençol aquecido para secá-la, ele me disse:

– A primeira vitória é nossa! Cheque para o Rei!

Levamos Lucy para outro quarto, que, àquela altura, havia sido preparado, e a deitamos sobre a cama, forçando algumas gotas de conhaque garganta abaixo. Reparei que Van Helsing amarrara um lenço de seda macia ao redor de sua garganta. Ela continuava inconsciente e estava tão mal, senão pior, do que já a havíamos visto.

Van Helsing chamou uma das mulheres e pediu que ficasse com ela, sem tirar os olhos dela até que voltássemos, e então gesticulou para que o acompanhasse para fora do quarto.

– Precisamos discutir o que será feito – disse ele, enquanto descíamos as escadas. No saguão, ele abriu a porta da sala de estar, entramos e ele fechou-a cuidadosamente às nossas costas. As janelas tinham sido abertas, mas as persianas já estavam abaixadas, com aquela obediência à etiqueta do luto que a mulher britânica, das classes mais baixas, observa rigidamente. A sala estava, portanto, um tanto escura. Entretanto, havia luz o suficiente para nossos propósitos. A severidade de Van Helsing foi um pouco atenuada por uma expressão de perplexidade. Evidentemente que estava quebrando a cabeça em relação a algo, de modo que aguardei um instante, até que ele disse:

– O que faremos agora? A quem recorreremos? Precisamos fazer outra transfusão de sangue, e logo, ou a vida daquela pobre jovem não durará nem mais uma hora. Você já está exausto, e eu também. Reluto em confiar naquelas mulheres, ainda que tivessem coragem de se submeter. Onde acharemos alguém que abra suas veias por ela?

– Oras, por que não poderia ser eu?

A voz veio do sofá do outro lado da sala, e seu tom trouxe alívio e alegria ao meu coração, pois era de Quincey Morris. Van Helsing teve um sobressalto, irritado, ao ouvir a primeira palavra, mas seu rosto se amoleceu e uma expressão de felicidade apareceu em seu olhar ao me ouvir exclamar: "Quincey Morris!", enquanto corria ao seu encontro, com os braços estendidos.

– O que o traz aqui? – perguntei, enquanto nos cumprimentávamos.

– Acho que Art é o motivo.

Entregou-me um telegrama:

"Não tenho notícias de Seward há três dias, e estou terrivelmente ansioso. Não posso partir. Meu pai continua na mesma condição. Me informe sobre a condição de Lucy. Não demore – Holmwood."

– Acho que cheguei bem na hora. Você sabe que só precisa me dizer o que fazer.

Van Helsing aproximou-se e pegou sua mão, olhando-o nos olhos enquanto dizia:

– O sangue de um homem valente é a melhor coisa deste mundo, quando uma mulher está em perigo. O senhor é um homem, sem dúvidas. Bom, o diabo pode trabalhar contra nós o quanto quiser, mas Deus nos manda homens quando precisamos deles.

Mais uma vez, fizemos a horrível operação. Não tenho coragem de escrever detalhes. Lucy tivera um choque horrível, e estava aparentando mais do que antes, pois apesar de muito sangue ter sido transferido para suas veias, seu corpo não respondeu ao tratamento tão bem quanto nas outras ocasiões. Sua luta de volta à vida era assustadora de ver e ouvir. Contudo, a ação do coração e dos pulmões melhorou, e Van Helsing deu-lhe uma injeção subcutânea de morfina, como antes, que surtiu bons efeitos. Seu desmaio se transformou em um sono profundo. O Professor observou enquanto desci com Quincey Morris, e mandei uma das criadas pagar um dos cocheiros que aguardavam. Deixei Quincey deitado, após tomar uma taça de vinho, e disse para a cozinheira preparar um belo café da manhã. Então, um pensamento me ocorreu, e voltei para o quarto onde Lucy agora estava. Ao entrar silenciosamente, encontrei Van Helsing com algumas folhas de papel na mão. Evidentemente acabara de lê-las, e ponderava sobre elas, sentado com a mão na testa. Havia uma expressão de satisfação resoluta em sua face, como de alguém que teve uma dúvida resolvida. Passou-me o papel, dizendo apenas:

– Caiu do peito de Lucy, quando a carregamos para a banheira.

Ao terminar de ler, fiquei parado, encarando o Professor, e, após uma pausa, perguntei:

– Em nome de Deus, o que significa tudo isso? Ela estava, ou está, louca? Ou que tipo de perigo horroroso é este?

Fiquei tão perplexo que não sabia mais o que dizer. Van Helsing estendeu a mão e pegou o papel, dizendo:

– Não se preocupe com isso, agora. Esqueça por ora. Saberá e compreenderá tudo no devido momento; mas será mais tarde. Agora, o que veio me dizer?

Isso me fez voltar ao presente, e me recompus.

– Vim falar sobre o atestado de óbito. Se não agirmos de forma adequada e sábia, poderá haver um inquérito, e aquele papel poderá ter que ser apresentado. Espero que não haja necessidade de inquérito, pois se houver, certamente matará a pobre Lucy, ainda que nada tenha conseguido até agora. Eu sei, e o senhor sabe, e o outro médico que cuidou dela sabe, que a Sra. Westenra tinha uma doença cardíaca, e podemos atestar que faleceu disso. Vamos preencher o certificado imediatamente, e eu mesmo o levarei para o cartório e depois irei para a funerária.

– Bom, meu amigo John! Bem pensado! Realmente, a Srta. Lucy, ainda que seja infeliz nos males que lhe acontecem, pelo menos é feliz com os amigos que a amam. Um, dois, três, todos abrem suas veias por ela, além de um velho. Ah, sim, eu sei, amigo John; não sou cego! E o amo ainda mais por causa disso! Agora, vá.

No saguão, encontrei Quincey Morris, com um telegrama para Arthur, dizendo a ele que a Sra. Westenra falecera; que Lucy também estivera doente, mas que agora estava melhorando; e que Van Helsing e eu estávamos com ela. Contei a ele aonde estava indo, e ele me apressou; porém, ao sair, me disse:

– Quando voltar, Jack, posso dar uma palavrinha com você em particular?

Assenti com a cabeça e saí. Não tive dificuldades com o registro, e combinei com o agente funerário para que fosse aquela noite tirar as medidas do caixão e tratar dos negócios.

Ao voltar, Quincey estava me esperando. Disse a ele que o veria assim que soubesse de Lucy, e subi até o quarto dela. Continuava dormindo, e o Professor aparentemente não saíra da cadeira ao seu lado. Entendi, ao vê-lo levar o indicador aos lábios, que ele esperava que ela acordasse em breve, e não queria se antecipar à natureza. Então, desci até onde Quincey estava e o conduzi até a saleta de café da manhã, onde as persianas não estavam fechadas e que tinha uma aparência ligeiramente mais alegre, ou um pouco menos triste, do que os outros cômodos. Quando ficamos sozinhos, ele me disse:

– Jack Seward, não quero me intrometer onde não tenho o menor direito de estar; mas este não é um caso comum. Você sabe que eu amava a garota e queria me casar com ela; mas, apesar de tudo isso estar no passado, não consigo deixar de ficar ansioso em relação a ela. O que ela tem de errado? O holandês – e que camarada de primeira ele é, consigo perceber isso – disse, quando vocês entraram na sala, que precisavam fazer *outra* transfusão, e que ele e você estavam exaustos. Agora, sei bem que vocês, médicos, falam sob sigilo e que ninguém deve esperar saber sobre o que discutem em particular. Mas este não é um assunto comum e, o que quer que seja, eu fiz minha parte. Não é verdade?

– É verdade – disse, e ele continuou:

– Imagino que você e Van Helsing já haviam feito o que fiz hoje. Não é?

– Sim.

– E imagino que Art também participou. Quando o vi, há quatro dias, na casa dele, ele estava estranho. Nunca vi nada tão abatido, em tão pouco tempo, desde que estive nos Pampas e tive uma égua, da qual gostava muito, morrer em uma noite. Um daqueles morcegos grandes, que chamam de vampiros, a atacou durante a noite e, com a ferida e a veia deixada aberta, não tinha sangue o suficiente dentro dela para que ela ficasse de pé, e eu tive que colocar uma bala nela ali mesmo. Jack, se puder me contar sem trair a confiança de alguém, Arthur foi o primeiro, não foi?

Enquanto falava, o pobre camarada parecia estar tremendamente ansioso. Estava sendo torturado pelo suspense ao redor da mulher que amava, e sua total ignorância do terrível mistério que parecia cercá-la intensificara sua dor. Seu próprio coração sangrava, e precisou de toda a sua masculinidade – e ele tinha uma bela quantidade – para impedir-se de entrar em colapso. Fiz uma pausa antes de responder, pois imaginei que não podia contar nada que o Professor quisesse manter em segredo; mas ele já sabia de tanta coisa, e adivinhara tantas outras, que não podia haver motivos para não responder, de modo que dei a mesma réplica:

– Foi.

– E há quanto tempo isso vem acontecendo?

– Cerca de dez dias.

– Dez dias! Então, imagino, Jack Seward, que aquela pobre e bela criatura, que todos amamos, recebeu em suas veias, dentro desse período, o sangue de quatro homens fortes. Puxa vida, não caberia nem em seu corpo inteiro. – Então, aproximando-se de mim, falou com ardor, em um sussurro alto: – O que o tirou dela?

Sacudi a cabeça. – Isso – disse – é o cerne da questão. Van Helsing está ficando louco com isso, e eu não sei mais o que fazer. Não consigo nem adivinhar. Houve uma série de pequenas circunstâncias que atrapalharam todos os nossos planos de que Lucy fosse adequadamente vigiada. Mas não ocorrerão novamente. Aqui ficaremos até que tudo fique bem... ou mal.

Quincey estendeu a mão. – Conte comigo – disse. – Você e o holandês me dirão o que fazer, e eu o farei.

Quando Lucy acordou, no final daquela tarde, a primeira coisa que fez foi tatear o peito e, para minha surpresa, tirou o papel que Van Helsing me dera para ler. O cuidadoso Professor o recolocara de onde saíra, para que ela não se alarmasse ao acordar. Seus olhos, então, pousaram sobre Van Helsing, e também sobre mim, e adquiriram uma expressão de felicidade. Então, ela olhou ao redor do quarto e, vendo onde estava, estremeceu; deu um grito alto, e colocou as mãozinhas magras no rosto.

Nós dois compreendemos o que isso significava – que tomara plena consciência da morte da mãe. Assim, tentamos o possível para consolá-la. Sem dúvida, nossa empatia a acalmou um pouco, mas ela continuou bastante abatida, em pensamento e humor, e chorou em silêncio e fracamente por um longo tempo. Dissemos a ela que um de nós ou ambos, permaneceríamos com ela o tempo todo, e isso pareceu reconfortá-la. Ao cair da noite, ela cochilou. Naquele momento, algo muito estranho ocorreu. Ainda dormindo, ela tirou o papel do decote e rasgou-o em dois. Van Helsing foi em sua direção e tirou dela as metades. Contudo, ela continuou com os movimentos de rasgar, como se o material ainda estivesse em suas mãos; finalmente, levantou as mãos e as abriu, como se espalhasse os pedaços. Van Helsing pareceu surpreso, e suas sobrancelhas se juntaram, pensativamente, mas não disse nada.

*****

19 de setembro. Lucy dormiu irrequieta a noite inteira, sempre com medo de pegar no sono, e um pouco mais fraca ao acordar. O Professor e eu nos revezamos para ficar de guarda, e não a deixamos sozinha por um minuto sequer. Quincey Morris não disse nada sobre sua intenção, mas sei que passou a noite toda patrulhando a casa e os arredores.

Ao nascer do dia, os raios do sol mostraram a devastação nas forças da pobre Lucy. Mal conseguia virar a cabeça, e o pouco de comida que conseguia ingerir não parecia lhe fazer qualquer bem. Às vezes, dormia, e Van Helsing e eu notamos a diferença nela, entre dormir e acordar. Enquanto dormia, parecia mais forte, ainda que mais abatida, e sua respiração ficava mais suave; sua boca aberta mostrava as gengivas pálidas retraídas, o que fazia com que seus dentes parecessem mais longos e afiados do que o normal. Acordada, a suavidade de seu olhar evidentemente mudava sua expressão, pois parecia ela mesma, ainda que moribunda. À tarde, perguntou de Arthur, de modo que lhe enviamos um telegrama. Quincey foi encontrá-lo na estação.

Ao chegar, eram quase seis horas da tarde, e o sol se punha, grande e quente, com sua luz vermelha entrando em feixes pela janela e dando mais cor às bochechas pálidas de Lucy. Ao vê-la, Arthur ficou simplesmente engasgado de emoção, e nenhum de nós conseguia falar. Nas horas que haviam se passado antes disso, os surtos de sono, ou a condição comatosa que se fazia passar por isso, haviam ficado mais frequentes, então as pausas durante as quais era possível conversar ficaram mais curtas. A presença de Arthur, contudo, parecia agir de estimulante; ela se esforçou um pouco, e falou com ele mais animadamente do que fizera desde que chegáramos. Ele também se recompôs, e falou com o máximo de energia que pôde, de modo que todos fizeram seu melhor.

Agora, é quase uma da manhã, e ele e Van Helsing estão sentados com ela. Assumirei o posto deles dentro de quinze minutos, e estou registrando isso no fonógrafo de Lucy. Até as seis da manhã, eles deverão tentar descansar. Temo que o amanhã encerrará nossa vigília, pois o choque foi grande demais; a pobre criança não conseguirá se recuperar. Que Deus nos ajude a todos.

Carta de Mina Harker para Lucy Westenra (intocada por ela)

"17 de setembro.

Minha caríssima Lucy,

Parece que faz um século que não tenho notícias suas, ou, na verdade, que lhe escrevo. Sei que me perdoará por todas as minhas falhas, quando houver lido todas as minhas novidades. Bem, consegui meu marido de volta direitinho; ao chegarmos em Exeter, uma carruagem nos esperava e, dentro dela, apesar de estar sofrendo de um ataque de gota, estava o Sr. Hawkins. Ele nos levou até sua casa, onde havia aposentos para nós, muito bonitos e confortáveis, e jantamos juntos. Depois do jantar, o Sr. Hawkins disse:

'Meus caros, quero brindar às suas saúde e prosperidade; e que todas as bênçãos sejam derramadas sobre vocês. Os conheço desde crianças e os vi, com amor e orgulho, crescer.

Agora, quero que construam seu lar aqui comigo. Não me sobraram filhos, nem bichos; todos se foram, e deixei tudo para vocês, em meu testamento'.

Chorei, minha querida Lucy, enquanto Jonathan e o velho apertavam as mãos. Passamos uma noite muito, muito feliz.

Assim, aqui estamos, instalados nesta bela casa antiga, e consigo ver, do meu quarto e da sala de estar, os grandes olmos do recinto da catedral, com seus enormes galhos pretos contrastando com as pedras amareladas da catedral, e posso ouvir as gralhas acima, grasnando sem parar, papeando e fofocando o dia inteiro, como fazem mesmo as gralhas – e os humanos, também. Estou ocupada, não preciso nem dizer, arrumando as coisas e cuidando da casa. Jonathan e o Sr. Hawkins ficam atarefados o dia inteiro; pois, agora que Jonathan é sócio do escritório, o Sr. Hawkins quer contar-lhe tudo sobre os clientes.

Como vai sua querida mãe? Gostaria de poder ir até a cidade por alguns dias para vê-la, querida, mas não ouso sair ainda, com tantas responsabilidades; e Jonathan ainda precisa de cuidados. Está começando a engordar um pouquinho, mas ficou terrivelmente enfraquecido com sua longa doença; até mesmo agora ele acorda com um sobressalto, tremendo até que eu consiga fazer com que volte à sua placidez de costume. Contudo, graças a Deus, essas ocasiões estão cada vez menos frequentes, e passarão totalmente, com o tempo, espero. Agora que já contei minhas novidades, deixe-me perguntar sobre as suas. Quando se casará, e onde, e quem conduzirá a cerimônia, e o que você vestirá, e será um casamento público ou privado? Conte-me tudo sobre isso, querida; conte-me tudo sobre tudo, pois não há nada que diga respeito a você, que não me seja valioso. Jonathan me pediu para mandar seus "respeitosos cumprimentos", mas não acho que isso seja bom o suficiente vindo do sócio minoritário do importante escritório Hawkins & Harker; assim, como você me ama, e ele me ama, e eu amo vocês com todos os tempos e conjugações verbais, mando apenas o "amor" dele, ao invés disso. Adeus, minha querida Lucy, e que todas as bênçãos recaiam sobre você.

Sua,

Mina Harker"

Relatório do Dr. Patrick Hennessey, M. R. C. S. L. K. Q. C. P. I., etc., etc.[20], para o Dr. John Seward

"20 de setembro.

Meu caro senhor,

De acordo com sua solicitação, anexo o relatório sobre as condições de tudo deixado sob meus cuidados. Em relação ao paciente, Renfield, tenho mais coisas para dizer. Ele teve outro surto, que poderia ter acabado de forma terrível, mas que, felizmente, não resultou em nenhuma infelicidade. Esta tarde, uma carroça de carga, com dois homens, visitou a casa vazia, cujo terreno é vizinho do nosso – a casa para a qual, como deve lembrar, o paciente fugiu duas vezes. Os homens pararem em nosso portão para perguntar o caminho, pois são forasteiros. Eu mesmo estava olhando pela janela do escritório, fumando depois do jantar, e vi um deles vir até a casa. Conforme passava pela janela do quarto de Renfield, o paciente começou a gritar com ele de lá de dentro, chamando-o de todos os palavrões que conseguiu recordar. O homem, que parecia ser um camarada decente, contentou-se em dizer: "cale-se, seu boca suja", ao que nosso homem respondeu acusando-o de tê-lo roubado e de querer matá-lo, e disse que o impediria, ainda que fosse condenado à força por isso. Abri a janela e fiz sinal para que o homem não prestasse atenção, então ele contentou-se, após examinar o lugar e perceber onde se encontrava, dizendo: "Que Deus te abençoe, senhor, não me importo com o que me dizem em uma porcaria de um hospício. Tenho pena do senhor e do outro cavalheiro, por terem que morar nessa casa com uma fera selvagem como aquela". Então, perguntou o caminho com bastante educação, e lhe disse onde ficava o portão da casa vazia. Ele partiu, seguido por ameaças, xingamentos e insultos vindos de nosso homem. Desci para ver se conseguia descobrir a causa de sua raiva, já que costuma ser tão bem comportado, e, exceto seus ataques de violência, nada deste tipo já ocorreu. Encontrei--o, para minha surpresa, bastante composto e com modos simpáticos. Tentei fazer com que falasse sobre o incidente, mas ele me perguntou, em voz amena, o que eu queria dizer, e me levou a acreditar que estava completamente alheio ao que ocorrera. Contudo, sinto dizer que era apenas outra amostra de sua esperteza, pois dentro de meia hora, tive notícias dele

20 N. da T.: As siglas correspondem aos diplomas do doutor.

de novo. Desta vez, ele arrombara a janela de seu quarto e corria pela avenida. Pedi que os enfermeiros me seguissem e corri atrás dele, pois temia que pretendesse fazer alguma travessura. Meu medo se justificou, quando vi a mesma carroça de carga que passara antes descendo a rua, carregando algumas caixas de madeira grandes. Os homens estavam enxugando o suor das testas e tinham as faces ruborizadas de quem acabou de fazer um grande esforço físico. Antes que eu pudesse chegar até ele, o paciente correu na direção deles e, puxando um deles para fora da carroça, começou a bater sua cabeça no chão. Se eu não o tivesse agarrado naquele momento, acredito que teria matado o homem ali mesmo. O outro saltou da carroça e bateu na cabeça de Renfield com o cabo de seu chicote. Foi um golpe terrível, mas ele não pareceu se importar; porém, também agarrou o outro homem e brigou contra nós três, puxando-nos de um lado para o outro como se fôssemos gatinhos. O senhor sabe que não sou nenhum peso-pena, e os outros dois eram homens corpulentos. De início, ele lutou em silêncio, mas conforme começamos a dominá-lo, e os enfermeiros colocavam-no em uma camisa de força, ele começou a gritar: "Eu os frustrarei! Não me roubarão! Não me matarão aos poucos! Lutarei por meu mestre e senhor!" e todo tipo semelhante de desvario incoerente. Foi com uma dificuldade considerável que o levaram de volta para a casa e o colocaram na cela acolchoada. Um dos enfermeiros, Hardy, teve o dedo quebrado. Contudo, já o consertei, e ele se recupera bem.

De início, os dois carregadores ameaçaram entrar com ações de indenização por danos, e prometeram fazer com que as penas da lei caíssem sobre nós. Suas ameaças, contudo, estavam misturadas com um ligeiro pedido de desculpas pela derrota dos dois por um louco debilitado. Disseram que, se não fosse pelo fato de terem gastado suas forças carregando e levantando as pesadas caixas até a carroça, teriam conseguido dominá-lo rapidamente. Outro motivo que deram para sua derrota foi o extraordinário estado de embriaguez ao qual foram condenados pela natureza poeirenta de sua profissão e a repreensível distância entre seu local de trabalho e qualquer lugar de entretenimento público. Compreendi perfeitamente suas insinuações e, após um generoso copo de bebida, que certamente não era o primeiro, e uma libra na mão de cada um, fizeram troça do ataque e juraram que se encontrariam com um louco pior ainda, a qualquer dia, só pelo prazer de conhecer um "camarada tão agradável" quanto seu correspondente. Anotei seus nomes e endereços, caso se tornem necessários. São os seguintes: Jack Smollet, de Dudding's Rents, King George's Road, Great Walworth, e Thomas Snelling, Peter

Farley's Row, Guide Court, Bethnal Green. Ambos são empregados de Harris & Sons, Empresa de Mudanças e Transportes, Orange Master's Yard, Soho.

O informarei sobre qualquer assunto de interesse que ocorra aqui, e enviarei um telegrama imediatamente, caso aconteça algo de importante.

Meus sinceros cumprimentos.

Patrick Hennessey."

Carta de Mina Harker para Lucy Westenra (intocada por ela)

"18 de setembro.

Minha querida Lucy,

Algo muito triste se abateu sobre nós. O Sr. Hawkins faleceu de forma muito repentina. Alguns podem pensar que não é tão triste para nós, mas nós dois havíamos nos afeiçoado tanto a ele, que parece que perdemos um pai. Nunca tive nem pai, nem mãe, então a morte do velhinho querido foi um verdadeiro golpe para mim. Jonathan está extremamente infeliz. Não sente só pesar, verdadeiro pesar, pelo homem querido e gentil que foi seu amigo a vida toda, e que agora, perto do fim, tratou-o como seu próprio filho e deixou-lhe uma fortuna que, para pessoas de nossas origens modestas, é uma riqueza além dos nossos sonhos mais avarentos, como também ficou abalado por outros motivos. Disse que o tamanho da responsabilidade que isso coloca sobre seus ombros o deixa nervoso. Está começando a duvidar de si mesmo. Tento alegrá-lo, e a fé que tenho nele o ajuda a ter fé em si mesmo. Mas é agora que o grave choque que teve começa a afetá-lo de verdade. Ah, é difícil demais uma natureza doce, simples, nobre e forte como a dele – uma natureza que permitiu que ele, com a ajuda do nosso querido amigo, se transformasse de assistente a chefe em alguns anos – ter sido tão abalada a ponto de perder a essência de sua força. Perdoe-me, querida, se a preocupo com meus problemas no meio de sua felicidade; mas Lucy, querida, preciso contar para alguém, pois a pressão de manter a aparência de coragem e alegria na frente de Jonathan me cansa, e não tenho ninguém aqui para quem possa fazer confidências. Não quero ir até Londres, como deveremos, depois de amanhã, pois o pobre Sr. Hawkins deixou escrito em seu testamento que deve ser enterrado junto com seu pai. Como ele não tem nenhum parente, Jonathan terá que ser encarregado de tudo. Tentarei dar uma passadinha para te ver, minha querida, ainda que seja só por alguns minutos. Sinto muito se a atrapalhei. Todas as minhas bênçãos,

Com amor,

Mina Harker."

Diário do Dr. Seward.

20 de setembro. Só força de vontade e hábito permitem que eu escreva hoje. Estou infeliz demais, desanimado demais, enjoado demais do mundo e de tudo que nela habita, inclusive da minha própria vida, a ponto de não me importar se ouvir, neste exato momento, o bater de asas do anjo da morte. E ele tem batido essas asas fúnebres de forma eficiente, ultimamente – a mãe de Lucy, o pai de Arthur, e agora... deixe-me continuar o relato.

Assumi a vigília de Lucy após o turno de Van Helsing. Queríamos que Arthur descansasse, também, mas de início ele se recusou. Foi só quando disse a ele que precisaríamos de sua ajuda durante o dia, e que nenhum de nós podia desabar por falta de descanso, caso Lucy acabasse sofrendo com isso, que ele concordou em ir. Van Helsing foi muito gentil com ele:

– Venha, minha criança – disse. – Venha comigo. Você está doente e fraco, e passou por muita tristeza e aflição mental, assim como aquela exigência de suas forças, da qual todos sabemos. Não deve ficar sozinho, pois isso traz medos e preocupações. Venha para a sala de estar, onde um grande fogo arde na lareira e há dois sofás. Deite-se em um deles, e eu deitarei no outro, e nossas empatias serão um conforto uma para a outra, apesar de não falarmos, e ainda que estejamos dormindo.

Arthur foi com ele, lançando um olhar de anseio para o rosto de Lucy, que jazia sobre o travesseiro, quase mais branco do que este. Estava completamente imóvel, e olhei ao redor do quarto para ver se tudo estava como deveria. Notei que o Professor cumprira, naquele quarto, assim como no outro, sua intenção de usar o alho; todas as cortinas exalavam seu cheiro forte e, ao redor do pescoço de Lucy, sobre o lenço de seda que Van Helsing a fez usar, estava um colar grosseiro das mesmas flores odoríferas. Lucy respirava com um pouco de dificuldade, e seu rosto estava em seu pior estado, pois a boca aberta mostrava as gengivas pálidas. Seus dentes, sob a luz fraca e incerta, pareciam mais longos e afiados do que estavam pela manhã. Especialmente, devido a algum truque da luz, seus caninos pareciam mais longos e afiados do que o resto. Sentei-me ao seu lado, o que a fez se mexer, irrequieta. Naquele mesmo momento, começou algum bater de asas ou golpes na janela. Fui até lá, em silêncio, e espiei pelo canto da cortina. A lua cheia brilhava, e pude ver que o barulho era causado por um enorme morcego, que voava em círculos – sem dúvida atraído pela luz, apesar de fraca –, que de vez em quando batia na janela com suas asas. Quando voltei para minha poltrona, vi que Lucy se mexera um pouco, e arrancara o alho do pescoço. Coloquei-o de volta o melhor que pude, e sentei-me, observando-a.

Dentro em pouco, ela acordou e dei-lhe comida, conforme Van Helsing instruíra. Comeu pouco e, mesmo assim, languidamente. Ela não parecia estar naquela luta inconsciente pela vida e por suas energias, que até então marcara sua doença. Achei curioso que, no momento em que ficava consciente, apertava o alho de encontro a si. Certamente, era estranho que, sempre que entrava naquele estado letárgico, com a respiração laboriosa, empurrava o alho para longe; porém, quando acordava, o trazia para perto. Não havia a menor possibilidade de estar enganado, pois durante as longas horas que se seguiram, ela passou por vários períodos de sono e vigília, e repetiu ambos os atos muitas vezes.

Às seis horas, Van Helsing veio me liberar. Arthur pegara no sono, e ele teve a compaixão de deixá-lo dormir. Ao ver o rosto de Lucy, ouvi seu arfar sibilante e ele me disse, em um sussurro firme:

– Levante a persiana; quero luz!

Então, debruçou-se e, com o rosto quase encostando no de Lucy, examinou-a cuidadosamente. Removeu as flores e levantou o lenço de seu pescoço. Ao fazê-lo, afastou-se com um sobressalto, e ouvi sua exclamação: "Mein Gott!", sufocada em sua garganta. Abaixei-me para olhar, também, e fui tomado por uma estranha sensação de frio.

As feridas do pescoço haviam desaparecido completamente.

Por cinco minutos inteiros, Van Helsing ficou parado, olhando para ela, com a mais severa das expressões. Então, voltou-se para mim e disse, calmamente:

– Ela está morrendo. Não demorará muito. Fará muita diferença, preste atenção, se ela morrer consciente ou dormindo. Acorde o pobre garoto e faça com que venha vê-la pela última vez; ele confia em nós, e fizemos uma promessa.

Fui até a sala e o acordei. Ficou atordoado por um momento, mas, ao ver a luz do sol entrando pelos cantos das persianas, pensou que era tarde demais, e expressou seu medo. Assegurei-lhe de que Lucy continuava dormindo, mas contei-lhe, da forma mais gentil possível, que Van Helsing e eu temíamos que o fim estava próximo. Arthur cobriu o rosto com as mãos e ajoelhou-se ao lado do sofá, onde ficou, talvez por um minuto, com a cabeça enterrada, rezando, enquanto seus ombros sacudiam de tristeza. Peguei-o pela mão e o levantei.

– Venha, – disse, – meu caro amigo, reúna todas as suas forças: será melhor e mais fácil para ela.

Ao chegarmos no quarto de Lucy, vi que Van Helsing estivera, com sua previdência costumeira, arrumando as coisas e fazendo com que tudo ficasse o mais agradável possível. Até mesmo escovara o cabelo de Lucy, de modo que ficasse arrumado sobre o travesseiro nas ondas douradas de costume. Quando entramos, ela abriu os olhos e, ao ver Arthur, sussurrou suavemente:

– Arthur! Oh, meu amor, estou tão feliz por ter vindo!

Ele se abaixava para beijá-la quando Van Helsing gesticulou para que se afastasse.

– Não, – sussurrou, – ainda não! Segure a mão dela; a confortará mais.

Assim, Arthur pegou sua mão e ajoelhou-se ao seu lado, e a aparência dela estava a melhor possível, com todas as linhas suaves combinando com a beleza angelical de seus olhos. Então, seus olhos se fecharam gradualmente, e ela adormeceu. Por um tempo, seu peito subia e descia suavemente, e sua respiração parecia-se com a de uma criança cansada.

Então, imperceptivelmente, a estranha mudança que eu notara durante a noite aconteceu. Sua respiração ficou laboriosa, sua boca se abriu e as gengivas pálidas, retraídas, fizeram com que seus dentes parecessem mais longos e afiados do que nunca. Como uma sonâmbula, de forma vaga e inconsciente, ela abriu os olhos, que agora estavam embaçados e duros ao mesmo tempo, e disse com uma voz suave e voluptuosa, como eu nunca ouvira antes sair de sua boca:

– Arthur! Oh, meu amor, estou tão feliz por ter vindo! Beije-me!

Arthur debruçou-se ansiosamente para beijá-la, mas, naquele exato instante, Van Helsing, que, como eu, ficara surpreso com o tom de sua voz, correu até ele e, pegando-o pelo pescoço com ambas as mãos, arrastou-o para trás com uma força furiosa que jamais pensara que ele pudesse ter, e jogou-o quase do outro lado do quarto.

– Nem pensar! – disse. – Nem por sua própria alma, nem pela dela! – E postou-se entre os dois como um leão de tocaia.

Arthur ficou tão perplexo que, por um momento, não soube o que fazer ou dizer; e, antes que qualquer impulso de violência pudesse arrebatá-lo, tomou consciência do lugar e da situação, e ficou parado, em silêncio, esperando.

Mantive o olhar fixo em Lucy, e Van Helsing também, e vimos um espasmo de ódio passar como uma sombra por seu rosto, apertando os dentes afiados. E então, seus olhos se fecharam e ela respirou pesadamente.

Muito em breve, ela abriu os olhos, que continham a suavidade de sempre, e, estendendo uma mão pálida e magra, segurou a grande e bronzeada de Van Helsing; puxando-a para si, beijou-a.

– Meu verdadeiro amigo – disse ela, em uma voz fraca, mas carregada de emoção indizível. – Meu verdadeiro amigo, e dele também! Oh, proteja-o, e me dê paz!

– Juro que o farei! – disse ele, solenemente, ajoelhando-se ao lado dela e erguendo a mão, como quem faz um juramento. Então, virou-se para Arthur e disse: – Venha, meu garoto, segure a mão dela e beije-a na testa, mas só uma vez.

Seus olhares se encontraram, ao invés de seus lábios; e assim se despediram.

Os olhos de Lucy se fecharam, e Van Helsing, que a observava de perto, pegou Arthur pelo braço e o puxou para trás.

Então, a respiração de Lucy ficou laboriosa, novamente, e cessou de repente.

– Está acabado – disse Van Helsing. – Está morta!

Agarrei o braço de Arthur e o levei até a sala de estar, onde ele se sentou, cobriu o rosto com as mãos e caiu em prantos, de um modo que quase me fez perder a compostura.

Voltei para o quarto e encontrei Van Helsing olhando para a pobre Lucy. Seu rosto estava mais severo do que nunca. Alguma mudança ocorrera no corpo dela. A morte devolvera uma parte de sua beleza, pois sua fronte e suas bochechas haviam recobrado um pouco de suas linhas fluidas; até mesmo seus lábios haviam perdido a palidez mortal. Era como se o sangue, agora desnecessário para fazer com que o coração trabalhasse, fora atenuar ao máximo a dureza da morte.

"*Pensamos que estava morrendo enquanto dormia,*
E dormindo enquanto morria[21]"

Parei de pé ao lado de Van Helsing, e disse:

– Bem, pobrezinha, finalmente está em paz. É o fim!

Ele virou-se em minha direção e disse, com grave solenidade:

– Não é verdade; infelizmente! Não é. Isto é só o começo!

Ao perguntar o que quis dizer com aquilo, ele simplesmente sacudiu a cabeça e respondeu:

– Não há nada que possamos fazer, ainda. Espere e verá.

---

21 N. da T.: Poema de Thomas Hood, 1919.

CAPÍTULO XIII

Diário do Dr. Seward – Continuação

O enterro fora marcado para o dia seguinte, de modo que Lucy e sua mãe pudessem ser enterradas juntas. Cuidei de todas as terríveis formalidades, e o agente funerário cortês provou que seus funcionários padeciam – ou eram dotados – de algo parecido com sua própria suavidade obsequiosa. Até mesmo a mulher que cuidou dos últimos preparativos das falecidas comentou comigo, de uma forma confidencial, entre colegas de trabalho, ao sair do quarto onde se encontravam os corpos:

– Ela é um cadáver lindo, senhor. É um privilégio cuidar dela. Não é exagero dizer que ela será uma honra para nosso estabelecimento.

Reparei que Van Helsing nunca estava longe. Isso era possível devido ao estado desordenado da casa. Não havia parentes no local; e, como Arthur tinha que voltar no dia seguinte para comparecer ao enterro de seu pai, não conseguimos notificar ninguém que deveria ter sido avisado. Sob as circunstâncias, Van Helsing e eu nos encarregamos de examinar documentos, etc. Ele insistiu em olhar os documentos de Lucy pessoalmente. Perguntei o porquê, pois me preocupava que, sendo estrangeiro, ele pudesse não ter muita ciência das exigências legais da Inglaterra, e acabasse, em sua ignorância, causando algum problema desnecessário. Ele respondeu:

– Eu sei; eu sei. Esquece que sou advogado, além de médico. Mas isso não é exatamente um caso para a lei. Você sabia disso, quando evitou o inquérito. Tenho outras coisas para evitar, além disso. Pode haver outros documentos – como este.

Enquanto falava, tirou de sua agenda o memorando que estivera no peito de Lucy, e que ela rasgara enquanto dormia.

– Quando encontrar qualquer coisa do advogado da Sra. Westenra, lacre todos os seus documentos, e escreva para ele hoje à noite. De minha parte, ficarei de vigília aqui, neste cômodo, e no quarto da Srta. Lucy, a noite inteira, e eu mesmo procurarei o que possa haver. Não é adequado, os próprios pensamentos dela caírem nas mãos de estranhos.

Prosseguí com a minha parte do trabalho e, dentro de meia hora, encontrara o nome e o endereço do advogado da Sra. Westenra, e escrevera para ele. Todos os documentos da pobre senhora estavam em ordem: instruções explícitas sobre o local de seu enterro haviam sido dadas. Mal acabara de lacrar a carta quando, para minha surpresa, Van Helsing entrou no cômodo, dizendo:

– Posso ajudá-lo, caro John? Estou livre e, se puder, gostaria de ser de algum préstimo.

– Encontrou o que estava procurando? – perguntei, ao que respondeu:

– Não estava procurando algo específico. Só esperava encontrar, e de fato encontrei, tudo o que havia – só algumas cartas e uns poucos memorandos, e um diário recém-começado. Mas estou com eles aqui, e, por ora, não falaremos nada sobre eles. Visitarei aquele pobre rapaz amanhã e, com sua permissão, usarei alguns deles.

Ao terminarmos a tarefa, ele me disse:

– E agora, meu amigo John, acho que podemos ir para a cama. Precisamos dormir, você e eu, e descansar para nos recuperarmos. Amanhã teremos muito o que fazer, mas, hoje à noite, ninguém precisa de nós. Infelizmente!

Antes de nos recolhermos, fomos dar uma olhada na pobre Lucy. O agente funerário fizera decerto um bom trabalho, pois o cômodo fora transformado em uma pequena capela funerária. Havia um bosque de lindas flores brancas, e a morte fora transformada em algo tão pouco repulsivo quanto possível. A ponta do lençol estava sobre o rosto dela; quando o Professor debruçou-se, e puxou-a gentilmente, nós dois encaramos a beleza à nossa frente, com as velas altas produzindo luz o suficiente para podermos observar bem. Toda a formosura de Lucy retornara após a morte, e as horas que se passaram, ao invés de deixar traços das "mãos obliterantes da decomposição", haviam devolvido a beleza da vida, ao ponto de eu não poder acreditar que estava vendo um cadáver.

O Professor tinha uma expressão rígida e séria. Não a amara como eu, e não havia necessidade de lágrimas. Voltou com um punhado de alho silvestre da caixa que aguardava no saguão, mas que ainda não tinha sido aberta, e colocou as flores entre as outras, sobre e ao redor da cama. Então, tirou de seu pescoço, de dentro do colarinho, um pequeno crucifixo de ouro, e colocou-o sobre a boca dela. Pôs o lençol em seu devido lugar, e partimos.

Estava me despindo em meu próprio quarto quando, com uma batida premonitória na porta, ele entrou e começou a falar imediatamente:

– Amanhã quero que me traga, antes do dia terminar, um conjunto de facas de autópsia.

– Precisamos fazer uma? – perguntei.

– Sim e não. Quero operar, mas não como imagina. Deixe-me contar agora, mas não diga nem uma palavra para outros. Quero cortar a cabeça dela e arrancar seu coração. Ah! Você, um cirurgião, chocado deste jeito! Você, que já vi, sem tremores ou palpitações, conduzir operações de vida ou morte que fariam os outros estremecer. Ah, mas não posso esquecer, meu caro John, que você a amava; e não esqueci, pois serei eu que farei a operação, e você só precisará ajudar. Gostaria de fazer hoje à noite, mas, por Arthur, não devo. Ele estará livre depois do enterro do pai, amanhã, e irá querer vê-la... ver o cadáver. Então, quando ela estiver no caixão, pronta para o dia seguinte, eu e você viremos enquanto todos dormem. Abriremos a tampa do caixão e faremos nossa operação; então, recolocaremos tudo, de modo que ninguém saiba, a não ser nós mesmos.

– Mas por que fazer tudo isso? A garota está morta. Por que mutilar seu pobre corpo sem necessidade? E, se não há necessidade de se fazer uma autópsia, e nada a ser ganho com isso, nada para ela, para nós, para a ciência, para o conhecimento humano, por que fazê-lo? Sem isso, é monstruoso.

Em resposta, ele colocou a mão sobre meu ombro e disse, com uma ternura infinita:

– Meu amigo John, me compadeço de seu pobre coração caridoso; e o amo ainda mais por tamanha caridade. Se pudesse, eu mesmo carregaria o seu fardo. Mas há coisas que desconhece, mas que conhecerá, e me agradecerá por saber, apesar de não serem coisas agradáveis. John, minha criança, já é meu amigo há muitos anos; alguma vez me viu fazer algo sem um bom motivo? Posso errar; sou apenas humano. Mas acredito em tudo o que faço. Não foi por esse motivo que mandou me chamar, quando os problemas começaram? Sim! Não ficou surpreso, horrorizado, quando não deixei Arthur beijar seu amor, apesar de ela estar morrendo, e o arrastei para longe, só com minha força? Sim! Ainda assim, viu como ela mesma me agradeceu, com seus lindos olhos moribundos, sua voz, também, tão fraca, e beijou minha mão velha e áspera e me abençoou? Sim! E não me ouviu fazer o juramento para ela, que fez com que fechasse os olhos em gratidão? Sim! Bom, tenho motivos para tudo o que quero fazer. Há muitos anos que você confia em mim; acreditou em mim nestas últimas semanas, quando aconteceram coisas tão estranhas que você teria todo o direito de duvidar. Acredite em mim um pouco mais, meu caro John. Se não confia em mim, precisarei contar a você o que penso; e isso, talvez, não seja aconselhável. E se tiver que trabalhar sem a confiança de meu amigo, como trabalharei, com ou sem a sua fé, trabalharei com o coração pesado e me sentindo extremamente solitário, justo quando precisarei de toda a ajuda e a coragem que puder! – Fez uma pausa e depois prosseguiu, solenemente: – Meu amigo John, dias estranhos e terríveis estão à nossa frente. Não sejamos dois, e sim um, para que possamos trabalhar em prol de um final feliz. Não confia em mim?

Apertei sua mão e prometi que sim. Segurei a porta para ele enquanto saía, e observei-o entrar em seu quarto e fechar a porta. Ao ficar ali de pé, imóvel, vi uma das criadas andar em silêncio pelo corredor – estava de costas para mim, por isso não me viu – e entrar no quarto onde Lucy jazia. A visão me comoveu. Devoção é algo tão raro, e ficamos tão gratos com aqueles que a demonstram espontaneamente pelas pessoas que amamos. Ali estava uma pobre garota, deixando de lado todos os medos que certamente tinha em relação à morte, para ficar de vigília, sozinha, ao lado da patroa que amara, para que o pobre barro não ficasse sozinho até o descanso eterno.

*****

Devo ter dormido bastante e profundamente, pois já estávamos em plena luz do dia, quando Van Helsing me acordou, entrando em meu quarto. Veio até o lado de minha cama e disse:

– Não precisa se preocupar com as facas; não o faremos.

– Por que não? – perguntei, pois sua solenidade, na noite anterior, me impressionara enormemente.

Porque – disse ele, severamente – é tarde demais. Ou cedo demais. Veja! – Ergueu o pequeno crucifixo de ouro. – Isto foi roubado durante a noite.

– Como assim, roubado, – perguntei, perplexo, – se está de posse dele agora mesmo?

– Porque peguei de volta da infeliz inútil que o roubou, da mulher que roubou os mortos e os vivos. Sua punição certamente virá, mas não através de mim; ela não sabia direito o que fazia e, assim, inconscientemente, só roubou. Agora, precisamos esperar.

Ao terminar de falar, partiu, me deixando com um novo mistério no qual pensar, um novo quebra-cabeça para tentar solucionar.

A manhã foi aborrecida, mas o advogado chegou ao meio-dia: o Sr. Marquand, do escritório Wholeman, Sons, Marquand & Lidderdale. Era muito simpático e agradeceu tudo o que fizéramos, assumindo todos os cuidados com os detalhes. Durante o almoço, nos contou que a Sra. Westenra esperava há muito uma morte repentina por causa do coração, e colocara seus assuntos em absoluta ordem. Nos informou que, exceto uma propriedade vinculada, que pertencera ao pai de Lucy, e que agora, na falta de herdeiros do sexo masculino, seria passada para um ramo distante da família, todo o espólio, imóveis e bens pessoais, seria deixado inteiramente para Arthur Holmwood. Depois de ter nos contado isso, prosseguiu:

– Sinceramente, fizemos o que podíamos para impedir essa disposição testamentária, e comentamos sobre certas contingências que poderiam deixar sua filha sem dinheiro ou sem a liberdade que deveria ter para tomar suas decisões em relação a unir-se em matrimônio. Na verdade, insistimos tanto neste assunto que quase nos desentendemos, pois a senhora nos perguntou se estávamos preparados para cumprir seus desejos ou não. É claro que, depois disso, não tivemos alternativa senão aceitar. Estávamos certos, em princípio, e em noventa e nove dentre cem casos, a precisão de nosso juízo teria sido comprovada. Francamente, contudo, devo admitir que, neste caso, qualquer outra forma de disposição teria impossibilitado o cumprimento de seus desejos, pois, caso ela houvesse falecido antes da filha, esta última teria herdado as propriedades e, ainda que sobrevivesse à mãe por apenas cinco minutos, suas posses teriam, caso não houvesse testamento – e um testamento era uma impossibilidade prática, em tal caso –, sido tratadas, mediante seu falecimento, como intestadas. Neste caso, Lord Godalming, apesar de ser um amigo tão querido, não poderia fazer qualquer reivindicação; e os herdeiros, sendo remotos, provavelmente não abandonariam seus direitos por motivos sentimentais relativos a um perfeito estranho. Asseguro-lhes, meus caros senhores, que regozijei-me com o resultado, regozijei-me imensamente.

O advogado era um bom camarada, mas seu regozijo com uma pequeníssima parte – na qual tinha interesse oficial – de uma tragédia tão grande era uma lição sobre as limitações da empatia.

Não ficou muito, mas disse que voltaria ao final da tarde para visitar Lord Godalming. Sua vinda, contudo, havia sido um certo conforto para nós, pois nos assegurou de que não precisaríamos temer críticas hostis a quaisquer de nossos atos. A chegada de Arthur estava prevista para as cinco da tarde, de modo que, um pouco antes deste horário, visitamos a câmara mortuária. Era exatamente disso que se tratava, pois agora a filha e a mãe lá jaziam. O agente funerário, fiel à sua ocupação, fizera a melhor exposição de seus talentos, e havia um ar funéreo no cômodo que abalou nosso humor imediatamente. Van Helsing ordenou que o arranjo anterior fosse obedecido, explicando que, visto que Lord Godalming estava para chegar a qualquer momento, seria menos angustiante para ele ver o que sobrara de sua noiva sozinha. O agente funerário pareceu chocado com sua própria estupidez, e se esforçou para colocar as coisas de volta ao estado em que as deixáramos na noite passada, para que, quando Arthur chegasse, os abalos que pudessem ser evitados o fossem.

Pobre homem! Parecia desesperadamente triste e acabado; até mesmo sua masculinidade sólida parecia ter encolhido um pouco, sob a pressão de seus nervos em frangalhos. Eu sabia que ele fora genuína e devotadamente próximo de seu pai, e perdê-lo naquele momento fora um duro golpe para ele.

Comigo, foi tão caloroso quanto sempre fora, e com Van Helsing demonstrou uma cortesia amável; mas não pude deixar de perceber que estava, de alguma forma, contido. O Professor também notou, e gesticulou para que eu o levasse para o andar de cima. O fiz, e deixei-o à porta do quarto, pois senti que gostaria de ficar sozinho com ela, mas ele pegou-me pelo braço e me conduziu para dentro, dizendo, com voz rouca:

– Você também a amou, velho amigo; ela me contou tudo sobre isso, e nenhum amigo tinha um lugar tão próximo de seu coração quanto você. Não sei como lhe agradecer por tudo o que fez por ela. Ainda não consigo pensar...

Naquele momento, suas forças se esvaneceram e ele jogou os braços ao redor de meus ombros e encostou a cabeça em meu peito, chorando:

– Oh, Jack! Jack! O que farei! Toda a vida parece ter se esvaído de mim ao mesmo tempo, e não tenho nada, no mundo inteiro, por que viver.

O consolei da melhor maneira que pude. Nestes casos, homens não precisam se expressar muito. Segurar a mão, apertar o braço sobre o ombro, chorar em uníssono, são expressões de empatia muito apreciadas pelos homens. Fiquei parado e em silêncio até que seus soluços cessassem, e então disse, delicadamente:

– Venha vê-la.

Juntos, andamos até a cama e afastei o lençol do rosto dela. Meu Deus! Como estava linda. Cada hora parecia aumentar sua beleza. Me assustou e surpreendeu, um pouco; quanto a Arthur, começou a tremer e, repentinamente, foi tomado por dúvidas, como se pegasse uma doença. Finalmente, após uma longa pausa, me disse em um sussurro:

– Jack, ela está mesmo morta?

Assegurei-lhe de que estava, infelizmente, e sugeri – pois pensei que uma dúvida tão horrível não poderia durar nem um segundo a mais do que eu pudesse evitar – que frequentemente, após a morte, os rostos se suavizam e até mesmo retomam sua beleza juvenil; que este era especialmente o caso, quando a morte era precedida de sofrimento agudo ou prolongado. Isso pareceu resolver todas as suas dúvidas e, após ajoelhar-se ao lado do sofá por um tempo, e olhar para ela com afeto e por um longo tempo, virou-se de costas. Disse a ele que aquele deveria ser seu adeus, já que o caixão precisava ser preparado; assim, ele voltou, pegou a mão morta de Lucy nas suas, a beijou, debruçou-se e beijou sua testa. Depois saiu, olhando para ela com ternura por cima do ombro enquanto o fazia.

Deixei-o na sala de estar e disse para Van Helsing que ele já se despedira; assim, este último foi até a cozinha falar para os funcionários do agente funerário que podiam prosseguir com os preparativos para aparafusar o caixão. Ao voltar para a sala, contei a ele sobre a pergunta de Arthur, ao que respondeu:

– Não estou surpreso. Há alguns minutos, eu mesmo duvidei!

Jantamos todos juntos, e pude ver que o pobre Art estava tentando lidar com as coisas da melhor forma possível. Van Helsing ficara em silêncio durante o jantar inteiro, mas, após acendermos nossos charutos, ele disse:

– Lord... – mas Arthur o interrompeu:

– Não, não, isso não, pelo amor de Deus! Ainda não, pelo menos. Perdoe-me, senhor, não pretendia ofender; é só porque minha perda é tão recente.

O Professor respondeu, muito gentilmente:

– Só usei este nome porque estava na dúvida. Não posso chamá-lo de "Sr.", e já me afeiçoei a você – sim, meu caro garoto, me afeiçoei – sob o nome de Arthur.

Arthur estendeu a mão e segurou a do velho calorosamente.

– Chame-me do que quiser – disse. – Espero sempre ter o título de amigo. E permita-me dizer que não tenho palavras para expressar minha gratidão por sua bondade com a minha pobre amada. – Fez uma pausa, e depois prosseguiu: – Sei que ela compreendeu sua bondade ainda melhor do que eu; e, se fui rude ou careci de qualquer coisa, naquele momento em que o senhor agiu... o senhor se lembra... – o Professor assentiu – ... deve perdoar-me.

Van Helsing respondeu com uma gentileza sóbria:

– Sei que foi difícil para você confiar totalmente em mim, naquele momento, pois confiar em tal violência exige compreensão; e imagino que não confie, que não possa confiar, em mim agora, pois ainda não compreende. E pode haver outras ocasiões em que pedirei que confie em mim, ainda que não consiga e que não possa, quando ainda não compreenda. Mas chegará o momento em que sua confiança em mim será completa, e em que compreenderá, como se a luz do próprio sol brilhasse sobre você. Então, agradecerá a Deus até o fim dos seus dias, pelo seu próprio bem, pelo bem dos outros e pelo bem de sua amada, que jurei proteger.

– Certamente, certamente, senhor – disse Arthur, acaloradamente, – confiarei no senhor de todas as maneiras. Sei e acredito que tem um coração muito nobre, e é amigo de Jack, assim como foi dela. Farei o que quiser.

O Professor pigarreou algumas vezes, como se estivesse prestes a falar, e finalmente disse:

– Posso pedir algo agora?

– Decerto.

– Sabia que a Sra. Westenra deixou todas as suas posses para você?

– Não, pobrezinha; nunca nem pensei nisso.

– É tudo seu, e tem o direito de lidar com isso como quiser. Quero que me dê permissão para ler todos os documentos e cartas da Srta. Lucy. Acredite, não é simples curiosidade. Tenho um motivo, o qual tenho certeza que ela aprovaria. Estou com todos eles aqui. Peguei-os antes de sabermos que pertenciam todos a você, para que nenhum estranho os tocasse ou lesse as palavras que conduzem à alma dela. Ficarei com eles, se puder; nem mesmo você poderá vê-los, por enquanto, mas os manterei em segurança. Nenhuma única palavra será perdida; e, no momento adequado, os devolverei para você. É algo difícil de se pedir, mas você consentirá, não é, pelo bem de Lucy?

Arthur respondeu com entusiasmo, como costumava antigamente:

– Dr. Van Helsing, pode fazer o que quiser. Sinto que, ao dizer isso, faço algo que minha amada teria aprovado. Não o perturbarei com perguntas, até a hora certa.

O velho Professor levantou-se enquanto dizia, solenemente:

– E está certo. Todos nós sofreremos; mas não será só sofrimento, tampouco este sofrimento será o último. Nós, e você também – você mais do que todos, meu caro garoto – teremos que passar pelas águas turbulentas, antes de chegarmos às calmas. Mas devemos ser corajosos e altruístas, e cumprir nosso dever, e tudo terminará bem!

Dormi em um sofá no quarto de Arthur, aquela noite. Van Helsing nem foi para a cama. Andou de um lado para o outro, como se patrulhasse a casa, e não tirou, em nenhum momento, os olhos do quarto onde Lucy jazia em seu caixão, coberta pelas flores de alho silvestre, que exalavam, através do odor do lírio e da rosa, um cheiro pesado e sobrepujante durante a noite.

Diário de Mina Harker.

22 de setembro. No trem para Exeter. Jonathan dorme.

Parece que foi ontem que escrevi neste diário pela última vez, mas quanta coisa aconteceu desde então, em Whitby e no mundo todo, Jonathan no exterior, sem mandar notícias; e agora, casada com Jonathan, Jonathan advogado, sócio do escritório, rico, dono de seu próprio negócio, o Sr. Hawkins morto e enterrado, e Jonathan com outro ataque que pode prejudicá-lo. Algum dia ele pode me perguntar sobre isso. Tudo por água abaixo. Minha taquigrafia está enferrujada – é isso o que a prosperidade inesperada faz com alguém –, então retomá-la com um pouco de exercício pode me fazer bem...

O velório foi simples e muito solene. Só estávamos nós e os criados, um ou dois amigos antigos dele de Exeter, seu agente de Londres e um cavalheiro representando Sir John Paxton, o Presidente da Sociedade Jurídica. Jonathan e eu ficamos de mãos dadas, sentindo que nosso melhor e mais querido amigo havia nos deixado...

Voltamos para a cidade em silêncio, tomando um ônibus até Hyde Park Corner. Jonathan pensou que eu me interessaria por uma visita rápida ao Row[22], então nos sentamos; mas havia poucas pessoas lá, e a visão de tantos bancos vazios nos entristeceu e deixou desolados. Nos fez pensar sobre a cadeira vazia que nos aguardava em casa; então, nos levantamos e descemos a Piccadilly. Jonathan me conduzia pelo braço, como costumava fazer antigamente, antes de eu ir para a escola. Achei isso muito

22 N. da T.: Avenida, ainda em existência, onde os vitorianos das classes mais altas andavam a cavalo ou sentavam-se para observar os que o faziam.

inadequado, pois não se pode passar anos ensinando etiqueta e decoro a outras meninas, sem o pedantismo de absorver um pouco do que ensinou; mas era Jonathan, e ele era meu marido, e não conhecíamos ninguém que nos tenha visto – e não nos importaríamos se conhecêssemos –, então prosseguimos. Eu observava uma lindíssima garota, usando um grande chapéu redondo, sentada em uma carruagem de quatro rodas na frente do Giuliano's, quando senti Jonathan agarrar meu braço com tanta força que me machucou, e dizer em um sussurro: "Meu Deus!" Estou sempre preocupada com Jonathan, pois temo que algum ataque de nervos possa prejudicá-lo novamente; assim, voltei-me para ele rapidamente e perguntei o que o havia perturbado.

Ele estava muito pálido, e seus olhos pareciam saltar do rosto, enquanto olhava, com uma mistura de terror e surpresa, para um homem alto e magro, com um nariz adunco, bigode preto e barba pontuda, que também observava a linda garota. Estava tão concentrado nela que não viu nenhum de nós dois, de modo que pude observá-lo muito bem. Seu rosto não era bondoso; era duro, cruel e sensual, e seus grandes dentes brancos, que pareciam ainda mais brancos devido ao fato de seus lábios serem tão vermelhos, eram pontiagudos como os de um animal. Jonathan ficou encarando-o por tanto tempo, que temi que o homem reparasse. Fiquei com medo de que ele não gostasse disso, pois parecia tão feroz e desagradável. Perguntei a Jonathan por que estava tão perturbado, e ele respondeu, evidentemente achando que eu sabia tanto sobre a situação quanto ele:

– Está vendo quem é?

– Não, querido – respondi. – Não o conheço; quem é?

Sua resposta me chocou e me fez estremecer, pois foi dita como se ele não soubesse que era comigo, Mina, que falava:

– É o homem, em carne e osso!

Meu pobre querido estava claramente aterrorizado por alguma coisa, extremamente aterrorizado; acredito que, se não estivesse apoiado em mim, teria caído ao chão. Continuou encarando; um homem saiu da loja com um pacote pequeno e deu-o à dama, que partiu na carruagem. O homem moreno manteve os olhos fixos nela e, quando a carruagem subiu a Piccadilly, ele seguiu na mesma direção e chamou uma charrete de aluguel. Jonathan continuou olhando para ele e disse, como se para si mesmo:

– Acredito que seja o Conde, mas rejuvenesceu. Meu Deus, se for verdade! Oh, meu Deus! Meu Deus! Se ao menos eu soubesse! Se ao menos soubesse!

Estava se alterando tanto, que não quis manter sua mente no assunto, fazendo mais perguntas, então fiquei em silêncio. Puxei-o para longe gentilmente, e ele, segurando meu braço, me acompanhou sem problemas. Andamos mais um pouquinho e então entramos e nos sentamos no Green Park. O dia estava quente, para o outono, e havia um banco confortável, em um local na sombra. Após alguns minutos olhando para o nada, os olhos de Jonathan se fecharam, e ele adormeceu silenciosamente, com a cabeça em meu ombro. Achei que seria o melhor para ele, de modo que não o perturbei. Depois de uns vinte minutos, acordou e disse, bastante animado:

– Puxa, Mina, peguei no sono! Oh, perdoe-me por ser tão rude. Venha, vamos tomar uma xícara de chá em algum lugar.

Evidentemente que se esquecera por completo do estranho moreno, assim como, com sua doença, esquecera-se totalmente de tudo do que este episódio o lembrava. Estes ataques de esquecimento não me agradam. Podem causar ou continuar alguma lesão ao cérebro. Não posso perguntar a ele, por medo de fazer mais mal do que bem; mas preciso, de alguma forma, ficar sabendo do que aconteceu durante sua viagem ao exterior. Temo que tenha chegado a hora de abrir o pacote e descobrir o que está escrito. Oh, Jonathan, sei que irá me perdoar se estiver fazendo a coisa errada, mas é pelo seu próprio bem.

* * * * *

Mais tarde. A volta ao lar foi triste de todas as formas – a casa vazia, sem a querida alma que fora tão boa conosco; Jonathan ainda pálido e zonzo, devido ao ligeiro retrocesso de sua doença; e, ainda, um telegrama de Van Helsing, quem quer que seja ele:

"Sinto informar que a Sra. Westenra faleceu há cinco dias, e que Lucy faleceu anteontem. Ambas foram enterradas hoje".

Oh, quanta tristeza em poucas palavras! Pobre Sra. Westenra! Pobre Lucy! Se foram, para nunca mais voltar. E pobre, pobre Arthur, por ter ficado sem tamanha doçura em sua vida! Que Deus nos ajude a aguentar nossos sofrimentos.

Diário do Dr. Seward.

22 de setembro. Está tudo terminado. Arthur voltou para Ring e levou Quincey Morris consigo. Que homem bom que Quincey é! Acredito, do fundo de meu coração, que sofreu tanto com a morte de Lucy quanto qualquer um de nós; mas se comportou o tempo todo com a compostura de um viking. Se os Estados Unidos continuarem produzindo homens como ele, serão mesmo uma potência mundial. Van Helsing está deitado, descansando em preparação para sua viagem. Vai a Amsterdã hoje à noite, mas diz que volta amanhã; que só quer fazer alguns arranjos que só podem ser feitos pessoalmente. Se hospedará comigo depois, se puder; diz que tem trabalho a fazer em Londres, que pode tomar algum tempo. Pobre do velho! Tenho medo que a pressão desta última semana tenha acabado até mesmo com sua força férrea. Durante o enterro inteiro, reparei que estava se controlando terrivelmente. Quando tudo acabou, estávamos de pé ao lado de Arthur, que, coitado, estava falando sobre sua parte na operação, quando seu sangue fora transferido para as veias de Lucy; pude ver o rosto de Van Helsing ficar branco e, em seguida, roxo. Artur estava dizendo que sentiu, desde então, como se os dois tivessem se casado de verdade, e que ela era sua esposa aos olhos de Deus. Nenhum de nós disse uma palavra sobre as outras operações, tampouco dirá. Arthur e Quincey partiram juntos para a estação, e Van Helsing e eu viemos para cá. No momento em que ficamos sozinhos na carruagem, ele se deixou levar por um ataque de riso. Não admitiu, depois, que fora um ataque de riso, insistindo que havia sido somente seu senso de humor retomando o controle sob condições terribilíssimas. Riu até chorar, e tive que fe-

char as cortinas, para que ninguém o visse e o julgasse erroneamente; então, chorou até rir novamente, e chorou e riu ao mesmo tempo, como fazem as mulheres. Tentei ser severo com ele, como se é com uma mulher sob essas circunstâncias; mas não surtiu efeito. Homens e mulheres são tão diferentes em suas manifestações de nervos fortes ou fracos! E então, quando seu rosto assumiu uma expressão séria e severa novamente, perguntei a ele o porquê da hilaridade, e por que ocorrera naquele momento. Sua resposta foi, de certa forma, característica, pois foi lógica, contundente e misteriosa. Disse:

– Ah, você não entende, meu caro John. Não pense que não estou triste, apesar de estar rindo. Sabe, chorei até mesmo quando a risada me fez engasgar. Mas tampouco pense que estou ainda mais triste quando choro, pois a risada veio do mesmo jeito. Mantenha sempre em mente que aquela risada que bate em sua porta e diz: "Posso entrar?" não é a risada verdadeira. Não! A risada verdadeira é uma rainha, e chega na hora e do jeito que quiser. Não pede permissão; não escolhe um momento adequado. Ela diz: "Aqui estou". Veja, por exemplo, meu coração está cheio de tristeza por aquela garota tão doce; dei meu sangue por ela, apesar de ser velho e acabado. Dei meu tempo, minhas habilidades, minhas horas de sono; deixei meus outros pacientes sem assistência, para que ela pudesse ter tudo. Ainda assim, consigo rir na beira de sua tumba, rir quando a terra da pá do sacristão cai sobre seu caixão e digo "Bata! Bata!" para meu coração, até que ele envie o sangue na minha face de volta para o corpo. Meu coração sangra por aquele pobre rapaz, aquele rapaz querido, da mesma idade que meu próprio filho teria, se eu houvesse sido abençoado com sua sobrevivência, e com os mesmos cabelos e olhos. Pronto, agora sabe por que gosto tanto dele. Ainda assim, quando ele diz coisas que tocam meu coração de marido, e fazem com que meu coração de pai anseie por ele, como não anseia por mais ninguém – nem mesmo por você, caro John, pois temos níveis de experiência mais parecidos do que os de pai e filho –, ainda assim, neste momento a Rainha Risada chega até mim e grita em meu ouvido: "Aqui estou! Aqui estou!", até que o sangue volte dançando e traga um pouco da luz do sol que carrega consigo para a minha face. Ah, caro John, é um mundo estranho, um mundo triste, um mundo cheio de sofrimentos, desgostos e problemas; mas, mesmo assim, quando a Rainha Risada chega, faz todo mundo dançar conforme a música que ela toca. Corações dilacerados, e ossos ressecados no cemitério, lágrimas que queimam conforme caem – todos dançam juntos conforme a música que ela toca, com aquela sua boca sem sorriso. E creia-me, amigo John, que ela faz bem em vir, é uma gentileza. Ah, homens e mulheres são como cordas esticadas pelas pressões que nos puxam para lados diferentes. Então vêm as lágrimas, e, como a chuva sobre as cordas, elas nos apoiam, até que, talvez, a pressão se torne grande demais, e nos partimos. Mas a Rainha Risada, ela chega como a luz do sol, e alivia a pressão novamente; e aguentamos prosseguir com nossos labores, quaisquer que eles sejam.

Não queria magoá-lo fingindo que não vislumbrava sua ideia; mas, como ainda não compreendia o motivo de sua risada, perguntei-lhe. Enquanto me respondia, seu rosto ficou sério e ele disse, em um tom bastante diferente:

– Oh, era a ironia lúgubre de tudo o que aconteceu – aquela dama tão bela, decorada com flores, que parecia tão linda ao ponto de nós todos, um por um, duvidarmos de que estava realmente morta; jazia naquela casa de mármore tão elegante, naquele cemitério solitário, onde descansam tantos de seus parentes, colocada ao lado da mãe que a amava e que por ela era amada; e aquele sino sagrado batendo "Blém! Blém! Blém!", tão triste e lentamente; e aqueles sacerdotes, com as roupas brancas dos anjos, fingindo que liam livros, mas em nenhum momento seus olhos estavam sobre as páginas; e todos nós de cabeça abaixada. E para que? Ela está morta. Então! Não está?

– Bem, juro por Deus, Professor, – respondi, – não vejo nada de engraçado nisso tudo. Sua explicação complicou mais as coisas. Mas, ainda que o enterro tenha sido cômico, o que me diz do pobre Art e de sua tristeza? Pois o coração dele estava absolutamente partido.

– Exatamente. Ele não disse que a transfusão de seu sangue para as veias dela a tornara sua esposa de verdade?

– Sim, e foi uma ideia doce e reconfortante, para ele.

– Claro que sim. Mas havia uma dificuldade, amigo John. Se for assim, e os outros? Ha há! Deste modo, aquela donzela tão doce cometeu poliandria, e eu, com minha pobre esposa morta para mim, ainda que viva pelas leis da Igreja, apesar de ter perdido completamente suas faculdades mentais – até mesmo eu, que sou um marido fiel para minha esposa-que-não-existe-mais –, sou um bígamo.

– Não entendo qual é a piada neste caso, tampouco! – disse, e não me sentia particularmente feliz com ele por dizer tais coisas. Colocou a mão no meu braço e disse:

– Amigo John, perdoe-me se te magoei. Não mostrei meus sentimentos para os outros, quando os magoaria, somente para você, meu velho amigo, em quem posso confiar. Se pudesse ter enxergado dentro de meu coração no momento em que senti vontade de rir; se pudesse tê-lo feito quando a risada veio; se pudesse fazê-lo agora, quando a Rainha Risada já retirou-se com sua coroa e todo o resto – pois já foi para muito, muito longe de mim, e por um bom tempo –, talvez conseguisse ter pena de mim, acima de tudo.

Fiquei tocado pela ternura do tom de sua voz, e perguntei por quê.

– Porque eu sei!

Assim, agora estamos todos espalhados; e, por muitos dias, a solidão pairará sobre nossos tetos com asas contemplativas. Lucy jaz na tumba de sua família, uma capela majestosa em um cemitério solitário, longe da tumultuada Londres, onde o ar é fresco e o sol nasce detrás de Hampstead Hill e onde flores silvestres brotam por vontade própria.

Deste modo, posso terminar este diário; e só Deus sabe se algum dia começarei outro. Se o fizer, ou se retomar este aqui, será para lidar com pessoas diferentes, e assuntos diferentes; pois aqui, no final, onde o romance de minha vida foi relatado, antes de voltar para o trabalho de minha vida, digo, tristemente e sem esperanças,

“FINIS”.

"A Gazeta de Westminster", 25 de setembro.

UM MISTÉRIO EM HAMPSTEAD

O bairro de Hampstead está, neste momento, sendo movimentado por uma série de eventos que parecem correr em linhas paralelas àquelas conhecidas pelos escritores de chamadas como "O Horror de Kensington", ou "A Esfaqueadora", ou "A Mulher de Preto". Durante os últimos dois ou três dias, ocorreram diversos casos de crianças pequenas que fugiram de casa ou não voltaram após irem brincar na charneca. Em todos os referidos casos, as crianças eram pequenas demais para dar uma explicação adequadamente inteligível, mas o consenso entre suas desculpas é que estavam com uma "*moça buíta*[23]". É sempre tarde da noite que sua ausência é percebida e, em duas ocasiões, as crianças só foram encontradas na manhã seguinte. A suposição geral do bairro é que, como a primeira criança desaparecida justificou sua ausência dizendo que uma "*moça buíta*" havia pedido que ele a acompanhasse em um passeio, as outras adotaram a frase e a usaram quando tiveram a oportunidade. Isso se torna ainda mais natural quando se considera que a brincadeira preferida dos pequenos, no momento, é atrair uns aos outros para longe com armadilhas. Um correspondente escreve que assistir alguns dos pequeninos fingindo ser a "*moça buíta*" é extremamente engraçado. Alguns de nossos caricaturistas, ele diz, tiveram uma aula sobre a ironia do grotesco, comparando a realidade com os desenhos. É absolutamente condizente com os princípios da natureza humana a "*moça buíta*" ser o papel mais popular destas apresentações ao ar livre. Nosso correspondente diz, ingenuamente, que nem mesmo Ellen Terry[24] poderia ser tão incrivelmente atraente quando essas criancinhas da cara suja alegam que seja – e imaginam que elas mesmas sejam.

Contudo, pode haver um lado sério nesta questão, pois algumas das crianças, na verdade, todas as que desapareceram à noite, foram ligeiramente rasgadas ou machucadas no pescoço. As feridas parecem ter sido feitas por um

23 N. da T.: No original, "bloofer lady"; palavra inventada por Stoker para representar a pronúncia de "beautiful" por crianças pequenas, com inspiração no que fizera antes Charles Dickens.

24 N. da T.: Atriz de teatro da época, famosa por suas atuações shakespearianas.

rato, ou um cachorro pequeno e, apesar de não terem muita importância individualmente, poderiam mostrar que, qualquer animal que as esteja infligindo, tem um sistema ou método próprio. A polícia da região foi instruída a ficar atenta em relação a crianças desacompanhadas, especialmente se forem bastante jovens, em Hampstead Heath ou nos arredores, e em relação a qualquer cachorro sem dono que possa estar vagando pelas redondezas.

"A Gazeta de Westminster", 25 de setembro.

Edição Especial

O HORROR DE HAMPSTEAD

OUTRA CRIANÇA FERIDA

A "Moça Buíta"

Acabamos de ficar sabendo que outra criança, desaparecida ontem à noite, foi encontrada no fim da manhã de hoje, debaixo de um arbusto de tojo, na região de Hampstead Heath chamada de Shooter's Hill, que é, talvez, menos frequentada do que as outras partes. Ela tem a mesma ferida minúscula no pescoço que foi observada nos outros casos. Estava terrivelmente enfraquecida e parecia bastante emaciada. Esta criança, também, ao recuperar-se parcialmente, contou a mesma história, de ter sido atraída para longe pela "*moça buíta*".

CAPÍTULO XIV

Diário de Mina Harker

23 de setembro. Jonathan está melhor, após uma noite ruim. Fico muito contente por ele ter muito trabalho a fazer, pois isso o distrai das coisas terríveis; ah, e fiquei extremamente feliz por ele não estar sofrendo sob a pressão

das responsabilidades de seu novo cargo. Sabia que ele seria fiel a si mesmo, e agora estou tremendamente orgulhosa de ver meu Jonathan à altura de sua promoção e acompanhando o ritmo de todos os deveres que lhe são atribuídos. Ficará fora o dia todo, até tarde, pois disse que não conseguiria almoçar em casa. Meu trabalho doméstico está feito, então pegarei seu diário de viagem, me trancarei em meu quarto e o lerei...

24 de setembro. Não tive forças para escrever ontem à noite; aquele tenebroso registro de Jonathan me abalou demais. Pobre querido! Como deve ter sofrido, seja isso verdade ou imaginação. Me pergunto se há alguma parte verdadeira. Será que foi acometido pela febre e depois escreveu todas aquelas coisas terríveis, ou teve algum motivo para isso? Suponho que jamais saberei, pois não ouso tocar no assunto com ele... ainda assim, aquele homem que vimos ontem! Parecia ter bastante certeza quanto a ele... pobrezinho! Suponho que tenha sido o enterro que o abalou e fez com que sua mente voltasse para alguma outra linha de pensamento... ele mesmo acredita em tudo isso. Agora me lembro que, no dia de nosso casamento, ele disse: "A não ser que algum dever solene me force a relembrar aqueles momentos terríveis, dormindo ou acordado, louco ou são". Uma continuidade parece perpassar toda essa história... aquele medonho Conde estava vindo para Londres... se for isso, e ele veio mesmo para Londres, com seus milhões de habitantes... pode haver um dever solene. E, se chegar a este ponto, não podemos fugir dele... estarei preparada. Pegarei minha máquina de escrever imediatamente e começarei a transcrever. Então, estaremos prontos para que outros leiam o relato. Se for necessário; então, talvez, se estiver pronta, o pobre Jonathan não precisa ser perturbado, pois posso falar por ele e não deixar que ele seja preocupado ou atrapalhado por este assunto. Se Jonathan algum dia superar este estado de nervos, pode querer me contar tudo, e poderei fazer perguntas e descobrir coisas, e ver como posso reconfortá-lo.

Carta de Van Helsing para a Sra. Harker.

"24 de setembro.

(Confidencial)

Prezada Senhora,

Peço perdão por escrever, mas considero-me uma espécie de amigo, por tê-la avisado da triste notícia do falecimento da Srta. Lucy Westenra. Devido à bondade de Lord Godalming, obtive permissão para ler suas cartas e documentos, pois estou profundamente envolvido em certas questões de importância vital. Neles, encontrei algumas cartas enviadas pela senhora, que mostram como eram amigas e o quanto a senhora a amava. Ah, senhora Mina, por este amor, imploro-lhe que me ajude. É pelo bem de outros que peço – para reparar um grande mal, e resolver muitos problemas terríveis -, que pode ser maior do que sabe. Poderia visitá-la? Pode confiar em mim. Sou amigo do Dr. John Seward e de Lord Godalming (que era o Arthur da Srta. Lucy). Devo manter este assunto escondido de todos, no momento. Irei até Exeter visitá-la imediatamente, se me der permissão e me disser o local e o horário. Imploro que me perdoe, senhora. Li suas cartas para a pobre Lucy, e sei como é uma pessoa boa e como seu marido sofreu; assim, peço-lhe que não o informe, caso possa prejudicá-lo. Novamente, peço perdão.

Van Helsing".

Telegrama da Sra. Harker para Van Helsing.

"25 de setembro. Venha hoje, no trem das dez e quinze, se conseguir pegá-lo. Posso vê-lo a hora que chegar.

Wilhelmina Harker".

Diário de Mina Harker

25 de setembro. Não posso deixar de me sentir terrivelmente ansiosa, conforme se aproxima a hora da visita do Dr. Van Helsing, pois, de alguma forma, espero que lançará alguma luz sobre a triste experiência de Jonathan; e, como ele cuidou de Lucy durante sua última doença, ele pode me contar tudo sobre ela. É este o motivo de sua vinda; refere-se a Lucy e seu sonambulismo, e não a Jonathan. Então, jamais saberei a verdade! Como sou tola. Aquele diário horroroso prende minha imaginação, e mancha tudo com suas próprias cores. É claro que é sobre Lucy. Aquele hábito voltou a atormentar a pobrezinha, e aquela noite terrível no penhasco deve tê-la feito ficar doente. Já quase me esquecera, com todos os meus próprios assuntos, como ela esteve mal, depois daquilo. Ela deve ter contado ao doutor sobre sua aventura sonâmbula no penhasco, e que eu sabia de tudo sobre isso; e agora ele quer que eu conte o que sei, para que possa compreender. Espero ter feito a coisa certa ao não falar nada sobre o assunto com a Sra. Westenra; jamais me perdoaria, se qualquer ato meu, ainda que uma omissão, houver causado algum mal à pobre Lucy. Também espero que o Dr. Van Helsing não me culpe; tenho tido tantos problemas e ansiedades, ultimamente, que sinto que não consigo aguentar mais, neste momento.

Suponho que chorar faça bem a todos, de vez em quando – limpa o ar, como faz a chuva. Talvez tenha sido a leitura do diário, ontem, que me afetou, e depois Jonathan partiu hoje de manhã, e ficará longe por um dia e uma noite inteiros, a primeira vez que nos separamos desde nosso casamento. Espero que se cuide, e que nada ocorra para perturbá-lo. São duas horas, e o doutor chegará logo. Não direi nada sobre o diário de Jonathan, a não ser que ele me pergunte. Estou muito contente por ter batido meu próprio diário à máquina, de modo que, caso ele pergunte sobre Lucy, posso entregá-lo a ele; nos poupará muitas perguntas.

* * * * *

Mais tarde. Ele já veio e partiu. Oh, que encontro estranho, e como tudo o que se passou faz minha cabeça girar! Sinto-me como se estivesse num sonho. Será que tudo isso é possível, ou até mesmo uma parte? Se não houvesse lido o diário de Jonathan primeiro, jamais teria aceitado nem mesmo uma possibilidade. Pobre, pobre do meu querido Jonathan! Como deve ter sofrido. Peço a Deus que isso não o perturbe novamente. Tentarei poupá-lo; mas pode ser um consolo e um auxílio para ele – apesar de terrível, e com consequências tenebrosas – saber, com certeza, que seus olhos, seus ouvidos e sua mente não o enganaram, e que foi tudo verdade. Pode ser a dúvida que o atormenta; e que, quando a dúvida for removida, não importa qual hipótese se comprove – acordado ou sonhando –, ele fique mais satisfeito e seja capaz de aguentar o choque. O Dr. Van Helsing deve ser um homem bondoso, além de inteligente, se é amigo de Arthur e do Dr. Seward, e se o trouxeram de lá da Holanda para cuidar de Lucy. Sinto, após o tendo conhecido, que ele é, mesmo, bondoso e gentil, e que tem uma natureza nobre. Quando vier amanhã, perguntarei a ele sobre Jonathan; e então, se Deus quiser, todas essas tristezas e angústias poderão nos conduzir a um final feliz. Costumava pensar que gostaria de praticar entrevistas – o amigo de Jonathan, que trabalha no jornal "The Exeter News", disse a ele que a memória é tudo, neste tipo de trabalho, que deve-se conseguir anotar com exatidão quase todas as palavras ditas, ainda que tenha que refinar um pouco, depois. Esta foi uma entrevista rara; tentarei registrá-la ao pé da letra.

Eram duas e meia, quando houve uma batida na porta. Agarrei minha coragem com as duas mãos, e esperei. Dentro de alguns minutos, Mary abriu a porta e anunciou o "Dr. Van Helsing".

Levantei-me e fiz uma reverência, e ele andou em minha direção; um homem de altura mediana, constituição forte, com os ombros para trás, sobre um peito largo e profundo e um pescoço bem equilibrado sobre o tronco, assim como a cabeça sobre o pescoço. A posição da cabeça dá imediatamente a ideia de inteligência e poder; sua cabeça era nobre, de bom tamanho, larga e grande atrás das orelhas. O rosto, barbeado, exibia um queixo duro e quadrado, uma boca grande, resoluta e expressiva, um nariz de tamanho adequado, um tanto quanto reto, mas com narinas rápidas e sensíveis, que parecem se alargar conforme as sobrancelhas grandes e hirsutas se abaixam e a boca se comprime. Sua testa é larga e bonita, erguendo-se, de início, quase que reta e então curvando-se para trás, acima de dois calombos ou cumes bem separados um do outro; uma testa tamanha, que o cabelo avermelhado não consegue cobrir, caindo naturalmente para trás e para os lados. Seus olhos grandes e azuis-escuros ficam bem separados, e são rápidos, ternos ou severos, dependendo do humor do homem. Ele me disse:

– Sra. Harker, não é?

Assenti com uma reverência.

– Que costumava ser a Srta. Mina Murray?

Assenti novamente.

– É Mina Murray que vim visitar, a amiga daquela pobre criança, Lucy Westenra. Madame Mina, é por causa dos mortos que venho.

– Senhor, – disse eu, – não precisa de motivo melhor do que ter sido amigo e ajudante de Lucy Westenra, para vir me visitar.

Estendi minha mão; ele a segurou e disse, afetuosamente:

– Oh, Madame Mina, sabia que a amiga daquela pobre flor devia ser uma pessoa boa, mas não imaginava...

Terminou de falar com uma reverência galante. Perguntei-lhe o que queria discutir comigo, de modo que começou imediatamente a falar:

– Li as cartas que enviou para a Srta. Lucy. Perdoe-me, mas tive que começar a investigar em algum lugar, e não havia ninguém a quem pudesse perguntar. Sei que esteve com ela em Whitby. Ela, às vezes, mantinha um diário – não precisa ficar surpresa, Madame Mina; começou depois de sua partida, e o fez para imitá-la – e, naquele diário, chega à conclusão, por inferência, de que certas coisas foram causadas pelo sonambulismo, do qual escreve que a senhora a salvou. É com grande perplexidade, portanto, que venho até a senhora, e peço, por sua enorme gentileza, que me conte tudo o que puder lembrar sobre isso.

– Creio que consigo contar ao senhor, Dr. Van Helsing, tudo sobre isso.

– Ah, então a senhora tem uma boa memória para fatos, para detalhes?

Não é sempre assim, com jovens damas.

– Não, doutor, mas anotei tudo, na época. Posso mostrar ao senhor, se quiser.

– Ah, Madame Mina, ficarei grato; me fará um grande favor.

Não pude resistir à tentação de deixá-lo ligeiramente intrigado – suponho que seja um pouco do gosto da maçã original, que permanece em nossas bocas –, de modo que entreguei-lhe o diário taquigrafado. Pegou-o com uma reverência grata e disse:

– Posso lê-lo?

– Se quiser – respondi, com tanto recato quanto pude. Ele o abriu e, por um instante, sua expressão se entristeceu. Então, levantou-se e curvou-se:

– Ah, que mulher esperta! – disse. – Sempre soube que o Sr. Jonathan tinha motivos para ser grato; mas, veja só, sua esposa tem todas as qualidades. E não me fará a honra de me ajudar, lendo isto para mim? Ai de mim! Não entendo taquigrafia.

Àquela altura, já tinha terminado minha brincadeirinha, e estava quase envergonhada; assim, peguei a cópia batida à máquina, que estava em minha cesta de costura, e a entreguei a ele.

– Perdoe-me – disse. – Não pude evitar; mas já pensara que queria perguntar sobre minha cara Lucy e, para que não precisasse esperar... pelo menos, não por culpa minha, pois sei que seu tempo deve ser precioso... bati tudo à máquina para o senhor.

Pegou o diário com os olhos brilhando.

– A senhora é bondosa demais – disse. – E posso lê-lo agora? Pode ser que queira fazer-lhe algumas perguntas, ao terminar.

– É claro que sim – respondi, – leia enquanto peço o almoço; e então, poderá fazer perguntas enquanto comemos.

Fez uma reverência e acomodou-se em uma poltrona, de costas viradas para a luz, absorto pelos papéis, enquanto fui cuidar do almoço, principalmente para não o atrapalhar. Ao voltar, encontrei-o andando apressadamente de um lado para o outro do cômodo, com o rosto avermelhado de emoção. Correu em minha direção e pegou-me pelas mãos.

– Oh, Madame Mina, – disse, – como posso expressar o quanto lhe devo? Este diário é como a luz do sol. Abre-me os portões. Estou atônito, estou deslumbrado com tanta luz, apesar de nuvens passarem por trás da luz o tempo todo. Mas isso a senhora não compreende, não pode compreender. Ah, mas estou muito grato a você, sua mulher inteligente. Senhora, – disse isso em tom bastante solene, – se Abraham Van Helsing, um dia, puder fazer qualquer coisa por você ou pelos seus, confio que me avisará. Será um prazer e um deleite, se puder ajudá-la como amigo; como amigo, mas tudo o que já aprendi, tudo o que puder fazer, será pela senhora e por seus entes queridos. A vida tem escuridão e tem luzes; você é uma das luzes. A senhora viverá uma vida feliz e boa, e seu marido será abençoado com sua presença.

– Mas, doutor, o senhor me elogia demais e... e não me conhece.

– Não a conheço... eu, que sou velho e que estudei homens e mulheres a vida toda; eu, que me especializei no estudo do cérebro e de tudo o que pertence a ele, e tudo que tem origem nele! E li seu diário, que teve a bondade de escrever para mim, e que exala a verdade em cada linha. Eu, que li sua carta tão doce para a pobre Lucy, falando sobre seu casamento e sua confiança, não a conheço! Oh, Madame Mina, boas mulheres contam suas vidas inteiras, a cada dia, a cada hora e a cada minuto, coisas que os anjos podem ler; e nós, homens que queremos saber, temos um pouco do olhar dos anjos em nós. Seu marido é de natureza nobre, e a senhora também, pois confia, e confiança não existe em uma natureza maldosa. E seu marido, conte-me sobre ele. Está bem? A febre passou, está forte e saudável?

Percebi uma abertura para perguntar a ele sobre Jonathan, então disse:

– Estava quase recuperado, mas ficou bastante estremecido com a morte do Sr. Hawkins.

– Ah, sim, eu sei, eu sei. Li suas últimas duas cartas.

Prossegui:

– Suponho que isso o tenha perturbado, pois quando estávamos na capital, na última quinta-feira, ele teve um tipo de choque.

– Um choque, logo depois de uma febre cerebral! Não foi bom. Que tipo de choque foi?

– Ele pensou ter visto alguém que o fez lembrar de algo terrível, algo que o levou a ter a febre.

Naquele momento, tudo o que se passara desabou sobre mim, de uma vez só. A pena que sentia de Jonathan, o horror pelo qual passara, todo o mistério medonho de seu diário, e o medo que pairara sobre mim desde então, tudo se abateu sobre mim ao mesmo tempo. Acho que devia estar histérica, pois caí de joelhos e ergui as mãos em direção ao doutor, implorando-lhe para que fizesse meu marido ficar bom. Ele pegou minhas mãos, me levantou e me fez sentar no sofá, sentando-se ao meu lado; segurou minha mão nas dele e me disse, com infinita doçura:

– A minha vida é estéril e solitária, e tão cheia de trabalho que não tenho muito tempo para amizades; mas, desde que fui chamado até aqui por meu amigo John Seward, conheci tantas pessoas boas, e vi tanta nobreza que sinto, mais do que nunca, a solidão de minha vida – que só tem aumentado, conforme os anos passam. Acredite em mim, então, quando digo que venho até aqui cheio de respeito pela senhora, e a senhora me deu esperanças – não em relação ao que busco, mas esperanças de que ainda existem mulheres boas, que fazem a vida ser feliz – mulheres boas, cujas vidas e cujas verdades podem se tornar bons exemplos para as crianças que vierem no futuro. Fico contente, contente, por poder ser de alguma valia para a senhora; pois, ainda que seu marido sofra, sofre dentro do escopo de meus estudos e experiências. Prometo que farei, de bom grado, tudo o que puder por ele, tudo para fazer com que a vida dele seja forte e máscula, e que a sua vida seja feliz. Agora a senhora precisa comer. Está sobrecarregada e, talvez, ansiosa demais. Seu marido Jonathan não iria querer vê-la tão pálida; e, se não gostar de algo no que ama, não o fará bem. Portanto, pelo bem dele, deve comer e sorrir. Já contou-me tudo sobre Lucy, então agora não falaremos mais disso, para não causar tristeza. Ficarei em Exeter esta noite, pois quero pensar bastante sobre o que a senhora me contou, e, quando terminar de pensar, lhe farei perguntas, se puder. E então, a senhora também me contará sobre os problemas de seu marido Jonathan, o máximo que puder, mas não agora. Agora, precisa comer; depois me contará tudo.

Após o almoço, quando voltamos para a sala de estar, ele me disse:

– Agora, conte-me tudo sobre ele.

Chegada a hora de conversar com aquele grande erudito, comecei a temer que ele me considerasse uma tola fraca, e Jonathan um louco – aquele diário é tão estranho –, e hesitei em continuar. Mas ele foi tão doce e gentil, prometera ajudar, e eu confiava nele, de modo que disse:

– Dr. Van Helsing, o que tenho para contar-lhe é tão esquisito, que não deve rir de mim ou de meu marido. Tenho estado, desde ontem, em uma espécie de dúvida febril; precisa ser gentil comigo, e não me considerar uma tola por ter meio que acreditado em algumas coisas bastante estranhas.

Acalmou-me com seus modos, além de suas palavras, ao dizer:

– Ah, minha cara, se ao menos soubesse quão estranho é o assunto que me trouxe aqui, seria você que daria risada. Aprendi a não desdenhar das crenças de ninguém, por mais estranhas que possam ser. Tento manter a mente aberta, e não são as coisas comuns da vida que me fariam fechá-la, e sim as coisas estranhas, as extraordinárias, aquelas que fazem a pessoa imaginar se é louca ou sã.

– Obrigada, obrigada, mil vezes obrigada! O senhor tirou um peso de minha mente. Se me permitir, lhe darei um documento para ler. É longo, mas o bati na máquina de escrever. Narrará meus problemas e os de Jonathan. É uma cópia de seu diário de viagem, e tudo o que aconteceu no exterior. Não ouso dizer nada sobre ele; o senhor mesmo o lerá e julgará. E então, quando eu voltar a vê-lo, o senhor me fará a gentileza de me dizer o que acha.

– Prometo – disse ele, enquanto eu lhe passava os papéis. – Pela manhã, assim que puder, virei visitar a senhora e seu marido, se me permitir.

– Jonathan estará aqui às onze e meia, e o senhor precisa vir almoçar conosco e vê-lo neste horário; pode pegar o trem rápido das 03:34, que o deixará na estação de Paddington antes das oito.

Ficou surpreso com meus conhecimentos sobre os trens de cabeça, mas não sabe que decorei todos os trens que chegam e partem de Exeter, para poder ajudar Jonathan caso esteja com pressa.

Assim, levou os papéis consigo e foi embora, e agora sento aqui, pensando – pensando não sei em quê.

*****

Carta (escrita à mão) de Van Helsing para a Sra. Harker

"25 de setembro, 06:00.

Prezada Madame Mina,

Li o maravilhoso diário de seu marido. Pode dormir sem dúvidas. Por mais estranha e terrível que a história seja, é verdadeira! Aposto minha vida nisso. Pode ser pior para outros; mas, para ele e para a senhora, não há temor. Ele é um homem nobre; e permita-me dizer, com base em minha experiência com o ser humano, que uma pessoa que faria o que ele fez, descendo por aquela parede e entrando naquele quarto – sim, e fazendo-o pela segunda vez -, não é do tipo que se abala permanentemente com algum choque. Sua mente e seu coração ficarão bem; isso eu juro, mesmo antes de tê-lo visto, então fique tranquila. Terei muito o que perguntar a ele, sobre outras coisas. Fico feliz por ir visitá-los hoje, pois descobri tantas coisas ao mesmo tempo, que estou atordoado, mais do que jamais estive, e preciso pensar.

Com meus mais sinceros cumprimentos,

Abraham Van Helsing".

Carta da Sra. Harker para Van Helsing.

"25 de setembro, 18:30.

Meu caro Dr. Van Helsing,

Agradeço imensamente por sua gentil carta, que tirou um grande peso de minha mente. Ainda assim, se forem verdadeiras, que coisas terríveis existem neste mundo, e que horror se aquele homem, aquele monstro, estiver mesmo em Londres! Fico com medo só de pen-

sar. Acabei de receber, enquanto escrevia esta carta, um telegrama de Jonathan dizendo que parte no trem das 18:25 de hoje, de Launceston, e chegará aqui às 22:18, de modo que não ficarei com medo esta noite. O senhor poderia, portanto, ao invés de vir almoçar conosco, vir para o café às oito horas, se não for cedo demais? Poderá partir, se estiver com pressa, no trem das 10:30, que o levará a Paddington às 14:35. Não precisa responder, pois saberei que, se não tiver notícias suas, o senhor virá para o café.

Sua fiel e grata amiga,

Mina Harker".

Diário de Jonathan Harker.

26 de setembro. Pensei que nunca mais escreveria neste diário, mas chegou a hora. Quando cheguei em casa, ontem à noite, Mina já estava com o jantar pronto e, após terminarmos, ela contou-me sobre a visita de Van Helsing, e também que havia dado a ele os dois diários copiados, e sobre quão preocupada tem estado comigo. Mostrou-me, pela carta do doutor, que tudo o que eu escrevera era verdade. Parece ter me transformado em um novo homem. Era a dúvida sobre a realidade da coisa toda que estava me abalando. Sentia-me impotente, no escuro e desconfiado. Mas, agora que *sei*, não tenho mais medo, nem mesmo do Conde. Ele conseguiu, afinal, vir a Londres, e foi ele mesmo que vi. Rejuvenesceu, mas como? Van Helsing é o homem certo para desmascará-lo e caçá-lo, se é que ele é, mesmo, o homem que Mina descreve. Ficamos acordados até tarde, conversando sobre tudo. Mina está se vestindo, e eu irei até o hotel dentro de alguns minutos, trazê-lo para cá.

Acho que ficou surpreso ao me ver. Quando entrei no quarto onde ele estava e apresentei-me, ele pegou-me pelo ombro, virou meu rosto para a luz e disse, após um exame minucioso:

– Mas a Madame Mina me disse que o senhor estava doente, que havia tido um choque.

Foi muito engraçado ouvir minha esposa sendo chamada de "Madame Mina" por aquele velho gentil e de feições fortes. Sorri e disse:

– Eu *estava* doente, e *tinha* sofrido um choque, mas o senhor já me curou.

– Mas como?

– Com sua carta para Mina, ontem à noite. Eu estava em dúvida, tudo havia adquirido um tom de irrealidade, e não sabia em que acreditar, nem mesmo nas provas de meus próprios sentidos. Não sabendo em que acreditar, não sabia o que fazer; assim, só podia continuar trabalhando no que, até então, havia sido a área em que passara toda a minha vida. O trabalho deixou de me beneficiar, então comecei a desconfiar de mim mesmo. Doutor, o senhor não sabe o que é duvidar de tudo, até de si mesmo. Não, não sabe; não poderia, com sobrancelhas como as suas.

Ele pareceu ficar contente e riu enquanto dizia:

– Então! O senhor é um fisionomista. Aprendo cada vez mais, aqui. Estou muito feliz por ir tomar café com vocês; e, ah, senhor, espero que perdoe elogios vindos de um velho, mas o senhor foi abençoado com sua esposa. – Eu poderia escutá-lo elogiar Mina um dia inteiro, de modo que só assenti e permaneci em silêncio. – Ela é uma mulher de Deus, criada pela própria mão d'ele para mostrar a nós, homens, e a outras mulheres que há um paraíso no qual podemos entrar, e que sua luz pode jorrar sobre a terra. Tão honesta, tão doce, tão nobre, tão pouco egoísta... e isso, deixe-me dizer, vale muito, nesta época, tão cética e egocêntrica. E o senhor... li todas as cartas da pobre Srta. Lucy, e algumas delas falam do senhor, então o conheço há alguns dias, através de outros; mas descobri o seu verdadeiro eu ontem à noite. O senhor me cumprimentará, não? Que sejamos amigos pelo resto da vida.

Apertamos as mãos, e ele foi tão sincero e gentil que fiquei à beira das lágrimas.

– E agora, – disse, – posso pedir ajuda mais uma vez? Tenho uma grande tarefa a cumprir, e começa com o conhecimento. O senhor pode me ajudar com isso. Pode me dizer o que aconteceu antes de sua ida à Transilvânia? Mais tarde, posso ter que pedir outra ajuda, de um tipo diferente; mas, de início, isso servirá.

– Escute, senhor, – falei, – o que precisa fazer diz respeito ao Conde?

– Sim – respondeu, solenemente.

– Então, estarei com o senhor de corpo e alma. Como partirá no trem das 10:30, não terá tempo de lê-los; mas pegarei o maço de papéis. Pode levá-los com você e lê-los no trem.

Após o café, levei-o para a estação. Ao nos despedirmos, ele disse:

– Talvez o senhor possa vir até a capital, se eu o chamar, e trazer a Madame Mina consigo.

– Nós dois iremos quando quiser – respondi.

Eu dera para ele os jornais matutinos e os de Londres, da noite anterior, e, enquanto conversávamos pela janela do vagão, esperando o trem sair, ele dava uma olhada neles. Seus olhos pareceram, de repente, reparar em algo em um dos jornais, "The Westminster Gazette" – o reconheci pelas cores –, e ele empalideceu. Leu alguma coisa com atenção, gemendo para si mesmo: "Mein Gott! Mein Gott! Tão cedo! Tão cedo!". Acho que nem se lembrou de mim, naquele momento. Naquele instante, o apito soou e o trem pôs-se em movimento. Isso chamou sua atenção, e debruçou-se na janela, acenando e dizendo:

– Meus cumprimentos à Madame Mina; escreverei assim que puder.

Diário do Dr. Seward.

26 de setembro. Realmente, nada é definitivo. Não faz nem uma semana desde que escrevi "Finis", e aqui estou, recomeçando, ou, na verdade, continuando o mesmo registro. Até esta tarde, não tinha motivo para pensar no que acabara. Renfield ficara, ao que tudo indicava, tão são quanto sempre fora. Já estava bem adiantado com seu negócio das moscas, e acabara de começar a criação de aranhas, de modo que não me estava dando problemas. Recebi uma carta de Arthur, escrita no domingo, e entendi, por ela, que ele está se saindo muito bem. Quincey Morris está com ele, e isso é de grande valia, pois ele mesmo é um poço de bom humor. Quincey também me escreveu algumas linhas, e por ele fiquei sabendo que Arthur está começando a recuperar um pouco de sua antiga alegria; assim, estou

despreocupado no que diz respeito a eles. Quanto a mim mesmo, estava retomando meu trabalho com o entusiasmo que costumava sentir por ele, ao ponto de poder ter dito que a ferida causada pela pobre Lucy começava a cicatrizar. Contudo, tudo foi reaberto, agora; e o que acontecerá, só Deus sabe. Suspeito que Van Helsing acha que sabe, também, mas ele só conta o suficiente, de cada vez, para aguçar minha curiosidade. Ele foi a Exeter, ontem, e passou a noite lá. Voltou hoje, e quase correu para dentro de meu escritório, lá pelas cinco e meia, e enfiou o "Westminster Gazette" de ontem na minha mão.

– O que acha disso? – perguntou, afastando-se e cruzando os braços.

Olhei o jornal todo, pois não fazia ideia do que ele queria dizer; mas ele tomou-o de mim e apontou para um parágrafo sobre crianças sendo atraídas para longe das famílias em Hampstead. Não me informou muita coisa, até que cheguei a um trecho que descrevia pequenas feridas de punção em seus pescoços. Uma ideia me ocorreu, e levantei os olhos.

– E então? – perguntou.

– São como as da pobre Lucy.

– E que conclusão tira disso?

– Simplesmente que deve haver alguma causa em comum. O que quer que a tenha ferido, também está ferindo as crianças.

Não entendi direito a resposta dele:

– Isso é verdade indiretamente, mas não diretamente.

– O que quer dizer, Professor? – perguntei. Estava ligeiramente propenso a fazer pouco caso da seriedade dele, pois, afinal de contas, quatro dias de descanso e sem aquela ansiedade febril e excruciante ajudam a restaurar o humor da pessoa; porém, quando vi sua expressão, mudei de ideia. Nunca, nem durante nosso desespero com a pobre Lucy, ele parecera mais sério.

– Conte-me! – disse. – Não consigo dar uma opinião. Não sei o que pensar, e não tenho dados sobre os quais basear uma conjectura.

– Está querendo me dizer, meu amigo John, que não tem suspeita nenhuma sobre a causa da morte da pobre Lucy; nem depois de todas as dicas dadas, não só pelos acontecimentos, como também por mim?

– De prostração nervosa, após uma grande perda ou desperdício de sangue.

– E como o sangue foi perdido ou desperdiçado?

Sacudi a cabeça. Ele veio em minha direção e sentou-se ao meu lado, prosseguindo:

– Você é um homem inteligente, meu caro John; raciocina bem, e sua sagacidade é ousada. Mas é preconceituoso demais; não permite que seus olhos vejam, nem que seus ouvidos escutem, e o que está fora de seu cotidiano não lhe desperta interesse. Não acha que há coisas que não consegue compreender, mas que, ainda assim, existem? Que algumas pessoas veem coisas que outras não conseguem? Mas há coisas, velhas e novas, que não podem ser contempladas pelos olhos humanos, porque eles sabem... ou acham que sabem... algumas coisas que os outros homens lhes contaram. Ah, o defeito da nossa ciência é querer explicar tudo; e, se não consegue, diz que não há nada para explicar. Ainda assim, vemos ao nosso redor, todos os dias, o crescimento de novas crenças, que acham que são novas; mas que são apenas as antigas, fingindo ser novas, como as elegantes damas nas óperas. Suponho que, neste momento, não acredite em transferência corpórea. Não? Nem em materialização. Não? Nem em corpos astrais. Não? Nem na leitura de pensamentos. Não? Nem no hipnotismo...

– Sim – respondi. – Charcot comprovou isso muito bem.

Ele sorriu ao prosseguir:

– Então está satisfeito com esta prova. Sim? E, é claro, compreende como funciona, e consegue seguir a mente do grande Charcot... que, infelizmente, já não está mais entre nós... até o âmago da alma do paciente que ele influencia. Não? Então, caro John, devo entender que você simplesmente aceita o fato, e se satisfaz com deixar o caminho entre a premissa e a conclusão em branco? Não? Então conte-me, pois sou um estudioso da mente, como aceita o hipnotismo e aceita a leitura de pensamentos. Deixe-me dizer, meu amigo, que coisas são feitas, hoje em dia, nas ciências elétricas, que teriam sido consideradas profanas pelos mesmos homens que descobriram a eletricidade; os quais teriam sido, um pouco antes de sua época, queimados na fogueira como bruxos. A vida sempre tem algum mistério. Por que Matusalém viveu novecentos anos, e o "Velho Parr" cento e sessenta e nove, mas a pobre Lucy, com o sangue de quatro homens em suas pobres veias, não conseguiu viver nem um dia? Pois, se tivesse sobrevivido mais um dia, poderíamos tê-la salvado. Você conhece todos os mistérios da vida e da morte? Sabe tudo sobre anatomia comparada, e consegue dizer por que certos homens têm características selvagens, e outros não? Pode me dizer por que, quando outras aranhas morrem pequenas e logo, uma grande aranha viveu séculos, na torre de uma velha igreja na Espanha, e cresceu e cresceu, até que, ao descer, conseguia beber o óleo de todas as lamparinas da igreja? Pode me dizer por que, nos Pampas, assim como em outros lugares, há morcegos que saem à noite, furam as veias do gado e dos cavalos, e sugam todo o seu sangue? Como, em algumas ilhas dos mares ocidentais, há morcegos que passam o dia inteiro pendurados em árvores, e as pessoas que já os viram os descrevem como nozes ou casulos gigantes, e que, quando os marinheiros dormem no convés, por causa do calor, descem sobre eles e... e então, pela manhã, os homens são encontrados mortos, pálidos como a Srta. Lucy?

– Meu Deus, Professor! – disse, me sobressaltando. – Quer dizer que Lucy foi mordida por um desses morcegos, e que uma coisa dessas existe aqui, em Londres, no século XIX?

Acenou pedindo silêncio e continuou:

– Sabe me dizer por que a tartaruga vive mais do que gerações de humanos; por que o elefante dura até ter testemunhado dinastias; e por que o papagaio nunca morre, só por mordida de cachorro ou gato, ou outro problema? Pode me dizer por que os homens acreditam, em todas as épocas e lugares, que há algumas pessoas que vivem para sempre, se deixarem, que há homens e mulheres que não morrem? Todos sabemos, porque a ciência nos assegura, que houve casos de sapos presos em pedras por milhares de anos, enfiados em buracos tão pequenos que só poderiam tê-los contido desde a infância do mundo. Sabe me dizer como os faquires indianos conseguem morrer de propósito e ser enterrados, seus túmulos selados e milho plantado sobre eles, e o milho é colhido, cortado, semeado e colhido novamente, e depois os homens vêm, retiram o selo do túmulo e ali está o faquir indiano, não morto, e sim levantando-se e andando entre as pessoas, como antes?

Naquele ponto, o interrompi. Estava ficando atônito; ele estava enchendo tanto minha mente com sua lista das excentricidades e possíveis impossibilidades da natureza, que minha imaginação estava ficando sobrecarregada. Tinha uma vaga ideia de que ele me estava ensinando uma lição, como costumava fazer, há muito tempo, em seu gabinete em Amsterdã. Mas, naquela época, costumava me dizer uma coisa só, para que eu pudesse ter o objeto daquele pensamento em minha mente o tempo todo. Mas, agora, eu estava sem aquela ajuda, mas ainda assim queria seguir seu raciocínio, de modo que disse:

– Professor, deixe-me ser seu aluno de novo. Diga-me qual é sua teoria, para que eu possa aplicar seus conhecimentos conforme o senhor prossegue. Neste momento, minha mente está pulando de um ponto a outro, como a mente de um louco, e não a de um homem são, segue uma ideia. Sinto-me um novato, atravessando com passos pesados um pântano em meio à névoa, pulando de uma touceira para outra, em um mero esforço cedo para seguir em frente, sem saber para onde vou.

– É uma boa imagem – disse ele. – Bem, contarei. Minha teoria é esta: quero que você acredite.

– Acredite em que?

– Acredite em coisas nas quais não consegue acreditar. Permita-me ilustrar. Ouvi uma vez, de um americano, a seguinte definição de fé: "aquele dom que nos permite acreditar em coisas que sabemos não serem verdadeiras". Eu, pelo menos, concordo com aquele homem. Ele quis dizer que precisamos ter a mente aberta, e não deixar um pedacinho de verdade atrapalhar o caminho de uma grande verdade, como uma pedrinha faz com um trem sobre os trilhos. Chegamos à verdade pequena primeiro. Ótimo! A guardamos e valorizamos; mas, ainda assim, não podemos deixar que ela pense que é toda a verdade do universo.

– Então, quer que eu não deixe que alguma convicção anterior prejudique a receptividade de minha mente em relação a algum assunto estranho. Estou entendendo direito sua lição?

– Ah, você continua sendo meu aluno preferido. Vale a pena ensiná-lo. Agora que está disposto a compreender, deu o primeiro passo em direção à compreensão. Acha, então, que os furinhos nos pescoços das crianças foram feitos pela mesma coisa que fez os furos no pescoço da Srta. Lucy?

– Suponho que sim.

Ele levantou-se e disse, solenemente:

– Então está enganado. Ah, se ao menos fosse isso! Mas, infelizmente, não é. É pior, muito, muito pior.

– Em nome de Deus, Professor Van Helsing, o que quer dizer? – exclamei.

Ele se jogou sobre a cadeira, com um gesto de desespero, e colocou os cotovelos sobre a mesa, cobrindo o rosto com as mãos enquanto falava:

– Foram feitos pela Srta. Lucy!

CAPÍTULO XV

Diário do Dr. Seward (continuação)

Por um tempo, fui dominado por pura raiva; era como se ele houvesse dado um tapa no rosto de Lucy, enquanto estava viva. Soquei a mesa com força e levantei-me, enquanto dizia:

– Dr. Van Helsing, está louco?

Ele ergueu a cabeça e olhou para mim, e foi como se a ternura de sua expressão me acalmasse imediatamente.

– Quem dera estivesse! – respondeu. – Loucura seria fácil de suportar, em comparação com uma verdade como esta. Ah, meu amigo, pense, por que dei tantas voltas, por que demorei tanto para dizer-lhe algo tão simples? Foi por que te odeio, e te odiei a vida toda? Foi por que queria causar-lhe dor? Foi por que queria, a esta altura, vingança pela ocasião em que salvou a minha vida, salvou-me de uma morte medonha? Ah, não!

– Perdoe-me – disse eu.

Ele prosseguiu:

– Meu amigo, foi porque quis ser cuidadoso ao lhe informar, pois sei que amava aquela senhorita tão doce. Mas, mesmo agora, não espero que acredite em mim. É tão difícil aceitar imediatamente uma verdade abstrata, que podemos duvidar de sua possibilidade, por termos sempre acreditado que tal coisa não existe. É ainda mais difícil aceitar uma verdade concreta tão triste, e em relação a uma pessoa como a Srta. Lucy. Hoje à noite, provarei. Ousa vir comigo?

Isso me abalou. Ninguém gostaria de provar uma verdade daquelas; Byron excluíra desta categoria o ciúme:

"E provar a verdade que ele mais abominava[25]".

Ele reparou em minha hesitação, e disse:

– A lógica é simples, não é a lógica de um louco, desta vez, pulando de touceira em touceira em um pântano enevoado. Se não for verdade, a prova será um alívio; na pior das hipóteses, nenhum mal será feito. Se for verdade! Ah, aí é que está o medo; porém, o próprio medo ajudará minha causa, pois nele há necessidade de acreditar em algo. Vamos, vou contar o que proponho: primeiro, que saiamos agora, para visitar aquela criança no hospital. O Dr. Vincent, do North Hospital, onde os jornais dizem que a criança está, é um amigo meu, e creio que seu, também, já que estiveram na mesma classe em Amsterdã. Ele deixará dois cientistas examinarem seu caso, ainda que não deixe dois amigos. Não contaremos nada a ele, só que queremos investigar. E então...

– E então?

Tirou uma chave do bolso e mostrou-a.

– E então, passaremos a noite, eu e você, no cemitério onde Lucy jaz. Esta é a chave que destranca sua tumba. Peguei-a com o coveiro, para dar para Arthur.

Meu coração ficou pesado, pois senti que tínhamos uma provação amedrontadora pela frente. Não havia nada que eu pudesse fazer, entretanto, de modo que juntei toda a coragem que tinha e disse que devíamos nos apressar, pois a tarde estava quase acabando.

Encontramos o menino acordado. Ele havia dormido e comido um pouco, e estava, no geral, indo bem. O Dr. Vincent tirou o curativo de seu pescoço e nos mostrou as punções. Não havia como deixar de notar a semelhança

---

25 N. da T.: O Dr. Seward refere-se a um poema de Lord Byron intitulado "Don Juan", apesar de citá-lo incorretamente.

entre elas e as do pescoço de Lucy. As da criança eram menores, e as bordas pareciam mais recentes; e só. Perguntamos a Vincent qual achava que era a causa, e ele respondeu que devia ser a mordida de algum animal, talvez um rato; mas, de sua parte, estava inclinado a pensar que era um dos morcegos que são tão numerosos nas regiões nortenhas de Londres.

– Dentre tantos inofensivos, – disse, – pode haver algum espécime selvagem do sul, de uma raça mais maligna. Algum marinheiro pode ter trazido um para casa, que conseguiu escapar; ou até mesmo do Jardim Zoológico, algum morcego jovem pode ter escapado, ou ter nascido lá da reprodução de alguma espécie sugadora de sangue. Estas coisas acontecem, sabe. Há apenas dez dias, um lobo escapou, e creio que tenha sido visto por estas bandas. Por uma semana depois, as crianças só brincavam de Chapeuzinho Vermelho na charneca e em todos os becos do bairro, até este susto da "*moça buíta*" acontecer, e desde então, só querem saber de se fantasiar. Até mesmo este pobre pequenino, quando acordou hoje, perguntou à enfermeira se podia ir embora. Ao perguntar-lhe por que queria ir, ele disse que queria brincar com a "*moça buíta*".

– Espero – disse Van Helsing – que, quando mandar o menino para casa, avisará seus pais que devem manter uma vigilância estrita sobre ele. Esta mania de sair andando por aí é perigosíssima; e, se a criança passar a noite fora novamente, provavelmente seria fatal. Mas, de qualquer forma, suponho que não o deixará sair por alguns dias?

– Certamente que não, pelo menos por mais uma semana; até mais, se a ferida não cicatrizar.

Nossa visita ao hospital levou mais tempo do que imagináramos, e o sol já se pusera quando saímos. Quando Van Helsing viu como estava escuro, disse:

– Não temos pressa. Está mais tarde do que pensei. Venha, vamos procurar algum lugar onde possamos comer, e então nos poremos a caminho.

Jantamos no "Jack Straw's Castle", junto com uma pequena multidão de ciclistas e outros, jovialmente barulhentos. Lá pelas dez horas, saímos da estalagem. Àquela altura, já estava bem escuro, e as lamparinas escassas faziam com que a escuridão ficasse ainda maior, quando estávamos fora do alcance de cada uma. O Professor evidentemente reparara no caminho que devíamos seguir, pois seguiu em frente sem hesitar; quanto a mim, estava bastante confuso com nossa localização. Conforme prosseguíamos, encontrávamos cada vez menos pessoas, até que, finalmente, ficávamos um tanto quanto surpresos ao nos depararmos até mesmo com uma patrulha da polícia montada, fazendo sua costumeira ronda dos subúrbios. Finalmente, chegamos ao muro do cemitério, sobre o qual pulamos. Com um pouco de dificuldade – pois estava bem escuro, e o lugar todo parecia tão estranho para nós –, encontramos a tumba da família Westenra. O Professor pegou a chave, abriu a porta que rangia e, afastando-se educadamente, absolutamente sem perceber, fez um gesto para que eu passasse na frente. Havia uma deliciosa ironia naquela oferta, na polidez de se dar a preferência em uma ocasião tão tenebrosa. Meu companheiro me seguiu rapidamente, e puxou a porta com cuidado, após certificar-se bem de que a tranca era de levantar, e não de mola. Se fosse do primeiro tipo, estaríamos em uma situação difícil. Então, remexeu em sua maleta e, tirando uma caixa de fósforos e um pedaço de vela, começou a acender uma luz. A tumba durante o dia, e decorada com flores frescas, já parecera lúgubre e terrível o suficiente; mas agora, alguns dias depois, com as flores murchas e mortas, suas pétalas brancas ficando da cor de ferrugem e suas folhas marrons; quando as aranhas e os besouros haviam retomado seus domínios; quando as pedras, descoloridas pela passagem do tempo, o cimento encrustado de poeira, o ferro enferrujado e úmido, o latão manchado, e as placas de prata opacas refletiam o brilho fraco de uma vela, o efeito era mais miserável e sórdido do que se pode imaginar. Transmitia, irresistivelmente, a ideia de que a vida – a vida animal – não era a única coisa que passa.

Van Helsing prosseguiu com sua tarefa sistematicamente. Segurando a vela de forma a poder enxergar as placas dos caixões, e de modo que a cera caísse em gotas brancas que endureciam quando encostavam no metal, encontrou o caixão de Lucy. Após procurar novamente em sua maleta, pegou uma chave de fenda.

– O que vai fazer? – perguntei.

– Abrir o caixão. Ainda ficará convencido.

Começou imediatamente a tirar os parafusos, e finalmente levantou a tampa, mostrando o forro de chumbo por dentro. A visão quase foi demais para mim. Parecia ser uma afronta à morta equivalente a tirar as roupas dela durante o sono, quando estava viva; cheguei ao ponto de agarrar a mão do Professor para pará-lo. Ele limitou-se a dizer: "Você verá" e, remexendo novamente na maleta, retirou um minúsculo serrote de rodear. Enfiando a chave de fenda no chumbo, com uma estocada rápida que me fez estremecer, fez um pequeno buraco, grande o suficiente para deixar passar a ponta do serrote. Eu esperava um bafo de gás vindo do cadáver que já se deteriorava há uma semana. Nós, médicos, que tivemos que estudar sobre os perigos que nos esperam, já nos acostumamos com tais coisas, então me afastei em direção à porta. Mas o Professor não parou nem por um minuto; serrou alguns centímetros de um lado do caixão de chumbo, depois de um lado para o outro e desceu pela outra lateral. Agarrando a borda da parte solta, dobrou-a para trás, em direção ao pé do caixão, e, posicionando a vela perto da abertura, fez sinal para que eu fosse olhar.

Aproximei-me e olhei. O caixão estava vazio.

Foi certamente uma surpresa para mim, e me causou um choque considerável, mas Van Helsing não se abalou. Agora estava mais certo do que nunca sobre suas suposições, e prosseguiu com sua tarefa com mais vigor.

– Agora está convencido, meu amigo John? – perguntou.

Senti toda a minha natureza argumentativa obstinada despertar dentro de mim ao respondê-lo:

– Estou convencido de que o corpo de Lucy não está naquele caixão; mas isso só prova uma coisa.

– O que seria, meu amigo John?

– Que não está lá.

– É uma lógica boa, – disse ele, – até onde vai. Mas como você explica, como consegue explicar, o fato de não estar lá?

– Talvez um ladrão de cadáveres – sugeri. – Algum funcionário do agente funerário pode tê-lo roubado. – Senti que estava falando besteira, mas era a única causa real que eu poderia sugerir. O Professor suspirou:

– Ah, bem! – disse. – Precisamos de mais provas. Venha comigo.

Recolocou a tampa do caixão, juntou todas as suas coisas e as pôs na maleta, apagou a vela e também a guardou. Abrimos a porta e saímos. Ele fechou a porta atrás de nós e a trancou. Entregou-me a chave, dizendo:

– Pode ficar com ela? Para que tenha certeza.

Eu ri – não uma risada alegre, devo dizer – enquanto fiz um gesto indicando que ele deveria ficar com ela.

– Uma chave não é nada – disse. – Pode haver cópias; e, de qualquer forma, não é difícil arrombar uma fechadura deste tipo.

Ele não disse nada, mas colocou a chave no bolso. Então, me mandou ficar de guarda em um lado do cemitério, enquanto ele ficaria no outro. Posicionei-me detrás de um teixo, e vi sua silhueta escura andando até que as lápides e árvores a esconderam de mim.

Foi uma vigília solitária. Logo após me posicionar, ouvi um relógio distante bater a meia-noite, e depois a uma e as duas. Estava gelado e enervado, e bravo com o Professor por me trazer em uma empreitada daquelas, e comigo mesmo por ter vindo. Estava com frio e com sono demais para ficar atento, mas não sonolento o suficiente para trair sua confiança, de modo que, no geral, passei umas horas deprimentes e miseráveis.

De repente, ao me virar, pensei ter visto algo parecido com uma figura branca, andando entre dois teixos escuros do lado do cemitério que ficava oposto à tumba; ao mesmo tempo, uma massa escura se moveu, no canto onde estava o Professor, e dirigiu-se apressadamente em direção à primeira. Então, eu também me pus em movimento; mas tive que contornar lápides e túmulos com cercas, tropeçando em jazigos. O céu estava encoberto e, em algum lugar distante, um galo madrugador cantou. A uma certa distância, para além de uma linha de zimbros espalhados, que marcavam o caminho até a igreja, uma figura branca e difusa deslizava em direção à tumba. A tumba em si estava escondida por árvores, e não consegui ver onde a figura desapareceu. Ouvi o farfalhar de movimentos no lugar onde primeiro havia visto a figura branca e, ao ir até lá, encontrei o Professor segurando uma criancinha nos braços. Ao me ver, segurou a criança em minha direção e disse:

– Agora está satisfeito?

– Não – respondi, de uma forma que senti ser agressiva.

– Não está vendo a criança?

– Sim, é uma criança, mas quem a trouxe aqui? E está ferida? – perguntei.

– Veremos – disse o Professor e, em um único ímpeto, saímos do cemitério, com ele carregando a criança adormecida.

Ao chegarmos a uma certa distância, entramos em meio a algumas árvores, acendemos um fósforo e examinamos o pescoço da criança. Não tinha qualquer ferida ou cicatriz.

– Eu estava certo? – perguntei, triunfante.

– Chegamos bem a tempo – disse o Professor, em tom de gratidão.

Agora precisávamos decidir o que fazer com a criança, então debatemos o assunto. Se a levássemos a uma delegacia, teríamos que dar alguma explicação sobre nossos movimentos durante a noite; pelo menos, teríamos que fazer alguma declaração sobre como a encontráramos. Assim, finalmente decidimos que a levaríamos à charneca de Hampstead e, quando ouvíssemos um policial se aproximando, a colocaríamos onde ele não poderia deixar de encontrá-la; e então, iríamos para casa o mais rápido que pudéssemos. Na borda da charneca, ouvimos os passos pesados de um policial e, deitando a criança sobre a trilha, esperamos e observamos, até que o vimos mexer a lamparina de um lado para o outro. Escutamos sua exclamação de surpresa, e então fomos embora em silêncio. Por sorte, conseguimos pegar uma carruagem perto do "Spaniards", e voltamos para o centro da cidade.

Não consigo dormir, então faço este registro. Mas preciso tentar dormir por algumas horas, pois Van Helsing virá me ver ao meio-dia. Ele insiste que preciso ir com ele em outra expedição.

* * * * *

27 de setembro. Já eram duas horas quando encontramos uma oportunidade adequada para nossa empreitada. O enterro do meio-dia havia terminado, e os últimos retardatários já haviam se retirado sem pressa, quando

vimos, observando cuidadosamente de trás de um grupo de amieiros, o sacristão trancar o portão atrás de si. Soubemos, então, que estaríamos seguros até a chegada da manhã, se quiséssemos; mas o Professor me disse que não devíamos precisar de mais de uma hora, no máximo. Senti de novo aquela horrorosa sensação de que tudo era real, onde qualquer esforço da imaginação parecia fora de lugar; e notei claramente o perigo de contravenção da lei que estávamos correndo, com nosso trabalho profano. Além disso, senti que tudo era tão inútil. Por mais ultrajante que fosse abrir num caixão de chumbo, para ver se uma mulher, que morrera há uma semana, estava realmente morta, agora me parecia a maior loucura abrir a tumba novamente, quando sabíamos, com base na evidência de nossos próprios olhos, que o caixão estava vazio. Dei de ombros, entretanto, e fiquei em silêncio, pois Van Helsing tinha o costume de seguir em frente, não importando quem protestasse. Pegou a chave, abriu a tumba e, novamente, fez um gesto cortês para que eu entrasse na frente. O lugar não estava tão horrível quanto na noite anterior, mas meu Deus, como parecia malévolo sob os raios do sol. Van Helsing foi até o caixão de Lucy e eu o segui. Debruçou-se sobre ele e, novamente, puxou a parte solta para trás; então, fui acometido por um choque de surpresa e desalento.

Ali jazia Lucy, aparentemente do mesmo modo como a víramos na noite antes de ser enterrada. Estava, se é que era possível, mais deslumbrante do que nunca, e não pude acreditar que estava morta. Seus lábios estavam vermelhos, não, mais vermelhos do que antes, e suas feições tinham um delicado rubor.

– Isto é alguma brincadeira? – perguntei.

– Agora está convencido? – disse o Professor, em resposta, e, enquanto falava, estendeu o braço e, de um jeito que me fez estremecer, afastou os lábios da morta para mostrar os dentes brancos.

– Veja, – prosseguiu, – veja, estão mais afiados do que antes. Com este e este, – disse, encostando em um dos caninos e no dente embaixo dele, – as criancinhas são mordidas. Agora acredita, caro John?

Mais uma vez, a hostilidade argumentativa despertou dentro de mim. Não podia aceitar uma ideia tão esmagadora quanto a que ele sugeria; assim, em uma tentativa de argumentar, da qual me envergonhei no mesmo momento, disse:

– Ela pode ter sido colocada aqui depois da noite passada.

– É mesmo? É verdade, mas por quem?

– Não sei. Alguém o fez.

– Ainda assim, já está morta há uma semana. A maioria das pessoas, depois de tanto tempo, não teria esta aparência.

Não tinha resposta para dar, então fiquei em silêncio. Van Helsing não pareceu reparar em meu silêncio; de qualquer forma, não demonstrou tristeza, nem triunfo. Estava olhando fixamente para o rosto da morta, levantando suas pálpebras e examinando os olhos, e abrindo mais uma vez os lábios para analisar os dentes. Então, virou-se para mim e disse:

– Veja, há uma coisa diferente de todas as registradas; aqui temos um tipo de vida dupla, que não é o tipo comum. Ela foi mordida pelo vampiro quando estava em transe, sonâmbula... ah, você se sobressalta; ainda não sabe, caro John, mas ficará sabendo de tudo mais tarde. E, durante o transe, era mais fácil para ele vir tirar mais sangue. Sob o transe ela morreu, e nele também é uma morta-viva. É deste modo que ela difere de todos os outros. Geralmente, quando os mortos-vivos dormem em suas casas, – enquanto falava, abriu os braços em um gesto abrangente, para mostrar o que um vampiro considerava sua "casa" – seus rostos mostram o que são de verdade, mas ela era tão doce que, quando não está morta-viva, volta para o nada dos mortos comuns. Não há malevolência nela, perceba, de modo que será difícil para mim matá-la enquanto dorme.

Isso fez meu sangue gelar, e comecei a perceber que estava aceitando as teorias de Van Helsing; mas, se ela estava mesmo morta, o que poderia haver de aterrorizante na ideia de matá-la? Ele olhou para mim, e evidentemente viu a mudança em minha expressão, pois disse, quase que alegremente:

– Ah, agora acredita?

Respondi:

– Não me pressione demais logo de cara. Estou disposto a aceitar. Como fará este trabalho sanguinário?

– Cortarei a cabeça dela e encherei sua boca de alho, e enfiarei uma estaca em seu corpo.

Estremeci só de pensar em mutilar daquela forma o corpo da mulher que amara. Ainda assim, o sentimento não foi tão forte quanto esperava. Eu estava, na verdade, começando a estremecer com a presença daquela criatura, aquela morta-viva, como Van Helsing a chamara, e a nutrir aversão por ela. Seria possível que o amor é inteiramente subjetivo, ou inteiramente objetivo?

Esperei um tempo considerável até que Van Helsing começasse, mas ele ficou ali parado, imerso em pensamentos. Depois, fechou a fivela da maleta com um estalido e disse:

– Tenho pensado e cheguei a uma conclusão quanto ao que fazer. Se fosse simplesmente seguir minha inclinação, faria agora, neste momento, o que precisa ser feito; mas há outras coisas que preciso seguir, e coisas que são mil vezes mais difíceis pelo fato de as desconhecermos. Isto é simples. Ela ainda não tirou nenhuma vida, apesar de ser só uma questão de tempo; e, se agíssemos agora, acabaríamos com este perigo para sempre. Mas depois podemos precisar de Arthur, e como contaremos tudo isso a ele? Se você, que viu as feridas no pescoço de Lucy, e viu as feridas tão semelhantes na criança no hospital; se você, que viu o caixão vazio ontem à noite, e ocupado hoje por uma mulher que não mudou nada, além de estar mais ruborizada e ainda mais linda, uma semana depois de morrer; se você sabe de tudo isso, e viu a figura branca ontem à noite, que trouxe a criança para o cemitério, e ainda assim não acreditou em seus próprios sentidos, como posso esperar que Arthur, que não viu nenhuma dessas coisas, acredite? Ele duvidou de mim quando o impedi de beijá-la em seu leito de morte. Sei que me perdoou por tê-lo impedido de se despedir dela como deveria, que é o que ele equivocadamente pensa; e ele pode se equivocar novamente e pensar que esta mulher foi enterrada viva e que cometemos o erro mais sério de todos, matando-a. Ele argumentará, então, que nós é que estávamos equivocados e a matamos com nossas ideias; e, assim, será infeliz para sempre. Mas nunca terá certeza, e esta será a pior parte. Às vezes, pensará que a mulher que amava foi enterrada viva, e isso manchará seus sonhos com os horrores do que ela deve ter sofrido; e, novamente, pensará que talvez nós estávamos certos, e que sua amada era, afinal, uma morta-viva. Não! Já disse a ele e, desde então, descobri muitas coisas. Agora que sei que é tudo verdade, sei uma centena de vezes mais que ele precisa passar pelas águas bravas, para chegar à calmaria. Ele, pobre camarada, precisa passar por uma hora que o fará pensar que a face do paraíso se enegreceu; e então, poderemos agir pelo bem de todos e fazer com que ele fique em paz. Já me decidi. Vamos. Volte hoje para seu sanatório e certifique-se de que está tudo bem. Quanto a mim, passarei a noite aqui, neste cemitério, do meu próprio jeito. Amanhã à noite, venha me ver no Hotel Berkeley às dez da noite. Pedirei que Arthur venha também, e também aquele excelente jovem americano que doou seu sangue. Mais tarde, todos teremos trabalho a fazer. Vou com você até Piccadilly e jantarei lá, pois preciso estar de volta aqui antes do pôr do sol.

Trancamos a tumba e partimos. Escalamos o muro do cemitério, o que não foi tão difícil, e dirigimos de volta até Piccadilly.

Bilhete deixado por Van Helsing em seu baú, no Hotel Berkeley, para o Dr. John Seward.

(Não foi entregue)

"*27 de setembro.*

Caro John,

Escrevo este bilhete caso alguma coisa aconteça. Estou indo ficar de guarda sozinho naquele cemitério. Não quero que a morta-viva, a Srta. Lucy, saia hoje à noite, para que esteja mais ansiosa amanhã. Portanto, colocarei algumas coisas que não a agradarão – alho e um crucifixo – para selar a porta da tumba. Não faz tempo que é morta-viva, então terá cautela. Ademais, isso é só para impedi-la de sair; podem não dissuadi-la de entrar, pois então os mortos-vivos ficam desesperados, e precisam encontrar o caminho de menor resistência, qualquer que seja. Estarei a postos a noite toda, do ocaso até depois da aurora, e, se houver algo para ser descoberto, o descobrirei. Não temo pela Srta. Lucy, tampouco tenho medo dela; mas aquele outro, que é a causa de sua transformação em morta-viva, agora tem o poder de procurar sua tumba e buscar abrigo. Ele é ardiloso, conforme fiquei sabendo pelo Sr. Jonathan e pelo modo como ele nos enganou o tempo todo, enquanto brincava conosco pela vida da Srta. Lucy, o que perdemos. E, de muitas maneiras, os mortos-vivos são fortes. Ele sempre tem a força de vinte homens; até mesmo nós quatro, que demos nossas forças para a Srta. Lucy, as demos todas para ele. Além disso, ele pode convocar seu lobo, e sei lá mais o que. Então, se ele for até lá esta noite, me encontrará; mas ninguém mais me encontrará, até que seja tarde demais. Pode ser que ele não tente ir para lá. Não há motivos para que o faça; sua área de caça tem mais presas do que o cemitério onde a morta-viva dorme e um velho fica de guarda.

Portanto, escrevo isto caso... pegue os papéis que acompanham este bilhete, os diários de Harker e o resto, e leia-os, e então encontre este poderoso morto-vivo, corte sua cabeça e queime ou enfie uma estaca em seu coração, para que o mundo fique livre dele.

Se isso acontecer, adeus.

Van Helsing".

Diário do Dr. Seward

28 de setembro. É maravilhoso o que uma boa noite de sono faz pela pessoa. Ontem, eu estava quase disposto a aceitar as ideias monstruosas de Van Helsing; mas agora me parecem lúgubres, como um ultraje ao bom senso. Não tenho dúvidas de que ele acredita em tudo. Imagino se sua mente pode ter sido perturbada de alguma forma. Decerto que deve haver *alguma* explicação racional para todas estas coisas misteriosas. Será possível que o próprio Professor tenha feito tudo isso? Ele é tão anormalmente inteligente que, se ficasse louco, conseguiria realizar seu intento, em relação a alguma ideia fixa, de forma maravilhosa. Odeio cogitar isso, e seria tão inacreditável descobrir que Van Helsing ficou louco, quanto tudo o mais que aconteceu; mas, de qualquer forma, o observarei atentamente. Posso desvendar alguma parte do mistério.

*****

29 de setembro, manhã. Na noite passada, um pouco antes das dez, Arthur e Quincey vieram até o quarto de Van Helsing; ele nos contou tudo o que queria que fizéssemos, mas dirigiu-se especialmente a Arthur, como se todas as nossas vontades estivessem centradas na dele. Começou dizendo que esperava que todos nós o acompanhássemos, "pois", disse, "temos um grande dever a cumprir. Imagino que tenha ficado surpreso com minha carta?". Esta pergunta foi dirigida diretamente a Lord Godalming.

– Fiquei. Na verdade, me deixou um tanto abalado. Têm acontecido tantos problemas em meu lar, ultimamente, que poderia passar sem outros. Fiquei curioso, também, quanto ao que o senhor quis dizer. Quincey e eu debatemos sobre isso, mas quanto mais falávamos, mais confusos ficávamos, e até agora, posso falar por mim mesmo, que não faço a menor ideia do que se trata.

– Eu também – disse Quincey Morris, laconicamente.

– Ah, – respondeu o Professor, – então estão mais perto do início, vocês dois, do que nosso amigo John, aqui, que precisa voltar um longo caminho, antes de ao menos poder começar.

Estava evidente que ele percebera que eu retornara à minha antiga mentalidade, sem que eu houvesse dito uma única palavra. Então, voltando-se para os outros dois, disse com intensa gravidade:

– Quero sua permissão para fazer o que acho certo, esta noite. Sei que é um pedido grande; e só saberão a magnitude quando souberem o que estou propondo. Portanto, posso pedir que me façam a promessa no escuro, de modo que, depois, apesar de poderem ficar bravos comigo por um tempo – não posso ignorar a possibilidade de que isso aconteça –, não culpem a si mesmos por nada?

– Pelo menos o senhor é franco – Quincey interrompeu. – Ponho a mão no fogo pelo Professor. Não entendo direito o que ele quer, mas juro que é honesto; e isso é o suficiente para mim.

– Agradeço-o, senhor – disse Van Helsing, orgulhosamente. – Dei a mim mesmo a honra de considerá-lo um amigo de confiança, e seu endosso me é muito valioso.

Estendeu uma mão, que Quincey apertou. Então, Arthur falou:

– Dr. Van Helsing, não gosto muito de "comprar gato por lebre", como dizem na Escócia, e se isso diz respeito a algo que concerne minha honra de cavalheiro ou minha fé cristã, não posso fazer tal promessa. Se o senhor me puder garantir que o que pretende fazer não viola nenhuma dessas duas, darei meu consentimento imediatamente; apesar de não compreender, de jeito nenhum, o que o senhor almeja.

– Aceito suas condições, – disse Van Helsing, – e tudo o que peço é que, se sentir a necessidade de condenar qualquer ato meu, primeiro pondere bem, e fique convencido de que não viola suas ressalvas.

– Concordo! – respondeu Arthur. – É justo. Agora que as discussões preliminares acabaram, posso perguntar o que é que faremos?

– Quero que venham comigo, em segredo, para o cemitério de Kingstead.

A expressão de Arthur mudou, enquanto dizia, em tom de surpresa:

– Onde a pobre Lucy está enterrada? – O Professor respondeu com uma reverência. Arthur continuou: – E quando chegarmos lá?

– Entraremos na tumba!

Arthur levantou-se.

– Professor, está falando sério, ou é uma piada monstruosa? Perdoe-me, estou vendo que está falando sério. – Sentou-se novamente, mas pude ver que estava sentado firme e impavidamente, como alguém que protege sua dignidade. Ficamos em silêncio, até que ele perguntou novamente: – E quando estivermos na tumba?

– Abriremos o caixão.

– Isso é demais! – disse ele, levantando-se com raiva novamente. – Estou disposto a ser paciente com tudo o que for razoável; mas esta... esta profanação do túmulo... de alguém que...

Estava engasgado de indignação. O Professor olhou-o com piedade.

– Se eu pudesse poupá-lo de qualquer dor, meu pobre amigo, – disse, – Deus sabe que o faria. Mas esta noite, nossos pés precisarão percorrer caminhos espinhosos; senão, mais tarde, ou para sempre, os pés que você ama andarão sobre caminhos de fogo!

Arthur levantou o rosto rígido e pálido, e disse:

– Cuidado, senhor, cuidado!

– Não seria melhor ouvir o que tenho a dizer? – disse Van Helsing. – Então, pelo menos saberá o escopo do que proponho. Posso prosseguir?

– É justo – observou Morris.

Após uma pausa, Van Helsing seguiu em frente, evidentemente com esforço:

– A Srta. Lucy está morta; não é verdade? Sim! Então, nenhum mal pode lhe ser causado. Mas, se ela não estiver morta...

Arthur pôs-se de pé com um pulo.

– Meu Deus! – exclamou. – O que quer dizer? Houve algum engano? Ela foi enterrada viva? – Gemeu, com uma angústia que nem mesmo a esperança podia amenizar.

– Não disse que ela estava viva, minha criança; não pensei nisso. O máximo que posso dizer é que ela é uma morta-viva.

– Morta-viva! Não viva! O que está dizendo? Isso tudo é um pesadelo, ou o que?

– Há mistérios que os homens só podem tentar adivinhar, que, era após era, só conseguem resolver em parte. Acredite, agora estamos na beira de um deles. Mas não terminei. Posso cortar a cabeça da falecida Srta. Lucy?

– Por tudo quanto é mais sagrado, não! – exclamou Arthur, em um arroubo. – Por nada neste mundo permitirei qualquer mutilação de seu corpo. Dr. Van Helsing, está indo longe demais. O que fiz para o senhor, para que me torture desta forma? O que aquela pobre doce garota fez, para que o senhor queira desonrar seu túmulo desta maneira? Está falando estas coisas porque está louco, ou eu é que estou louco, por estar escutando? Não ouse cogitar tal profanação; não darei meu consentimento a nada que o senhor fizer. Tenho o dever de proteger o túmulo dela de ultrajes; e, em nome de Deus, o farei!

Van Helsing levantou-se da poltrona em que estivera aquele tempo todo, e disse, em tom sério e severo:

– Meu caro Lord Godalming, eu também tenho um dever a cumprir, um dever para com terceiros, um dever para com o senhor, um dever para com os mortos; e, em nome de Deus, o cumprirei! Tudo o que peço agora é que venha comigo, que observe e escute; e se, mais tarde, quando eu fizer o mesmo pedido novamente, o senhor não estiver mais ansioso para cumpri-lo do que até mesmo eu, cumprirei o meu dever, da forma que achar melhor. E então, para atender aos desejos do senhor, ficarei à sua disposição para prestar-lhe contas, quando e onde quiser. – Sua voz falhou um pouco, e então prosseguiu, em um tom de pena: – Mas imploro-lhe que não siga com raiva de mim. Em uma longa vida de ações, que nem sempre foram agradáveis, e que às vezes me partiram o coração, nunca tive uma tarefa tão pesada quanto esta. Acredite que, se chegar o momento em que você mude de ideia em relação a mim, um olhar seu apagará toda esta triste hora, pois farei o que puder para poupá-lo de sofrimento. Pense. Por que eu daria a mim mesmo tanto trabalho e tanto sofrimento? Vim até aqui, de meu próprio país, para fazer o bem que puder; primeiro, para agradar meu amigo John, e depois para ajudar uma doce senhorita, a quem também acabei me afeiçoando. Por ela – fico envergonhado por falar tanto, mas o faço com gentileza – dei o que o senhor deu: o sangue de minhas veias. Eu o dei, eu, que não era, como o senhor, o amado da senhorita, e somente seu médico e amigo. Dei a ela minhas noites e meus dias, antes e depois da morte; e, se minha morte puder fazer algum bem a ela, até mesmo agora, quando ela se tornou uma morta-viva, ela a terá imediatamente.

Ele disse tudo isso com um orgulho muito sério e doce, e Arthur ficou bastante afetado. Pegou a mão do velho e disse, em voz trêmula:

– Oh, é difícil pensar nisso, e não consigo compreender; mas pelo menos irei com o senhor e esperarei.

CAPÍTULO XVI

Diário do Dr. Seward (continuação)

Faltavam quinze minutos para a meia-noite, quando chegamos no cemitério, passando por cima do muro baixo. A noite estava escura, com brilhos ocasionais do luar entre as nuvens que corriam pelo céu. De alguma forma, conseguimos nos manter juntos, com Van Helsing ligeiramente à frente, abrindo caminho. A chegarmos perto da tumba, olhei bem para Arthur, por medo de que a proximidade com um lugar tão cheio de lembranças pesarosas o abalaria; mas ele se comportou bem. Imaginei que o mistério do que estávamos fazendo neutralizaria sua tristeza, de alguma forma. O Professor destrancou a porta e, vendo uma hesitação natural entre nós, por diversos motivos, resolveu a dificuldade entrando primeiro. O resto de nós o seguiu, e ele fechou a porta. Então, acendeu uma lamparina escura e apontou para o caixão. Arthur deu um passo para frente, hesitante; Van Helsing disse para mim:

– Você esteve aqui comigo, ontem. O corpo da Srta. Lucy estava naquele caixão?

– Estava.

O Professor voltou-se para os outros, dizendo:

– Vocês ouviram; ainda assim, nenhum de vocês acredita em mim.

Pegou a chave de fenda e, novamente, tirou a tampa do caixão. Arthur olhou para dentro, muito pálido e quieto; quando a tampa havia sido removida, deu um passo para a frente. Evidentemente não sabia que era um caixão de chumbo, pelo menos não pensara sobre isso. Ao ver a fenda no chumbo, seu sangue subiu-lhe à cabeça por um instante, mas, com a mesma rapidez, desceu novamente, de modo que ele continuou com uma palidez assustadora, e continuava em silêncio. Van Helsing forçou a tampa de chumbo para trás, e todos nós observamos e recuamos.

O caixão estava vazio!

Por muitos minutos, ninguém disse uma palavra. O silêncio foi quebrado por Quincey Morris:

– Professor, acreditei no senhor. Sua palavra é tudo o que quero. Não perguntaria este tipo de coisa levianamente, não o desonraria a ponto de insinuar dúvidas; mas este é um mistério que vai além de qualquer honra ou desonra. Foi o senhor que fez isso?

– Juro para você, por tudo quanto é mais sagrado, que não a removi ou toquei. O que aconteceu foi isso: duas noites atrás, meu amigo Seward e eu viemos até aqui – com um propósito honesto, acreditem-me. Abri aquele caixão, que, naquele momento, estava selado, e descobrimos, como agora, que estava vazio. Esperamos, então, e vimos alguma coisa branca andando entre as árvores. No dia seguinte, viemos aqui durante o dia, e lá ela jazia. Não é, amigo John?

– Sim.

– Naquela noite, chegamos bem na hora. Mais uma criança pequena havia desaparecido, e a encontramos, graças a Deus, incólume entre os túmulos. Ontem, vim aqui antes do pôr do sol, pois depois dele os mortos-vivos podem se mover. Esperei aqui a noite toda, até o sol nascer, mas não vi nada. O mais provável é que tenha sido porque coloquei sobre as trancas destas portas alho, que os mortos-vivos não suportam, e outras coisas pelas quais têm aversão. Na noite passada, ninguém saiu, de modo que hoje, antes do pôr do sol, tirei meu alho e outras coisas. Por isso é que encontramos este caixão vazio. Mas me acompanhem. Até agora já houve muitas coisas estranhas. Esperem comigo lá fora, sem sermos vistos ou ouvidos, e coisas muito mais estranhas ainda acontecerão. Então, – disse, fechando a portinhola de sua lamparina, – vamos para fora.

Abriu a porta e saímos, com ele por último, trancando a porta atrás de si.

Nossa, como o ar noturno parecia fresco e puro, após o terror daquela tumba. Como era doce, ver as nuvens passando, e os raios do luar passageiros, entre as nuvens que se cruzavam e deslizavam – como a felicidade e a tristeza da vida de um homem; como era doce, respirar o ar puro, que não havia sido conspurcado pela morte e pela decomposição; como era humanizador, ver o céu avermelhado atrás das colinas, e ouvir, ao longe, o rugido abafado que marca a vida nas grandes cidades. Cada um de nós, à sua própria maneira, estava solene e tomado por sentimentos. Arthur estava em silêncio, e tentava, pude perceber, compreender o objetivo e o significado oculto do mistério. Eu mesmo estava toleravelmente paciente, e meio que propenso, novamente, a deixar de lado as dúvidas e aceitar as conclusões de Van Helsing. Quincey Morris estava fleumático, como um homem que aceita todas as coisas, e que as aceita no espírito de calma valentia, arriscando tudo o que ele tem para apostar. Sem poder fumar, cortou um pedaço de tabaco de bom tamanho e pôs-se a mastigar. Quanto a Van Helsing, ocupou-se de forma definitiva. Primeiro, tirou de sua maleta o que parecia ser um biscoito fino, em forma de wafer, cuidadosamente embrulhado em um guardanapo branco; em seguida, pegou uma dose dupla de um negócio esbranquiçado, como uma massa. Esfarelou o biscoito e transformou-o em um bolo entre os dedos. Então, pegou o bolo e, enrolando-o em tiras finas, começou a enfiá-lo nos vãos entre a porta e seu encaixe. Fiquei um tanto quanto confuso com isso e, estando perto dele, perguntei o que estava fazendo. Arthur e Quincey se aproximaram, pois também estavam curiosos. Ele respondeu:

– Estou fechando a tumba, para que a morta-viva não consiga entrar.

– E este negócio que colocou ali vai surtir efeito? – perguntou Quincey. – Puxa vida! Isto é um jogo?

– É.

– O que é isso que está usando? – Desta vez, a pergunta veio de Arthur. Van Helsing ergueu o chapéu, reverentemente, enquanto respondia:

– A Hóstia. Trouxe-a de Amsterdã. Tenho uma Indulgência.

Tal resposta chocou até mesmo o mais cético dentre nós, e sentimos, individualmente, que, na presença de um propósito tão honesto quanto o do Professor, um propósito que o fazia usar aquela mais sagrada das coisas, era impossível desconfiar. Em um silêncio respeitoso, nos colocamos nos lugares atribuídos a nós, ao redor da tumba, mas escondidos da vista de qualquer um que se aproximasse. Fiquei com pena dos outros, especialmente de Arthur. Eu já me acostumara, por minhas outras visitas, com o horror de ficar de vigília; ainda assim, eu, que até uma hora atrás repudiara as provas, senti meu coração afundar dentro de mim. Nunca antes os túmulos haviam parecido ter um branco tão lúrido; nunca os ciprestes, ou os teixos, ou zimbros, haviam se parecido tanto com a concretização da melancolia funérea; nunca antes as árvores ou a grama haviam ondulado ou farfalhado tão ominosamente; os galhos nunca haviam rangido tão misteriosamente; e os uivos distantes dos cachorros nunca haviam feito um presságio tão lamentável reverberar pela noite.

Houve um longo período de silêncio, um vazio enorme e dolorido, e então o Professor emitiu um ruído agudo: "Sssss!". Apontou; e, do outro lado do caminho de teixos, vimos uma figura branca avançar – uma figura branca difusa, que segurava algo escuro junto ao peito. A figura parou e, naquele momento, um raio de luar caiu sobre a massa de nuvens e mostrou, com uma proeminência surpreendente, uma mulher morena, usando uma mortalha. Não conseguíamos ver seu rosto, pois estava abaixado na direção do que percebemos ser uma criança loura. Houve uma pausa e uma exclamação baixinha, como a que as crianças fazem enquanto dormem, ou como a dos cachorros dormindo e sonhando na frente da lareira. Começamos a avançar, mas o gesto de aviso do Professor, que o vimos fazer enquanto se escondia atrás de um teixo, nos parou; e então, enquanto olhávamos, a figura recomeçou a andar. Estava, agora, próxima o suficiente para que a víssemos claramente, e o luar continuava. Meu próprio coração ficou frio como o gelo, e pude ouvir Arthur arfar, quando reconhecemos as feições de Lucy Westenra. Lucy Westenra, mas, ainda assim, como estava mudada. A doçura se transformara em crueldade adamantina e desalmada, e a pureza em devassidão voluptuosa. Van Helsing saiu de trás da árvore e, obedecendo ao seu gesto, todos nós avançamos, também; nós quatro formamos uma carreira na frente da porta da tumba. Van Helsing ergueu a lamparina e abriu a portinhola; à luz concentrada que iluminou o rosto de Lucy, pudemos ver que seus lábios estavam escarlates de sangue fresco, que escorrera pelo queixo e manchara a pureza de suas vestes fúnebres.

Estremecemos de horror. Pude ver, à luz trêmula, que nem mesmo os nervos de aço de Van Helsing aguentaram. Arthur estava ao meu lado e, se eu não houvesse agarrado seu braço e o segurado, ele teria caído.

Quando Lucy – chamo aquela coisa à nossa frente de Lucy porque tinha sua forma – nos viu, deu um passo para trás, com um rosnado nervoso, como o que os gatos dão quando são pegos de surpresa; então, seu olhar passou por nós todos. Os olhos eram os de Lucy, quanto ao formato e à cor; mas eram os olhos de Lucy impuros e cheios de fogo infernal, ao invés das orbes puras e gentis que conhecíamos. Naquele momento, o que restava de meu amor se transformou em ódio e aversão; se ela tivesse que ser morta naquele instante, eu o teria feito com um deleite selvagem. Enquanto nos olhava, seus olhos brilhavam com uma luz profana, e seu rosto se revestiu de um sorriso voluptuoso. Meu Deus, como tremi ao vê-lo! Com um gesto descuidado, jogou ao chão, insensível como o diabo, a criança que, até então, segurara com força junto ao peito, rosnando sobre ela como um cachorro rosna por um osso. A criança deu um grito agudo, e no chão ficou, chorando. Houve uma dureza, naquele ato, que arrancou um gemido de Arthur; quando ela avançou em direção a ele, com os braços esticados e um sorriso devasso, ele afastou-se e escondeu o rosto nas mãos.

Ainda assim, ela continuou avançando e, com uma graça langorosa e voluptuosa, disse:

– Venha para mim, Arthur. Deixe esses outros e venha para mim. Meus braços anseiam por você, Venha, e podemos descansar juntos. Venha, meu marido, venha!

Havia algo de diabolicamente doce em seu tom – parecido com o tilintar de copos, quando tocados –, que ressoou nas mentes até mesmo de nós que ouvimos as palavras dirigidas a outro. Quando a Arthur, parecia enfeitiçado; tirando as mãos do rosto, escancarou os braços. Ela saltou na direção deles, quando Van Helsing deu um pulo para a frente e segurou seu pequeno crucifixo dourado entre os dois. Ela recuou dele e, com um rosto repentinamente distorcido, cheio de ódio, passou correndo por ele, como que para entrar na tumba.

Ao chegar a alguns metros da porta, contudo, parou, como se impedida por alguma força irresistível. Então, virou-se, e seu rosto foi iluminado pelo raio nítido do luar e pela lamparina, que não estava mais tremendo, devido aos nervos de aço de Van Helsing. Nunca antes eu vira tamanha malícia desconcertada em um rosto; e espero que nunca mais seja vista por olhos mortais. A linda cor de seu rosto ficou lívida, seus olhos pareciam soltar faíscas do fogo do inferno, seu cenho estava franzido como se as dobras de sua carne fossem as espirais das serpentes da Medusa, e sua adorável boca, suja de sangue, se abriu até se transformar em um quadrado, como naquelas máscaras gregas e japonesas. Se alguma vez um rosto significou a morte – se um olhar matasse –, nós o vimos naquele momento.

E então, por meio minuto, que pareceu uma eternidade, ela ficou entre o crucifixo erguido e o fecho sagrado de sua porta de entrada. Van Helsing interrompeu o silêncio perguntando a Arthur:

– Responda-me, meu amigo! Devo prosseguir com minha tarefa?

Arthur caiu de joelhos e escondeu o rosto nas mãos, enquanto respondia:

– Faça como quiser, amigo; faça como quiser. Não pode haver um horror como este nunca mais – lamentou.

Quincey e eu fomos até ele simultaneamente, e o pegamos pelos braços. Podíamos ouvir o estalido da lamparina sendo fechada, enquanto Van Helsing a abaixava; aproximando-se da tumba, começou a remover dos vãos alguns pedaços do emblema sagrado que lá colocara. Quando ele se afastou, continuamos observando, aterrados, a mulher, que naquele momento tinha um corpo físico tão real quanto os nossos, passar pelo vão onde mal poderia entrar uma faca. Todos sentimos um verdadeiro alívio ao vermos o Professor recolocar, calmamente, os pedaços de massa nos vãos da porta.

Ao terminar, levantou a criança e disse:

– Venham, meus amigos; não podemos fazer mais nada até amanhã. Haverá um enterro ao meio-dia, então todos nós viremos para cá logo em seguida. Os parentes do falecido já terão ido embora às duas, e, quando o sacristão trancar o portão, permaneceremos aqui. Então, teremos mais coisas a fazer; mas não como estas, de hoje à noite. Quanto a este pequenino, não está muito machucado, e, até amanhã â noite, estará bem. O deixaremos onde a polícia o encontrará, como fizemos na outra noite; e então, vamos para casa. – Chegando perto de Arthur, disse: – Meu amigo Arthur, passou por uma terrível provação; mas depois, quando relembrar, verá como foi necessário. Agora, está passando pelas águas turbulentas, minha criança. Mas, a esta hora, amanhã, já terá, se Deus quiser, passado por elas, e estará mergulhando nas águas calmas; assim, não se lamente demais. Até então, não pedirei que me perdoe.

Arthur e Quincey vieram para casa comigo, e tentamos alegrar uns aos outros pelo caminho. Deixáramos a criança em segurança, e estávamos cansados, de modo que todos nós dormimos um sono mais ou menos profundo.

*****

29 de setembro, noite. Um pouco antes da uma, nós três – Arthur, Quincey Morris e eu – fomos até o Professor. Foi estranho reparar que vestíramos, unanimemente, roupas pretas. Claro que Arthur usava preto, pois estava em luto profundo, mas nós nos vestimos instintivamente. Chegamos no cemitério à uma e meia, e caminhamos a esmo, nos mantendo longe dos olhos dos encarregados, de modo que, quando os coveiros haviam acabado suas tarefas, e o sacristão trancara o portão, acreditando que todos já tinham partido, ficamos com o cemitério só para nós. Van Helsing, ao invés de sua maleta preta, carregava uma grande, de couro, parecida com uma bolsa de levar material de críquete; estava claro que era um tanto quanto pesada.

Ao ficarmos sozinhos, e após ouvirmos os últimos passos sumirem caminho acima, seguimos, em silêncio e como se houvéssemos recebido ordens, o Professor até a tumba. Ele destrancou a porta e entramos, fechando-a atrás de nós. Então, ele tirou a lamparina de sua maleta e acendeu-a, junto com duas velas de cera, que, após acesas, ele colocou sobre outros caixões, derretendo suas extremidades, para que pudessem dar luz o suficiente para trabalharmos. Quando levantou a tampa do caixão de Lucy novamente, todos nós olhamos – Arthur tremendo como vara verde –, e vimos que o corpo estava lá, com toda a sua beleza funérea. Mas não havia amor em meu coração, nada além de aversão pela coisa asquerosa que tomara a forma de Lucy, sem sua alma. Pude ver até mesmo o rosto de Arthur endurecer enquanto olhava. Após algum tempo, ele disse a Van Helsing:

– Este é mesmo o corpo de Lucy, ou só um demônio que tomou sua forma?

– É o corpo dela, mas também não é. Mas espere um pouco, e todos verão como ela era, e como é.

Ela parecia um pesadelo de Lucy, ali deitada; os dentes pontiagudos, a boca voluptuosa e manchada de sangue – que nos fazia estremecer só de olhar –, toda a aparência carnal e profana, que parecia ser uma zombaria diabólica da doce pureza de Lucy. Van Helsing, com sua meticulosidade costumeira, começou a tirar várias coisas de sua mala e aprontá-las para o uso.

Primeiro, pegou um ferro de solda e um pouco de solda de encanamento, e então uma pequena lamparina a óleo, que soltou, ao ser acesa em um canto da tumba, um gás que queimava a uma temperatura altíssima, com uma chama azul; depois, suas facas de operação, que deixou à mão; por último, uma estaca de madeira arredondada, com cinco ou sete centímetros de grossura e cerca de noventa centímetros de comprimento. Uma de suas extremidades fora endurecida pelo fogo, e afiada até ficar com uma ponta delgada. Com esta estaca veio um pesado martelo, como se usa em casa no porão de carvão, para quebrar os pedaços. Para mim, os preparativos de um médico para trabalhos de qualquer tipo são estimulantes e revigorantes, mas o efeito que isso teve sobre Arthur e Quincey foi deixá-los consternados. Entretanto, ambos mantiveram sua coragem e ficaram em silêncio.

Quando tudo estava pronto, Van Helsing disse:

– Antes que façamos qualquer coisa, deixem-me dizer isso: foi tirado dos contos e das experiências dos antigos, e de todos os que estudaram os poderes dos mortos-vivos. Quando se tornam tal coisa, a mudança traz consigo a maldição da imortalidade; não podem morrer, e devem prosseguir, era após era, acrescentando novas vítimas e multiplicando os males do mundo; pois todos os que morrem como presas dos mortos-vivos se tornam, eles mesmos, mortos-vivos, e caçam seus semelhantes. Assim, o círculo segue, aumentando cada vez mais, como as ondas de uma pedra jogada n'água. Amigo Arthur, se houvesse dado aquele beijo do qual se lembra, antes de a pobre Lucy morrer; ou, novamente, ontem à noite, quando abriu seus braços para ela, você teria, com o tempo, quando morrer, se transformado em *nosferatu*, como dizem no Leste Europeu, e faria mais desses mortos-vivos que tanto nos horrorizam. A carreira desta infeliz senhorita está só começando. Essas crianças cujo sangue ela bebeu ainda não estão muito mal; mas, se ela prosseguir, como morta-viva, as crianças perderão mais e mais sangue e, pelos poderes dela sobre elas, as crianças vêm até ela; e então, ela suga seu sangue com aquela boca malévola. Mas, se ela morrer de verdade, tudo cessará; as pequenas feridas no pescoço desaparecem, e as crianças voltam às suas brincadeiras, inconscientes do que aconteceu. Mas a maior bênção de todas é que, quando fizermos esta morta-viva descansar de verdade, a alma da pobre senhorita, que todos amamos, será livre novamente. Ao invés de causar o mal à noite, e ficar cada vez mais depravado ao assimilá-lo durante o dia, ela ocupará seu lugar com os outros anjos. Então, meu amigo, a mão que der o golpe que a libertar será abençoada. Estou disposto a fazê-lo; mas não há alguém entre nós que tem mais direito? Não será uma alegria pensar, daqui em diante, no silêncio da noite, quando o sono não chegar: "Foi minha mão que a mandou para as estrelas; foi a mão daquele que a amava mais; a mão daquele que, dentre todos, ela mesma teria escolhido, se tivesse tido a chance?". Diga-me se não há alguém assim entre nós?

Todos olhamos para Arthur. Ele também percebera, assim como todos nós, a infinita bondade que sugerira que fosse a mão dele a devolver Lucy para nós como uma lembrança sagrada, e não profana; deu um passo para a frente e disse, valentemente, apesar de suas mãos tremerem e seu rosto estar tão pálido quanto a neve:

– Meu verdadeiro amigo, do fundo de meu coração partido, agradeço-lhe. Diga-me o que devo fazer, e não hesitarei!

Van Helsing colocou uma mão sobre seu ombro e disse:

– Rapaz corajoso! Um momento de bravura, e estará terminado. Esta estaca deve ser enfiada nela. Será uma provação temível, não se engane, mas será rápida, e depois sua alegria será maior do que sua dor; sairá desta tumba funesta como se estivesse andando no ar. Mas não deve vacilar após ter começado. Concentre-se no fato de que nós, seus verdadeiros amigos, estamos ao seu redor, e que rezamos por você o tempo todo.

– Vamos, – disse Arthur, com voz rouca, – diga-me o que devo fazer.

– Pegue esta estaca com a mão esquerda, pronta para colocar a ponta sobre o coração, e o martelo com a mão direita. Então, começamos nossa prece pelos mortos; eu a lerei, tenho o livro aqui comigo, e os outros acompanharão. Dê o golpe em nome de Deus, para que tudo fique bem com a morta que amamos, e que a morta-viva se vá.

Arthur pegou a estaca e o martelo e, após sua mente estar decidida a agir, suas mãos não tremeram, nem se agitaram. Van Helsing abriu seu missal e começou a ler, e Quincey e eu o acompanhamos como pudemos. Arthur colocou a ponta sobre o coração e, enquanto eu olhava, consegui ver a pressão que fazia sobre a pele branca. Então, ele a golpeou com toda a sua força.

A Coisa dentro do caixão se contorceu, e um guincho horroroso, de gelar o sangue, saiu dos lábios rubros. O corpo tremeu e girou em contorções selvagens; os dentes brancos e afiados se apertaram até cortar os lábios, e a boca foi manchada por uma espuma escarlate. Mas Arthur não vacilou em nenhum momento. Parecia a figura de Thor, enquanto seu braço firme se erguia e descia, enfiando a estaca misericordiosa cada vez mais fundo, enquanto o sangue do coração perfurado brotava e jorrava ao seu redor. Seu rosto estava decidido, e o senso de dever parecia irradiar dele; aquela visão nos deu coragem, de modo que nossas vozes pareciam ressoar pelo pequeno túmulo.

E então, as contorções e os tremores do corpo foram ficando menores, os dentes pareciam mastigar, e o rosto parecia tremer. Finalmente, a figura ficou imóvel. A terrível tarefa estava terminada.

O martelo caiu da mão de Arthur. Ele cambaleou e teria caído, se não o tivéssemos segurado. Grandes gotas de suor brotaram em sua testa, e sua respiração saía em arfadas. Fora, mesmo, uma terrível provação; e, se não tivesse sido forçado àquela tarefa por considerações mais do que humanas, nunca teria conseguido levá-la a cabo. Por alguns minutos, ficamos tão concentrados nele, que não olhamos na direção do caixão. Quando o fizemos, contudo, compartilhamos um murmúrio de surpresa. Olhamos tão ansiosamente que Arthur levantou-se, pois estivera sentado no chão, e veio olhar também; então, um estranho brilho de contentamento irrompeu por seu rosto, e fez desaparecer a melancolia do horror que sua expressão carregara.

Ali no caixão, não jazia mais a Coisa asquerosa que tanto temíamos, e que aprendêramos a odiar tanto que sua destruição fora concedida como um privilégio para aquele que tinha o maior direito de fazê-lo, e sim Lucy como a víramos em vida, com uma expressão de inigualável doçura e pureza. É verdade que ali estavam, como víramos em vida, os traços de preocupação, dor e desgaste; mas todos estes nos eram caros, pois mostravam a verdade do que conhecíamos. Cada um de nós sentiu que a calma abençoada, que caía como a luz do sol sobre sua face e seu corpo desgastados, era apenas uma demonstração terrena e um símbolo da calma que reinaria para sempre.

Van Helsing veio e colocou a mão sobre o ombro de Arthur, dizendo a ele:

– E agora, meu amigo Arthur, rapaz querido, não estou perdoado?

A reação à terrível provação chegou, enquanto ele segurou a mão do velho na sua e, levando-a aos lábios, apertou-a e disse:

– Perdoado! Que Deus abençoe o senhor, que devolveu à minha amada sua alma, e me deu paz.

Colocou as mãos nos ombros do Professor e, apoiando a cabeça em seu peito, chorou por um tempo, em silêncio, enquanto ficamos ali parados, imóveis. Quando levantou a cabeça, Van Helsing lhe disse:

– E agora, minha criança, pode beijá-la. Beije seus lábios mortos, se quiser, como ela gostaria que fizesse, se tivesse a oportunidade de decidir. Pois ela já não é mais um demônio sorridente, não será mais uma Coisa asquerosa por toda a eternidade. Não é mais uma morta-viva do demônio. É uma verdadeira morta de Deus, cuja alma está com Ele!

Arthur debruçou-se e beijou-a, e então o mandamos, junto com Quincey, para fora da tumba; o Professor e eu serramos a ponta da estaca, deixando-a dentro do corpo. Então, cortamos a cabeça e enchemos a boca de alho. Soldamos o caixão de chumbo, atarraxamos a tampa e, juntando nossos pertences, saímos. Após trancar a porta, o Professor deu a chave a Arthur.

Lá fora, o ar estava fresco, o sol brilhava e os pássaros cantavam, parecendo que toda a natureza estava afinada em um tom diferente. Em todos os cantos, havia contentamento, alegria e paz, pois nós mesmos estávamos tranquilos pelo mesmo motivo, e estávamos contentes, apesar de nossa alegria ser mista.

Antes de partirmos, Van Helsing disse:

– Agora, meus amigos, uma etapa de nosso trabalho foi cumprida, uma das mais excruciantes para nós. Mas ainda falta uma tarefa, ainda maior: encontrar o autor de toda a nossa tristeza, e dar fim a ele. Tenho pistas que podemos seguir; mas será uma tarefa longa e difícil, e haverá perigo e dor. Não podem me ajudar? Aprendemos a acreditar, todos nós, não é verdade?

Assim, não percebemos qual é nosso dever? Sim! E não prometemos ir até o fim, por mais amargo que seja?

Cada um de nós apertou sua mão, e a promessa foi feita. Então, o Professor disse, enquanto partíamos:

– Daqui duas noites, encontrem-se comigo para jantar, às sete horas, na casa de nosso amigo John. Convidarei duas outras pessoas, que ainda não conhecem; e estarei pronto para mostrar todo o nosso trabalho e descortinar todos os nossos planos. Amigo John, venha comigo para casa, pois tenho muito sobre o que consultá-lo, e pode me ajudar. Hoje à noite, parto para Amsterdã, mas voltarei amanhã à noite. E então começará nossa grande busca. Mas, primeiro, terei muito a dizer, para que possam saber o que deve ser feito e o que devem temer. Então, renovaremos nossa promessa uns aos outros; pois temos uma tarefa terrível à nossa frente e, quando nossos pés estiverem no arado, não poderemos recuar.

CAPÍTULO XVII

Diário do Dr. Seward (continuação)

Ao chegarmos ao Hotel Berkeley, Van Helsing encontrou um telegrama lhe aguardando:

"*Estou vindo de trem. Jonathan em Whitby. Notícias importantes. Mina Harker.*"

O Professor ficou felicíssimo.

– Ah, aquela maravilhosa Madame Mina, – disse, – uma pérola entre as mulheres! Ela está chegando, mas não posso ficar. Ela precisa ir para sua casa, caro John. Você deve encontrá-la na estação. Mande um telegrama para ela enquanto estiver a caminho, para que ela esteja preparada.

Após despacharmos o telegrama, ele tomou uma xícara de chá; enquanto o fazia, me contou sobre o diário escrito por Jonathan Harker no exterior, e me deu uma cópia datilografada do mesmo, junto com uma do diário da Sra. Harker em Whitby.

– Pegue estes dois, – disse, – e os estude muito bem. Quando eu voltar, você estará a par de todos os fatos, e então poderemos começar melhor nossa inquisição. Mantenha-os em segurança, pois contêm muitos tesouros. Você precisará de toda a sua fé, até mesmo depois de ter passado pela experiência que passou hoje. O que é narrado aqui – disse, colocando a mão, pesada e seriamente, sobre o pacote de papéis, enquanto falava – pode ser o começo do fim para mim e para você, e para muitos outros; ou pode ser o dobrar dos sinos que anunciam o fim dos mortos-vivos que vagam pela terra. Leia tudo, lhe imploro, com a mente aberta; e, se puder acrescentar qualquer coisa à história aqui narrada, o faça, pois será extremamente importante. Você registrou em um diário todas essas coisas estranhas, não foi? Sim! Então analisaremos tudo isso junto, quando nos encontrarmos.

Então, aprontou-se para partir e, logo depois, saiu de carruagem para Liverpool Street. Dirigi-me a Paddington, onde cheguei cerca de quinze minutos antes do trem.

A multidão já se dispersara, após a confusão típica das plataformas de chegada; começava a ficar inquieto, com medo de ter perdido minha hóspede, quando uma garota de expressão gentil e aparência delicada aproximou-se de mim e, após um olhar rápido, disse:

– Dr. Seward, não é?

– E você é a Sra. Harker! – respondi imediatamente, ao que ela estendeu a mão.

– Reconheci-o com base na descrição feita pela pobre Lucy; mas... – parou repentinamente, e um rubor rápido tomou conta de sua face.

O rubor que apareceu em meu próprio rosto nos deixou, de alguma forma, mais confortáveis, pois foi uma resposta tácita ao dela. Peguei sua bagagem, que incluía uma máquina de escrever, e tomamos o metrô até Fenchurch Street, após eu ter enviado um telegrama para minha criada, para que aprontasse a sala de estar e um quarto imediatamente para a Sra. Harker.

Chegamos bem a tempo. Ela sabia, é claro, que o lugar era um sanatório, mas pude perceber que não conseguiu reprimir um estremecimento ao entrarmos.

Ela me disse que, se pudesse, iria imediatamente ao meu escritório, pois tinha muito a contar. Então, aqui estou, terminando meu registro em meu diário fonográfico, enquanto a espero. Ainda não tive oportunidade de examinar os papéis que Van Helsing deixou comigo, apesar de estarem abertos à minha frente. Preciso fazer com que ela se interesse por algo, para que tenha uma chance de lê-los. Ela não sabe quão precioso o tempo é, ou que tarefa temos em nossas mãos. Preciso tomar cuidado para não assustá-la. Aí vem ela!

Diário de Mina Harker.

29 de setembro. Após me arrumar, desci para o escritório do Dr. Seward. À porta, parei por um momento, pois pensei tê-lo ouvido falar com alguém. Porém, como ele me havia pedido que me apressasse, bati na porta e, ao seu chamado de "Entre", adentrei.

Para minha intensa surpresa, não havia ninguém com ele. Estava completamente sozinho e, na mesa à sua frente, havia o que reconheci imediatamente, de ter ouvido uma descrição, como um fonógrafo. Nunca vira um antes, e fiquei muito interessada.

– Espero não tê-lo feito esperar, – disse, – mas parei à porta quando o ouvi falar, e pensei que havia alguém com o senhor.

– Ah, – respondeu ele, com um sorriso, – eu estava só registrando algo em meu diário.

– Seu diário? – perguntei, surpresa.

– Sim – respondeu. – O mantenho nisso aqui.

Enquanto falava, colocou a mão sobre o fonógrafo. Fiquei bastante empolgada com aquilo, e falei abruptamente:

– Puxa, isso é ainda melhor do que taquigrafia! Posso ouvir o aparelho dizer algo?

– Certamente – respondeu com alacridade, e levantou-se para pô-lo para falar. Então, fez uma pausa, e uma expressão perturbada passou pela sua face.

– Acontece que – começou, sem jeito – só gravo meu diário nele. E, como ele é inteiramente... quase que inteiramente... sobre meus casos, pode ser embaraçoso... quero dizer... – interrompeu-se, e tentei ajudá-lo a sair de seu constrangimento:

– O senhor ajudou a tratar de Lucy perto do fim. Deixe-me ouvir como ela morreu; por tudo o que sei dela, ficarei muito grata. Ela me era muito, muito cara.

Para minha surpresa, ele respondeu, com uma expressão horrorizada:

– Contar à senhora sobre a morte dela? Por nada neste mundo!

– Por que não? – perguntei, pois uma sensação séria e terrível estava tomando conta de mim. Novamente, ele pausou, e pude ver que estava tentando inventar alguma desculpa. Finalmente, gaguejou:

– Sabe, não sei como escolher uma parte específica do diário. – Mesmo enquanto falava, uma ideia lhe ocorreu, e ele disse, com simplicidade inconsciente, em um tom diferente e com a ingenuidade de uma criança: – É bem verdade, pela minha honra. Juro que sim! – Não pude deixar de sorrir, ao que ele fez uma careta. – Me delatei, desta vez! – disse. – Mas quer saber, apesar de ter mantido o diário pelos últimos meses, nenhuma vez me ocorreu como faria para encontrar alguma parte específica dele, caso quisesse consultá-la?

Àquela altura, já tinha me decidido que o diário de um médico que tratou de Lucy poderia ter algo a acrescentar ao conjunto do que sabíamos sobre aquela terrível Criatura, e disse, de forma ousada:

– Então, Dr. Seward, é melhor me deixar copiá-lo para o senhor em minha máquina de escrever.

Ele ficou absolutamente pálido, e disse:

– Não! Não! Não! Por nada neste mundo, não deixarei que a senhora saiba daquela terrível história!

Então era terrível; minha intuição estava certa! Pensei por um momento, e meus olhos percorreram o cômodo, procurando inconscientemente alguma coisa ou oportunidade que me ajudasse. Meu olhar caiu sobre um pacote de papéis datilografados sobre a mesa. Seu olhar encontrou o meu e, sem que ele parasse para pensar, ele olhou na mesma direção. Ao ver os papéis, entendeu o que eu estava pensando.

– O senhor não me conhece – disse eu. – Quando ler aqueles papéis, meu próprio diário e também o de meu marido, que datilografei, me conhecerá melhor. Não hesitei em dedicar todos os meus pensamentos e meu coração a esta causa; mas, é claro, o senhor não me conhece... ainda. E não posso esperar que confie em mim, por enquanto.

Ele é certamente um homem de natureza nobre; a pobre Lucy estava certa sobre ele. Levantou-se e abriu uma grande gaveta, onde estavam arrumados, em ordem, uma quantidade de cilindros ocos de metal, cobertos com cera escura, e disse:

– A senhora está absolutamente certa. Não confiei na senhora porque não a conhecia. Mas agora, já sabe; e deixe-me dizer que eu já deveria conhecê-la há tempos. Sei que Lucy contou a você sobre mim; ela também me contou sobre você. Posso fazer a única reparação em meu poder? Pegue os cilindros e os escute; os seis primeiros são pessoais, e não a deixarão horrorizada. Então, me conhecerá melhor. O jantar já estará pronto, quando terminar. Enquanto isso, lerei alguns destes documentos, e poderei compreender certas coisas melhor.

Ele mesmo levou o fonógrafo até meu quarto e o ajustou para mim. Agora, ficarei sabendo de algo agradável, tenho certeza; pois me contará o outro lado de um verdadeiro episódio de romance, do qual já conheço o outro lado...

Diário do Dr. Seward.

29 de setembro. Fiquei tão absorto pelo maravilhoso diário de Jonathan Harker, e pelo outro, de sua esposa, que deixei o tempo passar sem perceber. A Sra. Harker ainda não havia descido, quando a criada veio anunciar o jantar, então eu disse:

– É possível que ela esteja cansada; vamos esperar mais uma hora para jantar – e prossegui com minha tarefa. Acabara de terminar o diário da Sra. Harker, quando ela entrou. Estava delicadamente bonita, mas muito triste, e seus olhos estavam vermelhos de chorar. Isso, de alguma forma, me comoveu muito. Ultimamente, Deus sabe que tenho tido motivos para lágrimas!

Mas o alívio que elas trazem me foi negado; e agora, a visão daqueles olhos doces, iluminados por lágrimas recentes, me atingiu direto no coração. Então, disse com tanta gentileza quanto consegui:

– Tenho muito medo de tê-la afligido.

– Ah, não, não me afligiu, – respondeu, – mas fiquei mais emocionada com sua tristeza do que posso expressar. Esta é uma máquina maravilhosa, mas cruelmente verdadeira. Ela me contou, com seus próprios tons, a angústia de seu coração. Foi como uma alma clamando ao Deus Todo-Poderoso. Ninguém nunca deve ouvi-las novamente! Sabe, tentei ser útil. Copiei as palavras em minha máquina de escrever, e ninguém mais precisa ouvir seu coração bater, como eu ouvi.

– Ninguém nunca precisará saber, nem nunca saberá – disse eu, em voz baixa. Ela colocou a mão sobre a minha e disse, em tom muito sério:

– Ah, mas precisam!

– Precisam! Mas por quê? – perguntei.

– Porque é uma parte da terrível história, uma parte da morte da pobre Lucy e de tudo o que levou a isso; porque, na luta que temos à nossa frente, para livrarmos a terra deste terrível monstro, precisamos ter todo o conhecimento e o auxílio que pudermos. Acho que os cilindros que o senhor me deu continham mais do que o que pretendia que eu soubesse; mas percebo que seus registros contêm muitas luzes que podem iluminar este mistério tenebroso. Vai me deixar ajudar, não vai? Sei de tudo, até um certo ponto; e já percebi, apesar de seu diário só ter me levado até o dia 7 de setembro, que a pobre Lucy estava sendo atacada, e como sua terrível perdição estava sendo forjada. Jonathan e eu temos trabalhado dia e noite, desde que o Professor Van Helsing veio nos ver. Ele foi até Whitby para obter mais informações, e estará aqui amanhã, para nos ajudar. Não podemos ter nenhum segredo entre nós; se trabalharmos juntos, com absoluta confiança, decerto seremos mais fortes do que se algum de nós estivesse no escuro.

Olhou para mim com tamanha expressão de apelo, e, ao mesmo tempo, demonstrando tanta coragem e resolução em sua postura, que cedi imediatamente aos seus desejos.

– A senhora fará – eu disse – o que quiser, quanto a esta questão. Que Deus me perdoe, se estiver fazendo algo errado! Ainda há muitas coisas terríveis para ficar sabendo; mas, se viajou até aqui pela estrada da morte da pobre Lucy, sei que não se contentará com ficar no escuro. Não, o fim, só o fim em si, poderá lhe dar um pouco de paz. Venha, o jantar está pronto. Precisamos fortalecer um ao outro para o que nos espera; temos uma tarefa cruel e tenebrosa. Após comer, ficará sabendo do resto, e responderei quaisquer perguntas que faça; se houver algo que a senhora não compreender, apesar de ter sido claro para nós, que estávamos presentes.

Diário de Mina Harker.

29 de setembro. Após o jantar, voltei com o Dr. Seward para seu escritório. Ele trouxe o fonógrafo que estava em meu quarto, e eu peguei minha máquina de escrever. Ele me colocou em uma poltrona confortável, e posicionou o fonógrafo de modo que eu pudesse alcançá-lo sem ter que levantar, e mostrou-me como pará-lo, caso quisesse fazer uma pausa. Então, ele sentou-se em uma cadeira, com bastante consideração, de costas para mim, para que eu pudesse ficar o mais livre possível, e começou a ler. Coloquei a forquilha de metal junto ao ouvido, e escutei.

Ao terminar a terrível história da morte de Lucy e... e de tudo o que se seguiu, recostei-me em minha poltrona, impotente. Felizmente, não sou dada a desmaios. Quando o Dr. Seward me viu, pôs-se de pé com uma exclamação chocada e, pegando rapidamente uma garrafa do armário, deu-me um pouco de conhaque, que, dentro de alguns minutos, me restaurou. Minha mente estava um turbilhão, e se não fosse o fato de que, dentre aquela miríade de horrores, havia o raio abençoado de luz do descanso em paz de minha querida, querida Lucy, não acho que teria conseguido aguentar sem fazer uma cena. É tudo tão selvagem, misterioso e estranho que, se não soubesse da experiência de Jonathan na Transilvânia, não teria acreditado. Naquele ponto, não sabia no que acreditar, então me livrei da dificuldade prestando atenção em outra coisa. Tirei a capa de minha máquina de escrever e disse para o Dr. Seward:

– Deixe-me por tudo isso por escrito. Precisamos estar prontos para o Dr. Van Helsing, quando ele chegar. Enviei um telegrama a Jonathan para que venha para cá, quando chegar a Londres de Whitby. Nesta questão, as datas são tudo, e acho que se aprontarmos todo o material, e colocarmos tudo em ordem cronológica, teremos feito bastante. O senhor me disse que Lord Godalming e o Sr. Morris também virão. Que sejamos capazes de contar a ele, quando eles chegarem.

Desta forma, o doutor pôs o fonógrafo para tocar em um ritmo lento, e comecei a bater na máquina, desde o começo do sétimo cilindro. Usei a função de cópia da máquina, e assim fiz três vias do diário, como fizera com todo o resto. Já estava tarde quando terminei, mas o Dr. Seward ocupara-se com suas rondas para ver os pacientes; ao terminar, voltou e sentou-se ao meu lado, lendo, de modo que não me senti tão solitária enquanto trabalhava. Como ele é gentil e bom; o mundo parece cheio de bons homens, ainda que haja monstros nele. Antes de me despedir dele, lembrei-me de que Jonathan anotara, em seu diário, como o Professor ficara perturbado ao ler algo em um jornal vespertino, na estação de trem em Exeter; assim, vendo que o Dr. Seward guardava os jornais, peguei emprestado os arquivos do "Westminster Gazette" e do "Pall Mall Gazette", e os levei para o quarto. Lembrei-me de como o "Dailygraph" e o "Whitby Gazette", dos quais guardei recortes, nos ajudaram a entender os terríveis eventos em Whitby, quando o Conde Drácula chegara, então lerei todos os jornais vespertinos desde então, e talvez ganhe uma nova perspectiva. Não estou com sono, e o trabalho me ajudará a me recompor.

Diário do Dr. Seward.

30 de setembro. O Sr. Harker chegou às nove. Recebera o telegrama da esposa logo antes de partir. É incomumente inteligente, se é que se pode julgar por seu rosto, e cheio de energia. Se seu diário for verdadeiro – e, julgando pelas minhas próprias experiências fantásticas, deve ser –, também é um homem de grande coragem. Sua segunda ida ao porão foi um episódio

de notável bravura. Após ler seu relato sobre isso, estava preparado para conhecer um belo espécime de masculinidade, mas dificilmente o cavalheiro quieto e metódico que chegou hoje.

*****

Mais tarde. Após o almoço, Harker e sua esposa voltaram para seu quarto e, ao passar na frente da porta, há algum tempo atrás, ouvi as batidas da máquina de escrever. Estão trabalhando duro. A Sra. Harker disse que estão juntando, em ordem cronológica, cada pedaço de evidência que têm. Harker tem as cartas entre o recipiente das caixas, em Whitby, e os transportadores de Londres que se encarregaram delas. Agora está lendo a transcrição de meu diário feita por sua esposa. Imagino o que estão achando. Aqui está...

Que estranho nunca ter me passado pela cabeça que a casa ao lado pudesse ser o esconderijo do Conde! Deus sabe que tivemos pistas o suficiente da conduta do paciente Renfield! O pacote de cartas relativas à compra da casa estava com o texto datilografado. Ah, se ao menos o tivéssemos em mão mais cedo, poderíamos ter salvo a pobre Lucy! Pare; este é o caminho da loucura! Harker voltou, e está, novamente, juntando material. Disse que, até a hora do jantar, poderão exibir uma narrativa integral e conexa. Ele acha que, enquanto isso, devo ir visitar Renfield, pois até então ele tem sido um tipo de indicação das idas e vindas do Conde. Ainda não consigo enxergar isso direito, mas suponho que, quando tiver as datas em mão, conseguirei. Que bom que a Sra. Harker datilografou meus cilindros! De outra forma, nunca teríamos encontrado as datas...

Encontrei Renfield sentado placidamente em seu quarto, com as mãos dobradas, sorrindo beatificamente. Naquele momento, ele parecia tão são quanto qualquer outra pessoa que eu já vira. Sentei-me e conversei bastante com ele, sobre todos os assuntos, que ele tratou com naturalidade. Então, ele falou, voluntariamente, sobre voltar para casa, um assunto que nunca mencionara, até onde eu saiba, durante sua internação. Na verdade, falou com bastante confiança sobre receber alta imediatamente. Acredito que, se eu não houvesse conversado com Harker e lido as cartas e as datas de seus arroubos, eu estaria preparado a assinar sua alta, após um breve período de observação. No pé em que as coisas estão, tenho suspeitas sombrias. Todos aqueles arroubos foram ligados, de alguma forma, à proximidade do Conde. O que, então, este conteúdo absoluto significa? Pode ser que os instintos de Renfield estão convencidos do triunfo final do vampiro? Espere; ele mesmo é zoófago e, em seus delírios em frente à porta da capela da casa deserta, sempre mencionou um "mestre". Isso parece ser uma confirmação de nossa ideia. Contudo, após um tempo, me retirei; meu paciente está ligeiramente sadio demais, no momento, para que seja seguro fazer perguntas profundas demais. Ele pode começar a pensar, e então... Assim, retirei-me. Não confio nesses humores quietos dele, de modo que insinuei ao enfermeiro que deve vigiá-lo de perto, e ter uma camisa de força pronta, caso necessário.

Diário de Jonathan Harker.

29 de setembro, no trem para Londres. Quando recebi a mensagem cortês do Sr. Billington, dizendo que me daria qualquer informação em seu poder, achei melhor ir até Whitby e fazer, no local, as perguntas que quisesse. Era minha intenção rastrear aquela carga horrenda do Conde até seu local em Londres. Mais tarde, poderemos lidar com isso. O filho de Billington, um rapaz agradável, encontrou-me na estação e me trouxe até a casa de seu pai, onde haviam decidido que eu deveria passar a noite. Eles são hospitaleiros, com uma verdadeira hospitalidade de Yorkshire: dê tudo ao hóspede, e deixe-o livre para fazer o que quiser. Todos sabiam que eu estava ocupado, e que minha estadia seria curta, e o Sr. Billington deixara prontos, em seu escritório, todos os papéis relativos ao envio das caixas. Levei quase um susto ao ver, novamente, uma das cartas que vira na mesa do Conde, antes de saber de seus planos diabólicos. Tudo havia sido cuidadosamente planejado, e executado sistematicamente e com precisão. Ele parecia ter se preparado para todos os obstáculos que poderiam, por acidente, obstruir suas intenções. Para usar uma expressão americana,

ele "não se aventurara", e a absoluta precisão com que suas instruções foram cumpridas fora somente o resultado lógico do cuidado que teve. Vi a fatura, e anotei as informações nela: "Cinquenta caixas de terra comum, a ser usada para fins experimentais". Vi também a cópia da carta enviada a Carter Paterson, e sua resposta; tirei cópias das duas. Estas eram todas as informações que o Sr. Billington pôde me dar, então desci até o porto e falei com a guarda-costeira, os oficiais da Alfândega e o capitão do porto. Todos tinham algo a dizer sobre a estranha chegada do navio, que já entrou para a tradição oral local; mas ninguém conseguia acrescentar nada à simples descrição "cinquenta caixas de terra comum". Então, vi o capitão do porto, que fez a gentileza de me colocar em contato com os homens que efetivamente receberam as caixas. Suas contas batiam exatamente com a lista, e não tinham nada a acrescentar, exceto que as caixas eram "extremamente pesadas", e que movê-las fora um trabalho duro. Um deles acrescentou que fora uma pena que nenhum cavalheiro "como o senhor, moço" demonstrou qualquer tipo de apreciação por seus esforços em forma de líquido; outro comentou que a sede que o trabalho causou fora tamanha, que nem mesmo o período de tempo que já se passara desde então não a fizera desaparecer completamente. Nem preciso dizer que certifiquei-me, antes de ir embora, de erradicar para sempre aqueles motivos de recriminação.

*****

30 de setembro. O capitão do porto fez a gentileza de me dar um bilhete de apresentação para seu antigo colega, o mestre da estação de King's Cross, de modo que, quando cheguei lá, pela manhã, pude perguntar a ele sobre a chegada das caixas. Ele também me pôs em contato com os oficiais relevantes, e descobri que sua conta batia com a fatura original. As oportunidades de desenvolver uma sede anormal eram limitadas, ali; contudo, tais oportunidades foram aproveitadas por uma causa nobre, de modo que fui, novamente, obrigado a lidar com o resultado de forma *ex post facto*.

De lá, fui para o escritório central de Carter Paterson, onde fui recebido com a maior cortesia. Procuraram a transação em seu livro de registros diário e em seus registros de correspondências, e telefonaram imediatamente para seu escritório em King's Cross, para obter mais detalhes. Por sorte, os homens que cuidaram do transporte estavam aguardando outro trabalho, e o oficial os mandou para lá imediatamente, enviando, também, através de um deles, o conhecimento de embarque e todos os documentos relacionados à entrega das caixas em Carfax. Naquele respeito, também, descobri que as contas batiam exatamente; os homens da transportadora foram capazes de complementar a escassez da palavra escrita com alguns detalhes. Estes relacionavam-se, como logo descobri, quase que exclusivamente com a natureza poeirenta do trabalho, e a consequente sede que ele causava nos transportadores. Quando dei-lhes a oportunidade, através da moeda corrente do reino, de corrigir o problema mais tarde, um dos homens comentou:

– Aquela casa lá, moço, é uma das mais sujas em que já entrei. Puxa vida! Parece que ninguém encosta nela há cem anos. Tinha uma poeira tão grossa naquele lugar, que dava para dormir sobre ela sem machucar os ossos; e o lugar estava tão negligenciado, que dava para sentir o cheiro da antiga Jerusalém. Mas a capela velha era a pior, com certeza! Eu e meu colega achamos que não podíamos sair de lá rápido o suficiente. Meu Deus, não aceitaria menos de uma libra para ficar lá depois de escurecer.

Tendo estado na casa, acreditei nele; mas, se ele soubesse o que eu sabia, acho que teria aumentado seu preço.

Estou convencido de uma coisa: de que *todas* as caixas que chegaram em Whitby de Varna, no navio Deméter, foram seguramente depositadas na velha capela de Carfax. Deve haver cinquenta delas lá, a não ser que tenham sido removidas, desde então, como tenho motivos para temer, com base no diário do Dr. Seward.

Tentarei visitar o carregador que levou as caixas de Carfax, quando Renfield os atacou. Ao seguir esta pista, podemos ficar sabendo de muitas coisas.

*****

Mais tarde. Mina e eu trabalhamos o dia todo, e colocamos todos os papéis em ordem.

Diário de Mina Harker.

30 de setembro. Estou tão feliz, que mal consigo me contar. Suponho que seja a reação ao medo que me assombrava: que este terrível assunto, e a reabertura das antigas feridas, pudessem ter um efeito negativo sobre Jonathan. O observei partir para Whitby com a expressão mais corajosa que pude, mas estava doente de apreensão. Contudo, o esforço fez-lhe bem. Ele nunca esteve tão resoluto ou forte, nunca tão cheio de energia vulcânica, quanto agora. É exatamente como aquele querido e bondoso Professor Van Helsing disse: ele é feito de verdadeira bravura, e está melhorando sob uma pressão que acabaria com alguém de natureza mais fraca. Voltou cheio de vida, esperança e determinação; colocamos tudo em ordem para hoje à noite. Sinto-me tomada pela emoção. Suponho que devia sentir pena de algo tão caçado quanto o Conde. Esta Coisa não é humana – não é nem uma fera. Ler o relato do Dr. Seward sobre a morte da pobre Lucy, e o que se seguiu, é o suficiente para secar a pena que se sente no coração.

*****

Mais tarde. Lord Godalming e o Sr. Morris chegaram mais cedo do que esperávamos. O Dr. Seward havia saído para tratar de trabalho, e levara Jonathan consigo, de modo que eu tive que recebê-los. Me foi um encontro doloroso, pois me lembrou de todas as esperanças da pobre Lucy, apenas alguns meses antes. Claro que haviam ouvido Lucy falar de mim, e parecia que o Dr. Van Helsing, também, estivera "falando bem de mim", como o Sr. Morris disse. Pobres homens, nenhum deles está ciente de que sei tudo sobre os pedidos de casamento que fizeram à Lucy. Não sabiam muito bem o que dizer ou fazer, pois não sabiam até onde ia meu conhecimento; então, tiveram que se concentrar em assuntos neutros. Entretanto, considerei o assunto encerrado, e cheguei à conclusão de que a melhor coisa que poderia fazer seria atualizá-los sobre o que acontecera. Sabia, com base no diário do Dr. Seward, que os dois estiveram presentes no momento da morte de Lucy – sua morte verdadeira –, e que não precisava ter medo de trair qualquer segredo antes do tempo. Assim, contei-lhes, do melhor modo que pude, que lera todos os papéis e diários, e que meu marido e eu, os tendo datilografado, havíamos acabado de colocá-los em ordem. Dei a cada um deles uma cópia para ler na biblioteca. Quando Lord Godalming recebeu a sua e a virou – ficou mesmo uma bela pilha –, disse:

– Escreveu tudo isso, Sra. Harker? – Assenti, e ele prosseguiu: – Não entendo direito, mas vocês todos são tão bons e gentis, e têm trabalhado com tanta sinceridade e energia, que tudo o que posso fazer é aceitar suas ideias cegamente, e tentar ajudá-los. Uma lição já aprendi, aceitar fatos que farão com que um homem seja humilde até o fim dos seus dias. Além disso, sei que a senhora amava minha pobre Lucy... – Naquele momento, virou-se de costas e cobriu o rosto com as mãos. Pude ouvir o choro em sua voz. O Sr. Morris, com uma delicadeza instintiva, apenas colocou a mão sobre seu ombro, por um momento, e então saiu em silêncio do cômodo. Suponho que haja algo na natureza de uma mulher que faz com que um homem sinta-se à vontade para deixar suas defesas de lado na frente dela, e expressar seus sentimentos de ternura ou emoções, sem sentir que abala sua masculinidade; pois, quando Lord Godalming descobriu-se sozinho comigo, sentou-se no sofá e se deixou levar completamente por suas emoções. Sentei-me ao seu lado e peguei sua mão. Espero que não tenha achado ousadia de minha parte, e que, se pensar nisso no futuro, isso nunca lhe passe pela cabeça. Estou sendo injusta com ele; sei que nunca pensará isso, é um verdadeiro cavalheiro. Disse a ele, pois percebi que seu coração estava partido:

– Eu amava a querida Lucy, e sei o que ela significava para o senhor, e o que o senhor significava para ela. Éramos como irmãs; agora que ela se foi, não me permite ser como uma irmã para o senhor, em meio ao seu sofrimento? Sei por que tristezas o senhor passou, ainda que não possa entender sua magnitude. Se a empatia e a pena puderem ajudar em sua aflição, não me permite ser-lhe de alguma valia, pelo bem de Lucy?

Em um instante, o pobre camarada ficou tomado pela tristeza. Me parecia que tudo o que sofrera em silêncio, nos últimos dias, encontrou alívio ao mesmo tempo. Ficou bastante histérico e, levantando as mãos abertas, bateu as palmas uma na outra, em uma perfeita agonia de dor. Levantou-se e sentou-se novamente, e as lágrimas escorriam por seu rosto. Com um soluço, apoiou a cabeça em meu ombro e chorou como uma criança cansada, enquanto tremia de emoção.

Nós, mulheres, temos algo de maternal dentro de nós, que nos faz ignorar assuntos menores, quando o espírito materno é invocado; senti a cabeça daquele homem grande, sofrendo, repousar sobre mim, como se fosse a do bebê que um dia pode se encostar em meu peito, e afaguei seu cabelo como se fosse meu próprio filho. Nem pensei, naquele momento, como tudo era estranho.

Depois de algum tempo, seu choro se esgotou, e ele se ergueu, pedindo desculpas, mas não tentou disfarçar sua emoção. Me contou que, nos últimos dias e noites – dias cansativos e noites em claro –, havia sido incapaz de falar com qualquer pessoa, como se deve fazer, em momentos de luto. Não havia nenhuma mulher que pudesse consolá-lo, ou com quem, devido às terríveis circunstâncias que envolviam sua perda, ele pudesse falar livremente.

– Agora sei o quanto sofri, – disse ele, enquanto enxugava os olhos, – mas ainda não sei, e ninguém jamais conseguirá saber, o que sua empatia significou para mim, hoje. Conseguirei saber melhor com o tempo; e acredite que, ainda que eu não seja ingrato neste momento, minha gratidão só aumentará, conforme minha compreensão também aumentar. Permitirá que eu seja como um irmão, não, pelo resto de nossas vidas, e pelo bem da querida Lucy?

– Pelo bem da querida Lucy – disse eu, enquanto apertávamos as mãos.

– Sim, e pelo nosso próprio bem – ele acrescentou, – pois, se a estima e a gratidão de um homem valem de alguma coisa, a senhora conquistou as minhas hoje. Se o futuro fizer com que a senhora precise da ajuda de um homem, acredite, não me chamará em vão. Que Deus permita que tal ocasão nunca aconteça, interrompendo o brilho de sua vida; mas, se algum dia acontecer, prometa que me avisará.

Falava com tanta sinceridade, e sua dor era tão recente, que senti que o confortaria, de modo que disse:

– Prometo.

Ao passar pelo corredor, vi o Sr. Morris olhando pela janela. Virou-se ao ouvir meus passos. – Como está Art? – perguntou. Então, reparando em meus olhos vermelhos, prosseguiu: – Ah, vejo que o esteve confortando. Pobre camarada! Ele precisa. Só uma mulher consegue ajudar um homem com problemas do coração; e ele não tinha ninguém para consolá-lo.

Ele suportava a própria dor tão bem, que meu coração sangrou por ele. Vi o manuscrito em sua mão, e soube que, quando o lesse, perceberia o quanto eu sabia; então, disse a ele:

– Gostaria de poder confortar todos os que sofrem de problemas do coração. O senhor permite que eu seja sua amiga, e buscará conforto em mim, se precisar? O senhor entenderá, mais tarde, o que quero dizer.

Ele viu que eu estava sendo sincera e, abaixando-se, pegou minha mão, levou-a aos lábios e a beijou. Pareceu-me um consolo pífio, para uma alma tão corajosa e altruísta, então, impulsivamente, me debrucei e beijei-o. Seus olhos se encheram de lágrimas, e um soluço ficou preso em sua garganta; então ele disse, com bastante calma:

– Mocinha, nunca se arrependerá dessa gentileza sincera, enquanto viver! – Então, foi para o escritório, juntar-se ao seu amigo.

"Mocinha!". A mesma palavra que usara para se referir a Lucy, e como provou ser um amigo verdadeiro!

CAPÍTULO XVIII

Diário do Dr. Seward

30 de setembro. Cheguei em casa às cinco horas, e descobri que não só Godalming e Morris já haviam chegado, como também já tinham estudado a

transcrição dos diversos diários e cartas que Harker e sua maravilhosa esposa haviam feito e arrumado. Harker ainda não voltara de sua visita aos funcionários da transportadora, sobre a qual o Dr. Hennessey me havia informado por carta. A Sra. Harker nos deu uma xícara de chá, e posso dizer com sinceridade que, pela primeira vez desde que me mudei, esta velha casa pareceu um *lar*. Ao terminarmos, a Sra. Harker disse:

– Dr. Seward, posso pedir um favor? Gostaria de ver seu paciente, o Sr. Renfield. Por favor, deixe-me vê-lo. O que o senhor escreveu sobre ele em seu diário me interessou tanto!

Ela estava tão atraente e tão bonita que não pude recusar, e não havia motivo possível para que eu o fizesse; assim, levei-a comigo. Ao entrar no quarto, disse para o homem que uma dama queria vê-lo, ao que ele respondeu, simplesmente, "Por quê?".

– Ela está visitando a casa, e quer ver todos os que moram aqui – respondi.

– Ah, está bem, – disse ele, – deixe que ela entre, se quiser; mas espere só um minuto, enquanto arrumo o quarto.

Seu método de arrumação era peculiar: ele simplesmente engoliu todas as moscas e aranhas que estavam nas caixas, antes que eu pudesse impedi-lo. Estava evidente que ele temia ou queria proteger-se de alguma interferência. Após terminar sua tarefa nojenta, disse alegremente: "Deixe a dama entrar", e sentou-se na ponta da cama, com a cabeça abaixada, mas com as pálpebras levantadas para poder vê-la quando entrasse. Por um instante, pensei que ele pudesse ter alguma intenção homicida; lembrei-me de como ficara quieto logo antes de me atacar em meu próprio escritório, e tomei o cuidado de me posicionar onde poderia agarrá-lo imediatamente, caso tentasse saltar sobre ela. Ela entrou no quarto com uma graciosidade relaxada, que conquistaria imediatamente o respeito de qualquer lunático – pois o relaxamento é uma das qualidades que as pessoas mais respeitam. Andou em direção a ele, sorrindo de forma agradável, e estendeu a mão.

– Bom dia, Sr. Renfield – disse ela. – Conheço-o, pois o Dr. Seward me contou sobre você.

Ele não respondeu de imediato, mas olhou-a de cima a baixo atentamente, com o cenho franzido. Tal expressão transformou-se em admiração, que se misturou com dúvida; então, para minha intensa surpresa, ele disse:

– Você não é a garota com quem o doutor queria se casar, é? Não pode ser, sabe, porque ela está morta.

A Sra. Harker sorriu docemente enquanto respondia:

– Ah, não! Tenho meu próprio marido, com quem me casei antes mesmo de conhecer o Dr. Seward, ou ele me conhecer. Me chamo Sra. Harker.

– Então, o que está fazendo aqui?

– Meu marido e eu estamos hospedados com o Dr. Seward, visitando-o.

– Então não fiquem.

– Mas por que não?

Pensei que aquele tipo de conversa podia não ser agradável para a Sra. Harker, como não era para mim, então entrei no meio:

– Como sabia que eu queria me casar com alguém?

A resposta dele foi simplesmente desdenhosa, dada após uma pausa durante a qual tirou os olhos da Sra. Harker e olhou para mim, instantaneamente voltando-se para ela novamente:

– Que pergunta asinina!

– Não concordo nem um pouco, Sr. Renfield – disse a Sra. Harker, imediatamente me defendendo. Ele respondeu a ela com a mesma medida de cortesia e respeito que seu desdém por mim:

– Estou certo de que compreende, Sra. Harker, que quando um homem é tão amado e honrado quanto nosso anfitrião, tudo relativo a ele é interessante, em nossa pequena comunidade. O Dr. Harker é amado não só por seus criados domésticos e seus amigos, como também por seus pacientes, os quais, considerando que alguns deles têm muito pouco equilíbrio mental, são dados a distorcer causas e efeitos. Visto que eu mesmo estou internado em um sanatório, não posso deixar de perceber que as tendências ao sofismo de alguns dos outros pacientes pendem para os erros de *non causa* e *ignoratio elenchi*.

Arregalei os olhos com aquele novo desdobramento. Ali estava meu louco de estimação – o mais proeminente de seu tipo que já encontrara –, falando de filosofia elementar, com os modos de um cavalheiro bem-educado. Me perguntei se fora a presença da Sra. Harker que tocara algum ponto de sua memória. Se aquela fase fosse espontânea, ou de qualquer forma devida a uma influência inconsciente por parte dela, ela devia ter um raro dom ou poder.

Continuamos conversando por algum tempo; e, vendo que ele parecia estar bastante razoável, ela ousou, lançando-me um olhar de indagação ao começar, conduzi-lo ao assunto preferido dele. Novamente, fiquei atônito, pois ele mergulhou na questão com a imparcialidade da mais completa sanidade; chegou ao ponto de usar a si mesmo como exemplo, ao mencionar certas coisas.

– Oras, eu mesmo sou um caso de alguém que tinha crenças estranhas. Na verdade, não me admira que meus amigos tenham ficado alarmados e insistiram que eu fosse colocado sob controle. Costumava pensar que a vida era uma entidade positiva e perpétua, e que, consumindo uma enorme quantidade de coisas vivas, não importando se estavam em uma posição inferior na escala da criação, uma pessoa poderia prolongar a vida indefinidamente. Às vezes, agarrei-me a tal crença com tanta força que cheguei a tentar tirar uma vida humana. O doutor, aqui, confirmará que, em uma ocasião, tentei matá-lo para fortalecer meus poderes vitais pela assimilação, em meu próprio corpo, da vida dele, através de seu sangue. Baseando-me, é claro, na frase das Escrituras: "pois o sangue é a vida". Apesar de que, é claro, o fornecedor de tal cura vulgarizou esse truísmo ao ponto de se tornar ridículo. Não é verdade, doutor?

Assenti com a cabeça, pois estava tão surpreso que mal sabia o que pensar ou dizer; era difícil imaginar que o vira comer suas aranhas e moscas há menos de cinco minutos. Olhando para meu relógio, vi que estava na hora de ir para a estação receber Van Helsing, então disse à Sra. Harker que era hora de partirmos. Ela veio imediatamente, após dizer, em tom agradável, ao Sr. Renfield:

– Adeus, e espero poder vê-lo com frequência, sob auspícios mais agradáveis para o senhor.

Ao que, para minha admiração, ele respondeu:

– Adeus, minha cara. Peço a Deus nunca mais ver sua face gentil. Que Ele te abençoe e guarde!

Quando fui para a estação encontrar Van Helsing, deixei os homens em casa. O pobre Art parecia mais animado do que estivera desde que Lucy ficou doente, e a costumeira jovialidade de Quincey está mais proeminente do que esteve nos últimos dias.

Van Helsing desceu do vagão com a agilidade ávida de um garoto. Viu-me imediatamente e correu em minha direção, dizendo:

– Ah, amigo John, como estão as coisas? Tudo bem? Então! Estive ocupado, pois vim para ficar, se necessário. Todos os meus assuntos estão resolvidos, e tenho muito para lhe contar. A Madame Mina está com você? Sim. E seu bom marido? E Arthur, e meu amigo Quincey, também estão com você? Que bom!

Enquanto dirigia para casa, contei a ele o que acontecera, e como meu diário acabara sendo de alguma valia, através da sugestão da Sra. Harker; ao ouvir isso, o Professor interrompeu-me:

– Ah, aquela maravilhosa Madame Mina! Ela tem a mente de um homem; a mente que um homem teria, se fosse muito dotado, e o coração de uma mulher. O bom Deus a criou para um propósito, acredite em mim, quando fez essa ótima combinação. Caro John, até agora, a fortuna fez com que essa mulher nos fosse útil; depois de hoje à noite, ela não deve ter nada a ver com este terrível assunto. Não é bom, ela correr um risco tão grande. Nós, homens, estamos determinados a destruir este monstro... na verdade, prometemos, não foi? Mas não é uma tarefa para mulheres. Ainda que ela não se machuque, seu coração pode falhar com ela, diante de tantos horrores; e, depois disso, ela pode sofrer, enquanto estiver acordada, dos nervos, e durante o sono, com seus sonhos. Além disso, ela é jovem e não faz tempo que se casou; pode haver outras coisas a se pensar, em algum momento, se não agora. Você me diz que ela escreveu tudo, então deve fazer parte de nossas discussões; mas, amanhã, dirá adeus a este trabalho, e prosseguiremos sozinhos.

Concordei inteiramente com ele, e então contei-lhe o que descobríramos durante sua ausência: que a casa que Drácula comprara era justamente a que fazia divisa com a minha. Ele ficou admirado, e uma grande preocupação pareceu tomar conta dele:

– Oh, se ao menos tivéssemos sabido disso antes! – disse. – Pois então poderíamos tê-lo pego a tempo de salvar a pobre Lucy. Contudo, "o leite que é derramado não chora depois", como vocês costumam dizer. Não pensemos sobre isso, e sim prossigamos até o fim.

Então, ele ficou em silêncio até passarmos pelos meus portões. Antes de irmos nos arrumar para o jantar, ele disse para a Sra. Harker:

– Fiquei sabendo, Madame Mina, por meu amigo John, que a senhora e seu marido colocaram tudo o que aconteceu até agora em ordem exata.

– Não até agora, Professor, – disse ela, impulsivamente, – mas até hoje de manhã.

– E não por que até agora? Já vimos como todas as pequenas coisas dão uma boa luz. Contamos nossos segredos, e ninguém que contou foi prejudicado por isso.

A Sra. Harker ruboresceu e, tirando um papel do bolso, disse:

– Dr. Van Helsing, leia isso e diga-me se devo inclui-lo. É meu registro do dia de hoje. Eu também percebi a necessidade de registrar tudo, por mais trivial que seja; mas isto aqui contém praticamente só coisas pessoais. Deve ser incluído?

O Professor leu o papel com expressão séria e o devolveu, dizendo:

Não precisa ser incluído, se a senhora não desejar; mas peço que o faça. Pode fazer apenas com que seu marido a ame ainda mais, e todos nós, seus amigos, a honrem ainda mais, assim como a estimem e amem mais.

Ela pegou o papel de volta, ruborescendo novamente e dando um sorriso brilhante.

Assim, até a hora atual, todos os registros que temos estão completos e em ordem. O Professor pegou uma cópia para estudar após o jantar e antes de nossa reunião, que ficou marcada para as nove horas. O resto de nós já leu tudo; assim, quando nos encontrarmos no escritório, todos estaremos informados quanto aos fatos, e poderemos fazer nossos planos de guerra contra aquele inimigo terrível e misterioso.

Diário de Mina Harker.

30 de setembro. Quando nos encontramos no escritório do Dr. Seward, duas horas após o jantar, que fora às seis, formamos inconscientemente algum tipo de conselho ou comitê. O Professor Van Helsing sentou-se na ponta da mesa, para onde o Dr. Seward gesticulara quando ele entrou na sala. Me fez sentar ao lado dele, à sua direita, e pediu que atuasse como secretária; Jonathan sentou-se ao meu lado. À nossa frente estavam Lord Godalming, Dr. Seward e o Sr. Morris, com Lord Godalming ao lado do Professor e o Dr. Seward no centro. O Professor disse:

– Creio que posso supor que todos nós estamos familiarizados com os fatos contidos nestes documentos. – Todos nós assentimos, e ele prosseguiu: – Então, acho que seria bom que eu contasse algo sobre o tipo de inimigo com o qual temos que lidar. Os informarei, portanto, sobre uma parte da história deste homem, que foi investigada para mim. Assim, poderemos discutir como devemos agir, e estabeleceremos nossas medidas de acordo. As criaturas chamadas de vampiros existem; alguns de nós têm provas de que existem. Ainda que não tivéssemos a prova de nossa própria experiência infeliz, os ensinamentos e os registros do passado dão provas o suficiente para qualquer pessoa sã. Admito que, de início, fui cético. Se não tivesse me treinado, ao longo de muitos anos, para manter a mente aberta, não teria acreditado até o momento em que os fatos trovejaram na minha orelha: "Viu! Viu! Estamos provando". Ó, se ao menos eu soubesse logo de início o que sei agora! Na verdade, se eu houvesse ao menos adivinhado, uma vida tão preciosa teria sido poupada para todos nós que a amávamos. Mas isso já foi, de modo que precisamos trabalhar, para que outras pobres almas não pereçam, enquanto ainda as podemos salvar. O *nosferatu* não morre após picar uma vez, como a abelha. Ele só fica mais forte; e, estando mais forte, tem ainda mais poder de causar o mal. Este vampiro que está entre nós é tão forte quanto vinte homens; tem mais astúcia do que qualquer mortal, pois é o fruto de eras; ainda tem o auxílio da necromancia, que é, como a etimologia sugere, a divinação através dos mortos, e todos os mortos dos quais ele consegue chegar perto ficam sob seu comando. É um bruto, e mais do que um bruto; é um demônio calejado, mas seu coração, não. Consegue, com certas limitações, aparecer a hora que quiser, no lugar que quiser, e em qualquer forma que puder tomar; consegue, dentro de seus poderes, controlar os elementos: a tempestade, a neblina, o trovão; comanda todas as criaturas inferiores: o rato, a coruja e o morcego, assim como a mariposa, a raposa e o lobo. Consegue aumentar e diminuir de tamanho; e também, às vezes, desaparecer e ficar invisível. Como, então, devemos começar nosso ataque para destruí-lo? Como encontraremos seu local, e, tendo encontrado, como o destruiremos? Meus amigos, isto é grande; é uma tarefa terrível que assumimos, e pode haver consequências de fazer os corajosos tremerem. Pois se falharmos nisso, ele certamente ganhará a briga; e então, qual será nosso fim? A vida não é nada; não ligo para ela. Mas falhar agora não significa estar entre a vida e a morte. Significa nos tornarmos como ele, daqui em diante sermos criaturas da noite, asquerosas como ele, sem coração, nem consciência, nos alimentando dos corpos e das almas daqueles que mais amamos. Para nós, os portões do céu estarão fechados para sempre, pois quem os abrirá para nós novamente? Seguiremos por toda a eternidade, sendo abominados por todos; uma mancha na face do sol de Deus, uma flecha no corpo daquele que morreu pela humanidade. Mas estamos face a face com o dever, e, neste caso, podemos fugir? De minha parte, digo que não; mas estou velho, e a vida, com sua luz do sol, seus lugares belos, seu canto dos pássaros, sua música e seu amor, já ficaram para trás. Vocês são jovens. Alguns já experimentaram a dor, mas ainda têm dias belos pela frente. O que me dizem?

Enquanto ele falava, Jonathan segurara minha mão. Eu temia tanto que a natureza horrenda de nosso perigo o estivesse abalando, quando vi sua mão se esticar; mas me deu vida sentir seu toque – tão forte, tão independente, tão resoluto. A mão de um homem valente fala por si só; não precisa nem do amor de uma mulher para que sua música seja ouvida.

Quando o Professor acabara de falar, meu marido olhou nos meus olhos, e eu nos dele; não havia necessidade de palavras entre nós.

– Respondo por Mina e por mim mesmo – disse.

– Conte comigo, Professor – disse o Sr. Quincey Morris, lacônico como sempre.

– Estou com o senhor, – disse Lord Godalming, – pelo bem de Lucy, senão pelo de outros.

O Dr. Seward apenas assentiu. O Professor levantou-se e, após colocar seu crucifixo dourado sobre a mesa, estendeu as mãos, uma de cada lado dele. Peguei sua mão direita, e Lord Godalming sua esquerda; Jonathan segurou minha mão direita com a sua esquerda, e esticou a outra por sobre a mesa, em direção ao Sr. Morris. Assim, com nós todos de mãos dadas, nosso pacto solene foi feito. Senti meu coração gelado, mas nem me ocorreu recuar. Retomamos nossos lugares, e o Dr. Van Helsing prosseguiu, com um tipo de animação que mostrava que o trabalho sério começara. Deveria ser levado com tanta seriedade, e de forma tão meticulosa, quanto qualquer outra transação da vida:

– Bom, vocês sabem o que estamos enfrentando; mas nós também temos nossas forças. Temos, do nosso lado, o poder da combinação, que é negado aos vampiros; temos os recursos da ciência; somos livres para agir e pensar; e as horas do dia e da noite são nossas por igual. Na verdade, até onde vão nossos poderes, eles não têm limites, e somos livres para usá-los. Temos nossa devoção pela causa, e um objetivo a atingir que não é egoísta. Isso conta muito. Agora, vamos ver as restrições sobre os poderes gerais que estão contra nós, e o que o indivíduo não pode fazer. Em outras palavras, vamos considerar as limitações dos vampiros em geral, e deste em particular. Tudo o que temos para nos basear são tradições e superstições. Logo de cara, não parecem ser de muita valia, quando se trata de uma questão de vida ou morte; não, mais do que vida ou morte. Ainda assim, precisamos nos contentar; primeiro, porque é necessário, não temos outro meio, e segundo porque, no final das contas, estas coisas, tradição e superstição, são cruciais. A crença em vampiros não se baseia nestas duas, para as outras pessoas, apesar de não para nós? Há um ano, quem dentre nós teria aceitado tal possibilidade, no meio de nosso século XIX, tão científico, cético e prático? Até mesmo observamos uma crença que foi justificada na frente de nossos próprios olhos. Suponhamos, então, que os vampiros, e a crença em suas limitações e em sua cura, estejam, neste momento, sobre a mesma base. Pois devo dizer que eles são conhecidos em todos os lugares habitados pela humanidade. Na Grécia Antiga, na Roma Antiga; eles floresceram em todos os cantos da Alemanha, na França, na Índia, até mesmo na Crimeia; e na China, tão distante de nós, em todos os aspectos, até mesmo lá as pessoas os temem, até hoje. Eles seguiram os guerreiros islandeses, os diabólicos hunos, os eslavos, os saxões, os magiares. Até agora, então, temos tudo sobre o que podemos agir; e deixem-me dizer que muitas das crenças são justificadas pelo que vimos em nossa própria experiência infeliz. Os vampiros continuam vivendo, e não morrem com a mera passagem do tempo; eles podem florescer enquanto se alimentem do sangue dos vivos. Mais do que isso, vimos entre nós que eles conseguem até mesmo rejuvenescer; que suas faculdades vitais ficam mais vigorosas e parecem se recuperar, quando seu sustento especial é abundante. Mas eles não conseguem florescer sem essa dieta; eles não comem como os outros. Até mesmo nosso amigo Jonathan, que viveu com ele por semanas, nunca o viu comer, em nenhum momento! Ele não faz sombra; não tem reflexo no espelho, como Jonathan, mais uma vez, observou. Ele tem a força de muitos, em suas mãos, como testemunhado por Jonathan quando ele fechou a porta para impedir a entrada dos lobos, e quando o ajudou a descer da carruagem, também. Ele pode se transformar em um lobo, como sabemos pela chegada do navio em Whitby, quando estraçalhou o cachorro; consegue ser um morcego, como a Madame Mina viu na janela em Whitby, e como nosso amigo John o viu voar de sua casa, logo aqui do lado, e como nosso amigo Quincey viu na janela da Srta. Lucy. Ele pode vir em uma névoa, que ele mesmo cria; aquele nobre capitão do navio provou isso. Mas, pelo que sabemos, a distância que ele pode percorrer nessa névoa é limitada, e ela só consegue ficar ao redor dele. Ele chega nos raios do luar, como uma poeira elementar, como Jonathan, novamente, viu aquelas irmãs no castelo de Drácula. Conseguem ficar tão pequeno, como nós mesmos vimos a Srta. Lucy, que descanse em paz, passar por um espaço do tamanho de um fio de cabelo, na porta da tumba. Consegue, depois de encontrar seu caminho, sair ou entrar de qualquer coisa, não importa quão fechada esteja, até mesmo fundida pelo fogo... soldada, como vocês dizem. Consegue enxergar no escuro, o que não é um poder insignificante, em um mundo onde estão escondidos da luz. Ah, mas escutem-me até o fim. Ele consegue fazer todas essas coisas, mas ainda assim, não é livre. Não, ele é mais prisioneiro do que um escravo em um barco, do que um louco em sua cela. Não pode ir onde quiser; ele, que não pertence à natureza, ainda tem que obedecer algumas de suas leis; o porquê, não sabemos. Não pode entrar em lugar nenhum de primeira, a não ser que alguém da casa o convide; mas, depois disso, pode entrar quando quiser. Seu poder cessa, assim como o de todas as coisas maléficas, com a chegada do dia. Só em certos horários ele pode ter uma liberdade limitada. Se não estiver no lugar ao qual está ligado, só pode se transformar ao meio-dia, ou exatamente na aurora ou no crepúsculo. Essas coisas nos foram contadas, e neste nosso registro, temos provas por inferência. Portanto, apesar de poder fazer o que quiser, dentro de seus limites, quanto tem seu lar de terra, seu lar de caixão, seu lar infernal, o lugar não-consagrado, como vimos quando foi até o túmulo do suicida em Whitby, em outros momentos, ele só pode se transformar quando chegar a hora. Também dizem que ele só pode cruzar água corrente na maré baixa ou alta. Ademais, há coisas que o afligem tanto que o deixam impotente, como o alho, de que sabemos; e, quanto a coisas sagradas, como este símbolo, meu crucifixo, que está entre nós mesmo agora, quando debatemos, para elas ele não é nada, mas em sua presença, ele se retira e fica em silêncio respeitoso. Há outras, também, sobre as quais lhes contarei, caso precisemos delas em nossa busca. Um galho de rosas selvagens sobre seu caixão o mantém lá, o impedindo de seu mexer; uma bala sagrada, atirada em seu caixão, o mata definitivamente; e, quanto à estaca em seu coração, já sabemos que o faz descansar em paz, como também a decapitação. O vimos com nossos próprios olhos. Assim, quando encontrarmos a morada deste que não é mais humano, podemos confiná-lo ao seu caixão e destrui-lo, se obedecermos o que sabemos. Mas ele é esperto. Pedi a meu amigo Arminius, da Universidade de Budapeste, que registrasse tudo o que sabe, e, por todos os meios existentes, ele me contou sobre o passado do Conde. Ele deve ter sido aquele Voivode Drácula que se tornou célebre por suas batalhas contra os turcos, pelo grande rio que fica bem na fronteira com a Turquia. Se for este o caso, ele não era um homem comum; pois, naquela época, e pelos séculos que se seguiram, as pessoas falavam dele como o mais inteligente e astuto, assim como o mais valente, de todos os filhos da "terra além da floresta". Sua mente poderosa e determinação de ferro foram com ele para o túmulo, e, mesmo agora, estão contra nós. Os Dráculas foram, diz Arminius, uma grande e nobre raça, apesar de que, ocasionalmente, seus contemporâneos alegaram que alguns dos descendentes tinham pactos com o Diabo. Aprendiam seus segredos na *Scholomance*[26], entre as montanhas ao redor do Lago Hermanstadt, onde o diabo reivindica o décimo aluno como seu. Os registros contêm palavras como "*stregoica*" – bruxo, "*ordog*" e "*pokol*" – Satanás e inferno, e, em um dos manuscritos, este mesmo Drácula é chamado de "*wampyr*", que todos nós entendemos muito bem. Grandes homens e boas mulheres foram fruto dele, e seus túmulos tornam sagrada a terra onde este imundo pode habitar. Pois não é o menor dos terrores o fato de este mal ter raízes profundas em tudo o que é bom; em um solo desprovido de memórias sagradas, ele não pode descansar.

Enquanto falava, o Sr. Morris olhava fixamente pela janela, até que levantou-se em silêncio e saiu da sala. Houve uma pequena pausa, e então o Professor prosseguiu:

– Agora, precisamos decidir o que fazer. Temos bastante informação, e precisamos planejar nosso ataque. Sabemos, pelas indagações de Jonathan, que cinquenta caixas de terra vieram de Whitby para o castelo, todas as quais foram entregues em Carfax. Também sabemos que pelo menos algumas dessas caixas foram removidas. Parece-me que nosso primeiro passo deveria ser nos certificarmos de que todo o resto continua na casa, do outro lado daquele muro que podemos ver hoje, ou se mais alguma foi removida. Se for este último caso, precisamos rastrear...

Naquele ponto, fomos interrompidos de forma bem alarmante. Do lado de fora da casa, veio o barulho de um tiro de pistola; o vidro da janela foi

---

26 N. da T.: De acordo com o folclore do Leste Europeu, uma escola de magia negra comandada pelo Diabo.

estilhaçado por uma bala que, ricocheteando na parte de cima do postigo, atingiu a parede do outro lado da sala. Temo ser, no fundo, uma covarde, pois dei um grito. Todos os homens pularam de pé; Lord Godalming correu para a janela e ergueu a cortina. Ao fazê-lo, ouvimos a voz do Sr. Morris vindo de lá de fora:

– Desculpe! Temo tê-los assustado. Vou entrar e contar-lhes o que aconteceu. – Um minuto depois, ele entrou e disse: – Foi algo muito idiota de se fazer, e peço seu perdão, Sra. Harker, do fundo do coração; imagino que devo tê-la assustado terrivelmente. Acontece que, enquanto o Professor falava, apareceu um morcego grande, que pousou no batente da janela. Peguei tamanha aversão a esses bichos, devido aos últimos acontecimentos, que não consigo mais suportá-los, então saí e tentei atirar nele, como tenho feito ultimamente, à noite, sempre que vejo um. Você costumava rir de mim por causa disso, Art.

– Você o acertou? – perguntou o Dr. Van Helsing.

– Não sei; acho que não, pois voou para o bosque.

Sem dizer mais nada, voltou ao seu lugar, e o Professor retomou sua fala:

– Precisamos rastrear cada uma dessas caixas, e, quando estivermos prontos, devemos capturar ou matar o monstro em seu covil; ou precisamos, por assim dizer, esterilizar a terra, para que ele não possa mais se abrigar nela. Assim, poderemos finalmente encontrá-lo em sua forma humana, entre o meio-dia e o pôr do sol, e combatê-lo quando estiver mais fraco. Quanto à senhora, Madame Mina, esta noite é o fim, até que tudo esteja bem. A senhora nos é preciosa demais para se arriscar. Quando partimos esta noite, não deve nos questionar. Lhe contaremos tudo na hora certa. Somos homens, e capazes de suportar; mas a senhora deve ser nossa estrela-guia e nossa esperança, e poderemos agir com mais liberdade, sabendo que não estará em perigo como nós.

Todos os homens, até mesmo Jonathan, pareceram aliviados; mas não me pareceu certo que eles enfrentassem o perigo e, talvez, diminuíssem sua segurança – com a força sendo sua melhor segurança – tendo que cuidar de mim; mas estavam decididos e, apesar de ter sido difícil, para mim, aceitar, não pude dizer nada, a não ser aceitar seus cuidados cavalheirescos.

O Sr. Morris retomou a discussão:

– Como não temos tempo a perder, sugiro darmos uma olhada nesta casa agora mesmo. O tempo é crucial, no que tange a ele, e rapidez de nossa parte pode impedir que haja uma outra vítima.

Admito que minha coragem começou a me abandonar, ao ver que o momento de agir se aproximava tão rapidamente, mas não disse nada, pois temia mais ainda que, se eu parecesse ser um estorvo ou um empecilho para o trabalho deles, eles poderiam até mesmo me deixar de fora das reuniões. A esta altura, já foram para Carfax, com meios de entrar na casa.

De forma tipicamente masculina, me mandaram ir para a cama e dormir; como se uma mulher conseguisse dormir, quando aqueles que ama estão em perigo! Me deitarei e fingirei dormir, para que Jonathan não tenha ainda mais uma preocupação comigo, quando chegar.

Diário do Dr. Seward.

1º de outubro, 04:00. Justo quando estávamos prestes a sair de casa, uma mensagem urgente me foi trazida de Renfield, perguntando se eu poderia vê-lo imediatamente, pois tinha algo de extrema importância para me contar. Disse ao mensageiro que atenderia os desejos dele pela manhã, pois estava ocupado naquele momento. O enfermeiro acrescentou:

– Ele parece bastante impertinente, senhor. Nunca o vi tão ansioso. Não sei, mas acho que se o senhor não o visitar logo, ele terá um de seus ataques violentos.

Eu sabia que o homem não teria dito isso sem motivo, de modo que falei:

– Está bem, irei agora – e pedi aos outros que me esperassem alguns minutos, pois tinha que ir ver meu "paciente".

– Leve-me com você, amigo John – disse o Professor. – O caso dele, em seu diário, me interessou bastante, e também foi relevante, ocasionalmente, para o nosso caso. Gostaria muito de vê-lo, especialmente quando sua mente está perturbada.

– Posso ir também? – perguntou Lord Godalming.

– Eu também? – disse Quincey Morris.

– Posso ir? – indagou Harker.

Assenti, e todos descemos pelo corredor juntos.

O encontramos em um estado de emoção considerável, mas muito mais racional, em sua fala e seus modos, do que eu jamais o vira. Ele tinha uma compreensão incomum de si mesmo, que era diferente de qualquer coisa que eu já encontrara em um louco, e presumiu que seus motivos convenceriam outras pessoas, completamente sãs. Nós quatro entramos em seu quarto, mas nenhum dos outros disse nada, de início. Seu pedido era que eu o liberasse imediatamente do sanatório e o mandasse para casa. Embasou sua solicitação com argumentos relativos à sua recuperação completa, e usou sua sanidade atual de exemplo.

– Apelo a seus amigos, – disse ele, – talvez eles não se importem em reservar seu julgamento sobre meu caso. A propósito, o senhor não me apresentou.

Fiquei tão atônito que a estranheza de se apresentar um louco, em um sanatório, não me ocorreu, naquele momento; além disso, havia uma certa dignidade nos modos do homem, tão acostumado com a igualdade, que os apresentei imediatamente:

– Lord Godalming; Professor Van Helsing; Sr. Quincey Morris, do Texas; Sr. Renfield.

Ele apertou as mãos de todos, dizendo, a cada um:

– Lord Godalming, tive a honra de sugerir seu pai no Windham[27]; entristece-me saber, por vê-lo usar seu título, que ele não está mais entre nós. Era um homem amado e honrado por todos que o conheciam, e foi, em sua juventude, pelo que fiquei sabendo, o inventor de um ponche de rum queimado, muito popular em noites de corrida. Sr. Morris, deve estar orgulhoso de seu grande país. Sua recepção na União foi um precedente que pode ter efeitos longínquos, no futuro, quando o Polo e os Trópicos podem fazer uma aliança com as Estrelas e Listras. O poder do Tratado ainda pode se mostrar um

27 N. da T.: O Windham era um clube de cavalheiros bastante exclusivo, na Londres da época, que só aceitava novos membros sugeridos pelos já admitidos.

enorme impulso para o engrandecimento, quando a doutrina Monroe ocupar seu devido lugar de fábula política. O que se pode dizer sobre o prazer de se conhecer Van Helsing? Senhor, não peço desculpas por deixar de usar qualquer tipo de prefixo convencional. Quando um indivíduo revolucionou os tratamentos médicos, com sua descoberta da evolução contínua da massa cerebral, as convenções não caem bem, pois pareceriam referir-se ao senhor como apenas mais um dentre uma classe. Peço a vocês, cavalheiros, que, por nacionalidade, hereditariedade ou pela posse de dons naturais, têm o poder de ocupar seus respectivos lugares no mundo livre, que sejam minhas testemunhas de que sou tão são quanto, pelo menos, a maioria dos homens que têm plena posse de suas liberdades. E estou certo de que o senhor, Dr. Seward, humanitário e médico-jurista, além de cientista, considerará ser seu dever moral tratar-me como alguém sob circunstâncias excepcionais.

Fez este último apelo com um ar de convicção cavalheiresca que não deixava de ter seu charme.

Acho que todos nós ficamos perplexos. De minha parte, estava convencido de que, apesar de meu conhecimento sobre a personalidade e o histórico do homem, sua sanidade havia sido restaurada; e senti um forte impulso de dizer a ele que estava satisfeito quanto à sua sanidade, e que cuidaria das formalidades necessárias para sua alta pela manhã. Contudo, achei melhor esperar antes de fazer uma declaração tão séria, pois há tempos sabia quão suscetível a mudanças repentinas era aquele paciente. Assim, limitei-me a fazer uma declaração genérica de que ele parecia estar melhorando com bastante rapidez, e que veria o que poderia fazer para atender seus desejos. Isso não o satisfez nem um pouco, pois disse, rapidamente:

– Temo, Dr. Seward, que o senhor não entendeu o que desejo. Gostaria de sair daqui agora, nesta mesma hora, neste instante, se puder. O tempo urge, e é a essência de nosso acordo tácito com a velha da foice. Tenho certeza de que basta informar um médico tão admirável quanto o Dr. Seward sobre tal desejo, tão simples, mas tão importante, para garantir que seja atendido. – Olhou para mim com atenção e, vendo a recusa em meu rosto, virou-se para os outros, avaliando-os de perto.

Sem obter a resposta que queria, prosseguiu: – Será que me enganei em minha suposição?

– Sim, se enganou – respondi com franqueza, mas, ao mesmo tempo, com veemência. Houve uma pausa considerável, até que ele disse, lentamente:

– Então suponho que preciso só mudar os argumentos que embasam minha solicitação. Permita-me pedir esta concessão... regalia, privilégio, como quiser chamar. Contento-me com implorar, em um caso como este, não por motivos pessoais, mas pelo bem dos outros. Não tenho a liberdade de contar-lhe todos os meus motivos, mas garanto que o senhor pode acreditar que são muito bons, sólidos e altruístas, advindos do mais alto senso de dever. Se conseguisse, senhor, olhar dentro de meu coração, aprovaria completamente os sentimentos que me motivam. Não, mais do que isso, me incluiria entre os melhores e mais fiéis de seus amigos.

De novo, olhou atentamente para todos nós. Eu estava cada vez mais convencido de que esta mudança repentina em seu método intelectual era nada mais do que outra forma, ou fase, de sua loucura, de modo que decidi deixá-lo prosseguir mais um pouco, sabendo, por experiência própria, que ele acabaria por se delatar, como todos os loucos. Van Helsing o examinava com um olhar da maior intensidade, suas sobrancelhas fartas quase que se encontrando devido à sua concentração. Ele disse a Renfield, em um tom que não me surpreendeu, naquele momento, somente quando pensei nisso depois, pois era o tom de quem se dirigia a um igual:

– Não pode nos contar francamente seu verdadeiro motivo para desejar estar livre esta noite? Asseguro-lhe de que, se convencer a mim, um estranho, sem ideias preconcebidas, e com o hábito de manter a mente aberta, que o Dr. Seward lhe concederá, a seu próprio risco e sob sua própria responsabilidade, o privilégio que busca. – Sacudiu a cabeça tristemente, e com uma expressão de pesar pungente. O Professor continuou: – Vamos, senhor, reflita. Alega ter o privilégio da razão no mais alto grau, já que tenta nos impressionar com sua completa razoabilidade. O faz apesar de termos motivos para duvidar de sua sanidade, pois ainda não recebeu alta do tratamento médico conduzido precisamente com este objetivo. Se não nos ajudar a escolher o melhor caminho, como podemos cumprir o dever que nos impõe? Seja sábio e nos ajude; e, se pudermos, o ajudaremos a alcançar o que deseja.

Renfield continuou sacudindo a cabeça, enquanto dizia:

– Dr. Van Helsing, não tenho nada a dizer. Seu argumento está completo e, se eu tivesse a liberdade de falar, não hesitaria nem por um momento; mas não sou meu próprio mestre, nesta questão. Só posso pedir que confiem em mim. Se meu pedido for recusado, a responsabilidade não será minha.

Achei que já era hora de acabar com aquela cena, que estava se tornando comicamente séria demais, então dirigi-me até a porta, dizendo simplesmente:

– Venha, meus amigos, temos trabalho a fazer. Boa noite.

Contudo, ao me aproximar da porta, o paciente passou por uma nova mudança. Moveu-se em minha direção com tanta rapidez que, naquele momento, temi que fosse cometer outro ataque homicida. Porém, meus medos eram infundados, pois ele ergueu as duas mãos, implorando, e fez sua petição de uma forma muito comovente. Ao ver que sua emoção excessiva estava agindo contra ele, nos fazendo voltar ao nosso antigo relacionamento, ficou ainda mais suplicante. Lancei um olhar a Van Helsing, e vi minha convicção refletida em seus olhos, então fiquei ligeiramente mais inflexível, se não mais severo, e gesticulei para demonstrar a ele que seus esforços eram inúteis. Já vira algo parecido com a crescente excitação que ele demonstrava, quando tentara fazer algum pedido que, naquele momento, considerava de extrema importância, como quando quis um gato; assim, estava preparado para vê-lo se retrair na mesma aquiescência emburrada, nesta ocasião. Minhas expectativas não se concretizaram, pois quando viu que seu apelo não seria bem-sucedido, entrou em um estado de frenesi. Caiu de joelhos e ergueu as mãos, torcendo-as em uma súplica lamuriosa, fazendo jorrar uma torrente de rogos, com lágrimas escorrendo pelo rosto e o rosto e o corpo expressando a mais profunda emoção:

– Suplico, Dr. Seward, imploro que me deixe sair desta casa imediatamente. Mande-me embora como e para onde quiser; mande guardas junto comigo, com chicotes e correntes, faça com que me levem em uma camisa de força, com as mãos e os pés amarrados, até mesmo para uma prisão; mas deixe-me sair daqui. O senhor não sabe o que está fazendo, mantendo-me aqui. Estou falando do fundo do coração, da minha alma. O senhor não sabe a quem está prejudicando, nem como, e não posso contar-lhe. Ai de mim! Não posso contar. Por tudo o que o senhor tem como mais sagrado, por tudo o que preza, por seu amor que perdeu, por sua esperança que ainda vive, pelo Todo-Poderoso, tire-me daqui e salve minha alma da culpa! Não está me ouvindo, homem? Não compreende? Não vai aprender nunca? Não vê que agora estou são e sendo sincero, que não sou um louco tendo um ataque, e sim um homem são lutando por sua alma? Ah, me ouça! Me ouça! Deixe-me ir! Deixe-me ir! Deixe-me ir!

Imaginei que, quanto mais aquilo durasse, mais selvagem ele ficaria, o que causaria um de seus ataques; então, peguei-o pela mão e o fiz levantar-se.

– Venha, – disse, severamente, – chega. Já ouvimos o bastante. Vá para a cama e tente se comportar com mais discrição.

Ele parou de repente, e olhou para mim atentamente, por vários momentos. Então, sem dizer uma palavra, andou até a cama e sentou-se na beirada. A prostração o dominara, como anteriormente, conforme eu havia esperado.

Enquanto eu saía do quarto, o último do grupo, ele me disse, em um tom de voz baixo e educado:

– Estou certo de que o senhor me fará a justiça, Dr. Seward, de se lembrar, mais tarde, de que eu fiz o que pude para convencê-lo esta noite.

CAPÍTULO XIX

Diário de Jonathan Harker

1º de outubro, 05:00. Fui com o grupo à exploração com a mente tranquila, pois acho que nunca vi Mina tão absolutamente forte e bem. Estou tão feliz por ela ter concordado em ficar para trás e deixar que nós, homens, fizéssemos todo o trabalho. De alguma forma, não me agradava o fato de ela estar envolvida neste assunto terrível, mas, agora que seu trabalho terminou, e que foi graças a sua energia, mente e prevenção que a história toda foi montada de forma que todas as partes ficaram claras, ela pode muito bem considerar que seu papel acabou, e que pode, daqui em diante, deixar o resto conosco. Creio que todos nós ficamos um pouco abalados pela cena com o Sr. Renfield. Ao sairmos de seu quarto, ficamos em silêncio até voltarmos para o escritório. Então, o Sr. Morris disse para o Dr. Seward:

– Olha, Jack, se aquele homem não estava blefando, ele é o louco mais sadio que já vi. Não tenho certeza, mas acredito que ele tinha algum objetivo sério, e, se tinha, foi um golpe duro para ele, não ter tido uma chance.

Lord Godalming e eu ficamos em silêncio, mas o Dr. Van Helsing acrescentou:

– Meu amigo John, você sabe mais sobre loucos do que eu, o que me agrada, pois temo que se fosse responsabilidade minha decidir, eu o teria dado alta antes daquele último arroubo histérico. Mas é vivendo que se aprende e, em nossa tarefa atual, não podemos correr riscos, como meu amigo Quincey diria. As coisas estão melhores do jeito que estão.

O Dr. Seward pareceu responder aos dois de uma forma meio sonhadora:

– Acho que concordo com vocês. Se aquele homem fosse um louco comum, eu teria arriscado confiar nele; mas ele parece tão envolvido com o Conde, de uma forma meio que indicativa, que tenho medo de fazer algo errado ajudando-o com suas manias. Não consigo esquecer a forma como ele suplicou por um gato, com um fervor quase tão grande quanto agora, e depois tentou arrancar minha garganta com os dentes. Além disso, ele chamou o Conde de "mestre e senhor", e pode querer sair para ajudá-lo de algum jeito diabólico. Aquela criatura horrorosa tem os lobos, os ratos e sua própria raça para ajudá-la, então suponho que se rebaixe ao ponto de tentar usar um louco respeitável. Contudo, Renfield parecia estar sendo sincero. Só espero que tenhamos feito a coisa certa. Essas coisas, junto com o trabalho complicado que temos em nossas mãos, ajudam a enervar a pessoa.

O Professor foi até ele e, colocando uma mão sobre seu ombro, disse daquele seu jeito sério e gentil:

– Amigo John, não tema. Estamos tentando cumprir nosso dever em um caso muito triste e terrível; só podemos fazer o que achamos melhor. O que mais podemos esperar, exceto a piedade do bom Deus?

Lord Godalming se retirara por alguns minutos, mas acabara de voltar. Nos mostrou um pequeno apito de prata, enquanto observava:

– Aquele lugar velho pode estar cheio de ratos e, se estiver, tenho um antídoto à mão.

Após passarmos pelo muro, caminhamos em direção à casa, tomando cuidado para nos mantermos nas sombras das árvores do jardim, quando o luar nos iluminava. Ao chegarmos na entrada, o Professor abriu a mala e tirou diversas coisas, que arrumou sobre o degrau, separando-as em quatro grupos, evidentemente um para cada. Então, falou:

– Meus amigos, estamos indo de encontro a um terrível perigo, e precisamos de armas de muitos tipos. Nosso inimigo não é meramente espiritual. Lembrem-se de que ele tem a força de vinte homens e que, apesar de nossos pescoços ou traqueias serem comuns, e, portanto, passíveis de serem quebrados ou amassados, os dele não são suscetíveis a qualquer força. Um homem mais forte, ou um grupo de homens com a força combinada maior do que a dele, pode conseguir segurá-lo, ocasionalmente, mas não conseguem machucá-lo do jeito que podem ser machucados por ele. Precisamos, portanto, nos proteger de seu toque. Mantenham isso perto do coração, – enquanto falava, levantou um pequeno crucifixo de prata e deu-o a mim, por estar mais perto dele, – coloquem essas flores ao redor dos pescoços, – neste momento, me deu uma guirlanda de flores de alho murchas, – e, para inimigos mais mundanos, este revólver e esta faca. E, para ajudar em qualquer ocasião, estas lamparinas elétricas bem pequenas, que podem amarrar no peito; e, para tudo, e para ser usado em último recurso, isto, que não podemos profanar desnecessariamente. – Referia-se a um pedaço de Hóstia, que colocou em um envelope e me entregou. Cada um dos outros estava semelhantemente equipado. – Agora, disse, – amigo John, onde estão as chaves-mestras? Se pudermos abrir a porta, não precisamos arrombar a janela, como fizemos na casa da Srta. Lucy.

O Dr. Seward experimentou uma ou duas chaves-mestras, com sua destreza manual de cirurgião ajudando-o bem. Finalmente, achou uma que servisse; após mexê-la para um lado e para o outro, a lingueta cedeu e, com um barulho enferrujado, moveu-se para trás. Empurramos a porta, com as dobradiças enferrujadas rangendo, e ela abriu-se lentamente. Foi incrivelmente semelhante à imagem transmitida pelo diário do Dr. Seward, de quando abriram a tumba da Srta. Westenra; imagino que o mesmo passou pela cabeça dos outros, pois afastaram-se todos ao mesmo tempo. O Professor foi o primeiro a prosseguir, e passou pela porta aberta.

– *In manus tuas, Domine!* – exclamou, fazendo o sinal da cruz ao cruzar o batente. Fechamos a porta atrás de nós, para que, se precisássemos acender as lamparinas, não atraíssemos atenção de alguém lá fora. O Professor experimentou a maçaneta com cuidado, para se certificar de que conseguiríamos abri-la por dentro, caso estivéssemos saindo correndo. Então, todos acendemos nossas lamparinas e começamos nossa busca.

A luz das pequenas lamparinas caiu sobre todo tipo de forma estranha, pois seus raios se entrecruzavam, ou a opacidade de nossos corpos criava grandes sombras. Não conseguia me livrar da sensação de que havia alguém entre nós. Suponho que fossem as lembranças, trazidas à tona com tanta força pelo ambiente sombrio, daquela terrível experiência na Transilvânia. Acho que a sensação era compartilhada por todos nós, pois percebi que os outros ficavam olhando por cima dos ombros a cada som e nova sombra, exatamente como sabia que eu mesmo estava fazendo.

Todo o lugar estava coberto de poeira. O chão parecia ter centímetros dela, exceto onde havia pegadas recentes, nas quais, ao aproximar minha lamparina, pude ver marcas de tachas que haviam furado a poeira. As paredes estavam felpudas e carregadas de pó, e nos cantos havia massas de teias de aranha, onde a poeira se concentrara até fazer com que se parecessem com velhos trapos, pois o peso as rasgara. Sobre uma mesa no saguão havia um molho de chaves, com uma etiqueta amarelada pelo tempo em cada uma delas. Tinham sido usada várias vezes, pois havia fendas semelhantes na camada de pó sobre a mesa, semelhante aos que foram causados quando o Professor levantou as chaves. Ele virou-se para mim e disse:

– Você conhece este lugar, Jonathan. Copiou mapas dele, e o conhece melhor do que nós, pelo menos. Como se chega até a capela?

Eu fazia uma ideia da direção, então fui na frente; após virar algumas esquinas erradas, vi que estava em frente a uma porta de carvalho baixa e arqueada, canelada por bandas de aço.

– É este o lugar – disse o Professor, virando a lamparina em direção a um pequeno mapa da casa, copiado do arquivo de minhas correspondências originais relativas à compra. Com um pouco de dificuldade, encontramos a chave no molho e abrimos a porta. Estávamos preparados para alguma coisa desagradável, pois, enquanto abríamos a porta, um ligeiro ar malcheiroso parecia exalar das frestas, mas nenhum de nós poderia ter esperado o odor que encontramos. Nenhum dos outros conhecera o Conde pessoalmente e, quando eu o vira, ou estava no estágio de jejum de sua existência, em seus aposentos, ou, quando estava inchado de sangue fresco, em uma construção em ruínas, aberta para o ar. Mas ali, o recinto era pequeno e fechado, e o longo tempo de desuso fizera o ar ficar estagnado e repugnante. Havia um cheiro de terra, como de algum miasma, que perpassava o ar mais nojento. Mas, quanto ao odor em si, como posso descrevê-lo? Não era apenas composto por todos os males da mortalidade, com o cheiro pungente e acre de sangue, também parecia que a própria putrefação se tornara putrefata. Nossa! Fico enjoado só de lembrar. Cada respiração exalada pelo monstro parecia ter se grudado naquele lugar e intensificado sua repugnância.

Sob circunstâncias normais, tal cheiro teria posto um fim à nossa empreitada, mas aquele não era um caso comum, e o importante e terrível propósito que nos unia nos deu uma força que superava considerações meramente físicas. Após a retração involuntária, decorrente da primeira lufada nauseante, todos nós retomamos o trabalho, como se aquele lugar asqueroso fosse um jardim cheio de rosas.

Examinamos o lugar detalhadamente, com o Professor dizendo, ao começarmos:

– A primeira coisa a se fazer é ver quantas caixas sobraram. Depois, precisamos examinar cada buraco, canto e fenda para vermos se não encontramos alguma pista sobre o que aconteceu com o resto.

Uma olhada foi o suficiente para nos mostrar quantas sobravam, pois as grandes caixas que continham a terra eram volumosas, e não tinha como não vê-las.

Só sobravam vinte e nove, de cinquenta! Em um momento, levei um susto, pois vi Lord Godalming virar-se repentinamente e olhar, através da porta arqueada, em direção ao corredor escuro; olhei, também, e, por um instante, pensei ter visto as feições do rosto maldoso do Conde, a ponte do nariz, os olhos vermelhos, os lábios rubros, a terrível palidez. Foi só por um momento, pois, como Lord Godalming disse:

– Pensei ter visto um rosto, mas eram só as sombras – e retomou a busca.

Virei a lamparina naquela direção e fui até o corredor. Não havia sinal de ninguém, e, como não tinham cantos, nenhuma porta ou abertura de qualquer tipo, somente as paredes sólidas do corredor, não podia haver esconderijo, nem mesmo para *ele*. Presumi que o medo ajudara a imaginação, e não disse nada.

Alguns minutos mais tarde, vi Morris se afastar rapidamente de um canto, que estava examinando. Todos seguimos seus movimentos com o olhar, pois não havia dúvidas de que algum nervosismo começava a crescer entre nós, e vimos uma grande massa de fosforescência, que brilhava como estrelas. Todos nós nos afastamos instintivamente. O lugar inteiro estava sendo tomado pelos ratos.

Por um ou dois segundos, ficamos ali parados, atônitos, todos exceto Lord Godalming, que parecia estar preparado para tal emergência. Correndo até a grande porta de carvalho e ferro, que o Dr. Seward descrevera por fora, e que eu mesmo vira, ele girou a chave na fechadura, afastou as grandes trancas e a abriu. Então, tirando o apito de prata do bolso, soprou uma nota baixa e estridente. Foi respondida de trás da casa do Dr. Seward pelo latido de cachorros e, após um minuto, três terriers apareceram correndo, contornando a casa. Inconscientemente, todos nós andáramos em direção à porta e, enquanto o fazíamos, reparei que a poeira havia sido bastante remexida; as caixas que haviam sido tiradas tinham sido entregues por ali. Porém, mesmo após um minuto, a quantidade de ratos havia aumentado consideravelmente. Pareciam pulular por todos os cantos ao mesmo tempo, até que a luz da lamparina, iluminando seus corpos escuros e olhos brilhantes e malignos, fez com que o lugar parecesse uma ribanceira cheia de vagalumes. Os cachorros corriam, mas pararam repentinamente à porta, rosnando, e então, levantando os focinhos simultaneamente, começaram a uivar do modo mais lúgubre. Os ratos se multiplicavam aos milhares, de forma que saímos.

Lord Godalming levantou um dos cachorros e, carregando-o para dentro, colocou-o no chão. No instante em que suas patas tocaram o solo, ele pareceu recuperar a coragem, e atacou seus inimigos naturais. Estes fugiram dele com tanta rapidez, que, antes de conseguir matar vinte deles, os outros cachorros, que, àquela altura, haviam sido carregados do mesmo modo, tiveram poucas presas antes de todo o grupo desaparecer.

Com sua partida, tivemos a impressão de que alguma presença maligna se fora, pois os cachorros começaram a brincar e latir alegremente, enquanto se lançavam sobre seus oponentes caídos e os balançavam e jogavam para cima com sacudidelas ferozes. O humor de todos nós pareceu melhorar. Não sei dizer se foi por causa da purificação da atmosfera mortal, com a abertura da porta da capela, ou devido ao alívio que sentimos ao nos encontrarmos ao ar livre; contudo, a sombra do medo certamente pareceu sair de nós como um manto, e nossa vinda perdeu um pouco de seu significado sombrio, apesar de nossa resolução não ter fraquejado nem um milímetro. Fechamos a porta de fora, passamos as barras de ferro e a trancamos, e, trazendo os cachorros conosco, começamos a revistar a casa. Não encontramos nada, em nenhum canto, exceto uma quantidade extraordinária de poeira, e tudo intocado, exceto as minhas próprias pegadas, de quando visitara a casa pela primeira vez. Em nenhum momento os cachorros exibiram qualquer sintoma de inquietude, e mesmo quando voltamos para a capela, eles brincaram por todos os cantos, como se estivessem caçando coelhos em um bosque, num dia de verão.

A manhã estava se aproximando rapidamente do leste, quando emergimos da porta da frente. O Dr. Van Helsing tirara a chave do saguão do molho, e trancara a porta da forma ortodoxa, colocando a chave no bolso ao terminar.

– Até agora, – disse, – nossa noite foi eminentemente bem-sucedida. Nenhum mal nos aconteceu, como temi que poderia acontecer, e averiguamos quantas caixas estão faltando. Acima de tudo, fico feliz por este nosso primeiro passo, e talvez o mais difícil e perigoso, ter sido concluído sem envolver nossa caríssima Madame Mina, e sem atrapalhar seus pensamentos ou sonhos com visões, sons e cheiros de horror, que talvez ela nunca esquecesse. Também aprendemos outra lição, se me permitirem argumentar *a particulari*: que as feras selvagens sob o comando do Conde não são receptivas a seu poder espiritual; pois vejam, esses ratos que obedecem a seu chamado, como ele convocou os lobos, do topo do castelo, por ocasião de sua partida e da súplica daquela pobre mãe, apesar de virem até ele, fogem atabalhoadamente dos cachorrinhos de nosso amigo Arthur. Temos outras questões à nossa frente, outros perigos e medos; e aquele monstro não usou seus poderes sobre o mundo das feras pela única ou última vez, hoje. Não importa que ele tenha ido para outro lugar. Que bom! Nos deu a oportunidade de fazer um xeque-mate, por assim dizer, neste jogo de xadrez, que jogamos pelo bem da alma humana. Agora, vamos para casa. A aurora está se aproximando, e temos motivos para nos contentarmos com nossa primeira noite de trabalho. Podemos estar destinados a muitas outras noites e dias de perigo; mas precisamos seguir em frente, e não fugiremos de nenhum risco.

A casa estava em silêncio, quando voltamos, exceto alguma pobre criatura que gritava em uma das alas mais afastadas, e um gemido baixo vindo do quarto de Renfield. O coitado estava, sem dúvidas, se torturando, como fazem os loucos, com ideias desnecessárias de dor.

Entrei em nosso quarto nas pontas dos pés, e encontrei Mina dormindo, respirando com tanta suavidade que tive que aproximar a orelha para conseguir ouvir. Ela está mais pálida do que de costume. Espero que a reunião de hoje não a tenha perturbado. Estou extremamente aliviado por ela ser deixada de fora de nossas futuras tarefas, até mesmo de nossas deliberações. É esforço demais, para uma mulher aguentar. Não pensava assim, de início, mas agora entendi. Portanto, estou feliz por isso estar resolvido. Pode haver coisas que a assustariam, ao ouvi-las; ainda assim, escondê-las dela poderia ser pior do que contar, se ela suspeitasse de que estávamos ocultando algo. De agora em diante, nosso trabalho será um livro fechado para ela, pelo menos até o momento em que possamos contar-lhe que tudo acabou, que a terra está livre do monstro das profundezas. Ouso dizer que será difícil manter silêncio, após as confidências que trocamos, mas preciso ficar firme, e amanhã não direi nada sobre os eventos desta noite, e me recusarei a falar de qualquer coisa que tenha acontecido. Estou deitado no sofá, para não atrapalhá-la.

*****

1° de outubro, mais tarde. Suponho que tenha sido natural, todos nós termos dormido demais, pois o dia fora atarefado, e a noite não nos trouxera qualquer descanso. Até mesmo Mina deve ter sentido a exaustão, pois apesar de eu ter dormido até o sol estar a pino, acordei antes dela, e tive que chamá-la uma ou duas vezes antes de ela acordar. Na verdade, estava num sono tão profundo que, por alguns segundos, nem me reconheceu, e olhou para mim com uma expressão de terror confuso, como quem acorda de um pesadelo. Reclamou um pouco de cansaço, e deixei-a descansar até mais tarde. Agora sabemos que vinte e uma caixas foram removidas, e, se muitas delas foram levadas em alguma dessas mudanças, podemos rastrear todas. Isso simplificará, é claro, nosso trabalho em grande medida, e quanto mais cedo tratarmos desta questão, melhor. Procurarei Thomas Snelling hoje.

Diário do Dr. Seward.

1° de outubro. Era quase meio-dia quando fui acordado pelo Professor entrando em meu quarto. Estava mais alegre do que de costume, e ficou óbvio que o trabalho da noite anterior ajudara a tirar um pouco do peso carrancudo de sua mente. Após repassarmos a aventura noturna, ele disse, de repente:

– Seu paciente me interessa bastante. Será que poderia visitá-lo com você, esta manhã? Ou, se estiver ocupado demais, posso ir sozinho. É uma nova experiência, para mim, conhecer um louco que fala sobre filosofia, e raciocina tão bem.

Eu tinha alguns trabalhos urgentes para fazer, então disse a ele que, se quisesse ir sozinho, eu ficaria grato, pois não teria que deixá-lo esperando; assim, chamei um enfermeiro e dei-lhe as instruções necessárias. Antes de o

Professor sair do quarto, pedi que tomasse cuidado para não ficar com uma impressão errada de meu paciente.

– Mas – respondeu – quero falar com ele sobre ele mesmo, e seu delírio que o leva a consumir coisas vivas. Ele disse para Madame Mina, como li em seu diário de ontem, que já teve tal crença. Por que está sorrindo, amigo John?

– Desculpe-me, – respondi, – mas a resposta está aqui. Pus a mão sobre o texto datilografado. – Quando nosso louco são e erudito fez esta mesma declaração, sobre como *costumava* consumir seres vivos, sua boca estava, na verdade, nauseada pelas moscas e aranhas que comera logo antes de a Sra. Harker entrar no quarto.

Foi a vez de Van Helsing sorrir.

– Que bom! – disse. – Sua memória é boa, caro John. Eu deveria ter me lembrado. Ainda assim, é esta mesma obliquidade de pensamento e memória que faz com que o estudo das doenças mentais seja tão fascinante. Talvez eu possa obter mais conhecimentos com os delírios deste louco, do que com os ensinamentos do mais sábio dos homens. Quem sabe?

Continuei com meu trabalho, e logo terminei. Pareceu-me que levei muito pouco tempo, mas Van Helsing acabara de entrar em meu escritório.

– Estou interrompendo? – perguntou, educadamente, parado à porta.

– Nem um pouco – respondi. – Pode entrar. Terminei meu trabalho, e estou livre. Posso ir com o senhor agora, se quiser.

– Não precisa; já o vi!

– Bem?

– Temo que ele não tenha uma boa opinião de mim. Nossa conversa foi curta. Quando entrei, ele estava sentado em um banquinho no centro do quarto, com os cotovelos nos joelhos, e seu rosto era a epítome do descontentamento emburrado. Falei com ele no tom mais alegre que pude, e com tanto respeito quanto ousei. Ele não deu nenhuma resposta. "Não me conhece?", perguntei. Sua resposta não foi tranquilizadora: "O conheço o suficiente; você é o velho tolo Van Helsing. Gostaria que você se retirasse e levasse consigo suas teorias idiotas. Que todos os holandeses cabeças-duras vão para o inferno!". Não disse mais uma palavra, e sim permaneceu ali sentado, com seu implacável mau-humor, indiferente a mim como se eu não estivesse no quarto. E este foi o fim, desta vez, de minha oportunidade de aprender muitas coisas daquele louco tão esperto; assim, irei, se puder, me animar trocando algumas palavras com a doce Madame Mina. Meu caro John, não tenho palavras para expressar minha alegria por ela não ser mais perturbada ou preocupada com nossos terríveis assuntos. Apesar de sentirmos muito a falta de sua ajuda, é melhor assim.

– Concordo com o senhor, do fundo do coração – respondi sinceramente, pois não queria que ele cedesse naquele ponto. É melhor que a Sra. Harker fique fora disso. A situação já está ruim o suficiente para nós, homens experientes, que já estivemos em apuros; mas não é lugar para uma mulher, e, se ela fosse informada sobre o que acontece, com certeza a afetaria, com o tempo.

Assim, Van Helsing foi conversar com a Sra. Harker e seu marido; Quincey e Art saíram, atrás das pistas das caixas de terra. Terminarei meu trabalho e nos encontraremos hoje à noite.

Diário de Mina Harker.

1º de outubro. É estranho, para mim, ficar no escuro como estou hoje; após conversar sobre tudo com Jonathan, por tantos anos, agora o vejo evitar, propositalmente, certos assuntos, justo os mais cruciais. Esta manhã, dormi até tarde, após a fadiga de ontem, e, apesar de Jonathan também ter se atrasado, acordou antes de mim. Conversou comigo antes de sair, de forma mais doce e terna do que nunca, mas não disse uma palavra sobre o que aconteceu durante a visita à casa do Conde. Apesar disso, deve ter consciência de quão terrivelmente ansiosa fiquei. Pobrezinho! Suponho que deva ter ficado mais aflito do que eu. Todos eles concordaram que seria melhor não me envolver mais neste horrível trabalho, e consenti. Mas pensar que ele esconde alguma coisa de mim! Agora estou chorando como uma tonta, apesar de saber que é devido ao grande amor de meu marido e a maravilhosa afeição dos outros bravos homens.

Isso me fez bem. Bom, um dia Jonathan me contará tudo, e, para que ele nunca pense que mantive alguma coisa em segredo dele, continuarei escrevendo em meu diário, como de costume. E então, se ele desconfiar de mim, o mostrarei a ele, com todos os meus pensamentos anotados, para que ele leia. Sinto-me estranhamente triste e cabisbaixa, hoje. Imagino que seja a reação das terríveis emoções.

Ontem à noite, fui para a cama após os homens saírem, simplesmente porque me mandaram. Não estava com sono, e senti-me cheia de uma ansiedade devoradora. Pensava e repensava sobre tudo que aconteceu desde que Jonathan veio me ver em Londres, e tudo me parece uma horrível tragédia, com o destino nos arrastando implacavelmente rumo a algum final preordenado. Tudo o que fazemos, por mais certo que seja, parece ensejar justamente o que menos queremos. Se eu não tivesse ido a Whitby, talvez a minha pobre Lucy estivesse conosco, agora. Ela não começou a visitar o cemitério até eu chegar, e se não tivesse ido até lá comigo, durante o dia, não teria andado para lá enquanto dormia; e se não tivesse ido até lá, adormecida, aquele monstro não a teria destruído como fez. Oh, por que fui para Whitby? Pronto, estou chorando de novo! Não sei o que se passa comigo, hoje. Preciso esconder isso de Jonathan, pois se ele soubesse que chorei duas vezes em uma manhã, logo eu, que nunca chorei por mim mesma, e que ele nunca fez derramar uma lágrima, o pobrezinho ficaria extremamente preocupado. Assumirei uma postura valente e, se sentir vontade de chorar, ele nunca saberá. Imagino que seja uma das lições que nós, pobres mulheres, precisamos aprender...

Não consigo me lembrar como peguei no sono, ontem à noite. Lembro-me de ouvir o latido repentino dos cachorros, e vários sons estranhos, como uma oração tumultuada vinda do quarto do Sr. Renfield, que fica em algum lugar abaixo do meu. E então, o silêncio reinou, tão profundo que me assustou, de modo que levantei-me e fui olhar pela janela. Tudo estava escuro e silencioso, as sombras negras produzidas pelo luar parecendo cheias de seu próprio mistério silencioso. Nada parecia se mexer, tudo estava sombrio e fixo, como a morte ou o destino, o que fez com que uma faixa de névoa branca, rastejando com uma lentidão quase que imperceptível pelo gramado, em direção à casa, parecesse ter uma senciência e uma vitalidade próprias. Creio que a digressão de meus pensamentos deve me ter feito bem, pois quando voltei para a cama, fui tomada por uma letargia. Fiquei deitada, por um tempo, mas não conseguia pegar no sono, então levantei-me e olhei pela janela de novo. A névoa estava se espalhando, e agora quase chegava à casa, de forma que pude vê-la encostada, grossa, na parede, como se estivesse subindo em direção às janelas. O pobre homem falava mais alto do que nunca, e, apesar de não conseguir discernir uma única palavra que dizia, pude reconhecer, em seus tons, alguma súplica fervorosa de sua parte. Então, houve um barulho de briga, que me disse que os enfermeiros estavam lidando com ele. Fiquei tão assustada que voltei para a cama, puxei as cobertas sobre a cabeça e enfiei os dedos nos ouvidos. Àquela altura, não estava nem um pouco sonolenta, ou, pelo menos, foi o que pensei; mas devo ter pego no sono, pois, exceto meus sonhos, não me lembro de mais nada, até a manhã, quando Jonathan me acordou. Acho que precisei fazer algum esforço, e levou um tempo até que percebesse onde estava, e que era Jonathan que se debruçava sobre mim. Meu sonho foi bastante peculiar, quase típico do modo como os pensamentos que temos enquanto estamos acordados se misturam, ou continuam, com os sonhos.

Pensei que estava dormindo, esperando Jonathan voltar. Estava muito preocupada com ele, mas impotente; meus pés, minhas mãos e minha mente pesavam, de forma que nada prosseguia no ritmo normal. Assim, dormi irrequieta e pensei. E então, comecei a perceber que o ar estava pesado, úmido e frio. Tirei as cobertas da cabeça e descobri, para minha surpresa, que tudo estava difuso. A lamparina a gás que deixara acesa para Jonathan, com o fogo baixo, era só um pontinho vermelho em meio à névoa, que evidentemente ficara mais grossa e se despejara para dentro do quarto. Então me ocorreu que eu fechara a janela, antes de ir para a cama. Eu teria levantado para me certificar, mas uma letargia pesada parecia prender meus membros, até mesmo minha força de vontade. Fiquei deitada, imóvel, e aguentei; e foi tudo. Fechei os olhos, mas ainda conseguia enxergar através das pálpebras (são incríveis as peças que nossos sonhos nos pregam, e com que conveniência conseguimos imaginar). A névoa ficou cada vez mais grossa, e eu conseguia ver de onde vinha, pois a via como uma fumaça – ou a energia branca da água fervente – entrando não pela janela, e sim pelas frestas da porta. Foi ficando cada vez mais grossa, até que parecia concentrada em um tipo de pilar feito de nuvens, no meio do quarto, em cima do qual eu podia ver a luz da lamparina brilhando como um olho vermelho. Tudo começou a rodar na minha cabeça, do mesmo modo como a coluna de nuvem girava no quarto, e, no meio de tudo, chegaram até mim as palavras das Escrituras: "uma coluna de nuvem durante o dia, e de fogo durante a noite". Seria, mesmo, um tipo de guia espiritual, que veio a mim durante o sono? Mas a coluna era composta pelos guias diurno e noturno, pois o fogo estava no olho vermelho, que exerceu um novo fascínio sobre mim, ao pensar nisso; até que, enquanto olhava, o fogo se dividiu, e parecia brilhar em minha direção através da névoa como um par de olhos vermelhos, como Lucy havia me contado em seu devaneio momentâneo, quando estávamos no penhasco, com os restos da luz do sol batendo nas janelas da Igreja de St. Mary. De repente, me ocorreu a horrível ideia de que fora daquela forma que Jonathan vira aquelas mulheres horrendas se tornando reais, através da névoa rodopiando à luz do luar, e, em meu sonho, devo ter desmaiado, pois tudo ficou preto. O último esforço consciente de minha imaginação foi mostrar-me um rosto branco lívido, se debruçando sobre mim, saindo da névoa. Preciso tomar cuidado com estes sonhos, pois podem perturbar a mente de alguém, se acontecerem com frequência. Pediria ao Dr. Van Helsing ou ao Dr. Seward que me receitem algo para dormir, mas tenho medo de alarmá-los. Este tipo de sonho, neste momento, se misturaria com suas outras preocupações comigo. Hoje à noite, me esforçarei para dormir naturalmente. Se não conseguir, amanhã pedirei que me deem uma dose de cloral; não vai me fazer mal, uma vez só, e me proporcionará uma boa noite de sono. A noite passada me cansou mais do que se eu não tivesse dormido nada.

*****

2 de outubro, 22:00. Ontem à noite, dormi, mas não sonhei. Devo ter dormido profundamente, pois não acordei com Jonathan vindo para a cama; mas o sono não me revigorou, pois hoje sinto-me terrivelmente fraca e desanimada. Passei o dia todo tentando ler, ou tirando sonecas. À tarde, o Sr. Renfield pediu para me ver. Pobre coitado, foi muito gentil e, quando me retirei, beijou minha mão e pediu que Deus me abençoasse. Por algum motivo, isso me afetou muito; estou chorando, ao pensar nele. Esta é uma nova fraqueza, com a qual preciso tomar cuidado. Jonathan ficaria arrasado, se soubesse que estive chorando. Ele e os outros estiveram fora até a hora do jantar, e chegaram cansados. Fiz o que pude para animá-los, e suponho que o esforço tenha me feito bem, pois esqueci do quão cansada eu mesma estava. Após o jantar, me mandaram para a cama, e todos saíram para fumar juntos, como disseram, mas eu sabia que queriam discutir o que acontecera com eles durante o dia; pude ver, pelos modos de Jonathan, que ele tinha algo importante para comunicar. Não estava tão sonolenta quanto deveria, então antes de saírem, pedi ao Dr. Seward que me desse um pouco de algum opiáceo, pois não dormira bem na noite anterior. Ele, muito gentilmente, me fez um soporífero, que me deu dizendo que não me faria mal, pois era bem fraco. O tomei, e estou esperando o sono chegar, mas ainda está me evitando. Espero não ter cometido um erro, pois conforme o sono começa a flertar comigo, um novo medo vem: que eu possa me ter privado, com esta tolice, do poder de acordar. Posso precisar dele. O sono está chegando. Boa noite.

CAPÍTULO XX

Diário de Jonathan Harker

1º de outubro, noite. Encontrei Thomas Snelling em sua casa, em Bethnal Green, mas, infelizmente, ele não tinha condições de se lembrar de nada. A possibilidade de tomar cerveja, que minha chegada propiciara a ele, acabara sendo demais, pois ele começara sua farra cedo demais. Fiquei sabendo, contudo, por sua esposa, que parecia ser uma pessoa decente e sofrida, que ele era só o assistente de Smollet, que, dentre os dois parceiros, era o responsável. Assim, dirigi-me a Walworth e encontrei o Sr. Joseph Smollet em casa, vestido informalmente, tomando um chá tardio em um pires. Ele é uma pessoa decente e inteligente, claramente um tipo bom e confiável de trabalhador, e com argúcia própria. Lembrava-se de tudo sobre o incidente com as caixas e, consultando um maravilhoso caderno gasto, que tirara de um receptáculo misterioso da parte de trás das calças, e que continha registros hieroglíficos escritos em lápis grosso e meio apagado, deu-me os endereços de entrega das caixas. Havia, ele disse, seis na carroça que ele pegara em Carfax e deixara em 197, Chicksand Street, Mile End New Town, e outras seis que entregara em Jamaica Lane, Bermondsey. Se o Conde pretende espalhar esses seus refúgios horrendos por Londres inteira, esses lugares foram escolhidos como as primeiras estregas, para que depois ele possa distribuir melhor as caixas. O modo sistemático em que isso fora feito me fez pensar que ele não pretende se restringir a dois cantos de Londres. Neste momento, está estabelecido no extremo leste do litoral norte, no leste do litoral sul, e no sul. Não consigo imaginar que o norte e o oeste fossem deixados de fora de seu esquema diabólico, muito menos o centro da cidade e o coração da parte elegante de Londres, no sudoeste e no oeste. Visitei Smollet novamente, e perguntei se poderia nos dizer se outras caixas haviam sido retiradas de Carfax.

Ele respondeu:

– Bom, patrão, o senhor me tratou muito bem, – eu o dera meia libra – e vou te contar tudo o que sei. Ouvi o homem chamado Bloxam dizer, há quatro noites, no 'Are an' 'Ounds[28], em Pincher's Alley, que ele e o colega dele tinham recebido uma tarefa poeirenta em uma casa velha em Purfect. Não tem muito trabalho como esse por aqui, e fiquei pensando que talvez Sam Bloxam pudesse te contar alguma coisa.

Perguntei se ele poderia me dizer onde encontrá-lo. Disse que, se conseguisse me dar o endereço, isso valeria mais meia libra. Então, ele engoliu o resto do chá e levantou-se, dizendo que iria começar a procurar imediatamente. Ao chegar à porta, parou e disse:

---

28 N. da T.: Grafia para indicar o forte sotaque londrino de Smollet, e também seu estado de embriaguez; provavelmente está se referindo a um pub, que pode se chamar "Hare and Hounds", "Lebre e Cães de Caça".

– Escute aqui, patrão, não faz sentido pedir para o senhor ficar aqui. Pode ser que eu encontre Sam logo, ou não; mas, de qualquer forma, não é provável que ele esteja em condições de me dizer muita coisa, hoje. Sam é forte, quando começa a beber. Se o senhor puder me dar um envelope com selo, e colocar seu endereço, descubro onde Sam pode ser encontrado e envio para o senhor hoje à noite. Mas é bom que vá atrás dele logo de manhã, ou não vai encontrá-lo, pois ele sai para trabalhar cedo, não interessa quanto bebeu na noite anterior.

Foi tudo muito prático, então uma das crianças saiu com uma moeda para comprar um envelope e uma folha de papel, e ficar com o troco. Quando voltou, enderecei o envelope e o selei, e, após Smollet prometer novamente me enviar o endereço, quando o descobrisse, dirigi-me para casa. Estamos na trilha, de qualquer forma. Hoje estou cansado, e quero dormir. Mina está dormindo profundamente, e parece um pouco pálida demais; pelos seus olhos, parece que andou chorando. Pobrezinha, não tenho dúvidas de que fica preocupada, sem saber de nada, e a faz ficar duplamente ansiosa por mim e pelos outros. Mas é melhor assim. É melhor que fique decepcionada e preocupada, do que com os nervos em frangalhos. Os médicos fizeram muito bem em insistir que fosse mantida longe de todo esse terrível assunto. Preciso ser firme, pois o fardo do silêncio é meu. Nunca mencionarei o assunto com ela, sob nenhuma circunstância. Na verdade, pode nem ser uma tarefa tão difícil, no fim das contas, pois ela mesma se tornou reticente quanto a isso, e não falou sobre o Conde ou seus atos, desde que a informamos sobre a nossa decisão.

*****

2 de outubro, noite. Foi um dia longo, extenuante e animador. Na primeira entrega do correio, recebi meu envelope, com um pedaço de papel sujo dentro, no qual estava escrito, com lápis de carpinteiro e uma letra espalhada:

"*Sam Bloxam, Korkrans, 4, Poters Cort, Bartel Street, Walworth. Pede para falar com o incaregado*"

Recebi a carta enquanto estava na cama, e levantei-me sem acordar Mina. Parecia estar mole, sonolenta e pálida, e nada bem. Decidi não acordá-la, mas, ao voltar daquela nova busca, faria com que voltasse para Exeter. Acho que ela ficaria mais feliz em nossa própria casa, com suas tarefas diárias para ocupar a mente, do que aqui, entre nós e no escuro. Só vi o Dr. Seward por um momento, e disse a ele aonde ia, prometendo voltar e contar aos outros assim que houvesse descoberto algo. Dirigi até Walworth e encontrei, com alguma dificuldade, Potter's Court. A grafia do Sr. Smollet me confundira, pois me fizera perguntar por Poter's Court, ao invés de Potter's Court. Contudo, após encontrar a rua, não tive dificuldades em achar a casa de hospedagem Corcoran. Ao pedir ao homem que abriu a porta para falar com o "*incaregado*", ele sacudiu a cabeça e disse:

– Não conheço. Não tem ninguém aqui com esse nome; nunca ouvi falar dele na vida. Não acho que tenha ninguém desse tipo morando aqui, ou em algum outro lugar.

Peguei a carta de Smollet e, ao lê-la, pareceu-me que a lição sobre o nome da rua poderia me servir de guia.

– Quem é o senhor? – perguntei.

– Sou o encarregado – respondeu.

Percebi imediatamente que estava no caminho certo; a grafia fonética me enganara novamente. Uma gorjeta de meia libra colocou o conhecimento do encarregado à minha disposição, e fiquei sabendo que o Sr. Bloxam, que esperara passar o efeito da cerveja da noite anterior dormindo na hospedaria Corcoran, saíra para trabalhar no bairro de Poplar às cinco da manhã. Ele não soube me dizer onde era o local do trabalho, mas tinha uma vaga ideia de que era algum tipo de "depósito moderno"; e, com tal pista insignificante, tive que partir para Poplar. Já era meio-dia quando encontrei uma dica satisfatória da localização de tal edifício, e a consegui em uma cafeteria, onde alguns trabalhadores almoçavam. Um deles sugeriu que estava sendo construído, em Cross Angel Street, um novo "frigorífico"; e, como isso se encaixava na descrição de "depósito moderno", dirigi-me imediatamente para lá. Uma conversa com um porteiro mal-humorado e um capataz num humor ainda pior, ambos dos quais foram apaziguados com moeda corrente, me pôs na pista de Bloxam; mandaram chamá-lo após eu ter sugerido que estava disposto a pagar seu dia de trabalho ao capataz, pelo privilégio de fazer-lhe algumas perguntas sobre um assunto particular. Ele era um homem esperto o suficiente, apesar de suas fala e aparência grosseiras. Após prometer-lhe que pagaria por suas informações e dar-lhe um adiantamento, me contou que fizera duas viagens entre Carfax e uma casa em Piccadilly, e levara de uma para a outra nove caixas grandes, "umas bem pesadas", com uma carroça e um cavalo alugados para ele, para tal fim. Perguntei-lhe se poderia me dizer o número da casa em Piccadilly, ao que respondeu:

– Bom, patrão, esqueci do número, mas era só algumas casas para baixo de uma igreja branca grande, ou algo assim, construída recentemente. Era uma casa velha e empoeirada, também, apesar de não ser nem de longe tão empoeirada quanto a casa da qual tiramos as porcarias das caixas.

– Como você entrou nas casas, se as duas estavam desocupadas?

– O velho que me contratou estava esperando na casa em Purfleet. Ele me ajudou a levantar as caixas e colocá-las na carroça. Minha nossa, ele era o camarada mais forte que já vi, e um velho, ainda por cima, de bigode branco, e tão magro que você até pensa que não faz sombra.

Como esta frase me fez vibrar!

– Oras, ele levantou o lado dele das caixas como se fossem sacos de chá, e eu sem fôlego e arfando, antes de conseguir levantar o meu, e eu nem sou um fracote.

– Como entrou na casa em Piccadilly? – perguntei.

– Ele estava lá, também. Deve ter saído e chegado lá antes de mim, porque quando toquei a campainha, ele veio abrir a porta em pessoa, e me ajudou a carregar as caixas para dentro do saguão.

– Todas as nove? – perguntei.

– É. Tinha cinco no primeiro carregamento, e quatro no segundo. Foi um trabalho árido, e nem me lembro direito como cheguei em casa.

O interrompi:

– As caixas foram deixadas no saguão?

– Foram. Era grande, e tudo o mais, e não tinha mais nada lá dentro.

Fiz mais uma tentativa de descobrir algo a mais:

– Você não tinha nenhuma chave?

– Não usei nenhuma chave, acho. O velho abriu a porta sozinho e fechou de novo, quando saí. Não me lembro da última vez, mas isso foi por causa da cerveja.

– E não se lembra do número da casa?

Não, senhor. Mas você não vai ter dificuldades com isso. É uma alta, com fachada de pedras e uma decoração de laço, e uns degraus altos até a porta. Conheço bem aqueles degraus, tendo carregado as caixas para cima, com três mendigos que vieram ganhar um trocado. O velho deu uns xelins para eles e, ao verem que ganharam tanto, quiseram mais; mas ele agarrou um deles pelo ombro e ia jogá-lo escada abaixo, até que todos eles foram embora, xingando.

Achei que, com aquela descrição, conseguiria encontrar a casa, de modo que, após pagar o camarada pelas informações, parti em direção a Piccadilly. Havia feito uma nova e dolorosa descoberta; estava claro que o Conde era capaz de lidar com as caixas de terra sozinho. Se assim fosse, o tempo era precioso, pois, agora que alcançara uma certa distribuição, poderia, quando quisesse, concluir sua tarefa sem ser observado. Em Piccadilly Circus, dispensei a carruagem alugada e andei em direção ao oeste; após passar pelo clube Junior Constitutional, deparei-me com a casa que havia sido descrita, e fiquei convencido de que este seria o próximo covil estabelecido por Drácula. A casa parecia estar desocupada há muito tempo. As janelas estavam cobertas de poeira, e as persianas estavam levantadas. Todas as estruturas de madeira haviam sido enegrecidas pelo tempo, e a maior parte da pintura se descolara do ferro. Estava evidente que, até recentemente, havia uma placa grande na frente da varanda; fora, entretanto, arrancada com força, só restando as madeiras sobre as quais estivera apoiada. Gostaria muito de ter conseguido ver a placa intacta, pois talvez me desse alguma pista sobre o proprietário da casa. Lembrei-me de minha experiência com a procura e a compra de Carfax, e não pude deixar de pensar que, se conseguisse encontrar o antigo proprietário, poderia haver algum jeito de obter acesso à casa.

Naquele momento, não havia mais nada a ser descoberto pela frente, em Piccadilly, e nada que pudesse ser feito. Assim, fui até os fundos ver se conseguia encontrar algo naquela direção. Os becos estavam cheios de atividade, pois a maioria das casas de Piccadilly estava ocupada. Perguntei a um ou dois criados e ajudantes que vi por ali se podiam me dizer alguma coisa sobre a casa vazia. Um deles disse que tinha ouvido falar que a casa fora ocupada recentemente, mas não sabia dizer por quem. Me disse, contudo, que até pouco tempo atrás, havia uma placa que dizia "À Venda", e que talvez Mitchell, Sons & Candy, os agentes imobiliários, poderiam me dizer alguma coisa, pois pensava que tinha visto o nome daquela firma na placa. Não quis parecer ansioso demais, ou demonstrar para meu informante que sabia ou adivinhava coisas demais, então, agradecendo-o da forma de costume, saí andando. Àquela altura, estava escurecendo, e a noite outonal se aproximava, de modo que não perdi tempo. Tendo descoberto o endereço de Mitchell, Sons & Candy de um diretório no hotel Berkeley, logo estava em seu escritório em Sackville Street.

O cavalheiro que me recebeu tinha modos particularmente delicados, mas era igualmente reservado. Após dizer que a casa em Piccadilly – que, ao longo de nossa conversa, chamou de "mansão" – havia sido vendida, considerou o assunto terminado. Quando perguntei quem a havia comprado, arregalou ligeiramente os olhos e fez uma pausa de alguns segundos, antes de responder:

– Foi vendida, senhor.

– Perdão, – respondi, com igual cortesia, – mas tenho um motivo especial para querer saber quem a comprou.

Fez uma pausa mais longa e levantou as sobrancelhas:

– Foi vendida, senhor – foi novamente sua resposta lacônica.

– Decerto – disse eu – não se importaria de me contar mais.

– Me importaria, sim – respondeu ele. – Os negócios de nossos clientes estão absolutamente seguros nas mãos de Mitchell, Sons & Candy.

O homem era claramente um pedante de marca maior, e era inútil argumentar com ele. Achei melhor agir da mesma forma que ele, então disse:

– Seus clientes, senhor, são felizardos por ter um guardião tão resoluto de sua confidencialidade. Eu mesmo sou um profissional. – Entreguei a ele meu cartão. – Neste caso, não é curiosidade que me move; atuo em nome de Lord Godalming, que deseja saber algo sobre a propriedade que estava, pelo que ele entendia, recentemente à venda.

Aquelas palavras deram um novo tom ao assunto. Ele disse:

– Gostaria de poder ajudá-lo, Sr. Harker, e gostaria, especialmente, de ajudar Lord Godalming. Uma vez, conduzimos uma pequena questão de alugar acomodação para ele, quando ainda era o Honorável Arthur Holmwood. Se me der o endereço dele, consultarei meus superiores sobre este assunto e me comunicarei, em qualquer caso, com Lord Godalming pelo correio noturno. Será um prazer, se pudermos nos desviar de nossas regras, fornecer a ele as informações que deseja.

Minha intenção era fazer um amigo, e não um inimigo, de modo que agradeci, dei o endereço da casa do Dr. Seward e parti. Já estava escuro, e eu estava cansado e esfomeado. Tomei uma xícara de chá na Aerated Bread Company e fui a Purfleet no próximo trem.

Encontrei todos os outros em casa. Mina parecia cansada e pálida, mas fez um esforço valente para aparentar vigor e animação; me partiu o coração, pensar que eu tinha que manter coisas em segredo dela, causando, assim, sua inquietação. Graças a Deus, esta será a última noite que ela passará só observando nossas conferências, e sentindo a alfinetada de ficar de fora. Precisei de toda a minha coragem para manter-me firme na resolução de mantê-la no escuro sobre nossa tarefa sombria. Ela parece, de alguma forma, mais resignada; ou então, o assunto em si se tornou repugnante para ela, pois quando qualquer alusão acidental é feita, ela chega ao ponto de estremecer. Estou feliz por termos tomado tal decisão a tempo, pois, com tal sensação, nossos crescentes conhecimentos seriam uma tortura para ela.

Não pude contar aos outros sobre as descobertas que fizera naquele dia, até estarmos sozinhos; assim, após o jantar – seguido de um pouco de música, para manter as aparências, até mesmo entre nós –, levei Mina para o quarto e a deixei se arrumando para ir para a cama. Minha querida estava mais carinhosa do que nunca, e agarrou-se a mim como se quisesse me deter; mas havia muito a discutir, então desci. Fico grato pela interrupção de nossas confidências não ter feito diferença entre nós.

Ao voltar para o andar de baixo, encontrei os outros ao redor da lareira do escritório. No trem, atualizara meu diário, e simplesmente o li para eles, como o melhor modo de informá-los sobre o que descobrira; ao terminar, Van Helsing disse:

– Foi um ótimo dia de trabalho, amigo Jonathan. Sem dúvida, estamos no rastro das caixas desaparecidas. Se as encontrarmos todas naquela casa, nossa tarefa estará próxima do fim. Mas, se houver alguma faltando, precisaremos procurar até encontrar. Então, daremos nosso golpe final, e caçaremos o maldito até que esteja morto de verdade.

Ficamos todos sentados em silêncio, até que o Sr. Morris falou, de repente:

– Escutem! Como entraremos naquela casa?

– Entramos na outra – respondeu Lord Godalming, rapidamente.

– Mas, Art, esta é diferente. Arrombamos a casa de Carfax, mas tínhamos a noite e um jardim murado para proteger-nos. Será muito diferente, cometer uma invasão em Piccadilly, de dia ou de noite. Confesso que não sei como entraremos, a não ser que aquele tonto da imobiliária nos dê alguma chave; talvez saibamos, quando você receber a carta dele, amanhã de manhã.

Lord Godalming franziu o cenho, levantou-se e andou ao redor do escritório. Finalmente, parou e disse, voltando-se para cada um de nós:

– Quincey está pensando direito. Esse negócio de invasão está ficando sério; nos safamos, uma vez, mas agora temos uma tarefa complicada em mãos, a não ser que encontremos o molho de chaves do Conde.

Já que nada poderia ser feito até a manhã chegar, e que seria, no mínimo, aconselhável esperarmos até que Lord Godalming fosse contatado pela imobiliária, decidimos não tomar nenhuma providência antes do café da manhã. Por um bom tempo, ficamos sentados, fumando e discutindo a questão sob diversos ângulos; aproveitei a oportunidade de escrever neste diário, até aqui. Estou muito sonolento, e irei para a cama...

Só mais uma linha. Mina está dormindo profundamente, e sua respiração está regular. Sua testa está enrugada, como se estivesse pensando, até mesmo durante o sono. Continua pálida demais, mas não parece tão esgotada quanto hoje de manhã. Amanhã, tudo isto estará, espero, resolvido; ela estará em casa, em Exeter. Nossa, como estou com sono!

Diário do Dr. Seward.

1º de outubro. Renfield está me deixando perplexo, novamente. Seus humores mudam com tanta rapidez, que tenho dificuldade em acompanhar, e, visto que eles sempre significam algo mais do que seu próprio bem-estar, formam um estudo mais do que interessante. Esta manhã, quando fui visitá-lo, após ter rejeitado Van Helsing, seus modos eram os de um homem em controle de seu destino. E ele estava, realmente, controlando seu destino – subjetivamente. Não se importava com nada meramente terreno; estava nas nuvens, e olhava com desdém para todas as fraquezas e desejos dos pobres mortais. Achei que conseguiria melhorar a ocasião e ainda descobrir alguma coisa, de forma que perguntei:

– E como têm andado as moscas, ultimamente?

Ele sorriu para mim, com bastante superioridade – um sorriso que cairia bem no rosto de Malvolio – ao responder:

– A mosca, meu caro senhor, tem uma característica marcante; suas asas são típicas dos poderes aéreos das faculdades psíquicas. Os antigos fizeram bem, ao caracterizar a alma como uma borboleta!

Decidi levar sua analogia às últimas consequências lógicas, então disse, rapidamente:

– Ah, está atrás de alguma alma, agora, é isso?

Sua loucura frustrou seu raciocínio, e uma expressão confusa apareceu em sua face, enquanto dizia, sacudindo a cabeça com uma determinação que eu raramente vira nele:

– Ah, não, não! Não quero nenhuma alma. Tudo o que quero é a vida. – Naquele momento, ficou mais animado: – Sou bastante indiferente a isso, atualmente. A vida é o suficiente; tenho tudo o que quero. O senhor precisará conseguir outro paciente, doutor, se quiser estudar zoofagia!

Isso me deixou um pouco confuso, então insisti:

– Então, você comanda a vida; suponho que seja um deus?

Ele sorriu com uma superioridade benigna inefável.

– Ah, não! Longe de mim reivindicar para mim mesmo os atributos da Deidade. Não me importo nem mesmo com Seus atos especialmente espirituais. Se me permite declarar minha postura intelectual, estou, no que tange a coisas puramente terrestres, mais ou menos na posição que Enoque ocupava, espiritualmente!

Aquilo era um enigma, para mim. Não conseguia, naquele momento, lembrar-me da adequabilidade de Enoque, então tive que fazer uma simples pergunta, apesar de sentir que, ao fazê-lo, estava me rebaixando aos olhos do louco:

– E por que Enoque?

– Porque ele andou ao lado de Deus;

Não consegui entender a analogia, mas não queria admitir; assim, voltei para o que ele havia negado:

– Então não se importa com a vida, e não quer nenhuma alma. Por que não?

Fiz minha pergunta rápida e um tanto quanto severamente, para deixá-lo desconcertado de propósito. Meu esforço surtiu efeito, pois, por um instante, ele inconscientemente reverteu para seus antigos modos servis, abaixou-se perante a mim, e até mesmo me adulou, enquanto respondia:

– Não quero nenhuma alma, é verdade! Não quero. Não conseguiria usá-las, se as tivesse; não me serviriam de nada. Não posso comê-las, ou... – Parou repentinamente, e a velha expressão astuta tomou conta de seu rosto, como uma ventania na superfície da água. – Doutor, quanto à vida, o que é ela, afinal? Quando se tem tudo o que se quer, e sabe que nunca ficará sem, isso é tudo. Tenho amigos, bons amigos, como o senhor, Dr. Seward. – Disse isso com um olhar de astúcia inexpressível. – Sei que nunca ficarei sem os meios da vida!

Acho que, através da nebulosidade de sua loucura, viu algum antagonismo em mim, pois imediatamente correu para o último refúgio de alguém como ele: o silêncio obstinado. Após algum tempo, vi que, naquele momento, seria inútil falar com ele. Ficou emburrado, de modo que saí.

Mais tarde, ele mandou me chamar. Normalmente, eu não iria sem um motivo especial, mas agora estou tão interessado nele, que fiz o esforço com prazer. Ademais, fico feliz por ter algo para passar o tempo. Harker saiu, seguindo pistas, e Lord Godalming e Quincey também. Van Helsing está sentado em meu escritório, analisando os registros preparados pelos Harker; parece achar que, com um conhecimento preciso de todos os detalhes, encontrará alguma pista. Não quer ser atrapalhado sem motivo. Eu o teria levado comigo para ver o paciente, mas pensei que, após seu último rechaço, não gostaria de ir de novo. Também havia um outro motivo: Renfield poderia não falar com tanta liberdade, na frente de um terceiro, quanto falou quando estávamos sozinhos. Encontrei-o sentado no meio do quarto, em seu banquinho, uma pose que costuma indicar algum esforço mental de sua parte. Ao entrar, ele me disse imediatamente, como se a pergunta estivesse na ponta da língua:

– O que quis dizer com almas?

Estava evidente que minha suposição estava correta. O raciocínio inconsciente estava trabalhando, até mesmo em um louco. Decidi levar o assunto até o fim:

– O que *você* quer dizer com almas? – perguntei. Ele não respondeu por um momento, e sim olhou ao redor, para cima e para baixo, como se esperasse encontrar alguma inspiração para sua resposta.

– Não quero alma nenhuma! – disse, de forma débil e em tom de desculpas. O assunto parecia não lhe sair da cabeça, então fiquei determinado a usá-lo, para "ser cruel, só para ser gentil". Assim, disse:

– Você gosta de vida, e quer vida?

– Ah, sim! Mas isso tudo bem, não precisa se preocupar com isso!

– Mas – perguntei – como vamos conseguir vida, sem também pegar a alma junto? – Isso pareceu deixá-lo perplexo, então continuei: – Você vai se divertir muito, quando estiver voando por aí, com as almas de milhares de moscas, aranhas, pássaros e gatos, zumbindo, piando e miando ao seu redor. Tirou as vidas deles, sabe, e agora precisa aguentar suas almas!

Alguma coisa pareceu afetar sua imaginação, pois enfiou os dedos nos ouvidos e fechou os olhos, apertando-os com força, como faz um menininho cujo rosto está sendo lavado. Havia algo de patético nisso, que me comoveu; também me ensinou uma lição, pois parecia que, à minha frente, estava uma criança, apenas uma criança, apesar de sua face estar desgastada, e a barba por fazer ser branca. Estava evidente que ele passava por algum processo de perturbação mental e, sabendo como seus humores, no passado, haviam indicado coisas aparentemente alheias a ele, achei melhor analisar sua mente do melhor jeito que pudesse, e acompanhá-lo. O primeiro passo era restaurar sua confiança, então perguntei, em voz bem alta, para que ele me ouvisse mesmo com os ouvidos tampados:

– Quer um pouco de açúcar para atrair suas moscas, de novo?

Ele pareceu despertar repentinamente, e fez que não com a cabeça. Com uma risada, respondeu:

– Não muito! Moscas são insignificantes, mesmo! – Após uma pausa, acrescentou: – Mas não quero as almas delas zunindo ao meu redor, ainda assim.

– Ou aranhas? – prossegui.

– Que as aranhas vão para o inferno! Para que servem? Não há nada nelas que se possa comer, ou... – Parou repentinamente, como que se lembrando de um assunto proibido.

– Ora, ora! – pensei comigo mesmo. – Esta é a segunda vez que ele para de falar antes da palavra "beber"; o que será que isso significa?

O próprio Renfield pareceu estar ciente de que cometera um deslize, pois continuou a falar apressadamente, como se quisesse atrair minha atenção para longe daquele assunto:

– Não me importo nem um pouco com essas questões. "Ratos, ratazanas e pequenos gamos", como disse Shakespeare, "ração de galinha da despensa", por assim dizer. Já superei toda essa besteira. É a mesma coisa que pedir a um homem que coma moléculas com um par de pauzinhos, pedir que eu me interesse pelos carnívoros menores, quando sei o que está à minha frente.

– Entendi – respondi. – Quer coisas maiores, onde possa enfiar os dentes? Gostaria de comer um elefante de café da manhã?

– Cada besteira ridícula está dizendo!

Ele estava ficando desperto demais, então achei melhor colocar pressão.

– Imagino – disse eu, em tom de reflexão – como seria a alma de um elefante!

O efeito desejado foi atingido, pois ele imediatamente deixou a arrogância de lado e se transformou em criança, novamente.

– Não quero a alma de um elefante, nem qualquer outra alma! – exclamou. Por alguns momentos, ficou sentado, acabrunhado. Subitamente, pôs-se de pé com um pulo, olhos brilhando e todos os sinais de intensa atividade cerebral. – Para o inferno, você e suas almas! – gritou. – Por que me persegue com esse assunto de almas? Já não tenho coisas o suficiente com as quais me preocupar, que me causam dor e me distraem, sem pensar em almas?

Estava tão hostil, que achei que teria outro ataque homicida, então assoprei meu apito. Entretanto, no mesmo instante ele se acalmou, e disse, em tom de desculpas:

– Perdoe-me, doutor; me descontrolei. O senhor não precisa chamar ajuda. Estou com tantas preocupações na mente, que acabo ficando irritável. Se ao menos soubesse o problema que tenho que enfrentar, e no qual estou trabalhando, se compadeceria de mim, me toleraria e perdoaria. Peço que não me coloque na camisa de força. Quero pensar, mas não consigo pensar livremente com meu corpo confinado. Tenho certeza de que entenderá!

Evidentemente, recuperara seu autocontrole; assim, quando os enfermeiros chegaram, disse a eles que não era nada, e se retiraram. Renfield os observou partir; quando a porta fora fechada, disse, com considerável dignidade e doçura:

– Dr. Seward, o senhor me tratou com muita consideração. Acredite quando digo que sou muito, muito grato ao senhor!

Achei melhor deixá-lo quando estava com aquele humor, então me retirei. Decerto que há algo a se ponderar, em relação ao estado do homem. Muitas questões parecem formar o que os entrevistadores americanos chamam de "história", se eu ao menos conseguir colocá-las na ordem correta. Aqui estão:

Não menciona a palavra "beber".

Tem medo da ideia de carregar o fardo da "alma" das coisas.

Não teme querer "vidas" no futuro.

Despreza as formas mais baixas de vida por completo, apesar de ter medo de ser perseguido por suas almas.

Logicamente, todas essas questões apontam em uma direção! Ele recebeu alguma garantia de que adquirirá formas de vida superiores. Ele teme a consequência – o fardo de uma alma. Então é vida humana que espera!

E a garantia...?

Deus misericordioso! O Conde o visitou, e há algum novo esquema de terror sendo preparado!

*****

Mais tarde. Após fazer minha ronda, fui até Van Helsing e contei-lhe sobre minha suspeita. Ele ficou bastante sério, e, após pensar sobre o assunto por algum tempo, pediu-me que o levasse até Renfield. Assim o fiz. Quando chegávamos à porta, ouvimos o louco dentro do quarto cantando alegremente, como costumava fazer nos tempos que agora parecem tão distantes. Ao entrarmos, vimos, com surpresa, que ele espalhara o açúcar como fazia antigamente; as moscas, letárgicas com o outono, começavam a entrar zumbindo no quarto. Tentamos fazer com que ele falasse sobre o assunto de nossa conversa anterior, mas não nos deu ouvidos. Continuou com sua cantoria, como se não estivéssemos presentes. Havia obtido um pedaço de papel e o dobrava em forma de caderneta. Tivemos que partir tão ignorantes quanto chegamos.

O caso dele é realmente muito curioso; precisamos ficar de olho nele, hoje à noite.

Carta de Mitchell, Sons & Candy para Lord Godalming.

"*1*° de outubro.

"Milorde,

Atendemos seus desejos com muito prazer. Por favor, aceite, relativamente à sua solicitação, expressada pelo Sr. Harker em seu nome, as seguintes informações perti-

nentes à compra e venda da casa de nº 347, Piccadilly. Os vendedores originais são os testamenteiros do falecido Sr. Archibald Winter-Suffield. O comprador é um aristocrata estrangeiro, Conde de Ville, que efetuou a compra por si mesmo, pagando em dinheiro, diretamente, se o senhor perdoar o uso desta expressão vulgar. Além disso, não sabemos nada sobre ele.

Permanecemos à sua disposição,

Mitchell, Sons & Candy."

Diário do Dr. Seward.

2 de outubro. Coloquei um homem no corredor, ontem à noite, e lhe disse para registrar fielmente qualquer som que ouvisse vindo do quarto de Renfield, e dei-lhe instruções para que, se acontecesse alguma coisa estranha, ele deveria me chamar. Após o jantar, quando estávamos todos ao redor da lareira do escritório – a Sra. Harker havia ido se deitar -, discutimos as tentativas e descobertas daquele dia. Harker era o único que havia obtido algum resultado, e temos grandes esperanças de que sua pista seja importante.

Antes de ir para a cama, fui até o quarto de meu paciente e olhei pela fenda de observação da porta. Ele estava dormindo profundamente, e seu peito subia e descia com a respiração regular.

Esta manhã, o homem que ficou de guarda me disse que, logo depois da meia-noite, ele ficou irrequieto e repetia suas preces em voz um tanto quanto alta. Perguntei-lhe se fora tudo, ao que respondeu que fora tudo o que ouvira. Havia algo tão suspeito em seus modos que perguntei, sem rodeios, se ele pegara no sono. Ele negou ter dormido, mas admitiu ter "tirado uma soneca" por um tempo. É uma tristeza não poder confiar nos homens, a não ser que estejam sendo observados.

Hoje, Harker saiu para seguir sua pista, e Art e Quincey estão pesquisando cavalos. Godalming acha que seria bom ter cavalos sempre a postos, pois quando recebermos a informação que buscamos, não haverá tempo a perder. Precisamos esterilizar toda a terra importada, entre o nascer e o pôr do sol; assim, pegaremos o Conde quando estiver em seu ponto mais fraco, e sem refúgio para se esconder. Van Helsing foi até o Museu Britânico, para contatar uns especialistas em medicina antiga. Os velhos médicos levavam em consideração coisas que seus seguidores não aceitam, e o Professor está procurando curas para magias e sortilégios demoníacos, que possam nos ser úteis mais tarde.

Às vezes acho que devemos ser todos loucos, e que acordaremos para a sanidade em camisas de força.

*****

Mais tarde. Nos reencontramos. Parece que finalmente estamos no caminho certo, e nosso trabalho de amanhã pode ser o começo do fim. Imagino se o silêncio de Renfield não tenha a ver com tudo isso. Seus humores têm seguido tanto os atos do Conde que a destruição iminente do monstro pode afetá-lo de alguma forma sutil. Se ao menos conseguíssemos alguma pista do que se passou em sua mente, entre minha discussão com ele e sua retomada da captura das moscas, poderíamos ter alguma pista valiosa. Agora, parece estar em um intervalo de silêncio... mas será que está, mesmo? Aquele grito selvagem parecia ter vindo de seu quarto...

*****

O enfermeiro entrou correndo em meu quarto e disse que Renfield havia sofrido um acidente. Ele o ouvira gritar e, quando foi até lá, o encontrou deitado com a cara no chão, todo coberto de sangue. Devo ir até lá imediatamente.

CAPÍTULO XXI

Diário do Dr. Seward

3 de outubro. Deixe-me anotar exatamente o que aconteceu, da melhor forma que consiga me lembrar, desde meu último registro. Nenhum detalhe que eu puder me lembrar pode ser omitido; preciso proceder com toda a calma.

Ao chegar ao quarto de Renfield, encontrei-o deitado no chão, sobre seu lado esquerdo, em uma poça brilhante de sangue. Quando fui movê-lo, ficou imediatamente óbvio que recebera algum machucado terrível; parecia não haver nenhuma unidade de objetivos entre as partes do corpo que é a marca da sanidade letárgica. Como seu rosto estava exposto, pude ver que estava terrivelmente machucado, como se tivesse sido batido contra o chão – na verdade, era dos machucados no rosto que a poça de sangue no chão se originara. O enfermeiro, ajoelhado ao lado dele, disse para mim, quando o viramos:

– Acho, senhor, que suas costas estão quebradas. Veja, o braço e a perna do lado esquerdo, assim como todo esse lado do rosto, estão paralisados.

O enfermeiro parecia absolutamente perplexo com o fato de tal coisa ter acontecido. Estava desnorteado, e seu cenho se franziu enquanto dizia:

– Não consigo entender duas coisas. Ele conseguiria machucar seu rosto deste jeito, batendo a cabeça no chão. Vi uma jovem fazer isso, uma vez, no Sanatório Eversfield, antes que alguém a conseguisse impedir. E suponho que ele possa ter quebrado o pescoço caindo da cama, se tivesse feito uma torção estranha. Mas não consigo imaginar, de jeito nenhum, como essas duas coisas aconteceram. Se suas costas estavam quebradas, ele não conseguiria bater a cabeça; e, se seu rosto já estava deste jeito, antes de cair da cama, teria deixado marcas.

Respondi:

– Vá até o Dr. Van Helsing, e peça que faça a gentileza de vir aqui imediatamente. O quero aqui neste mesmo instante.

O homem saiu correndo e, dentro de alguns minutos, o Professor apareceu, de robe e chinelos. Ao ver Renfield no chão, lançou-lhe um olhar penetrante, e depois virou-se para mim. Deve ter lido meus pensamentos em meu olhar, pois disse em voz baixa, claramente para ser ouvido pelo enfermeiro:

– Ah, um triste acidente! Ele precisará ser cuidadosamente observado, e de muita atenção. Eu mesmo ficarei com você, mas primeiro irei me vestir. Se puder ficar aqui, volto em alguns minutos.

O paciente começara a respirar com dificuldade, e estava claro que sofrera danos terríveis. Van Helsing voltou com extraordinária celeridade, trazendo consigo sua maleta cirúrgica. Evidentemente estivera pensando, e estava decidido, pois quase antes de examinar o paciente, sussurrou para mim:

– Mande o enfermeiro sair. Precisamos ficar sozinhos com ele, quando retomar a consciência, após a operação.

Assim, eu disse:

– Creio que já fez o suficiente, Simmons. Fizemos o que podíamos. É melhor ir fazer sua ronda, e o Dr. Van Helsing o operará. Me avise imediatamente, se acontecer algo incomum, em qualquer lugar.

O homem se retirou, e começamos um exame cuidadoso do paciente. As feridas em seu rosto eram superficiais; o verdadeiro machucado era uma fratura afundada no crânio, que ia até a área motora. O Professor pensou por um instante, e então disse:

– Precisamos reduzir a pressão e voltar às condições normais, até onde pudermos; a rapidez do derrame demonstra a terrível natureza de seu ferimento. Toda a área motora parece ter sido afetada. O derrame no cérebro aumentará rapidamente, então precisamos operar com a trefina imediatamente, ou será tarde demais.

Enquanto falava, houve uma batida suave na porta. Fui até lá e a abri, encontrando, no corredor, Arthur e Quincey, de pijamas e chinelos. O primeiro disse:

– Ouvi seu funcionário chamar o Dr. Van Helsing e falar sobre um acidente. Assim, acordei Quincey, ou, na verdade, o chamei, pois ele não estava dormindo. As coisas estão acontecendo rápida e estranhamente demais, para que qualquer um de nós consiga dormir profundamente, nestes últimos dias. Estou pensando que, amanhã à noite, a situação não será a mesma de agora. Precisaremos examinar o que já aconteceu, e tentar prever o futuro um pouco mais do que estamos fazendo. Podemos entrar?

Assenti e segurei a porta para que entrassem, fechando-a novamente depois. Quando Quincey viu a postura e o estado do paciente, e reparou na horrível poça no chão, disse, em voz baixa:

– Meu Deus! O que aconteceu com ele? Pobre, pobre coitado!

Fiz um resumo e acrescentei que esperávamos que ele recobrasse a consciência após a operação – pelo menos, por um tempo. Sentou-se imediatamente na beirada da cama, com Godalming ao seu lado; todos nós observamos pacientemente.

– Esperaremos – disse Van Helsing – só o suficiente para determinar o melhor lugar para trefinar, para que possamos remover o coágulo com a maior rapidez e do melhor jeito que pudermos, pois está claro que a hemorragia está aumentando.

Os minutos de espera passaram-se com uma lentidão assustadora. Eu tinha uma sensação horrível no peito, e, julgando pela expressão de Van Helsing, presumi que ele sentia medo ou apreensão pelo que estava por vir. Temia ouvir o que Renfield poderia dizer. Estava absolutamente assustado só de pensar; mas fora tomado pela convicção do que estava por vir, da mesma forma que, como lera, os homens que ouvem o chamado da morte. O pobre homem respirava em arfadas curtas. Cada instante fazia parecer que ele abriria os olhos e falaria alguma coisa; mas então se seguia uma respiração longa e penosa, e ele mergulhava em uma inconsciência mais profunda. Apesar de estar acostumado com doenças e mortes, o suspense crescia e me afetava. Quase conseguia ouvir as batidas de meu próprio coração, e o sangue correndo pelas minhas têmporas soava como marteladas. O silêncio finalmente se tornou insuportável. Olhei para meus companheiros, um após o outro, e vi, por seus rostos corados e testas suadas, que estavam passando pela mesma tortura. Havia um suspense nervoso sobre todos nós, como se, acima de nossas cabeças, um sino aterrador soaria alto, quando menos esperássemos.

Finalmente, ficou evidente que o paciente estava piorando rápido; poderia morrer a qualquer momento. Olhei para o Professor, e vi que estava me encarando fixamente. Sua expressão era severa, enquanto falava:

– Não temos tempo a perder. O que ele tem a dizer pode salvar muitas vidas; é o que tenho pensado, aqui parado. Pode haver uma alma em jogo! Operaremos logo acima da orelha.

Sem mais uma palavra, fez a operação. Por alguns momentos, a respiração do paciente continuou penosa. Então, inspirou por tanto tempo, que parecia que seu peito iria se abrir. Repentinamente, seus olhos se abriram e se fixaram em uma expressão desvairada e indefesa. Isso continuou por alguns minutos, até que se suavizou, transformando-se em um olhar de surpresa feliz, e de seus lábios saiu um suspiro de alívio. Mexeu-se convulsivamente e, enquanto o fazia, disse:

– Ficarei quieto, doutor. Diga para eles tirarem a camisa de força. Tive um sonho terrível, que me deixou tão fraco que nem consigo me mexer. O que aconteceu com meu rosto? Parece que está todo inchado, e dói muito.

Tentou virar a cabeça, mas, mesmo com este esforço, seu olhar ficou vidrado novamente, de modo que o fiz voltar à posição original. Então, Van Helsing disse, em um tom baixo e grave:

– Conte-nos sobre seu sonho, Sr. Renfield.

Ao ouvir aquela voz, o rosto de Renfield se iluminou, em meio a seus machucados, e ele disse:

– É o Dr. Van Helsing. É muita gentileza sua, estar aqui. Dê-me um pouco de água, meus lábios estão secos; então, contarei ao senhor. Sonhei... – Parou e parecia que iria desmaiar, então pedi a Quincey, em voz baixa:

– O conhaque, está em meu escritório, rápido!

Saiu correndo e voltou com um copo, a garrafa de conhaque e um jarro d'água. Umedecemos os lábios secos e o paciente logo recobrou a consciência. Parecia, contudo, que seu pobre cérebro machucado ficara trabalhando enquanto isso, pois, quando estava plenamente consciente, me encarou com um olhar de confusão agoniada que jamais esquecerei, e disse:

– Não posso me enganar; não foi um sonho, e sim a realidade tenebrosa. – Então, seu olhar esquadrinhou o quarto; ao ver as duas figuras sentadas pacientemente na beirada da cama, prosseguiu: – Se eu ainda não tivesse certeza, saberia por causa deles. – Por um instante, seus olhos se fecharam, não com dor ou sono, e sim voluntariamente, como se estivesse tentando controlar todas as suas faculdades. Ao abri-los, disse rapidamente, e com mais energia do que demonstrara até então: – Rápido, doutor, rápido. Estou morrendo! Sinto que só tenho alguns minutos, e então preciso voltar para os braços da morte, ou de algo pior! Molhe meus lábios com conhaque, de novo. Preciso dizer algo antes de morrer, ou antes que meu pobre cérebro esmagado morra, pelo menos. Obrigado! Foi naquela noite, depois de o senhor sair, quando implorei que me deixasse partir. Não podia falar, naquela ocasião, pois senti que minha língua estava presa; mas estava tão são, naquele momento, exceto aquela forma, quanto estou agora. Fiquei em um desespero agoniado por muito tempo, após o senhor ir embora; pareceram horas. Então, fui tomado por uma paz repentina. Meu cérebro pareceu se resfriar, e tomei consciência de onde estava. Ouvi os cachorros latindo atrás da casa, mas não onde Ele estava!

Enquanto falava, Van Helsing não piscou nenhuma vez, mas estendeu a mão e agarrou a minha com força. Entretanto, não se delatou, tendo apenas assentido ligeiramente e dito em voz baixa:

– Continue.

Renfield prosseguiu:

– Ele veio até a janela, em forma de névoa, como já o vira fazer antes; mas ele estava sólido, na ocasião, não era um fantasma, e seus olhos eram ferozes como os de um homem irritado. Estava rindo, com sua boca vermelha; os dentes brancos e afiados brilhavam sob a luz do luar, quando ele se virou para olhar para o cinturão de árvores, onde os cachorros latiam. Não pedi que ele entrasse, de início, apesar de saber que ele queria, como sempre quis. Então, ele começou a me fazer promessas, não com palavras, e sim com ações.

Foi interrompido por uma palavra vinda do Professor:

– Como?

– Fazendo com que as coisas acontecessem, como costumava mandar as moscas, quando o sol brilhava. Umas moscas grandes e gordas, com asas da cor do aço e da safira; e grandes mariposas, durante a noite, com crânios e ossos cruzados nas costas.

– A "Acherontia atropos", que chamam de borboleta-caveira?

O paciente continuou, sem se interromper:

– E então, ele começou a sussurrar: "Ratos, ratos, ratos! Centenas, milhares, milhões deles, e cada um deles, uma vida; e cachorros para comê-los, e gatos, também. Todos são vidas! Todos têm sangue vermelho, com anos de vida neles. E não meras moscas zumbindo!". Ri dele, pois queria ver o que faria. Então, os cachorros uivaram, lá do outro lado das árvores escuras, na casa d'Ele. Ele fez um gesto para que eu me aproximasse da janela. Levantei-me e olhei para fora, e Ele levantou as mãos, parecendo fazer um chamado sem usar palavras. Uma massa escura se espalhou pela grama, vindo como uma chama; então, Ele moveu a névoa para a direita e a esquerda, e consegui ver que eram milhares de ratos, com os olhos vermelhos brilhando, como os d'Ele, só que menores. Ergueu a mão, e todos pararam; e pensei que ele parecia dizer: "Todas essas vidas te darei, sim, e muitas outras, maiores, através de incontáveis eras, se cair de joelhos e me idolatrar!". Então, uma nuvem vermelha, da cor de sangue, pareceu embaçar meus olhos; e, antes que eu soubesse o que estava fazendo, me vi abrindo a janela e dizendo para Ele: "Entre, meu mestre e senhor!". Os ratos já haviam desaparecido, mas Ele entrou no quarto pela janela, apesar de estar aberta só um centímetro, exatamente como a lua costuma entrar pela menor das frestas, e parou na minha frente, em todo o seu porte e esplendor.

Sua voz ficara mais fraca, de modo que molhei seus lábios com conhaque novamente, e ele continuou; mas parecia que sua memória continuara trabalhando durante aquele intervalo, pois sua história estava mais para a frente. Eu estava prestes a dizer-lhe que voltasse para onde parara, mas Van Helsing sussurrou:

– Deixe que continue. Não o interrompa; ele não pode voltar, e talvez não consiga prosseguir, se perder o fio da meada.

Ele continuou:

– O dia todo, esperei notícias dele, mas ele não me mandou nada, nem mesmo uma mosca, e, quando a lua saiu, eu estava bastante irritado com ele. Quando deslizou através da janela, apesar de estar fechada, sem nem bater, fiquei bravo com ele. Ele zombou de mim, e seu rosto pálido me olhava pela névoa, com os olhos vermelhos brilhando, e ele prosseguiu como se fosse o dono do lugar, e eu não fosse ninguém. Não tinha nem o mesmo cheiro, quando passou por mim. Não consegui segurá-lo. Pensei que, de alguma forma, a Sra. Harker tivesse entrado no quarto.

Os dois homens sentados na cama levantaram-se e vieram até nós, parando atrás dele para que ele não os visse, mas onde poderiam escutar melhor. Ambos estavam em silêncio, mas o Professor teve um sobressalto e tremeu; seu rosto, contudo, ficou ainda mais sombrio e severo. Renfield continuou, sem perceber:

– Quando a Sra. Harker veio me ver, esta tarde, não era mais a mesma; era como chá, depois de alguém colocar mais água no bule. – Naquele instante, todos nos mexemos, mas ninguém disse uma palavra; ele seguiu: – Não percebi que ela estava aqui, até que falou; e ela não parecia mais a mesma. Não gosto de gente pálida; gosto de gente com bastante sangue, e todo o sangue dela parecia ter se esvaído. Não pensei nisso, naquele momento, mas depois que foi embora, comecei a pensar, e me deixou bravo, saber que Ele estava tirando a vida dela. – Percebi que os outros estremeceram, assim como eu, mas, fora isso, permanecemos imóveis. – Assim, quando Ele veio, esta noite, eu estava pronto. Vi a névoa se esgueirando para dentro, e agarrei-a com força. Ouvi dizer que os loucos têm uma força descomunal, e, como sabia que eu era um louco, às vezes, pelo menos, decidi usar meus poderes. Sim, e Ele também sentiu, pois saiu da névoa para lutar comigo. Segurei-o com força, e achei que sairia ganhando, pois não queria que Ele continuasse tirando a vida dela, até que vi seus olhos. Me queimaram, e minha força ficou como a água. Ele se desvencilhou e, quando tentei grudar nele, me ergueu e jogou no chão. Uma nuvem vermelha apareceu à minha frente, e houve um barulho como um trovão, e a névoa pareceu deslizar por baixo da porta.

Sua voz estava ficando cada vez mais fraca, e sua respiração mais penosa. Van Helsing levantou-se, instintivamente.

– Agora, sabemos o pior – disse. – Ele está aqui, e sabemos qual é seu objetivo. Pode não ser tarde demais. Vamos nos armar, como fizemos na outra noite, mas não percamos tempo; não temos um segundo a perder.

Não havia a menor necessidade de expressarmos nossos medos, não, nossa convicção: todos compartilhávamos da mesma. Corremos para pegar, em nossos quartos, as mesmas coisas que carregávamos no dia em que entramos na casa do Conde. O Professor estava com tudo pronto e, quando nos encontramos no corredor, apontou para seus apetrechos, expressivamente, e disse:

– Nunca estão longe de mim, e nem estarão, até que este infeliz assunto esteja terminado. Sejam sábios, também, meus amigos. Não estamos enfrentando um inimigo normal. Ó! Só de pensar que nossa cara Madame Mina está sofrendo!

Interrompeu-se; sua voz estava falhando, e não sei se era a raiva ou o terror que predominava em meu coração.

Do lado de fora do quarto dos Harker, pausamos. Art e Quincey ficaram afastados, e este último disse:

– Devemos perturbá-la?

– Sim – respondeu Van Helsing, em tom sombrio. – Se a porta estiver trancada, a arrombarei.

– Não a assustará demais? É incomum, arrombar o quarto de uma dama!

Van Helsing disse, solenemente:

– O senhor está sempre certo; mas esta é uma questão de vida ou morte. Todos os quartos são iguais, para um médico; e, ainda que não fossem, são todos a mesma coisa, para mim, hoje. Amigo John, quando eu girar a maçaneta, se a porta não abrir, abaixe o ombro e empurre-a; vocês também, meus amigos. Agora!

Ele girou a maçaneta enquanto falava, mas a porta não cedeu. Nos jogamos contra ela; com um estrondo, ela se abriu, e quase caímos de cabeça no chão. O Professor chegou a cair, e enxerguei o que estava além dele, enquanto ele se recompunha e ficava de joelhos. O que vi me estarreceu. Senti meus cabelos se eriçarem na nuca, e meu coração parecia parar.

O luar estava tão brilhante que, através da cortina amarela grossa, o quarto estava claro o suficiente para podermos enxergar. Na cama perto da janela jazia Jonathan Harker, com o rosto corado e respirando pesadamente, como se estivesse em um estupor. Ajoelhada na beirada da cama, do lado mais perto da porta, estava a figura de sua mulher, vestida de branco. Ao lado dela estava, de pé, um homem magro, vestido de preto. Seu rosto estava virado para o lado oposto ao nosso, mas, no instante que o vimos, todos nós reconhecemos o Conde – de todas as formas, até mesmo a cicatriz em sua testa. Com sua mão esquerda, segurava as duas mãos da Sra. Harker, mantendo-as longe, com os braços dela completamente esticados; sua mão direita agarrava a nuca dela, apertando o rosto dela contra o peito dele. Sua camisola branca estava manchada de sangue, e um filete escorria pelo peito nu do homem, que estava à mostra devido a suas vestes rasgadas. A postura dos dois tinha uma semelhança terrível com uma criança empurrando o focinho de um gatinho para dentro de um pires de leite, forçando-o a beber. Quando entramos de supetão, o Conde virou o rosto, e o olhar demoníaco que eu ouvira ser descrito pareceu saltar em nossa direção. Seus olhos brilhavam como chamas vermelhas, com uma paixão diabólica; as grandes narinas do nariz pálido e aquilino se abriram e tremeram; e os dentes brancos e afiados, entre os lábios carnudos da boca pingando sangue, se apertaram como os de uma fera selvagem. Com um empurrão, que jogou sua vítima sobre a cama como se houvesse sido empurrada de uma altura, ele virou-se e saltou sobre nós. Porém, àquela altura, o Professor já se pusera de pé, e segurava, na direção dele, o envelope que continha a Hóstia. O Conde parou abruptamente, como a pobre Lucy fizera em frente à tumba, e se afastou. Recuou cada vez mais, conforme avançávamos, erguendo nossos crucifixos. O luar sumiu de repente, quando uma enorme nuvem negra passou pelo céu; e, quando a lamparina se acendeu, sob o fósforo de Quincey, não vimos nada além de um ligeiro vapor. Este, enquanto observávamos, passou por debaixo da porta, que voltara para a posição original com a força do arrombamento. Van Helsing, Art e eu fomos até a Sra. Harker, que, àquela altura, inspirara e dera um grito tão selvagem, tão ensurdecedor e tão desesperado que parece que ressoará em meus ouvidos até meu último suspiro. Por alguns segundos, ficou ali deitada, indefesa e desarrumada. Seu rosto estava medonho, com uma palidez acentuada pelo sangue que manchava seus lábios, bochechas e queixo; de sua garganta saía um filete de sangue; seus olhos estavam loucos de terror. Então, levou o rosto às suas pobres mãos esmagadas, que carregavam, em sua brancura, as marcas vermelhas do terrível aperto do Conde, e, detrás delas, veio uma lamúria baixa e desolada, que fez com que seu terrível grito parecesse apenas a expressão rápida de uma tristeza sem fim. Van Helsing deu um passo a frente e puxou a coberta gentilmente sobre seu corpo, enquanto Art, após lançar um rápido olhar de desespero ao seu rosto, saiu correndo do quarto. Van Helsing sussurrou para mim:

– Jonathan está naquele estupor que sabemos que o Vampiro consegue produzir. Não podemos fazer nada com a pobre Madame Mina, por alguns minutos, até que se recupere; preciso acordá-lo!

Molhou a ponta de uma toalha em água frita e, com ela, começou a molhar o rosto dele, enquanto sua esposa continuava com as mãos no rosto, chorando de uma forma desoladora. Abri as cortinas e olhei para fora. O luar estava claro, e, enquanto observava, vi Quincey Morris atravessar o gramado correndo e se esconder à sombra de um grande teixo. Não entendi por que fazia aquilo, mas, naquele instante, ouvi a exclamação curta de Harker, que recobrava parcialmente consciência e virava-se em direção à cama. Seu rosto, como era de se esperar, tinha uma expressão de absoluta surpresa. Pareceu atordoado, por alguns segundos, e então a plena consciência pareceu tomá-lo de uma vez, e se sobressaltou. Seu movimento repentino chamou a atenção de sua esposa, que virou-se para ele, com os braços estendidos, como se quisesse abraçá-lo; contudo, imediatamente os retraiu e, aproximando um cotovelo do outro, tapou o rosto com as mãos, estremecendo a ponto de fazer a cama balançar.

– Em nome de Deus, o que significa isso? – Harker exclamou. – Dr. Seward, Dr. Van Helsing, o que foi? O que aconteceu? O que há de errado? Minha, querida, o que foi? O que significa este sangue? Meu Deus, meu Deus! Chegou a este ponto! – Então, levantando-se e pondo-se de joelhos, bateu uma mão na outra, desvairadamente. – Que Deus nos ajude! Ajudem-na! Oh, ajudem-na! – Com um movimento rápido, saltou da cama e começou a se vestir, o homem que havia dentro dele tendo sido despertado pela necessidade de ação imediata. – O que aconteceu? Contem-me tudo! – exclamou, sem pausar. – Dr. Van Helsing, o senhor a ama, eu sei. Por favor, faça algo para salvá-la. Não pode ter ido longe demais, ainda. A proteja enquanto procuro por *ele*!

– Não! Não! Jonathan, não pode me deixar. Já sofri o suficiente esta noite, Deus é testemunha, sem o medo de que ele te machuque. Precisa ficar aqui comigo. Fique com estes amigos, que o protegerão!

A expressão dela se tornou frenética enquanto falava; e, após ele ceder a seus pedidos, ela o puxou para que se sentasse ao lado da cama, e agarrou-se a ele com força.

Van Helsing e eu tentamos acalmar os dois. O Professor ergueu seu pequeno crucifixo de ouro e disse, com uma calma maravilhosa:

– Não tema, minha cara. Estamos aqui, e, enquanto isto estiver ao seu lado, nenhuma coisa asquerosa poderá se aproximar. Está segura, por esta noite; e precisamos nos acalmar e discutir o assunto juntos.

Ela estremeceu e ficou em silêncio, com a cabeça apoiada no peito do marido. Ao levantá-la, o roupão branco dele estava manchado de sangue, no lugar onde os lábios dela o tocaram, e onde gotas saíram da ferida pequena em seu pescoço. No instante em que viu isso, ela se afastou, com um lamento baixinho, e sussurrou, em meio a soluços sufocados:

– Impura, impura! Não posso mais encostar nele, ou beijá-lo. Oh, só de pensar que agora sou eu sua pior inimiga, e de quem ele tem mais motivos para temer!

Em resposta a isso, ele falou, determinado:

– Que absurdo, Mina. É uma vergonha para mim, ouvir esta palavra. Não quero ouvi-la de você, e não a ouvirei. Que Deus me julgue como deve, e me puna com um sofrimento pior do que este, se algum ato ou desejo meu se interpuser entre nós dois!

Estendeu os braços e a trouxe de encontro a seu peito, e, por um tempo, ela lá ficou, chorando. Ele olhou para nós, por cima da cabeça abaixada dela, piscando entre as lágrimas e com as narinas tremendo; sua boca estava firme como o aço. Após algum tempo, o choro dela foi diminuindo e se tornando mais baixo, e então ele me disse, falando com uma calma proposital, que imaginei que colocava a máxima pressão sobre seus nervos:

– E agora, Dr. Seward, conte-me tudo. Sei perfeitamente qual é a situação geral; conte-me tudo o que aconteceu.

Contei-lhe exatamente o que acontecera, e ele me escutou com aparente impassividade; mas suas narinas tremiam e seus olhos chispavam enquanto descrevi a forma impiedosa com a qual o Conde segurara sua esposa, naquela posição terrível e horrenda, com a boca na ferida aberta no peito dele. Me interessou, mesmo naquele momento, ver que, apesar de o rosto dele, lívido de emoção, se contorcia convulsivamente por cima da cabeça abaixada dela, suas mãos acariciavam seu cabelo, com ternura e amor. Assim que terminei a história, Quincey e Godalming bateram na porta. Entraram ao ouvir nosso chamado. Van Helsing me encarou com um olhar de indagação. Presumi que queria saber se aproveitaríamos a chegada deles para atrair, se possível, as mentes dos desafortunados marido e mulher, para longe um do outro e de si mesmos; assim, ao assentir com a cabeça, ele perguntou aos dois o que haviam visto ou feito, ao que Lord Godalming respondeu:

– Não o vi em lugar algum do corredor, tampouco em um dos quartos. Olhei no escritório, mas, apesar de ter estado lá, já havia partido. Contudo, ele... – Interrompeu-se repentinamente, olhando para a pobre figura esmorecida sobre a cama. Van Helsing disse, seriamente:

– Continue, amigo Arthur. Não queremos mais ocultação. Nossa esperança, agora, é sabermos de tudo. Fale livremente!

Assim, Art continuou:

– Ele estivera lá, e, apesar de só poder ter ficado alguns segundos, fez uma bagunça no lugar. Todo o manuscrito foi queimado, e as chamas azuis tremeluziam em meio às cinzas; os cilindros de seu fonógrafo também foram jogados no fogo, e a cera alimentou as chamas.

Naquele momento, o interrompi:

– Graças a Deus que há outra cópia no cofre!

Seu rosto se animou por um momento, mas voltou a ficar sério, enquanto prosseguia:

– Depois, corri para o andar de baixo, mas não vi sinal dele. Olhei no quarto de Renfield, mas não havia traços dele, lá, só que...

Fez outra pausa.

– Continue – disse Harker, com voz rouca; então, ele inclinou a cabeça e, umedecendo os lábios com a língua, acrescentou:

– Só que o pobre coitado está morto.

A Sra. Harker ergueu a cabeça, olhou para cada um de nós, e disse, solenemente:

– Que seja feita a vontade de Deus!

Não pude deixar de achar que Art estava escondendo alguma coisa; mas, como imaginei que tivesse algum motivo, não disse nada. Van Helsing virou-se para Morris e perguntou:

– E você, amigo Quincey, tem algo para contar?

– Um pouco – respondeu ele. – Pode acabar sendo importante, mas, agora, não sei dizer. Achei bom saber, se possível, aonde o Conde iria quando saísse da casa. Não o vi, mas vi um morcego alçar voo da janela de Renfield, e bater as asas em direção ao oeste. Esperava vê-lo, em alguma forma, voltar para Carfax, mas evidentemente dirigiu-se para outro covil. Não voltará esta noite, pois o céu já está se avermelhando ao leste, e a aurora se aproxima. Precisamos trabalhar amanhã!

Disse estas últimas palavras com a boca retesada. Durante, talvez, alguns minutos, ficamos em silêncio, e imaginei que conseguia ouvir nossos corações batendo; então, Van Helsing disse, colocando a mão com ternura sobre a cabeça da Sra. Harker:

– E agora, Madame Mina, pobre e querida Madame Mina, conte-nos exatamente o que aconteceu. Deus sabe que não quero causar-lhe dor, mas é necessário que saibamos de tudo. Pois agora, mais do que nunca, todo o nosso trabalho precisa ser feito com rapidez e argúcia, e com todas as nossas forças. Está chegando o dia em que precisaremos acabar com tudo, se conseguirmos; agora é a chance de vivermos e aprendermos.

A pobre e querida senhora tremeu, e pude ver a tensão de seus nervos, enquanto trazia o marido mais para perto e abaixava a cabeça cada vez mais sobre seu peito. Então, ergueu a cabeça orgulhosamente e estendeu uma das mãos para Van Helsing, que a segurou e, após inclinar-se e beijá-la reverentemente, segurou-a com força. A outra mão estava entrelaçada com a de seu marido, que passara seu outro braço ao redor dela, de forma protetora. Após uma pausa, durante a qual evidentemente organizava seus pensamentos, ela começou:

– Tomei o sonífero que o doutor gentilmente me dera, mas demorou a agir. Parecia que estava mais desperta, e inúmeras fantasias horríveis começaram a povoar minha mente, todas elas relacionadas à morte e vampiros; a sangue, dor e aflição. – Seu marido gemeu involuntariamente, ao que ela virou-se para ele e disse, amorosamente: – Não se preocupe, querido. Você precisa ser valente e forte, e me ajudar com esta horrível tarefa. Se ao menos soubesse o esforço que tenho que fazer apenas para contar esta história horrenda, compreenderia quanto preciso de sua ajuda. Bem, percebi que precisaria ajudar o remédio a funcionar com minha força de vontade, se quisesse que ele me fizesse algum bem, então me esforcei para pegar no sono. Assim, devo ter pego no sono logo, pois não me lembro de mais nada. A chegada de Jonathan não me acordara, pois a próxima coisa de que me lembro era ele deitado ao meu lado. No quarto estava a mesma névoa fina e branca, na qual já reparara antes. Mas não me lembro se vocês ficaram sabendo disso; encontrarão o relato em meu diário, que lhes mostrarei mais tarde. Senti o mesmo terror vago que me acometera antes, e a mesma sensação de alguma presença. Virei-me para acordar Jonathan, mas vi que estava dormindo tão profundamente, que parecia que era ele que havia tomado o sonífero, e não eu. Tentei acordá-lo, mas não consegui. Isso me causou um medo enorme, e olhei ao meu redor, aterrorizada. E então, meu coação ficou gelado: ao lado da cama, como se houvesse saído da névoa, ou, na verdade, como se a névoa houvesse se transformado na figura dele, pois ela havia desaparecido completamente, estava parado um homem alto e magro, vestido inteiramente de preto. O reconheci imediatamente, pela descrição dos outros. O rosto pálido, o nariz aquilino, sobre o qual a luz caía em uma linha branca e fina; os lábios vermelhos entreabertos, com os dentes brancos e afiados aparecendo no meio; e os olhos vermelhos que parecia ter visto no pôr do sol nas janelas da Igreja de St. Mary, em Whitby. Também reconheci a cicatriz vermelha em sua testa, onde Jonathan o atingira. Por um instante, meu coração parou de bater, e eu teria gritado, mas estava paralisada. Naquela pausa, ele falou em um sussurro penetrante e cortante, apontando para Jonathan enquanto o fazia: "Silêncio! Se der um pio, estourarei os miolos dele na sua frente". Fiquei chocada, e atordoada demais para fazer ou dizer qualquer coisa. Com um sorriso zombeteiro, ele colocou uma mão sobre meu ombro e, segurando-me com força, expôs meu pescoço com a outra, dizendo, enquanto o fazia: "Primeiro, um refresco para recompensar meus esforços. É melhor que fique quieta; não é a primeira vez, nem a segunda, que suas veias matam minha sede!". Isso me deixou confusa, e, estranhamente, não quis impedi-lo. Suponho que isso seja uma parte da maldição, quando ele encosta na vítima. E, ah, meu Deus, meu Deus, tenha piedade de mim! Ele levou seus lábios fedorentos ao meu pescoço! – Seu marido gemeu novamente. Ela apertou a mão dele com mais força, e lançou-lhe um olhar de pena, como se fosse ele o machucado, e prosseguiu: – Senti minhas forças sendo drenadas, e estava quase desmaiando. Não sei quanto tempo esse negócio horrível durou, mas pareceu-me que um longo tempo deve ter passado, antes de ele afastar aquela boca horrenda, fétida e zombeteira. Vi que estava pingando sangue fresco! – A lembrança pareceu subjugá-la por uns instantes; ela amoleceu e teria caído, se não fosse pelo apoio do braço do marido. Com grande esforço, recuperou-se e continuou: – Então, ele falou comigo, em tom de zombaria: "E então, você, como as outras, quer enfrentar minha mente com a sua. Gostaria de ajudar esses homens a me caçar e frustrar meus planos! Agora você já sabe, e eles sabem parcialmente, e saberão tudo dentro em breve, o que acontece com quem cruza meu caminho. Deveriam ter guardado suas energias para usá-las mais perto de casa. Enquanto tentavam me enfrentar, justo a mim, que comandei nações, negociei em nome delas, e lutei por elas, centenas de anos antes de nascerem, eu estava pondo em prática minhas contramedidas. E você, a favorita deles, agora é minha, carne de minha carne, sangue do meu sangue, minha família, minha abundante espremedeira, por um tempo; e, mais tarde, será minha companheira e ajudante. Você será vingada, quando a hora chegar; pois todos eles atenderão suas necessidades. Mas, por enquanto, deve ser punida pelo que fez. Ajudou a me frustrar; agora, virá quando eu chamar.

Quando minha mente disser "Venha!" para você, você cruzará mar e terra para obedecer minhas ordens; com este objetivo, faço isso!". Ao dizer isso, abriu a camisa e, com suas longas unhas afiadas, abriu uma veia em seu peito. Quando o sangue começou a jorrar, pegou minhas mãos com uma das suas, segurando-as com força, e, com a outra, agarrou-me pelo pescoço e apertou minha boca em sua ferida, para que eu sufocasse, ou engolisse um pouco do... ah, meu Deus, meu Deus! O que foi que eu fiz? O que fiz para merecer tal destino, eu, que tentei levar minha vida com docilidade e integridade. Que Deus tenha piedade de mim! Que cuide da minha pobre alma, que corre um perigo pior do que a morte; e tenha misericórdia de todos aqueles que me são queridos!

Começou a esfregar os lábios, como se quisesse limpá-los de alguma sujeira.

Enquanto contava sua terrível história, o sol começou a surgir no leste, e tudo ficou cada vez mais claro. Harker estava imóvel e em silêncio, mas seu rosto, conforme a narrativa progredia, foi ficando tomado por uma expressão cinzenta, que se aprofundava sob a luz matinal, até que, quando o primeiro raio da aurora apareceu, seu rosto fazia um contraste escuro com seus cabelos esbranquiçados.

Combinamos que um de nós ficará à disposição do desafortunado casal, até que possamos nos reunir e decidir o que fazer.

Disto tenho certeza: hoje, o sol não iluminará uma casa mais miserável do que esta, em todo o seu caminho diário.

CAPÍTULO XXII

Diário de Jonathan Harker

3 de outubro. Já que preciso fazer algo, senão enlouqueço, escrevo neste diário. Agora são seis horas, e nos encontraremos no escritório dentro de trinta minutos, e comeremos alguma coisa; pois o Dr. Van Helsing e o Dr. Seward concordaram que, se não comermos, não conseguiremos fazer o melhor que pudermos. O melhor que pudermos fazer será, Deus é testemunha, necessário hoje. Preciso continuar escrevendo a cada chance que tiver, pois

não ouso parar para pensar. Tudo, pequeno ou grande, precisa ser registrado; talvez, ao final, as pequenas coisas são as que nos ensinarão mais. Os ensinamentos, pequenos ou grandes, não poderiam ter levado Mina ou eu a uma situação pior do que a que estamos agora. Contudo, precisamos confiar e ter esperanças. A pobre Mina acabou de me contar, com lágrimas correndo pela face, que nossa fé é testada pelos problemas e pelos sofrimentos, e que precisamos continuar acreditando, pois Deus nos ajudará, no fim. No fim! Meu Deus! Que fim? Vamos ao trabalho. Ao trabalho!

Quando o Dr. Van Helsing e o Dr. Seward voltaram de atender o pobre Renfield, discutimos seriamente o que tinha que ser feito. Primeiro, o Dr. Seward nos disse que, quando ele e o Dr. Van Helsing desceram para o quarto de Renfield, o encontraram deitado no chão, todo amontoado. Seu rosto estava machucado e amassado, e os ossos de seu pescoço estavam quebrados.

O Dr. Seward perguntou ao enfermeiro de plantão no corredor se ouvira alguma coisa. Disse que estivera sentado, confessou que quase dormira, quando ouviu vozes altas vindas do quarto, e então Renfield exclamou, várias vezes: "Deus! Deus! Deus!", após o que houve um som de queda e, quando o enfermeiro entrou no quarto, o encontrou caído ao chão, de bruços, exatamente como os médicos o viram. Van Helsing perguntou se ele ouvira "vozes" ou "uma voz", ao que ele respondeu que não saberia dizer; que, de início, pareceu-lhe que havia duas, como não tinha mais ninguém no quarto, só poderia ter ouvido uma. Poderia jurar, se pedissem, que a palavra "Deus" fora dita pelo paciente. O Dr. Seward nos contou, quando estávamos sozinhos, que não quis se aprofundar no assunto; a questão de um inquérito precisava ser considerada, e não haveria jeito de contar a verdade, pois ninguém acreditaria. Naquela situação, achava que, com o testemunho do enfermeiro, ele poderia dar uma certidão de óbito por acidente, após o paciente ter caído da cama. Caso o médico legista exigisse, haveria um inquérito formal, necessariamente com o mesmo resultado.

Quando começamos a discutir o assunto de qual deveria ser nosso próximo passo, a primeiríssima coisa que decidimos foi que Mina deveria ficar sabendo de tudo; que nada, de qualquer tipo, por mais doloroso que fosse, devia ser mantido oculto dela. Ela mesma concordou com esta sábia decisão, e cortou o coração vê-la tão corajosa e, ao mesmo tempo, tão triste, e mergulhada em um desespero tão profundo.

– Não pode haver mais nada oculto – disse ela. – Ó! Já escondemos coisas demais. Além disso, não há mais nada neste mundo que consiga me causar mais dor do que eu já aguentei, do que sofro agora! O que quer que aconteça, deverá me trazer uma nova esperança ou coragem!

Van Helsing olhou fixo para ela enquanto falava, e disse, repentinamente, mas em voz baixa:

– Mas minha cara Madame Mina, não tem medo? Não por si mesma, mas pelos outros, que se importam com você, depois do que aconteceu?

A expressão dela ficou mais determinada, mas seus olhos brilhavam com a devoção de um mártir, enquanto respondia:

– Ah, não! Já me decidi.

– A fazer o que? – perguntou ele, gentilmente, enquanto todos nós ficávamos absolutamente imóveis; pois, cada um de uma forma, todos nós tínhamos uma vaga ideia do que ela queria dizer. Sua resposta veio com uma simplicidade direta, como se estivesse apenas declarando um fato:

– Se eu encontrar em mim mesma, e prestarei bastante atenção, algum sinal de perigo a qualquer pessoa que me é cara, morrerei!

– Não se suicidaria – disse ele, com voz rouca.

– Sim; se não tiver nenhum amigo que me ame, e que me poupe de tamanha dor e de um esforço tão desesperado!

Ela o encarou com uma expressão carregada de significado, ao falar. Ele estava se sentando, mas então levantou-se, aproximou-se dela e colocou a mão sobre sua cabeça, enquanto dizia, solenemente:

– Minha criança, você tem um amigo assim, se fosse pelo seu próprio bem. Eu mesmo prestaria contas a Deus, para encontrar esta eutanásia para você, ainda que fosse o melhor a ser feito, neste momento. Não, se fosse seguro! Mas, minha cara... – Por um momento, não conseguiu mais falar, e um grande soluço subiu por sua garganta; o controlou e prosseguiu: – Nós que aqui estamos nos colocaríamos entre a senhora e a morte. A senhora não deve morrer. Não deve morrer pela mão de ninguém, muito menos pela sua própria. Até que o outro, aquele que conspurcou sua doce vida, estiver verdadeiramente morto, a senhora não deve morrer, pois se ele continuar sendo um morto-vivo, sua morte a transformará no mesmo que ele. Não, a senhora precisa viver! Precisa lutar e se esforçar para viver, ainda que a morte lhe pareça uma indizível bênção. Precisa lutar contra a Morte em si, ainda que ele a visite através da dor ou da alegria; de dia, ou de noite; na segurança ou no perigo! Por sua alma viva, peço-lhe que não morra, até mesmo que não pense na morte, até que este grande mal esteja no passado.

A pobrezinha ficou pálida como a morte, e estremecia e tremia, como já vi a areia movediça tremendo com a chegada da maré. Ficamos todos em silêncio; não podíamos fazer nada. Finalmente, ela se acalmou e, voltando-se na direção dele, disse, com doçura, mas com tanta, tanta tristeza, enquanto estendia a mão:

– Prometo, meu caro amigo, que se Deus me permitir viver, lutarei para isso; até que, se Ele nos conceder, em seu devido tempo, este horror tenha ido para longe de mim.

Se portou com tamanha bondade e bravura que todos sentimos nossos corações fortalecidos para cumprirmos a tarefa que teríamos que aguentar, em nome dela, e começamos a debater o que faríamos. Eu disse a ela que lhe daria todos os papéis que estavam no cofre, e todos os documentos, diários e fonógrafos que usássemos dali em diante, e que ela manteria os registros, como fizera antes. Ficou feliz com a expectativa de ter algo para fazer, se é que a palavra "feliz" pode ser usada em relação a um interesse tão sombrio.

Como de costume, Van Helsing pensara à frente de nós todos, e havia organizado todo o nosso trabalho com exatidão.

– Talvez tenha sido melhor – disse ele – que, em nossa reunião, após a visita a Carfax, decidimos não fazer nada com as caixas de terra que lá estão. Se tivéssemos feito, o Conde teria descoberto nossos desígnios e, sem dúvida, já teria tomado providências para frustrar nossos esforços em relação às outras. Mas, agora, ele não sabe quais são nossas intenções. Na verdade, além disso, ele provavelmente não sabe que temos o poder de esterilizar seus covis, para que não consiga usá-los como costuma fazer. Nossos conhecimentos sobre a disposição das caixas são tamanhos, que, quando houvermos examinado a casa em Piccadilly, poderemos encontrar cada uma das que faltam. Assim, hoje o dia é nosso, e é sobre ele que se apoiam nossas esperanças. O sol que nasceu iluminando nossa tristeza, hoje de manhã, nos protege durante seu caminho. Até que se ponha, hoje à noite, aquele monstro reterá qualquer forma em que agora esteja. Está confinado às limitações de seu invólucro terreno. Não consegue sumir no ar, nem desaparecer através de rachaduras, trincas ou fendas. Se passar por uma porta, precisa abri-la como qualquer mortal. Assim, temos este dia para procurar todos os seus covis e esterilizá-los. Assim, se ainda não o tivermos capturado ou destruído, o faremos com que se esconda em algum lugar onde sua captura e destruição serão, com o tempo, uma certeza.

Naquele momento, tive um sobressalto, pois não pude me conter diante da ideia de que os minutos e segundos, tão preciosamente carregados com a vida e a felicidade de Mina, estavam nos escapando, visto que, enquanto falávamos, era impossível agir. Mas Van Helsing ergueu a mão em aviso:

– Não, amigo Jonathan, – disse, – neste caso, o caminho mais rápido para casa é o mais longo, como diz seu provérbio. Agiremos, e com rapidez, quando chegar a hora. Mas pense, é mais provável que a chave para esta situação esteja naquela casa em Piccadilly. O Conde pode ter comprado muitas casas. Deve ter a escritura de todas elas, assim como as chaves e outras coisas. Terá papel no qual escrever; terá seu talão de cheques. Há muitos pertences que ele precisa manter em algum lugar; por que não neste lugar tão central, tão silencioso, onde pode sair e entrar pela porta da frente, a qualquer hora, onde não há ninguém que repare nele, na vastidão do tráfego? Iremos até lá e revistaremos a casa; e, quando soubermos o que ela contém, faremos o que nosso amigo Arthur chama, em seu linguajar da caça, de "tapar a toca" e abateremos nossa raposa velha. Não é assim?

– Então vamos imediatamente, exclamei. – Estamos desperdiçando tempo extremamente precioso!

O Professor não se mexeu, dizendo apenas:

– E como entraremos na casa de Piccadilly?

– De qualquer jeito! – gritei. – Arrombaremos a porta, se necessário.

– E sua polícia; onde estará, e o que dirá?

Fiquei sem resposta; mas sabia que, se ele quisesse nos atrasar, tinha um bom motivo. Então, eu disse, no tom de voz mais baixo que consegui:

– Não espere mais do que o necessário; tenho certeza de que o senhor sabe a tortura pela qual estou passando.

– Ah, minha criança, sei, mesmo; e não tenho nenhum desejo de aumentar sua angústia. Mas pense, o que podemos fazer, até que a cidade tenha acordado? Este será nosso momento. Já pensei e pensei, e me parece que o jeito mais simples é o melhor de todos. Queremos entrar na casa, mas não temos chave; não é verdade? – Assenti. – Agora, suponha que você fosse o dono daquela casa, e ainda não conseguisse entrar, mas não pensasse como um arrombador; o que faria?

– Chamaria um chaveiro respeitável, e o colocaria para abrir a fechadura para mim.

– E sua polícia, ela interferiria?

– Ah, não! Não se soubesse que o homem tinha um emprego apropriado.

– Então, – fixou-me com um olhar tão astuto quanto seu tom de voz, – tudo o que está sujeito a dúvidas é a consciência do empregador, e a crença da polícia quanto a tal consciência ser boa ou ruim. Seus policiais devem ser homens zelosos e espertos, muito espertos, para conseguir ver o que se passa dentro da mente de alguém e se preocuparem com tais questões. Não, não, meu amigo Jonathan, pode ir tirar a fechadura de cem casas vazias nesta sua Londres, ou de qualquer cidade do mundo; e, se o fizer da forma correta, como sempre é feito, e no horário em que essas coisas são feitas, ninguém interferirá. Já soube de um cavalheiro que tinha uma casa tão elegante em Londres e, quando foi passar os meses de verão na Suíça, e trancou sua casa, um ladrão quebrou a janela de trás e entrou. Então, abriu as cortinas da frente e entrava e saía pela porta principal, na frente da polícia. Depois, fez um leilão dentro daquela casa, e o anunciou com uma placa enorme; e, quando chegou o dia, vendeu, através de um leiloeiro famoso, todas as posses que pertenciam ao outro homem. Então, chamou um construtor e vendeu-lhe a casa, fazendo um acordo de que ele deveria demoli-la e levar tudo embora dentro de um determinado prazo. E sua polícia, e as outras autoridades, o ajudaram da forma que puderam. Quando o dono voltou das férias na Suíça, só encontrou um buraco onde estivera sua casa. Isso foi tudo feito de acordo com as regras, assim como será feito nosso trabalho. Não iremos cedo o suficiente para que a polícia tenha pouco em que pensar, e achará estranho; iremos depois das dez, quando já haverá muitas pessoas por aí, e essas coisas serão feitas como se fôssemos, mesmo, os donos da casa.

Não pude deixar de admitir que ele estava certo, e o terrível desespero no rosto de Mina se transformou em um pensamento tranquilo; um conselho tão bom trazia esperanças. Van Helsing prosseguiu:

– Quando estivermos dentro da casa, poderemos encontrar mais pistas; de qualquer forma, alguns de nós poderemos ficar lá, enquanto o resto encontra os outros lugares onde pode haver mais caixas de terra, em Bermondsey e Mile End.

Lord Godalming pôs-se de pé.

– Posso ser de alguma valia, em relação a isso – disse. – Mandarei uma mensagem a meus criados, para que deixem cavalos e carruagens a postos onde forem mais convenientes.

– Escute aqui, velho amigo – disse Morris. – É uma ótima ideia, deixar tudo pronto, caso queiramos ir a cavalo; mas não acha que uma de suas carruagens chamativas, com seus adornos heráldicos, em uma ruela de Walworth ou Mile End não chamaria atenção demais para nossos objetivos? Me parece que deveríamos pegar as charretes de aluguel, quando formos para o sul ou o leste; e até mesmo deixá-las em algum lugar perto do bairro para o qual nos dirigimos.

– Nosso amigo Quincey está certo! – disse o Professor. – Sua cabeça está, como vocês dizem, exatamente no lugar certo. O que temos a fazer é difícil, e não queremos que ninguém nos observe, se possível.

Mina se interessava cada vez mais por tudo, e fiquei felicíssimo ao ver que as exigências do assunto a estavam ajudando a esquecer, por algum tempo, a terrível experiência durante a noite. Ela estava muito, muito pálida, quase que lívida, e tão magra que seus lábios se retraíram, mostrando seus dentes de forma um tanto quanto proeminente. Não mencionei esta última observação, para não causar-lhe dor desnecessária; mas fez meu sangue gelar, pensar no que ocorrera com a pobre Lucy quando o Conde sugou seu sangue. Por enquanto, não havia sinal de que seus dentes estavam ficando afiados, mas o tempo estava passando, e ainda tínhamos tempo para ter medo.

Ao discutirmos a sequência de nossos esforços e a disposição de nossas forças, houve novas fontes de dúvida. Finalmente acordáramos que, antes de partirmos para Piccadilly, devíamos destruir o covil do Conde próximo de nós. Caso ele descobrisse cedo demais, ainda estaríamos à frente dele, em nosso trabalho de destruição; e sua presença, em sua forma puramente material, e em seu ponto mais fraco, poderia nos dar alguma nova pista.

Quanto à disposição de nossas forças, foi sugerido pelo Professor que, depois de nossa visita a Carfax, todos deveríamos entrar na casa em Piccadilly; que os dois médicos e eu devíamos ficar lá, enquanto Lord Godalming e Quincey iam até os covis em Walworth e Mile End e os destruíam. Era possível, senão provável, disse o Professor, que o Conde aparecesse em Piccadilly durante o dia, e que, se o fizesse, poderíamos lidar com ele ali mesmo. De qualquer forma, poderíamos segui-lo em maior número. Fiz uma firme objeção a tal plano e também à minha ida, pois disse que pretendia ficar para proteger Mina, e achei que estava absolutamente decidido. Porém, Mina não quis saber de nenhuma objeção. Disse que podia haver alguma questão jurídica, na qual eu pudesse ser útil; que, entre os papéis do Conde, podia haver alguma pista que eu poderia compreender, devido à minha experiência na Transilvânia; e que, no pé em que as coisas estavam, toda a força que conseguíssemos reunir seria necessária para lidar com o extraordinário poder do Conde. Tive que ceder, pois Mina estava determinada; disse que era a última esperança *dela* todos nós trabalharmos juntos.

– Quanto a mim, – disse, – não tenho medo. As coisas já ficaram tão ruins quanto podem ser; e, o que quer que aconteça, deve conter algum elemento de esperança ou conforto. Vá, meu marido! Deus pode, se quiser, me proteger tão bem enquanto eu estiver sozinha, quanto com alguém presente.

Assim, levantei-me, exclamando:

– Então, em nome de Deus, vamos imediatamente, pois estamos perdendo tempo. O Conde pode ir a Piccadilly mais cedo do que pensamos.

– Não irá! – disse Van Helsing, levantando uma mão.

– Por que não? – perguntei.

– Está se esquecendo – disse, com um sorriso, – que fez um banquete pesado, ontem à noite, e dormirá até tarde?

Se eu havia me esquecido! Como se um dia fosse e pudesse esquecer! Será que algum de nós poderia esquecer aquela cena terrível? Mina esforçou-se muito para manter a expressão de valentia, mas a dor tomou conta dela, a fazendo levar as mãos ao rosto e estremecer, enquanto gemia. Van Helsing não pretendera relembrá-la de sua experiência assustadora. Meramente a perdera de vista, assim como seu papel naquilo tudo, devido a seus esforços intelectuais. Ao perceber o que dissera, ficou horrorizado com sua insensibilidade e tentou confortá-la.

– Oh, Madame Mina – disse, – minha cara, cara Madame Mina, ó! Pensar que eu, de todos os que a reverenciam tanto, diria algo tão descuidado. Essa minha boca estúpida, e minha cabeça velha, não merecem que a senhora esqueça o que aconteceu, mas o fará, não?

Curvou-se ao lado dela enquanto falava; ela pegou sua mão e, olhando para ele através das lágrimas, disse, em voz rouca:

– Não, não me esquecerei, pois é melhor que eu me lembre; e, junto com esta, tenho tantas lembranças doces do senhor, que as levarei todas juntas. Agora, precisam partir logo. O café está pronto, e todos devemos comer para manter nossas forças.

O café foi uma refeição estranha, para todos nós. Tentamos ficar alegres e encorajar uns aos outros, e Mina era a mais alegre e animada de todas. Ao terminarmos, Van Helsing levantou-se e disse:

– Agora, meus caros amigos, partimos rumo à nossa terrível tarefa; Estamos todos armados, como estivemos na primeira noite em que visitamos o covil de nosso inimigo? Armados contra ataques fantasmagóricos, assim contra os físicos? – Todos o asseguramos de que sim. – Então, está bem.

Madame Mina, a senhora estará, de qualquer forma, *bastante* segura aqui, até o pôr do sol; e voltaremos antes disso, se é que retornaremos! Mas, antes de irmos, quero vê-la armada contra ataques pessoais. Eu mesmo, depois que a senhora desceu, preparei seu quarto, colocando as coisas que conhecemos, para que Ele não consiga entrar. Agora, deixe-me protegê-la. Em sua testa, encosto este pedaço de hóstia, em nome do Pai, do Filho, e...

Houve um grito horrendo, que quase congelou nosso sangue. Ao colocar a hóstia contra a testa de Mina, a queimara – fizera sua pele arder, como se fosse um pedaço de metal em brasa. Minha pobre querida compreendeu o que isso significava, com tanta rapidez quanto seus nervos reagiram à dor; e essas duas coisas a perturbaram tanto, que sua exaustão se expressou através daquele grito horrível. Mas encontrou palavras rapidamente; o eco do grito nem cessara ainda, quando ela reagiu, e caiu de joelhos, em uma agonia de humilhação. Escondendo o rosto com seus lindos cabelos, como um leproso faria com seu manto, se lamentou:

– Impura! Impura! Até mesmo o Todo-Poderoso rejeita minha carne poluída! Carregarei esta marca da vergonha em minha testa, até o Juízo Final.

Todos ficaram imóveis. Eu me jogara ao seu lado, em uma agonia de tristeza impotente, e, colocando meus braços ao seu redor, a segurava com força. Por alguns minutos, nossos corações infelizes bateram juntos, enquanto os amigos ao nosso redor desviavam os olhos, que derramavam lágrimas silenciosas. E então, Van Helsing virou-se e disse, em tom sério, tão sério que não pude deixar de sentir que estava, de alguma forma, inspirado, e dizia coisas que vinham de fora de si mesmo:

– Pode ser que a senhora tenha que carregar esta marca até quando Deus desejar, como certamente irá querer, no dia do Juízo Final, reparar todas as injustiças da Terra e de seus filhos que aqui colocou. E ah, Madame Mina, minha cara, minha cara, que nós, que a amamos, possamos estar lá para ver, quando esta cicatriz vermelha, o sinal de que Deus sabe do que aconteceu, sumir e deixar sua testa tão pura quanto o coração que conhecemos. Pois, tão certo quanto estarmos vivos, esta cicatriz sumirá quando Deus decidir retirar o fardo que pesa sobre nós. Até então, carregaremos nossa cruz, como o Filho d'Ele fez, em obediência à Sua vontade. Pode ser que sejamos os instrumentos escolhidos por sua própria vontade, e nos elevaremos obedecendo suas ordens, como aquele outro o faz através de guerras e vergonha, lágrimas e sangue, dúvidas e medos, e tudo o que faz a diferença entre Deus e os homens.

Havia esperança em suas palavras, e também conforto, o que nos trouxe resignação. Mina e eu assim nos sentimos e, simultaneamente, pegamos cada uma das mãos do velho, nos abaixamos e as beijamos. Então, sem mais uma palavra, todos nos ajoelhamos juntos e, de mãos dadas, juramos sermos fiéis uns aos outros. Nós, homens, prometemos levantar o véu da tristeza do rosto daquela que amávamos, cada um à sua própria forma; e rezamos pedindo ajuda e orientação na terrível tarefa que se estendia à nossa frente.

Chegou, então, a hora da partida. Disse adeus a Mina, uma despedida que nenhum de nós se esquecerá, até nosso último suspiro, e saímos.

Estou determinado a fazer uma coisa: se descobrirmos que Mina acabará se transformando, mesmo, em uma vampira, ela não irá para aquela terra desconhecida e terrível sozinha. Suponho que seja por isso que, antigamente, um vampiro significava muitos; assim como seus corpos asquerosos só podiam descansar sobre terra sagrada, seu amor mais elevado era o recrutamento de um sargento para suas fileiras horrendas.

Entramos em Carfax sem problemas, e descobrimos que tudo estava do mesmo jeito que estava da primeira vez. Era difícil crer que, em um ambiente tão prosaico de negligência e decadência, havia qualquer motivo para os medos que já conhecíamos. Se não estivéssemos determinados, e se não tivéssemos terríveis lembranças para nos motivar, não teríamos conseguido seguir em frente com nossa tarefa. Não encontramos qualquer documento ou sinal de uso, na casa; e, na velha capela, as grandes caixas pareciam estar do mesmo jeito em que as víramos pela última vez. O Dr. Van Helsing nos disse, solenemente, enquanto estávamos parados na frente delas:

– E agora, meus amigos, temos um dever a cumprir, aqui. Precisamos esterilizar esta terra, tão sagradas de memórias abençoadas, que ele trouxe de uma terra distante para um uso tão baixo. Ela escolheu esta terra porque foi consagrada. Assim, o derrotaremos com sua própria arma, pois a tornaremos ainda mais sagrada. Foi santificada para tal uso terreno, e agora a consagraremos a Deus.

Enquanto falava, tirou da maleta uma chave de fenda e uma chave inglesa, e logo a tampa de uma das caixas foi aberta. A terra tinha um cheiro de mofo e lugares fechados; mas, por algum motivo, não nos importamos, pois nossa atenção estava concentrada no Professor. Tirando de sua mala um pedaço de hóstia, o colocou com reverência sobre a terra e, fechando a tampa, começou a aparafusá-la, com nossa ajuda.

Uma por uma, fizemos o mesmo com as outras grandes caixas, e as deixamos aparentemente como as encontramos; mas, em cada uma delas, havia um pedaço de hóstia.

Ao fecharmos a porta atrás de nós, o Professor disse, em tom solene:

– Já fizemos bastante coisa. Se formos tão bem-sucedidos com todas as outras, o sol se porá, hoje, sobre a testa da Madame Mina branca como o marfim, e sem qualquer mácula!

Ao atravessarmos o gramado, a caminho da estação, para pegarmos nosso trem, pudemos ver a frente do sanatório. Olhei com ansiedade e, na janela de meu próprio quarto, vi Mina. Acenei para ela, e assenti para dizer que nosso trabalho havia sido cumprido. Ela assentiu, em resposta, para mostrar que compreendera. Da última vez que a vi, estava acenando em despedida. Foi com os corações pesados que chegamos à estação e pegamos o trem em cima da hora, pois chegara logo que alcançamos a plataforma.

Escrevi tudo isto no trem.

*****

Piccadilly, 12:30. Logo antes de chegarmos em Fenchurch Street, Lord Godalming disse para mim:

– Quincey e eu encontraremos um chaveiro. É melhor não vir conosco, caso haja alguma dificuldade, pois, sob as circunstâncias, não pareceria tão ruim para nós arrombarmos uma casa vazia. Mas você é advogado, e a

Sociedade Jurídica poderia repreendê-lo. – Objetei a não compartilhar dos perigos, ainda que apenas reprimendas, mas ele prosseguiu: – Além disso, chamará menos atenção se não estivermos em grande número. Meu título não despertará as suspeitas do chaveiro e de qualquer policial que apareça. É melhor você ir com Jack e o Professor, e ficar em Green Park, em algum lugar que dê para ver da casa; e, quando virem a porta se abrir e o chaveiro sair, venham. Ficaremos de olho em vocês e os deixaremos entrar.

– É um bom conselho! – disse Van Helsing, de modo que não falamos mais nada. Godalming e Morris partiram em uma charrete alugada, e nós os seguimos em outra. Na esquina de Arlington Street, nosso contingente saiu e andou até Green Park. Meu coração acelerou ao ver a casa, sobre a qual tantas esperanças estavam concentradas, aparecer, sinistra e silenciosa, em sua condição de deserta, entre suas vizinhas mais animadas e melhor conservadas. Sentamo-nos em um banco com uma vista boa, e começamos a fumar charutos para atrair o menos de atenção possível. Os minutos pareciam se passar pesados como chumbo, enquanto esperávamos a chegada dos outros.

Finalmente, vimos uma charrete de quatro rodas se aproximar. Dela saíram, relaxadamente, Lord Godalming e Morris; e, da cabine, saiu um trabalhador de constituição forte, com sua cesta de ferramentas feita de junco. Morris pagou o motorista, que acenou com o chapéu e partiu. Juntos, os dois subiram os degraus, e Lord Godalming disse o que queria que fosse feito. O trabalhador tirou o casaco, devagar, e pendurou-o em uma das lanças da cerca, dizendo algo para um policial que, naquele momento, aparecera vagarosamente. O policial aquiesceu com um aceno de cabeça, e o homem ajoelhado colocou sua maleta ao seu lado. Após procurar, tirou uma seleção de ferramentas, que organizou ao seu lado. Então, levantou-se, olhou na fechadura, soprou para dentro e, virando-se para seus empregadores, fez alguma observação. Lord Godalming sorriu, e o homem levantou um molho de chaves de bom tamanho; selecionando uma delas, começou a cutucar a fechadura, como se estivesse tateando para descobrir o caminho. Após tentar por um tempo, experimentou uma segunda, e então uma terceira. De repente, a porta se abriu com um ligeiro empurrão por parte dele, e ele e os dois outros entraram no saguão. Ficamos sentados; meu próprio charuto ardia furiosamente, mas o de Van Helsing se apagou inteiramente. Esperamos pacientemente, até vermos o trabalhador sair e trazer sua maleta. Então, ele segurou a porta entreaberta, parando-a com os joelhos, enquanto encaixava uma chave na fechadura. Esta ele entregou a Lord Godalming, que pegou sua carteira e deu-lhe algo. O homem acenou com o chapéu, pegou a maleta, vestiu o casaco e foi-se embora. Nem uma única pessoa prestou a mínima atenção em toda a transação.

Quando o homem já estava razoavelmente longe, nós três cruzamos a rua e batemos na porta. Foi aberta imediatamente por Quincey Morris, ao lado de quem estava Lord Godalming, acendendo um charuto.

– Este lugar tem um cheiro tão vil – disse o último, ao entrarmos. Tinha, mesmo, um cheiro vil, como a capela em Carfax, e, com nossa experiência anterior, ficou claro que o Conde estivera usando o lugar com bastante liberdade. Nos pusemos a explorar a casa, nos mantendo próximos uns dos outros, em caso de ataque; pois sabíamos que tínhamos que lidar com um inimigo forte e ardiloso, e ainda não sabíamos se o Conde estava na casa ou não. Na sala de jantar, que ficava atrás do saguão, encontramos oito caixas de terra. Só oito, dentre as nove que buscávamos! Nosso trabalho não estava terminado, e nunca estaria, se não encontrássemos a caixa faltante. Primeiro, abrimos as cortinas da janela que dava para um pátio estreito e com chão de pedras, na frente de um estábulo simples, construído para parecer com a fachada de uma casa em miniatura. Não tinha janelas, então não estávamos com medo de sermos observados. Não perdemos tempo antes de começarmos a explorar as arcas. Com as ferramentas que trouxéramos, as abrimos uma por uma, e as tratamos como fizéramos com as outras, na capela velha. Ficou-nos evidente que o Conde não estava presente na casa, de modo que começamos a vasculhá-la em busca de qualquer um de seus pertences.

Após uma olhadela pelo resto dos cômodos, do porão ao sótão, chegamos à conclusão de que a sala de jantar continha todos os objetos que podiam pertencer ao Conde; assim, começamos a examiná-los detalhadamente. Estavam em um tipo de desordem organizada, sobre a enorme mesa de jantar.

Lá estavam as escrituras da casa de Piccadilly, em um grande maço; contratos de compra das casas em Mile End e Bermondsey; papel de carta, envelopes, canetas e tinta. Tudo estava coberto com papel de embrulho, para manter as coisas livres de poeira. Havia, também, uma escova de roupas, uma de cabelos e um pente, assim como um jarro e uma bacia – esta última contendo água suja, avermelhada por algo que parecia sangue. Por último, um pequeno grupo de chaves, de todos os tipos e tamanhos, provavelmente das outras casas. Após examinarmos esta última descoberta, Lord Godalming e Quincey Morris, após anotar cuidadosamente os diversos endereços das casas nas zonas leste e sul, levaram consigo as chaves, em um grande molho, e partiram para destruir as caixas que estavam naqueles lugares. Nós que ficamos estamos, com o máximo de paciência que temos, aguardando sua volta, ou a chegada do Conde.

CAPÍTULO XXIII

Diário do Dr. Seward

3 de outubro. Pareceu que esperamos a chegada de Godalming e Quincey Morris por um tempo terrivelmente longo. O Professor tentou manter nossas mentes ativas, usando-as o tempo todo. Pude compreender seu objetivo caridoso pelos olhares enviesados que lançava ocasionalmente a Harker. O pobre homem está tomado por uma tristeza que dá pena de ver. Ontem à noite, era um homem franco e de aparência alegre, com um rosto forte e jovem, cheio de energia e cabelo castanho escuro. Hoje, é um velho abatido e cansado, cujo cabelo branco combina bem com os olhos profundos e as rugas em seu rosto, causadas pela dor. Sua energia continua intacta; na verdade, está mais para uma chama viva. Isto ainda pode ser sua salvação, pois, se tudo correr bem, o fará aguentar até o fim do período de desespero; ele despertará, então, de certa forma, para as realidades da vida. Pobre coitado, achei que meus problemas eram ruins o suficiente, mas os dele! O Professor sabe muito bem disso, e está fazendo o que pode para manter a mente dele

em ação. O que ele estava dizendo era, sob as circunstâncias, muito interessante. Até onde consigo lembrar, foi isso:

– Estudei, de novo e de novo e de novo, desde que caíram em minhas mãos, todos os papéis relativos a este monstro; e, quanto mais estudo, mais me parece necessário aniquilá-lo por completo. Em todo canto, há sinais de que ele avança; não só seus poderes, mas também seus conhecimentos. Como descobri, com base nas pesquisas de meu amigo Arminus, de Budapeste, ele foi, em vida, um homem maravilhoso. Soldado, estadista e alquimista, nesta última condição tendo atingido o mais alto nível de desenvolvimento do conhecimento científico de sua época. Ele tinha uma mente poderosa, uma erudição incomparável e um coração que desconhecia medo ou remorso. Até mesmo ousou frequentar a Scholomance, e não houve nenhum ramo do conhecimento de sua época que ele não experimentou. Bem, seus poderes mentais sobreviveram à morte física, apesar de que parece que suas lembranças não estão completas. Em algumas faculdades da mente, ele foi, e continua sendo, apenas uma criança; mas está crescendo e, algumas coisas que eram infantis de início, agora estão maduras. Está experimentando, e o está fazendo direito; e, se não houvéssemos cruzado seu caminho, ele seria... ou ainda pode ser, se falharmos... o pai ou instigador de uma nova ordem de criaturas, cujo caminho passará pela morte, e não pela vida.

Harker deu um gemido e disse:

– Tudo isso contra minha amada? Mas como ele está experimentando? Saber disso pode nos ajudar a derrotá-lo!

– O tempo todo, desde que veio para cá, ele esteve testando seus poderes, lenta porém certeiramente. Aquele seu grande cérebro infantil está funcionando. Que bom para nós que continua sendo um cérebro infantil, pois se ele tivesse ousado, logo de início, tentar certas coisas, já teria se colocado, há tempos, para além de nossos poderes. Contudo, ele pretende ser bem-sucedido e, um homem com séculos atrás de si, pode se dar ao luxo de esperar e andar devagar. *Festina lente* poderia muito bem ser seu lema.

– Não consigo entender – disse Harker, esgotado. – Fale de forma mais simples comigo! Talvez a tristeza e as preocupações estejam atordoando meu cérebro.

O Professor pousou a mão ternamente sobre seu ombro, enquanto dizia:

– Ah, minha criança, serei direto. Não reparou como este monstro tem, ultimamente, expandido seus conhecimentos experimentalmente? Como tem usado o paciente zoófago para efetuar sua entrada no lar de nosso amigo John? Pois o vampiro, apesar de, depois, poder entrar e sair a hora que quiser, só pode entrar, da primeira vez, quando for convidado a fazê-lo por um morador. Mas estes não são seus experimentos mais importantes. Não viu como, de início, as grandes caixas foram transportadas por terceiros? Ele não sabia, na época, mas deve ter sido isso. Porém, o tempo todo, aquela sua mente infantil estava se desenvolvendo, e ele começou a imaginar se não conseguiria mexer as caixas sozinhos. Assim, começou a ajudar; e então, quando descobriu que conseguiria, tentou transportar todas sozinho. Assim, ele vai progredindo, e espalha esses seus túmulos, que só ele sabe onde estão escondidos. Pode pretender enterrá-los profundamente, pois, já que só os usa à noite, ou no momento em que pode mudar de forma, cumprem seu propósito igualmente bem, e ninguém sabe onde são seus esconderijos! Mas não se desespere, minha criança; ele teve esta ideia tarde demais! Agora, todos os seus covis, exceto um, foram esterilizados, e, antes do sol se pôr, este último já o terá sido. Então, não terá para onde ir e se esconder. Posterguei hoje de manhã para podermos nos certificar. Não temos mais coisas a perder do que ele? Assim, por que não podemos ser ainda mais cuidadosos do que ele? Pelo meu relógio, já é uma hora e, se tudo correu bem, nossos amigos Arthur e Quincey estão a caminho de cá. Hoje é nosso dia, e precisamos prosseguir com determinação, ainda que lentamente, e não perder nenhuma chance. Viu? Seremos em cinco, quando os ausentes voltarem!

Enquanto falava, levamos um susto com uma batida na porta da frente, a batida dupla dos carteiros e dos entregadores de telegrama. Todos nos dirigimos ao saguão por impulso, e Van Helsing, erguendo a mão para pedir-nos silêncio, foi até a porta e a abriu. O menino entregou-o uma mensagem. O Professor fechou a porta novamente e, após ler o endereço, a abriu e leu em voz alta.

"Fiquem de olho no D. Agora mesmo, às 12:45, ele saiu de Carfax apressadamente e dirigiu-se para o sul com rapidez. Parece estar fazendo a ronda, e pode querer vê-los. Mina."

Houve uma pausa, interrompida pela voz de Jonathan Harker:

– Agora, graças a Deus, nos encontraremos em breve!

Van Helsing virou-se para ele rapidamente e disse:

– Deus agirá da forma e no momento em que quiser. Não tema e não regozije-se, ainda; pois o que desejamos agora, pode ser o nosso fim.

– Não ligo para nada, neste momento, – respondeu ele, com veemência, – exceto expulsar esta fera da face da criação. Venderia minha alma para consegui-lo!

– Oh, fique quieto, meu filho! – disse Van Helsing. – Deus não compra almas deste jeito; e o diabo, apesar de poder comprá-las, não cumpre sua palavra. Mas Deus é misericordioso e justo, e sabe de sua dor e sua devoção à Madame Mina. Pense em como a dor dela seria dobrada se ouvisse suas palavras descabidas. Não tema nenhum de nós, somos todos dedicados à causa, e hoje isso termina. Está chegando a hora de agirmos; hoje, este vampiro estará limitado aos poderes humanos e, até o pôr do sol, não poderá se metamorfosear. Levará algum tempo até que chegue aqui: veja, são uma hora e vinte minutos, e ainda falta algum tempo para que consiga chegar até aqui, por mais rápido que seja. O que devemos esperar é que o Lord Arthur e Quincey cheguem antes.

Cerca de meia hora depois de recebermos o telegrama da Sra. Harker, houve uma batida baixa e resoluta na porta de entrada. Era uma batida comum, do tipo que é dado todas as horas, por milhares de cavalheiros, mas fez com que o meu coração e o do Professor batessem mais forte. Nos entreolhamos e, juntos, fomos até o saguão; nós dois estávamos prontos para usar nossos vários armamentos, o espiritual, na mão esquerda, e o mortal na direita. Van Helsing puxou o trinco e, segurando a porta entreaberta, afastou-se, com as duas mãos prontas para a ação. A felicidade em nossos corações deve ter ficado evidente em nossos rostos quando, no degrau, perto da porta, vimos Lord Godalming e Quincey

Morris. Entraram rapidamente e fecharam a porta atrás de si, com este último dizendo, enquanto passavam pelo saguão:

– Está tudo bem. Encontramos os dois lugares; tinha seis caixas em cada, e as destruímos todas!

– Destruíram? – perguntou o Professor.

– Para ele! – Ficamos em silêncio por um minuto, e então Quincey disse: – Não há nada que possamos fazer, além de esperarmos aqui. Se, contudo, ele não aparecer até as cinco da tarde, precisaremos ir embora, pois não poderemos deixar a Sra. Harker sozinha depois do sol se pôr.

– Ele não demorará a chegar – disse Van Helsing, que estava consultando seu caderninho. – *Nota bene*, o telegrama de Madame Mina diz que ele dirigiu-se ao sul de Carfax, o que significa que ele foi cruzar o rio, e só poderia fazer isso na maré baixa, que deve ser algum tempo antes da uma da tarde. O fato de ele ter ido para o sul significa algo, para nós. Por enquanto, ele só tem suspeitas, e foi de Carfax primeiro para o lugar onde menos suspeitaria de interferências. Vocês devem ter estado em Bermondsey logo antes dele. O fato de ainda não estar aqui mostra que foi a Mile End, depois. Isso levou algum tempo, pois ele teria, então, que atravessar o rio de alguma forma. Acreditem-me, meus amigos, não teremos que esperar muito. Precisamos aprontar algum plano de ataque, para não desperdiçarmos nenhuma oportunidade. Silêncio, não temos mais tempo. Peguem todas as suas armas! Estejam prontos!

Levantou uma mão em gesto de aviso, enquanto falava, pois ouvimos uma chave ser inserida gentilmente na fechadura da porta de entrada.

Não pude deixar de admirar, mesmo naquele momento, o modo como um espírito dominante se impunha. Em todas as nossas caçadas e aventuras, em todas as partes do mundo, Quincey Morris sempre foi o que criava o plano de ação, e Arthur e eu estávamos acostumados a obedecê-lo implicitamente. Naquele momento, o velho hábito parecia se renovar instintivamente. Com um olhar rápido ao redor do cômodo, ele imediatamente estabeleceu nosso plano de ataque e, sem dizer uma palavra, apenas com um gesto, nos colocou em posição. Van Helsing, Harker e eu ficamos logo atrás da porta, para que, quando fosse aberta, o Professor poder guardá-la, enquanto nós dois nos interpúnhamos entre o recém-chegado e a porta. Godalming atrás, e Quincey na frente, se colocaram logo além da linha de visão, prontos para entrar na frente da janela. Esperamos em um suspense que fez com que os segundos passassem com uma lentidão enlouquecedora. Os passos vagarosos e cuidadosos vinham pelo saguão; o Conde estava, evidentemente, preparado para alguma surpresa, ou, pelo menos, a temia.

Repentinamente, com um único pulo, saltou para dentro do cômodo, conseguindo passar por nós antes que qualquer um pudesse levantar uma mão para impedi-lo. Seu movimento era tão semelhante ao de uma pantera, algo tão inumano, que nos fez sair do choque causado por sua chegada. O primeiro a agir foi Harker, que, com um movimento rápido, jogou-se na frente da porta que ligava o cômodo à frente da casa. Quando o Conde nos viu, uma horrível expressão raivosa passou por seu rosto, exibindo os dentes longos e pontiagudos; mas o sorriso maldoso rapidamente se transformou em um olhar frio de desdém leonino. Sua expressão mudou novamente quando, com um único impulso, todos avançamos para cima dele. Foi uma pena não termos organizado um plano de ataque melhor, pois, mesmo naquele momento, imaginei o que deveríamos fazer. Eu mesmo não sabia se nossas armas letais nos serviriam de algo. Estava evidente que Harker pretendia experimentar, pois estava preparado, com sua grande faca Kukri, e desferiu um golpe forte e rápido em direção ao Conde. Foi um golpe poderoso, e só a rapidez diabólica do salto que o Conde deu para trás o salvou. Um segundo depois, e a lâmina teria atravessado seu coração. Porém, a ponta apenas cortou o tecido de seu casaco, deixando um rasgo profundo, de onde caíram um chumaço de notas de dinheiro e um punhado de ouro. A expressão no rosto do Conde foi tão demoníaca que, por um momento, temi pela vida de Harker, apesar de vê-lo levantar a temível faca novamente, para outro golpe. Instintivamente, dei um passo para a frente, por um impulso protetivo, segurando o crucifixo e a hóstia na mão esquerda. Senti uma força poderosa passar por meu braço, e foi sem nenhuma surpresa que vi o monstro se retrair face a movimentos semelhantes feitos espontaneamente por cada um de nós. Seria impossível descrever a expressão de ódio e maldade atônita, de raiva e cólera diabólica, que passou pelo rosto do Conde. Seu tom pálido ficou amarelo esverdeado, contrastando com seus olhos em chamas, e a cicatriz vermelha na testa sobressaía da pele macilenta como uma ferida pulsante. No instante seguinte, com um mergulho sinuoso, passou por baixo do braço de Harker, antes que pudesse dar o golpe, e, agarrando um punhado do dinheiro do chão, correu pelo cômodo e jogou-se contra a janela. Em meio ao barulho e o brilho do vidro se quebrando, caiu no pátio abaixo. Através do som do vidro, pude ouvir o "tim" do ouro, conforme algumas libras caíam nos paralelepípedos.

Corremos até lá e o vimos levantar-se do chão, incólume. Ele, subindo os degraus correndo, atravessou o pátio e abriu a porta do estábulo. Lá, virou-se e disse a nós:

– Querem me pegar de surpresa, vocês, com seus rostos pálidos e todos alinhados, como ovelhas em um abatedouro. Ainda vão se arrepender, cada um de vocês! Acham que me deixaram sem ter onde descansar, mas tenho outros. Minha vingança apenas começou! A espalho ao longo dos séculos, e o tempo está do meu lado. Suas garotas, que tanto amam, já são minhas; e, através delas, vocês e outros ainda serão meus, minhas criaturas, para obedecerem minhas ordens e serem meus chacais quando eu quiser me alimentar! Bah!

Com uma expressão de desdém, passou rapidamente pela porta, e ouvimos a tranca enferrujada ranger quando a puxou atrás de si. Uma porta mais além abriu e fechou. O primeiro de nós a falar foi o Professor, quando, percebendo a dificuldade de segui-lo através do estábulo, nos dirigimos para o saguão.

– Aprendemos alguma coisa... muita coisa! Não obstante as palavras corajosas dele, ele nos teme; ele teme o tempo, ele teme o desejo! Pois, se assim não fosse, por que sair com tanta pressa? Seu próprio tom de voz o traiu, ou meus ouvidos estão me enganando. Por que pegar aquele dinheiro? Vocês seguem rápido. São caçadores de feras selvagens, e compreendem. Quanto a mim, me certifico de que nada aqui possa ser útil a ele, caso volte.

Ao falar, colocou o dinheiro que sobrou no bolso, pegou as escrituras no monte que Harker deixara e jogou as coisas que restavam na lareira, onde ateou fogo com um fósforo.

Godalming e Morris haviam corrido para o pátio, e Harker descera pela janela para seguir o Conde. Ele havia, entretanto, trancado a porta do estábulo, e, quando conseguiram abri-la, não havia sinal dele. Van Helsing e eu tentamos perguntar para alguém atrás da casa, mas o beco estava deserto e ninguém o vira partir.

Àquela altura, já era fim de tarde, e o ocaso não tardava. Tínhamos que reconhecer que nossa chance acabara; com corações pesados, concordamos com o Professor, quando disse:

– Vamos voltar para a Madame Mina, a pobre e querida Madame Mina. O que podíamos fazer agora já foi feito. Lá, pelo menos, poderemos protegê-la. Mas não precisamos perder as esperanças. Só há mais uma caixa de terra, e precisamos tentar encontrá-la; quando isso houver sido feito, tudo ainda pode ficar bem.

Percebi que falava com tanta bravura quanto podia, para confortar Harker. O pobre coitado estava bastante abatido; ocasionalmente, dava um gemido que não conseguia suprimir: estava pensando na esposa.

Com os corações entristecidos, voltamos para minha casa, onde encontramos a Sra. Harker nos esperando, com uma aparência de animação que demonstrava sua bravura e seu altruísmo. Ao ver nossas expressões, a sua própria empalideceu: por um ou dois segundos, seus olhos se fecharam, como em uma oração secreta, e então disse, alegremente:

– Jamais poderei agradecê-los o suficiente. Ah, meu pobre querido! – Enquanto falava, segurou a cabeça grisalha do marido e a beijou. – Tudo ainda acabará bem, querido! Deus nos protegerá, se for Sua intenção.

O pobre camarada gemeu. Não havia espaço para palavras, em sua miséria sublime.

Ceamos juntos, por mera formalidade, e acho que isso nos animou um pouco. Talvez tenha sido apenas o efeito animalesco da comida sobre pessoas famintas – pois nenhum de nós comera desde o café –, ou o senso de companheirismo pode nos ter ajudado; de qualquer forma, todos ficamos menos infelizes, e vimos a manhã seguinte com um pouco de esperança. Cumprindo nossa promessa, contamos à Sra. Harker tudo o que acontecera, e, apesar de ficar pálida como a neve nos momentos em que seu marido parecia estar em perigo, e ruborescer em outros, quando sua devoção a ela se manifestava, escutou valentemente e com calma. Quando chegamos na parte em que Harker se lançara sobre o Conde de forma tão temerária, ela agarrou-se ao braço do marido e o segurou com força, como se isso o fosse proteger de qualquer mal que pudesse advir. Não disse nada, contudo, até a narração terminar, e a história chegar ao momento presente. Então, sem soltar a mão do marido, levantou-se em nosso meio e falou. Ah, se eu pudesse dar uma ideia de como foi a cena; aquela mulher tão doce e bondosa, com toda a beleza radiante de sua juventude e animação, com a marca vermelha na testa, da qual estava consciente, e que observávamos rangendo os dentes, lembrando-nos de como fora feita; sua gentileza amorosa para com nosso ódio sombrio; sua fé tenra contra todos os nossos medos e dúvidas; e nós, sabendo que, no que dizia respeito a símbolos, ela, com toda a sua bondade, pureza e fé, fora banida do reino de Deus.

– Jonathan, – disse, e a palavra soou como música em seus lábios, de tão cheia de amor e ternura, – Jonathan, querido, e vocês todos, meus amigos verdadeiros e fiéis, quero que mantenham algo em mente, durante todo esse tempo horrendo. Sei que precisam lutar, que precisam destruir, como destruíram a falsa Lucy, para que a verdadeira pudesse viver eternamente; mas isso não é um trabalho de ódio. Aquela pobre alma, que causou toda essa infelicidade, é o caso mais triste de todos. Imaginem só como será a alegria dele, quando ele, também, for destruído em sua pior parte, para que sua melhor parte possa chegar à imortalidade espiritual. Vocês também precisam ter pena dele, ainda que isso não os impeça de destrui-lo.

Enquanto falava, vi o rosto de seu marido se tornar mais sombrio e franzido, como se a paixão dentro dele o estivesse reduzindo a seu âmago. Instintivamente, segurou a mão da esposa com mais força, até que os nós de seus dedos ficassem brancos. Ela não estremeceu com a dor que eu sabia que devia estar sentindo, mas olhou para ele com uma expressão mais suplicante do que nunca. Ao terminar de falar, ele pôs-se de pé, quase arrancando a mão das dela, e disse:

– Que Deus o coloque em minhas mãos apenas pelo tempo necessário para destruir sua vida terrena que almejamos. Se, além disso, eu puder mandar sua alma para o inferno por toda a eternidade, o farei!

– Oh, silêncio, silêncio! Em nome de Deus. Não diga essas coisas, Jonathan, meu marido, ou me matará de medo e horror. Pense só, meu querido, passei todo este longo dia pensando nisso, que... talvez... um dia... eu também precise dessa piedade; e que outra pessoa como você, com igual motivo de raiva, me negue tal misericórdia! Ah, meu marido! Meu marido, eu o teria poupado deste pensamento, se houvesse outro jeito, mas rezo para que Deus não tenha levado suas palavras inconsequentes a sério, e sim como a lamúria triste de um homem muito amoroso e extremamente abatido. Deus, permita que esses cabelos brancos sejam a prova do que ele sofreu, ele, que não fez nada de errado em toda a sua vida, e sobre quem tantos infortúnios se abateram!

Nós, homens, estávamos todos em lágrimas, àquela altura. Não havia como resisti-las, e choramos abertamente. Ela também chorou, de ver que seus conselhos doces haviam prevalecido. Seu marido jogou-se de joelhos ao seu lado e, abraçando-a, escondeu o rosto nas dobras de seu vestido. Van Helsing gesticulou para nós, e saímos do cômodo, deixando os dois amantes sozinhos com seu Deus.

Antes de irem dormir, o Professor arrumou o quarto contra qualquer visita do vampiro, e assegurou à Sra. Harker de que poderia descansar em paz. Ela tentou acreditar e, obviamente pelo bem do marido, parecer contente. Foi um esforço valente, e acredito que não tenha sido em vão. Van Helsing colocara à mão um sino, que qualquer um dos dois poderia tocar em caso de emergência. Após se retirarem, Quincey, Godalming e eu combinamos que ficaríamos acordado, nos revezando durante a noite, para proteger a segurança da pobre senhora. O primeiro turno ficou com Quincey, de modo que nós que sobramos iremos para a cama assim que pudermos. Godalming já foi, pois ficará com o segundo turno. Agora que meu trabalho está terminado, eu também irei para a cama.

Diário de Jonathan Harker

3-4 de outubro, quase meia-noite. Pensei que o dia de ontem jamais acabaria. Fui tomado por um desejo de dormir, como se acreditasse cegamente que acordar significaria encontrar a situação mudada, e que qualquer mudança só poderia ser para melhor. Antes de nos despedirmos, discutimos qual seria nosso próximo passo, mas não conseguimos chegar a nenhum consenso. Tudo o que sabíamos era que ainda faltava uma caixa de terra, e que só o Conde sabia onde estava. Se ele decidir ficar escondido, poderá se esquivar de nós por anos; e, no meio tempo! A ideia é horrível demais, não ouso pensar nisso, mesmo agora. Isso eu sei: se a mulher perfeita existe, é a minha pobre e injustiçada querida. Amo-a mil vezes mais por sua doce piedade de ontem à noite, piedade esta que fez meu próprio ódio do monstro parecer desprezível. Decerto Deus não permitirá que o mundo seja prejudicado com a perda de tal criatura. Isto me dá esperança. Estamos todos à deriva, flutuando em direção aos corais, e a fé é nossa única âncora. Graças a Deus! Mina está dormindo, e sem sonhar. Tenho medo de imaginar quais são seus sonhos, com tantas lembranças terríveis para servir de base. Ela não esteve tão calma, pelo que pudesse ver, desde o pôr do sol. Então, por algum tempo, seu rosto foi tomado por uma tranquilidade que parecia a primavera depois das nevascas de março. Pensei, naquele momento, que era a suavidade do crepúsculo avermelhado sobre seu rosto, mas, por algum motivo, acho que tem um significado mais profundo. Não estou com sono, apesar de estar cansado – mortalmente cansado. Entretanto, preciso tentar dormir, pois preciso pensar no amanhã, e não terei descanso até que...

*****

Mais tarde. Devo ter pego no sono, pois fui acordado por Mina, que estava se sentando na cama, com uma expressão de surpresa. Pude enxergar facilmente, pois não deixáramos o quarto na escuridão total; ela tampou minha boca com a mão e sussurrou em meu ouvido:

– Psiu! Tem alguém no corredor!

Levantei-me com cuidado e, atravessando o quarto, abri a porta gentilmente. Logo ali fora, esticado sobre um colchão, estava o Sr. Morris, absolutamente desperto. Levantou uma mão para pedir silêncio, enquanto sussurrava para mim:

– Psiu! Volte para a cama, está tudo bem. Um de nós ficará aqui a noite toda. Não queremos nos arriscar!

Sua expressão e seu gesto proibiam qualquer discussão, então voltei e contei a Mina. Ela suspirou e uma sombra de um sorriso espalhou-se por seu rosto pálido, enquanto me abraçava e dizia, em tom suave:

– Oh, graças a Deus que existem homens corajosos!

Com um suspiro, recostou-se novamente para dormir. Escrevo isto agora, pois não estou sonolento, apesar de ter que tentar dormir de novo.

* * * * *

4 de outubro, manhã. Novamente, durante a noite, fui acordado por Mina. Desta vez, havíamos dormido bem, pois o cinza que indicava a chegada da aurora transformava as janelas em oblongos distintos, e a lamparina a gás era um pontinho, ao invés de um disco de luz. Me disse apressadamente:

– Vá chamar o Professor. Quero vê-lo imediatamente.

– Por quê? – perguntei.

– Tive uma ideia. Imagino que deva ter me ocorrido durante a noite, e maturado sem que eu percebesse. Ele precisa me hipnotizar antes de o dia raiar, e então poderei falar. Vá rápido, meu amor; a hora está chegando.

Fui até a porta. O Dr. Seward estava descansando no colchão e, ao me ver, pulou de pé.

– Há alguma coisa errada? – perguntou, alarmado.

– Não, – respondi, – mas Mina quer ver o Dr. Van Helsing imediatamente.

– Irei chamá-lo – respondeu, correndo para o quarto do Professor.

Dentro de dois ou três minutos, Van Helsing estava no quarto, de roupão, e o Sr. Morris e Lord Godalming estavam com o Dr. Seward, na porta, fazendo perguntas. Ao ver Mina, a ansiedade no rosto do Professor deu lugar a um sorriso; ele esfregou as mãos, ao dizer:

– Ah, minha querida Madame Mina, esta é mesmo uma mudança! Veja! Amigo Jonathan, conseguimos nossa querida Madame Mina, de antigamente, de volta, hoje! – Então, virando-se para ela, ele disse alegremente: – E o que posso fazer por você? Pois, a esta hora, não pode querer me ver por nada.

– Quero que o senhor me hipnotize! – respondeu ela. – O faça antes do dia chegar, pois sinto que, então, poderei falar livremente. Seja rápido, pois o tempo é curto!

Sem mais uma palavra, ele fez um gesto para pedir que ela se sentasse na cama. Encarando-a fixamente, começou a gesticular à sua frente, movendo as mãos de sua cabeça para baixo, trocando de mão. Mina olhou fixo para ele por alguns minutos, durante os quais meu coração batia como um martelo, pois senti que alguma crise estava para acontecer. Gradativamente, seus olhos se fecharam e ela ficou sentada imóvel; só pelos movimentos suaves de seu peito podia-se perceber que estava viva. O Professor fez mais alguns gestos e então parou, e pude ver que sua testa estava coberta por grandes gotas de perspiração. Mina abriu os olhos, mas não parecia ser a mesma mulher. Seu olhar estava distante, e sua voz tinha um triste tom de devaneio, que eu jamais havia ouvido. Levantando a mão para impor silêncio, o Professor gesticulou para pedir que eu chamasse os outros para dentro do quarto. Vieram nas pontas dos pés, fechando a porta atrás de si, e ficaram parados ao pé da cama, observando. Mina parecia não os ver. A imobilidade foi interrompida pela voz de Van Helsing, em um tom estável, que não quebraria a corrente dos pensamentos dela:

– Onde você está?

A resposta veio de forma neutra:

– Não sei. O sono não tem um lugar para chamar de seu.

Por muitos minutos, houve só silêncio. Mina sentava-se rígida, e o Professor estava parado de pé, encarando-a; nós mal ousávamos respirar. O quarto estava ficando mais claro; sem tirar os olhos do rosto de Mina, o Dr. Van Helsing pediu-me, com um gesto, que levantasse as cortinas. O fiz, e o dia parecia estar quase chegando. Uma faixa vermelha aparecera, e uma luz rosada parecia se espalhar pelo quarto. Naquele instante, o Professor falou novamente:

– Onde está agora?

A resposta veio em um tom sonhador, mas com intenção; parecia que ela estava interpretando alguma coisa. A ouvi usar o mesmo tom enquanto lia suas anotações taquigrafadas.

– Não sei. É tudo tão estranho para mim!

– O que está vendo?

– Não consigo ver nada, está tudo escuro.

– O que está ouvindo? – Pude detectar a tensão na voz paciente do Professor.

– Barulho de água batendo. Está murmurando em algum lugar aqui perto, e pequenas ondas estão quebrando. Posso ouvi-las do lado de fora.

– Então está em um navio?

Nos entreolhamos, tentando entender alguma coisa. Estávamos com medo de pensar. A resposta chegou rapidamente:

– Ah, sim!

– O que mais consegue ouvir?

– Os passos de homens acima, correndo de um lado para o outro. Uma corrente está rangendo, e um tilintar alto, do cabrestante entrando na cremalheira.

– O que está fazendo?

– Estou parada; completamente parada. É como a morte!

A voz se esvaiu, transformando-se em uma inspiração profunda, como de alguém que está dormindo, e os olhos abertos se fecharam novamente.

Àquela altura, o sol já saíra, e estávamos iluminados pela luz do dia. O Dr. Van Helsing colocou as mão sobre os ombros de Mina, e deitou sua cabeça gentilmente sobre o travesseiro. Ela ficou ali deitada, como uma criança adormecida, por alguns momentos, e então, com um longo suspiro, acordou e olhou, atônita, a todos nós ao seu redor.

– Estive falando enquanto dormia? – foi tudo o que disse.

Parecia, contudo, entender a situação sem que precisássemos contar, apesar de estar ansiosa para saber o que dissera. O Professor repetiu a conversa, e ela disse:

– Então, não temos um minuto a perder: ainda pode não ser tarde demais! – O Sr. Morris e Lord Godalming correram em direção à porta, mas a voz calma do Professor os chamou de volta: – Fiquem aqui, meus amigos. Aquele navio, onde quer que esteja, estava baixando a âncora enquanto ela falava. Há muitos navios baixando as âncoras neste momento, em seu grande Porto de Londres. Qual deles é o que buscam? Graças a Deus, temos uma pista novamente, apesar de não sabermos aonde nos levará. Estivemos um tanto quanto cegos; cegos como os homens costumam ficar, pois quando olhamos para o passado, vemos o que poderíamos ter visto, olhando para o futuro, se pudéssemos enxergar o que teríamos visto! Puxa, mas esta frase ficou confusa, não? Agora sabemos o que o Conde estava pensando quando agarrou o dinheiro, apesar de a feroz faca de Jonathan o colocar em um perigo que até mesmo ele temia. Ele queria fugir. Me escutem, FUGIR! Ele percebeu que, com só uma caixa de terra sobrando, e um grupo de homens atrás dele como cães perseguindo uma raposa, esta Londres não era lugar para ele. Ele está levando sua caixa de terra consigo em um navio, e saiu do país. Quer escapar, mas não! Nós o seguiremos. Presa à vista, como diria nosso amigo Arthur ao partir para a caçada! Nossa raposa velha é astuta, muito astuta, e precisamos segui-la com astúcia. Eu também sou astuto, e pensarei como ele. Enquanto isso, podemos descansar, e em paz, pois há águas entre nós que ele não quer cruzar, e que não poderia, se quisesse, a não ser que o navio aportasse, e mesmo assim só na maré cheia ou na baixa. Sabem, o sol acabou de nascer, e o dia inteiro, até o crepúsculo, é nosso. Vamos tomar banho, nos vestir e tomar café, que todos precisamos, e que poderemos tomar confortavelmente, visto que ele não está na mesma terra que nós.

Mina lançou-lhe um olhar de apelo, enquanto perguntava:

– Mas por que precisamos continuar atrás dele, se ele partiu para longe de nós?

Ele segurou sua mão e deu-lhe uns tapinhas, ao responder:

– Não me pergunte nada, por enquanto. Após tomarmos café, responderei todas as perguntas.

Não quis dizer mais nada, e nos separamos para nos vestir.

Após o café, Mina repetiu sua pergunta. Ele encarou-a seriamente por um minuto, e depois disse, em tom cabisbaixo:

– Porque, minha querida, querida Madame Mina, agora, mais do que nunca, precisamos encontrá-lo, ainda que tenhamos que segui-lo até a boca do inferno!

Ela empalideceu e perguntou fracamente:

– Por que?

– Porque – respondeu, solenemente – ele pode viver séculos, e a senhora é apenas uma mulher mortal. Temos que temer o tempo, agora, desde que ele colocou essa marca em seu pescoço.

Segurei-a bem a tempo, quando caiu para a frente, desmaiada.

CAPÍTULO XXIV

Diário Fonográfico do Dr. Seward, ditado por Van Helsing

Isto é para Jonathan Harker.

O senhor deve ficar com sua querida Madame Mina. Iremos fazer nossa busca, se é que posso chamar assim, pois não é uma busca, e sim informações, e só queremos confirmação. Porém, fique e cuide dela, hoje. Esta é sua melhor e mais sagrada tarefa. Hoje, ninguém poderá encontrar o Conde aqui. Deixe--me contar a você, para que saiba o que nós quatro já sabemos, pois contei a eles. Ele, o nosso inimigo, partiu; voltou para seu castelo na Transilvânia. Tenho tanta certeza disso quanto teria se alguma enorme mão de fogo houvesse escrito isso em uma parede. Ele se preparou para isso, de alguma forma, e aquela última caixa de terra estava pronta para partir para o navio, em algum lugar. Foi para isso que ele levou o dinheiro; por isso que ele se apressou, da última vez, para que não o pegássemos antes do pôr do sol. Era sua última esperança, exceto se esconder na tumba que ele acha que a pobre Srta. Lucy, que ele pensa ser igual a ele, mantém aberta para ele. Mas não havia tempo. Quando isso falhou, ele foi direto para seu último recurso – sua última toca, se eu quisesse fazer um jogo de palavras. Ele é esperto, muito esperto! Sabe que sua jogada aqui acabou, então decidiu voltar para casa. Encontrou algum navio que passava pela rota por onde veio, e embarcou nele. Agora estamos indo descobrir que navio é este, e qual é seu destino; após termos descoberto isso, voltaremos e contaremos tudo a vocês. Pois terão esperanças, quando pensarem bem: nem tudo está perdido. Esta criatura que perseguimos levou centenas de anos para chegar até Londres, e no fim das contas, quando descobrimos sua localização, o expulsamos. Ele é finito, apesar de ter poder para causar muitos males, e não sofrer como sofremos. Mas somos fortes, cada um com seu propósito; e somos muito mais fortes juntos. Renove suas esperanças, caro marido da Madame Mina. A batalha apenas começou, e venceremos, no final; estou tão certo disso quanto do fato de que Deus está lá em cima, protegendo seus filhos. Portanto, fique tranquilo até voltarmos.

Van Helsing.

Diário de Jonathan Harker.

4 de outubro. Ao ler para Mina a mensagem de Van Helsing no fonógrafo, a pobrezinha se animou consideravelmente. A própria certeza de que o Conde saiu do país lhe confortou, e isso lhe deu forças. Quanto a mim, agora que este horrível perigo não está cara a cara conosco, parece-me quase que impossível acreditar nele. Até mesmo minhas próprias terríveis experiências no Castelo Drácula parecem um sonho há muito esquecido. Aqui, no ar frio de outono, sob o sol brilhante...

Ó! Mas como posso não acreditar! No meio de meus pensamentos, meu olhar pousou sobre a marca vermelha na testa branca de minha pobre amada. Enquanto ela perdurar, não posso deixar de acreditar. E, depois, a lembrança disso manterá minha fé cristalina. Mina e eu não queremos ficar ociosos, então repassamos todos os diários, de novo e de novo. De alguma forma, apesar de tudo parecer cada vez mais firme, a dor e o medo parecem menores. Há algo parecido com um propósito que nos guia, se manifestando ao longo de toda a história, que é reconfortante. Mina diz que talvez sejamos os instrumentos do bem maior. Pode ser! Tentarei pensar como ela.

Ainda não conversamos sobre o futuro. É melhor esperarmos para ver o Professor e os outros, após suas investigações.

O dia está passando mais rápido do que pensei que um dia pudesse passar, para mim. Já são três horas.

Diário de Mina Harker.

5 de outubro, 17:00. Nossa reunião para a apresentação de relatos. Presentes: Professor Van Helsing, Lord Godalming, Dr. Seward, Sr. Quincey Morris, Jonathan Harker, Mina Harker.

O Dr. Van Helsing descreveu as medidas que tomaram durante o dia, para descobrir em que navio e para onde o Conde Drácula fugira.

– Como sabia que ele queria voltar para a Transilvânia, tive a certeza de que teria que passar pela foz do Danúbio, ou algum lugar no Mar Negro, já que foi por lá que veio. Tínhamos uma folha em branco à nossa frente. *Omne ignotum pro magnifico*; assim, com os corações pesados, começamos a investigar que navios partiram para o Mar Negro ontem à noite. Estava em um veleiro, pois a Madame Mina mencionou velas sendo erguidas. Estes navios não são importantes o suficiente para aparecer na lista de navegação do jornal Times, então fomos, por sugestão de Lord Godalming, para o Lloyd's, onde há registros de todos os veleiros, por menores que sejam. Lá, descobrimos que só um navio que se dirigia para o Mar Negro com a maré alta. É o "Czarina Catarina", que partiu do cais Doolittle para Varna, e de lá para outras localidades e subindo o Danúbio. "Então!", disse eu, "é neste navio que está o Conde". Assim, partimos para o cais Doolittle, e lá encontramos um homem, em um escritório de madeira tão pequeno, que o homem parecia maior do que ele. Perguntamos sobre a rota do "Czarina Catarina". Ele falou vários palavrões, e tinha a cara vermelha e a voz alta, mas era um bom camarada, mesmo assim. E, quando Quincey deu-lhe algo de seu bolso, que crepitou quando enrolou e colocou em uma bolsinha escondida em suas roupas, ele se tornou um camarada ainda mais simpático e nosso humilde servo. Foi conosco e perguntou a muitos homens rudes e suados; estes também ficaram mais simpáticos, quando sua sede foi saciada. Falaram muito sobre droga e porcaria[29], e outras coisas que não entendi, mas acho que sei o que significam; ainda assim, nos disseram o que queríamos saber. Nos contaram que, na tarde passada, lá pelas cinco horas, chegou um homem apressado. Um homem alto, magro e pálido, com um nariz aquilino e dentes extremamente brancos, e olhos que pareciam estar em chamas. Disseram que estava vestido todo de preto, só que usava um chapéu de palha que não combinava com ele, nem com o clima. Falaram que gastou muito dinheiro para descobrir rapidamente que navio zarpava para o Mar Negro, e por onde passaria. Alguém o levou para o escritório e depois para o navio, no qual não embarcou, e sim parou no começo da prancha de embarque e pediu que o capitão viesse falar com ele. O capitão veio, ao ser informado de que seria bem pago; e, apesar de xingar muito logo de início, concordou com seus termos. E então, o homem magro foi, e alguém disse a ele onde poderia contratar uma charrete e cavalos. Foi até lá e logo voltou, dirigindo, ele mesmo, uma carroça que carregava uma grande caixa; esta, ele mesmo descarregou, apesar de terem sido necessários vários homens para colocá-la no compartimento de carga do navio. Falou muito com o capitão sobre como e onde sua caixa deveria ser colocada, mas o capitão não gostou, e o xingou em muitas línguas, dizendo que, se ele quisesse, poderia ir até lá para ver onde a caixa ficaria. Mas ele disse "não", que não embarcaria ainda, pois tinha muito o que fazer. Naquele momento, o capitão disse a ele que era melhor se apressar – droga –, pois seu navio partiria – daquela porcaria – antes de a maré mudar – droga. Então, o homem magro sorriu e disse que obviamente que o capitão deveria partir quando achasse melhor; mas que ficaria surpreso se partisse tão cedo. O capitão praguejou novamente, poliglota, e o homem magro fez uma reverência, agradeceu a ele e disse que aproveitaria sua gentileza embarcando no navio antes da partida. Finalmente, o capitão, mais vermelho do que nunca, e em mais línguas ainda, disse a ele que não queria nenhum francês com droga e com porcaria em seu navio, que também tinha porcaria. Assim,

29 N. da T.: No original, "blood and bloom"; jeito educado de Stoker indicar que os marinheiros usaram linguajar profano.

após perguntar onde haveria, ali por perto, um navio onde pudesse comprar formulários de navegação, partiu. Ninguém sabia para onde tinha ido, "nem ligava para aquela droga", como disseram, pois tinham mais em que pensar – novamente em porcaria. Pois logo ficou aparente para todos que o "Czarina Catarina" não zarparia como fora esperado. Uma névoa fina começou a vir do rio, e cresceu, e cresceu; até que uma neblina densa engolfou o navio e tudo ao seu redor. O capitão praguejou, poliglota, muito poliglota, cheio de droga e porcaria, mas não pôde fazer nada. A água subia cada vez mais, e ele começou a ficar com medo de perder a maré completamente. Não estava de bom humor, quando, logo quando a maré subiu, o homem magro apareceu na prancha novamente e pediu para ver onde sua caixa fora colocada. O capitão respondeu que queria que ele e sua caixa – com muita droga e porcaria – estivessem no inferno. Mas o homem magro não se ofendeu, e desceu com o contramestre, viu onde a caixa fora colocada, subiu e ficou parado de pé sobre o convés, em meio à névoa. Deve ter saído sozinho, pois ninguém reparou nele. Na verdade, nem pensaram nele, pois logo a névoa começou a se dissipar, e tudo ficou claro novamente. Nossos amigos, sedentos e cujo linguajar incluía muitas drogas e porcaria, riram enquanto contavam como o capitão xingou em mais línguas do que o normal, e estava ainda mais pitoresco, ao descobrir, após perguntar a outros marinheiros que subiam e desciam o rio naquele momento, que poucos deles haviam visto qualquer névoa, exceto onde estava, ao redor do cais. Contudo, o navio partiu na maré vazante e, sem dúvida, pela manhã já estava na foz do rio. Àquela altura, pelo que nos disseram, já estava em mar aberto. Assim, minha cara Madame Mina, é por isso que precisamos descansar por um tempo, pois nosso inimigo está em alto-mar, com a névoa sob seu comando, a caminho da foz do Danúbio. Navegar leva tempo, o barco nunca vai rápido; e, quando partirmos, seremos mais rápidos por terra, e o encontraremos lá. Nossa maior esperança é encontrá-lo quando estiver dentro da caixa, entre a aurora e o crepúsculo, pois então não poderá lutar, e conseguiremos lidar com ele como devemos. Temos dias pela frente, durante os quais poderemos criar nosso plano. Sabemos tudo sobre aonde ele está indo, pois encontramos o proprietário do navio, que nos mostrou as faturas e todos os documentos possíveis. A caixa que buscamos será desembarcada em Varna, e entregue a um agente, um tal de Ristics, que lá apresentará suas credenciais; assim, nosso amigo mercante terá cumprido a sua parte. Ao perguntar se havia algo de errado, para que ele pudesse telegrafar e fazer indagações em Varna, dissemos que não, pois o que precisa ser feito não é trabalho para a polícia ou a alfândega. Deve ser feito somente por nós, e do nosso jeito.

Quando o Dr. Van Helsing acabou de falar, perguntei se estava certo de que o Conde permaneceria dentro do navio. Ele respondeu:

– Temos a melhor prova disso: sua própria evidência, durante o transe hipnótico de hoje de manhã.

Perguntei novamente se seria mesmo necessário perseguirem o Conde, pois tinha muito medo de Jonathan me deixar, e sei que ele certamente iria, se os outros fossem. Ele respondeu com um entusiasmo crescente, com voz baixa, de início. Conforme prosseguiu, contudo, foi ficando cada vez mais bravo e energético, até que, no final, percebemos claramente uma parte daquela personalidade dominante que há tanto tempo o transformara em um mestre entre os homens:

– Sim, é necessário, absolutamente necessário! Pelo seu próprio bem, em primeiro lugar, e depois pelo bem da humanidade. Este monstro já causou muitos males, no escopo estreito onde ele se encontra, e durante o pouco tempo em que fora somente um corpo tateando no escuro, sem saber de nada. Já contei tudo isso aos outros; a senhora, minha cara Madame Mina, ficará sabendo pelo fonógrafo de meu amigo John, ou no registro de seu marido. Contei a eles que a saída do Conde, de sua própria terra estéril, estéril de pessoas, e sua vinda para uma nova terra, onde a vida humana abundante faz com que as pessoas pareçam uma plantação de milho, foi o resultado de um trabalho de séculos. Se outro morto-vivo, como ele, tentasse fazer o que ele fez, talvez nem todas as eras do planeta, que já passaram ou que estão por vir, poderiam ajudá-lo. Com ele, todas as forças ocultas, profundas e fortes da natureza trabalharam em conjunto, de alguma forma estupenda. O próprio lugar onde ele esteve vivo e morto-vivo, durante todos esses séculos, é cheio de coisas estranhas, de natureza geológica e química. Há cavernas profundas e fissuras que chegam até Deus sabe onde. Houve vulcões, cujas bocas ainda soltam águas com propriedades estranhas e gases que matam ou rejuvenescem. Indubitavelmente, há algo de magnético ou elétrico em algumas dessas combinações de forças ocultas, que trabalham em prol da vida física, de alguma forma esquisita; e ele mesmo teve, logo de início, certas qualidades maravilhosas. Em tempos duros e bélicos, ele foi celebrado por ter nervos mais fortes, uma mente mais sutil e um coração mais valente do que qualquer outro homem. Nele, algum princípio vital descobriu seu ápice de uma forma estranha; e, conforme seu corpo vai ficando mais forte, cresce e viceja, também cresce sua mente. Tudo isso sem aquele auxílio diabólico que, com certeza, tem; pois tem que ceder aos poderes que advêm e simbolizam o bem. E agora, é isso o que ele é para nós. Ele a infectou... perdoe-me, minha querida, por ter que dizer isso; mas é pelo seu próprio bem que o digo. Ele a infectou de tal forma, que ainda que ele não faça mais nada, a senhora só precisa viver: viver de sua antiga e amável maneira. E assim, com o tempo, a morte, que é o destino comum a todos os homens, e com a sanção de Deus, a transformará na mesma coisa que ele. Isso não pode acontecer! Juramos, todos juntos, que não acontecerá. Portanto, somos ministros da vontade do próprio Deus: que o mundo, e as pessoas pelas quais Seu Filho morreu, não sejam tomados por monstros, cuja própria existência o difama. Ele já nos permitiu resgatar uma alma, e partiremos como os antigos cavaleiros da Cruz, resgatar outras. Como eles, viajaremos na direção da aurora, e, como eles, se morrermos, morreremos por uma boa causa..

Ele pausou, então falei:

– Mas o Conde não estará pronto para tal ataque? Já que foi expulso da Inglaterra, não o evitará, como um tigre faz com o vilarejo onde foi caçado?

– Aha! – respondeu. – Seu símile do tigre é bom, o adotarei. O comedor de pessoas, como chamam na Índia o tigre que experimentou o sangue de uma pessoa, não se importa com as outras presas, e sim perambula até que a encontra. Isto que caçamos, de nosso vilarejo, também é um tigre, um comedor de pessoas, e ele nunca deixa de caçar. Não, sua personalidade não é do tipo que se retira e fica longe. Durante a vida, sua vida de verdade, ele cruzou a fronteira com a Turquia e atacou seu inimigo em seu próprio terreno; foi rechaçado, mas ficou longe? Não! Voltou, de novo, e de novo, e de novo. Veja só suas persistência e resistência. Com sua mente infantil, ele concebeu a ideia de vir para uma grande cidade há tempos. O que ele fez? Descobriu o lugar, dentro todos os do mundo, que lhe seria mais promissor. Então, começou a preparar-se deliberadamente para a tarefa. Descobriu que sua paciência faz, junto com sua força, parte de seus poderes. Estudou novos idiomas. Aprendeu sobre os novos costumes sociais; o novo ambiente dos assuntos antigos, a política, a lei, as finanças, a ciência, os hábitos de uma nova terra e de um novo povo, que surgiu depois dele. O vislumbre que teve só aguçou seu apetite e aumentou seu desejo. Na verdade, ajudou a amadurecer sua mente, pois tudo isso provou para ele quão certo ele estivera, em suas primeiras suposições. Fez tudo isso sozinho, completamente sozinho! De uma tumba em ruínas, em uma terra esquecida. O que mais não poderá fazer, quando o resto do mundo pensante estiver aberto a ele? Ele, que ri da morte, como sabemos; que floresce em meio a doenças que arrasam povos inteiros. Oh, se ele houvesse vindo de Deus, e não do demônio, que força para o bem ele não poderia ser, neste nosso velho mundo! Mas fizemos uma promessa de libertar o mundo. Nosso trabalho deverá ser feito em silêncio, e todos os nossos esforços em segredo; pois, nesta era do esclarecimento, quando os homens não acreditem nem no que veem, as dúvidas dos sábios seriam sua maior força. Seriam, ao mesmo tempo, sua espada e sua armadura, e suas armas para nos destruir, nós, seus inimigos, que estamos dispostos a arriscar até mesmo nossas próprias almas pelos nossos entes queridos, pelo bem da humanidade e pela honra e glória de Deus.

Após uma discussão geral, ficou decidido que, naquela noite, nada seria estabelecido definitivamente; que todos dormiríamos para digerir os fatos, e tentaríamos pensar nas conclusões adequadas. Amanhã, na mesa do café, nos reencontraremos e, após informarmos uns aos outros sobre nossas conclusões, determinaremos um modo de ação definitivo.

*****

Tive uma maravilhosa sensação de paz e descanso, esta noite. É como se alguma presença ameaçadora houvesse sido removida. Talvez...

Minha suposição não foi concluída; não poderia ter sido, pois enxerguei, no espelho, a marca vermelha em minha testa, e soube que continuava impura.

Diário do Dr. Seward.

5 de outubro. Todos levantamos cedo, e acho que o sono fez muito bem a todos. Quando nos encontramos para o café, logo cedo, havia uma alegria generalizada maior do que qualquer um de nós esperara sentir novamente.

É mesmo maravilhoso, quanta resiliência tem a natureza humana. Basta qualquer obstrução, não importa qual, ser removida, de qualquer jeito – até mesmo pela morte – e voamos de volta para os primeiros princípios da esperança e da felicidade. Mais de uma vez, enquanto estávamos sentados ao redor da mesa, arregalei os olhos ao imaginar se os últimos dez dias não tinham sido um sonho. Foi só quando vislumbrei a mancha vermelha na testa da Sra. Harker que caí na realidade. Até mesmo agora, quando reexamino seriamente a questão, é quase que impossível perceber que a causa de todos os nossos problemas continua existindo. Até a Sra. Harker parece esquecer seus problemas por vários minutos; é só de vez em quando, quando algo a faz lembrar, que ela pensa sobre sua terrível cicatriz. Nos encontraremos aqui em meu escritório dentro de meia hora, e decidiremos como agir. Vejo só uma dificuldade imediata, que percebo por instinto, ao invés de racionalidade: todos teremos que falar francamente, mas, mesmo assim, temo que a Sra. Harker seja impedida de falar, por algum motivo misterioso. *Sei* que ela tira suas próprias conclusões, e, depois de tudo o que aconteceu, consigo imaginar quão brilhantes e verdadeiras estas sejam; mas ela não as fala em voz alta, ou não consegue falar. Mencionei isso a Van Helsing, e eu e ele conversaremos quando estivermos sozinhos. Suponho que seja aquele horrível veneno que entrou em suas veias, que está começando a funcionar. O Conde teve seus próprios objetivos, quando deu a ela o que Van Helsing chamou de "o batismo de sangue do vampiro". Bom, pode haver um veneno que seja destilado de coisas boas; em uma época onde a existência da ptomaína é um mistério, não podemos duvidar de nada! De uma coisa eu sei: se meus instintos estiverem certos em relação aos silêncios da pobre Sra. Harker, teremos uma terrível dificuldade, um perigo desconhecido, na tarefa à nossa frente. O mesmo poder que a faz ficar calada pode forçá-la a falar. Não ouso pensar mais sobre isso, pois senão desonraria, em meus pensamentos, uma nobre mulher!

Van Helsing virá para meu escritório um pouco antes dos outros. Tentarei falar do assunto com ele.

*****

Mais tarde. Quando o Professor entrou, discutimos o estado das coisas. Pude perceber que tinha algo em sua mente, que queria me dizer, mas sentia alguma hesitação quanto a começar o assunto. Após tergiversar um pouco, disse de repente:

– Meu amigo John, há algo que precisamos discutir sozinhos, pelo menos, logo de início. Depois, poderemos ter que confessar para os outros – Naquele ponto, parou de falar, de modo que esperei. Prosseguiu: – A Madame Mina, nossa pobre e querida Madame Mina, está mudando. – Um arrepio passou pelo meu corpo, ao ouvir meus piores medos endossados de tal forma. Van Helsing continuou: – Com a triste experiência da Srta. Lucy, precisamos, desta vez, estar alertas antes que as coisas cheguem longe demais. Nossa tarefa agora está, na verdade, mais difícil do que nunca, e este novo problema faz com que cada hora seja crucial. Consigo ver as características do vampiro aparecendo no rosto dela. Por ora, estão extremamente fracas; mas podem ser vistas, se tivermos olhos para notar sem preconceito. Seus dentes estão um pouco mais afiados e, às vezes, seu olhar está mais duro. Mas isso não é tudo, agora ela fica frequentemente em silêncio, assim como fazia a Srta. Lucy. Não disse nada, nem mesmo quando escreveu o que quis que ficássemos sabendo mais tarde. Agora, este é meu medo. Se Ela conseguir, com nosso transe hipnótico, nos dizer o que o Conde vê e escuta, não é verdade que ele, que a hipnotizou primeiro, que bebeu o sangue dela, e a fez beber o dele, não conseguirá, se quiser, forçar a mente dela a divulgar a ele o que ela sabe? – Aquiesci com a cabeça, e ele continuou: – Então, o que precisamos fazer é impedir que isso aconteça; precisamos mantê-la ignorante de nossas intenções, para que não possa contar o que não sabe. É uma tarefa dolorosa! Tão dolorosa que parte meu coração só de pensar. Mas precisa ser feita. Quando nos encontrarmos, hoje, devo dizer a ela que, por um motivo que não mencionaremos, ela não poderá mais fazer parte de nosso conselho, e sim ser apenas protegida por nós.

Ele enxugou a testa, que fora tomada por uma perspiração profusa ao pensar na dor que teria que causar à pobre alma que já fora tão atormentada. Eu sabia que o confortaria ligeiramente se eu dissesse que chegara à mesma conclusão, pois, de qualquer forma, acabaria com a dor da dúvida. Assim, contei-lhe e o efeito foi o que esperava.

Está chegando a hora de nossa reunião geral. Van Helsing saiu para se preparar para ela, e para o papel doloroso que terá que desempenhar nela. Acho, na verdade, que o que deseja é poder rezar sozinho.

*****

Mais tarde. Logo no início de nossa reunião, eu e Van Helsing tivemos um grande alívio. A Sra. Harker mandara uma mensagem, através de seu marido, dizendo que não se juntaria a nós naquele momento, pois achava que seria melhor podermos discutir livremente nossos movimentos, sem sua presença para nos coibir. O Professor e eu nos entreolhamos por um instante e, de alguma forma, ambos parecemos aliviados. De minha parte, achei que, se a Sra. Harker percebesse o perigo por si mesma, muitas dores e muitos perigos seriam evitados. Sob as circunstâncias, concordamos, através de olhares de indagação e de resposta, com o dedo aos lábios, manter nossas suspeitas em silêncio, até que pudéssemos discutir a sós novamente. Nos lançamos imediatamente ao nosso plano de campanha. Van Helsing colocou os fatos básicos à nossa frente primeiro:

– O "Czarina Catarina" saiu do Tâmisa ontem de manhã. Se viajar na maior velocidade que já alcançou, levará pelo menos três semanas para chegar em Varna; mas podemos viajar, por terra, para o mesmo lugar, em três dias. Agora, se imaginarmos que a viagem de navio demore dois dias a menos, devido às influências climáticas que sabemos que o Conde pode exercer; e se concedermos um dia e uma noite inteiros para quaisquer atrasos que possam acontecer conosco, teremos uma margem de quase duas semanas. Assim, para nos assegurarmos, precisamos partir no máximo no dia 17. Então, estaremos, de qualquer forma, em Varna um dia antes de o navio chegar, e poderemos fazer os preparativos necessários. É claro que iremos todos armados contra coisas malignas, espirituais e físicas.

Naquele momento, Quincey Morris acrescentou:

– Entendo que o Conde vem de uma região cheia de lobos, e pode chegar lá antes de nós. Proponho que acrescentemos espingardas Winchester a nosso armamento. Tenho uma espécie de fé na Winchester, quando há qualquer tipo de problema. Lembra, Art, quando estávamos sendo perseguidos pela matilha em Tobolsk? O que não teríamos feito, naquele momento, por um repetidor para cada um!

– Que bom! – disse Van Helsing. – Levaremos espingardas Winchester. Quincey é sensato o tempo todo, mas ainda mais quando se trata de caçadas, metáforas sendo mais desonrosas para a ciência do que lobos são perigosos para o homem. Enquanto isso, não podemos fazer mais nada, aqui; e, já que imagino que nenhum de nós conhece Varna, por que não irmos para lá mais cedo? Será uma espera tão longa lá quanto aqui. Podemos nos aprontar hoje e amanhã, e então, se tudo der certo, nós quatro poderemos iniciar nossa jornada.

– Nós quatro? – perguntou Harker, olhando de um para outro.

– É claro! – respondeu o Professor, rapidamente. – Você deve ficar aqui, para cuidar de sua amável esposa!

Harker ficou em silêncio por um tempo, e então disse, em uma voz grave:

– Vamos falar sobre isso pela manhã. Quero consultar Mina.

Imaginei que aquele fosse o momento ideal para Van Helsing avisar a ele que não deveria contar nossos planos para ela, mas ele não fez nada.

Lancei-lhe um olhar significativo e tossi. Em resposta, ele levou o dedo aos lábios e virou-se de costas.

Diário de Jonathan Harker.

5 de outubro, à tarde. Por algum tempo depois de nossa reunião de hoje de manhã, não consegui pensar. As novas etapas estão deixando minha cabeça atordoada, de tal forma que não há espaço para pensamento ativo. A determinação de Mina, de não tomar parte em qualquer discussão, me fez pensar; e, como não pude discutir o assunto com ela, só posso adivinhar. Estou tão distante de uma solução, agora, quanto antes. O modo como os outros aceitaram sua decisão também me deixou perplexo. Da última vez que discutimos esta questão, concordamos que não esconderíamos mais nada uns dos outros. Mina está dormindo, agora, calma e docemente como uma criança. Seus lábios estão curvados e seu rosto brilha de contentamento. Graças a Deus ela ainda pode ter estes momentos.

* * * * *

Mais tarde. Tudo está muito estranho. Fiquei ali sentado, observando o sono feliz de Mina, e cheguei tão perto de me sentir feliz quanto imagino que seja possível. Conforme a noite caía, e a terra se recobria das sombras da descida do sol, o silêncio no quarto foi se tornando cada vez mais solene. Repentinamente, Mina abriu os olhos e, encarando-me com ternura, disse:

– Jonathan, quero que me prometa uma coisa, por sua palavra de honra. Uma promessa feita a mim, mas de forma sagrada e aos ouvidos de Deus, que não deve ser descumprida, ainda que eu caia de joelhos e implore com lágrimas nos olhos. Depressa, precisa me prometer imediatamente.

– Mina, – respondi, – uma promessa dessas não posso fazer imediatamente. Posso não ter o direito de fazê-la.

– Mas querido, – disse, com uma intensidade tão espiritual que seus olhos brilhavam como estrelas, – sou eu que estou pedindo; e não é por mim mesma. Pode perguntar ao Dr. Van Helsing se não estou certa; se ele discordar, pode fazer o que quiser. Não, digo mais, se vocês todos concordarem, mais tarde, você estará liberado da promessa.

– Prometo! – respondi, e, por um momento, ela ficou extremamente feliz, apesar de eu estar impedido de sentir qualquer felicidade por ela, devido à marca vermelha em sua testa. Ela disse:

– Prometa-me que não me contará nada sobre os planos feitos para o ataque ao Conde. Nem através de palavras, nem por inferências ou implicações; em momento algum, enquanto isto permanecer em mim! – disse solenemente, apontando para a marca. Vi que estava falando sério, e respondi, em tom sério:

– Prometo! – e, enquanto o dizia, senti que, daquele instante em diante, uma porta se fechara entre nós.

*****

Mais tarde, à meia-noite. Mina passou a noite toda animada e alegre. Tão animada, que todos os outros pareceram ser encorajados, como se houvessem sido infectados por sua alegria; em decorrência disso, até mesmo eu me senti como se as sombras que pesam sobre nós tivessem sido expulsas. Todos fomos para a cama cedo. Mina está dormindo como uma criança; é maravilhoso o fato de ainda conseguir dormir, em meio a seus terríveis problemas. Agradeço a Deus por isso, pois pelo menos consegue esquecer de suas preocupações. Talvez seu exemplo possa me afetar, como sua alegria o fez, esta noite. Tentarei. O que não faria por um sono sem sonhos!

*****

6 de outubro, manhã. Outra surpresa. Mina me acordou cedo, mais ou menos no mesmo horário de ontem, e pediu-me que chamasse o Dr. Van Helsing. Pensei que fosse para outro hipnotismo e, sem questionar, fui até o Professor. Ficou claro que ele esperava tal chamado, pois encontrei-o vestido, em seu quarto. A porta estava entreaberta, então pude ouvir a porta de

nosso quarto se abrir. Ele veio imediatamente; enquanto entrava no quarto, perguntou a Mina se os outros poderiam vir, também.

Não – disse ela, simplesmente, – não será necessário. O senhor pode contar a eles. Preciso ir com vocês em sua jornada.

O Dr. Van Helsing ficou tão perplexo quanto eu. Após uma pausa de alguns segundos, perguntou:

– Mas por quê?

– Precisam me levar junto. Estarei mais segura com vocês, e vocês estarão mais seguros, também.

– Mas por que, Madame Mina? A senhora sabe que sua segurança é nosso dever mais solene. Estamos indo em direção a um perigo ao qual a senhora é, ou pode ser, mais vulnerável do que qualquer um de nós, devido às circunstâncias ou coisas que aconteceram. – Interrompeu-se, embaraçado.

Enquanto ela respondia, levantou um dedo e apontou para a testa:

– Eu sei. É por isso que preciso ir. Agora, enquanto o sol está brilhando, posso falar com o senhor; pode ser que não consiga de novo. Sei que, quando o Conde me ordenar, terei que ir até ele. Sei que, se ele ordenar que eu vá em segredo, precisarei usar artimanhas; qualquer ardil para enganar, até mesmo Jonathan. – Deus foi testemunha do olhar que ela me lançou enquanto falava, e, se houver mesmo um anjo que mantém os registros celestiais, o olhar dela ficou anotado em sua honra eterna. Tudo o que pude fazer foi agarrar sua mão. Não conseguia falar; minhas emoções eram fortes demais, até mesmo para o alívio das lágrimas. Ela prosseguiu: – Vocês, homens, são corajosos e fortes. Sua força está nos números, pois podem desafiar o que destruiria a resiliência humana daquele que tivesse que resistir sozinho. Além disso, posso ser útil, já que o senhor poderá me hipnotizar e, assim, descobrir aquilo que nem eu mesma sei.

O Dr. Van Helsing disse, muito seriamente:

– Madame Mina, a senhora é, como sempre, muito sábia. Virá conosco, e juntos, faremos o que partimos para alcançar.

Ao terminar de falar, o longo período de silêncio de Mina me fez olhar para ela. Recostara-se no travesseiro, adormecida; não acordou nem mesmo quando abri a cortina e deixei a luz do sol entrar, banhando o quarto. Van Helsing fez um gesto, pedindo que o seguisse em silêncio. Fomos para seu quarto e, dentro de um minuto, Lord Godalming, Dr. Seward e o Sr. Morris estavam conosco. Contou a eles o que Mina dissera, e acrescentou:

– Pela manhã, partiremos para Varna. Agora temos que lidar com um novo fator: Madame Mina. Ah, mas a alma dela é verdadeira. É agonizante para ela, contar-nos tanto quanto contou; mas fez a coisa certa, e fomos avisados a tempo. Não podemos perder nenhuma chance e, em Varna, precisaremos estar prontos para agir, no instante em que o navio chegar.

– O que faremos, exatamente? – perguntou o Sr. Morris, laconicamente. O Professor fez uma pausa antes de responder:

– Primeiro, entraremos naquele navio; então, quando houvermos identificado a caixa, colocaremos um ramo de rosa selvagem nela. O amarraremos na caixa, pois, quando estiver nela, ninguém poderá sair; pelo menos, é o que diz a superstição. E precisamos, de início, confiar na superstição, pois era, antigamente, a fé dos homens, e ainda tem suas raízes na fé. Então, quando conseguirmos a oportunidade que buscamos, quando ninguém estiver perto para nos ver, abriremos a caixa e... e tudo ficará bem.

– Não esperarei oportunidade nenhuma – disse Morris. – Quando vir a caixa, a abrirei e destruirei o monstro, ainda que haja mil homens me observando e que eu seja morto por isso no momento seguinte!

Agarrei a mão dele instintivamente, e percebi que era firme como um pedaço de aço. Acho que ele entendeu meu olhar; espero que tenha entendido.

– Bom garoto – disse o Dr. Van Helsing. – Garoto corajoso. Quincey é um homem de verdade. Que Deus o abençoe por isso. Minha criança, acredite, nenhum de nós ficará para trás, ou hesitará por medo. Só estou dizendo o que podemos fazer, o que devemos fazer. Mas, realmente, não podemos dizer o que faremos de verdade. Tantas coisas podem acontecer, e seus caminhos e resultados são tão variados que, até o momento, não podemos dizer. Todos estaremos armados, de todas as formas; e, quando chegar o momento final, nossos esforços não falharão. Agora, vamos usar o dia de hoje para colocar nossos assuntos em ordem. Vamos concluir todas as coisas relativas a nossos entes queridos, ou àqueles que dependem de nós, pois nenhum de nós sabe o que, quando ou como será o final. Quanto a mim, meus próprios assuntos estão regulares, e, como não tenho mais nada a fazer, irei fazer os preparativos para a viagem. Terei todas as passagens e outras coisas para a nossa jornada.

Não havia mais nada a ser dito, de forma que partimos. Agora, resolverei todos os meus assuntos terrenos, e me prepararei para o que quer que aconteça...

* * * * *

Mais tarde. Está tudo pronto; meu testamento foi feito, e está concluído. Mina, se sobreviver, é minha única herdeira. Se assim não acontecer, os outros, que foram tão bons conosco, ficarão com o que sobrar.

O crepúsculo se aproxima; a inquietação de Mina me chama a atenção. Estou certo de que tem alguma coisa em mente, que o momento exato do crepúsculo revelará. Estas ocasiões estão se tornando momentos angustiantes para nós, pois cada nascer e pôr do sol traz algum perigo novo, alguma nova dor, que pode, contudo, pela vontade de Deus, ser um meio para um bom fim. Escrevo todas essas coisas no diário, pois minha amada não as pode ouvir, agora; mas, se tiver a oportunidade de lê-las no futuro, estarão prontas.

Ela está me chamando.

CAPÍTULO XXV

Diário do Dr. Seward

11 de outubro, à noite. Jonathan Harker pediu que eu anotasse isso, pois diz que não conseguiria fazê-lo de modo algum, e quer um registro exato.

Acho que nenhum de nós ficou surpreso ao ser chamado para ver a Sra. Harker, um pouco antes do sol se pôr. Recentemente, compreendemos que a aurora e o crepúsculo são, para ela, momentos de uma liberdade peculiar, quando seu eu antigo pode se manifestar sem nenhuma força controladora a dominando ou restringindo, ou incitando-a a agir. Este humor, ou esta condição, começa cerca de meia hora ou mais antes da aurora ou do crepúsculo, e dura até o sol estar a pino ou enquanto as nuvens ainda estejam brilhantes com os raios que fulguram acima do horizonte. Primeiro, há algum tipo de condição negativa, como se alguma amarra fosse solta, e então a liberdade absoluta se segue rapidamente; porém, quando a liberdade cessa, a mudança ou o relapso vem célere, precedidos somente por um período de silêncio, que serve de aviso.

Hoje à noite, quando nos encontramos, ela estava um tanto quanto contida, e exibia todos os sinais de uma luta interna. Creditei isso a ela estar fazendo um esforço violento, no primeiro instante em que foi possível. Alguns poucos minutos, entretanto, deram a ela o controle completo de si mesma; então, fazendo um gesto para que seu marido se sentasse ao seu lado, no sofá onde estava reclinada, fez com que o resto de nós trouxesse cadeiras bem para perto. Pegando a mão do marido, começou:

– Estamos todos aqui juntos em liberdade, talvez pela última vez! Eu sei, querido; sei que você estará sempre comigo, até o fim. – Isto foi dito a seu marido, cuja mão visivelmente agarrara a dela mais forte. – Pela manhã, partiremos em nossa tarefa, e só Deus sabe o que o futuro reserva para cada um de nós. Farão a bondade de me levar com vocês. Sei que farão tudo o que homens valentes e honestos podem fazer por uma pobre mulher fraca, cuja alma talvez esteja perdida... não, ainda não, mas está, de qualquer forma, em risco. Mas precisam se lembrar que não sou como vocês. Há um veneno em meu sangue, em minha alma, que pode me destruir; que me destruirá, a não ser que tenhamos algum alívio. Ah, meus amigos, vocês sabem tão bem quanto eu que minha alma está em jogo; e, apesar de saber que tenho uma saída, nem eu, nem vocês poderão usá-la!

Ela lançou um olhar de apelo a cada um de nós, começando e terminando com seu marido.

– Qual é tal saída? – perguntou Van Helsing, em voz rouca. – Que saída é esta que não podemos, não devemos tomar?

– Que eu morra agora, por minha própria mão ou pela mão de outro, antes de o mal maior ter sido inteiramente derrotado. Eu sei, e vocês sabem, que quando estiver morta, poderão libertar, e libertarão, minha alma imortal, assim como fizeram com a pobre Lucy. Se a morte, ou o medo da morte, fosse o único empecilho, não hesitaria em morrer aqui, agora, em meio aos amigos que me amam. Mas a morte não é tudo. Não consigo acreditar que morrer em um caso como este, quando temos esperança e uma tarefa amarga a cumprir, é a vontade de Deus. Portanto, de minha parte, desisto, neste momento, da certeza do descanso eterno, e dirijo-me para a escuridão, onde pode haver as coisas mais terríveis do mundo ou do submundo!

Ficamos todos em silêncio, pois sabíamos, instintivamente, que isso era só um prelúdio. Os rostos dos outros estavam imóveis, e o de Harker ficara cinza pálido; talvez ele adivinhasse, melhor do que nós, o que estava por vir. Ela continuou:

– Esta é minha contribuição à fusão. – Não pude deixar de reparar na expressão jurídica que usou em tal situação, e com toda a seriedade. – O que cada um de vocês dará? Suas vidas, eu já sei, – acrescentou rapidamente – isso é fácil, para homens bravos. Suas vidas são de Deus, e podem devolvê-las para Ele; mas o que darão para mim? – Nos encarou com olhar de indagação, mas, desta vez, evitando o rosto do marido. Quincey pareceu compreender; assentiu, e o rosto dela se iluminou. – Então, direi o que quero, sem rodeios, pois não pode mais haver dúvidas nesta conexão entre nós. Precisam me prometer, todos vocês... até mesmo você, meu amado marido... que, se chegar a hora, me matarão.

– Que hora será essa? – a voz era de Quincey, mas estava baixa e tensa.

– Quando estiverem convencidos de que mudei tanto, que é melhor que eu morra. Quando minha carne estiver morta, deverão, sem hesitar por um segundo, enfiar uma estaca em mim, e cortar minha cabeça; ou fazer qualquer outra coisa necessária para permitir que eu descanse!

Quincey foi o primeiro a se levantar, após a pausa. Ajoelhou-se à frente dela e, tomando sua mão na dele, disse solenemente:

– Sou só um camarada bruto, que talvez não tenha vivido com tanta distinção quanto um homem deveria, mas juro para a senhora, por tudo o que me é mais sagrado, que, caso esta hora chegue, não me eximirei do dever que nos impôs. E prometo, também, que me certificarei de tudo, pois só tenho dúvidas de que perceberei que a hora chegou!

– Meu verdadeiro amigo! – foi só o que ela conseguiu dizer, em meio às lágrimas que caíam rápidas, debruçando-se e beijando a mão dele.

– Faço o mesmo juramento, minha querida Madame Mina! – disse Van Helsing.

– Eu também! – disse Lord Godalming, cada um, por sua vez, se ajoelhando à frente dela para fazer o voto. Eu os segui. Então, seu marido virou-se para ela, com uma expressão abatida e uma palidez esverdeada, que subjugava a brancura de seu cabelo, e perguntou:

– Eu também preciso fazer tal promessa, ó esposa minha?

– Também, meu amado – disse ela, com uma piedade infinita em sua voz e seu olhar. – Não pode se eximir. Você é o meu mais querido e amado de todo o mundo; nossas almas estão unidas, pelo resto da vida e da eternidade. Pense, meu querido, que houve momentos em que homens corajosos mataram suas esposas e parentes do sexo feminino para impedir que caíssem nas mãos do inimigo. Suas mãos não tremeram, pelo simples fato de que suas amadas imploraram para que eles o fizessem. É o dever dos homens para com aquelas que amam, em momentos de provações terríveis! E, meu querido, se eu tiver que morrer pela mão de alguém, que seja pela do homem que mais me ama. Dr. Van Helsing, não me esqueci de sua clemência no caso da pobre Lucy, para com aquele que a amava... – Parou, ruborescendo, e mudou a frase: –... para com aquele que tinha o maior direito de lhe trazer paz. Se este momento chegar novamente, confio que o senhor faça com que seja uma lembrança feliz para meu marido, o fato de que foi a mão carinhosa dele que me libertou do terrível domínio sobre mim.

– Novamente, eu juro! – disse a voz ressoante do Professor. A Sra. Harker sorriu abertamente e, com um suspiro de alívio, recostou-se e disse:

– E agora, uma palavra de aviso, um aviso que nunca devem esquecer: este momento, se acontecer, pode acontecer rápida e inesperadamente, e, neste caso, não podem perder tempo para aproveitar a oportunidade. Neste momento, eu mesma posso estar... não, na verdade, estarei... alinhada com seu inimigo, contra vocês. Mais um pedido – tornou-se bastante solene ao dizer isso. – Não é vital e necessário como o outro, mas quero que façam algo por mim, se puderem. – Todos aquiescemos, mas ninguém falou; não havia necessidade. – Quero que leiam o panegírico. – Ela Foi interrompida por um gemido profundo do marido. Agarrando sua mão, colocou-a sobre seu peito e continuou: – Devem ler sobre meu corpo, um dia. Qualquer que seja a resolução desta situação tenebrosa, será um conforto para todos ou alguns de nós. Você, meu amado, o lerá, espero, pois será na sua voz, em memória de mim, para sempre, o que quer que aconteça!

– Mas, minha querida, – implorou ele, – a morte está longe de você.

– Não – disse ela, levantando a mão em aviso. – Estou mais perto da morte, neste momento, do que se o peso de um túmulo terreno estivesse sobre mim!

– Ah, minha esposa, preciso, mesmo, lê-lo? – disse ele, antes de começar.

– Me reconfortaria, meu marido! – foi só o que respondeu, e ele começou a ler, após ela ter lhe dado o livro.

Como posso... como poderia qualquer pessoa... descrever aquela estranha cena, com sua solenidade, sua tristeza, seu horror; e, não obstante, sua doçura. Até mesmo um cético, que não consegue enxergar nada além de uma paródia de verdade amarga em qualquer coisa sagrada ou emotiva, teria ficado comovido, se pudesse ver aquele pequeno grupo de amigos amorosos e dedicados, ajoelhados ao redor daquela dama abatida e melancólica, ou se pudesse ouvir a ternura na voz de seu marido, enquanto, em um tom tão carregado de emoção que teve que parar muitas vezes, lia o panegírico simples e belo. Não consigo continuar... estou sem palavras ou voz.

* * * * *

Os instintos dela estavam certos. Por mais estranho que tenha sido, por mais bizarro que nos pareça, no futuro, até mesmo para nós que sentimos sua influência poderosa, naquele momento, nos reconfortou muito; e o silêncio, que indicava a recaída da alma da Sra. Harker, não nos pareceu tão cheio de desesperança quanto temíamos.

Diário de Jonathan Harker.

15 de outubro, Varna. Partimos da estação de Charing Cross na manhã do dia 12, chegamos em Paris na mesma noite, e ocupamos os lugares a nós reservados no Expresso do Oriente. Viajamos noite e dia, chegando aqui lá pelas cinco horas. Lord Godalming foi até o Consulado, ver se havia algum telegrama para ele, enquanto nós viemos para este hotel, o "Odessus". A viagem pode ter tido seus incidentes, mas eu estava ansioso demais para progredirmos para ter me importado. Até que o "Czarina Catarina" chegue ao porto, não me interessarei por nada neste mundo. Graças a Deus! Mina está bem, e parece estar ficando mais forte, sua cor está voltando. Ela está dormindo bastante; durante a viagem, dormiu quase que o tempo todo. Antes da aurora e do crepúsculo, contudo, fica bem acordada e alerta, e Van Helsing criou o hábito de hipnotizá-la, nestes momentos. De início, foi necessário algum esforço, e ele tinha que gesticular bastante; mas, agora, ela parece se entregar imediatamente, como se estivesse acostumada, e ele mal precisa fazer alguma coisa. Ele parece ter o poder, nesses momentos específicos, de simplesmente expressar sua vontade, e os pensamentos dela o obedecem. Ele sempre pergunta a ela o que consegue ver e ouvir. À primeira pergunta, ela responde:

– Nada; tudo está escuro. – E à segunda: – Ouço as ondas quebrando contra o navio, e a água correndo. Velas e cordas se distendem, e mastros e tábuas estão rangendo. O vento está forte, consigo ouvi-lo nas velas, e a proa cinge a espuma.

Era evidente que o "Czarina Catarina" ainda estava navegando, apressando-se a caminho de Varna. Lord Godalming acabou de voltar. Recebeu quatro telegramas, um para cada dia de nossa viagem, todos com a mesma mensagem: o Lloyd's não recebera notícias do "Czarina Catarina", de nenhum local. Ele ordenara, antes de sairmos de Londres, que seu agente enviasse, todos os dias, um telegrama, dizendo se chegara algum relato sobre o navio. Deveria receber uma mensagem, ainda que não houvesse relato, para poder ter certeza de que estavam de guarda, do outro lado dos telégrafos.

Jantamos e nos recolhemos cedo. Amanhã, visitaremos o Vice-Cônsul para pedir, se pudermos, permissão para subir no navio, assim que ele chegar. Van Helsing diz que nossa chance será embarcar entre a aurora e o crepúsculo. O Conde, ainda que tome a forma de um morcego, não consegue atravessar água corrente por vontade própria, e, assim, não pode sair do navio. Como não ousa tomar a forma de homem, sem levantar suspeitas – o que ele evidentemente quer evitar –, precisa ficar dentro da caixa. Se, então, pudermos embarcar após o nascer do sol, ele estará à nossa mercê, pois poderemos abrir a caixa e cuidarmos dele, como fizemos com a pobre Lucy, antes que ele acorde. Não teremos muita piedade dele. Achamos que não enfrentaremos muitos problemas com os oficiais ou marinheiros. Ainda bem que este é um país onde o suborno consegue qualquer coisa, e estamos bem munidos de dinheiro. Só temos que nos certificar de que o navio não atraque entre o crepúsculo e a aurora, sem que sejamos avisados, e estaremos em segurança. Acho que o juiz "saco de dinheiro" resolverá este caso!

*****

16 de outubro. Mina continua relatando a mesma coisa: barulho de ondas e água corrente, escuridão e ventos a favor. Está claro que chegamos com tempo de sobra, e, quando tivermos notícias do "Czarina Catarina", estaremos prontos. Visto que ele precisa passar pelos Dardanelos, com certeza receberemos notícias.

*****

17 de outubro. Tudo já está muito bem arranjado, acho, para darmos as boas-vindas ao Conde, quando chegar de viagem. Godalming disse aos marinheiros que achava que uma caixa enviada no navio continha algo roubado de um amigo seu, e obteve meio que um consentimento para

abri-la, assumindo o risco. O proprietário deu a ele um papel, dizendo para o Capitão permitir que ele faça o que quiser a bordo do navio, e também uma autorização semelhante a seu agente em Varna. Visitamos o agente, que ficou bastante impressionado com os modos gentis de Godalming em relação a ele, e estamos todos convencidos de que, o que quer que ele possa fazer para nos ajudar, será feito. Já combinamos o que fazer, caso consigamos abrir a caixa. Se o Conde estiver nela, Van Helsing e Seward cortarão sua cabeça imediatamente, e enfiarão uma estaca em seu coração. Morris, Godalming e eu impediremos que alguém interfira, ainda que tenhamos que usar as armas que trouxemos. O Professor diz que, se pudermos fazer isso com o corpo do Conde, ele se transformará em pó. Nesse caso, não haverá provas contra nós, se alguma suspeita de homicídio for levantada. Mas, ainda que não seja assim, faremos o que for preciso, sem medir as consequências, e talvez, algum dia, este registro possa servir de prova para impedir que sejamos mandados à forca. Quanto a mim, ficaria grato por ter essa chance, se possível. Não deixaremos pedra sobre pedra, para alcançarmos nosso objetivo. Combinamos com alguns oficiais que, no instante em que o "Czarina Catarina" for avistado, devemos ser informados através de um mensageiro especial.

*****

24 de outubro. Uma semana inteira de espera. Telegramas diários para Godalming, mas todos com a mesma história: "Ainda não relatado". As respostas hipnóticas de Mina, matutinas e vespertinas, não mudam: ondas quebrando, água corrente e mastros rangendo.

Telegrama, 24 de outubro:

Rufus Smith, Lloyd's, Londres, para Lord Godalming, aos cuidados de H. B. M., Vice-Cônsul, Varna.

"*Czarina Catarina avistado esta manhã nos Dardanelos.*"

Diário do Dr. Seward.

25 de outubro. Como sinto falta de meu fonógrafo! Escrever um diário à caneta me irrita; mas Van Helsing diz que devo. Ficamos todos animadíssimos, ontem, quando Godalming recebeu seu telegrama do Lloyd's. Agora sei o que sentem os soldados, quando recebem o chamado à ação. Dentre nosso grupo, só a Sra. Harker não demonstrou sinais de emoção. Afinal, não é estranho, pois tomamos muito cuidado para que ela não ficasse sabendo de nada sobre isso, e tentamos não demonstrar qualquer emoção em sua presença. Antigamente, tenho certeza de que ela teria reparado, por mais que tentássemos ocultar; mas ela mudou muito, neste sentido, ao longo das últimas três semanas. Sua letargia só aumenta, e, apesar de parecer forte e bem, e estar recobrando um pouco de seu rubor, Van Helsing e eu não estamos satisfeitos. Conversamos sempre sobre ela, mas não dissemos uma palavra para os outros. Partiria o coração do pobre Harker, ou, no mínimo, abalaria seus nervos, se ele soubesse que temos a mínima suspeita neste sentido. Van Helsing me diz que examina os dentes dela com cuidado, quando ela está sob o transe hipnótico, pois diz que, enquanto eles não começarem a ficar afiados, não há perigo ativo de que se transforme. Se esta transformação ocorrer, será necessário tomar medidas! Nós dois sabemos que medidas teriam que ser tomadas, apesar de não mencionarmos nossos pensamentos um para o outro. Nenhum de nós se esquivaria da tarefa, por mais horrível que seja contemplá-la. "Eutanásia" é uma palavra excelente e reconfortante! Sou muito grato a quem quer que a tenha inventado.

Leva só cerca de 24 horas para navegar dos Dardanelos até aqui, na velocidade que o "Czarina Catarina" veio de Londres. Portanto, ele deve chegar durante a manhã, mas não seria possível que aportasse antes disso, e então iremos para a cama cedo. Nos levantaremos à uma, para nos aprontarmos.

*****

25 de outubro, meio dia. Ainda sem nenhuma notícia da chegada do navio. O relatório hipnótico da Sra. Harker, esta manhã, foi o mesmo de sempre, então é possível que tenhamos notícias a qualquer momento. Nós, homens, estamos em um fervor de emoção, exceto Harker, que está calmo; suas mãos estão frias como gelo, e, há uma hora, o vi amolando a grande faca Ghoorka que anda sempre levando consigo. O Conde se dará mal, se o gume dessa "Kukri" encostar em sua garganta, empunhada por aquela mão severa e gélida!

Van Helsing e eu ficamos um pouco alarmados pela Sra. Harker, hoje. Lá pelo meio-dia, ela entrou em um estado de letargia que não nos agradou; apesar de não contarmos aos outros, nenhum de nós dois ficou feliz com isso. Ela passou a manhã toda irrequieta, de modo que ficamos, de início, contentes em ver que estava dormindo. Entretanto, quando seu marido mencionou casualmente que estava dormindo tão profundamente que não conseguiu acordá-la, fomos para o quarto dela ver com nossos próprios olhos. Ela respirava naturalmente, e sua aparência estava tão boa e tranquila que concordamos que dormir seria melhor para ela do que qualquer outra coisa. Pobrezinha, tem tanto a esquecer, que não me admira que dormir, se lhe traz esquecimento, lhe faça bem.

*****

Mais tarde. Nossa opinião justificou-se, pois quando ela acordou, após um sono revigorante de algumas horas, parecia mais animada e melhor o que estivera nos últimos dias. Quando o sol se pôs, ela fez seu costumeiro relato hipnótico. Onde quer que ele esteja, no Mar Negro, o Conde está se apressando para chegar a seu destino. À sua perdição, espero!

*****

26 de outubro. Mais um dia, e nenhuma notícia do "Czarina Catarina". Ele já devia estar aqui. O fato de que está viajando em direção a *algum lugar*

é óbvio, pois o relatório hipnótico da Sra. Harker, pela manhã, continuou o mesmo. É possível que o barco pare, ocasionalmente, por causa da névoa; alguns dos navios à vapor que chegaram na noite passada relataram regiões enevoadas ao norte e ao sul do porto. Precisamos continuar nossa vigilância, pois podem chegar notícias do navio a qualquer momento.

*****

27 de outubro, meio-dia. Muito estranho; ainda não houve notícia alguma do navio que aguardamos. A Sra. Harker relatou, ontem à noite e hoje de manhã, o de sempre: "ondas quebrando e água corrente", apesar de ter acrescentado que "as ondas estavam bem fracas". Os telegramas de Londres foram os mesmos: "nada mais a relatar". Van Helsing está terrivelmente ansioso, e acabou de me dizer que teme que o Conde esteja escapando de nós. Acrescentou significativamente:

– Não gostei daquela letargia da Madame Mina. Almas e lembranças podem fazer coisas estranhas, durante um transe.

Estava prestes a perguntar mais, mas Harker entrou logo naquele momento, e ele levantou a mão em advertência. Precisamos tentar hoje, quando o sol se puser, fazer com que ela nos forneça mais informações durante seu estado hipnótico.

*****

28 de outubro. Telegrama. Rufus Smith, Londres, para Lord Godalming, aos cuidados de H. B. M., Vice-Cônsul, Varna.

"*Czarina Catarina avistado entrando em Galatz hoje, à uma hora*".

Diário do Dr. Seward.

28 de outubro. Quando chegou o telegrama anunciando a chegada do navio em Galatz, não acho que tenha sido um choque tão grande para

nós, quanto poderia ser esperado. É verdade que não sabíamos de onde, como ou quando o golpe viria, mas acho que todos esperávamos que algo estranho acontecesse. O atraso da chegada em Varna nos convencera de que as coisas não aconteceriam como esperávamos; só estávamos aguardando para descobrir onde a mudança ocorreria. Ainda assim, foi uma surpresa. Suponho que a natureza trabalhe tanto com a esperança, que acreditamos, apesar de nós mesmos, que as coisas acontecerão do jeito que devem, e não como deveríamos saber que serão. O transcendentalismo é um farol para os anjos, ainda que seja uma ilusão para os homens. Foi uma experiência estranha, e cada um de nós reagiu de forma diferente. Van Helsing ergueu as mãos sobre a cabeça por um instante, como se protestasse contra o Todo-Poderoso, mas não disse uma palavra e, dentro de alguns segundos, levantou-se, com uma expressão severa. Lord Godalming empalideceu e ficou ali sentado, respirando pesadamente. Eu mesmo fiquei meio atordoado, observando a todos com espanto. Quincey Morris apertou o cinto, com aquele movimento rápido que eu já conhecia bem; na nossa época de aventuras, significava "ação". A Sra. Harker ficou extremamente pálida, tão branca que a marca em sua testa parecia queimar, mas colocou uma mão sobre a outra, humildemente, e ergueu os olhos em prece. Harker sorriu, sorriu de verdade, aquele sorriso sombrio e amargo de quem está desesperançado; mas, ao mesmo tempo, seu ato desmentiu suas palavras, pois suas mãos buscaram, instintivamente, o punho da grande faca Kukri, e lá permaneceram.

– Quando parte o próximo trem para Galatz? – perguntou Van Helsing, para todos em geral.

– Às 06:30 da manhã!

Todos nos sobressaltamos, pois a resposta viera da Sra. Harker.

– Como pode saber disso? – perguntou Art.

– O senhor se esquece, ou talvez não saiba, apesar de Jonathan e o Dr. Van Helsing saberem, que sou obcecada por trens. Em casa, em Exeter, costumava anotar os horários, para poder ajudar meu marido. Às vezes foi tão útil que agora sempre estudo os horários. Sabia que, se fôssemos chegar ao Castelo

Drácula por algum meio, teríamos que ir por Galatz, ou, no mínimo, por Bucareste, então decorei os horários com cuidado. Infelizmente, não há muitos para serem decorados, pois o único trem só parte amanhã, como disse.

– Mulher maravilhosa! – murmurou o Professor.

– Não podemos tomar um especial? – perguntou Lord Godalming. Van Helsing sacudiu a cabeça:

– Temo que não. Esta terra é muito diferente da sua ou da minha; ainda que tivéssemos um trem especial, provavelmente não chegaria antes do regular. Ademais, temos algo a preparar. Precisamos pensar. Vamos nos organizar. Você, amigo Arthur, vá até a estação e compre as passagens, e peça que tudo esteja pronto para nós, pela manhã. Você, amigo Jonathan, vá até o agente do navio e consiga com ele cartas para darmos ao agente em Galatz, com permissão para fazermos uma busca no navio, como pedimos aqui. Quincey Morris, vá ver o Vice-Cônsul, e consiga sua ajuda com seu representante em Galatz, e tudo o que ele puder fazer para desobstruir nosso caminho, para que não percamos tempo após atravessarmos o Danúbio. John ficará com a Madame Mina e comigo e, quando quer que o sol se ponha, estarei aqui com ela para obter seu relato.

– E eu – disse a Sra. Harker, animada e mais parecida com sua antiga personalidade do que estivera há muitos dias – tentarei ser útil de todas as formas, e pensarei e escreverei por vocês, como costumava fazer. Alguma coisa está saindo de mim, de um jeito estranho, e me sinto mais livre do que estive ultimamente!

Os três homens mais jovens ficaram mais felizes, naquele momento, ao perceberem o significado de suas palavras; mas Van Helsing e eu, nos entreolhando, captamos a expressão séria e preocupada um do outro. Não dissemos nada, contudo.

Após os três homens terem partido para cuidar de suas tarefas, Van Helsing pediu à Sra. Harker que encontrasse as cópias dos diários e localizasse para ele o trecho do diário de Harker no castelo. Ela saiu para buscá-las e, quando a porta se fechou, ele disse para mim:

– Pensamos a mesma coisa! Desembuche!

– Alguma mudança ocorreu. É uma esperança que me deixa doente, pois pode nos enganar.

– Exatamente. Sabe por que pedi a ela que trouxesse o manuscrito?

– Não! – respondi. – A não ser que seja para ter a oportunidade de conversar comigo a sós.

– Está certo em parte, amigo John, mas só em parte. Quero dizer-lhe algo. E, meu amigo, estou assumindo um risco enorme, terrível! Mas acredito estar certo. No momento em que a Madame Mina disse aquelas palavras que nos confundiram, ocorreu-me uma inspiração. No transe de três dias atrás, o Conde enviou seu espírito até ela, para ler sua mente; ou, na verdade, levou-a para visitá-lo em sua caixa de terra, no navio, com a água corrente, no momento em que ela se liberta, no nascer e no pôr do sol. Ele, então, ficou sabendo que estamos aqui, pois ela tem mais coisas a dizer, com sua vida livre, com olhos que podem enxergar, e orelhas que conseguem ouvir, do que ele em sua caixa que lhe serve de caixão. Agora, está fazendo o máximo de esforço para escapar de nós. Neste momento, ele não a quer. Ele está certo, com seus conhecimentos, de que ela irá quando a chamar; mas a cortou, a excluiu, como consegue fazer, de seu próprio poder, para que ela não possa ir até ele. Ah! Neste ponto, tenho esperanças de que nossas mentes humanas, que têm sido humanas por tanto tempo e não perderam a graça de Deus, chegarão mais longe do que o cérebro infantil dele, que permaneceu em sua tumba por séculos e que ainda não chegou à nossa estatura, fazendo só trabalhos egoístas e, portanto, pequenos. Aí vem a Madame Mina; nenhuma palavra sobre o transe! Ela não sabe de nada, e a atordoaria e a deixaria desesperançada, logo quando precisamos de todas as suas esperanças e coragem, quando mais queremos sua mente treinada como a de um homem, mas doce como a de uma mulher, e com um poder especial que o Conde pode dar a ela, e que não pode retirar completamente, apesar de ele achar que pode. Psiu! Deixe-me falar, e você aprenderá. Ah, John, meu amigo, estamos em uma situação dificílima. Tenho medo, como nunca tive antes. Só podemos confiar no bom Deus. Silêncio, aqui vem ela!

Pensei que o Professor fosse ter um colapso e ficar histérico, como fez quando Lucy morreu, mas, com um enorme esforço, se controlou e estava perfeitamente comportado quando a Sra. Harker entrou no quarto, animada e feliz, e aparentemente distraída de sua tristeza por estar trabalhando. Ao entrar, entregou várias folhas de papel datilografadas a Van Helsing. Ele as examinou seriamente, sua expressão se animando conforme lia. Então, segurando as páginas entre o indicador e o polegar, disse:

– Amigo John, para você, que já tem tanta experiência e para a senhora também, minha querida Madame Mina, que é jovem, aqui vai uma lição: nunca tenham medo de pensar. Um pensamento meio formado tem zumbido em minha mente, mas estou com medo de dar-lhe asas. Agora, com mais conhecimento, volto para o lugar onde esse pensamento surgiu, e descubro que ele não está só meio formado; ele é um pensamento completo, apesar de ser tão jovem que ainda não tem força o suficiente para usar suas asinhas. Não, como o "patinho feio" de meu amigo Hans Andersen, ele não é nem mesmo um pensamento pato, e sim um grande pensamento cisne, que flutua elegantemente, com suas grandes asas, quando chega o momento de ser testado. Vejam, leio aqui o que Jonathan escreveu:

"Que inspirou outros de sua raça, em épocas posteriores, de novo e de novo, a trazer suas forças para o outro lado do grande rio, até as terras turcas; que, quando foi rechaçado, voltou muitas outras vezes, apesar de ter que vir sozinho, desde os campos ensanguentados, onde suas tropas estavam sendo massacradas, pois sabia que só ele poderia triunfar, no final".

– O que isso nos diz? Não diz muita coisa? Não! O pensamento infantil do Conde não enxerga nada, por isso que falou com tanta liberdade. O pensamento adulto de vocês não enxerga nada; meu pensamento adulto não enxergou nada, até agora. Não! Pois houve outra palavra, de uma pessoa que falou sem pensar, porque ela tampouco sabia o que significava... o que *poderia* significar. Assim como há elementos que repousam, mas, no curso da natureza, seguem seu caminho e são tocados por algo... puf! Há um clarão, que ilumina o céu inteiro, que cega e destrói alguns, mas que descortina a terra inteira abaixo de si, por quilômetros e quilômetros. Não é assim? Bem, deixem-me explicar. Para começar, já estudaram a filosofia do crime? "Sim", e "não". Você, John, sim; pois é o estudo da insanidade. Ainda assim, sua mente funciona bem, e não argumenta *a particulari ad universale*. Os criminosos têm uma peculiaridade. É tão constante, em todos os países e em todas as épocas, que mesmo a polícia, que não entende muito da filosofia do crime, já a aprendeu empiricamente, que *as coisas são*. É isso que significa ser empírico. O criminoso sempre trabalha em algum crime; é este o verdadeiro criminoso, que parece ter sido predestinado para o crime, e que não quer fazer mais nada. Este criminoso não tem uma mente adulta. É esperto, ardiloso e criativo; mas seu cérebro não tem a estatura de um adulto. Em muitos aspectos, tem um cérebro de criança. Agora, este nosso criminoso também foi predestinado para o crime; ele também tem um cérebro de criança, e é típico de uma criança fazer o que ele fez. O passarinho, o peixinho, o animalzinho, todos aprendem, não pelos princípios, mas empiricamente; e, quando aprendem a fazer as coisas, isso prepara o terreno para começar a fazer outras. "*Dos pou sto*", disse Arquimedes. "Dê-me um sustentáculo, e moverei o mundo!". Fazer algo uma vez é o sustentáculo que permite que o cérebro infantil se torne um cérebro adulto; e, até que tenha o objetivo de fazer mais coisas, continua a fazer as mesmas, de novo e de novo, como fez antes! Ah, minha cara, percebo que seus olhos estão arregalados, e que o clarão lhe mostrou todos os quilômetros – disse, pois a Sra. Harker começara a bater palmas, e seus olhos brilhavam. Então, ele prosseguiu: – Agora, fale. Diga para nós, dois homens secos da ciência, o que vê com seus olhos tão brilhantes.

Segurou a mão dela enquanto ela falava. Seu polegar e indicador circundaram o pulso dela, imagino que instintiva e inconscientemente, enquanto ela dizia:

– O Conde é um criminoso, e de personalidade criminosa. Nordau e Lombroso[30] o classificariam como tal e, na qualidade de criminoso, tem uma mente formada imperfeitamente. Assim, quando se encontra em dificuldades, busca refúgio no hábito. Seu passado serve de pista, e a única página que

30 N da. T.: Nordau propôs a Teoria da Degeneração e Lombroso criou a Criminologia Positivista.

conhecemos, e que saiu de seus próprios lábios, nos conta que, anteriormente, quando estava no que o Sr. Morris chamaria de "aperto", voltou para seu próprio país, da terra em que tentou invadir, e, de lá, sem perder de vista seu objetivo, preparou-se para uma nova investida. Voltou melhor equipado para sua tarefa, e venceu. Então, ele foi a Londres para tentar invadir uma nova terra. Foi rechaçado e, quando perdeu todas as esperanças de sucesso, e sua existência estava em perigo, fugiu pelo oceano até seu lar, como escapara da Turquia, antes, pelo Danúbio.

– Ótimo, ótimo! Ah, que dama esperta! – disse Van Helsing, entusiasticamente, debruçando-se e beijando a mão dela. Um momento depois, disse para mim, com tanta calma como se estivéssemos fazendo uma consulta médica: – Só setenta e dois; e com toda essa emoção. Tenho esperanças. – Virando-se para ela novamente, disse, com expectativa ansiosa: – Mas prossiga. Prossiga! Prosseguirei, de qualquer forma, e direi se a senhora está certa. Fale sem medo!

– Tentarei; mas me perdoem se eu parecer egocêntrica.

– Não! Não tema, precisa ser egocêntrica, pois é na senhora em que pensamos.

– Então, como criminoso, ele é egoísta; e seu intelecto é pequeno, e seus atos baseados em egoísmo, e ele se atém a um único objetivo. Este objetivo é impiedoso. Assim como fugiu de volta pelo Danúbio, deixando seus homens para trás, para serem massacrados, continua decidido a ficar em segurança, descuidando-se do resto. Então, seu egoísmo liberta um pouco minha alma do terrível poder que obteve sobre mim naquela tenebrosa noite. Eu o senti! Ah, o senti! Graças a Deus por Sua grande misericórdia! Minha alma está mais livre do que esteve desde aquela hora horrenda; e tudo o que me persegue é o medo de que, em algum transe ou sonho, ele possa ter usado o que sei para seus próprios fins.

O Professor levantou-se:

– Ele usou sua mente desta forma; e, com isso, nos deixou aqui em Varna, enquanto o navio que o levava atravessou a névoa até Galatz, onde, sem dúvida, fez preparativos para escapar de nós. Mas sua mente infantil só enxergou até certo ponto, e pode ser que, como sempre acontece com a Providência Divina, a própria coisa com a qual o maligno mais contava para seu próprio bem egoísta acabe sendo sua derrocada. O caçador é pego em sua própria armadilha, como o grande salmista diz. Por ora, enquanto pensa que está livre de qualquer traço nosso, e que escapou de nós com tantas horas de dianteira, seu cérebro de criança sussurrará para que ele durma. Ele também pensa que, como cortou sua conexão com a mente da senhora, a senhora não poderá saber de nada dele; é aí que falhará! Aquele terrível batismo de sangue que lhe deu a torna livre para procurá-lo em espírito, como já fez em seus momentos de liberdade, enquanto o sol nasce e se põe. Nestes momentos, a senhora vai por minha vontade, e não pela dele, e usa esse poder por seu próprio bem e pelo de outros, que obteve com seu sofrimento nas mãos dele. Isto, agora, é ainda mais precioso, pois ele desconhece, e, para proteger a si mesmo, isolou-se do conhecimento de nossa localização. Nós, contudo, não somos egoístas, e acreditamos que Deus está conosco durante esta escuridão e estas muitas horas sombrias. O seguiremos, e não hesitaremos, ainda que nos coloquemos em perigo de nos tornarmos como ele. Amigo John, esta hora foi muito produtiva, e fez com que progredíssemos bastante. Você deve ser nosso escriba e anotar tudo, para que, quando os outros voltarem de suas tarefas, possa dar a eles este registro; então, eles saberão tanto quanto nós.

Assim, escrevi a narrativa enquanto esperava a volta deles, e a Sra. Harker datilografou tudo o que aconteceu desde que nos trouxe os manuscritos.

CAPÍTULO XXVI

Diário do Dr. Seward

29 de outubro. Escrevo isto no trem de Varna para Galatz. Na noite passada, nos reunimos todos, um pouco antes do sol de pôr. Cada um de nós fizera sua tarefa o melhor que pôde; até onde o planejamento, os esforços e a oportunidade podem nos levar, estamos preparados para a jornada toda, e para o que teremos que fazer ao chegarmos em Galatz. Quando chegou o momento costumeiro, a Sra. Harker preparou-se para seus esforços hipnó-

ticos, e, após um empenho mais longo e sério, por parte de Van Helsing, do que costuma ser necessário, ela mergulhou no transe. Geralmente, ela fala após ser instada; mas, desta vez, o Professor teve que fazer-lhe perguntas, com bastante resolução, antes de podermos saber de alguma coisa; finalmente, sua resposta veio:

– Não consigo enxergar nada; estamos parados. Não há ondas quebrando, somente um redemoinho constante de água correndo suavemente de encontro às amarras. Posso ouvir vozes masculinas falando, perto e longe, e os movimentos e rangidos de remos nas forquetas. Uma arma foi disparada em algum lugar; seu eco parece distante. Há passos vindos de cima, e cordas e correntes sendo arrastadas. O que é isso? Há uma luz brilhando; consigo sentir o ar soprando ao meu redor.

Naquele momento, parou. Levantara-se, como que por impulso, de onde estava deitada no sofá, e levantara ambas as mãos, com as palmas para cima, como se erguesse um peso. Van Helsing e eu nos entreolhamos, compreendendo. Quincey levantou as sobrancelhas ligeiramente e encarou-a com atenção, enquanto que a mão de Harker fechou-se instintivamente ao redor do punho de sua Kukri. Houve uma longa pausa. Todos sabíamos que o tempo em que ela conseguiria falar estava se esvaindo, mas sentimos que seria inútil dizer alguma coisa. Repentinamente, ela se sentou e, abrindo os olhos, disse suavemente:

– Algum de vocês gostaria de uma xícara de chá? Devem estar todos tão cansados!

Tudo o que podíamos fazer seria agradá-la, de modo que concordamos. Ela se retirou para ir buscar o chá. Após sair, Van Helsing disse:

– Viram, meus amigos? Ele está perto da terra firme; saiu de sua caixa de areia. Mas ainda não chegou no litoral. Durante a noite, pode ficar escondido em algum lugar, mas se não for carregado até a terra, ou se o navio não chegar até ela, ele não consegue pisar em terra firme. Neste caso, ele pode, se for durante a noite, mudar de forma e saltar ou voar até a terra, como fez em Whitby. Mas se o dia raiar antes que consiga chegar, não poderá escapar, a não ser que seja carregado. E, se for carregado, os homens da alfândega podem descobrir o que a caixa contém. Portanto, em resumo, se ele não escapar para a terra firme hoje à noite, ou antes do nascer do sol, terá um dia inteiro perdido à sua frente. Podemos, assim, chegar a tempo, pois se ele não escapar à noite, chegaremos até ele durante o dia, encaixotado e à nossa mercê; pois não ousa mostrar seu verdadeiro eu, acordado e visível, por medo de ser descoberto.

Não havia mais nada a ser dito, então esperamos pacientemente até o nascer do sol, quando poderíamos descobrir mais através da Sra. Harker.

Pela manhã cedo, ouvimos, prendendo a respiração, suas respostas durante o transe. O estado hipnótico demorou ainda mais para acontecer, e, quando chegou, o tempo que faltava até o sol nascer por completo era tão curto, que começamos a perder as esperanças. Van Helsing parecia empenhado até a alma; finalmente, em obediência à vontade dele, ela respondeu:

– Tudo está escuro. Ouço barulho de água, no mesmo nível que eu, e alguns rangidos, como de madeira sobre madeira.

Ela pausou, e o sol vermelho apareceu. Precisaremos esperar até hoje à noite.

E é por isso que estamos viajando para Galatz em uma expectativa agoniada. A previsão de nossa chegada é entre duas e três da madrugada, mas já chegamos a Bucareste com três horas de atraso, então não poderemos estar lá até muito depois da aurora. Assim, teremos mais duas mensagens hipnóticas da Sra. Harker; uma ou as duas poderão esclarecer o que está acontecendo.

*****

Mais tarde. O crepúsculo veio e se foi. Felizmente, chegou em um momento sem distrações, pois se ocorresse enquanto estávamos na estação, não poderíamos ter obtido a calma e o isolamento necessários. A Sra. Harker se deixou levar pela influência hipnótica com menos prontidão ainda do que pela manhã. Estou com medo de que seus poderes de ler as sensações do Conde possam se esgotar, justo quando mais precisamos deles. Parece-me que sua imaginação está começando a funcionar. Até agora, enquanto estava em transe, limitou-se as fatos mais simples. Se isso continuar, pode nos induzir ao erro. Se eu achasse que o poder do Conde sobre ela morreria junto com o poder dela, seria um pensamento feliz; mas temo que não seja assim. Quando ela finalmente falou, suas palavras foram enigmáticas:

– Alguma coisa está saindo; sinto passar por mim como um vento frio. Consigo ouvir, à distância, sons confusos... como de homens falando em línguas estranhas, barulho de água caindo torrencialmente, e uivos de lobos.

Parou e foi tomada por um tremor, que aumentou de intensidade por alguns segundos, até que, no final, estremecia como se estivesse tendo um ataque. Não disse mais nada, nem mesmo em resposta aos questionamentos imperativos do Professor. Quando acordou do transe, estava gelada, exausta e lânguida; mas sua mente estava absolutamente alerta. Não se lembrava de nada, e perguntou o que dissera; após contarmos, ponderou profundamente, por um longo tempo e em silêncio.

*****

30 de outubro, 07:00. Estamos perto de Galatz, agora, e posso não ter tempo de escrever mais tarde. Esperamos ansiosamente o nascer do sol, esta manhã. Sabendo da dificuldade cada vez maior de se conseguir o transe hipnótico, Van Helsing começou a gesticular mais cedo do que de costume. Não fez efeito algum, contudo, até o horário de sempre, quando ela cedeu com ainda mais dificuldade, só um minuto antes de o sol sair. O Professor não perdeu tempo antes de começar seus questionamentos; as respostas dela vieram com igual rapidez:

– Tudo está escuro. Ouço torvelinhos de água ao meu lado, no mesmo nível que meus ouvidos, e o rangido de madeira sobre madeira. Barulhos baixos de gado, ao longe. Há outro som, um estranho, como... – Parou e empalideceu.

– Continue; continue! Ordeno que fale! – disse Van Helsing, em um tom agoniado. Ao mesmo tempo, seus olhos tinham uma expressão de desespero, pois o sol nascente estava avermelhando até mesmo o rosto pálido da Sra. Harker. Ela abriu os olhos, e todos nos sobressaltamos ao ouvi-la dizer, docemente e aparentemente sem a menor preocupação:

– Ah, Professor, por que me pede para fazer algo que o senhor sabe que não consigo? Não me lembro de nada. – Então, ao ver as expressões perplexas em nossos rostos, ela disse, voltando-se para cada um de nós, com preocupação no olhar: O que disse? O que fiz? Não sei de nada, só que estava deitada aqui, meio adormecida, e ouvi o senhor dizer: "Continue! Ordeno que fale!". Pareceu-me tão engraçado ouvir o senhor me dando ordens, como se eu fosse uma criança desobediente!

– Ah, Madame Mina, – disse ele, tristemente, – é prova, se é que é necessário, de quanto a amo e respeito, quando uma palavra dita para seu próprio bem, com mais sinceridade do que nunca, parece tão estranha por ser uma ordem àquela que tenho orgulho de obedecer!

O trem está apitando; estamos chegando em Galatz. Estamos pegando fogo de ansiedade e inquietação.

Diário de Mina Harker.

30 de outubro. O Sr. Morris levou-me até o hotel onde reserváramos quartos por telegrama, por ser aquele que os outros podiam passar sem, pois não fala nenhuma língua estrangeira. As forças foram distribuídas do mesmo modo que em Varna, exceto que Lord Godalming foi ver o Vice-Cônsul, porque seu título poderia servir de garantia imediata para o oficial, com a pressa que estávamos. Jonathan e os dois médicos foram até o agente marítimo, descobrir detalhes da chegada do "Czarina Catarina".

*****

Mais tarde. Lord Godalming voltou. O Cônsul está viajando, e o Vice-Cônsul, doente; assim, os trabalhos de rotina estão sendo conduzidos por um secretário. Ele foi bastante prestativo, e ofereceu-se para fazer tudo o que estivesse a seu alcance.

Diário de Jonathan Harker.

30 de outubro. Às nove horas, o Dr. Van Helsing, o Dr. Seward e eu visitamos os Srs. Mackenzie & Steinkoff, os representantes da firma londrina Hapgood. Haviam recebido um telegrama de Londres, em resposta à solicitação telegrafada de Lord Godalming, pedindo que fizessem por nós tudo o que pudessem. Foram mais do que gentis e corteses, e nos levaram imediatamente a bordo do "Czarina Catarina", que estava ancorado no porto do rio. Lá, conhecemos o Capitão, de nome Donelson, que nos contou sobre sua viagem. Disse que, em toda a sua vida, nunca tivera uma trajetória tão favorável.

– Nossa! – disse. – Nos deixou com medo, pois esperávamos ter que pagar por isso com algum azar raro, para fazer a média. Não é normal ir de Londres até o Mar Negro com o vento atrás de você, como se o próprio demônio estivesse soprando suas velas para seus próprios objetivos. E, naquele momento, não enxergávamos nada. Sempre que estávamos perto de um navio, ou um porto, ou uma península, uma névoa caía sobre nós e viajava conosco, até que, quando sumia e olhávamos para fora, não conseguíamos ver coisa alguma. Passamos por Gibraltar sem poder mandar um único sinal; e, até que chegamos aos Dardanelos e tivemos que esperar para conseguir nossa permissão para passar, não tivemos nenhuma tempestade, nem nada. De início, eu quis baixar as velas e esperar a névoa passar; mas depois pensei que, se o diabo estava decidido a nos fazer chegar ao Mar Negro rapidamente, ele faria isso, se a gente quisesse ou não. Se fizéssemos uma viagem rápida, não seria ruim para nossa imagem com os proprietários, nem prejudicaria nosso tráfego; e o Ardiloso ficaria grato a nós por não termos atrapalhado seu propósito.

Esta mistura de simplicidade e astúcia, superstição e raciocínio comercial, chamou a atenção de Van Helsing, que disse:

– Meu amigo, o Diabo é mais esperto do que alguns pensam, e sabe quando encontrou alguém à sua altura!

O homem do mar não ficou chateado com o elogio, e prosseguiu:

– Quando passamos o Bósforo, os homens começaram a reclamar; alguns deles, os romenos, vieram me pedir para jogar para fora do navio uma grande caixa que fora embarcada por um velho esquisito, logo antes de partirmos de Londres. Eu os vira observar o camarada, e mostrar dois dedos quando o viam, para se proteger contra o mal olhado. Puxa! A superstição dos estrangeiros é muito ridícula! Os mandei cuidar de seus assuntos rapidinho, mas logo depois que a névoa nos engolfou, me ocorreu que talvez eles soubessem de algo, apesar de não dizer que tinha a ver com a grande caixa. Bom, seguimos viagem e a névoa não sumiu por cinco dias, e eu só deixei que o vento nos carregasse; pois se o Diabo queria chegar em algum lugar... bom, ele nos ajudaria para caramba. E, se não quisesse, bem, a gente ficaria de olho, de qualquer forma. E foi isso mesmo, fizemos uma viagem tranquila, em águas profundas o tempo todo; e, há dois dias, quando o sol da manhã apareceu em meio à névoa, vimos que estávamos no rio em frente a Galatz. Os romenos enlouqueceram, queriam que eu jogasse a caixa no rio de qualquer jeito. Tive que discutir com eles sobre isso, segurando um espigão; e, quando o último deles apareceu no convés, segurando a cabeça, eu os convencera de que, com ou sem mal olhado, a propriedade e a confiança de meus proprietários estavam melhores nas minhas mãos, do que no rio Danúbio. Reparem que eles já tinham trazido a caixa para o convés, prontos para jogá-la no rio, e, como estava marcada para Galatz, através de Varna, achei melhor deixá-la lá, até que descarregássemos no porto e nos livrássemos de uma vez. Não desembarcamos muita coisa, naquele dia, e tivemos que passar a noite ancorados; mas, pela manhã, bem cedinho, uma hora antes do sol nascer, um homem veio a bordo com uma ordem, enviada da Inglaterra, para que recebesse uma caixa marcada para um tal de Conde Drácula. Claro que o assunto foi resolvido rapidinho. Os documentos dele estavam conformes, e fiquei feliz por me livrar daquela droga, pois eu mesmo estava começando a ficar irrequieto com ela. Se o Diabo tinha bagagem a bordo do navio, imagino que era justamente aquela!

– Qual era o nome do homem que a levou? – perguntou o Dr. Van Helsing, com uma ansiedade controlada.

– Já te digo! – respondeu o Capitão e, descendo até sua cabine, pegou um recibo assinado por "Immanuel Holdesheim". O endereço era Burgen-strasse, 16. Descobrimos que isso era tudo o que o Capitão sabia; assim, agradecendo a ele, partimos.

Encontramos Hildesheim em seu escritório, um judeu como aqueles que se vê no Teatro Adelphi, com um nariz de ovelha e um quipá. Sua conversa foi pontuada por dinheiro em espécie – com a pontuação sendo feita por nós – e, após um pouco de barganha, contou-nos o que sabia. Isso revelou-se algo simples, porém importante. Ele recebera uma carta do Sr. de Ville, de Londres, dizendo a ele que recebesse, se possível antes do sol nascer, para evitar a alfândega, uma caixa que chegaria em Galatz pelo "Czarina Catarina". Esta ele deveria entregar aos cuidados de um certo Petrof Skinsky, que lidava com os eslovacos que faziam comércio à jusante do porto. Fora pago por seu trabalho com dinheiro inglês, que fora devidamente trocado por ouro no Banco Internacional do Danúbio. Quando Skinsky viera até ele, ele o levara até o navio e entregara a caixa, para economizar no transporte. Isso era tudo o que sabia.

Então, procuramos Skinsky, mas não conseguimos encontrá-lo. Um de seus vizinhos, que não parecia nutrir nenhuma afeição por ele, disse que partira há dois dias, ninguém sabia para onde. Isso foi corroborado por seu senhorio, que recebera, por mensageiro, a chave da casa, junto com o aluguel devido, em dinheiro inglês. Isso acontecera entre as dez e as onze da noite anterior. Estávamos em um impasse, novamente.

Enquanto conversávamos, chegou um homem correndo, sem fôlego, dizendo que o corpo de Skinsky fora encontrado dentro da parede do cemitério de São Pedro, e que sua garganta fora arrancada, como que por um animal selvagem. As pessoas com quem estávamos conversando correram para ver o horror, a mulher gritando: "Isso é obra de eslovaco!". Nos apressamos, para não sermos envolvidos na situação e detidos.

No hotel, não chegamos a nenhuma conclusão definitiva. Estávamos todos convencidos de que a caixa estava a caminho, por via fluvial, de algum lugar; mas onde poderia ser, teríamos que descobrir. Com os corações desanimados, voltamos para o hotel onde estava Mina.

Ao nos reunirmos, a primeira coisa que fizemos foi decidirmos se compartilharíamos as notícias com Mina, novamente. A situação está ficando desesperadora, e isso seria uma chance, ainda que perigosa. Como medida preliminar, fui liberado de minha promessa em relação a ela.

Diário de Mina Harker.

30 de outubro, noite. Estavam tão cansados e desanimados, que nada poderia ser feito até que descansassem um pouco; assim, pedi a todos que deitassem por meia hora, enquanto eu registrava tudo até este momento. Sou tão agradecida ao homem que inventou a máquina de escrever "do viajante", e ao Sr. Morris por comprar esta para mim. Teria me sentido bem perdida, se tivesse que trabalhar com uma caneta...

Já está tudo pronto; meu pobre e querido Jonathan, como ele deve ter sofrido, como deve estar sofrendo agora! Está deitado no sofá, e mal parece respirar, seu corpo todo parece ter desmoronado. Seu cenho está franzido; seu rosto está contorcido de dor. Pobrezinho, talvez esteja pensando, e consigo ver o rosto dele todo enrugado de concentração. Ah, se ao menos eu pudesse ajudar! Farei o que puder.

Pedi ao Dr. Van Helsing e ele me deu todos os papéis que ainda não li. Enquanto descansam, examinarei todos cuidadosamente, e posso chegar a alguma conclusão. Tentarei seguir o exemplo do Professor, e pensar, sem preconceitos, sobre os fatos à minha frente.

* * * * *

Acredito que, com a ajuda de Deus, fiz uma descoberta. Pegarei os mapas para analisá-los...

* * * * *

Estou mais convencida do que nunca de que estou certa. Minha nova conclusão está pronta, então reunirei o grupo e a lerei para eles. Poderão me dizer o que acham; precisão é algo bom, e cada minuto é precioso.

Memorando de Mina Harker
(registrado em seu diário)

Bases do inquérito. O problema do Conde Drácula é voltar para seu próprio lar.

(a) Ele precisa ser levado de volta por alguém. Isto é evidente, pois se tivesse o poder de se locomover sozinho, como quisesse, poderia ir na forma de homem, lobo ou morcego, ou de algum outro jeito. Evidentemente, tem medo de ser descoberto ou de interferências, no estado indefeso em que deve estar, confinado entre a aurora e o ocaso em sua caixa de madeira.

(b) Como será levado? Segue um processo de exclusão que pode nos ajudar. Por estrada, ferrovia, pelo rio?

1. Por estrada. Há dificuldades intermináveis, especialmente para sair da cidade.

(x) Há pessoas; e as pessoas são curiosas e investigam. Uma dica, uma suposição, uma dúvida quanto ao que pode haver dentro da caixa, o destruiria.

(y) Há, ou pode haver, oficiais alfandegários ou tributários pelos quais precisará passar.

(z) Seus perseguidores o podem seguir. Este é seu principal medo, e, para impedir que seja traído, repeliu, até onde pode, até mesmo sua vítima – eu!

2. Por ferrovia. Não tem ninguém cuidando da caixa. Ele teria que arriscar a possibilidade de um atraso, e um atraso seria fatal, com inimigos em seu rastro. É claro que pode escapar durante a noite, mas o que aconteceria com ele, deixado em um lugar estranho, sem refúgio para onde voar? Não é isso que ele pretende, e não vai arriscar.

3. Pelo rio. Este é o jeito mais seguro, sob um aspecto, mas mais perigoso, sob outro. Sobre a água, ele fica indefeso, exceto à noite; e mesmo então só pode convocar a névoa, as tempestades, a neve e seus lobos. Mas se sua embarcação naufragar, a água o cercaria, e ele estaria perdido. Ele pode fazer com que a embarcação dirija-se à terra, mas, se fosse uma terra hostil, onde não tivesse liberdade para se locomover, sua situação continuaria desesperadora.

Sabemos, pelos registros, que ele esteve em água; então, o que temos que fazer é descobrir *que* água.

A primeira coisa a se fazer é descobrir exatamente o que ele fez até agora; poderemos, então, ter uma ideia do que sua próxima tarefa será.

Primeiro: precisamos diferenciar entre o que ele fez em Londres, como parte de seu plano geral de ação, e quando estava sem tempo, tendo que se arrumar como podia.

Em segundo lugar, precisamos ver, até onde pudermos supor, com base nos fatos que conhecemos, o que ele fez aqui.

Quanto ao primeiro, ele evidentemente pretendia chegar em Galatz, e enviou uma fatura para Varna, para enganar-nos e impedir-nos de descobrir o modo como saiu da Inglaterra; seu único e imediato objetivo, naquele momento, era escapar. A prova disso é a carta de instruções enviada a Immanuel Holdesheim, para que recebesse e levasse a caixa embora *antes do nascer do sol.* Há também a instrução a Petrof Skinsky, que só podemos adivinhar. Mas deve ter havido alguma carta ou mensagem, pois Skinsky entrou em contato com Hildesheim.

Sabemos que, até o momento, seus planos foram bem-sucedidos. O "Czarina Catarina" fez uma jornada fenomenalmente rápida, tanto que levantou suspeitas no Capitão Donelson; mas sua superstição, em conjunto com sua sagacidade, ajudou o Conde em sua jogada, correndo com seus ventos favoráveis através da neblina e tudo o mais, até que chegou, vendado, a Galatz. Ficou provado que os arranjos do Conde foram bem feitos. Hildesheim pegou a caixa, levou-a embora e deu-a a Skinsky. Skinsky recebeu-a... e é aí que perdemos as pistas. Só sabemos que a caixa está sobre a água, em algum lugar, sendo transportada. Os oficiais alfandegários e tributários, se é que há algum, foram evitados.

Agora, chegamos à questão do que o Conde deve ter feito após sua chegada, em terra, em Galatz.

A caixa foi entregue a Skinsky antes do sol nascer. Durante a aurora, o Conde pode aparecer em sua própria forma. Neste ponto, nos perguntamos por que Skinsky foi o escolhido para ajudar na tarefa? O diário de meu marido menciona que Skinsky lidava com os eslovacos que fazem comércio à jusante do porto, e o comentário daquele homem, sobre o assassinato ter sido obra de um eslovaco, demonstra o sentimento da população contra este povo. O Conde queria isolamento.

Minha suposição é esta: em Londres, o Conde decidiu voltar a seu castelo pela água, sendo o meio mais seguro e secreto. Fora trazido do castelo pelos Szgany, e foram eles que provavelmente entregaram a carga aos eslovacos, que levaram as caixas a Varna, pois foi de lá que foram mandadas a Londres. Assim, o Conde conhecia pessoas que poderiam arranjar este serviço. Após a caixa chegar em terra firme, antes do sol nascer ou depois de se pôr, ele saiu da caixa, encontrou-se com Skinsky e instruiu-o a fazer os preparativos para o transporte da caixa ao longo de algum rio. Após isso ter sido feito e ele saber que tudo estava aprontado, eliminou seus traços, como pensou, assassinando seu agente.

Examinei o mapa e descobri que o rio mais adequado para os eslovacos descerem é o Pruth, ou o Sereth. Li nos registros que, em meu transe, ouvi o mugido longínquo de vacas e água correndo na altura de meus ouvidos, e o rangido de madeira. O Conde, dentro de sua caixa, portanto, estava em um rio, em um barco aberto, impulsionado por remos ou varas, pois as margens estão próximas e o barco está trabalhando contra a corrente. Não haveria aquele som, se estivessem flutuando com a corrente.

É claro que pode não ser o Sereth ou o Pruth, mas podíamos investigar mais a fundo. Dentre estes dois, o Pruth é mais facilmente navegado, mas o Sereth se junta, na altura de Fundu, com o Bistritza, que contorna o Passo Borgo. O círculo que ele forma faz com que passe tão perto do castelo de Drácula quanto pode-se chegar por água.

Diário de Mina Harker – continuação.

Quando terminei de ler, Jonathan me tomou em seus braços e me beijou. Os outros me cumprimentaram com apertos de mão e o Dr. Van Helsing disse:

– Nossa cara Madame Mina é, mais uma vez, nossa professora. Seus olhos enxergaram, quando estávamos cegos. Agora, estamos na pista dele novamente e, desta vez, poderemos conseguir. Nosso inimigo está em seu estado mais indefeso, e, se pudermos chegar até ele durante o dia, sobre a água, nossa tarefa estará terminada. Ele tem a dianteira, mas não consegue se apressar, pois não pode sair da caixa, para que os que a carregam não suspeitem. Caso suspeitem, o jogariam na corrente, onde pereceria. Ele sabe disso, e não deixará que aconteça. Agora, homens, vamos para nosso Conselho de Guerra; pois precisamos planejar, aqui e agora, o que cada um de nós fará.

– Pegarei uma lancha a vapor e o seguirei – disse Lord Godalming.

– E eu arranjarei cavalos para segui-lo pelas margens, caso ele venha à terra – disse o Sr. Morris.

– Bom! – disse o Professor. – Muito bem, vocês dois. Mas nenhum de vocês deve ir sozinho. Precisamos ter força para superar a outra força, se necessário; os eslovacos são fortes e brutos, e ele carrega armas agressivas.

Todos os homens sorriram, pois, em conjunto, carregavam um pequeno arsenal. O Sr. Morris disse:

– Trouxe algumas Winchesters; são bem úteis em uma multidão, e pode haver lobos. O Conde, se é que se lembram, tomou outras precauções; fez alguns pedidos a outras pessoas, que a Sra. Harker não conseguiu ouvir ou entender. Precisamos estar preparados sob todos os aspectos.

O Dr. Seward disse:

– Acho melhor ir com Quincey. Estamos acostumados a caçar juntos, e nós dois, bem armados, poderemos enfrentar o que quer que apareça. Você não deve ir sozinho, Art. Pode ser necessário lutar contra os eslovacos, e uma facada de sorte, pois não imagino que esses tipos carreguem armas, arruinaria todos os nossos planos. Não podemos correr nenhum risco, desta vez; não descansaremos até que a cabeça e o corpo do Conde tenham sido separados, e nos certifiquemos de que ele não pode voltar à vida.

Ele encarou Jonathan enquanto falava, e Jonathan olhou para mim. Percebi que o pobrezinho estava dividido. É claro que queria ficar comigo, mas o grupo que fosse no barco seria, provavelmente, o que destruiria o... o...

vampiro (por que hesitei em escrever esta palavra?). Ficou em silêncio por algum tempo e, durante seu silêncio, o Dr. Van Helsing disse:

– Amigo Jonathan, isto é para você, por dois motivos. Primeiro, porque é jovem e corajoso, e sabe lutar, e todas as energias podem ser necessárias, ao final; e, novamente, é seu direito destrui-lo, aquele que trouxe tanta tristeza para você e os seus. Não tema por Madame Mina; ela ficará sob meus cuidados, se me permitir. Sou velho. Minhas pernas não correm tão rápido quanto antes, e não estou acostumado a cavalgar por tanto tempo, ou sair em perseguição pelo período que for necessário; posso lutar de outro jeito. E posso morrer, se necessário, tão bem quanto homens mais jovens. Agora, permita-me dizer que o que eu gostaria de fazer é isso: enquanto vocês, Lord Godalming e meu amigo Jonathan, sobem o rio em seu rápido barco a vapor, e enquanto John e Quincey ficam de guarda nas margens onde o Conde pode vir à terra, levarei Madame Mina para o coração do território inimigo. Enquanto a raposa velha estiver presa em sua caixa, flutuando na corrente de onde não pode escapar para terra firme, onde não ousa levantar a tampa de sua arca que serve de caixão, para que os carregadores eslovacos não o abandonem para morrer, por medo, iremos para a região por onde Jonathan passou, de Bistritz até o Passo Borgo, e nos dirigiremos até o Castelo Drácula. Lá, os poderes hipnóticos de Madame Mina certamente nos ajudarão, e encontraremos o caminho, que, de outra forma, seria sombrio e desconhecido, após a primeira aurora, quando estivermos perto daquele lugar tão fatídico. Há muito a ser feito, e outros lugares a serem santificados, para que o ninho de víboras seja destruído.

Naquele momento, Jonathan o interrompeu, acalorado:

– Está querendo dizer, Professor Van Helsing, que quer levar Mina, no estado lastimável em que está, e conspurcada pelo veneno daquele demônio, direto para a boca da armadilha dele? Por nada neste mundo! Nem pelo céu, nem pelo inferno! – Ficou quase incapaz de falar por um minuto, e então continuou: – Sabe o que é aquele lugar? Já viu aquele tenebroso covil de infâmia diabólica, onde o próprio luar é vivo com formas macabras, e cada partícula de poeira que rodopia ao vento é o embrião de um monstro faminto? Já sentiu os lábios do vampiro em sua garganta? – Naquele momento, virou-se para mim e, quando seu olhar pousou sobre minha testa, jogou os braços para cima, com uma exclamação: – Ah, meu Deus, o que fizemos para que esse terror caísse sobre nós!

Afundou-se no sofá, em um esgotamento de infelicidade. A voz do Professor, falando em tons límpidos e doces, que pareciam vibrar no ar, nos acalmou a todos:

– Ah, meu amigo, é justamente por querer salvar Madame Mina daquele lugar terrível que desejo ir. Que Deus nos livre de levá-la para aquele lugar. Há um trabalho, um trabalho selvagem, a ser feito lá, que os olhos dela não podem ver. Nós, os homens, todos menos Jonathan, vimos com nossos próprios olhos o que deve ser feito antes que aquele lugar possa ser purificado. Lembre-se de que estamos em uma situação terrível. Se o Conde escapar de nós desta vez, e ele é forte, sutil e ardiloso, pode decidir dormir por um século, e então, quando a hora chegar, nossa querida – pegou-me pela mão – viria até ele para fazer-lhe companhia, e se tornaria igual àquelas outras que você, Jonathan, viu. Nos contou sobre os lábios provocantes delas, ouviu suas risadas irreverentes enquanto agarravam aquela sacola que se mexia, que o Conde deu a elas. Você estremece; e tem toda razão. Perdoe-me por causar-lhe tanta dor, mas é necessária. Meu amigo, não é por uma necessidade extrema que estou possivelmente sacrificando minha vida? Se pudéssemos escolher alguém para entrar naquele lugar permanentemente, seria eu que iria, para fazê-las companhia.

– Faça o que quiser – disse Jonathan, com um soluço que fez seu corpo todo estremecer. – Estamos nas mãos de Deus!

*****

Mais tarde. Oh, me fez muito bem, ver o modo como aqueles homens valentes trabalharam. Como as mulheres podem deixar de amar os homens, quando são tão honestos, verdadeiros e corajosos! E também me fez pensar sobre o maravilhoso poder do dinheiro! O que ele não pode fazer, quando usado adequadamente, e o que não consegue, quando usado de forma vil? Fiquei tão grata por Lord Godalming ser tão rico, e por ele e o Sr. Morris, que também tem bastante dinheiro, estarem dispostos a gastarem tão livremente. Pois, se não estivessem, nossa pequena expedição não poderia começar, com tanta rapidez ou tão bem equipada, quanto começará dentro de uma hora. Não faz nem três horas desde que combinamos o papel que cada um de nós desempenhará; e agora Lord Godalming e Jonathan têm um ótimo barco a vapor, pronto para zarpar imediatamente. O Dr. Seward e o Sr. Morris conseguiram meia dúzia de cavalos bons e em ótimo estado. Temos todos os mapas, e aparelhos de todos os tipos. O Professor Van Helsing e eu partiremos no trem das 23:40, hoje, em direção a Veresti, onde pegaremos uma carruagem para atravessar o Passo Borgo. Estamos trazendo uma boa quantia de dinheiro vivo, pois precisaremos comprar a carruagem e cavalos. Nós mesmos a dirigiremos, pois não confiamos em ninguém quanto a isso. O Professor sabe um pouco de muitas línguas, então nos viraremos bem. Todos estamos armados, até mesmo eu, com um revólver de calibre grande; Jonathan não ficará feliz se eu não estiver armada como o resto. Infelizmente, não posso carregar um tipo de arma que os outros têm; a cicatriz em minha testa me impede. O querido Dr. Van Helsing me reconforta, dizendo que estou plenamente armada, pois pode haver lobos; o tempo esfria a cada hora que passa, e nevascas vêm e vão como avisos.

*****

Mais tarde. Precisei de toda a minha coragem para poder dizer adeus ao meu amado. Pode ser que nunca mais nos encontremos. Coragem, Mina! O Professor a está observando atentamente; o olhar dele é uma advertência. Não pode haver lágrimas, neste momento, a não ser que Deus permita que sejam de alegria.

Diário de Jonathan Harker.

30 de outubro, à noite. Escrevo isto à luz da fornalha da lancha a vapor: Lord Godalming a está alimentando. Ele tem muita experiência com tal tarefa, pois faz muitos anos que tem uma lancha própria no Tâmisa, e outra em Norfolk Broads. Relativamente aos nossos planos, finalmente decidimos que a suposição de Mina estava correta e que, se alguma via fluvial foi escolhida pelo Conde para sua fuga de volta ao seu Castelo, seria o Sereth e sua junção com o Bistritza. Imaginamos que algum ponto perto do 47° grau, latitude norte, seria o local escolhido para cruzar a região entre o rio e os Cárpatos. Não temos medo de viajar em alta velocidade rio acima, durante a noite; há água em abundância, e as margens são distantes o suficiente para fazer com que a navegação a vapor seja fácil o suficiente, mesmo no escuro. Lord Godalming me disse para dormir um pouco, pois basta que um de nós fique de guarda, no momento. Mas não consigo dormir; como poderia, com o terrível perigo que ameaça minha amada e sua ida àquele lugar horroroso? Meu único consolo é que estamos nas mãos de Deus. Só que, com esta fé, seria mais fácil morrer do que viver, e, assim, ficar livre de todos esses problemas. O Sr. Morris e o Dr. Seward partiram para sua longa cavalgada antes de nós; ficarão na margem direita, longe o suficiente para subirem para o terreno mais alto, de onde poderão ver uma boa parte do rio e evitar seguir suas curvas. Estão acompanhados, nos primeiros estágios, por dois homens que cavalgam e levam seus cavalos reserva, quatro, no total, para não chamar a atenção das pessoas. Quando dispensarem os homens, o que farão em breve, eles mesmos cuidarão dos cavalos. Pode ser necessário que juntemos nossas forças; caso isso aconteça, todo o nosso grupo terá montaria. Uma das selas tem um pito removível, que pode ser facilmente adaptado para Mina, se necessário.

Estamos em uma aventura alucinada. Enquanto atravessamos a escuridão correndo, com o rio parecendo emanar um frio que nos atinge, todas as vozes misteriosas da noite ao nosso redor, tudo chegará ao fim. Parecemos estar flutuando em direção a lugares e caminhos desconhecidos, para um mundo cheio de coisas sombrias e terríveis. Godalming está fechando a porta da fornalha...

*****

31 de outubro. Continuamos a caminho. O sol raiou, e Godalming está dormindo. Estou de guarda. A manhã está extremamente gelada; o calor da fornalha é bem-vindo, apesar de estarmos com casacos de pele pesados. Até o momento, só passamos por alguns barcos abertos, mas nenhum deles carregava uma caixa, pacote, ou algo que tenha aproximadamente o tamanho do que buscamos. Os homens se assustaram todas as vezes que acendemos nossa lamparina elétrica ao nos aproximarmos deles, se pondo de joelhos e rezando.

*****

1º de novembro, à noite. Sem notícias o dia todo; não descobrimos nada do tipo que buscamos. A esta altura, já passamos para o rio Bistritza, e, se nossa suposição estiver errada, perdemos nossa chance. Examinados todos os barcos, pequenos e grandes. Esta manhã cedo, uma tripulação achou que fôssemos um barco do governo, e nos tratou de forma adequada. Percebemos que isto seria um jeito de facilitar as coisas, então em Fundu, onde o Bistritza se encontra com o Sereth, compramos uma bandeira romena, que hasteamos em um lugar visível. Este truque funcionou com todos os barcos que revistamos; fomos tratados com toda deferência, e não foi feita nenhuma objeção, a nada que quisemos perguntar ou fazer. Alguns eslovacos nos disseram que um barco grande passou por eles, indo a uma velocidade maior do que o normal, pois tinha uma tripulação dupla a bordo. Isso foi antes de chegarem em Fundu, então eles não sabiam dizer se o barco fizera a curva para Bistritza ou continuara no Sereth. Em Fundu, não ouvimos nada sobre esse barco, então deve ter passado por lá durante a noite. Estou com muito sono; talvez o frio esteja começando a me afetar, e a natureza exige descanso, em algum momento. Godalming insiste em ficar com o primeiro turno. Que Deus o abençoe por toda a sua bondade para com a pobre Mina e comigo.

*****

2 de novembro, manhã. Já estamos em plena luz do dia. Meu camarada não quis me acordar. Disse que teria sido uma pena, pois eu estava dormindo tranquilamente, esquecendo de meus problemas. Parece-me extremamente egoísta, ter dormido por tanto tempo e deixado que ele ficasse de vigília a noite toda, mas ele estava certo. Sou um novo homem, esta manhã; e, enquanto estou aqui sentado, observando-o dormir, posso fazer tudo o que for preciso para cuidar do motor, do leme e ficar de guarda. Sinto que minhas forças e energias estão voltando. Imagino onde Mina está, neste momento, assim como Van Helsing. Devem ter chegado em Veresti lá pelo meio-dia, na quarta-feira. Devem ter levado algum tempo para conseguir a carruagem e os cavalos, então, se partiram logo e cavalgaram rápido, devem estar, agora, no Passo Borgo. Que Deus os guie e ajude! Fico com medo só de pensar no que pode acontecer. Se ao menos pudéssemos ir mais rápido! Mas não podemos; os motores estão tremendo, e trabalhando à máxima potência. Gostaria de saber como o Dr. Seward e o Sr. Morris estão indo. Parece haver uma quantidade interminável de riachos descendo as montanhas, em direção a este rio, mas como nenhum deles é muito grande, atualmente, pelo menos, apesar de indubitavelmente serem terríveis no inverno e quando a neve derrete, os cavaleiros não devem ter se deparado com muitas obstruções. Espero que, antes de chegarmos em Strasba, possamos vê-los, pois se, àquela altura, não tivermos alcançado o Conde, pode ser necessário nos reunirmos para discutir o que faremos depois.

Diário do Dr. Seward.

2 de novembro. Três dias na estrada. Sem notícias, e sem tempo para mandar uma mensagem, se houvesse, pois cada momento é precioso. Pa-

ramos só para permitir que os cavalos descansem, mas nós dois estamos aguentando muito bem. Estes nossos dias de aventura estão sendo úteis. Precisamos prosseguir; não ficaremos satisfeitos até que possamos ver a lancha, novamente.

*****

3 de novembro. Ouvimos, em Fundu, que a lancha subiu o rio Bistritza. Gostaria que não estivesse tão frio. Há sinais de que vem neve por aí, e, se cair muita, teremos que parar. Nesse caso, precisaremos arranjar um trenó e prosseguir à moda russa.

*****

4 de novembro. Hoje, ouvimos que a lancha foi detida por um acidente, ao tentar subir as corredeiras. Os barcos eslovacos sobem bem, com a ajuda de uma corda e guiados por quem conhece a região. Alguns deles subiram só algumas horas atrás. Godalming é um mecânico amador, e é evidente que foi ele que consertou a lancha. Finalmente, subiram as corredeiras, com ajuda local, e estão novamente em perseguição. Temo que o acidente não tenha feito bem ao barco; os camponeses nos disseram que, depois que voltou para as águas calmas, ficou parando o tempo todo, até onde puderam ver. Precisamos continuar mais rápido do que nunca, pode ser que precisem de nossa ajuda muito em breve.

Diário de Mina Harker.

31 de outubro. Chegamos em Veresti ao meio-dia. O Professor me disse que, esta manhã, quando o sol nascia, ele quase não conseguiu me hipnotizar, e que tudo o que eu dizia era: “escuro e silencioso”. Ele saiu para comprar uma carruagem e cavalos. Disse que, mais tarde, tentará comprar cavalos adicionais, para que possamos trocá-los no caminho. Temos mais de cento e dez quilômetros à nossa frente. Esta região é linda e muito interessante; se ao menos

estivéssemos sob condições diferentes, como seria agradável explorar tudo. Se Jonathan e eu estivéssemos passeando por aqui, sozinhos, que prazer seria. Parar e conhecer pessoas, aprender um pouco sobre suas vidas, e preencher nossas mentes e lembranças com todas as cores e características pitorescas de todo este país selvagem e belo, e seu povo singular! Mas, infelizmente...

*****

Mais tarde. O Dr. Van Helsing voltou. Conseguiu a carruagem e os cavalos; vamos jantar e partir dentro de uma hora. A dona da hospedaria está montando uma cesta enorme de provisões, para nós. Parece ser o suficiente para um batalhão de soldados. O Professor a encorajou, e disse-me, em um sussurro, que pode se passar uma semana antes que consigamos comida boa, novamente. Ele também foi às compras, e mandou entregar um lote maravilhoso de casacos e estolas de pele, e todo tipo de coisas quentes. Não tem a menor possibilidade de passarmos frio.

*****

Partiremos muito em breve. Tenho medo de pensar no que pode acontecer conosco. Estamos mesmo nas mãos de Deus. Só Ele sabe o que acontecerá, e peço, com todas as forças de minha alma infeliz e humilde, que proteja meu amado marido; que, o que quer que aconteça, Jonathan saiba que o amei e honrei mais do que posso exprimir, e que meu último e mais verdadeiro pensamento será sobre ele.

CAPÍTULO XXVII

Diário de Mina Harker

1º de novembro. Viajamos o dia inteiro, e a uma boa velocidade. Os cavalos parecem saber que estão sendo tratados com gentileza, pois andam à toda velocidade por vontade própria. Até agora, trocamos de cavalos tantas vezes, e nos deparamos com tanta constância, que estamos encorajados a pensar que a jornada será fácil. O Dr. Van Helsing está lacônico; diz aos fazendeiros que estamos indo a Bistritz, e os paga bem pela troca dos cavalos. Nos dão sopa, café ou chá, e depois partimos. É uma região adorável, cheia de belezas de todos os tipos imagináveis, e o povo é valente, forte e simples, e parece cheio de boas qualidades. São muito, *muito* supersticiosos. Na primeira casa em que paramos, quando a mulher que nos serviu viu a marca em minha testa, se benzeu e ergueu dois dedos em minha direção, para expulsar o mau olhado. Acho que tiveram a precaução de colocar uma quantidade extra de alho em nossa comida, e não suporto alho. Desde então, tomo o cuidado de não tirar meu chapéu ou meu véu, e, assim, escapo de suas suspeitas. Estamos viajando rápido, e, como não temos um condutor conosco, para contar histórias, estamos imunes a escândalos; mas ouso dizer que o medo do mau olhado nos seguirá o caminho todo. O Professor parece incansável; o dia todo, não parou nenhuma vez, mas me fez dormir por um longo período. Quando o sol se pôs, me hipnotizou, e disse que respondi, como de costume: "escuridão, água corrente e madeira rangendo"; então, nosso inimigo continua no rio. Estou com medo de pensar em Jonathan, mas, de alguma forma, neste momento não temo por ele, nem por mim. Escrevo isto enquanto esperamos, em uma casa de fazenda, os cavalos ficarem prontos. O Dr. Van Helsing está dormindo, pobrezinho. Parece muito cansado, velho e grisalho, mas sua boca está firme como a de um conquistador; até mesmo enquanto dorme, sua expressão é de determinação. Após partirmos, preciso fazer com que ele descanse, enquanto dirijo. Direi a ele que temos dias à nossa frente, e não podemos desabar justo quando as forças dele serão mais necessárias... Tudo está pronto; partiremos logo.

*****

2 de novembro, manhã. Consegui, e nos revezamos para dirigir a noite toda; agora, o dia está raiando, iluminado, porém frio. Há um peso estranho no ar; uso a palavra "peso" por não encontrar uma melhor, mas o que quero dizer é que nos oprime a ambos. Está bastante frio, e só nossos casacos de pele pesa-

dos nos mantêm confortáveis. Na aurora, o Dr. Van Helsing me hipnotizou; disse que respondi: "escuridão, madeira rangendo e barulho de água estrondosa", então o rio está mudando conforme sobem. Espero que meu querido não corra nenhum risco desnecessário, mas estamos nas mãos de Deus.

* * * * *

2 de novembro, à noite. Dirigimos o dia todo. O interior fica cada vez mais selvagem, conforme prosseguimos, e os enormes picos dos Cárpatos, que, em Veresti, pareciam tão longe de nós, e tão baixos no horizonte, agora parecem nos circundar e assomar à nossa frente. Nós dois estamos de bom humor; acho que estamos nos esforçando para alegrar um ao outro, e, ao fazer isso, alegramos a nós mesmos. O Dr. Van Helsing disse que, pela manhã, chegaremos ao Passo Borgo. Há muito poucas casas, por aqui, e o Professor disse que o último cavalo que pegamos terá que ir com a gente, pois não conseguiremos trocá-lo. Ele pegou dois, além dos dois que trocamos, de modo que, agora, temos um tipo de coche puxado por quatro cavalos. Os cavalos são adoráveis, pacientes e bonzinhos, e não nos dão trabalho algum. Não estamos preocupados com outros viajantes e, assim, até mesmo eu posso conduzir. Chegaremos no Passo durante o dia; não queremos chegar antes. Então, estamos indo lentamente, com cada um de nós descansando por um longo período. Ah, o que o amanhã trará para nós? Estamos indo em direção ao local onde meu amado sofreu tanto. Que Deus permita que cheguemos bem, e proteja meu marido e os que nos são tão queridos, que estão em um perigo tão mortal. Quanto a mim, não sou digna d'Ele. Ó! Sou impura aos olhos de Deus, e continuarei a sê-lo até que permita que eu me erga perante a Ele, como um dos que não incorreram Sua ira.

Memorando de Abraham Van Helsing.

4 de novembro. Esta mensagem é para meu velho e verdadeiro amigo, o Dr. John Seward, de Purfleet, Londres, caso não nos reencontremos. Talvez isto explique. É de manhã, e escrevo à luz de uma fogueira que mantive acesa

a noite inteira, com ajuda da Madame Mina. Está frio, muito frio; tão frio que o céu cinzento e pesado está carregado de neve, que, quando cair, ficará durante o inverno todo sobre a terra, que está se endurecendo para recebê-la. Parece ter afetado Madame Mina; esteve com a mente tão embotada o dia inteiro que não está agindo normalmente. Só faz dormir, dormir e dormir! Ela, que geralmente é tão alerta, não fez literalmente nada o dia todo; até perdeu o apetite. Não escreveu nada em seu diário, logo ela, que registra tudo tão fielmente, a cada pausa. Algo me diz que não está bem. Contudo, hoje à noite está mais animada. Sua longa soneca durante o dia a reviveu e reanimou, pois agora está amável e bem-disposta como sempre. No crepúsculo, tentei hipnotizá-la, mas não surtiu efeito; o poder diminuiu a cada dia e, hoje, se esvaiu completamente. Bem, que seja feita a vontade de Deus, qualquer que seja ela, e aonde quer que nos leve!

Agora, vamos ao relato, pois, como Madame Mina não está escrevendo em sua estenografia, preciso fazê-lo, do meu modo antiquado, para que nenhum dia fique sem ser registrado.

Chegamos ao Passo Borgo logo depois da aurora, ontem. Ao ver os sinais do sol nascente, preparei-me para o hipnotismo. Paramos a carruagem e descemos, para não sermos atrapalhados. Fiz um assento com as peles, e Madame Mina, deitando-se, se entregou ao sono hipnótico como de costume, só que mais lentamente do que nunca. Assim como das outras vezes, respondeu: "escuridão e água correndo". Então, despertou, animada e radiante, e seguimos viagem. Logo chegamos ao Passo. Naquele momento e naquele lugar, foi tomada por um entusiasmo ardoroso; algum novo poder de guia se manifestou nela, pois apontou para uma estrada e disse:

– É este o caminho.

– Como pode saber? – perguntei.

– É claro que sei – respondeu. Após uma pausa, acrescentou: – Meu Jonathan não percorreu este caminho, e escreveu sobre suas viagens?

De início, achei um pouco estranho, mas logo percebi que só pode haver uma estrada vicinal. É pouco usada, e muito diferente da estrada percorrida pelas carruagens, que liga Bukovina a Bistritz, que é mais larga e dura, e utilizada com mais frequência.

Então, pegamos aquela estrada; quando nos deparamos com outros caminhos – e nem sempre tínhamos certeza de que eram caminhos, pois estavam negligenciados e um pouco de neve já caíra –, os cavalos sabiam. Deixei-os livres, e seguiram em frente com paciência. Pouco a pouco, encontramos todas as coisas que Jonathan anotou naquele seu maravilhoso diário. Então, prosseguimos por um longo tempo, horas e horas. De início, disse para Madame Mina dormir; ela tentou, e conseguiu. Dormiu o tempo todo, até que, finalmente, comecei a ficar mais e mais desconfiado, e tentei acordá-la. Mas ela continuou dormindo, e não consigo fazê-la despertar, por mais que tente. Não quis tentar muito, para não machucá-la, pois sei que sofreu muito, e o sono, às vezes, pode ser tudo para ela. Acho que eu mesmo peguei no sono, pois senti-me culpado de repente, como se tivesse feito algo errado; então, acordei com um sobressalto, com as rédeas nas mãos, e os cavalos continuavam trotando, sempre em frente. Olhei para baixo e vi que Madame Mina continuava dormindo. Já não faltava muito tempo para o crepúsculo, e, sobre a neve, a luz do sol fluía em uma grande enchente amarelada, que produzia sombras grandes onde as montanhas se erguem, tão íngremes. Pois estávamos subindo, cada vez mais alto; e tudo é tão selvagem e pedregoso, como se fosse o fim do mundo.

Então, acordei Madame Mina. Desta vez, acordou sem muitas dificuldades, e tentei colocá-la sob hipnose. Mas ela não sucumbiu, como se eu não houvesse feito nada. Ainda assim, continuei tentando, até perceber que estávamos no escuro; assim, olhei ao meu redor e descobri que o sol já se pusera. Madame Mina riu, e virei-me para encará-la. Estava totalmente desperta, e com uma aparência boa, como não a vira desde aquela noite, em Carfax, quando entramos na casa do Conde pela primeira vez. Fiquei atônito, e nem um pouco tranquilo; mas ela está tão animada, terna e gentil, que me esqueci de todo o medo. Acendi um fogo, pois trouxemos lenha conosco, e ela preparou a comida, enquanto soltei os cavalos e os pus, amarrados sob um abrigo, para comer. E então, quando voltei para a fogueira, ela já terminara de preparar o jantar. Fui ajudá-la; ela sorriu e me disse que já comera... que estava com tanta fome, que não quis esperar. Não gostei nem um pouco disso, e estou com sérias dúvidas; mas tenho medo de assustá-la, então não disse mais nada. Ela me ajudou, e comi sozinho; então, nos enrolamos em nossas peles e nos deitamos ao lado do fogo, e disse a ela que dormisse enquanto eu ficava de guarda. Porém, depois disso, esqueci-me completamente de que devia ficar de vigília, e, quando lembrei-me repentinamente do que devia estar fazendo, reparei que ela estava deitada, em silêncio, porém acordada, olhando para mim com uma expressão vívida no olhar. Isso aconteceu mais duas vezes, e dormi bastante até a manhã chegar. Quando acordei, tentei hipnotizá-la, mas em vão! Apesar de seus olhos se fecharem obedientemente, ela não conseguiu adormecer. O sol apareceu e subiu cada vez mais, e então ela finalmente adormeceu, tarde demais, mas agora está num sono tão pesado, que não consigo acordá-la. Tive que levantá-la e colocá-la, adormecida, na carruagem, e então atrelei os cavalos e aprontei tudo. A senhora continua dormindo, e sua aparência, durante o sono, está mais saudável e corada do que antes. Mas não gosto disso, e tenho medo, muito, muito medo! Tenho medo de tudo, até mesmo de pensar, mas preciso prosseguir. A aposta de nosso jogo é pela vida ou pela morte, ou mais do que isso, e não podemos vacilar.

*****

5 de novembro. Deixe-me ser preciso em relação a tudo, pois apesar de nós dois já termos visto coisas muito estranhas juntos, pode ser que você pense, de início, que eu, Van Helsing, fiquei louco... que os diversos horrores e o longo período de pressão sobre meus nervos estão começando a afetar meu cérebro.

Ontem, viajamos o dia inteiro, nos aproximando cada vez mais das montanhas e entrando em uma terra deserta mais e mais selvagem. Há enormes precipícios de aparência aterradora, e muitas cachoeiras, e a Natureza parecia ter controlado um pouco sua exuberância. Madame Mina continuou dormindo, e, apesar de eu ter ficado com fome e parado para comer, não consegui acordá-la, nem mesmo com comida. Comecei a temer que o feitiço fatal deste lugar estivesse sobre ela, manchada como está pelo batismo do vampiro. “Bem”, disse para mim mesmo, “se ela vai dormir o dia inteiro, eu também não dormirei à noite”. Conforme que viajávamos por uma estrada pedregosa, pois era de um tipo antigo e imperfeito, abaixei a cabeça e dormi. Novamente, acordei com uma sensação de culpa e de que já havia se passado algum tempo, e encontrei Madame Mina ainda dormindo, e o sol baixo no céu. Mas tudo havia, sim, mudado: as montanhas ameaçadoras pareciam mais distantes, e estávamos próximos do topo de uma colina íngreme, no cume da qual havia o castelo que Jonathan descrevera em seu diário. Regozijei-me e fiquei assustado, ao mesmo tempo, pois agora, para o bem ou para o mal, o fim estava próximo.

Acordei Madame Mina, e tentei novamente hipnotizá-la; mas, infelizmente, não consegui até ser tarde demais. Então, a grande escuridão caiu sobre nós, pois, mesmo depois de o sol se pôr, os céus refletiam o sol sobre a neve, e tudo ficou, por um tempo, em um grande crepúsculo. Desatrelei os cavalos e dei-lhes de comer sob o abrigo que consegui encontrar. Então, fiz uma fogueira; perto dela, fiz com que Madame Mina, àquela altura acordada e mais encantadora do que nunca, se sentasse confortavelmente entre suas peles. Preparei uma comida, mas ela não quis, dizendo apenas que não tinha fome. Não insisti, sabendo que ela não cederia. Mas eu mesmo comi, pois preciso ficar forte por nós todos. Então, temendo o que poderia acontecer, desenhei um círculo grande para mantê-la confortável, ao redor de onde Madame Mina estava sentada; e, por cima desse círculo, passei um pouco da hóstia, quebrando-a em um pó tão fino que tudo ficou bem protegido. Ela sentou-se imóvel o tempo todo, tão imóvel quanto uma morta, e foi ficando cada vez mais pálida, a ponto de a neve não estar tão branca quanto ela, e não disse uma palavra. Mas, quando me aproximei, ela se agarrou a mim, e vi que a pobre alma estava estremecendo da cabeça aos pés, com um tremor que me doía só de ver. Disse a ela, quando se acalmou:

– Não quer vir mais para perto do fogo? – pois queria fazer um teste, para ver o que ela podia fazer. Ela se levantou, obedientemente, mas, após dar um passo, parou e ficou ali de pé, como se houvesse sido atingida por algo. – Por que não continua? – perguntei.

Ela fez que não com a cabeça e, voltando, sentou-se em seu lugar. Então, encarando-me com os olhos arregalados, como quem acabou de acordar, disse apenas:

– Não consigo! – e permaneceu em silêncio. Regozijei, pois confirmara que, o que ela não conseguia fazer, tampouco conseguiriam aqueles que tememos. Apesar de seu corpo estar em perigo, sua alma está segura!

Depois disso, os cavalos começaram a relinchar e brigar com suas amarras, de modo que fui até eles e os acalmei. Ao sentirem minhas mãos sobre eles, rincharam baixinho de alegria, lamberam minhas mãos e ficaram quietos, por um tempo. Tive que ir até eles muitas vezes durante a noite, até que chegou a hora gelada, quando toda a natureza está em seu ponto mais baixo; e, todas as vezes, minha presença os fez aquietar. Na hora gelada, o fogo começou a se extinguir, e eu estava prestes a me levantar para alimentá-lo, pois a neve estava caindo com força, acompanhada por uma neblina gélida. Até mesmo no escuro havia uma luz de algum tipo, como sempre há sobre a neve; e parecia que a nevasca e a neblina tomavam as formas de mulheres arrastando vestidos atrás de si. Tudo estava mergulhado em um silêncio mortal e sombrio, exceto os relinchos e movimentos dos cavalos, que pareciam tomados por um terror do pior tipo. Comecei a ficar com medo, um medo terrível; mas então senti-me seguro, ao lembrar do círculo ao meu redor. Também comecei a achar que minha imaginação era produto da noite, das sombras e da falta de descanso pela qual passara, assim como de toda a terrível ansiedade. Era como se minhas lembranças das experiências tenebrosas de Jonathan estivessem me enganando, pois os flocos de neve e a neblina começaram a girar e formar círculos, ao ponto de conseguir vislumbrar aquelas mulheres que queriam beijá-lo. E então, os cavalos começaram a se encolher cada vez mais e a gemer de terror, como fazem os homens que estão com dor. Não lhes fora permitido nem mesmo enlouquecer de medo, para que pudessem se soltar. Temi por minha querida Madame Mina, quando aquelas figuras estranhas se aproximaram e nos cercaram. Olhei para ela, mas ela continuava sentada calmamente, e sorriu para mim; quando eu estava prestes a ir até a fogueira para aumentar as chamas, ela me segurou, sussurrando como uma voz que se ouve em sonhos, de tão baixa que era:

– Não! Não! Não vá para fora. Está seguro aqui.

Voltei-me para ela e, olhando-a nos olhos, disse:

– Mas e a senhora? É por você que temo!

Em resposta, ela riu, uma risada baixa e irreal, e disse:

– Teme por mim! Por que teme por mim? Não há ninguém neste mundo mais protegido contra elas do que eu.

Enquanto tentava entender o significado de suas palavras, uma rajada de vento fez com que as chamas saltassem, e pude ver a marca vermelha em sua testa. E então, infelizmente, eu soube. Se não soubesse, logo teria aprendido, pois as figuras rodopiantes de neve e neblina começaram a se aproximar, mas sempre fora do círculo sagrado. Então, começaram a se materializar, até que – se é que Deus não me deixou louco, pois as vi com meus próprios olhos – ali estavam, à minha frente, em carne e osso, as mesmas três mulheres que Jonathan vira no quarto, que tentaram beijar seu pescoço. Reconheci as figuras curvilíneas e bamboleantes, os olhos duros e brilhantes, os dentes brancos, a cor rubra, os lábios voluptuosos. Sorriram o tempo todo para a pobre Madame Mina, e, quando suas risadas atravessaram o silêncio noturno, deram os braços umas às outras e apontaram para ela, dizendo, naqueles tons doces e tilintantes, que Jonathan descrevera como a doçura intolerável de copos d'água:

– Venha, irmã. Venha para nós. Venha! Venha!

Virei-me por medo em direção à pobre Madame Mina, e meu coração encheu-se de alegria, pois o terror em seus olhos doces, a repulsa, o horror, contavam uma história de esperança. Agradeci a Deus por ela ainda não ser uma delas. Agarrei um pedaço de lenha que estava ao meu lado e, estendendo um pedaço de hóstia, avancei sobre elas, em direção ao fogo. Elas se afastaram de mim, e deram aquela risada baixa e horrorosa. Alimentei o fogo, e não as temi mais, pois sabia que estávamos seguros dentro de nossas proteções. Elas não poderiam se aproximar de mim enquanto eu estivesse com aquela arma, nem de Madame Mina, enquanto ela ficasse dentro do círculo, do qual ela não poderia sair, do mesmo jeito em que elas não poderiam entrar. Os cavalos haviam parado de gemer, e estavam deitados imóveis no chão; a neve caía sobre eles suavemente, deixando-os cada vez mais brancos. Sabia que os pobres animais não teriam mais medo.

Assim permanecemos, até os raios vermelhos da aurora passarem pela escuridão da neve. Eu estava desolado e com medo, cheio de aflição e terror; mas, quando aquele lindo sol começou a subir no horizonte, voltei à vida. Com os primeiros raios da alvorada, as figuras horrendas derreteram na neblina e na neve; os espectros transparentes se retiraram para o castelo e os perdemos de vista.

Instintivamente, com a chegada iminente do dia, virei-me para Madame Mina, pretendendo hipnotizá-la; mas ela jazia em um sono profundo e repentino, do qual não consegui acordá-la. Tentei hipnotizá-la enquanto dormia, mas ela não reagiu de forma alguma, e o dia chegou. Ainda estou com medo de me mexer. Fiz o fogo e examinei os cavalos, estão todos mortos. Hoje, tenho muito a fazer, e fico esperando até o sol estar a pino, pois pode haver lugares aonde eu tenha que ir, onde a luz do sol, apesar de obscurecida pela neve e neblina, me protegerá.

Me fortificarei com o café da manhã, e então cumprirei minha terrível tarefa. Madame Mina ainda dorme e, graças a Deus, está num sono calmo...

Diário de Jonathan Harker.

4 de novembro, noite. O acidente com a lancha foi algo terrível para nós. Se não fosse por ele, já teríamos alcançado o barco há tempos, e, a esta altura, minha amada Mina já estaria livre. Tenho medo de pensar nela, em meio às planícies, perto daquele lugar horrível. Conseguimos cavalos e continuamos na trilha. Escrevo isto enquanto Godalming se arruma. Estamos com nossas armas. Os Szgany precisam ficar alertas, se quiserem lutar. Ah, se ao menos Morris e Seward estivessem conosco. Só podemos esperar! Se não conseguir escrever mais, adeus, Mina! Que Deus a abençoe e guarde.

Diário do Dr. Seward

5 de novembro. Após o dia raiar, vimos o grupo de Szgany à nossa frente, saindo correndo do rio com sua carroça. A cercavam em um grupo cerrado, e corriam como se estivessem sendo perseguidos. A neve está caindo suavemente, e há uma estranha excitação no ar. Pode ser nossos próprios sentimentos, mas a depressão é estranha. Ao longe, ouço os uivos de lobos; a neve os faz descer as montanhas, e todos estamos cercados de perigos, por todos os lados. Os cavalos estão quase prontos, e logo partiremos. Cavalgaremos em direção à morte de alguém. Só Deus sabe de quem, ou onde, ou o que, ou quando, ou como será...

Memorando do Dr. Van Helsing.

5 de novembro, à tarde. Pelo menos, estou são. Graças a Deus por esta misericórdia, de qualquer forma, ainda que prová-la tenha sido difícil. Quando deixei Madame Mina dormindo dentro do círculo sagrado, tomei o rumo do castelo. O martelo de ferreiro que trouxe na carruagem, de Veresti, foi útil, pois apesar de todas as portas estarem abertas, as tirei das dobradiças enferrujadas, para impedir que alguma intenção maligna ou azar as fechasse, impedindo-me de sair depois que entrasse. A experiência amarga de Jonathan me ajudou, neste sentido. Lembrando-me de seu diário, encontrei o caminho da antiga capela, pois sabia que era lá que meu trabalho se encontrava. O ar estava opressivo; parecia que havia algum tipo de fumaça sulfurosa, que me deixou zonzo. Ou meus ouvidos estavam zumbindo, ou ouvia, ao longe, os uivos de lobos. Então, lembrei-me de minha querida Madame Mina, e fiquei em uma situação terrível. O dilema me prendera em seus chifres.

Não ousara trazê-la para aquele lugar, e a deixara segura do vampiro dentro do círculo sagrado; mas, ainda assim, havia os lobos! Decidi que minha tarefa era no castelo, e que, quanto aos lobos, precisaríamos nos sujeitar, se fosse a vontade de Deus. De qualquer forma, só havia morte e liberdade, para além daquilo. Então, tomei a decisão por ela. Se se tratasse só de mim, a escolha teria sido fácil, as mandíbulas do lobo sendo um lugar melhor para descansar do que a tumba do vampiro! Então, tomei a decisão de prosseguir com meu trabalho.

Sabia que tinha que encontrar pelo menos três túmulos; túmulos habitados. Assim, procurei e procurei, e encontrei um deles. Ela jazia em seu sono vampírico, tão cheia de vida e beleza voluptuosa que estremeci, como se houvesse ido até lá para cometer assassinato. Ah, não tenho dúvidas de que, nos tempos antigos, quando essas coisas aconteciam, muitos homens que partiram para cumprir a mesma tarefa que eu descobriram, no final das contas, que sua coragem os abandonou, e depois seus nervos; então, hesitaram, hesitaram, e hesitaram, até que a mera beleza e a fascinação da morta-viva lasciva os hipnotizaram, e eles ficaram imobilizados até a chegada do crepúsculo, e o sono vampiresco terminou. Então, os lindos olhos da bela mulher se abriam, cheios de amor, e a boca voluptuosa pedia um beijo... e o homem é fraco. E mais uma vítima era acrescentada ao bando dos vampiros, mais uma para aumentar as fileiras sombrias e tenebrosas dos mortos-vivos...

Decerto que há alguma fascinação que me comove com a simples presença de alguém como ela, ainda que esteja deitada em uma tumba desgastada com o tempo e carregada de poeira das eras, ainda que haja aquele odor horrendo, como tinham os covis do Conde. Sim, fiquei comovido, eu, Van Helsing, com toda a minha determinação e meus motivos para odiar – fui tomado por um desejo de inação, que pareceu paralisar minhas faculdades e embotar minha própria alma. Podia ser que a necessidade de um sono natural, e a estranha opressão no ar, estavam começando a me subjugar. Só o que sabia com certeza é que eu estava pegando no sono, o sono de olhos abertos daquele que se rende a uma doce fascinação, até que chegou a mim, através do ar frio e imóvel, um lamento longo e baixo, tão cheio de infelicidade e pena, que me despertou como o toque de um clarinete, pois era a voz da minha querida Madame Mina que ouvia.

Então, me preparei novamente para a horrenda tarefa, e encontrei, arrancando as tampas de outras tumbas, uma das outras irmãs, a outra morena. Não ousei parar para olhá-la, como fizera com a outra, para não cair sob seu feitiço novamente; continuei procurando, até que encontrei uma tumba grande e alta, como se houvesse sido construída para alguém muito amada, a outra irmã, a loura, que, como Jonathan, eu vira se materializar dos átomos da névoa. Era tão bela de se olhar, tão radiantemente linda, tão deliciosamente voluptuosa, que o instinto masculino em mim, que impele alguns de meu sexo a amar e proteger algumas do sexo dela, fez minha cabeça girar com novas emoções. Mas, graças a Deus, o lamento fantasmagórico de minha querida Madame Mina ainda não saíra de meus ouvidos, e, antes que o feitiço pudesse tomar conta de mim, me concentrei em minha dificultosa tarefa. Àquela altura, eu já vasculhara todas as tumbas da capela, até onde podia ver; e, como só três mortas-vivas fantasmagóricas nos circundaram durante a noite, concluí que não havia outros mortos-vivos em ação. Havia uma outra tomba admirável, mais elegante do que todas as outras; era enorme, e de proporções nobres. Nela, havia uma única palavra:

DRÁCULA

Era este, então, o lar sepulcral do Rei dos Vampiros, responsável por tantos outros. Seu vazio confirmou com eloquência o que eu já sabia. Antes de começar a tornar aquelas mulheres verdadeiramente mortas, com minha terrível tarefa, coloquei um pouco da hóstia na tumba de Drácula, banindo-o dela, como morto-vivo, por toda a eternidade.

Naquele momento, começou minha horrível tarefa, em relação à qual estava recalcitrante. Se houvesse só uma, seria comparativamente fácil. Mas três! Recomeçar mais duas vezes, depois de ter passado por algo pavoroso; pois, se fora terrível com a doce Srta. Lucy, como não seria com aquelas estranhas, que sobreviveram por séculos, e que haviam sido fortalecidas pela passagem dos anos? Que lutariam, se pudessem, por suas vidas horrendas...

Ah, meu amigo John, foi um trabalho de açougueiro; se eu não tivesse tomado coragem pensando na outra morta, e da mulher viva que estava sob tanto pavor, não teria conseguido ir em frente. Estou tremendo até agora, apesar de, até tudo estar terminado, minha coragem aguentou, graças a Deus.

Se não houvesse visto o repouso imediato e a felicidade que tomou conta dela quando a dissolução final chegou, indicando que a alma fora resgatada, eu não teria conseguido seguir em frente com minha carnificina. Não teria aguentado os guinchos terríveis, quando enfiei a estaca; sua forma se contorcendo, e os lábios cheios de espuma sangrenta. Eu teria fugido, aterrorizado, e deixado meu trabalho incompleto. Mas está terminado! E as pobres almas, agora posso ter piedade delas e chorar, enquanto penso nelas, plácidas, cada uma no sono completo da morte, por alguns momentos antes de se esvaírem. Pois, meu caro John, minha faca mal havia terminado de cortar a cabeça de cada uma delas antes de o corpo inteiro começar a se desfazer e se transformar em pó, como se a morte, que deveria ter chegado há séculos, finalmente ocupasse seu lugar de direito e dissesse, imediatamente e em voz alta: "aqui estou!".

Antes de sair do castelo, cuidei de suas entradas, para que o Conde nunca mais consiga entrar lá como morto-vivo.

Ao entrar no círculo, onde Madame Mina dormia, ela acordou e, ao me ver, exclamou de dor por eu ter aguentado tanta coisa.

– Venha! – disse. – Vamos para longe deste lugar horroroso! Vamos encontrar meu marido, que eu sei que está vindo em nossa direção.

Ela parecia magra, pálida e enfraquecida, mas seus olhos estavam puros e brilhavam de fervor. Fiquei contente de ver sua palidez e fraqueza, pois minha mente estava cheia dos horrores recentes daquele sono vampiresco ruborizado.

Assim, com confiança e esperança, ainda que tomados pelo medo, estamos indo em direção ao leste encontrar nossos amigos, e *ele*, que Madame Mina diz *saber* que está vindo ao nosso encontro.

Diário de Mina Harker.

6 de novembro. Já era fim de tarde, quando o Professor e eu nos dirigimos para o leste, de onde sabia que Jonathan estava vindo. Não fomos muito rápido, apesar de a trilha ser uma descida íngreme, pois tínha-

mos que levar nossas peles e estolas conosco; não ousamos encarar a possibilidade de não podermos nos aquecer no frio e na neve. Também tivemos que levar algumas de nossas provisões, pois estávamos em um lugar absolutamente desolado e, até onde podíamos ver através da neve, não havia nem sinal de alguma habitação. Após termos percorrido cerca de um quilômetro, fiquei cansada da longa caminhada, e sentei-me para repousar. Então, olhamos para trás e vimos as linhas nítidas do castelo de Drácula cortando o céu; pois estávamos tão profundamente abaixo da montanha onde ele ficava, que o ângulo de perspectiva dos Cárpatos estava bem abaixo dele. O vimos em toda a sua grandeza, empoleirado a trezentos metros de altura, no cume de um precipício, e aparentemente com um enorme vão entre ele e a face da montanha adjacente, de ambos os lados. Havia algo selvagem e estranho, naquele lugar. Podíamos ouvir os uivos distantes de lobos. Estavam longe, mas aquele som, apesar de abafado pela neve que caía, era cheio de terror. Percebi, pelo modo como o Dr. Van Helsing olhava ao redor, que estava tentando encontrar algum ponto estratégico, onde ficaríamos menos expostos em caso de ataque. A estrada grosseira continuava nos levando para baixo; podíamos enxergá-la através dos redemoinhos de neve.

Dentro de algum tempo, o Professor gesticulou para mim, de modo que levantei-me e fui até ele. Ele encontrara um local maravilhoso, um tipo de oco natural em uma rocha, com uma entrada que parecia uma porta, entre dois rochedos. Pegou-me pela mão e me puxou para dentro:

– Viu! – disse. – Aqui, a senhora estará abrigada; e, se os lobos chegarem, posso enfrentá-los um de cada vez.

Trouxe nossas peles, e fez um ninho confortável para mim, pegando algumas provisões e forçando-me a comer. Mas não consegui; mesmo tentar me causava repulsa e, por mais que quisesse agradá-lo, não consegui me forçar à tentativa. Ele pareceu ficar bastante triste, mas não me admoestou. Tirando seus binóculos da caixa, ficou de pé em cima da rocha, e começou a vasculhar o horizonte. Repentinamente, exclamou:

– Olhe! Madame Mina, olhe! Olhe!

Pus-me de pé com um pulo e parei ao lado dele, sobre a rocha; ele me passou os binóculos, e apontou. A neve caía com mais força, e rodopiava ao nosso redor, pois um vento forte estava começando a soprar. Contudo, houve certas pausas entre os redemoinhos, e consegui ver ao longe. Da altura em que estávamos, era possível ver a uma grande distância; e, ao longe, além da vastidão branca de neve, pude ver o rio correndo, parecido com uma fita preta cheia de dobras e curvas. Bem na nossa frente, e não muito longe – na verdade, tão perto que estranhei não termos visto antes –, vinha um grupo de homens a cavalo, apressadamente. No meio deles havia uma carroça longa, que sacolejava de um lado para o outro, como a cauda de um cachorro balançando, com cada desnível da estrada. Sobressaindo-se da neve como estavam, pude ver, pelas roupas dos homens, que eram camponeses, ou algum tipo de ciganos.

Sobre a carroça havia uma grande arca quadrada. Meu coração bateu mais forte ao vê-la, pois senti que o fim se aproximava. A noite caía, e eu sabia bem que, ao pôr do sol, a Coisa, que continuava presa ali, adquiriria uma nova liberdade e poderia, de diversas formas diferentes, escapar de qualquer perseguição. Com medo, virei-me para o Professor; para minha consternação, contudo, ele não estava lá. Um instante depois, o vi abaixo de mim. Criara um círculo ao redor da rocha, como aquele em que nos abrigáramos na noite anterior. Ao terminar, voltou para meu lado dizendo:

– Pelo menos a senhora estará a salvo dele! – Pegou o binóculo e, durante o próximo intervalo da neve, vasculhou todo o espaço abaixo de nós. – Está vendo, – disse, – estão vindo rápido; estão chicoteando os cavalos, e galopando o mais rápido que podem. – Parou e depois prosseguiu, em um tom sombrio: – Estão correndo contra o crepúsculo. Pode ser tarde demais, para nós. Que seja feita a vontade de Deus!

Outro rush de neve ofuscante caiu, e a paisagem inteira ficou invisível. Entretanto, logo passou, e ele focou o binóculo novamente nas planícies. Então, fez uma exclamação repentina:

– Veja! Veja! Veja! Olhe ali, dois cavaleiros os estão seguindo rapidamente, vindos do sul. Devem ser Quincey e John. Pegue o binóculo. Olhe antes que a neve obscureça tudo!

Peguei o binóculo e olhei. Os dois homens podiam ser o Dr. Seward e o Sr. Morris. Soube, de qualquer forma, que nenhum deles era Jonathan. Ao mesmo tempo, *sabia* que Jonathan não estava longe; olhando ao redor, vi, ao norte da dupla que se aproximava, outros dois homens, galopando a uma velocidade aterradora. Soube que um deles era Jonathan, e concluí, é claro, que o outro era Lord Godalming. Eles também estavam perseguindo o grupo que carregava a carroça. Quando contei para o Professor, ele deu um grito de alegria, como uma criança, e, após observar com atenção, até que a neve o impediu de enxergar qualquer coisa, deixou sua espingarda Winchester pronta para ser usada, sobre a pedra que ficava na entrada de nosso abrigo.

– Todos eles estão convergindo – disse. – Quando chegar a hora, estaremos cercados por ciganos de todos os lados.

Deixei meu revólver à mão, pois, enquanto falávamos, os uivos dos lobos ficavam cada vez mais altos e próximos. Quando a tempestade de neve diminuiu por um momento, olhamos de novo. Era estranho ver a neve caindo em flocos tão grandes ao nosso redor, mas além, o sol brilhava cada vez mais, enquanto afundava em direção aos cumes das montanhas longínquas. Varrendo o cenário ao nosso redor com o binóculo, pude ver, aqui e acolá, pontinhos se movendo, sozinhos, em pares e em trios, e em maior quantidade – os lobos estavam se juntando para caçar.

Cada instante parecia uma eternidade, enquanto esperávamos. O vento soprava em fortes lufadas, e a neve era empurrada com fúria ao nosso redor, circulando-nos em turbilhões. Em certos momentos, não víamos um palmo à nossa frente; mas, em outros, quando o vento uivante soprava por todos os lados, parecia limpar a atmosfera ao nosso redor, nos permitindo enxergar ao longe. Nos acostumáramos tanto, ultimamente, a esperar a aurora e o ocaso, que sabíamos, com razoável precisão, quando aconteceriam; e soubemos que, dentro em breve, o sol se poria. É difícil acreditar que, de acordo com nossos relógios, esperamos menos de uma hora naquele abrigo rochoso, antes que os vários corpos começassem a convergir perto de nós. O vento chegava em sopros mais ferozes e cortantes, e mais constantemente, do norte. Parecia ter expulsado as nuvens de neve de cima de nós, pois a neve só caía com arroubos ocasionais. Conseguíamos distinguir claramente os indivíduos de cada grupo, os perseguidos e os perseguidores. Por mais estranho que seja, os perseguidos pareciam não ter reparado, ou não se importar, com o fato de que estavam sendo caçados; contudo, pareciam se apressar, com velocidade redobrada, conforme o sol mergulhava mais e mais entre os topos das montanhas.

Se aproximavam cada vez mais. O Professor e eu nos agachamos atrás da pedra e empunhamos nossas armas; pude ver que ele estava decidido a não deixá-los passar. Todos eles estavam absolutamente inconscientes de nossa presença.

Ao mesmo tempo, duas vozes gritaram: "Parem!". Uma era a de meu Jonathan, erguida em uma nota alta de entusiasmo. a outra era o tom forte e decidido do Sr. Morris, em uma ordem firme. Os ciganos podiam não conhecer a língua, mas não tinha como confundir o tom, em qualquer idioma que a palavra tenha sido dita. Instintivamente, puxaram as rédeas e, naquele instante, Lord Godalming e Jonathan correram de um lado, e o Dr. Seward e o Sr. Morris do outro. O líder dos ciganos, um camarada de aparência esplêndida, que sentava-se em seu cavalo como um centauro, fez um gesto para que se afastassem e, em uma voz feroz, ordenou a seus companheiros que seguissem. Chicotearam os cavalos, que saltaram para a frente, mas os quatro homens ergueram suas espingardas Winchester e, de modo inequívoco, ordenaram que parassem. Naquele mesmo momento, o Dr. Van Helsing e eu nos levantamos de trás da pedra e apontamos as armas para eles. Vendo que estavam cercados, seguraram as rédeas mais para perto e sacaram suas armas. O líder virou-se para os outros e disse uma palavra que fez com que cada homem do grupo de ciganos apontasse a arma que carregava, fosse faca ou pistola, e assumisse uma posição de ataque. Se juntaram em um instante.

O líder, com um movimento rápido da rédea, impulsionou seu cavalo para a frente e, apontando primeiro para o sol – que, àquela altura, estava bem perto dos cumes –, e depois para o castelo, disse algo que não compreendi. Em resposta, todos os quatro homens de nosso grupo desceram de seus cavalos e correram em direção à carroça. Eu teria sentido um medo horrível ao ver Jonathan em tamanho perigo, mas o ardor da batalha deve ter tomado conta de mim, assim como do resto deles; não senti medo algum, somente um desejo selvagem e arrebatador de fazer alguma coisa. Vendo os movimentos rápidos de nosso grupo, o líder dos ciganos deu uma ordem; seus homens instantaneamente formaram um círculo ao redor da carroça, em uma espécie de esforço indisciplinado, todos acotovelando e empurrando uns aos outros em sua ânsia de cumprir a ordem.

No meio daquilo, pude ver que Jonathan, de um lado do círculo de homens, e Quincey, do outro, estavam abrindo caminho até a carroça; era evidente que estavam decididos a terminar sua tarefa antes de o sol se pôr. Nada parecia pará-los ou impedi-los. Nem as armas apontadas, nem o brilho das facas dos ciganos à sua frente, tampouco os uivos dos lobos às suas costas, pareciam atrair sua atenção. A impetuosidade de Jonathan, e sua clara concentração em seu propósito, pareciam intimidar os homens à sua frente; instintivamente, se retraíam e o deixavam passar. Em um instante, ele pulou sobre a carroça e, com uma força que parecia incrível, levantou a grande caixa, jogando-a no chão por cima das rodas. Enquanto isso, o Sr. Morris teve que usar de força para passar por seu lado do círculo de Szgany. O tempo todo em que eu ficara observando Jonathan, prendendo a respiração, eu o vira de canto de olho, avançando desesperadamente, e vira também as facas dos ciganos reluzindo, tentando cortá-lo enquanto abria caminho em meio a eles. Ele se defendeu com sua enorme facão e, de início, pensei que ele também conseguira atravessar em segurança; mas, quando chegou ao lado de Jonathan, que, àquela altura já descera da carroça, reparei que apertava a lateral de seu tronco com a mão esquerda, e que sangue jorrava por entre seus dedos. Apesar disso, não se demorou, pois enquanto Jonathan atacava, com energia desesperada, um lado da arca, tentando arrancar a tampa com sua grande faca Kukri, Morris atacou o outro, freneticamente, com seu facão. Sob os esforços de ambos os homens, a tampa começou a ceder; os pregos saíam com um guincho, e o topo da caixa foi arrancado.

Àquela altura, os ciganos, vendo-se cercados de espingardas e à mercê de Lord Godalming e do Dr. Seward, já haviam cedido e não ofereciam mais resistência. O sol quase já se pusera, atrás das montanhas, e as sombras do grupo todo caíam sobre a neve. Vi o Conde dentro da caixa, sobre a terra, um pouco da qual fora espalhada sobre ele pela forte queda da carroça. Estava pálido como a morte, parecendo uma estátua de cera, e seus olhos vermelhos brilhavam com aquela terrível expressão de vingança que eu já conhecia tão bem.

Enquanto o observava, seus olhos viram o sol que se punha, e a expressão de ódio que eles carregavam se transformou em triunfo.

Mas, naquele instante, houve o golpe e o fulgor da grande faca de Jonathan. Dei um grito ao vê-la cortar a garganta dele, enquanto, ao mesmo tempo, o facão do Sr. Morris afundava em seu coração.

Foi como um milagre; porém, na frente de nossos próprios olhos, e quase no tempo que levava para dar uma respiração, seu corpo todo desmoronou, transformando-se em pó e saindo de nossas vistas.

Ficarei feliz, até o fim de meus dias, por ter visto, até mesmo naquele momento de dissolução final, uma expressão de paz em seu rosto, como nunca poderia ter imaginado que lá repousaria.

O Castelo Drácula, naquele momento, se sobressaía em frente ao céu vermelho, e todas as pedras de suas ameias quebradas se avultavam contra o brilho do sol que se punha.

Os ciganos, nos considerando, de alguma forma, a causa do desaparecimento extraordinário do homem morto, viraram-se, sem dizer uma palavra, e cavalgaram para longe, como que temendo por suas vidas. Os que não estavam montados, pularam na carroça e gritaram para os cavaleiros, pedindo que não os abandonassem. Os lobos, que haviam se retirado para uma distância segura, os seguiram, deixando-nos sozinhos.

O Sr. Morris, que caíra no chão, ergueu-se em um cotovelo, com a mão apertando a lateral do tronco; o sangue continuava correndo por entre seus dedos. Corri até ele, pois o círculo sagrado não me impedia mais; os dois médicos fizeram o mesmo. Jonathan ajoelhou-se atrás de mim, e o homem ferido encostou a cabeça em seu ombro. Com um suspiro e o que sobrava de suas forças, ele tomou minha mão na sua, a que não estava manchada. Deve ter visto a agonia de meu coração estampada em meu rosto, pois sorriu para mim e disse:

– Estou mais do que feliz por ter sido útil! Oh, Deus! – exclamou de repente, esforçando-se para se sentar e apontando para mim. – Valeu a pena morrer por isso! Vejam! Vejam!

O sol estava bem em cima do cume da montanha, e seus raios avermelhados caíam sobre meu rosto, banhando-o em uma luz rosada. Todos disseram "amém", quando seus olhos se voltaram para onde ele apontava. O homem prestes a morrer disse:

– Agradeço a Deus por tudo não ter sido em vão! Vejam! Nem a neve está mais imaculada do que a testa dela! A maldição foi rompida!

E então, para nossa enorme tristeza, com um sorriso e em silêncio, ele morreu, um cavalheiro galante.

NOTA

Há sete anos, todos nós passamos pelas chamas; e a felicidade de alguns de nós, desde então, tem valido a pena o sofrimento pelo qual passamos, em nossa opinião. É outro motivo de felicidade, para mim e para Mina, o fato de que o aniversário de nosso filho seja no dia em que Quincey Morris faleceu. Sei que sua mãe acredita, secretamente, que uma parte do espírito de nosso valente amigo passou para ele. Todos os seus nomes vinculam nosso pequeno grupo de homens; mas o chamamos de Quincey.

No verão deste ano, viajamos até a Transilvânia, e visitamos novamente a antiga região, que foi, e continua sendo, para nós, tão cheia de lembranças vívidas e terríveis. Foi quase impossível acreditar que as coisas que vimos com nossos próprios olhos, e escutamos com nossos próprios ouvidos, foram verdadeiras. Cada traço de tudo o que aconteceu foi apagado. O castelo está de pé, como antes, erguendo-se altivo acima da área desolada.

Ao chegarmos em casa, estávamos falando sobre os velhos tempos – os quais podemos relembrar sem tristeza, pois Godalming e Seward estão, ambos, casados e felizes. Tirei os papéis do cofre onde estavam desde nossa volta, há tanto tempo. Ficamos surpresos ao perceber que, dentre todo o conjunto de materiais que compõem os registros, não há quase nenhum documento autêntico; nada além de uma massa de papéis datilografados, exceto os cadernos posteriores de Mina, de Seward e os meus, e o memorando de Van Helsing. Não seria possível pedirmos, ainda que quiséssemos, que alguém aceite estes papéis como prova de uma história tão incrível. Van Helsing resumiu tudo muito bem, quando disse, com nosso filho no colo:

– Não precisamos de provas; não pedimos que ninguém acredite em nós! Este menino um dia saberá que mulher corajosa e galante sua mãe é. Ele já conhece sua doçura e seus cuidados amorosos; mais tarde, compreenderá o porquê de certos homens a terem amado tanto, a ponto de sacrificarem tanta coisa pelo bem dela.

JONATHAN HARKER.

FIM